식민지문학의 생태계
－이중어체제 하의 타이완문학－

식민주의와 문화 총서 18

식민지문학의 생태계

─이중어체제 하의 타이완문학─

류수친(柳書琴) 저

송승석 역

역락

저자 서문

　문화체계란 가변적이면서도 꾸준히 진화하는 매우 역동적인 시스템이다. 그런 의미에서 생태계와 유사하다 할 수 있다. 변화무쌍한 인문·자연의 요소들은 특정지역 안에서 지속적으로 경쟁하고 융합되는 가운데, 역동적인 지역문화체계를 빚어낸다. 타이완은 근세(近世) 이래, 과거제도를 통해 사인(士人) 계층이 지속적으로 확대되었다. 결국 청말(清末)에 이르러서는 굳건한 유학문화체계와 풍부한 문화역량을 구축하기에 이른다. 물론, 이러한 문화역량은 격동하는 역사변화의 추세에 따라 쇠락을 경험하기도 했지만, 여전히 고갈되지 않은 채 새로운 사회문화적 맥락에 적응하며 그 명맥을 유지해왔다. 그러나 그 위기를 피해갈 수 없었던 문화구조 자체는 세상의 변화에 따라 중대한 변이와 해체를 겪어야 했다. 1895년, 타이완이 일본에 강제 할양되면서 지난날의 문화체계를 지탱해 왔던 방대한 원리와 체제는 점차 퇴화되어 잡다한 지맥만이 흐르는 건천이 되고 말았다. 대신에 그 자리를 차지한 것은 식민지 일본어교육과 새로운 문화체제였다. 따라서 명맥만을 간신히 부여잡고 있던 잔존문화의 미약한 물결은 이제 교육배경과 언어교양 그리고 세대를 달리하는 문화인들의 지난한 노력과 열정에 기대어 새로운 물길을 모색하고 새로운 자원을 흡수하지 않을 수 없는 지경에 이르렀다. 그 노력과 희생의 결과가 바로 이중어라는 유역과 생태의 생성이다.

이 책에 수록된 여섯 편의 졸고는 2004년부터 2010년 사이에 쓰였다. 이 글들은 타이완문화가 현대화과정 속에서 겪어야 했던 진통과 박투를 이야기하고 있다. 동시에 일제강점기 타이완 한문통속문예, 타이완 일본어작가, 타이완문학과 '만주국'문학의 비교 등등의 의제에 대한 필자의 관심을 반영한다. 이상의 의제를 중심으로, 수록 논문에 대한 간단한 설명을 덧붙여보기로 하자.

첫째, 타이완 한문통속문예

일본이 타이완을 강점한 이후, 한문통속문예잡지를 핵심 진지로 전통문인과 그 파생세대가 추동했던 한학전통의 전승, 현대적 문예형식에 대한 훈련, 한문독자의 확보와 배양 등등의 실험은 바로 타이완 문예생태를 갱신하는 가장 좋은 사례라 할 수 있다. 「억압과 차연(差延)－식민주의 언어통제와 타이완 전통한문의 현대화 궤적」, 「문화위치로서의 '통속'－『369소보(三六九小報)』와 1930년대 타이완 독서시장」을 통해 필자가 강조하고 싶었던 것은, 타이완 한문문예 현대화 과정의 중요한 특징 중의 하나 즉, 주류문화의 장으로부터 주변화되고 왜소화되는 열악한 처지에 직면했음에도 불구하고, 통속문예라는 차선의 문화형식을 통해 담론의 유리한 위치를 확보하고자 했던 일종의 특수한 문화적 움직임이다.[1] 「사변(事變)과 번역(飜譯) 그리고 식민지 베스트셀러소설－『사랑스런 원수(可愛的仇人)』 일본어번역과 동아시아담론의 변화」는 일제강점기 베스트셀러소설이자 한문현대

---

[1] 이상의 두 논문 외에도 이러한 의제와 관련된 필자의 논문으로는 다음과 같은 것이 있다. 「官製から民製へ－自我同文主義と興亞文學」, 『植民地文化研究』 7(2008年), 「生物學統治與流域生態－「南社」創社前地域文化資本之累積」, 『臺灣古典文學研究集刊』 1 (2009年).

통속소설이었던 『사랑스런 원수』의 번역 문제를 중심으로 한문판과 일본어판에 대한 독자반응의 차이를 엿보고, 이를 통해 식민지 이중 어사회에서 서로 다른 언어자본을 소유한 독자층 간에 정치적 입장 과 시대를 바라보는 시각에 어떠한 차이가 있는지를 탐구하고자 한 글이다.

둘째, 타이완 일본어작가와 그들의 문예

이 책에서는 1930년대 좌익작가들 간의 결맹과 1940년대에 열린 '제1차 대동아문학자대회'를 통해, 타이완 일본어작가들이 자신과는 다른 문예체제 하에 있는 동아시아 문예계와 어떻게 교류했고, 그를 위해 어떠한 분투와 노력을 했으며, 그 안에서 발생한 어려움은 무엇이었는지 그리고 그에 대해 어떻게 반응하고 대응했는지를 관찰하고자 했다. 「타이완문학의 주변전투－월경(越境)적 좌익문학운동 속에서의 재일작가」라는 글은, 졸저인 『가시밭길－타이완 재일청년들의 문학활동과 문화항쟁(荊棘之道－臺灣旅日青年的文學活動與文化抗爭)』(聯經出版社, 2009)의 대표논문이다. 필자는 각종 조사를 통해 1930년대 타이완 재일작가들이 일본좌익문화계를 무대로 일본, 중국, 타이완, 조선, 만주국의 재일 좌익인사들과 지역을 뛰어넘는 월경적 교류를 시도했던 궤적을 추적해보았다. 일본좌익문화 진영의 지원 하에, 국제적 반제 동맹의 자원을 폭넓게 연결함으로써 타이완 식민지해방을 추구했던 타이완의 문예청년들은 동아시아지역 반제문화단체와의 다자간 합작을 통해, '좌익문화의 회랑지대' 건립에 실질적으로 참여했다. 이는 타이완문학사에 있어 매우 특수한 한 페이지를 장식한 것이라 할 수 있다. 필자가 최근에 발표한 「좌익회랑과 우쿤황－식민지타이완

일본어작가의 몇 안 되는 서사(左翼走廊與吳坤煌−殖民地台灣日語作家的少數敘
事)」(『호모나란스와 동아시아 서사』, 가천대학아시아문화연구소국제학술대회, 2012)
란 글은 이 문제에 대한 진일보한 논의를 담고 있다. 「'외지(外地)'의 몰
락−제1차 대동아문학자대회의 타이완대표들」이란 글은, 필자가 「'총
력전'과 지방문화−지역문화담론, 타이완문화의 소생 그리고 타이베
이제국대학 문정학부 교수들('總力戰'與地方文化−地域文化論述, 臺灣文化甦生及
台北帝大文政學部教授們)」(『臺灣社會硏究』 79, 2010)을 발표한 이후, 줄곧 관심
을 가져왔던 전시(戰時) 타이완문단 문제에 관한 고민의 연장이다. 이
글에서는 '제1차 대동아문학자대회'를 중심으로, 타이완대표의 선발
및 파견 작업 그리고 그들이 타이완으로 귀환해 선도활동에 나서기
까지의 과정과 경험을 추적했다. 사실, 식민지작가들이 일본 내지에
서 열린 국제회의에 참석한 것은 역사적으로 전례가 없던 일이었다.
이에 대해 필자의 견해는 이렇다. 타이완대표를 구성하고 있던 타이
완작가와 일본인작가들이 대동아공영권체제 하의 '외지작가'라는 신
분에 대한 입장 차이로 인해 서로 다른 인식과 체험을 하게 되었고,
결국 이것이 타이완 귀환 이후 그들의 문학 활동을 좌우했으며, 전쟁
말기 타이완문단의 발전에까지도 직접적인 영향을 끼쳤다는 것이다.

셋째, 타이완문학과 '만주국'문학 비교

「식민도시, 문예생산 그리고 지역반응−총력전(總力戰) 이전, 타이베
이와 하얼빈의 도시서사(都市敘事)」라는 글은 「'만주타자'의 우언 결맹
속의 신 조선인 형상−수천의 「조국 없는 아이」를 중심으로('滿洲他者'
寓言網絡中的新朝鮮人形象−以舒群「沒有祖國的孩子」爲中心)」에 이은 '만주국'문학
에 관한 필자의 두 번째 사고의 결과물이다. 필자는 이 글에서 '핵심

도시'라는 개념을 중심으로 기나긴 식민도시의 역사를 지닌 '도도(島都)' 타이베이와 '동방의 파리' 하얼빈을 상호 비교했다. 특히, 이 두 지역에서 1931년부터 1937년 사이에 절정에 달했던 이른바 도시서사를 통해, 20세기 초 식민주의를 매개로 타이완과 중국 동북지방에서 발생한 전지구화 문제가 어떻게 표현되고 있는지를 분석하고자 했다.

이상의 글을 집필하는 와중에, 필자는 원광대학교 김재용 교수가 기획하는 <식민주의와 문학 심포지엄>의 초청을 받아 각국의 학자들과 집중적인 논의와 토론을 진행할 수 있는 기회를 갖게 되었다. 필자로서는 너무나도 소중하고 영광스러운 무대를 갖게 된 셈이다. <식민주의와 문학 심포지엄>은 2011년까지 한 해도 거르지 않고 일곱 차례 회의를 개최했다. 특히, 이 심포지엄은 회의형식에 특별한 구속을 두지 않아 각국의 역사경험을 보다 자유롭고 활발하게 교환할 수 있었고, 그 어느 회의보다도 심도 있는 논의를 펼칠 수 있었다. 그렇기에 회의에 참석한 학자들 간에는 상호 이해와 아량의 폭이 누구보다도 넓을 수 있었고, 그 깊이와 열정 또한 매번 이 회의에 참석할 때마다 필자에게 강렬한 자극과 충격을 가져다주었다. 그래서일까? 매년 심포지엄이 있을 때마다 필자는 기꺼이 초청을 수락했고, 언제나 기쁜 마음으로 한국행 비행기에 올랐다. 아마도 필자로서는 가장 큰 수확을 얻어가는 모임일 것이다.

<식민주의와 문학 심포지엄> 외에도, 본서에 수록된 두 편의 논문은 동아시아 여러 학자들이 공동으로 발기한 <동아현대중문문학국제회의(東亞現代中文文學國際會議)>와 성공회대학 동아시아연구소가 기

획하는 <한국·타이완비교문화연구회>에 발표되었다. 이상의 두 모임도 필자에게는 보다 폭넓은 시야와 깊이 있는 발표 및 비평의 기회를 제공해주었던 중요한 장이라 할 수 있다. 그런 면에서, 한국외국어대학 박재우 교수와 연세대학 김예림 교수에게도 감사를 드리고 싶다. 이상의 두 논문을 제외하고 나머지는 모두 <식민주의와 문학 심포지엄>에서 발표한 글들이다. 논문을 최종 완료하기에 앞서 이 심포지엄에서 발표할 기회를 갖게 됨으로써 많은 성원들의 가르침을 받을 수 있었던 것은, 필자로서는 행운이었다. 특히, 「외지의 몰락」 같은 경우에는 심포지엄이 6회와 7회 두 차례에 걸쳐 기획한 '대동아문학자대회의 겉과 속'에서 제기된 심포지엄 성원들의 날카로운 지적과 활발한 논의가 함께 빚어낸 성과물이다.

김재용 선생님을 비롯한 역대 심포지엄 성원들이 식민지 비교연구에서 보여주신 꾸준한 모색과 진지한 열정 그리고 심포지엄에 참석하신 여타 학자들 특히, 오무라 마쓰오(大村益夫), 기시 요코(岸陽子), 오카다 히데키(岡田英樹) 등 원로 학자들의 치열한 탐구정신은 일천한 공력의 필자에게 새삼 학술정신과 연구태도를 되돌아볼 수 있는 성찰의 기회를 마련해주었다. 더불어 심포지엄에 참여하신 모든 분들이 필자에게 베풀어주셨던 도타운 후의는 아무리 감사를 드려도 부족할 것이다.

마지막으로, 공사다망한 중에도 이 책의 출판기획에 힘을 기울여주신 김재용 교수님과 오랜 시간과 열정을 기울여 지난한 번역작업을 마무리해주신 송승석 교수님께 심심한 감사를 드리는 바이다. 이 두 분 교수님은 본서를 기획, 출판하는데 있어 없어서는 안 될 정신적 지주일 뿐만 아니라, 필자에게는 오랜 벗이자 동지이다. 이 자리를 빌려 다시 한번 최고의 사의를 표한다.

옮긴이의 말

일제강점기 타이완문학에서 '한문'과 '통속'은 그리 익숙하지 않은 화두이다. 더군다나 1920년대를 지나 식민통치 말기에 이르게 되면 그 생경함은 도를 더한다. 일본어가 패권적 지위를 확보한 시대에, 한문은 늘 두꺼운 먼지에 뒤덮인 고서 더미나 변화에 뒤떨어진 시객 (詩客)들의 낡은 서가 한구석에서 그 유흔을 발견할 수밖에 없는 과거의 유물이었다. 아니, 그렇게 치부되었다. 통속은 어떨까? 동아시아 문학전통에서 이른바 통속물이 제대로 된 취급을 받은 적이 한번이라도 있었던가? 그야말로 '속(俗)'된 것이었다. 일본어가 국어이고 공식어였던 사회에서, 한문과 통속이라는 그 낡고 속된 화두를 부여잡은 채, 주류와 힘겨운 싸움을 벌여야 하는 비주류 타이완문인들의 무모함과 고집스러움이 가상하다 못해 탄식을 자아내게 하는 것도 바로 이 때문이다. 그러나 그들은 분명히 그때 그곳에 있었고, 이 책의 저자 류수친은 그들을 지금 이곳으로 불러내고 있다. 그들도 무척 힘겨웠겠지만, 그들을 연구지평으로 올려놓은 류수친도 고투를 벌이기는 매한가지일 듯하다. 새삼 건투를 비는 바이다.

일제강점기 일본어작가와 일본어글쓰기는 한국문학 연구자들 사이에서는 이미 낯선 주제가 아니겠지만, 이 책을 접하는 일반 독자들에게는 다소 생소할 수 있는 부분이다. 국민국가의 고전적 통설에 따르면, 일본문학은 일본인이 일본어로 쓰는 문학이고, 한국문학은 한국인이 한국어로 쓰는 문학이며, 타이완문학은 타이완인이 타이완어로 쓰는 문학이어야 옳다. 그러나 '국적=민족=언어'라는 국민주의적 등식이 식민주의와 결합되면 새로운 방정식이 만들어진다. 식민지타이완의 이중어상황이 바로 그 예이다. 따라서 식민지타이완의 많은 작가들이 일본어를 자신의 문학어로 채택할 수밖에 없었던 것에는 일정정도 불가피한 측면이 개입되어 있다. 물론, 당시 타이완의 언어적 환경이 조선의 그것과는 사뭇 차이를 보인다는 점도 이러한 불가피성을 이해하는데 한몫을 할 것이다. 따라서 우리가 이에 대해 민족주의 잣대만을 들이대며 함부로 비판하는 데에는 어느 정도 경계가 필요하다. 오히려 일본문학이나 타이완문학 그 어디에도 귀속될 수 없는 타이완의 일본어문학에 대한 새로운 자리매김을 두고 고민해야 할 때가 아닌가 싶다. 또한 식민제국 체제 하에서, 타이완의 일본어작가들이 일본어를 무기로 지역을 뛰어넘는 문학/문화 교류를 시도한 뜻이 과연 어디에 있는지도 숙고해보아야 한다. 그런 의미에서 식민지의 이중어상황이 공고한 하나의 체제였음을 전제하고, 식민제국 체제하에서 이루어지는 동아시아 작가들의 문화적 월경을 고찰하고자 하는 류수친의 문제의식은 그 자체로 문제적이다. 우리 안의 식민성을 제대로 극복하기 위해서는 공통의 식민경험을 가지고 있는 동아시아 각 공동체와의 유비가 절실하다는 점에서도 류수친의 고민은 그에 값하는 것이라 할 수 있다.

역자가 이 책을 번역 출판하고자 했던 뜻이 바로 여기에 있다.

이 책이 나오는데 도움을 주신 분들이 참으로 많다. 일일이 거명하지 못하는 것에 대해 양해를 구하는 바이다. 우선, 원광대학교 김재용 교수를 비롯한 <식민주의와 문학 심포지엄> 성원들에 감사를 드리고 싶다. 특히, 식민주의문학 연구에 온전히 전념치 못하는 후배에게 항상 따가운 질정과 애정 어린 채찍질을 해주시는 김재용 선생님께 심심한 사의를 표한다. 본서에 수록된 논문 가운데, 「문화위치로서의 '통속'─『369소보(三六九小報)』와 1930년대 타이완 독서시장」은 성공회대학교 동아시아연구소 학술지 『시선들』(2010년 봄호)에 실린 것이고, 「식민도시, 문예생산 그리고 지역반응─총력전(總力戰) 이전, 타이베이와 하얼빈의 도시서사(都市敍事)」역시 성공회대학교 동아시아연구소가 주관하는 <한국·타이완비교문화연구회>에서 펴낸 단행본 『전쟁이라는 문턱』(2010년, 그린비)에 이미 수록되었던 글이다. 따라서 이상 2편의 논문을 본서에 수록하는데 대해 선뜻 승낙을 해주신 성공회대학교 동아시아연구소 측에 고마움을 표하는 것은 당연한 일일 것이다. 정말 감사를 드리고 싶다. 아울러, 전자의 논문은 역자 본인이 번역해 실은 것이지만, 후자의 논문은 이영섭 선생님께서 번역한 것이다. 이 논문을 본서에 수록하는 과정에서 역자는 본의 아니게 가필과 수정을 거칠 수밖에 없었는데, 원 번역자이신 이영섭 선생님께서 그에 대해 양해를 해주셨다. 이 자리를 빌려 다시 한번 깊은 감사를 드린다. 그리고 역락 출판사의 편집팀과 교정팀에도 고마움을 표하고 싶다.

끝으로, 저자인 류수친 교수에게 최고의 사의를 표한다. 교우한 지 여러 해 되었지만, 역자는 매번 류교수에게 도움만 받았다. 이 책이 그 신세의 일부나마 갚는 길이었으면 좋겠다.

2012년 4월 인주골 비랭이고개 초옥에서
송승석 삼가 씀.

▌차례

제1부 타이완 한문통속문예

억압과 차연(差延)

식민주의 언어통제와 타이완 전통한문의 현대화 궤적

들어가며

타이완 한문현대화 과정의 중요한 특징 가운데 하나는, 통속문예라는 차선의 형식을 택함으로써 주류문화의 장(場, field)에서 주변으로 소외되고 위축되었지만 그럼에도 불구하고, 매우 독특한 문화적 생산과 움직임을 보여주었다는 것이다. 일제강점기 타이완 한문통속소설이 창작상의 절정기를 맞이한 것은 두 차례이다. 그 첫 번째 시기는『한문타이완일일신보(漢文台灣日日新報)』의 독자적 발간시기인 1905년 7월에서 1911년 11월까지의 기간이다. 이후,『한문타이완일일신보』가 재차『타이완일일신보(台灣日日新報)』에 합병되면서 한문의 지면이 감소하고, 일본인 혹은 일문(日文) 작품과의 경쟁 속에서 게재의 기회가 점차 줄게 되면서 수량도 예전만 못하게 되었다. 그러나 이후 한문잡지가 연이어 출현하게 되고, 발표공간이 신문지면에서 문예잡지로 확충되면서, 상황은 상당부분 개선되었다. 통속소설의 두 번째 절정기는 오락성을 추구하는『369소보(三六九小報)』,『풍월(風月)』,『풍월보(風月報)』,『남방(南方)』

등의 잡지가 잇달아 발행되던 1930년대부터 1940년대 전반기이다. 『369
소보』와 『풍월보』를 중심으로 한 '풍월계열' 잡지들은, 타이완 통속소
설의 창작과 열독에 있어 두 번째 황금기를 가져왔다. 타이완문학사나
타이완 한문문화생산이란 측면에서, 이 잡지들의 출현은 일반 통속문
학적 의제가 담을 수 있고 설명할 수 있는 것 이상의 훨씬 풍부한 함
의를 가지고 있었다.

일제강점기 한문의 문제와 통속문예의 문제는 본토(타이완-옮긴이)
에만 국한된 문제는 아니었다. 그것은 오히려 중국, 일본, 타이완 간의
경계를 뛰어넘는 문제로서, 문화와 문화 간의 억압과 저항 그리고 유
동(流動)과 관련되어 있는 문제였다. 신구문학논전(新舊文學論戰)의 열기가
점차 식어가던 1930년 9월, 타이완에서는 최초의 한문통속문예 잡지가
출현했다. 그렇다면, 전통문학자들은 통속잡지 『369소보』의 창간을 통
해, 어떻게 자신들의 문화자본을 정합하고 발굴하고 동원했던 것인가?
그리고 『369소보』의 통속문예 기획은 전통문예의 현대적 전화 혹은
타이완 문화주체의 건립이란 차원에서, 과연 어떤 의미를 갖고 있는
것인가? 1935년 창간된 『풍월』과 1937년 복간된 『풍월보』 계열은 또
어떤 다른 기획방식과 문화적 의미를 갖고 있는 것인가? 이 글에서는,
일본식민통치시기의 언어통제가 야기한 전통문화체계의 와해와 한문
교육의 몰락을 통해, 타이완 통속문예 잡지의 출현과 발전의 배경 그
리고 그 나름의 기획특징과 문화적 의미에 대해 설명하고자 한다.

필자는, 일제강점기 타이완 통속문예의 생산/소비의 상황은, 한문독
서시장의 열독수요와 식자층의 문화심리에 부응해 각기 다른 통속잡
지의 발행전략을 채택한 결과라고 생각한다. 또한 그 결과로, 억압된
문자인 '한자(漢子)'와 신문학자들이 전통문인의 대중과의 괴리를 꾸준

히 비판했을 때의 바로 그 '대중'을 접목시킴으로써, 전통문인의 문화
이념을 신장하고 문화세대(文化世代)를 확충하는 특수한 장을 마련할 수
있었다고 생각한다. 따라서 필자는, 통속문학의 전통이 어떻게 본토의
문화전통을 계승했고, 식민주의가 문화적 억압과 상호침투를 진행하는
가운데 어떻게 전통문화자원이 동원되고 전화되고 갱신되었는지, 또한
그것이 어떻게 타이완에서 현대적 의미를 가진 시민대중문학으로 전
환되었는지에 관심을 갖고자 한다. 더불어 이러한 문예현대화 과정 속
에서 한문이 어떠한 자기 변화를 시도했는지, 또 통속문예의 생산동력
이 상기한 것처럼 변화를 시도했다면 이러한 변화를 촉진시킨 내재적
기제는 또 무엇인지에 대해서도 관심을 갖고자 한다. 통속문예의 문화
동력이 변화했다는 것은, 전통문화 현대화의 다양한 궤적을 보여주는
것이지만 동시에 식민지 문화주체의 유실(流失)이라는 낙인에서 자유롭
지 못한 것도 사실이다. 타이완 한문의 핵심적 현대화 궤적 중의 하나
인 한문통속문예의 이러한 복잡한 성격 변화가 바로 이 글에서 고찰
하고자 하는 바이다.

1. 동문주의(同文主義)에서 동화주의(同化主義)로
   －일본식민주의의 언어통제

　일본식민주의가 타이완에서 진행한 언어통제는 '한문동문주의(漢文同
文主義)'와 '일어동화주의(日語同化主義)'의 양면성을 띠고 있었고, 언어통
제정책은 점차 전자에서 후자로 옮겨가는 추세였다. 여기서는 일어교
육과 식민통치원리의 관계로부터, 일본 통치당국이 신학(新學)을 창설하

고 일어를 보급하는 가운데, 구학(舊學)을 억압하고 한문을 소멸하게 되
는 배경에 대해 살펴보기로 하겠다.

1) 일어동화주의

포스트콜로니얼 학자들이 지적하는 것처럼, 제국주의 억압의 가장
주요한 특색 중의 하나는 바로 언어에 대한 통제이다. 언어의 통제는
주로 교육을 통해 차별적인 권력구조를 건립하고 나아가 제국지배에
유리한 진리와 질서 그리고 현실적 기준들을 수립해 나간다.[2] 일본은
타이완을 식민통치하게 되면서, 일어를 도입해 새로운 언어패권 즉,
이른바 ‘신어패권(新語覇權)’을 수립할 수 있었지만, 일찍이 한문화권(漢文
化圈)의 일원이었던 자신이 어떻게 적절히 한문을 배치해야 할 것인가
하는 난제에 동시에 직면하게 되었다. 일어와 국가통치이데올로기의
결합은 메이지(明治) 시기에 이미 시작되었다. 민족국가가 건립되면서
일본어는 점차 농후한 종족주의 성격과 확장주의 성격을 부여받게 되
었다. 일본이 국내 소수종족과 식민지인들을 대상으로 추진했던 일어
교육은 일종의 이민족문화에 대한 억압과 언어침략이라 할 수 있다.
물론, 그 목적은 이민족을 정복하고 타자를 동화시키는데 있었다. 타
이완을 점령한 이후, 이러한 ‘근대적 일본어론’은 ‘동화적 일본어론’으
로 발전되어 나갔고, 이는 일본으로 하여금 일어교육이 이민족을 동화
시켜 충량한 일본국민으로 만들 수 있다는 생각을 갖게 했다.[3] 타이완

---

2) Bill Ashcroft · Gareth Griffiths&Helen Tiffi(著)/劉自荃(譯), 『逆寫帝國 : 後殖民文學的
   理論與實踐』(板橋 : 駱駝出版社, 1998年 6月), 8~9쪽.
3) 小澤有作, 「日本殖民地教育政策論 : 日本語教育政策を中心として」, 『東京都立大學人文
   學報』 第82號(1971年 3月) ; 吳文星, 『日據時期台灣領導階層之研究』(台北 : 正中, 1992年 3
   月), 309쪽에서 재인용.

에서의 일어교육은 근대화/동화 담론을 통해 문명과 야만, 지배와 예
속의 식민주의적 합법성을 생산하는 것 외에도 한편으로는, 언어민족
주의를 통해 혈연민족주의가 이민족 지배에서 초래하는 파탄을 해소
하고, 문화통합의 역할을 할 수 있도록 기능하기도 했다.4) 타이완 일
본어문학 연구자 리위훼이(李郁蕙)는 이렇게 말한 바 있다. "식민지인의
시각에서 볼 때, 일어를 학습하는 것은 사실상 어떻게 일본인이 되는
가의 방법을 배우는 것에 다름 아니었다." 그녀가 강조하는 것은, 바로
식민구조 속에서 일본어가 갖는 문화통합의 기능과 그것이 식민주의
및 정치통합과의 사이에서 공동으로 형성한 공범 관계이다.5)

　'일어/동화/문명화'라는 일어동화주의논리는 타이완점령 이후, 타이
완총독부에 의해 줄곧 강조되었다. 일어교육과 식민통치의 표리관계가
확정된 이후, 식민통치당국은 언어통제가 지배/예속의 차이정치(差異政
治)의 기능을 충분히 발휘할 수 있도록 하기 위해서, 적극적으로 신학
을 창설하고 일어를 보급하기 시작했다. 이렇게 되면서, 일어교육은
점차 방대한 세력을 가진 관제문화 성격의 운동 즉, 관 주도의 문화개
조운동으로 발전되어 나갔다.6) 그러나 공학교(公學校)7) 교육을 핵심으로
하는 타이완 일어교육은 1904년 <공학교규칙(公學校規則)>이 개정되면서
이상한 방향으로 흐르게 된다. 즉, 다중언어/다문화주의 원칙 하에서

---

4) 이와 관련된 연구로는, 駒込 武, 『殖民地帝國日本の文化統合』(日本 : 岩波書店, 1996年 3月)
; 安田敏朗, 『帝國日本の言語編制』(日本 : 世織書房, 1997年 12月) ; 陳培豊, 『「同化」の同床
異夢 : 日本統治下台灣の國語敎育史再考』(日本 : 三元社, 2001) 등이 있다.
5) 인용문과 상술한 의견은, 李郁蕙, 『日本語文學與台灣 : 去邊緣化的軌跡』(台北 : 前衛,
2002年 7月), 22쪽 참조.
6) 이와 관련된 논의는, 吳文星, 『日據時期台灣領導階層之硏究』, 310쪽 참조.
7) 공학교(公學校)는 일본식민통치시기에 설립된 초등교육기관이다. 이는 타이완의
아동들을 대상으로 한다는 점에서, 일본 아동들 대상의 '소학교(小學校)'와 구별된
다.(옮긴이)

시행된 것이 아니라, 본토의 언어를 억압하고 본토의 교육전통을 저지하는 문화폭력 하에서 '신학/신어'로 '구학/구어'를 억압하는 형태로 전개된 것이다. 일어동화주의가 공학교 교육을 통해 강력하게 주입되기 시작하면서, 결과적으로 전통적인 서방(書房, 이하에서는 서당으로 개칭하기로 하겠다.—옮긴이) 위주의 한문교육은 심대한 타격을 입게 되었다. 1910년대 '국어(일어)보급운동'이 전개되면서, 여러 차례 한문폐지의 주장이 있어왔고, 급기야 1918년 <공학교규칙>이 재개정되면서부터는 한문과목이 주당 두 시간으로 축소되었다. 또한 1922년 새로운 <타이완교육령>이 반포되면서부터는, 한문은 아예 선택과목으로 바뀌고 말았다. 이후, 각 지방의 교육당국은 걸핏하면 한문교육이 일어학습을 저해한다는 이유를 들어, 독단적으로 한문과목을 아예 폐지해버리기도 했고 타이완어 사용과 타이완어 수업을 금지하는 조치를 취하기도 했다. 서당 설립의 신청기준도 상당히 까다로워졌고, 그것의 관리 및 취체(取締) 역시도 날로 강화되어 나갔다. 결국 1937년 4월, 총독부는 일어보급의 강화를 위해 다시금 <공학교규칙>을 개정하기에 이르는데, 그 새로운 법령 속에는 한문과목을 선택과목으로 한다는 조문마저 아예 삭제되어 버렸다. 이로부터 한문교육은 공학교 교육에서 완전히 축출되고 말았다. '일어동화주의'적 사고 하에서, 한문교육은 동화정책의 천적으로 여겨졌고 결국 어쩔 수 없이 완전폐지의 운명을 당할 수밖에 없었던 것이다.

2) 한문동문주의

일본식민주의가 이른바 신어패권을 수립했다는 것은, 이미 학계에 널리 알려져 있는 공지의 사실이다. 그러나 일어교육이 일제강점 초기

부터 일방적으로 강조된 것은 아니었다. 이 점에 대해서는 사실 그동
안 충분한 논의가 없어왔다. 필자는, 당시 식민정부가 통치계급의 언
어를 도입해 신어패권을 수립한다는 절박한 과제도 안고 있었지만, 동
시에 그보다는 절박성이란 면에서는 떨어지지만 오히려 훨씬 다루기
힘든 문제 즉, 식민지 피지배자의 본토언어를 어떻게 처리할 것인가의
문제에 직면해 있었다고 생각한다. 공통의 문화적 연원이란 차원에서
보면, 한문은 국체사상(國體思想)에 대한 이해와 공감을 이끌어내는데 도
움이 될 수 있지만 그러나 한편으로는, 적성(敵性)의 민족 언어를 보존
하는 것이 혹여 일어보급과 신어패권을 수립하는데 방해가 되는 것은
아닐지, 또 한문이 정말 보존할만한 가치가 있는 것인지, 또 보존한다
면 과연 어떻게 보존해야 하는 것인지, 보존의 목적은 무엇인지, 식민
당국으로서는 여간한 문제가 아닐 수 없었다. 통치 초기, 타이완총독
부는 식민교육을 기획하면서 국체(國體)의 주입, 국민정신의 배양, 식민
교화에 대한 지방 유지들의 반발을 무마하는데 상당히 고심을 했고,
그에 대해 대단한 역점을 두었다. 동화개조(同化改造)와 문화온존(文化溫存)
가운데 어느 것에 더 역점을 두어야 할 것인가? 이는 사실 교육현장에
서는 한문교육과 한문의 보존이 식민개조(殖民改造)에 과연 유리할 것인
가를 캐묻는 것에 다름 아니었다.

일본연구자 가와지 마사요(川路祥代)의 연구에 따르면, 한문교육의 문
제는 20세기 최초 몇 년 동안 식민지 교육 관료와 학자들 사이에서 여
러 차례의 논쟁을 불러왔고, 그 논쟁의 결과 역시 <공학교규칙>과
<한문서방상관관리규칙(漢文書房相關管理規則)>의 개정 속에 반영되었다
고 한다. 일본이 타이완을 점령한 최초 몇 년 동안, 교육개조와 문화온
존 사이에는 심각한 대립 같은 것은 사실 없었다. 점령 초기 채택한

점진적 통치 때문이기도 하겠지만, 그 외에도 타이완 식민지 교육제도의 창시자이자 타이완총독부 초대 학무부장이었던 이자와 슈지(伊澤修二)의 정책 및 주장이 중요한 역할을 했기 때문이다. 이자와는 식민지 본토의 교육자원에 대해 상당한 주의를 기울였고, 그것을 적극적으로 정책 속에 반영했다. 그는 '선량한 국민'의 양성이나 국체에 대한 정확한 인식을 가진 '천황신민'의 양성은 모두 타이완 고유의 한문과 유학 전통을 선용해야만 비로소 가능할 수 있다는 것에 주목했다. 그는 심지어 '한문' 과정을 도입하기 위해 '국어' 수업을 과감히 줄이기도 했고, 국어전습소(國語傳習所)에서의 유학 수업을 통해 타이완인의 일본정권에 대한 '국가정체성'이 유발되고 함양되기를 기대했다.[8] 이자와는 또한 한문/유학의 '동문(同文)'적 특성에 기초해, 위에서 아래로의 지배 형태 뿐만 아니라 아래에서 위로의 정체성 패턴을 작동시키기도 했다. 필자는 이러한 식민주의 사유를 '한문동문주의'라 칭하기로 한다. 즉, 일본제국이 일본과 중국에 공통적으로 존재하는 한문과 유학이라는 문화적 기초를 식민통치와 문화통합 상에서 변형(transformation)시키는 일종의 식민주의 사상 및 담론 그리고 그 실천을 의미하는 것이다.

일본이 타이완을 점령한 초기, 한학(漢學)과 한문은 타이완사회에서 이미 200여 년이란 안정적 기반을 가지고 있었다. 더욱이 과거(科擧)를 통한 출세의 길이 막히게 되면서, 자연 지방 사신(士紳)들의 한문교육에 대한 투신이 증가하게 되었고, 이는 잠시나마 서당 교육의 부흥기를 가져다주기도 했다. 우원싱(吳文星)의 연구에 따르면, 당시 한문은 여전히 민간사회의 실용어문이었고, 본토 중상류계층은 여전히 한(漢)문화

---

8) 川路祥代,「殖民地台灣文化統合與台灣傳統儒學社會」(成大中文所博士論文, 2002年 6月), 第五章「日治台灣之敎育統合」, 122~179쪽 참조.

속에서 자신의 정체성을 확인하고 있었기 때문에, 이러한 갖가지 이유
는 타이완인의 식민교육과 일본어에 대한 접수를 저해하는 요소로 작
용하고 있었다고 한다.[9] 그러나 국어전습소와 공학교가 한문교육의
도입을 통해 서당에 다니던 학생들을 흡수할 수 있게 되면서, 식민교
육의 기반은 더욱 튼실해져갔다. 총독부는 공학교 과정의 최초 기획
단계부터 이자와의 동문주의를 과감히 도입함으로써, 전통적인 유학과
한문을 단순히 배척하지 않는 데에서 그치지 않고 오히려 유가경전
위주의 한문교육을 '독서' 과정 속에 도입, '국민성격을 양성'하는 '덕
교(德敎)'의 일부분으로 삼았다. 이러한 방법은 아주 효과적인 회유책이
었다. 그러나 반드시 구분해야 할 것은, 가와지 마사요가 말한 것처럼,
동문주의 사고 속에서 유학경전은 이 시기 이미 "'사도(斯道)는 곧 천황
제 국가이데올로기'라는 이념을 확충하는 주요 매체로서 기능하고 있
었다."[10]는 점이다. 즉, 이자와가 유학과 한문을 제창한 목적은 천황제
국가이데올로기를 주입하는데 있었던 것이다. 이는 달리 말하면, 유학
과 한문을 동화를 촉진하기 위한 유효한 문화적 수단으로 이용하게
될 때만이 비로소 '사도'는 긍정되고 보존될 만한 가치를 갖게 된다는
것이다. 이를 통해, 우리는 한문동문주의의 기본원리는 여전히 동화주
의에 기초해 있으며, 단지 이자와가 일어교육을 동화개조의 절대적 수
단으로 주장하지 않았을 뿐이라는 것을 알 수 있다.

이렇듯 '사도'로써 '피도(彼道)'를 선양하는 교화전략은 초기에는 상
당한 효력을 발휘했고 인정도 받았다. 그러나 '한문동문주의'적 사고
가 언어정책에서 차지했던 주도적 지위는 그리 오래가지 못했다. 1902

---

9) 吳文星, 「日據時代台灣書房之硏究」, 『思與言』 第16卷 第3期(1978年 9月), 65~76쪽.
10) 川路祥代, 앞의 글, 136쪽.

년 이후, 타이완교육계에서는 이자와 슈지가 제창한 동문주의에서 동화주의로의 전환을 요구하는 목소리가 점차 높아져갔고, '일어동화주의'를 근거로 한 언어민족주의가 점차 타이완교육계의 주류로 자리 잡아 나가게 되었던 것이다. 일부의 논자들은, 한문의 보존이 <교육칙어(敎育敕語)>로 대표되는 국가교육의 최고 입장에 저촉되거나 그것을 압도해서는 안 되고, 그것과 동등해서도 안 된다고 주장했다. 그들은 이러한 원칙에 근거해, 타이완교육계의 한문동문주의를 '시비불명(是非不明)'의 혼합주의적 사고라고 맹비난을 퍼부었다.11) 이러한 교육계 목소리의 변화는 식민교육현장의 실천과 훈련, 검증 등을 거친 결과이다. 다시 말해 이것은, 일본어 <교육칙어>로 직접 국체정신을 주입하는 일어동화주의와 유가경전을 교화의 매개로 하는 한문동문주의의 상호 공존이 더 이상 불가능하다는 것을 시사해 주는 것이라 할 수 있다.

상술한 바와 같이, 한문교육의 존폐는 '식민개조 vs 문화온존'의 정책 논쟁을 불러왔다. 논쟁의 관건은, 똑같은 황색 피부와 황색 얼굴을 가졌기에 '주인과 노예를 구분하기 힘든' 한(漢)문화권에서의 식민관계는 유럽의 백인들이 유색인종을 통제하는 식민형태와 상당한 차이가 있다는 데에 있었다. 식민종주국 일본이 일찍이 중국 중심의 한문화권의 일원이었음은 부정할 수 없는 사실이었기에, 일본과 타이완은 매우 혼종(hybridity)적이고 애매한 문화관계를 형성하고 있었다. 따라서 동양문화, 일본한학, 일문한자와 유학, 한문의 연원 그리고 과거 아시아에서 유지되었던 중국문화의 선진성 등등은 일본이 타이완의 한문화에 대해, 유럽의 식민종주국이 아프리카나 인도 혹은 아시아의 문화를 전면적으로 억압했던 것처럼 그렇게 간단하고 합리적으로 처리할 수 없

---

11) 川路祥代, 「殖民地台灣文化統合與台灣傳統儒學社會」, 155쪽 참조.

다는 데에 문제의 고민이 있었다. 그들이 보기에, 한문교육은 '(일본)동
양고전vs(중국)적성문화vs(타이완)피지배자 본토언어'의 중층적 모순과
관련되어 있어, 식민지의 근본구조를 위협할 가능성이 상존하고 있었
다. 즉, 일본제국의 입장에서 보면, 한문은 일본적 전통이면서도 적성
문화이고 심지어 피식민자의 문화주체라는 중층적 성격을 가지고 있
었던 것이다. 자기의 것이면서도 동시에 자기의 것이 아니고, 존중해
야 하면서도 동시에 억압해야 하는 그러한 것이 바로 한문이었다. 이
렇듯 처치 곤란의 존재인 한문은, 일본의 다중적인 동방자아(東方自我)를
시험에 빠뜨리게 했고, 일본식민주의의 능력에 도전하고 있었다. 또한
후발 제국주의자로서의 일본의 식민전략까지도 시험하고 있었던 것이
다.

　언어와 문화의 '혼종성'을 통해, 식민종주국의 우월한 문화는 전복
되고 치환될 가능성이 있다. 그런 점에서, '혼종성'은 종속적 위치에
있는 약세문화(弱勢文化)의 투쟁 지대이다. 따라서 식민종주국 입장에서
보면, '혼종성'은 위협과 위험으로 가득 차 있는 것이라 할 수 있다.[12]
이자와 식의 한문동문주의는 관방(官方)의 입장에서, '(타이완) 사도'를
일본정신을 인식하는 일종의 문화도구로 이용하자는 것이었지만, 오히
려 그러한 임시변통과 편의주의로 인해 식민통치를 돌이킬 수 없는
'혼종성'의 갈림길로 이끌 가능성도 있었다. 결국, 한문동문주의가 급
격히 폐기될 수밖에 없었던 것은, 식민당국이 이러한 혼종성을 극복하
는데 확신이 없었기 때문이다. 1904년 3월, 타이완총독부는 <공학교규
칙>을 개정하면서, '동문주의'적이고 '혼합주의'적인 한문교육방침에
대한 전면적 수정을 통해, 공학교 한문과목에서 유학경전을 배제하는

---

12) Homi Bhabha, 『The Position of Culture』(London : Routledge, 1995), 13~194쪽.

원칙을 확정했다. 이제 타이완의 교육원리는 문화주의를 고려한 이자와 시기의 절충주의에서 이민족에 대한 동화를 목표로 한 언어민족주의로 조정되기에 이르렀다.[13] 총독부의 언어정책과 교육정책이란 제도적 측면에서, 한문동문주의 시대는 막을 내리고, 일어동화주의가 일방적으로 주도하는 시기로 접어들게 되었다. 그러나 1937년 이후, 중일전쟁의 다양한 요구와 필요성 때문에 문화통합은 다시금 재현을 요구받게 되었다. 이로 인해, 한문동문주의는 미약하나마 다시 기사회생의 기회를 맞았다. 그러나 그동안 장기적으로 폐기된 채 사용되지 않은 탓에, 그 중요성은 상당히 약화된 상태였고 그것의 응용방식 또한 혼종성을 피하는 방향으로 약간의 수정이 가해졌을 뿐이었다.

타이완의 교육정책과 언어통제 원리상의 이와 같은 변화는 한마디로, '한문동문주의'에서 '일어동화주의'로의 전환이라 할 수 있다. 필자는, 일본식민주의의 언어통제는 매우 복잡한 양상을 띠지만, 그 이면을 들여다보면 '동문의 혼종적 모순을 해소'한 '한문동문주의'와 '신어패권을 수립'한 '일어동화주의'의 양대 책략에 지나지 않는다고 생각한다. 전자는 식민구조 속의 공통적 기초를 동원하는 것을 목표로 '일본/타이완＝동문(同文)/동종(同種)'의 수족관계와 한문통합의 임시변통성을 강조하고 있고, 후자는 식민구조 속의 차이정치를 유지하는 것을 목표로 '일본/타이완＝지배/예속의 주종적 위계와 일어동화의 필연성을 강조하고 있는 것이다. 두 원칙의 혼용 속에서, 한문동문주의는 결국 일어동화주의라는 주선율에 수반되는 반주와도 같이, 각기 다른 통치단계에서 각기 다른 정치요구에 의거해 조율되는 방식으로 식민주의 언어통제의 완정한 조화를 달성하는데 협조하게 되었다.[14]

---

13) 駒込 武, 『殖民地帝國日本の文化統合』(日本 : 岩波書店, 1996年 3月), 64쪽 참조.

2. 식민지 타이완의 전통문화체계와 한문교육의 와해
─서당훈장과 단두계(斷頭鷄)

상술한 바와 같이, 타이완에 대한 일본의 언어통제는 일어동화주의
를 주(主)로, 한문동문주의를 보(補)로 하는 것이었다. 타이완 점령 초기
에는 동문주의를 채택해 유학교육과 유학경전 그리고 한문을 모두 허
용했지만, 1902년 이후에는 동화주의가 타이완의 교육정책과 언론의
주류를 차지하게 되었다. 또한, 1937년 이후에는 황민화운동과 국어운
동이 결합하게 되면서 신문의 한문란(漢文欄)이 전면 철폐되는 등, 일어
동화주의가 절정에 달했다. 그러나 이와 동시에 태평양전쟁의 요구에
부합해 한문의 정치적 가치가 재평가되기 시작하면서, 쇠퇴일로를 걷
던 동문주의가 다시 패자부활을 하게 되었고 한문문화 생산에도 미약
하지만 약간의 숨통이 트이게 되었다. 비교적 고분고분한 입장을 취하
고 있던 한문통속잡지 『풍월보』가 특별히 발간이 허용된 것이 바로
그 예이다. 이후, 『풍월보』는 동문주의 연역(演繹) 공간의 하나로 자리
매김 되기에 이른다. 그러나 전체적으로 볼 때, 그것이 한문 소멸정책
이든 개조정책이든, 한문교육과 전통문화가치의 존속에 심각한 위해를
끼쳤다는 점에서는 마찬가지였다. 여기서는 1930년대, 40년대에 주로
활약했던 작가 장원환(張文環)의 시각에서, 텍스트 속에 드러나는 유학/
한문 및 식민지 이전 사회와의 문화단절의 모습을 통해, 피지배자의
민족어와 그 소속 문화체계가 분리되고, 그로 인해 저속화되고 형해화
되어버리는 창상(滄桑)의 역사를 재현해 보고자 한다. 이른바 식민 2세
대에 속하는 장원환은 유년시절 수년 간 서당에 다닌 경험이 있기는

---

14) 柳書琴,「從官製到民製 : 自我同文主義與興亞文學(Taiwan1937~1942)」, 王德威編, 『想像
的本邦 : 現代文學十五論』(台北 : 麥田出版社, 2005年 5月), 63~90쪽 참조.

했지만 사실상, 일본어세대 지식인이라고 해도 과언이 아니다. 「논어와 닭(論語と雞)」(1941)15)은 그의 전성기 대표작 중의 하나로, 식민지 유학교육의 와해가 소설의 중요한 주제로 설정되어 있다. 타이완이 할양되기 이전, 관학(官學)과 민간흥학(民間興學)이 보급되고 서원(書院)과 서당이 각지에 설립되는 등, 타이완에서의 유학의 역사는 거의 200여 년에 달한다.16) 소설은 민속/예법에 관한 몇 가지 에피소드17)를 둘러싸고, 한학교육의 몰락과 본토가치의 변화에 대한 신구(新舊)가 뒤섞이고 모순이 가득한 정서를 포착해나가고 있다.

소설의 무대는 산속 분지에 위치한 편벽한 촌락이다. 그 옛날 이 마을에서는 한인(漢人)사회가 자신들의 전통을 뿌리내리면서, 대가족을 형성하고 많은 자손들을 길러냈다. 또 그 자손들이 문무과거(文武科擧)를 통해 출세를 하게 되면서, 가문은 번영을 구가할 수 있었다. 그러나 세월이 변해 과거가 폐지되면서, 서당만이 유일하게 그 전통의 명맥을 간신히 유지하고 있었다. 또 한편으로, 식민정부의 손길이 아직은 이 산골마을에까지 미치지 못한 탓에 기본적인 전력공급조차 이루어지지 않고 있었다. 이른바 '문명'을 표방하는 식민주의 현대화의 물결은 아직 이 마을에는 요원한 것이었다. 주인공 소년 위엔(源)의 대가족 집안도 이미 몰락한 지 오래였다. 위엔은 마을에서 조금 떨어진 읍내에 공학교가 있었지만, 아버지의 강요와 고집 때문에 서당에서 공부를 하게

---

15) 張文環<論語と雞>, 原刊『台灣文學』1：2(1941年 9月) 본문 참조. 中島利郞(等編),『日本統治期台灣文學·台灣人作品集』第四卷 (東京：綠蔭書房, 1999年 7月), 165~180쪽.
16) 陳昭瑛,『台灣文學與本土化運動』(台北：正中書局, 1998), 283쪽 참조.
17) 문무과거(文武科擧), 서방의례(書房儀禮), 제자지례(弟子之禮), 장유지서(長幼之序), 남녀지별(男女之別), 촌락제전(村落祭典), 도교계율(道教戒律), 민간관습(民間慣習), 경찰체계(警察體系) 등과 관련된 묘사는 모두 주지(主旨)에 호응하는 역할을 하고 있다.

되었다. 정해진 날짜에 훈장선생에게 월사금을 갖다 바치고, 새벽에는 공자사당에 제를 올리고, 제를 올린 후에는 사당을 청소하고 또 훈장선생을 위해 차를 끓이는 등등은 서당에서는 당연히 해야 하는 의례처럼 되어 있었다. 그러나 이렇듯 엄숙하고 틀에 박힌 서당과 비교해, 공학교의 일어교육과 다양한 학습 과정(그림책, 음악, 미술, 체육), 현대적인 교모(校帽) 등등은 항상 위엔의 관심을 끌기에 충분했다. 그럴수록 그는 서당의 생경한 교육을 자신을 감금하는 것으로 여기게 되었고, 전승의 의미를 가진 민간제전이나 쿵푸(工夫), 뤄꾸쩐(羅鼓陣)마저 우스꽝스럽고 창피한 잡기쯤으로 생각했다. 그래도 어린 시절 서당에서 "매일같이 매를 맞고 눈물을 흘려야" 했던 아버지에 비한다면, 위엔은 자신이 그 시대에 태어나지 않은 것을 다행으로 생각했다.

위엔의 눈에도, 산촌에서도 "일본 문명을 주장하는" 시대이고 더군다나 무과시험(武擧)의 정신은 제전의 무술놀이 속에서나 명맥을 유지하고 있고, 문과시험(文擧)도 몰락의 길로 치닫기는 마찬가지로 비쳐졌는데도, 아버지는 그렇게 생각하지 않는 것 같았다. 여전히 아버지는 공도(孔道)나 경전 그리고 선생에 대한 존경심을 가지고 있었고, 위엔에 대한 교육과 양육도 모두 유가의 예법에 의거했다. 아버지는 위엔에게 『논어(論語)』에 나오는 예(禮)에 대해 이야기할 때면, 근엄했던 얼굴마저도 부드러워질 정도였다. 여타 다른 집안의 가장들 역시, 이러한 문화 정체성과 가치정향에 따라 서당을 옛 성현의 '학문(學問)'이 존재하는 곳으로 여겼다. 식민지 이전의 교육체계와 이러한 체계에 부속된 문화적 가치는 '아버지'로 상징되는 한학을 통한 입신출세의 세대에 의해 유지되었다. 아버지, 위엔 그리고 도학(道學)을 가장한 훈장선생, 이 삼자는 한학에 대해 각기 다른 태도 즉, 동일시, 회의(懷疑), 물화(物化)/이화(異化)의 태도를 취하고 있다는 점에서 대조를 이루고 있다. 위엔은 여러 방면에서 식민지 이전의 교육체계와 문화적 가치에 대한 생소함, 그에 대한 소외와 불만을 표현하고 있다. 그럴 때마다 그는 아버지의 감시의 시선을 의식해야 했다. 아직은 어린 위엔은 한학이 담지하고 있는 사회적 기능과 문화적 의미를 알지 못했기에, 아버지의 엄정한 태도를 이해할 수 없었다. 또 한편으로는, 서당 훈장선생의 게으름과 나태에 대해서도 그는 의혹의 눈길로 바라본다. 소설은 이러한 과도기적 세대의 회의적 사고 위에서 전개되고 있다.

우란분(盂蘭盆) 제전을 앞에 두고, 마을청년들이 달빛에 의지해 밤늦게까지 사자춤, 쿵푸, 뤄꾸쩐을 연습하게 되면서, 무료하기만 했던 마을이 일시에 활력을 되찾게 되는 것으로부터 이야기는 시작된다. 그런데 제전을 준비하는 동안, 두 명의 농부가 대나무 채벌 문제로 싸움을 벌여 파출소까지 가게 되는 사건이 발생한다. 하지만 순사도 이에 대해 속수무책이라, 이들은 하는 수 없이 닭의 모가지를 자르는 것으로 시비를 가리기로 한다. 왁자지껄한 소리에 촌민들은 물론이고, 훈장선생이 없는 틈을 타 위엔 등 서당의 학동들까지 싸움구경에 나서게 되었다. 구경꾼들은 '여우잉공(有應公)'이 모셔진 마을 밖 절벽 아래 동굴 앞까지 몰려가 이 끔찍한 장면을 보게 된다. 닭의 머리를 자르는 것은 그런 어수선함 속에서 그럭저럭 마무리가 되었지만, 공교롭게도 그 때 맹세용으로 사용했던 죽은 닭을, 훈장선생은 뭇사람들의 시선은 아랑곳 하지 않은 채, 냉큼 집으로 가져가 삶아먹고 만다. 위엔이 아버지와 선생 등을 통해 주입받았던 예법과 사도(師道)는, 이러한 추태에 가까운 장면을 목도하게 되면서 완전히 추락하고 만다. 얼마 후, 부모들도 서당이 거의 난장판에 가깝다는 것을 알게 되면서 잇달아 자식들을 서당에 보내지 않게 된다. 이러한 일이 있은 후, 서당은 회복 불가능할 정도로 쇠락해 간다. 그런데 뜻밖에도 그토록 공학교에 다니기를 열망했던 위엔은 서당의 쇠락을 보면서 왠지 모를 아쉬움과 실망감을 느낀다.

서당에 다니는 것을 달가워하지 않았던 위엔이 이렇듯 실망감을 느끼게 되는 것은 무엇 때문일까? 물론, 사도의 추락이 그 직접적인 원인이겠지만, 또 한편으로는 본토의 지식체계와 문화도통(文化道統)의 쇠락에 대한 위기감을 모호하게나마 깨달았기 때문은 아닐까? 과거제는 폐지되고, 식민세력은 아직까지 이 궁벽한 시골에까지 손길이 미치지 못하고 있었지만, 한문의 실용적 기능과 유학의 문화적 기능 그리고 그것이 지닌 정신적 가치는 여전히 서당과 가정교육을 통해 민간사회 구석구석에 면면히 흐르고 있었다. 따라서 마을사람들의 머릿속에서 영원히 『논어』만을 가르칠 것으로 생각되는 훈장선생은 어찌 되었든 여전히 신성한 도통의 전승자로 남아 있었다. 그러나 서당교육과 그것이 근거하는 한인문화(漢人文化), 한학전통, 과거제도는 이미 쇠락했기 때문에, 자연히 제도의 상실과 문화양분의 유실 그리고 실용가치의 하락이 가져온 몰락을 더 이상 피할 수 없었다. 일어 위주의 식민교육이 확장되는 속에서 도통의 쇠락은 불가피한 것이었다. 이 논어 선생은 그 누구보다도 현실의 냉혹함을 잘 알고 있었던 듯하다. 그래서 그는 가르치는 걸 게을리 했던 것이고, 심지어 자기 자식들에게마저 서당에서 공부할 것을 강요하지 않았던 것이다. 서당 밖에서, 비오는 날 사람들을 모아놓고 옛날이야기를 해주고 삼국지 이야기를 할 때만이 그의 권위는 인정을 받았고 그의 목소리는 "점점 더 열을 올리며 커져갔다." 옛 성현의 도통이 이미 쇠락한 이상, 선생이 유지할 수 있는 마지막 권위는 그저 통속소설이나 전통장고(傳統掌故)에 대해 이야기할 때나, 마을 사람들과 어울릴 때만이 남아 있었다. 그러나 중요한 것은 바로 이러한 과정 속에서, 경전이나 도통이 민간화되고 하층화되는 모습이 엿보인다는 것이다.

'단두계'(닭 모가지 자르기−옮긴이) 는 명예나 생명을 걸고 시시비비를 가리는 민간의 고유한 판결의식으로, "타이완에서 서약하는 형식 가운데 최고의 방법이라 할 수 있다. 그러나 이 방법을 쓰게 되면 설사 죄가 없다 하더라도 쌍방이 부담을 똑같이 나눠 갖게 된다."(「논어와 닭」 32~33쪽) 이 사건은 마을사람들에 대한 선생의 권위가 더 이상은 의미를 갖지 못한다는 것을 폭로하고 있다. 이 소유권 분쟁이 결국 법률로써도 도덕으로써도 해결이 안 되고, 오로지 민간풍속을 통해 판결이 난다는 것은, 법률(식민종주국)과 예법(본토적 가치) 모두 적어도 이곳에서는 무용의 존재라는 것을 보여주고 있다. 마을 최고의 법치단위라 할 수 있는 파출소도 강제적 수단에 의해 중재할 수 없고, 신성한 문화의 마지막 대리인이라 할 수 있는 서당의 훈장선생도 적극적으로 중재자를 자처하여 나선다거나 또 마을 사람들에 의해 중재자로 천거되지도 못한다. 오히려 선생은 마을사람의 다툼에 전혀 관심이 없고 중재하겠다는 생각이나 어떤 책임감 같은 것도 전혀 가지고 있지 않다. 이는 그가 서당 훈장으로서 과거 사회로부터 부여받은 사회지도층의 신분마저 스스로 자각을 하고 있지 못하다는 것을 의미한다. 도학이란 가면 뒤에 숨어 있는 행동과 생각의 불일치, 언교(言敎)와 신교(身敎)의 파탄은 죽은 닭을 수습해 돌아오는 장면에서 마을사람들에게 여지없이 폭로되고 만다.

한학 선생의 이러한 추태극은 식민교육과 문화개조가 발단이 된 것으로, 결국 사회 내부의 예법(도덕적 가치)이 와해되고 그것이 더 이상 치유 불가능한 것이 되고 마는 결과를 가져오는 것으로 끝이 난다. 도통의 대리자로서 훈장선생은 마땅히 예법을 가르쳐야 하고, 솔선해 예법을 실천했어야 했다. 사건이 발생하기 전, 서당에서 배운 「향당(鄕黨)」 제10편을 두고, 아버지는 위엔에게 이것의 주제는 '예법을 준수'하는 것이라고 말한 적이 있다. 부자지간에 예를 두고 이야기하는 이 부분에서 소설의 주제의식이 표명되고 있다. 「향당」 27편에는, 공자의 예에 대한 태도와 실천이 집중적으로 기록되어 있다. 공자는 각각의 경우에 따라 낯빛과 언동, 의식주, 일거일동을 달리 했는데, 이 모두 예에 부합했다고 한다. 소설에서는 제10편의 앞 구절인 「향인음주, 장자출, 사출의(鄕人飮酒, 杖者出, 斯出矣)」를 인용하고 있을 뿐, 그 뒤의 구절인 「향인나, 조복이립어조계(鄕人儺, 朝服而立於阼階)」는 인용하지 않고 있는데, 사실 이 두 구절 모두 소설의 주제와 관련되어 있다. 공자는 「향음주례(鄕飮酒禮)」와 「나례(儺禮)」 속에서, 어른을 공경하고 손님을 존중하며, 예법을 숭상하고, 나아가고 물러남에 구분이 있어야 한다고 했다. 소설은 바로 이를 빌어 공동체의식과 예의정신, 그리고 사도(師道)의 전범을 제시하고 있으며, 또한 이를 근거로 성현의 도통(예의 본체)과 민간습속(예의 분류)에 대한 훈장선생의 경솔함을 비판하는 복선을 깔고 있는 것이다. 「논어와 닭」이 독자들의 뇌리 속에 새겨놓은 것은, 선생이 피투성이인 채로 굴러가는 죽은 닭을 챙기는 장면이다. 서약에 사용하는 희생물이 선생의 저녁꺼리가 된다는 것은, 신성한 도통이 생계수단의 도구로 전락하고 있음을 의미하는 것이다. 닭의 모가지를 자르는 것은 식민지 이전 사회의 제도적 · 문화적 체계와의 단절을 의미하며, 머리가 잘린 한학전통을 상징한다. 따라서 전통적 지식인의 타락과 한문교육의 쇠락이라는 문화적 참상을 스쳐지나가듯 바라보면서, 신세대는 결국 식민교육의 길로만 일로 매진할 수밖에 없는 것이다.

일본어 신지식인 세대이기는 하지만, 장원환은 오히려 평생을 농촌생활과 전통가치에 대한 식민통치의 파괴를 묘사하는데 주력한 작가이다. 일찍이 농촌생활이 가지고 있던 모든 것은 식민정치와 문화체계의 침입 하에서는, 필시 눈 위의 기러기 자국처럼 지나간 과거의 것이 되었을 것이다. 안빈낙도의 독서인(讀書人)적 풍골(風骨)을 거스른 채, 타락과 추태를 저지르는 훈장선생의 모습은, 위엔(동시에 장원환) 등의 신세대로 하여금 '한학/전통문화체계'에 대해 처음으로 무언가를 느끼게 했다. 그러나 이 느낌은 그저 그것의 몰락이 이 지경일까 하는 놀라움에 지나지 않는다. 하지만 어쨌든 자신의 민족문화의 사망에 대한 통감은 소설 말미에 이렇게 침묵 속에서 깊게 마음에 새겨져 있다.

3. '전통문인'의 세대 진화

「논어와 닭」은 서당의 몰락을 통해, 한문교육과 전통가치의 변화와 해체를 그리고 있다. 서당훈장의 몰락사는 시대적 추세에 따라 쇠잔해가는 한학교육을 상징하며, 사회 전체의 작동과 연계되어 있는 성현의 도통이 사인교육(私人教育), 시정문화(市井文化), 호구지책 등의 수단으로 전락하는 참상의 역사를 상징한다. 훈장선생이 손에 꽉 틀어쥔 채 결코 놓지 않으려 했던 한문교육은 결국 모가지가 잘린 닭처럼, 본토문화가 식민주의의 파괴로 몰락하고 소외되면서 호구의 방편으로 전락한 신성한 주검의 신세가 되고 말았다. 전통문화체계가 붕괴되고 한문교육이 쇠락하면서, 전통지식인들은 식민지 현대화 과정 속에서 황당무계한 낙오자 신세가 되었다. 이 소설의 내용은 결코 어느 한 개인만의 이야기가 아니라, 당시 타이완 지식계 전반이 직면해야 했던 극히 보편적 곤경에 대한 은유이다. '전통문인(구문인)'이란 말은 1895년 이후에 새롭게 생겨난 신조어로, 일제강점기 한문문예 창작계층을 공통으로 일컫는 이름이다. 그러나 이 공통의 이름 뒤에서, 그들은 꾸준한 전승과 지속적인 변화를 통해 세대의 진화를 이루었고, 그 가운데에서 '동중유이(同中有異), 이중유동(異中有同)'의 정신구조와 문화태도 그리고 비판유형을 간직하게 되었다.

'전통문인'이 의미하는 것은 무엇인가? 필자가 생각하기에, 전통문인은 일종의 '주체인동(主體認同, subject recognition)'이자, '문화상상'이다. 그러나 이러한 주체들이 나름의 특정한 사회인식을 형성하기에 앞서, 직시하지 않을 수 없는 더욱 근본적인 조건이 존재하고 있었다고 생각한다. 그것은 곧 문인계층과 문인의식의 특성을 결정하는 모종의 사회적·역사적 조건이다. 그 가운데 특히, 장(場)과 세대는 가장 두드러진 조건이라 할 수 있다. 전통문인은 특정한 세대의 지식계층이다. 그들은 결사(結社), 서사(書寫, 글쓰기), 열독(閱讀), 창수(唱酬, 詩詞를 서로 주고받기), 음창(吟唱, 시낭송), 격발경새(擊鉢競賽, 단오절에 屈原을 추모하며 시를 짓고 낭송하는 모임) 등 각기 특정한 장에서 활동하며, 시사아집(詩社雅集)과 한문교육을 통해 서로 유사한 문화발전을 꾀하고자 했다. 그러나 문화발전의 과정 속에는, 사회·문화 변천에 따라 발생한, 그래서 스스로도 파악하고 제어할 수 없는 어떤 문화차연(cultural differances)들이 생겨나기 마련이다.18) 타이완 '전통문인'이란 말이 출현하게 된 맥락을 되짚어 보면,

---

18) '차연(差延, 혹은 延異)'은 자크 데리다(Jacques Derrida)의 신개념으로, '차이(差異,

중국 청말·민초 시기의 '과거제 폐지, 신학 건립'이란 배경과 완전히 일맥상통하는 것은 아니었다. 거기에는 오히려 식민통치란 요소가 훨씬 더 많이 개입되어 있었다. 일본이 타이완을 점령하면서 가지고 들어온 대규모의 일본식 교육은 과거제의 철폐보다도 훨씬 더 분명하고 강력하게 신구 지식인 세대의 차이와 간격을 만들어냈다. '전통문인'은 자아와 타자의 상호 작용 속에서의 일종의 자기 선택이자 자기 동일시이며, 하나의 구조이다. 그러나 이러한 구조는 식민통치라는 특정한 정치·사회·문화·역사 조건 하에서 생산된 결과물이다. '전통문인'의 역사현장 속에서의 칭호는 구문인, 구시인, 한시인(漢詩人)이다. 그러나 이러한 신/구의식이나 한(漢)/비한(非漢)의식과 같은 것은, 자기 동일시(自我認同) 과정에서 그들 스스로 만들어내었거나 혹은 타자로부터 부여받은 것들이다. 이 '구(舊)'라고 하는 것은 두 가지 차원에서 기원한다. 하나는 심리적 차원에서 구국(舊國)의 문화유민으로서의 '구'이며, 또 하나는 문화공공영역 안에서 서학/신학, 신문화/신문학 운동과 상대되는 '구'이다. 전자는 일종의 자기 선택이며, 후자는 타인으로부터 강요되고 재단된 명명이다.

타이완 역사에서 '구문인'이라 칭할 만한 자격이 있는 지식인 세대는 단 하나뿐이다. 그들은 주로 자신들의 교육이 완성되는 시점인

---

difference)'와 '연완(延緩, deferment)'의 합성어이다. 로고스중심주의(logocentrism)와는 정반대의 개념이다. 즉, 로고스중심주의가 고정적 의미의 존재를 가설한다면, '차연'의 경우, 최종적 의미는 사실상 계속해서 지연되며, 끊임없이 그것과 다른 의미의 차이 속에서 기호화됨으로써, 결국 의미는 영원히 상호 관련되어 있는 것이지, 독립적으로 존재하거나 스스로 완정성을 확보할 수 있는 것이 아니라는 것이다. 본문에서 말하는 한문문화의 발전과 차연은, 바로 이러한 관점을 빌려, 통속문예의 세대별 생산/소비 과정 속에서, 한문문예가 어떠한 생산/소비의 형태와 도덕을 만들어내고 아울러 그 서로 다른 형태와 도덕 사이에서 어떠한 의미의 차연이 존재하는지를 고찰하고자 한다.

1895년, 타이완 할양이라는 중대한 역사적 변화를 겪었고, 1920년대에는 신구문학논전으로 촉발된 문화주도권의 교체를 경험했다.19) 이러한 '이중적 구화(舊化)'의 경험과 충격 속에서 걸러진 사람들이 바로 그들이다. 시에쉐위(謝雪漁, 1871~1953), 리이타오(李逸濤, 1876~1921), 왕스펑(王石鵬, 1877~1942), 롄헝(連橫, 1878~1936), 리포궈(林佛國, 1885~1969), 정쿤우(鄭坤五, 1885~1959), 웨이칭더(魏淸德, 1886~1964), 장춘푸(張純甫, 1888~1941) 등이 바로 이 세대에 속하는 사람들이다. 이 세대는 과거와 유학교육을 거쳤고, 그 가운데 상당수가 직접 과거 시험에 응시했다. 이 세대는 할양과 전쟁 속에서 분노와 공포를 경험했고, 그 가운데에는 직접 베이징에 가서 할양에 반대하는 청원을 한 이도 있었다. 이 세대는 국적(國籍) 선택의 경험도 가지고 있다. 그래서 그 중에는 자신들의 조상이 살던 조국 중국으로 돌아가 살려고 했던 사람도 있었다. 또 이 세대 중에는 타이완으로 건너온 이른바 1세대 일본인 관료들과 한시(漢詩)를 통해 교류하면서, 타이완총독부에서 베푸는 각종 연회나 주연 즉, 관신동연(官紳同宴), 향로전(饗老典), 양문회(揚文會) 등에 초대되어 상빈(上賓)의 대접을 받았던 이들도 있었다. 또 이와는 반대로 평생 기민(棄民)을 자기정체성으로 가지고 산 이도 있었다. 이 세대는 타이완신문학운동의 주창자라 할 수 있는 장워쥔(張我軍)에 의해 '낡은 초당 속에 묻혀있는 진부한 문인'으로 칭해졌다. 물론, 그들 가운데 롄야탕(連雅堂), 정쿤우, 뤄슈훼이(羅秀惠, 蕉麓) 같은 이들은 그러한 비난에 반발했다. 그러나 이들 소수를 제외하고는, 공개적으로 자기신분을 밝히며 응전했던 이들은 많

---

19) 신구문학논전은 대상(帶狀) 형태로, 1924년부터 1942년 사이에 존재했다. 그러나 1924년에서 1930년 사이가 가장 집중적인 시기라고 할 수 있으며, 5~6년 간의 논전을 거쳐, 신문학이 타이완 문화생산의 주도권과 전범(典範)적 지위를 확보하게 되었다. 翁聖峰, 「日據時期台灣新舊文學論爭新探」(輔仁大學中國文學硏究所博士論文, 2002年 7月) 참조.

지 않았다. 이 세대는 결사(結社)에 매우 열심이었다. 그들은 일제강점기 시사, 문사(文社)의 창립자이거나 정신적 지주였다. '최일선에서 사문(斯文)을 지키겠다는' 사명감이, 그들로 하여금 위기의식으로 가득한, 그러나 동시에 새로운 가능성으로 충만해 있는 한문 중심의 문화공동체를 조직케 했던 것이다.

청이 지배하던 210여 년 동안, 타이완 사회는 이미 일정한 유학적 전통을 형성해가고 있었다. 그러나 돌발적인 타이완 할양의 국면은, 이 세대 문인들에게 전조재자(前朝才子)로서의 기민의식(棄民意識)과 유민의식(遺民意識)이라는 새로운 자각을 불러일으켰다. 신민(新民)/신국민(新國民)과 상대되는 기민(棄民)/유민(遺民)이라는 극히 표박(漂泊)하고 영락(零落)한 의식과 집체경험은 이전 세대에게서는 찾아볼 수 없던 것들이었다. 반면, 신문학운동이 발생하면서부터는 '구(舊)문인'의 이러한 '구(舊)' 의식은 한발 더 나아가 '신학/서학', '신문학/신문화'의 반대편에 위치 지어짐으로써, 더욱 더 강화되고 문제화되었다. 문인활동의 장 안에서도 이러한 구문학과 신문학의 대립과 분화가 본격화되면서, 구문인의 구화(舊化) 과정은 절정에 달하게 되었다. 이러한 이중적 구화의 충격을 경험한 세대야말로 곧 '전통문인'의 표준적인 지칭대상이라 할 수 있다. 그러나 '전통문인'은 일반적으로 생각하는 것처럼, 새로운 시대의 거대한 수레바퀴 밑에서 그저 천수를 다하고 죽는 시대의 낙오자는 결코 아니었다. 오히려 그들은 식민통치 초기 가장 적극적으로 식민통치자와 문화적으로 대립하고 협력했던 사람들이었다. 그들은 나름의 고유한 문화자원과 문화전략을 가지고 있었을 뿐 아니라 계층 내부의 문화적 파생능력도 가지고 있었다.

연령의 차이와 문화차연의 관점에 정신적 풍모, 문화적 위치, 비평

전략, 문예의 생산/소비 패턴의 차이까지 덧보태면, 전통문인과 그들이 파생해 낸 문화집단을 세 개의 서로 다른 세대로 구분해 볼 수 있다.[20] 전통문인은 곧 「조대(祖代)」(1860년~1885년 출생)에 해당한다. 이들은 대부분 지방 유지나 학자 집안의 자제들로, 비교적 집안형편이 넉넉하고 상당 기간의 유학교육 경험을 향유했던 자들이다. 그들은 청말 문예활동이 전에 없는 번영을 구가했던 1860년에서 1888년 사이에 주로 태어났기에, 개중에는 전대(前代)의 유유(遺儒)나 과거시험 경험자들이 적지 않았다. 이렇듯 비교적 완정된 한문소양을 가지고 있었기 때문에, 그들은 서당의 개설이나 시사·문사의 창건, 그리고 재지(在地, global 과 상대되는 의미의 local-옮긴이) 의 문사(文史)와 전저(專著)의 정리 편찬, 한문 간행물 창간 등에서 뛰어난 능력을 발휘할 수 있었다. 을미년(1895년)의 타이완 할양이 불러온 정치적 대 격변과 그로 인한 문화단절은, 1860년 타이완 개항 이래 30여 년간 홍성했던 문풍(文風)을 일시에 좌절시켰다. 그러나 한편으로, 타이완에 건너온 일본의 관신(官紳, 관료와 신사-옮긴이) 들은 타이완 점령 초기, 자신들의 전통한학에 대한 소양과 여기에 부수된 서화(書畵) 능력을 통해, 타이완의 신상(紳商, 신사와 상인-옮긴이) 들과 활발한 교류를 시도했다. 이러한 교류는 결과적으로, 식민 통치를 측면에서 보좌하는 일종의 회유정치의 기능을 담당했고, 결국 이는 단기간 내에 타이완 구(舊)지도층의 동요를 수면 아래로 잠재우는

---

20) 이 세대 분류는, 필자가 유학경전을 이해할 수 있고 고전한문을 창작할 수 있는 또 이를 통해, 한문문화 생산에 참여할 수 있는 타이완 문인들의 실제적인 연령과 문화표현을 근거로 귀납하고 산출해낸 것으로, '경향분석'으로 사용하기에 간단하고 편리한 '문화세대' 개념이다. 그러나 세대 간 경계 상에는, 이중적 특징이나 과도기적 특징이 적지 않게 존재하고 있어, 세대의 인물을 절대적으로 구분하는 데에는 어려운 점이 있다. 그러나 기본적으로, 세대의 중간 연령층에 접근할수록 세대의 특징은 보다 간명해짐을 알 수 있다.

효과를 얻게 되었다. 이후에도 일본 식민당국은 향로전(1898), 양문회(1900) 등을 통해, 제세안민(濟世安民), 구제진휼(救濟賑恤), 교충교효(敎忠敎孝), 수보묘우(修保廟宇), 정표절효(旌表節孝) 등을 강조하거나 한(漢)문화의 인정관(仁政觀)과 도덕관에 부합하는 경로존현(敬老尊賢)에 대한 표창식을 거행하기도 했다. 또한 타이완의 신상과 일본의 관신들이 함께 할 수 있는 관신동연, 시회아집 등의 각종 모임이나 회합을 적극적으로 마련함으로써, 엘리트 계층의 민심을 가일층 강고하게 안정시켜 나갔다. 그러나 동문주의 전략에 기초해 진행되는 훈장이나 신장(紳章)의 수여, 관신동연, 시회아집 등에서의 깍듯한 예우, 향로전, 양문회의 경로존현 등만 가지고는, 타이완 할양 세대 문인계층의 구국(舊國)문인으로서의 의식을 제거할 수 없었을 뿐만 아니라 오히려 그들의 한문/유학에 대한 자신감과 엘리트 의식만 더 고양시키는 결과를 낳았다. 이렇듯 타이완 전통문인들은 격변과 위기 속에서도 자신들만의 새로운 한문 중심의 상상의 공동체를 형성해 나갔고, 일본식민통치가 도입한 또 다른 종류의 한학이나 각종 신학의 충격 속에서도 한문/한학의 새로운 가능성을 사고함으로써, 전통문화 유신(維新)의 기획을 선도하는 최초의 주력이 될 수 있었다. 또한 학회(學會) 같은 조직이나 신문의 부간(副刊, 문예면-옮긴이) 등을 이용해, 서학 전파와 전통 유신의 주동적인 역할을 담당하게 되었다.[21] 나 아니면 누가 하겠는가라는 엘리트 지식인으로서의 소명의식을 가지고 적극적이고 주동적이고 개방적으로 전통 갱신의 가능성을 사고하는 가운데 정치, 문화, 지식의 혁명적 변화추세를 받아들이는 것은, 1920년대 이전 한문문예의 공공영역에서 활약했

---

21) 黃美娥, 『重層現代性鏡像：日治時代臺灣傳統文人的文化視域與文學想像』(台北：麥田出版社, 2004年), 288쪽 참조.

던 사람들이라면 누구나 갖고 있는 공통된 특징이었다.

전통문인의 제1대 파생세대는 곧 「부대(父代)」(1886년~1910년 출생)에 해당한다. 이들은 중불전쟁이 끝나고, 류밍촨(劉銘傳)이 타이완 최초의 현대화 기획을 추동했던 역사 변동기에 출생한 사람들이다. 이 「부대」에 일부 「조대」를 결합하는 방식으로 공동의 편집진과 필진 그리고 의견 생산의 주체를 구성한 『369소보』 집단이 그 대표라고 할 수 있다. 타이완 최초로 신구교육을 모두 경험한 이 「부대」는, 이전 세대인 「조대」의 전통문화 관념과 행동양태를 그대로 계승함으로써, 일본문화에 찬성하지도 않았고 신문화인들이 추동하는 문화개조운동에 찬동하지도 않았다. 따라서 창작과 교류네트워크는 여전히 전통문인이 활동하던 장을 위주로 할 수밖에 없었다. 그러나 신학과 한학의 단절과 충격 속에서 배회하던 이 세대는, 정신적으로는 명확한 문화단절의 증후군을 갖고 있었지만, 「조대」에 비해서는 보다 다원적인 현대사회의 생존능력을 가지고 있었다. 시사와 문사는 여전히 그들의 한학적 소양을 함양하는 요람이 되어주었고, 시간(詩刊)과 문집(文集), 통속소설은 그들의 문화비평을 진행하고 정서와 정체성을 유지할 수 있는 기지가 되어주었다.

그러나 「조대」의 유신정신과 비교해 볼 때, 「부대」가 보여준 것은 그 본래의 취지와는 판이한 퇴폐정신이었다. 정보의 생산과 전파라는 측면에서 『369소보』(이하, 『소보(小報)』)는, 일본자본으로 건립되어 일종의 관보(官報)적 성격을 띠고 있었고 또한 일본어로 세계의 지식과 정보를 번역 전달하는 특징을 지닌 『타이완일일신보』나 타이완과 일본 지식인들의 공동 참여로 운영되는 『신학회(新學會)』 등과 비교해 볼 때, 은근히 또 다른 종류의 문화순종주의(文化純種主義)를 표방하고 있음을 알

수 있다.『소보』는 거의 순수 타이완 문인들만의 공간이었다. 이 잡지
에 실리거나 소개된 지식과 정보는 거의가 중국의 간행물에서 옮겨
온 것이었다. 또한 서학/신학에 대한 소개 역시도 그 비중이 매우 제한
적이었고, 그것이 채택한 '본토한학/문화중국'의 편집방향과 문화입장
도, 1920년대 이전『타이완일일신보』가 보여준 '본토한학/세계신학'의
취지와 달랐다. 한마디로,『소보』문예생산의 특징 즉, 1930년대 한문
지식생산의 주조(主調)는, 일본을 통해 서방으로 향하는 유신정신의 입
장에서 타이완을 통해 중국으로 향하는 문화수성주의(文化守成主義)의 입
장으로 대체되었다고 할 수 있다.

　전통문인의 제2대 파생세대는 이른바「손대(孫代)」(1911년~1935년 출생)
에 해당한다.「손대」는 일제강점기 한문문예의 생산과 소비의 마지막
세대이다. 신문화/신문학운동이 고전(古典)에 대해 격렬하게 반대하던
시대에 출생해 성장한 이들은, 아버지와 할아버지 세대가 한문교육을
중시하고 실생활에서 한문쓰기를 강제한 탓에 그리고 한때 유행했던
격발음아(擊鉢吟哦), 부용풍아(附庸風雅), 문화사교(文化社交) 등에 대해 개인
적 흥미와 관심을 가지고 있었던 탓에, 한문학습과 한문창작의 대열에
합류한 경우이다.「손대」는 가정(家庭)·정감(情感)·문화(文化)의 측면에
서 이전 두 세대와 전승관계에 있기는 했지만, 아무래도 한문소양이
앞 세대들보다는 상대적으로 부족했기 때문에 문화전승, 문화책임, 정
신감정 상에서 이들이 갖는 공명이나 공감은 그리 깊지 못했다. 문화
활동의 장이란 차원에서도, 앞 세대들과 중첩되는 부분이 극히 적었
다.「손대」는 우리가『소보』에서 볼 수 있었던 그러한 과도기적 세대
가 아니라, 이미 전화(轉化)가 완성된 세대였다. 또한 이들에게는 현저
한 문화상실 증후군이나 이중교육으로 인한 초조감 같은 것은 더 이상

없었으며, 할양세대처럼 신세대인 동시에 어떻게든「조대」를 계승하고
자 하는 과도기적 특징도 없었다. 연령분포의 면에서, 청년이나 갓 결
혼한 젊은 세대에 해당하는 이들은「조대」처럼 심후하고 해박한 문화
적 소양도 없었고, 조소와 풍자로 가득한「부대」의 비평수준에도 미치
지 못했다. 더욱이 신문학이란 장에서, 용감히 옛 것을 버리고 새 것을
받아들이는 소년영웅이나, 현대문예 창작능력이 탁월한 일본어작가와
도 달랐다. 그들의 작품에서는 신기하고 새로운 내용이나 흠모할만한
문학적 재능도 발견되지 않았다. 또 깊은 인상을 주는 의제나 기획능
력도 없었고, 주목할 만한 담론의 주도성도 보이지 않았다. 그들은 당
시 새롭게 발흥하는 타이완 한문대중문학시장의 신예부대이기는 했지
만, 깊이 고찰하고 연구할 만한 그런 확정적이고 안정된 집단은 아니
었다. 그들은 한문문예 시장에 갑자기 나타난 신진문인들이기는 했지
만, 당시 타이완문단의 저급한 집단에 불과했다. 그럼에도 불구하고
이 신세대가 흥미를 끄는 것은, 백화한문으로 타이완의 현대 독자층을
조직해냈고 한문의 대중화를 시도함으로써, 대중문화를 선도하고 여론
을 형성하는 측면에서 그들 나름의 독특한 열정과 감수성 그리고 능
동성을 발휘했기 때문이다.『풍월보』집단이 그것의 대표라고 할 수
있다.

4. 한문 현대화의 상황과 통속문예 잡지

아래에서는 제1대 파생세대를 대표하는『소보』와 제2대 파생세대를
대표하는『풍월보』를 예로 들어, 식민지 타이완의 한문 현대화 발전과

정에 대해 간략하게나마 서술해 보기로 하겠다. 식민 상황 속에서, 한문 전통문예가 아(雅)와 속(俗), 주류와 방계, 엘리트와 대중 사이의 심미(審美), 문체(文體) 그리고 이데올로기의 은유구조 속에서 어떻게 차이화되고 계서화되고 주변화되는지, 또 전통문화 엘리트와 그 파생세대가 어떠한 문화전략과 비평입장을 채택해, 이러한 문화변동과 가치요동에 대응하는지에 대해 중점적으로 논의해 보기로 하겠다.

1) 『369소보』 집단

우선, 『소보』 집단에 대해 소개하기로 하겠다. 『소보』는 1930년 9월에 창간되었는데, 3일, 6일, 9일째 되는 날에 발간이 되었기 때문에 '369'란 이름이 붙었다고 한다. 『소보』는 5년간의 발행 시기 동안 총 479호가 간행되었다. 또한 타이완 내 소보(일종의 타블로이드 – 옮긴이) 유행을 이끈 선구적인 잡지로, 1935년부터 1941년까지의 기간에 걸쳐 중요한 한문통속문예 잡지라고 할 수 있는 『풍월』(1935.5~1936.2), 『풍월보』(1937.7~1941.6)의 창간을 이끌기도 했다. 『소보』는 신문과 잡지 등에 끼어 있는 간행물로, 시사보도를 목적으로 하는 것은 아니었다. 그것은 오히려 편집기획이나 지면배정, 글의 문체나 형식, 문언/백화 같은 용어 등의 각 방면에서 종합적 성격을 띠고 있었다. 또한 발행기간이 짧고 금방 생겼다가 금방 없어지는 바람에 속칭 '3호짜리 잡지(三號雜誌)'라고 불리었던 신문학 잡지들과 비교해 볼 때, 그것은 발행에 있어서도 비교적 안정적이고 고정적이었으며, 내용도 상당히 풍부한 편이었다. 이렇듯 『소보』는 문예적 차원에서 상당한 에너지를 보여주고 있다는 점에서, 단순히 심심풀이 오락잡지라고 가벼이 보아 넘길 수 없는 측면이 있다.

연구자들은 일반적으로 『소보』가 1930년대 타이완 시민의 문화소비와 '소보'적 전통 그리고 문인들의 습성을 교묘히 이용해 경박하고 통속적인 현대인들의 잡담거리들을 만들어내고 있다고 생각한다.[22] 그러나 이른바 식민지 소보문인들의 곡절어린 문화심리와 타이완 최초의 통속문예가 출현하게 된 문화적 배경을 파고들어가 보면, 소보문인들이 이러한 통속문예 잡지를 기획하면서 단순히 해학적인 담론의 공공적 공간만을 만들어내려 했다거나 이를 통해, 기존의 전통적 주류에 저항하는 담론만을 생산하고자 했던 것은 아니라는 것을 알 수 있다. 그것이 보여주고 있는 1930년대 타이완의 현대성은, 내부로부터 기존의 전통적 주류언론에 맞서 그것의 전복을 시도하는 것 외에도, 대외적으로 반식민적 역량과 문예현대화를 촉진하는 요소들을 동시에 가지고 있었다. 다시 말해, 『소보』가 보여주는 현대성은 한문문예의 변혁과 생산 그리고 소비를 통해 형성되는 일종의 전통 해소(解傳統), 반식민(抵殖民), 탈중심의 의미를 모두 포괄한 '한문현대성'이자, 동시에 타이완문예 장의 분화를 촉진하고 전통문예의 현대문예로의 전화를 촉진하는 '문예현대성'이다. 『소보』의 창간 당시로 거슬러 올라가면, 이 잡지는 소보, 소학(笑謔), 유희, 박고(博古), 소설, 현대소비정보 등의 형식을 통해, 그것의 해학적이고 풍자적이며 우언적인 심심풀이 오락거리로써의 '통속성'을 만들어내고 있다. 그러나 반면에 그러한 '통속성' 속에는 한문지식인들의 '속'(통속성, 주변성)적이지만 '동'(동화)하지 않으려는 수많은 시도들과 '구(舊)'에 근거하면서도 동시에 끊임없이 '신지(新知)', '신형식'으로 변화 발전해 가려는 노력들이 숨어 있다. 따

---

22) 毛文芳, 「情慾 · 瑣屑與詼諧 : 三六九小報的書寫視界」, 文學傳媒與文化視界國際學術研討會, 中正大學人文研究中心暨中文系主辦(2003年 11月 8日) 참조.

라서 『소보』 안에는 스스로를 낙오(전위성의 제거)시키는 비현대적 형식 즉, 한문통속잡지의 형식으로 한문문화 유지에 대한 여론의 형성과 한문문예의 자주적 진화라는 목적이 숨어 있다 할 수 있다. 이러한 형식과 위상을 통해, 『소보』는 일본식민성과 식민현대성이라는 거대한 물결이 타이완 문화주체를 침식하는 것을 비껴가면서, 성장 발전하고 있는 '식민지현대성'의 후미진 공간 하나를 확보하고자 했던 것이다.

『소보』의 정언반설(正言反說, 일종의 반어법 — 옮긴이), 자아소화(自我小化)의 성격은 단지 문인의 습성이나 상업적 고려에서 기인한 것만은 아니다. 거기에는 상당한 정도의 자각과 자기선택이 포함되어 있다. 따라서 통속, 오락, 해학, 수다, 박식, 욕정 등은 단순히 이 집단이 추구했던 목적이라기보다는 그들이 문화자원을 동원하기 위한 하나의 수단이자 일종의 태도라고 볼 수 있다. 바꾸어 말해, 통속문예는 단순히 문예적 위치에 국한되어 있는 것이 아니라 문화적 위치에 있는 것이라 볼 수 있다. 만일 신문학자들의 도전 속에서, 소보문인들이 일찌감치 대중을 대상으로 한 새로운 형태의 간행물의 필요성을 인식하고, 그것을 문화담론과 상징패권의 쟁탈 도구로 삼았다고 한다면, 그것은 분명 지나친 말이 될 것이다. 그럼에도 불구하고 소보형식과 통속문예가 지향하는 방향은 부성(府城, 台南) 문인 중심의 일부 전통문인들이 위기에 대처하는 새로운 의식과 전략이었음은 의심의 여지가 없다. '한문소보'에 '대중문예'를 접목하는 이런 전략은, 전통문인의 문화습성과 퇴폐적이고 패배주의적인 문화정서 그리고 일반적인 통속오락에 대한 수요와 관련이 있다. 그러나 이밖에도 이러한 문예적 위치는 『소보』 문인들이 타이완 문화주체의 유지에 대한 사고와 당시 타이완 문화상황에 대한 평가 그리고 자기 문화자본에 대한 동원에 있어 나름의 식견을 가지고 있었음을 의미하는 것이라 볼 수 있다. 따라서 그들에게 유리한 '구이면서 신인' 위치를 선택할 수 있었던 것이다.

『소보』는 해학, 농담, 유희라는 겉모습 이면에 '구'로써 '신'을 창조하는, 없애도 없어지지 않는, 작은 것으로 큰 것과 싸우는, '무용한 것을 유용한 것으로 만드는', '시대적으로는 착오이지만 입장은 결코 착오가 아닌' 그러한 시도들을 숨기고 있었다. 이밖에, 소보문인들은 '대중의 흥미'를 다분히 고려하는 가운데에서, '어떻게 하면 한학/한문/타이완 문화주체를 유지할 수 있을 것인가'의 입장에서, 통속독서운동을 통해 제3계급인 식자층을 독자로서 계속 유지할 것인가를 고민했지, '어떻게 하면 타이완 문화대중을 계몽하고 개조하고 창조할 것인가'의 입장에서, 제4계급인 문맹대중의 개조문제를 고민하지는 않았다. 따라서 그들의 한문통속문예에 대한 추동과 그 목표에는 일정한 자기선택과 자각이 있었다. 소보의 통속문예 전략의 주 흐름은, 한문통속문학의 전승을 통해 식민주의나 신문학과의 차이를 강조하는 것이지, 그것들에 대한 전용이나 전화가 아니었다.[23] 이렇듯 소보문인은 논의가 아닌 실천의 방식으로 그들의 대중문예실천을 진행했다고 볼 수 있다. 만일 전통문인이 한학을 유지한 문화적 성과를 타이완 문화주체의 수호라는 측면에 놓고 평가한다면, 그들은 타이완문화를 보존하는 것에 그치지 않고 지속적으로 이 주체를 갱신하고 있었음을 알 수 있다. 식

---

23) 필자의 조사와 연구에 따르면, 『369소보』에 실린 각종 글이나 창작은, 일본문화·일본문학보다는 중국문화·중국문학 그리고 타이완본토의 한문문화와 문예 전승으로부터 훨씬 더 큰 영향을 받았음을 알 수 있다. 『소보』 상에 실린 일본문학이나 일본을 제재로 한 글이나 창작은 극히 제한적이다. 또한 중국통속문예자원을 통해, 일본의 현대문화나 현대통속문예를 흡수하고 소개하는 경향도 그리 많지 않다. 따라서 『369소보』는 일본주의나 일본문화의 영향을 별로 받지 않았다고 할 수 있다. 반면, 『풍월보』나 『남방』의 경우에는 그 영향이 결코 적지 않았다.

민족주국의 동화주의 문화침략과 신문학운동이 도입한 새로운 의식과 새로운 예술 도전에 직면해, 부성의 전통 문화권에서는 일종의 『소보』 방식과 같은 현대적 전화가 출현했다. 이러한 현상은, 소보문인이 자신이 속한 문화자본의 동원과 전환에 있어 현실적인 식견과 합리적인 판단을 분명히 가지고 있었음을 보여주는 것이라 할 수 있다. 기본적으로 그것은 한문통속문예 잡지가 보여준, 반식민적 성격의 '타이완한문문화주의'라고 할 수 있다.[24)]

그러나 『소보』 집단이 표방하는 문화순종주의는 사실, 애매한 표방이자 풍격에 지나지 않는다. 타이완의 한학, 한어(漢語), 문화가 날로 혼종화 되던 당시, 순종주의는 사실 실현가능한 것이 아니었다. 따라서 그것은 다분히 상대를 의식한 상태에서 나온 대항적 전략에 불과하다. 식민주의 문화침략에 맞서는 것 외에도 또 다른 대상은 서방의 현대성을 숭상하는 신문학자들이었다. 『소보』의 발간사에는, 신구문학논전의 첫 번째 파고(1924~1930)가 지나간 후, 신문학 장에 대응하는 구문학 장의 '회피적 방법의 대항적 전략'이 분명하게 표현되어 있다. 간단히 말해, 『소보』는 신문학으로 가득한 잡지와 대형신문들의 문예란 등 주류문화계의 '문화/문학/교육/군중'에 관한 상징패권담론에 대해 겉으로는 큰소리로 질타했지만, 사실상 실제로 채택한 것은 완전 긍정도 아니고 완전 부정도 아닌 일종의 그 중간을 배회하는 태도였다. 이러한 태도는 그들 자신의 용어와 표현을 빌리자면, 바로 '유희'였다. 보다 구체적으로 말하면, '유희'는 곧 복잡한 매체운영전략에 다름 아니었다. 그들의 독자를 확보하는 방식, 한문문화자본에 대한 동원, 문화주

---

24) 이것은 필자의 용어로써, 한문보존을 중심으로 하고 본토한문문화의 전승을 최고의 목표로 하는 일종의 문화적 입장을 뜻한다.

체에 대한 정의, 그리고 문예현대화에 대한 공헌의 원리는 모두 자칭 '소(小)'라고 하는 것으로 '대(大)'를 만드는 독특한 문화태도에 잠재되어 있다.『소보』가 장기간 명맥을 유지하며, 엄숙하고 엘리트적인 신문학 밖에서 별도로 새로운 문학 장을 창조해낼 수 있었던 것은, 바로 당시의 문화상황을 정확하게 파악하고, 엘리트적이고 엄숙주의적인 것과는 다른 통속문예의 위치에서 한문, 통속문예, 한문도서 등의 자본을 성공적으로 정합시킬 수 있었기 때문이다.[25]

신문학운동의 도전으로 첫 번째 신구문학논전을 경험한 구문학 진영은 이후, 본격적으로 전통문학, 신문학, 통속문학의 장을 분화하기 시작했다. 신문학의 엘리트주의, 엄숙주의, 전위주의, 월경성(越境性, 跨越性) 등에 맞서, 통속문학 장 안에서는 별도로 통속, 유희, 낙오, 순종으로 맞선 것이다. 이전 세대인 타이완 할양 시대 문인들이 일사분란하고 엄정하고 적극적인 자세로 전통을 보존하고 갱신하려 했던데 반해,『소보』의 실제적인 편집과 글쓰기, 실무 등을 담당하고 있던 전통문인의 파생세대는 갖가지 자기변명, 반어법, 해학과 풍자, 농담, 오락성 등을 빚어내었다. 물론 이것들은 전통문인들의 그 심후한 문화적 자신감과 믿음이 결여된 그들 특유의 퇴폐적인 집체풍격이었다.

문화수성주의는 전통문인의 파생세대가 가진 기본적인 문화입장이며, 퇴폐는 그들의 가장 두드러진 집체풍격이자, 그들이 통속문예를 선택해 한문문예를 생산하는데 커다란 영향을 끼친 중요 요인이다. 대외적으로,『소보』집단은 통속을 통해 퇴폐적인 정언반설을 완성했고 이를 빌어, 스스로를 일본어/일본현대문명을 기조로 하는 일본식민발

---

25) 졸고,「通俗作爲一種位置 :『三六九小報』與1930年 代台灣的讀書市場」,『中外文學』33 卷 7期, 23쪽 참조.

전주의 주류와 분리시킴으로써 문화수성주의의 요구를 달성했다. 그러나 내부적으로 보면, 퇴폐, 유희, 정언반설 등은 『소보』집단이 추구하는 문화수성의 취지를 조금 조금씩 해체시켜 나가기 시작했다. 이 집단의 주요 성원들은 퇴폐전략이 대외적으로 달성하고자 했던 식민주의에 대한 저항, 서학에 대한 저항이라는 근본목표에 대해서는 어느 정도 자각하고 있었지만, 이 전략이 대내적으로 초래한 전통에 대한 해체에 대해서는 예견하지 못하고 있었던 것이다.

『소보』집단은 사실상 일본문명·서방문명에 반대하는 특징을 가지고 있었다. 왜냐하면 전통문인의 유신 입장이 반영하는 것은 현대를 지지하고 현대를 추구하는 문화적 태도였지만, 이러한 태도는 그 파생 세대가 1930년대에 보여주었던 퇴폐적 풍격에 와서는 거의 상반되게도 '현대의 피해자' 심리로 전환되었기 때문이다. 『소보』는 현대의 낙오자이자 문화적 실권자(失權者)라는 패배의식으로 가득 차 있었다. 따라서 그것의 글쓰기/열독/유통 역시도 시종 고전한문 식자층과 제1대 파생세대에 국한되어 있었지, 일반시민대중으로는 확대되지 못했다. 그것이 표방하는 고전은 고작 대항적이고 유희적이고 퇴폐적인 것으로서의 '의고전(擬古典)'일 뿐이었지, 결코 전통문인이 그토록 보존하고 유신하고자 했던 '전통고전'은 아니었다. '의고전'은 고전을 수호하는 것도 아니고, 고전을 전복하는 것도 아니다. 그것은 바로 '고전'의 모방(mimicry)이며, 갱신과 차연이다. 그러나 의고전의 작동과 생산의 과정이 아무리 전통을 이완시키고 주류를 해체하는 힘을 가졌다 할지라도, 우리는 여전히 그것을 식민지 자본이나 도시발전이 불러온 '현대성'으로 간주해서는 안 된다. 오히려 우리는 그것을 1930년대 타이완의 '후식민성'이나 후식민적 '후현대성'[26]으로 생각하는 것이 비교적 타당할 것이다.

2) 『풍월보』 집단

상술한 바와 같이, 『소보』로 대표되는 통속문예 풍조는, 일본화/문명개화를 기조로 하는 식민주의담론 및 전통문인의 파생세대가 갖고 있는 특유의 패배주의적이고 퇴폐적인 심리 등 갖가지 사회적・문화적 조건 하에서 출현한 풍조이다. 이러한 풍조는 타이완의 한문/한학 전통이 1930년대에 들어, 현대화를 추구했던 일제 초기의 유신적 사유로부터 전통을 표방하는 반현대적 사유로 전화했음을 보여주는 것이다. 또한 통속문예의 생산을 통해 반식민적이고 반현대적이면서도 동시에 고전전통을 약화시키는 다양한 운동에너지를 갖게 되었음을 의미하는 것이기도 하다. 그러나 이러한 반식민, 반현대의 의고전과 퇴폐기조가 만들어내는 문화적 입장과 비평적 위치는 결코 오래 지속될 수 없었다. 1930년대 중후반에 들어서면 특히, 1937년 『풍월보』가 창간되면서부터는, 한문문예생산의 외재적 특징과 문화적 움직임은 완전히 다른 표현과 방향을 갖게 된다. 즉, 전통문인의 제2대 파생세대인 「손대」의 출현과 『풍월보』 중심의 신흥 한문대중문예의 성립이, 1937년 이후 한문통속문예 생산에서 가장 두드러진 특징이 된 것이다.

구문학의 '구'와 '한학/한문' 전통은 일체의 양면이라 할 수 있다. 구(舊)의식이자 패배주의적인 의식은 1930년대 신구문학논전의 첫 번째 파고를 지나게 되면서, 본격적으로 의고전의 집체적 퇴폐풍조를 배태

---

26) 필자가 말하는 '후식민적 후현대성'이란, 피식민자가 피식민 이전의 역사와 문화 경험에 대한 답습이나 그에 기초한 문화재생산을 통해, 현대/문명/진보를 표방하는 식민주의를 파괴하는 것을 뜻한다.

하기 시작했다. 이는 타이완 한학전통의 전면적 붕괴의 시작을 알리는
것이었다. 그러나 이러한 붕괴과정이 한학전통의 위축이라는 문화적
상흔을 만들어낸 것은 분명하지만, 반대로 의외의 성과를 거둔 것도
사실이다. 즉, 명정(明鄭, 명나라 유신 鄭成功의 타이완통치시기－옮긴이) 이래
이백여 년 동안 유지되어왔던 타이완 엘리트 한학의 단절과 해체는,
한학전통과 그 문화적 영향력이 최초로 대중생활 속에 광범하게 진입
할 수 있는 기회를 제공하는 계기가 되었고, 이로부터 현대사회 시민
생활과의 새로운 조합과 연접이 진정으로 시작된 것이다. 통속문예생
산의 장이란 관점에서 보면, 엘리트 한학의 해체 과정은 이미『소보』
에서부터 시작되었고, 그것의 대중화 과정은『풍월보』에서부터 본격
적으로 시작되었다고 볼 수 있다.

    제2대 파생세대의 문화적 속성과 문예의 생산/소비 수요를 보다 구
체화하기 위해서는 반드시 그들의 교육적 배경으로부터 분석을 진행
해야 한다.『타이완총독부통계서(台灣總督府統計書)』의 통계수치를 근거로,
일제강점기 공학교생과 서당생의 퍼센티지를 산정하고, 여기에 다시
파생세대의 최고연령과 중간연령의 분포상황을 결합하게 되면, '일제
강점기 서당생의 퍼센티지 및 한문세대의 연령 대조표'(<표 1>)를 만들
수가 있다.(부록의 <표 1> 참조) <표 1>에 따르면, 서당의 취학률과 신학/
구학의 증감이 문화세대와 미묘하게 관련되어 있음을 알 수 있다. 이
러한 관련성은 통속문예의 생산과 소비 현상의 배후에 있는 구조적
요소를 밝히는데 유효한 증거가 될 수 있다. 우선, <공학교규칙수정(公
學校規則修訂)>이 반포된 1904년을 기준으로 볼 때, 「부대」의 최고연령
은 19세이고, 평균연령은 7세인데, 이는 타이완 일반 서당의 저학년생
과 고학년생의 분포 연령과 일치한다. 즉, 7세의 아동과 그 이상의 아

동은 바로 공학교 체제 속에서 표준학령인구에 해당하는 것이다. 그
다음으로, 『풍월보』가 창간되던 1937년을 기준으로 볼 때, 「부대」의 최
고연령은 52세이고, 평균연령은 40세였다. 이는 총독부의 공학생/서당
생의 통계조사가 시작되던 바로 그 해의 출생자들이다. 바꿔 말하면,
1898년 신/구학생수 조사가 시작되던 해에 출생한 '신생아'들이자,
1904년 신학과 구학이 역전되던 당시 역사현장의 주역들이다. 문화세
대의 연령분포 상황을 참조하면, 공교롭게도 그들이 곧 '전통문인의
제1대 파생세대(부대)' 가운데 정확히 중간연령층에 해당한다는 것을
알 수 있다. 이것으로부터 우리는 일제강점 초기 공학생과 서당생의
경쟁 속에서, 결국 식민지 일본식 교육이 전통교육 취학집단을 의식적
이고도 분명하게 '강탈'해가고 있다는 것을 알 수 있다. 한마디로, 전
통문인의 제1대 파생세대는 이른바 '강탈당한 세대'인 셈이다.

　이러한 사실을 통해, 우리는 『풍월보』 집단과 전통문인 제1대 파생
세대 사이의 중요한 관련성에 대해 주목하지 않을 수 없다. 이는 필시
이 세대 사람들이 한문교육을 받던 당시의 신학/구학 환경을 보다 적
극적이고 면밀하게 파악하는데 도움이 될 것이다. 40세 이상의 중장년
층 '식자인구(識字人口)' 중 '국어를 해득하지 못하는 자'는 『풍월보』의
중요한 예비독자라고 할 수 있다. 1898년 출생한 타이완 아동을 예로
들면, 이들은 5세(1902년)에서 8세(1905년)까지는 주로 서당교육을 받았을
가능성이 높다. 이 시기, 전체 총 학생 가운데 서당생의 비율이 대략
41.2%에서 60.7%에 달한 것이 그 증거라 할 수 있다. 다시 말해, 타이
완 초등학생 10명 가운데 4명에서 6명이 서당생인 셈이다. 1922년에서
1935년에 이르는 기간은, 서당에 다니는 학동이 고작 3,099명에서
5,964명에 불과했던 이른바 서당 침체기였다. 그러나 <표 1>에서 보는

바와 같이, 이 시기 서당생의 비율은 서당의 최절정기(1898년) 학동 수 (27,568명)의 11.2%에서 21.6%에 달하고 있다. 다시 말해, 서당 침체기임에도 불구하고 서당생의 비율이 여전히 절정기의 십분의 일에서 오분의 일을 차지하고 있는 것이다. 여기서 각도를 약간 달리해 평가해보자면, 식민지 전통교육의 끈질기고 강인한 생명력에 맞서 지난 30여 년 동안 식민종주국이 꾸준히 실시해왔던 억압정책은 사실상 '성공적인' 결실을 맺었다고 볼 수 없다. 물론, 공학교의 성공적 보급이나 일본식 교육을 받는 학생 수의 비약적 증가는 틀림없는 사실이다. 그러나 이러한 과도기에 교육을 받으며 성장한 '전통문인 제1대 파생세대'의 경우, 일문과 일어는 '식민권력의 영역' 안에서만 통용되는 용어일 뿐이었다. 오히려 민간생활이나 문예창작, 문화정신의 영역에 있어서는, 타이완어(台語)나 객가어(客語, 客家語)가 식민지의 손길이 미치기 어려운 '모친(母親)의 언어'였고, 한문이 본토의 각 족군(族群, ethnic group-옮긴이) 들이 공유하는 그래서 여간해서는 사라지기 힘든 '부조(父祖)의 문자'였다.

이번에는 『풍월보』 집단과 전통문인 제2대 파생세대 사이의 관련성에 대해 살펴보기로 하자. 1911년 출생한 최고연령자를 기준으로 하면, 1937년 「손대」의 최고연령은 27세이고, 평균연령은 15세이다. 이들이 서당입학의 주요 연령대라고 할 수 있는 5세에서 8세가 되는 시점인 1915년에서 1918년에, 서당 학동의 퍼센티지는 21.4%에서 11%였다. 이 비율은 1922년(12세) 정책적 이유로 1.8%까지 급감했다가 다시 소폭 상승한다. 12세는 공학교 표준졸업연령이기도 하다. 이상이 의미하는 바는, 「손대」의 최고연령(혹은 최고연령에 근접한 연령)에 해당하는 사람들 대부분이 바로 마지막 서당교육을 받은 학생이었다는 사실이다. 바꿔

말하면, 「손대」의 바로 앞 세대에 속하는 사람들과 「부대」의 바로 뒤
세대에 속하는 사람들은, 연령과 교육적 배경에서 그리 멀리 떨어지지
않았다는 점에서 '마지막 서당집단'이라 통칭할 수 있을 것이다. 『풍
월보』 편집진의 세대구성을 분석해보면, 「부대」와 「손대」 사이에는
세대를 뛰어넘는 모종의 합작이 분명하게 존재하고 있었고, 소수의 「조
대」 인물들이 고문(顧問)의 자격으로, 그 두 세대의 뒷배가 되어주고 있
음을 알 수 있다.27) 『풍월보』는 백화문예지면과 시단(詩壇)을 앞뒤로 배
치하는 방식으로 구성되었고, 시단의 주편이나 신문학의 주편은 모두
'마지막 서당집단'에 속하는 인물들이 맡았다. 『풍월보』가 설정한 독
자는 대부분 27세에서 52세 사이에 분포하는 대중들이었다. 이들을 다
시 세분하면, 일본어를 전혀 모르는 40세 이상의 구학(舊學) 출신이나
한문을 알고 있는 이중교육자 즉, '한문해독계층'과 그들보다 젊은 14
세에서 40세까지의 '마지막 서당집단'으로 양분할 수 있다. 물론 이 두
세대 간에는 창작/열독이나 어체의 표현형식 등에서 확연한 차이가 있
었다. 이렇듯 『풍월보』는 각기 다른 경향을 지닌 두 세대를 독자대중
으로 아우르고 있었던 것이다.

27) 『풍월보』가 복간되던 해인 1937년을 기점으로 보자면, '시단(詩壇)'의 주편은 「조
대」 인물이라 할 수 있는 67세의 시에쉐위(謝雪漁, 1871~1953)가 맡았고, 고문
은 「부대」 인물인 52세의 웨이칭더(魏清德, 1886~1964)가 맡았다. 편집인은 역
시 「부대」 인물이라 할 수 있는 우쮀이롄(吳醉蓮)과 린시야(林錫牙)가 담당했다.
이 두 사람은 1900년생으로 웨이칭더와 동갑이었고, 당시 38세였다. 연령으로
보자면, 둘은 모두 「부대」의 후반 연령대에 속한다고 볼 수 있다. 반면, 주로 젊
은 독자들에게 인기가 있었던 백화문지면의 경우, 쉬쿤취엔(徐坤泉, 1907~1954,
31세), 우만샤(吳漫沙, 1912~2005, 26세), 린징난(林荊南, 1915~1998, 23세))등
이 신문학 편집인을 맡고 있었다. 그 가운데 특히, 지엔허셩(簡荷生)의 간곡한 요
청으로 후난(湖南)에서 돌아온 쉬쿤취엔은, 『풍월보』의 현대통속문예 노선을 성
공적으로 확립했던 인물이었다. 연령별로 보면, 쉬쿤취엔은 「부대」 후반 연령대
에 속했고, 쉬쿤취엔의 노선을 그대로 따랐던 우만샤와 린징난은 「손대」 전반
연령대에 속한 인물들이었다.

이를 좀 더 면밀히 관찰해보면, 『풍월보』안에 존재하는 세대적 차
이와 문화발전의 관계 그리고 서로 다른 세대가 하나의 동일한 문화
집단을 구성하게 되는 배경과 전략 등을 어렵지 않게 구분해낼 수 있
다. 즉, 이러한 상호합작을 통해, 『풍월보』는 「부대」와 「손대」간의 서
로 다른 창작, 열독, 비평, 오락, 사교 등의 중층적 요구에 부응했던 것
이다. '마지막 서당집단' 중에, 연령이 비교적 높은 층에 속하는 시단
의 주편들은 주로 「부대」의 중간 연령대 이상의 독자들을 확보하는데
주력했다. 반면, 연령이 비교적 낮은 백화문예 편집자들은 주로 「손대」
의 중간 연령대 이상의 독자들에 초점을 맞추었다. 『풍월보』의 경우,
현대도시의 유행, 신흥시민의 오락과 레저, 모던윤리의 비판, 연애교전
수칙, 연애편지쓰기, 신식가정윤리 등과 관련된 의제들은 대부분 백화
문예지면에 게재함으로써, 주로 「손대」의 중산층 이상을 예비독자로
끌어들이고자 했다. 다시 말해, 젊은 편집인들을 중심으로 젊은이들
사이에 유행하는 의제들을 선도해나가는 한편, 전통적 가치를 옹호함
으로써 유행과 도덕 간의 논쟁을 유도해나갔다. 이상의 방식 등을 통
해, 타이완에서의 한문잡지의 마지막 유행풍조는 제2대 파생세대의 기
획과 호응 속에서 꽃을 피우게 된 것이다.

그러나 무슨 일이든 혼자서는 안 되고 반드시 짝이 있어야 하는 법
이다. 따라서 아래에서는, 『369소보』주요 성원들의 배경에 대한 분석
을 통해, 세대를 뛰어넘는 합작관계를 고찰해보기로 하겠다. 첫째, 「조
대」와 「부대」는 30년대 한문잡지의 편집, 집필, 의제기획 등을 함께
해나갔다. 즉, 『소보』는 5, 60대 세대와 40세를 전후한 세대의 공동기
획을 통해 신학/신문학/일본문화와의 거리두기를 시도했다. 본래 이 두
세대 문인들은 각기 『남사(南社)』(1907), 그 후신격인 『춘앵음사(春鶯吟社)』

(1915년), 『동려음사(桐侶吟社)』(1923년) 등에 소속되어 있었다. 또한 그들 가운데 상당수는 부자(父子)나 숙질(叔姪), 사생(師生), 교우(校友), 붕우(朋友), 시사동인(詩社同人)의 관계에 있었다.28) 이런 이유로, 통속잡지 『소보』 내에서의 그들의 세대관계 역시도 그들이 본래 속했던 시사 단체의 세대관계의 복제이자 확대였다. 따라서 이 세대는 명망이 자자한 연장자들의 후원 하에서, 스스로 편집, 보급, 글쓰기의 주체가 되어 1930년대에 활약할 수 있었던 것이다. 『소보』는 시사와 시간(詩刊)을 제외하고는, 그들의 중요한 사교무대였다. 또한 이러한 한문잡지들은 한문을 통한 공공여론 형성, 지식인으로서의 새로운 문화적 위상 추구, 글쓰기를 통해 자신의 의견을 피력하고자 하는 욕망, 문화소비와 문예교류 상의 만족 추구 등, 자기세대가 추구하고자 했던 중층적 목표들에 부응하기 위해 탄생한 장소였다. 시사와 한문소보를 통해, 신구세대 간의 사생(師生), 동창(同窓), 붕우, 족친(族親), 지연(地緣), 정치(政治), 실업(實業) 등으로 맺어진 전통지식층의 관계는 더욱 강화되었다. 또한 한문문예 생산을 중심으로 한 문화네트워크는 지역적 기반을 가진 전통 엘리트 간의 상호소통의 장을 마련하는데 중요한 기반의 하나로 작용했다.

둘째, 『풍월보』는 『소보』와 마찬가지로 통속간행물이었지만, 『소보』의 의제설정과는 확연히 다른 의제를 채택했다. 여성 관련 의제가 바로 그것이다. 『풍월보』는 잡지 지면의 상당부분을 여덕여교(女德女教)나 '모던' 비판과 관련한 논설 등에 할애했다. 특히, 여학생, 모던걸, 기생, 여급, 남녀 간의 사랑과 연애, 신가정윤리 등을 주제로 한 창작을 선보임으로써, 독자들의 눈을 딴 곳으로 돌릴 수 없게 했다.29) 잡지표지에

---

28) 江昆, 「『三六九小報』之硏究」(銘傳大學應用語文硏究所中國文學組碩士論文, 2004年 7月), 83~184쪽 참조.

29) 蔡佩均, 「想像大衆讀者 : 『風月報』・『南方』中的白話小說與大衆文化建構」(靜宜大學中文系碩

도 주로 여성이나 여배우의 사진을 내걸었다. 이렇듯 '여성'이 잡지 곳곳에서 '의제의 중심'으로 등장하게 되면서, 여성은 이 잡지의 고유한 트레이드마크가 되었다. 일제강점기 문예 간행물 중에, 이러한 방법을 사용한 것은 사실상 『풍월보』가 처음이라 할 수 있다.

지방통계서를 보면, 1920년대 이후 타이베이에서 서당에 다니는 여성의 수는 지속적으로 증가했다. 1920년에서 1938년까지, 타이완 전체 여자 서당생의 41%에서 90%를 타이베이의 여자 서당생이 차지했다. (<표 2>30) 참조) 이러한 통계를 통해 알 수 있는 것은, 절대 다수의 여자 서당생이 타이베이에 집중 분포하고 있었고, 따라서 타이베이는 타이완에서 가장 많은 한문 식자(識字) 여성을 가진 도시였다는 점이다. 이렇듯 타이베이에는 타이완의 다른 지역에 비해 한문에 익숙한 여성들이 많았기 때문에, 『풍월보』 역시 타이베이나 타이완 북부지역을 중심으로 한 여성들의 유행이나 이야기 그리고 그와 관련된 의제 등이 특히 높은 비율을 차지했다. 그렇다면, 과연 타이베이 출신의 여자 서당생이 곧 『풍월보』 편집진이 그토록 확보하고자 노력했던 '예비독자'였다는 말인가?

『타이완총독부통계서』31)에 따르면, 『풍월보』는 99.5% 이상을 타이

士論文, 2006年 7月), 58~94쪽 참조.

30) 「台北州統計書房女學生數」의 통계수치는, 台北州知事官房文書課所編, 『台北州統計要覽』(大正10年/12年)과 台北州官房文書課/總務部總務課所編, 『台北州統計書』 第一至第十三號(1926~1940年)에서 가져왔다. 「公學校女學生相對於全島初教學生數百分比」, 「台北州書房女學生相對於台北州書房學生百分比」, 「書房女學生相對於全島書房學生百分比」 등은 필자가 직접 산출한 것이다.

31) 台灣總督府官房企畫部, 『台灣總督府統計書』 第39/41/42/43回(昭和12~14年份) 참조. 1940년 이후, 『台灣總督府統計書』에는 간행물 발행수량에 관한 조사통계가 나와 있지 않다. 그래서 『風月報』 관련 데이터를 얻을 수 없었다. 뿐만 아니라 『台灣文學』, 『文藝台灣』, 『台灣藝術』 등의 잡지에서도 얻을 수 없었다. 1930년에서 1935년 사이에 발행된 『三六九小報』와 관련된 기록은, 이 통계서에는 없다.

완 섬 내에서 소화했고, 섬 밖으로 수출된 것은 극히 적은 부수에 불과했다고 한다. 한마디로, 『풍월보』는 도내형(島內型) 잡지였던 것이다. 만일 타이베이나 신주(新竹)를 북부로 통칭하고, 타이중(台中)이나 타이난(台南), 가오슝(高雄)을 중남부로 통칭한 상태에서 『풍월』과 『풍월보』의 지방에서의 소화율을 퍼센티지로 나타내면, 1938년과 1939년 『풍월보』의 중남부지역 소화율은 거의 68%에 달했고, 타이베이의 소화율은 겨우 22% 정도에 불과했다. 그럼, 이것은 무엇을 의미하는가? 바로 『풍월보』의 독서시장이 주로 중남부지역에 집중되어 있었고, 주요 정기구독자는 여자 서당생이 가장 많이 분포되어 있는 타이베이가 결코 아니었다는 말이다. 또한 판매실적이 우수한 지역 역시, 타이완 중남부 그중에서도 특히, 장구한 한학적 배경을 지니고 있고, 시사와 문사가 집중되어 있어 일찍이 『소보』의 주요 독자들의 분포지역이었던 타이중과 타이난 등지였다는 것이다. 결국 이러한 통계가 우리에게 보여주는 결과는, 여자 서당생의 집중지역과 주요 소비지역 사이에는 결코 어떠한 상관관계도 없다는 것이다. <표 2>에도 나타나 있듯이, 여자 서당생은 대부분 타이베이 출신이었기 때문에 이들을 제외하면, 중남부지역의 여자 서당생의 수는 극히 적었다. 결국 이것은 중남부지역 한문 해득자의 절대다수는 남성이었다는 것을 말해준다.

이상을 종합해 볼 때, 『풍월보』는 여성 서당생이 가장 많았던 타이베이보다는 주로 중남부지역 그중에서도 특히, 그 지역 남성 한문 해득자에게 환영을 받았을 것이라 유추해 볼 수 있다. 이러한 추론에 근거하면, 『풍월보』는 여성 한문 식자층과 생산/소비의 열독관계를 형성하지 못했다고 볼 수 있다. 따라서 『풍월보』의 여성의제 기획은 결코 한문 식자층 여성을 대상으로 했다고 볼 수 없다. 『풍월보』는 '순수문예', '소품문(小品文)', '현대문예'를 특별히 강조했고, 여성 관련 의제 즉, '부녀자'들의 마음을 대변하고 여교와 여덕을 선양하는 것을 통해, 참신하고 광범한 현대 시민남녀들에게 대중문예의 분위기를 조성했다. 이는 다분히 구문인적 성향의 남성 전유물이라 할 수 있는 시문창수(詩文唱酬), 풍아사교(風雅社交), 화류정보(花柳情報) 등과 명확히 구분되는 지점이다. 그러나 통계수치에서 보듯이, 『풍월보』의 독자설정은 사실 여성과는 아무런 관계가 없었다. 오히려 남성독자를 여전히 그 대상으로 했다고 보는 편이 맞을 것이다.

그렇다면, 여성과 관련한 글쓰기는 과연 누구에게 보여주려는 것이었을까? 사실, 각종 화려하고 고심의 흔적이 역력한 여성 관련 이야기와 의제는 대부분 남성작가들에 의해 쓰였고 또, 남성 독자들에 의해 소비되었다.

또 그렇다고 한다면, 편집진들이 그토록 여성 관련 의제에 매달릴 수밖에 없었던 동기와 그 필요성은 과연 무엇이었을까? '전시 타이완의 유일한 한문문예 잡지'라는 위상과 '비영리'라는 잡지 고유의 성격을 유지하고 고수해야 하는 입장에서 또, 그러면서도 그 안에서 자신들의 생계를 꾸려가야 한다는 현실 속에서 그들이 고민하고 이루고자 했던 목표는, 어떠한 의제기획과 비평기준을 마련해 사변(중일전쟁-옮긴이) 이후, 각종 제한과 검열이 난무하는 잡지 시장에서 불패(不敗)의 처녀지(處女地)를 확보할 것인가 하는 것이었다. 이러한 배경 하에서, 결혼과 연애, 가정, 여성, 유행을 판매 전략의 핵심으로 하는 타이완 최초의 통속잡지를 만들 생각을 했다는 것은 분명 괜찮은 전략이었음에 틀림없다. 이 공전(空前)의 대담한 실험을 실천하기 위해 남성 편집인 우만사(吳漫沙) 등은 심지어 여성의 필명을 사용하거나 여성 편집인인 것처럼 스스로를 위장하기도 했다. 이렇듯 여성을 참칭하면서까지 그들은 글쓰기를 진행했던 것이다.[32] 어쨌든 이런 방식으로 그들은 독자의 호응을 이끌어낼 수 있었고, 백화통속소설과 소품문의 창작/열독의 유행을 가져올 수 있었다. 이러한 붐은 1942년 『남방』 발행 초기까지 지속되었다.

그럼, 또 어떠한 배경 때문에 결혼과 연애, 가정, 여성, 유행 등의 의제가 갖는 가치와 잠재력이 주목을 받게 되었고 나아가 잡지의 편집 및 발행에 있어 판매 전략의 핵심이 될 수 있었던 것인가? 1935년경, 장기간에 걸친 특정 지역의 도시화의 결과, 식민지 최초의 도시인 이른바 '도도(島都, 국가로 따지면, 首都의 개념—옮긴이)'로서 타이베이가 탄생되었다. 당시, 도시와 농촌의 격차는 날로 커지고, 현대적 유행이 도시만의 하나의 독보적인 유형으로 고착화되기 시작하면서, 타이베이는 갈수록 중남부지역 사람들이 선망하는 현대적 도시가 되어갔다. 더불어 공학교 남녀 졸업생들이 대량으로 배출되면서, 하나의 신흥 사회집단과 소지식인 계층을 형성하게 되었다. 그 가운데에서도 특히, 공학교 여학생은 타이완 역사상 최초로 대량으로 배출된 현대적인 여학생들이었다. 그들의 등장은 이제 결코 무시할 수 없는 하나의 사회현상이 되어버렸다. 가정이나 직장 혹은 사회생활이나 일상생활 등 거의 모든 방면에서, 그녀들의 출현은 기존의 사회질서나 풍속습관 그리고 가치체계와 도덕적 기준에 상당한 충격을 주었다. 1920년대 신문화운동이 퍼뜨린 자유연애, 신식가정, 여성자주 등의 씨앗이 이제 점차로 그 싹을 틔우기 시작했던 것이다. 따라서 대량의 공학교 여학생의 배출이 남성(특히 구학의 남성)들에게 가져다주는 압력과 초조감은 우리가

---

32) 蔡佩均, 「想像大衆讀者 : 『風月報』·『南方』中的白話小說與大衆文化建構」, 44~45쪽 참조.

충분히 짐작하고도 남을 일이다. 『풍월보』는 기획을 담당하는 편집부가 타이베이에 위치해 있어서인지, 내용은 주로 도회지 여성과 관련된 의제가 대종을 이루고 있었고, 주요 필진 역시도 주로 타이베이에 분포되어 있었다. 그러나 소비층은 공교롭게도 중남부지역 남성들이 주류를 이루었다. 더 이상한 것은, 의제를 설정하는데 있어 핵심적으로 고려되었을 교화대상과 이야기 속의 여성의 역할이 한문을 읽을 수 있는 한문 여성 식자층과는 전혀 무관하고, 오히려 한문을 모르는 공학교 출신의 여성을 지향하고 있었다는 점이다. 한문세대의 개념을 빌어 설명하자면, 『풍월보』의 주요 구매층과 구독자는 이른바 '강탈당한 세대' 가운데에서도 '아직은 강탈당하지 않은 남성'이고, 텍스트 속에서 타자화되고 문제시되고 심지어는 오명까지 뒤집어쓰게 되는 것은 바로 '강탈당한 세대'에 속하는 여성이었다.

아직 강탈당하지 않은 남성들은 도도(타이베이)를 선망하고, 타이베이 유행의 잔여물들을 소비하면서도 한편으로는, 선망과 흠모, 증오와 초조, 그리고 공포 등의 복잡한 감정이 뒤섞인 채로, 텍스트를 통해 자신에게 생소한 신여성들을 조망하면서 웃기도 하고 눈살을 찌푸리기도 했다. 그러나 한문구학남성들의 일문신학여성에 대한 재현과 교화는 필시 하늘에 대고 두서없이 떠들어대는 공허한 외침에 지나지 않았을 것이다. 탈출구가 보이지 않는 사회적 좌절이나 문화감정, 문예창조력, 그리고 식민지 근대사회의 삶 속에서 꾸준히 누적되고 축적되어 온 쾌락, 좌절, 당황, 초조 등은 전쟁의 어두운 그림자가 던져주는 정신적 상처와 문화비평의 차원을 완전히 말살해 버렸고, 그저 취미와 소비의 차원으로 축소시켜버렸다. 결국, 『풍월보』가 주창하는 대중문예는 사실상, 한문 남녀 독자대중의 현실을 제대로 반영했다고 볼 수 없다. 『풍

월보』의 취미와 유행, 비평과 논의 등은 모두 약세문화집단이 복잡한
집체도덕과 문화에 대한 미련 속에서 그저 집에 틀어박힌 채 만들어
낸 그리고 동시에 스스로 그것을 소비하고 흡수하는 일종의 우세(優勢)
대중에 대한 추수이자 모방이며 아우성이었다.

나오며

이상을 종합해 볼 때, 『소보』의 성취는 통속문예를 책략으로 한 식
민지 한학과 한문 그리고 한문문예가 정합과 유지, 갱신 그리고 변화
의 과정을 거치는 가운데 패자부활을 했다는 것이며, 그러한 결과로
전통문인과 한문독자 사이의 유대를 강화하고 신세대 한문독자를 지
속적으로 개발하고 양성함으로써, 타이완 통속문예의 본격적인 장을
열었다는 점이다. 식민주의 문화개조라는 강력한 침략에 맞서, 『소보』
는 일종의 '속(통속)'이면서 '동(동화)'이 아닌 위치에서 한문문예와 통속
성의 길을 걸음으로써, 일부 본토 문화자원을 정합하는 효과를 거두었
다. 또한 타이완 문화주체의 정비와 건립이라는 측면에서도 무시할 수
없는 영향력을 발휘했다. 다음으로, 1930년대 후반에서 1940년대 전반
의 『풍월보』에 대해 내용분석을 진행한 결과 필자가 내린 결론은, 한
문 통속문예의 문화적 성격과 비판적 기제가 마찬가지로 통속적인 소
보 형태의 『풍월보』를 통해, 점차 통속적이지만은 않은 현대적 의미를
갖춘 대중문예로 의미변화를 겪었다는 것이다. 이러한 변화들은 일본
식민주의의 영향을 받은 것이지만, 오히려 본토문화가 가진 자기규율
의 강인한 힘을 보여주는 것이었다.

통속문예의 생산 외에도 더욱 근본적인 것이라 할 수 있는 언어문
자의 문제도 식민지 문화청산 과정 속에서 시급히 정리되어야 할 문
제이다. 19세기 후반과 20세기 초반, 일본식민체제의 건립과정 속에
숨겨져 들어온 현대성담론과 민족국가담론 등 서방 식민주의의 핵심
개념과 제도들은 기존 타이완사회의 문화구조, 지식체계, 가치관념, 도
덕윤리 그리고 어문(語文), 교육, 창작, 출판 등등과 관련된 모든 문화적
전파, 생산, 소비, 비평의 환경에 전에 없이 강력한 충격을 던져주었다.
지난 이백여 년 동안 입신출세의 유일한 길로 여겨졌던 과거제가 폐
지되고, 일본식 교육이 강력하게 시행되고 또 서당교육이 억압을 받는
등의 체제적 요소와 일상적인 생활현장 속으로 수입된 일본서적 및
외국작품의 번역물, 중국백화문운동의 흥기, 일본어보급운동의 삼투,
타이완 본토어의 현대화(台灣話文) 실험, 그리고 거자이(歌仔)[33] 책 등의
민간오락·교화독본의 다원적 발전 등등은 모두 20세기 전반의 타이
완으로 하여금 다어문(多語文)이 합종연횡하고 상호 쟁투하는 '어문의
춘추전국시대'로 접어들게 했다. 이러한 상황 하에서, 타이완지식인들
은 식민종주국 언어의 진주(進駐), 중문(中文) 현대화의 파동(波動), 타이완
문(台文) 서면화(書面化)의 창시 즉, 외국어의 국어화, 고문(古文)의 현대화,
모어(母語)의 문자화 등 중첩적이고 다면적인 해결하기 힘든 난제들과
동시에 직면하고 있었다. 따라서 이들에게 있어 민족어문의 보존, 어
문의 현대화, 문화정체성, 조국과의 연관성, 문맹퇴치, 표기체계 등의
문제는, 어떤 것을 취하고 어떤 것을 버려야 하는 취사선택에서 논쟁
이 끊이지 않는 어려운 문제들이었다. 이러한 복잡한 언어 환경 즉, 일

---

33) 민남어(閩南語)가 통용되는 타이완이나 푸젠 등에서 유행하는 민가(民歌)나 소곡
(小曲)을 통칭한다.(옮긴이)

상용어의 혼종화와 다어문의 서면화 과정 속에서, 한자의 첨삭과 전유, 번역 그리고 혼종어 서면화 과정 속에서의 서로 다른 문자, 어휘, 어법, 문체 사이의 문화알선과 상호침투, 과거 타이완에서 이백여 년 동안 유지되어 왔던 한문/한학 중심의 지식구조와 문화체계, 또 엘리트 지식인들의 문화상상과 문화기억, 이러한 모든 것들은 이루 헤아리기 힘들 정도의 심대한 영향을 끼쳤다. 한문/한어의 지식기능은 문언문(文言文)의 용자(用字) 체계가 지향하는 중국문화상상으로부터 점차 현대문이나 혼종어문이 지향하는 다원적 현대문화상상으로 변화해나갔다. 한문/한자가 제국의 언어와 지식층의 언어, 일반민중의 언어, 선교사의 언어 등과 혼종화 되어가는 속에서, 복잡한 차용, 전유, 혼용, 기용(棄用)을 거치게 되고, 이러한 어문의 요동과 문화의 중복편제, 불균등한 삼투 과정 속에서, 타이완지식층이 어떻게 자신들의 문화생산전략을 사고하고 있고 그들의 문화 활동이 어떻게 이러한 환경에 영향을 받는지 등등은 앞으로 진일보해 사고해야 할 문제이다.

부록

〈표 1〉 일제강점기 서방생(書房生)의 비율(%) 및 한문세대의 연령대조표[34]

年代	學生總數			傳統文人/衍生世代最高年齡					
	公學校	書房	書房生百分比 (書房生 /全島台灣人初敎生)	祖代 (1860 최고	1985) 中間	父代 (1986 최고	1910) 中間	孫代 (1911 최고	1935) 中間
1898	7838	27568	77.9%	39	26	13	1		
1899	9817	25215	72.0%	40	27	14	2		
1900	12363	26186	68.9%	41	28	15	3		
1901	16315	28064	63.2%	42	29	16	4		
1902	18845	29056	60.7%	43	30	17	5		
1903	21406	26898	55.7%	44	31	18	6		
1904	23178	21661	48.3% 公學校規則修訂 인원수 역전	45	32	19	7		
1905	27445	19255	41.2%	46	33	20	8		
1906	31798	19915	38.5%	47	34	21	9		
1907	34382	18612	35.1%	48	35	22	10		
1908	35898	14782	29.2%	49	36	23	11		
1909	39012	17101	30.5%	50	37	24	12		
1910	41400	15811	27.6%	51	38	25	13		
1911	44670	15759	26.1%	52	39	26	14	1	
1912	49554	16302	24.8%	53	40	27	15	2	
1913	54712	17284	24.0%	54	41	28	16	3	
1914	60404	19257	24.2%	55	42	29	17	4	
1915	66078	18000	21.4%	56	43	30	18	5	
1916	75545	19230	20.3%	57	44	31	19	6	
1917	88099	17641	16.7%	58	45	32	20	7	
1918	107659	13314	11.0%	59	46	33	21	8	
1919	125135	10936	8%	60	47	34	22	9	
1920	151093	7639	4.8% 서당생수 10,000명 이하	61	48	35	23	10	
1921	173795	6962	3.9%	62	49	36	24	11	

34) 모든 표는 필자가 직접 제작한 것이다.

年代	學生總數			傳統文人/衍生世代最高年齡					
	公學校	書房	書房生百分比 (書房生 /全島台灣人初敎生)	祖代 (1860 1985) 最高 中間		父代 (1986 1910) 最高 中間		孫代 (1911 1935) 最高 中間	
1922	195783	3664	1.8% 台灣敎育令 반포/ 한문 선택과목	63	50	37	25	12	
1923	209946	5283	2.5%	64	51	38	26	13	1
1924	214068	5165	2.4%	65	52	39	27	14	2
1925	213948	4805	2.2%	66	53	40	28	15	3
1926	209591	5507	2.6%	67	54	41	29	16	4
1927	212809	5376	2.5%	68	55	42	30	17	5
1928	217053	5597	2.5%	69	56	43	31	18	6
1929	226646	5805	2.5%	70	57	44	32	19	7
1930	242046	5964	2.4%	71	58	45	33	20	8
1931	258465	5383	2.0%	72	59	46	34	21	9
1932	274551	4700	1.7%	73	60	47	35	22	10
1933	301974	4494	1.5%	74	61	48	36	23	11
1934	324891	3524	1.1%	75	62	49	37	24	12
1935	356570	3099	0.9%	76	63	50	38	25	13
1936	396932	2411	0.6%	77	64	51	39	26	14
1937	443652	1407	0.3% 公學校規則修訂 한문선택과목폐지	78	65	52	40	27	15
1938	498302	1001	0.2%	79	66	53	41	28	
1939	546209	931	0.2% 서당생수 100명 이하	80	67	54	42	29	
1940	618512			81	68	55	43	30	

〈표 2〉 일제강점기 공학교 여학생/서당 여학생의 성/지역/신구(新舊) 별 비율

年代	公 學 敎 育			書 房 敎 育					
	全島公學生	女學生	公學女生(性別比)	全島書房生	女學生	書房女生(性別比)	台北州女書房生	台北州女書房生(地域比)	舊學女生(新舊比)
1898	7838	90	0.38%	27568					
1899	9817	382	3.89%	25215	126	0.49%			24%
1900	12363	986	7.97%	26186	135	0.51%			12.04%
1901	16315	1509	9.24%	28064	166	0.59%			9.91%
1902	18845	1888	10.01%	29056	114	0.39%			
1903	21406	2275	10.62%	26898	206	0.76%			8.3%
1904	23178	2655	11.45%	21661	235	1.08%			
1905	27445	3411	12.42%	19255	246	1.27%			
1906	31798	3961	12.45%	19915	331	1.66%			
1907	34382	3770	10.76%	18612	376	2.02%			
1908	35898	3438	9.57%	14782	291	1.96%			7.8%
1909	39012	3462	8.87%	17101	400	2.33%			
1910	41400	3712	8.96%	15811	437	2.76%			
1911	44670	3913	8.75%	15759	449	2.84%			
1912	49554	4702	9.48%	16302	555	3.4%			
1913	54712	5542	10.12%	17284	555	3.21%			9.1%
1914	60404	6455	10.68%	19257	561	2.91%			
1915	66078	7493	11.33%	18000	567	3.15%			
1916	75545	9377	12.41%	19230	758	3.94%			
1917	88099	11951	13.56%	17641	802 次高峰	4.54%			6.4 %
1918	107659	16543	15.36%	13314	589	4.42%			
1919	125135	20833	16.64%	10936	589	5.38%			
1920	151093	26492	13.56%	7639	471	6.16%	193	40.97% 1.7%	
1921	173795	30669	17.64%	6962	472	6.77%	226	47.88%	
1922	195783	35374	18.06%	3664	425	11.59%	332	78.11%	
1923	209946	38587	18.37%	5283	607	11.48%	396	65.23%	
1924	214068	40397	18.87%	5165	625	12.10%	427	68.32%	
1925	213948	41465	19.38%	4805	647	13.46%	403	62.28%	1.5%

年代	公 學 教 育			書 房 敎 育					
	全島公學生	女學生	公學女生(性別比)	全島書房生	女學生	書房女生(性別比)	台北州女書房生	台北州女書房生(地域比)	舊學女生(新舊比)
1926	209591	41800	19.94%	5507	657	11.93%	433	76.36%	
1927	212809	44516	20.91%	5376	658	12.23%	420	63.82%	
1928	217053	47165	21.72%	5597	741	13.23%	494	66.66%	
1929	226646	51008	22.50%	5805	762	13.12%	424	55.64	
1930	242046	56698	23.42%	5964	799	13.39%	491	61.45%	
1931	258465	62914	24.34%	5383	862 最高峰	16.01%	622	72.15%	1.3%
1932	274551	69895	25.45%	4700	742	15.78%	533	71.83%	
1933	301974	80313	26.59%	4494	788	17.53%	485	61.54%	
1934	324891	89499	27.54%	3524	642	18.21%	435	67.75%	
1935	356570	101597	28.49%	3099	646	20.84%	440	68.11%	
1936	396932	117416	29.58%	2411	491	20.36%	328	66.8%	
1937	443652	135559	30.55%	1407	355	25.23%	286	80.56%	0.03%
1938	498302	161252	30.36%	1001	311	31.06%	280	90.03%	
1939	546209	185141	33.89%	931	299	32.11%			0.16%
1940	618512	218110	35.26%						
1941	675581	251635	37.24%						

(原題) 壓抑與衍異：殖民主義語言控制與台灣傳統漢文現代化軌跡

문화위치로서의 '통속(通俗)'

『369소보(三六九小報)』와 1930년대 타이완 독서시장

들어가며

　일제강점기, 한문 및 통속문예와 관련한 문제는 비단 본토만의 일은 아니었다. 오히려 그것은 중국과 일본 그리고 타이완을 동시에 아우르는 일종의 초국적 문제였다고 할 수 있다. 다시 말해, 문화와 문화 간의 억압과 저항 그리고 교류와 관련된 문제였던 것이다. 이를 보다 구체적으로 말한다면, 당시 한문문화 생산에 종사하던 문학가들은 종종 이 문제를 일본식민주의에 대응하는 하나의 틀로 설정해 놓고, 그 위에서 사고하고 실천하는 경향이 있었다. 또 한편으로는, 한문문예도서 및 창작자원의 수입이라는 측면에서 중국 독서계와 밀접한 관계를 맺으며 교류를 진행하고 있었다. 이러한 상황 하에서, 타이완 문예계 인사들은 주로 문예잡지를 중심으로, 타이완 안팎의 다양한 문예자원과 도서자원들을 총괄, 동원, 견인, 소개하는 가운데, 한문문예를 중심으로 한 초국적 문화교류를 형성할 수 있었던 것이다. 따라서 본 논문에서는 통속잡지 『369소보(三六九小報)』의 창간을 통해, 이러한 본토적이면

서 동시에 초국적인 문화현상에 대해 간략하게나마 설명해 보기로 하
겠다.

피에르 부르디외(Pierre Bourdieu)는 자본, 시장, 이익, 투자 등의 경제학
적 개념을 문화사회학적 내함으로 끌어들임으로써, 사회학을 일종의
사회위상학(社會位相學)으로 간주했다. 특히, 그는 '장(場, field)'(사회 공간)이
란 차원에서, 사회위치 간의 관계를 부각시킴으로써 피라미드 형태의
사회계층 내지 사회계급으로 사회구조를 파악하던 그동안의 전통적
사고방식에서 벗어날 것을 주장했다. "우리 사회는 점차 분화해 나가
는 과정에 있다."라는 전제 하에서 성립되는 그의 이러한 장(場) 이론에
따르면, 하나의 장이 곧 하나의 시장이며, 장들 간에는 상호 유기적으
로 연계되어 있는 동시에 상호 삼투되는 특성을 지니게 된다. 또한 여
기에서 사회행위자는 곧 유희자(遊戲者)와 다름없게 된다. 부르디외의
이론에서, '장'은 아비투스(habitus, 습성), 자본(capital), 위치(position)와 상호
연계되어 「아비투스+자본+장=일상생활의 실천」이란 관계를 형성한
다. 여기서 말하는 '아비투스'란 집체적으로 표현되는 모종의 '성향,
취미, 기호'를 의미하는 것으로, 장과 일종의 제약관계를 이루고 있다.
곧, 장은 아비투스를 만들어내고 아비투스는 모종의 장을 형성하며,
아비투스는 장을 의미가 충만하고 투자할만한 하나의 세계로 만들어
낸다는 것이다. 소위 '자본'이란 차원에서 부르디외가 강조하는 것은,
장은 각종 권력의 포위를 받고 있는 자본에 의해 구성되고, 자본은 일
종의 누적된 노동으로 일정한 사회적 에너지를 가지고 있으며, 이 또
한 권력의 표현이라는 점이다. 또한 그는 이 자본을 사회자본, 경제자
본, 문화자본, 상징자본의 네 가지 형태로 세분하면서, 자본의 축적은
투자에 의해 이루어지고 계승/이전/구매의 시기를 기준으로, 획득 가능

한 이익의 크기를 결정하며, 각 자본 간에는 결합과 전환이 가능하다고 했다. 결국 한마디로 정리하면, 자본의 분배에서 자본의 구조와 자본의 총량이 사회적 계급공간의 위치를 결정하며 자본을 많이 가진 자일수록, 장 속에서 우월한 지위를 차지할 수 있다는 것이다.[1]

1920~30년대는 전통문예를 중심으로 한 타이완의 문학 장(the field of literature)이 현대문학과 전통문학으로 분화되는 가운데, 매우 극렬하게 요동치던 시기였다. 사실, 1920년 이전의 시기는 타이완문단에 있어 한시(漢詩), 한문(漢文), 고전소설 등 3대 문류(文類)를 중심으로 주로 고문(古文)이나 반문반백(半文半白)의 문체로 글쓰기를 진행하던 단계였다. 반면, 현대문학과 관련된 문체, 형식, 내용 나아가 문화/문예의 현대화 사명 등은 적어도 이 시기에는 아직 의제화되지 않고 있었다. 따라서 이때까지만 해도 타이완문단은 비교적 안정적인 구조를 유지하고 있었다 할 수 있다. 그러나 1920년대 초 신문학운동이 일어나면서 문체, 형식, 내용은 물론이고 사회문화적 의식도 점차 해방되고 갱신되어 갔다. 또한 신(新)/구(舊), 전통/현대, 엄숙/통속, 한문(漢文)/일문(日文), 중국백화문/타이완식백화문/타이완화문(台灣話文), 중국/일본/타이완로컬, 현실주의/현대주의, 자산계급문예/대중문예/프로문학, 주체(主體)/동화(同化) 등의 다양한 의제가 문화계 인사들 사이에서 논의되기 시작했다. 물론 그들 간에는 의식이나 주장, 실천 등에서 일부 차이가 노정되었고, 그로 인해 점차 경계가 모호한 각종 파벌이나 집단이 형성되기도 했다. 그러나 분명한 것은, 1930년 이후의 전통문학, 신문학, 통속문학이라는 3대 블록의 추형[2]이 이미 이 시기에 문단의 지표 밖으로 서서히 떠오르고

---

1) 布迪厄(프)・華康德(美) 合著/李猛・李康 譯, 『實踐與反思 : 反思社會學導引・反思社會學的論題』(北京 : 中央編譯, 1998年 2月 初版) ; 朋尼維茲(Patrice Bonnewitz), 『布赫迪厄社會學的第一課』(台北 : 麥田, 2002年 10月), 70~96쪽 참조.

있었다는 사실이다. 과거 신문학 중심의 연구 관점에서 본다면, 타이완의 문화사 및 문학사에 있어서의 이러한 대 격변은, 궁극적으로 신문학자들이 승리를 획득한 신구문학논전(新舊文學論戰)으로 최종 귀결되는 것이 일반적일 것이다. 그러나 이러한 문예논쟁만으로는, 전통문학을 주류로 하는 타이완문학 장이 어떻게 점차 현대문학으로 전화(轉化)되고 분화되는 지에 관한 복잡한 과정을 전면적으로 관찰하고 해석하기는 사실상 힘들다. 아울러 통속문학 장의 출현과 일본식민주의 그리고 중국의 도서 및 문예자원 간의 복잡한 관계를 규명할 수도 없다.

필자가 생각하기에, 1920년대 이후 타이완문학 장은 성격이 유사한 일원적 장으로부터 성격이 다양한 전통문학, 신문학, 통속문학 등 다원적인 장으로 분화하는 현대적 특징을 지니고 있다. 물론 이 과정 속에서, 신문학자들이 이룩한 나름의 성취와 기여는 실로 지대했다 할 수 있다. 그러나 이와 동시에 신구문학논전 이후, 전통문학자들이 그

---

2) 필자가 말하는 이른바 타이완 전통문학은, 고전 시문(詩文)의 창작을 가리킨다. 타이완 신문학은 1920년대 이래 타이완 신문학운동을 주창하며 발전되어 나온 것으로, 엄숙문학, 순수문학을 주류로 하는 현대문학과 한문, 일문, 타이완화(台灣話) 그리고 이들의 혼종어 등으로 진행된 각종 창작을 가리킨다. 통속문학은 고전 통속소설(구소설)과 현대 통속소설을 모두 포함한다. 20세기 초 타이완의 구소설은 고전형식의 문언소설(필기체소설)과 구어체의 백화소설(장회체소설)을 모두 포함하는데, 후자는 반문반백의 문체이기는 했지만 여전히 백화문과는 커다란 차이를 보이고 있었기 때문에 구소설에 속한다 할 수 있다. 타이완 현대 통속소설은 중국의 백화소설, 만청소설, 청말·민초 통속소설 풍조의 유서(遺緖)와 영향으로부터 파생되어 나온 통속문학과 1920~30년대 일본대중문예 풍조의 홍성으로 타이완에 유입되어 생산된 대중문학을 모두 포괄한다. 이것으로 보아, 타이완의 통속문학은 신/구의 문체와 전통/현대의 문학을 가로지르고, 중/일 문단 양쪽으로부터 영향을 받는 등 상황이 극히 복잡하다는 것을 알 수 있다. 현재, 학계에서는 타이완 통속문학을 통속문학이라고 칭해야 할지 아니면 대중문학이라고 칭해야 할지, 그 정의와 분야에 대해 이론이 분분한 상태이다. 『369소보』는 분명히 중국 통속소설의 영향을 받은 것이지, 일본 대중문예의 영향을 받은 것은 아니다. 따라서 본문에서는 그것을 통속문학이라 정의할 것이다.

동안 자신들이 장악하고 있던 문화자본에 대해 나름의 새로운 인식의 전환을 이루고 새로운 방식의 조작과 치환을 시도한 것 역시 타이완 문학 장을 현대적인 다원적 장으로 가속 전환하는데 하나의 중요한 요소로 작용했다는 사실 역시 우리가 간과해서는 안 될 것이다.

이 글은 현재 타이완에서 가장 활발하게 진행되고 있는 통속문학연구의 차원에서, 1930년대 전기에 탄생한 타이완 최초이자 최대인 한문 통속잡지 『369소보』(이하, 『소보』로 간칭)를 그 분석대상으로 삼았다. 『소보』와 관련된 연구 가운데, 이 글과 가장 직접적으로 연관되어 있는 것은 커차오원(柯喬文)의 연구이다. 커차오원은 타이완 최초로 부르디외의 이론을 가지고 『소보』를 연구한 학자이다. 그는 『소보』의 편집진과 주요 필진에 대한 분석을 통해, 『소보』의 문학 장과 부성(府城)[3] 문인클럽의 문화적 아비투스 사이의 관계를 고찰했다. 이를 통해, 그는 문학 장으로서의 『소보』가 자기 나름의 고유한 풍격을 형성할 수 있었던 핵심적인 요인은 바로 필진에 속해 있는 편집진이라고 주장했다. 그의 연구에 따르면, 이들 『소보』 성원들은 과거(科擧)라는 전통과 시민계급이라는 이중적 속성을 동시에 지니고 있었고, 그들의 활동 범위 또한 대개는 부성을 중심으로 남으로는 빙동(屛東), 북으로는 자이(嘉義) 일대에까지 뻗어 있었다. 나아가 그들의 주요 관심사 역시 부성을 중심으로 한 부성인들의 구미와 기호를 충분히 드러내는데 있었다. 결국 그의 결론은, 이러한 제반 요건들 하에서, 『소보』의 기본적인 풍격이 형성되었다는 것이다.[4] 이외에도 그는 상당한 편폭을 들여, 『소보』의 사

3) 여기서는 타이완 남서부에 위치한 타이난(台南)을 가리킨다. 타이난은 당시 타이완에서 가장 발달된 도시였고, 청조 편입 이후, 타이완의 부성(일종의 수도)이었기 때문에 부성은 지금까지도 타이난의 대명사로 쓰이고 있다.(옮긴이)
4) 柯喬文, 『『三六九小報』古典小說研究』(南華大學文學硏究所碩士論文, 2003), 7쪽 참조.

회자본, 경제자본 그리고 문화자본의 구성 상황을 고찰했고, 그 스스로『소보』의 활동에 가장 커다란 영향을 끼쳤다고 본 경제자본의 측면에서 행한 분석은 더욱 더 상세하고 확실하며 참고할 만한 가치를 지니고 있다. 커차오원의『소보』의 문학 장에 대한 고찰은, 타이완문학 장의 변동과 전통문인들의 문화적 아비투스에 대한 연구 및 경제자본에 대한 분석에서 특히 더 새로운 성취를 이룩했다. 그러나 문화자본의 분석에 있어서는 단지『소보』를 두고 문학논전에서 조성된 '문학 장의 변동', '고전소설이론의 제기' 이 두 가지 점에서만 논의가 진행되었기 때문에 약간 부족한 면이 있다. 사실, 통속문예는 타이완의 독서/창작의 전통과 한문독서시장에서의 수요 등에 있어서『소보』의 풍부한 문화자본을 제공했고, 이러한 자본은 바로『소보』가 당시 문화상황과 독서시장의 수요에 부합하는 관건적 요소를 구비하는데 커다란 역할을 했다.[5]

따라서 필자는『369소보』의 최대 문화자본은 단지 고전소설이론의 제기만도 아니고 통속문예의 승리만도 아닌, 통속문예를 책략으로 하는 식민지 한학, 한문 그리고 한문문예가 정합, 연계, 갱신, 전화되는 가운데 이룩한 일종의 패자부활이라고 생각한다. 일어동화주의(日語同化主義)의 거센 압력과 신구문학 전범의 일방적인 신(新)쪽으로의 편향 등

---

5) 커챠오원의 글 외에도 본문에서는 많은 선행연구의 성과에서 계발을 받았다. 가령, 타이완 전통문학, 통속문학 그리고 현대문학 간의 전화(轉化)와 관련해서는 황메이어(黃美娥)의 논문들을 참조했고,『369소보』의 식민저항(抵殖民)적 문화위치, 서사책략, 현대성 등에 관해서는 커챠오원, 마오원팡(毛文芳)의 심도 있는 연구에서 도움을 받았다. 그리고 통속/대중/매체생태 간의 권력관계에 있어서는 일찍이 천페이펑(陳培豊)이 「大衆的爭奪ー『送報伕』・「國王」・『水滸傳』」이란 글에서 분석을 행한 바가 있다. 이상의 글들은 졸고에 앞선 선구적 업적들이라 할 수 있다. 상세한 것은 인용 서목들을 참조하기 바란다. 이밖에, 본문에 대해서는『중외문학(中外文學)』전제편집(專題編輯)인 류량야(劉亮雅) 교수와 두 명의 익명의 심사위원이 많은 고귀한 의견을 주셨다. 이에 삼가 감사를 드리는 바이다.

변증법적 전환이라는 하나의 거대한 기획이 진행되는 와중에서, 통속
잡지는 사실상 전통문학 진영이 전통 한문문예를 유지 존속하겠다는
취지하에, 당시 문화상황에 대한 고민 끝에 채택한 선택, 그것도 시사
(詩社), 문사(文社) 등의 조직이나 시보(詩報), 문예총지(文藝叢誌) 등의 발행
과는 별개의 또 다른 새로운 선택이었다. 이런 상황에서『소보』의 통
속문예적 정향은 비관방(非官方), 비엄숙(非嚴肅), 비주류(非主流)라는 특성
을 갖게 되었다. 그러나 한편으로『소보』는 식민주의 문화개조라는 강
세적 침략에 직면해서 한문문예 및 통속잡회(通俗雜膾)라는 방향설정을
통해, 어느 정도 본토의 문화자본을 정합하는 효과를 발휘하기도 했
다. 이는 타이완 문화주체의 정비와 건립이란 측면에서 결코 무시할
수 없는 영향이라 할 수 있을 것이다.

그럼, 전통문학자들은 통속잡지『369소보』의 창간을 통해, 어떻게
자신들의 문화자본을 정합하고 발굴하고 동원한 것일까? 부성을 중심
으로 한 이러한 전통문인들(이하, 소보문인으로 간칭)은, 당시의 문화상황
및 독서시장의 수요와 요구에 대해 나름대로 현실적이고 실무적인 판
단을 하고 있었다. 바로 그렇기 때문에 '통속잡지' 발행이란 책략을 선
택할 수 있었던 것이다. 또한 이러한 책략을 통해, 이들 전통문인들은
그동안 신문학자들로부터 자신들이 줄곧 대중과 괴리되어 있다고 비
판받았던 바로 그 '대중'을 '한문'과 성공적으로 접목시킬 수 있었던
것이다. 그 결과, 타이완 통속문예의 독서/창작의 공간을 확대할 수 있
었고 전통문인과 한문독자 간의 안정성을 강화할 수 있었다. 나아가
신세대 한문 작가와 독자들을 지속적으로 발굴하고 양성할 수 있었다.
이런 의미에서『369소보』는 일종의 '속(俗)'(통속)이면서도 결코 '동(同)'(동
화)이 아닌 새로운 문화위치에서, 타이완 문화주체의 유지 및 발전에

일정한 공헌을 할 수 있었던 것이다. 필자는 이 글에서, 당시 타이완 통속문예의 생산/소비 상황과 한문독서시장의 개황을 통해 이와 같은 사실을 설명하고 확인하고자 한다.

1. 타이완문학 장(場, field)의 변동과 『369소보』의 문화위치

1920년대에서 30년대에 걸친 타이완문학 장(場)의 극렬한 변동 속에서, 신구문학자들은 각기 나름의 도전에 직면해 있었다. 『369소보』는 바로 이러한 배경 하에서 탄생한 것이다. 여기서는, 『소보』의 창간을 중심으로 한문통속잡지의 탄생이 보여주는 문화적 의미와 문학사적 의의에 대해 고찰해보고자 한다.

타이완신문학사 발전과정 속에서, 1920년대 가장 중요한 성취라 하면 곧 '문학/계몽'의 관계에 대한 확정과 이를 둘러싼 문학계몽의 방법론에 관한 논의라 할 수 있을 것이다. 그리고 그 가장 구체적이고 실제적인 표현이 바로 1924년을 기점으로 일어나기 시작한 신구문학논전(1924~1942)이다. 이 논전을 통해, 문학의 문체와 공통어의 문제가 비로소 주요 의제로 등장하게 되었다. 이는 결국 일본의 식민통치기간 내내 타이완문예의 현대성 건립을 목표로 지속적으로 진행되어온 타이완문단 내 신구문학전범의 변증법적 교체라는 거대 기획을 정식으로 실천하는 데에까지 이르도록 했다. 1930년대 이후에도 '문학/계몽'의 목표와 과제는 신문학 영역 속에서 끊임없이 제기되어왔고, 문학계몽의 방법론 문제 또한 대규모의 토론과정을 거치게 되었다. 그 결과 '내용적' 차원에서의 향토문학논쟁(鄕土文學論爭)과 '어문(語文)적' 차원에서의 타이완화문논쟁(台灣話文論爭) 등 대규모의 사변적 논의로 구체화되었다. 이렇듯 계몽의 방법론을 둘러싼 구체적 논의가 진행되는 가운데, 계몽의 대상 즉, '대중'의 문제가 전 단계에 비해 훨씬 더 부각되기 시작했다. 향토문학논쟁과 타이완화문논쟁이 궁극적으로 관심을 가지고 있는 문제 역시 바로 '어떻게 문예를 대중화시킬 것인가?'라는 대전제 하에서 통섭된다고 할 것이다.6)

따라서 1920년대 신문학운동이 나름의 사고를 발전시켜 나가는데 있어 '목표'로 설정했던 핵심적 개념이 곧 '문화'였다고 한다면, '대중'은 1930년대 진일보한 연구와 논의를 전개하는데 있어 '수단'으로 삼았던 관건적 개념이었다고 할 수 있다.7) 전술한 3대 논쟁8)을 통해, '문화'와 '대중'은 1920년대와 1930년대 문학 영역 속에서 가장 영향력 있는 의제가 될 수 있었고, 신문학운동은 신문화운동의 핵심적 분야의 하나로서 문예여론을 주도하는 상징권력을 성공적으로 획득할 수 있

---

6) 신구문학논전과 관련된 논의로는, 翁聖峰, 『日據時期台灣新舊文學論爭新探』(輔仁大學中國文學硏究所博士論文, 2002年 7月)이 가장 깊이 있고 완정하다고 생각된다. 또한 향토문학논쟁과 타이완화문논쟁의 경우에는, 陳淑容, 『1930年 代鄕土文學・台灣話文論爭及其餘波』(台南師範學院鄕土文化硏究所碩士論文, 2000年 6月)가 가장 견실하고 상세하다고 생각된다.

7) 1920년대 신문학운동은 신문화운동의 중요한 일익을 담당하는 가운데, 타이완문화 전체의 현대성(현대계몽)과 주체성(식민에 대한 저항) 등의 문제에 관심을 가지고 있었다. 따라서 문화운동계 인사들은, 문학을 통해 민중에 접근하고 민중을 개조하고자 했다. 결국, 문학운동은 문화운동 및 정치운동의 도구적 색채를 띨 수밖에 없었고, 문학성이나 예술성 등의 문제는 오히려 핵심이 될 수 없었다. 1930년대 이후, 문예운동의 주체성이 새롭게 주목을 받기 시작했지만, 그럼에도 불구하고 '문예'를 통한 민중과의 접촉 및 민중교육, 식민지 민중의 권익쟁취, 타이완 문화의 건설 및 고양, 식민지사회의 개조 등의 이념은 여전히 신문학운동의 변함없는 기본정신이었다.

8) 일제강점기 타이완에서, 그 규모나 내용면에서 가장 대표적인 문예논쟁이라 할 수 있는 것은, 신구문학논쟁, 향토문학논쟁, 타이완화문논쟁, 개똥사실주의논쟁(糞寫實主義論爭) 등이다. 본문에서 언급한 3대 논쟁은 앞의 세 논쟁을 가리킨다.

었다. 반면, 이전 시기까지 오랜 기간 타이완문단의 주류를 형성하고 있던 전통문예의 경우에는, 신문학운동가들이 내건 중요한 시대적 의제에 맞서 시의적절하고 유효한 대안을 제시할 수 없었기에, 문단 내 여론주도 그룹에서 점차 소외되기 시작했다.9)

타이완문학 장이 분화되는 진통 속에서, 1930년대 전반기 신구(新舊) 각 진영은 제각기 나름의 다양한 난제들과 직면해야 했다. 우선, 신문학진영의 경우에는 문예운동가들이 그토록 서둘러 건립하고자 했던 타이완문화란 과연 무엇이고 계몽개조의 대상은 또 누구인가라는 문제에 당면했다. 각종 문헌을 통해 당시의 논의과정을 살펴보면, '문화'와 '대중'은 구체적으로 실존하거나 굳이 설명하지 않아도 자명한 기존의 사실 혹은 고정적인 집단이 아니라, 이른바 신지식인들이 정의하는 하나의 가설적 전제임을 알 수 있다. 다시 말해, '문화'나 '대중'은 당시 신지식인들이 대담하게 가설한 일종의 문화전략이라고 보아도 지나친 말은 아닐 것이다. 따라서 어떻게 이러한 가설에 충실한 문화적 기호를 부여하느냐가 바로 구문학자들로부터 승리를 거머쥐게 된 신문학자들이 자기진영 내부에서 끊임없이 논쟁하고 고민해야 할 과제였다. 향토문학논쟁, 타이완화문논쟁, 문예대중화문제 등이 당시 끊임없는 논란거리가 된 것은, 바로 이러한 의제들이 하나같이 신문학자들이 그토록 쟁취하고자 했던 '대중'과 밀접한 관련을 맺고 있었기 때문이다. 그러나 '대중'이 의미하는 것이 '민중'(시민대중)인가 아니면 '계급'(무산대중)인가를 둘러싸고는 인식의 차이와 다양한 정의가 상존했고, 이는 시종 하나로 합일되지 못하고 내내 평행선을 달렸다.

---

9) 상징권력과 관련된 이론은 方孝謙, 「如何研究象徵霸權理論與經驗的探索」, 『中央研究院民族學研究所集刊』78(1995年. 4月), 27~59쪽 참조.

자오쉰다(趙勳達)는 『타이완문예연맹(台灣文藝聯盟)』의 분열원인에 대한 고찰을 통해, 다음과 같이 지적했다. 장선치에(張深切), 예룽종(葉榮鐘), 젠루(堅如) 등은 '문예대중화'문제를 둘러싸고 벌인 논쟁에서, 린커푸(林克夫, 필명 : 克夫), 궈츄성(郭秋生), 양쿠이(楊逵) 등과 대립했다. 그 대립의 핵심 쟁점은 바로 '제3계급문예'(대중문학)와 '제4계급문예'(프로문학)[10] 간의 근본적 모순이었다. 그 결과, 『타이완문예연맹』은 "'문예대중화'를 통해 결맹하고 '문예대중화' 때문에 내홍을 겪었으며" 이는 결국 잡지 『타이완문예(台灣文藝)』의 분열로 이어졌다.[11] 이러한 예에서 보듯, 당시 신문학자들 사이에서 '대중'이란, 여전히 실질을 담보해야 하는 가설적 기호이자 책략이었다.

한편, 신구문학논전이 전통문학 진영의 구문학자들에게 가져다 준 충격은 신문학자들의 그것에 비해 훨씬 컸다. 1930년대 전통문학 영역은 일어동화주의의 강력한 압제 하에서, 말학(末學)의 위기를 겪었다. 또 다른 차원에서는, 신문학자들이 발동한 문화계몽, 문예현대화의 맹렬한 통첩을 받았다. 이러한 이중의 압력과 도전이 전통문학 진영에 던져준 충격이 어느 정도였는지는 능히 짐작하고도 남을 일이다. 당시 신흥하는 타이완문학 장 속에서, 주도적인 상징권력담론을 구성한 것은 바로 문화, 대중 그리고 신문학이었다. 반면, 구문학자들은 이러한

---

10) 제3계급이란 말은, 14세기 초 프랑스 국왕이 삼급회의(三級會議, 일종의 階級會議)를 개최한 데에서 비롯된 것이다. 당시 제1계급은 성직자계급, 제2계급은 귀족, 제3계급은 자산가, 소자산계급, 도시 평민, 노동자, 농민 등 도시와 농촌의 각 계층을 모두 포함한 계급이었다. 자본주의 발전에 따라 제3계급 내에서 자산계급과 무산계급의 모순이 나타나는 가운데 무산계급은 제4계급으로 분화되어 나왔다. 孫經緯, 『『馬克思恩格斯選集』歷史詞典』(北京 : 商務, 1992년) 79쪽 참조.

11) 자오쉰다(趙勳達)의 석사논문에서 1934년에서 1935년에 이르는 기간의 타이완대중문예논쟁에 대해 상세하고 뛰어난 분석을 하고 있다. 趙勳達, 『台灣新文學(1935~1937)的定位及其抵殖民精神之硏究』(成功大學台灣文學硏究所碩士論文, 2003年), 30쪽.

상징권력의 쟁탈전이었던 신구문학논전에서 패배하게 되면서, 문단 주
변으로 내몰렸다. 그 결과, 오랫동안 타이완사회의 소수지식계급으로
군림해왔던 전통문인들은 한문기자(漢文記者), 한문편집(漢文編輯) 등의 신
분으로 언론계에서 활약한 소수를 제외하고는 대부분 낙오한 지식인
으로 전락하고 말았다. 그들은 충분한 창작능력을 가지고 있었고 따라
서 일정한 독자를 확보하고 있었지만, 그것만으로는 새로운 문화적 공
간 속으로 비집고 들어갈 수 없었던 것이다. 이렇듯 낙오한 지식유민
(知識遊民)들은, 일본천년(日本天年) 하에서 한학이 날로 무용해져 가는 사
회정세를 그저 지켜볼 수밖에 없었고,12) 그렇다고 신문학담론에 효과
적으로 개입할 수도 없었기에 심각한 내상을 감내해야 했다. 다시 말
해, 눈앞에 펼쳐진 잔혹한 현실이 문화생산 능력이 있고 글쓰기 욕망
을 가지고 있는 이들을 시대 밖으로, 주류문단 밖으로 빠르게 배제시
켜 버린 것이다. 이런 존망위급의 시기에 직면한 전통문인들은 강세적
인 신문화자본을 스스로 장악할 수 없다면 오히려 기존의 자본을 동
원할 수는 없는 것인지 나아가, 자신에게 유리한 문화자본은 과연 어
디에 있고 또 그것을 어떻게 바꾸어야 하는지 등등의 문제에 대해 고
민하지 않으면 안 되었다.

　　오랫동안 전통문인들이 장악하고 있던 한문, 한학, 한문문예를 토대
로 한 문화자본은 명정(明鄭)13) 이래로 장기적이고도 광범위한 전승과

---

12) 『369소보』의 고문인 짜오윈스(趙雲石, 1863~1936)는 일찍이 이렇게 자신의 감
　　정을 토로한 바 있다. "아! 세상에 태어나 재주를 펼쳐보지도 못하고 액운을 당
　　하고 말았다. 우선은 과거 시험이 중단됨으로 해서 세월을 허송했고, 후에는 급
　　기야 과거가 완전 폐지됨으로 해서 청운의 꿈을 펼칠 길이 없어졌다." 晦雲(趙雲
　　石), 「童年 高科」, 『三六九小報』101~102(1931年 8月 16日/19日) 참조. 본 논문이
　　참고한 『369소보』는 성문출판사(成文出版社)에서 펴낸 영인본이다. 영인 출판된
　　해는 미상이다.
13) 명·청 교체기, 명나라 유신 정청공(鄭成功) 일가가 타이완을 통치하던 시기(1662

토대를 갖고 있었다. 이는 틀림없는 사실이다. 그러나 타이완 할양, 과
거제 폐지, 관학(官學)의 문란 그리고 수십 년에 걸친 일본의 동화정책
추진 등등의 강렬한 충격과 소요를 거치면서, 이러한 문화자본은 이제
더 이상은 그렇듯 확고하고 안정적이지 못하게 되었다. 물론 '대중'이
란, 진실한 하나의 시장인 동시에 유효하고 강력한 아주 매력적인 문
화책략임에는 틀림없다. 그렇다면, '대중'과 같은 이러한 시대적 의제
의 계시 하에서, 전통문학계는 기존의 한문 문화자본에 정합과 전환의
과정을 통해 지속적으로 존속 발전할 수 있는 공간을 확보할 수 있을
것인가? 아니, 더 나아가 문단의 주류적 의제에 다시 개입할 수 있는
기회를 얻을 수 있을 것인가? 이에 대해 패자부활을 준비하는 전통문
인들이 과연 어떻게 사유했는지에 관해서는 현존 문헌만으로는 알 수
있는 방법이 없다. 그러나 전대미문의 타이완 최초 통속문예 잡지의
탄생을 알리는 『369소보』의 발간 그리고 그것과 주로 중국 통속물의
경수(經售)[14]에 종사하는 업자들 가운데 선두주자 격이라 할 수 있는
<난기도서부(蘭記圖書部)>의 합작은 어느 정도 이 문제에 대한 간접적인
답변을 줄 수 있을 것이라고 본다.

　1930년 9월 9일에 창간된 『369소보』는 끝에 자리가 3, 6, 9인 날짜에
발간된다고 해서 '369'란 이름을 얻었다. 따라서 발간 횟수는 한 달에
총 9회에 달했다. 1935년 9월 6일, 『소보』가 갑작스럽게 정간을 고한

　~1683)(옮긴이)
14) 본문에서 사용한 '경수(經銷)'라는 단어는, 서점의 수입, 경영, 판매 행위를 가리
　　키는 것이지, 중간에서 서적의 도매판매를 담당하는 도서중개상 혹은 대리상을
　　가리키는 것이 아니다. 본문에서 언급한 서점들의 경영 관련 상황에 따르면, 일
　　제강점기 한문이 서점의 도서수입을 유도하는 방식은, 여전히 우편환 예약구매
　　나 과거 중국의 도서구입 방식을 채택하고 있는 것 같다. 중국에서 전문적인 서
　　적판매상의 개입이 있었는지는 현재로서는 알 수 없다.

것을 두고, 학자들은 대개 경제적인 문제가 주된 이유였고 그 다음으로는, 전통 한유(漢儒)들의 지지 부족과 심천아속(深淺雅俗)의 기준을 정하기 어려운 점 등이 정간에 영향을 주었을 것이라 추측한다.15) 『소보』는 약 5년에 걸친 발행기간 동안, 총 479호를 발간했다. 타이완의 이른바 '소보'의 유행은 바로 여기에서 시작되었다고 할 수 있다. 1935년에서 1941년에 걸쳐 창간된 한문통속문예 잡지 『풍월(風月)』과 『풍월보(風月報)』가 바로 그 예증이다.16) 발행기간이 짧고, 금방 생겼다 금방 사라진다고 해서 '3호(三號) 잡지'란 자랑스럽지 못한 별명까지 얻었던 신문학잡지들에 비한다면, 상대적으로 발행의 연속성과 안정성에 있어 우월하고 내용도 풍부했다. 따라서 그것이 지닌 문예적 역량으로 볼 때, 단순히 심심풀이 오락잡지 정도로 경시할 수 있을만한 것은 결코 아니라고 할 수 있다.

『소보』의 발행부수에 대해서는, 커차오원이 나름대로 추량을 시도한 바 있다. 그러나 실제 정황에 대해서는 여전히 파악하기 힘든 게 사실이다. 그러나 처음 발행되고 반 년 정도 지났을 무렵에 일부 독자들이 투서한 바를 보게 되면, 당시 『소보』에 대해 상당한 공감을 가지고 있던 소위 '지지자'들이 꽤 존재하고 있던 것으로 보인다. 여기서 잠시 'KA생(生)'17)이란 필명의 독자가 투서한 글을 인용해 보기로 하자.

---

15) 施懿琳,「民歌采集史上的一頁補白─蕭永東在『三六九小報』的民歌仿作及其價值」, 中興大學中文系,『第三屆通俗文學與雅正文學全國學術硏討會論文集』, 2001年 10月 19日/20日(台北：新文豐, 2002年 7月, 初版), 283쪽 참조.

16) 『풍월보』의 전신이 『풍월』(1935.5.9~1936.2.8)이다. 1937년 이후 복간되면서 『풍월보』로 개칭했다. 발행기간은 1937년 7월 20일에서 1941년 6월15일이고, 이 두 단계 모두 통속잡지에 속한다. 이것은 간행 후 다시 『남방(南方)』(1941.7.1~1944.1.1)과 『남방시집(南方詩集)』(1944.2.25~1944.3.25)으로 개칭되었고, 총 호수는 연속되었다. 그 중에는 일부 통속소설도 있지만, 잡지의 성격은 이미 종합잡지 및 시보(詩報)로 바뀐 상태였다.

17) KA生이 실제로 누구인지에 대해서는 알려진 바 없다. 이 글에서는 원문을 그대

오호라! 우리는 참으로 불행하도다! 이 야박하고 냉혹한 말세에 태어났으니 말이다. 그것도 망망한 섬에서. 참으로 험난하고 힘겨운 삶이어라. 기백이 넘친 훌륭한 선비가 될 수도 없고 그렇다고 취생몽사하거나 실의에 빠져 곡을 할 수도 없다. 세상의 모든 근심 스스로 끌어안은 채, 하늘을 원망하고 땅을 탓한들 이 또한 무슨 소용이 있으랴! 이런 구차한 와중에, 자신의 재주와 능력을 다해 민중의 눈과 귀를 깨우려는 자가 있으니, 나는 그의 문학이 신(新)이든 구(舊)이든 개의치 않으련다. 오로지 그에 대해 최대한의 존경심만을 표하고 싶을 뿐.18)

KA생의 투서에는 한문의 쇠락과 문맹에 빠져 있는 민중에 대한 안타까움 그리고 이러한 격렬한 문화변동 속에서 전통문인들이 겪는 집단적 초조감이 잘 드러나 있다. 또한 여기에는 전통문인들이『소보』를 통해 실현하고자 하는 궁극적인 방향과 그것을 위해 기울인 온갖 노력에 대한 긍정과 존경이 포함되어 있다. 위의 투서 외에도 "잡지 하나가 바다 밖 이 먼 곳까지 바람에 실려 왔구나.", "세상의 구석구석에 이름과 영예를 드높이어라. 한 호, 한 호 발행될 때마다 만중(萬衆)이 환영하는 도다.", "369신문은 요즘 같은 한문 기근의 시대에, 하나의 나루터이자 다리이다. 글은 아와 속을 겸하고 있고, 가격 또한 저렴하니 한 해를 꼬박 구독한다 해도 술 한 잔 값도 되지 않는다."19) 따위의 짧은 글이나 투서 등도 자주 볼 수 있다. 이를 종합해 보면,『소보』는 한마디로 글의 아속(雅俗)을 겸한 염가의 한문통속잡지로서 일정한 환영

로 따르기 위해, 설령 생경하고 어색한 부분이 있다 하더라도 인용한 모든 문헌의 문자를 그대로 두었다. 심지어 특수한 용자(用字)나 착자(錯字), 췌자(贅字), 표점(標點)에도 전혀 변화를 주지 않았다.
18) KA生,「讀民報文藝時評書後」,『三六九小報』182號(1932年 5月 19日), 4쪽.
19) 吳乃俠,「祝三六九小報創刊一週年」, 雙生生,「題三六九小報」,『三六九小報』108號(1931年 9月 9日) ; 劉魯,「祝三六九報重刊」,『三六九小報』322號(1934年 3月 13日)

과 호응을 받았던 것으로 보인다.

『소보』의 편집방향과 잡지성격에 대한 자기규정에서 볼 때, 이른바 소보문인들이 1930년 이전 전통문학계에서 볼 수 있는 문지(文誌), 시회(詩薈), 시보(詩報) 등의 전통적 형식이 아닌 한문통속잡지의 창간을 통해 등장했다는 것은, 기존 문학 장의 변동과 분화의 흐름에 맞추어 그들 역시 이미 과거와는 다른 모종의 새로운 문학의식을 산생하고 있었다는 사실을 보여준다.

『369소보』는 비록 '소보'라는 이름을 달고 있기는 했으나, 엄격한 의미에서의 신문이라고는 볼 수 없었다. 오히려 신문과 잡지의 중간적 성격을 지닌 간행물이라고 하는 편이 더 적절할 것이다. 더욱이 그것은 시사보도를 주된 임무로 하지도 않았다. 또한 지면의 배정, 칼럼의 기획, 글쓰기의 문체와 형식 그리고 언어상의 문언과 백화 등등의 측면에서 종합잡회(綜合雜膾)의 성격을 보여주고 있다.20) 총 4면으로 구성된 『369소보』의 지면 배치는 다음과 같다. 제1면은 간두(刊頭)21)와 광고(廣告), 제2면은 「개심문원(開心文苑)」이란 타이틀 하의 칼럼, 제3면은 「설해(說海)」라는 제목 하의 통속소설과 단편칼럼, 제4면은 「잡조(雜俎)」라는 제명 하의 칼럼. 이에 대해 마오원팡(毛文芳)은 좀 더 구체적으로 정리하고 있다. 즉, 제2면 「개심문원」에는 사유(史遺), 논문담예(論文談藝),

---

20) 만청(晩淸) 이후, 『정보(晶報)』, 『성광(星光)』, 『소보(笑報)』, 『명성일보(明星日報)』에서부터 1920년대 베이징(北京)의 『일지소보(日知小報)』(1920), 상하이(上海)의 『최소보(最小報)』(1922), 『세계소보(世界小報)』(1923) 등에 이르기까지 심심풀이 오락용 소보(小報)가 난립했다. 毛文芳, 「情慾、瑣屑與詼諧 : 三六九小報的書寫視界」文學傳媒與文化視界國際學術研討會, 中正大學人文研究中心暨中文系主辦(2003年 11月 8/9日), 1~3쪽. 필자가 일일이 읽고 조사한 바에 따르면, 『소보』에 실린 극히 일부의 글들 중에는 『소보』의 독자들이 일부 중국의 소보들과의 접촉을 통해 그 편집방식과 소보의 정신을 본받았을 가능성에 대해 언급하고 있다. 이와 관련한 자세한 사항은 훗날 다시 추적 조사해 보기로 하겠다.

21) 신문·잡지의 명칭이나 발행호수 등을 표시한 지면.(옮긴이)

문단대사(文壇大事), 사어고증(詞語考證) 등의 방괴소문(方塊小文) 외에도 <고향영습(古香零拾)>(타이완 죽지사(竹枝詞) 수록), <염염록(炎炎錄)>('석풍류(釋風流)' 소문(小文) 등), <평고록(評古錄)>('중국고대도자략설(中國古代陶瓷畧說)' 등), <상식(常識)>, <동린서과(東鄰西瓜)>, <골계동화(滑稽童話)>, <매관만록(梅館漫錄)> 등의 상설칼럼이 포함되어 있었다. 그리고 제3면 「설해」에 실린 것은 대부분 소설이었으나, 그밖에도 <타이완어강좌(台灣語講座)>, <애하일적(愛河一滴)>(사랑에 관한 짧은 말), <일잠(一箴)>(사회격언), <염조(豔藻)>, <소상식(小常識)>, <소식보(小食譜)>, <소막(笑幕)> 등을 배치했다. 마지막으로, 제4면 「잡조」에는, <화총소기(花叢小記)>, <분반록(噴飯錄)> 및 각종 수필이 실렸고, 시단(詩壇)에는 <성률계몽(聲律啓蒙)>, <대산초창(黛山樵唱)>, <고향영습>(죽지사 및 기타), <미어(謎語)> 등의 칼럼도 실렸다. 또 나중에는 시작(詩作)에 관한 외부 비평 원고가 증가해서, <아언(雅言)>(롄야탕설고(連雅堂說古)), <과학취미(科學趣味)>, <인세면면관(人世面面觀)>, <저명동물지(著名動物誌)>, <신령계무선전(神靈界無線電)> 등의 칼럼도 실렸다. 마오원팡은, "369는 '작은(小)' '신문(報)'을 표방한다. 그래서인지 담론화제만 비주류적인 '소도(小道)'가 아니라 형식상으로도 소소하기 그지없었다."[22]고 했다. 그래서였을까? 마오원팡은 『소보』의 서사시계(書寫視界)의 정조(定調)를 '정욕(情慾), 자질구레함(瑣碎), 해학(諧謔)'으로 보았다.

　소보는 여유롭고 한가로운 생활, 소비의 수단, 감각적 쾌락 등을 해학적인 언사들을 통해 보여줌으로써 일종의 문화적 장식물의 역할을 하게 되었고, 이를 통해 오락과 유희에 대한 '향유' 그리고 욕망의 '소비'와 같은 동호회 성격을 확립했다. 이렇듯 『369소보』는 해학적 담론의 공공공간을 창조하고, 정욕과 감각적 향락에 대한 엿보기를 통해, 타이완 도회

22) 毛文芳, 앞의 글, 12~21쪽 참조.

지의 소소한 일상적 삶들을 한데 모아 보여주었다. 그리고 이를 통해, 전통적인 주류담론에 대한 회의와 해체 나아가 파괴와 소멸을 시도했다. 이는 또한 의도한 것은 아니지만 우연히도, 30년대 타이완의 현대성을 여실히 보여주는 하나의 증거가 되었다.[23]

마오원팡의 연구는 소보의 칼럼 성향과 언론으로서의 특징 그리고 상업적 책략과 문화적 특성 등에 관해 매우 깊이 있고 독창적인 분석을 시도했다. 또한 이를 토대로, 1930년대 타이완 시민의 문화소비 및 소보전통 그리고 문인들의 아비투스를 상호 결합함으로써, 문예생산에 있어서의 가볍고 통속적인 현대적 소서사(小敍事)를 잘 보여주고 있다.

그러나 만일 식민지 소보문인의 복잡한 문화심리와 타이완 최초의 통속문예가 출현한 문화배경에 대해 지속적으로 파고들어가 고찰을 해 본다면, 소보문인들이 이러한 통속 문예잡지를 경영하는데 있어 단지 하나의 해학적 담론의 공공공간만을 만들어내는 데에 그친 것이 아니라 이를 통해, 전통적 주류에 저항하는 새로운 담론을 생산하고 있다는 것을 알 수 있다. 그것이 보여주는 1930년대 타이완의 현대성은, 내부적으로는 기존의 전통적 주류 담론에 대한 전복을 시도함과 동시에 대외적으로는 식민저항의 역량을 생산하고 문예현대화를 촉진하는 요소들을 구비하고 있다. 따라서 총체적으로 볼 때, 『369소보』가 보여주는 현대성은 한문문예의 변혁/생산/소비를 통해 만들어낸 일종의 전통해체(解傳統), 식민저항(抵殖民), 탈중심(脫中心)의 '한문현대성'과 타이완문예의 장 분화를 촉진하고 전통문예의 현대문예로의 전화를 자극하는 '문예현대성'을 포괄하고 있다 할 수 있다.[24] 『소보』 창간 당시

---

23) 毛文芳, 앞의 글, 32쪽.
24) 『369소보』가 드러내는 한문현대성과 문예현대성은 간행물 수량이 상당했던 고 전통속소설과 현대통속소설 작품들을 통해 분석을 가할 수 있겠지만, 여기서는

로 거슬러 올라가보면, 잡지는 소보, 소학(笑謔), 유희(遊戱), 박고(博古), 소
설, 현대소비정보 등을 통해 자기 나름의 해학적이고 풍자적이면서도
우언적인 성격을 형성해 나갔고 이를 통해, 가볍고 오락적인 '통속'적
독서/창작의 장을 만들어 낼 수 있었다. 그러나 그 '통속'의 이면에는
수많은 한문 지식인들의 '속(俗)'(통속, 주변)이지만 '동(同)'(동화)이 아니고
자 하는 의도와 '구(舊)'에 근거하지만 동시에 끊임없이 '신지(新知)', '신
형식(新形式)'에 대한 접근을 통해 진화 발전하고자 하는 노력이 숨어있
었다. 따라서 『369소보』는 전근대적(去前衛性)이고 비현대적인 형식 하
에 있었지만, 실은 그 안에 한문통속잡지의 형식으로 한문 문화여론의
생산과 한문문예의 자주적 진화를 연계하고자 하는 목적을 내포하고
있었다. 결국 이러한 형식과 정의를 통해, 『소보』는 일본의 식민성과
식민지 현대성의 홍수가 타이완 문화주체에 직접적으로 세례를 퍼붓
는 것을 피하고, '식민지의 현대성'이 성장 발전할 수 있는 하나의 구
석진 공간이나마 마련할 수 있었던 것이다.

'다오쉐이(刀水)'(洪鐵濤, 1896(?)~1948)는 「발간소언(發刊小言)」에서, 꽤나
해학적인 말투로 다음과 같이 말한 바 있다. "절영지연(絶纓之宴)의 극락
이 바로 여기이다.", "사실, 본 소보는 웃고 떠드는 중에 우연히 창간
되었다." 즉, 부성의 문사(文士)들을 중심으로 한 동인들이 어떤 형식에
도 전혀 구애됨 없이 언제든 자유롭게 어울리며 청담(淸談)을 즐기기
위해 이 잡지를 창간했다는 것이 그의 고백이다. 다시 말해, 소보를 창
간하게 된 것은 그저 심심풀이 글들을 "이리저리 되는대로 수집해"
"이야깃거리들을 풍부히 제공함으로써" "조금이나마 그대들의 잠자는
시간을 빼앗고자"하는데 있을 따름이었다. 따라서 "무릇 나를 다 떨어

편폭의 제한으로 다른 논문에서 재론하기로 하겠다.

진 빗자루 대하듯 해도 되고, 나를 장항아리 덮개로 사용해도 된다. 그
것으로서 동인들에게 웃음을 주기만 한다면 난 만족하는 바이다."25)라
고 말 할 수 있었던 것이다. 홍티에타오(洪鐵濤)의 이 발간사에는, 한학
이 몰락과 전통지식인의 문화유민으로의 몰락 속에서 형성된 일종의
기재무용(棄才無用), 청담기세(淸談譏世), 호수쇄설(好收瑣屑), 매농박학(賣弄博
學) 등의 퇴폐적 정서가 짙게 배어있다. 그러나 이러한 정언반설(正言反
說, 일종의 반어법－옮긴이)적인 뒤틀리고 절망적인 문화정서는 소보문인
들의 언론에 있어 일종의 전형적인 풍격이라 할 수 있다. 사실 그들의
복잡한 문화심리 속에는 시류에 부합하지 못하는 기존의 문화를 전승
하고 유지하기 위해서는 기꺼이 작은 것이 되는 것을 감수하면서도
결코 큰 것을 섬기지 않는 일종의 비판적 태도와 미언대의(微言大義)의
정신이 잠재되어 있었다.

이와 유사한 견해는 같은 페이지에 실린 싱안(幸盦, 王開運)의 「석369
소보(釋三六九小報)」에도 그대로 드러나 있다.

대보(大報)도 아니고 소보(小報)라 칭한 것은 왜일까? 그것은 다른 것이
아니다. 현재 우리 타이완 언론계에는 세 개의 일간신문(日刊新聞) 외에도
월간(月 刊), 순간(旬刊), 주간(週刊) 등을 발행하는 많은 큰 신문사들이 도
처에 난립해 있다. 그 내용을 보건대, 하나같이 의론(議論)이 화려하고 훌
륭하며, 체재가 당당하지 않은 것이 없다. 그에 반해 본보(本報)로 말하자
면, 한마디로 그들 사이의 틈바구니에 끼어 있는 것이라 할 수 있다. 처
음 갓 태어났을 때는 진용도 미처 정비되지 못했고, 말도 어눌하고 유치
했다. 이른바 큰 무당이 앞에 있으면 작은 무당은 기가 꺾이기 마련인 것
처럼, 감히 세인들을 따라서 함부로 존대(尊大)하지도 못하고 그저 스스로
소(小)를 표방한 채, 해학적인 말 속에 뜻을 기탁하고 황당한 말에 의지해

---

25) 刀水, 「發刊小言」, 『三六九小報』 創刊號(1930年 9月 9日), 1쪽.

풍자하는 데에만 온 힘을 기울였을 따름이다.[26]

이상의 언급에서 유추해 보면, 『소보』는 창간 이후 일종의 "주변을 차지한 채 별도로 중심을 건설"하려는 전략을 채택하고 있음을 알 수 있다. 소보문인은 더 이상 과거처럼, 논전 속에서 상대방에게 극력 반박을 한다거나 힘주어 자신의 주장을 역설한다거나 혹은 구구절절이 자신의 견해를 피력하려 하지 않았다. 대신 그들은 새로운 형식의 또 다른 실천을 감행했다. 즉, 겉으로는 소도자오(小道自娛)하고 완세불공(玩世不恭)했지만, 타이완의 문화/문예 생산 영역에 재차 개입할 수 있는 가능성을 엿보고자 하는 그 궁극적인 목적은 한 번도 포기한 적이 없었다.

무릇 소보의 논지(論旨)는 당시 신인(新人)들의 열정적이고 격렬한 논의를 따를 수는 없었지만, 심원한 깊이에 의지해 풍세경속(諷世警俗)하고자 하는 마음은 결코 잃지 않았다. 우부(愚夫)나 속자(俗子)가 그것을 읽으면, 신요(神搖)하고 백동(魄動)했지만 악신(惡紳)이나 향원(鄕愿)이 그것을 읽으면 무섭고 놀라움에 치를 떨었다. 골계와 유희 속에 심오한 뜻을 감추고 소언수필(小言隨筆)을 통해 향토문학을 주장한 탓이다.……고로 어찌 오락(娛樂)이란 두 글자로 이를 말살할 수 있겠는가? 허나 세심한 독자가 아니라면 그 깊은 뜻을 살피기란 쉽지 않으리라.[27]

이와 유사한 견해들은 『소보』상에 이루 헤아릴 수 없이 많다.

연구자들 대부분은 『369소보』가 창간되기 열 달 전인 1929년 11월에 이미 홍티에타오 등에 의해 잡지발행과 관련하여 일부 기획이 있

26) 幸盦, 「釋三六九小報」, 『三六九小報』創刊號(1930年 9月 9日), 1쪽.
27) KA生, 「讀民報文藝時評書後」, 『三六九小報』182號(1932年 5月 19日), 4쪽.

었다는 사실에 주목하지 못했다. '문예잡지 곧 발간, 대중의 흥미 중시 (文藝雜誌將發刊, 注重大衆的興味)'라는 표제로 『타이완민보(台灣民報)』에 실린 한 지방통신(地方通信)에 다음과 같은 기록이 있다. 홍티에타오 등은 도내(島內) 각지의 동지들을 끌어 모아 『공작사(孔雀社)』를 조직하고, 1930년 1월 1일에 『공작(孔雀)』을 발행했다. 내용은 주로 논설, 사유(史遺), 총담(叢談), 소설, 시단(詩壇), 사림(詞林), 해문(諧文), 의약(醫藥), 상식(常識), 월단(月旦), 등화점(燈火店), 화신(花訊) 등을 위주로 구성되었다. 기사 내용은 다음과 같다. "듣자하니, 이 공작이란 잡지는 대중의 흥미를 중시하고 대중을 배경으로 문예의 가치를 발휘하고 타이완 신구문학가의 기고를 환영하며 또한 문언과 백화를 가리지 않고 현 사회에 유익한 재료를 망라하며 뜻있는 자의 도움을 바란다고 한다."[28] 홍티에타오 즉, 전술한 '다오쉐이'는 『소보』 창간 후 편집을 담당한 사람 중의 한 명이자, 주요 필진 중의 하나였다. 이 기사는 『369소보』의 창간이, 홍티에타오 자신이 「발간소언」에서 말한 것처럼 반드시 우연적이고 계획이 없고 목표도 없고 기획도 없는 것이었다고는 말할 수 없다. 적어도 1929년 11월 당시에 몇 명의 발기인들은 이미 주요 방향과 중요 지면을 확립했고, 그 기본 입장은 대중의 흥미를 지향하는 문예였다.

상술한 내용을 종합해 보면, 『소보』의 정언반설(正言反說)적이고 자아소화(自我小化)적인 언론 작풍은 문인들의 습성이나 상업적 고려 때문만은 아니었다. 오히려 그 안에는 상당한 정도의 자각과 선택이 포함되어 있었다. 따라서 통속, 휴한(休閒), 쇄설(瑣屑), 회해(詼諧), 잡조(雜俎), 박물(博物), 정욕(情慾) 등은 이러한 전통문인들의 목표이자 목적이라기보다는 단지 그들이 문화자본을 동원하는 하나의 수단 혹은 일종의 태도

---

28) 「文藝雜誌將發刊, 注重大衆的興味」, 『台灣民報』 285(1929年 11月 3日), 6쪽.

였다고 하는 보는 편이 나을 것이다. 바꾸어 말해, 통속문예는 일종의
문예위치일 뿐 아니라 문화위치이기도 했다. 따라서 신문학자들의 도
전 속에서, 소보문인들이 진작부터 '대중'을 취향으로 하는 새로운 형
태의 간행물을 경영해야겠다는 생각을 확실히 인식하고, 그것을 문화
담론과 상징권력의 쟁탈도구로 여기고 있었다 해도, 이는 지나친 말은
아닐 것이다. 그러나 또 한편으로는, 소보의 형식과 통속문예의 방향
은 부성 문인을 중심으로 한 일부 전통문인들의 위기에 대처하는 하
나의 새로운 의식이자 전략이라 해도, 이 역시 의문의 여지가 없는 사
실일 것이다. '한문소보(漢文小報)+대중문예'라고 하는 이러한 전략은 전
통문인들의 문화적 아비투스와 퇴폐적이고 절망적인 문화정서 그리고
일반적인 통속오락에 대한 요구 및 수요 등과 관련이 있다. 그러나 이
외에도 이러한 문예위치 역시 소보문인들이 타이완 문화주체에 대한
사고, 당시 타이완 문화 상황에 대한 평가 그리고 자기 문화자본에 대
한 동원 등에 있어 그들 나름의 견식을 가지고 있었음을 반영하는 것
이기도 하다. 따라서 그들에게 유리한 '구이면서 신'인 위치를 선택해
낼 수 있었던 것이다.

2. 스스로는 소(小)라 했지만 오히려 그것은 대(大)가 되었다
-『369소보』와 한문통속문예 시장

　1930년대 타이완은 어떻게 한문통속문예 잡지를 창간할 수 있는 조
건을 구비하게 되었는가? 과거 한문통속문예는 타이완에서 어떠한 전
통을 가지고 있었던가? 1920~30년대 타이완의 통속문예 독서시장의

규모는 어느 정도였는가? 당시 타이완의 문화 상황은 어떠했는가? 당시의 역사현장에서 타이완 대중에게 진정으로 접근한 문예는 무엇이었는가? 독자대중의 이목을 끄는 흥미 위주의 오락적 문화소비에 대한 수요를 만족시키는 것 외에 한문통속문예가 식민지 사회에서 할 수 있었던 또 다른 문화적 역할은 무엇이었는가?

여기서는 당시에 있었던 문예에 관한 몇몇 언급들을 중심으로, 1920년대 이후 타이완 통속문예에 대한 소개와 분석을 진행하고자 한다. 아울러 이를 통해, 『소보』의 발행에는 실제로 타이완 본토문화의 전승과 보존을 지고의 가치로 삼고 이러한 인식의 기반 위에서, 통속 문예 자원을 정합하고자 하는 부성 지역 전통문인들의 의도가 내포되어 있음을 밝히고자 한다.

전통문예 중심의 타이완문학 장이 분화되기 이전에는, 구소설(舊小說), 한시, 한문이 전통 문단의 3대 문류의 위치를 점하고 있었다. 그 가운데 특히, 구소설은 통속을 대종으로 하고 있었다. 황메이어(黃美娥)의 연구에 따르면, 일제강점기 타이완 한문통속소설 창작에는 두 번의 절정기가 있었다고 한다. 그 첫 번째 시기는 『한문타이완일일신보(漢文台灣日日新報)』의 독자적 발간시기 즉, 1905년 7월에서 1911년 11월까지이다. 이 시기에 활약한 한문통속소설 작가들은 주로 고전문학에 능한 구문인 집단이었다. 시에쉐위(謝雪漁), 리이타오(李逸濤), 리한루(李漢如), 샤지엔셩(霞鑑生), 페이옌(佩雁) 등이 바로 그들이다. 그러나 이후, 『한문타이완일일신보』가 재차 『타이완일일신보(台灣日日新報)』와 합병되면서 한문지면이 감소하게 되고, 더군다나 일본인 혹은 일본어 작품들과 경쟁하는 가운데 게재할 수 있는 기회나 공간마저 점차 줄어들게 되면서 작품의 수량도 예전만 못하게 되었다. 이러한 상황이 비로소 개선되기 시작한 것은, 훗날 한문잡지가 속속 출현하게 되면서 발표공간이 신문에서 문예잡지로 확충되면서부터였다. 따라서 통속소설 출현의 두 번째 절정기는 오락성을 추구하는 『369소보』, 『풍월(風月)』, 『풍월보(風月報)』, 『남방(南方)』 등의 문예잡지가 잇달아 발행되던 1930년대에서 1940년대 초반에 걸친 시기였다고 할 수 있다.[29] 그 중에서도 특히, 『369소보』의 창간은 사실상 타이완 통속소설의 독서/창작에 있어 두 번째 절정기를 이끌었다는 점에서, 타이완 통속문학의 계승발전이라는 문학사적 중요성을 지니고 있다 할 것이다.

황메이어의 연구는 타이완 통속소설의 창작전통을 처음으로 보여주었다. 사실, 이러한 전통을 이해하지 않고서는 창작을 뒷받침하는 것이 곧 독서이고, 따라서 통속문학의 창작뿐만 아니라 통속문학의 독서 역시도 필연적으로 상당한 역사를 지니고 있으며, 일정한 독서 인구를 가지고 있다는 사실을 이해할 수 없게 된다. 1920년대 신구문학논전에서, 신문학진영은 한시만을 주요 공격 대상으로 삼았지, 통속문학에 대해서는 사실상 커다란 관심을 두지 않았다. 이는 주로 시사(詩社)들이 우후죽순으로 난립하던 한시계(漢詩界)의 방대함과는 달리 통속문학은 사실상, 1920년대까지만 해도 이른바 문예공간이 부족한 상태라서 그다지 위협적이지 않았기 때문이다. 그러나 당시의 몇몇 문헌자료를 보게 되면, 그것이 지닌 잠재성과 면면히 이어지는 어떤 힘 내지 세력에 대해서 분명히 엿볼 수 있다.

1923년 황청총(黃呈聰)은 자신의 「백화문 보급의 새로운 사명(論普及白話文的新使命)」이란 글에서, 백화문을 보급하는 방법을 논하는 가운데 다

---

29) 黃美娥,「二十世紀初期台灣通俗小說的女性形象－以李逸濤在『漢文台灣日日新報』的作品爲討論對象」,『二十世紀台灣男性書寫的再閱讀－完全女性觀點學術硏討會』(國立政治大學中文系, 2003年), 2~5쪽 참조.

음과 같이 말한 바 있다. "이 일은 아주 쉽다. 왜냐하면 우리 동포들은 이미 상당한 정도의 한문을 배운 사람들이 많기 때문이다. 게다가 평소 중국의 백화소설을 즐겨 본다. 따라서 이러한 정신을 현재 중국에서 새롭게 발간되는 각종 과학과 사상에 관련된 책들을 보는 데에까지 연결시킨다면 우리의 견식을 훨씬 더 증강시킬 수 있을 것이다."30) 황청총의 언급에 따르면, 한자 식자층은 백화소설을 읽을 수 있는 열독 능력을 구비하고 있었고 더불어 당시 한자 식자층 가운데에는 이미 적지 않은 중국 통속소설 애독자들이 있었다는 것을 알 수 있다.

1924년 장경(張梗)의 「구소설의 개혁문제에 대하여(討論舊小說的改革問題)」라는 글은, 신구문학논전 가운데 유일하게 구소설을 비판한 글이다. 몇 회에 걸쳐 연재된 이 장편의 글은 첫머리부터 바로 구소설을 비판해 들어가고 있다. "구소설은 어찌어찌해서 오늘에 이르렀는지는 모르겠지만, 우리와 좁은 바다 하나를 사이에 두고 지근거리에 있는 중국에선 이미 많은 학자들이 나와 그것을 극력 통박하고 한편으로는, 개혁과 면목의 일신을 제창하고 있다. 이는 더 이상 옛 일이 아니다. 그런데 유독 우리 타이완만은 여전히 조상대대로 내려온 그러한 고루한 전통에 사로잡혀 있다. 아니, 아니다. 여기엔 어느 정도 과장이 섞여 있다. 냉정히 말해, 타이완 그 어디에도 소설은 다 있다. 하지만 그것은 중국에서 전해진 스공안(施公案), 평공안(彭公案) 따위에 지나지 않는다."31) 또 그는 신지식인의 입장에서, 당시 타이완 구소설의 독서/창작 상황에 대해 아래와 같이 비판을 가하고 있다.

---

30) 黃呈聰,「論普及白話文的新使命」,『台灣』4. 1(1923年 1月 1日), 25쪽.
31) 張梗,「討論舊小說的改革問題」(一),『台灣民報』2. 17(1924年 9月 11日), 15쪽.

……가장 안타까운 일은, 지금도 타이완의 모(某) 신문에는 매일같이 '옛날 어느 마을에 누가 살았는데' 식으로 시작되는 요재(聊齋)류 소설들이 빠지지 않고 실리고 있고, 독자들 또한 이를 전혀 이상하게 생각하지 않는다는 사실이다.

이상은 소설의 '근경(筋徑)'에 관한 언급이다. 그럼, 이번엔 다시 그 소설의 제재가 어디서 왔는지, 그 출처에 대해 살펴보기로 하자. 그 출처는 다름 아닌 칠협오의(七俠五義)나 칠자십삼생(七子十三生) 혹은 평공안(彭公案), 스공안(施公案), 분장루(粉粧樓) 같은 비렴주벽(飛簾走壁)의 야행인(夜行人)이 아니면 귀신 이야기에 나오는 봉신(封神), 주마춘추(走馬春秋), 서유기(西遊記), 요재기(聊齋記) 등이다. 그것도 아니라면, 삼문가이광(三門街李廣), 양가과부평남만실팔동(楊家寡婦平南蠻十八洞), 아녀영웅(兒女英雄), 맹려군(孟麗君), 설평귀정동정서(薛平貴征東征西), 번려화괘사(樊黎花掛師)(師는 帥의 오기로 보인다) 등이다. 아니, 그것도 아니라면 벽강대료화등회부벽가채(薛剛大鬧花燈恢復薛家寨)나 십마적청정서정남(什麼狄靑征西征南) 혹은 적룡적호초친(狄龍狄虎招親)일 수도 있다. 다시 말해, '재자가인(才子佳人)', '공자홍장(公子紅粧)'이 아니면 '봉왕괘수(封王掛帥)'인 것이다. 이를 좀 더 자세히 들여다보면, 서로가 서로를 보충해주고 짜깁기해가면서 이리저리 한데 긁어모아 하나의 책을 이루고 있다는 것을 알 수 있다. 즉, 그 근원을 파고 들어가 보면, 하나의 수레바퀴 자국에서 나온 것처럼 서로 일치하고 있는 것이다. 결국 이를 종합해 보면, 갖가지 연의체(演義體) 역사소설을 제외하고도 '요정귀괴(妖精鬼怪)', '비렴주벽', '재자가인', '봉왕괘수' 따위를 벗어나지 못하고 있는 것이다.[32]

장경의 글은 비록 구소설에 대한 비판이 주를 이루기는 하지만, 타이완 구소설의 천편일률적인 내용이나 진부한 소재들을 이것저것 얽어놓은 것에 대한 비판적 언급 외에는 사실 별 다른 것이 없다. 반면

32) 張梗, 앞의 글, 15~16쪽.

그가 이 글에서 상당한 편폭을 할애해 설명하고 있는 것은, 바로 '개성의 중시'와 '창의'를 제창하는 신소설에 대해서이다. 그가 보기에 타이완 구소설은 서서히 스러져가는 옛 '귀족문학'이나 '무료한 문사들이 이런저런 명목으로 돈을 뜯어내기 위한 상투수단'에 지나지 않기 때문에, 길게 논할 필요가 없었던 것이다.

그렇다면, 1920년대 타이완 구소설은 과연 서산으로 기울어가는 태양에 지나지 않았는가? 이 문제에 관해서는, 1930년대 몇몇 문예주장들을 통해 고찰해 보기로 하겠다. 1932년 예롱종(葉榮鐘, 필명은 奇)의 대중문예론과 제3문학론은, 제3계급 대중을 중심으로 문예대중화를 사고했던 주장 가운데 가장 대표적인 것이라 감히 말할 수 있을 것이다. 그는 「'대중문예'에 대한 기대('大衆文藝'待望)」란 글을 통해 대중문예를 제창하면서, 그 제창 이유에 대해 다음과 같이 설명했다. 첫째, 구소설은 옛 것을 그대로 답습함으로써 창신(創新)이 부족한 나머지, 문예를 통한 오락과 위안 그리고 삶의 예술화를 촉진하고자 하는 대중들의 요구를 만족시킬 수 없다는 것이다. "현재 타이완은 문예가 너무나도 부족하다. 뿐만 아니라 이러한 통속화된 대중문예마저도 태부족이다. 우리가 어린 시절 강고장(講古場)(옛날이야기를 들려주던 곳-옮긴이)에서 들었던 칠협오의나 펑공안, 맹려군 등이 이십여 년이 지난 오늘날에도 여전히 반복되고 있다. 이는 실로 좌절감을 느끼게 하는 현상이라 아니할 수 없다.", "하물며 수십 년간 탕(湯)만 바꾸고 정작 약(藥)은 바꾸지 않듯이, 내용은 그대로 두고 그 형식만 고치는 식으로 똑같은 작품을 부연(敷衍)해내는 것만으로는 회고벽(懷古癖)과 인내심이 강한 우리 타이완의 대중들을 결코 만족시킬 수 없을 것이다." 둘째, 구소설은 시기도 아주 오래된 데에다가 본토의 이야기도 아니라서, 독자의 공명을 불러일으키기가 쉽지 않다는 것이다. "더군다나 이러한 작품들은 대부분 중국 작가의 손에서 완성된 것이다. 따라서 환경도 다르고 정서에 있어서도 차이가 있는 이러한 문학은 필시 독자의 흥미를 반감시킬 것이다." 셋째, 대중소설은 독서의 흥미를 유발할 수 있다는 것이다. "솔직히 평소 독서에 대해 흥미가 없는 사람은, 설령 약간의 학문적 소양이 있다 하더라도 그에게 뜬금없이 평소 잘 알지도 못하는 서적과 친구가 되라고 하는 것은 필시 매우 어려운 일이다. 그러나 내 개인적 경험에 의하면, 이러한 난관은 대부분 소설의 마력(魔力)으로 능히 극복할 수 있다고 믿는다. 더욱이 줄거리 중심의 '대중소설'은 아주 재미가 있어 능히 사람들의 마음을 사로잡을 수 있을 것이라 생각된다."[33] 여기에서 우리가 알 수 있는 것은, 1930년대까지는 통속소설을 대종으로 하는 구소설이 여전히 지속적으로 창작되고 읽혀졌으며, 아울러 신문학자들의 문예적 신경을 끊임없이 자극하고 있었다는 사실이다.

피상적으로 보게 되면, 예롱종은 '구소설'에 대해 장경과 매우 유사한 비판을 하고 있는 것처럼 보인다. 그러나 그의 논리를 자세히 들여다보면, 그는 통속문예를 반대하지도 않았을 뿐더러 오히려 구소설이 가지고 있는 세력과 잠재력에 주목하고 있음을 알 수 있다. 게다가 여기서 한발 더 나아가, 기존의 통속문예가 현대화된 대중문예로 전화됨으로써, 이 잡지가 강조하는 '대중으로의 접근', '대중에게 오락과 위안을 제공', '대중의 취미와 품성을 함양', '대중의 삶에 대한 예술화' 등의 이상을 달성할 수 있기를 바라고 있다.

반면, '프로문학'을 주장하는 커푸(克夫)의 문예대중화에 대한 견해는,

---

33) 奇(葉榮鐘), 「'大衆文藝'待望」, 『南音』1. 2(1932年 2月 1日) 卷頭言. 쪽수는 표시되어 있지 않다.

'일본대중문예'³⁴⁾를 본받자고 주장하는 예롱종과는 그 근본 입장에서
분명한 차이가 있다. 그는 「과거의 오류를 청산하자－대중화의 근본
문제를 확립하자(淸算過去的謬誤－確立大衆化的根本問題)」란 글에서 다음과
같이 말한 바 있다.

> 다음으로, 그 파렴치한 작가들은 과거의 유물(검극(劍劇))을 통속화시켜
> 물고기의 눈알을 진주에 섞듯 사람의 눈을 속이려 드는데, 그들이 말하
> 는 대중문예는 도대체 무엇을 이름인가? 이러한 소설은 단지 일부 자산
> 계급과 소자산계급들이 스스로를 자위하기 위해 만든 심심풀이 소일거리
> 에 지나지 않는 것이다. 대다수의 민중들이 향유하는 것은 문예라는 권
> 역 밖에 있는 잔재들일 뿐이다. 더구나 이러한 잔재들은 그동안 지배계
> 급들이 남몰래 숨겨두고 즐겼던 아주 괴이한 것들이다. 가령, 오늘날 중
> 국에서 수입한 통속소설, 스공안, 펑공안, 육재자(六才子), 오미재생연(五美
> 再生緣), 용봉배(龍鳳配) 등등이 그것이다.³⁵⁾

린커푸의 관점에서 보면, 일본대중문예를 통해 '타이완 대중문예'를
건립할 것을 주장하는 예롱종은 계급적 고려와 문예계몽의 정신을 무

---

34) 「'대중문예'에 대한 기대('大衆文藝'待望)」란 글의 첫머리에는 다음과 같이 되어
있다. "오늘날 일본 내지에서 말하는 이른바 '대중문예'는 비교적 문화적 소양이
낮은 일반 대중들이 감상하는 통속문예를 의미한다." 천페이펑(陳培豐)의 연구에
따르면 다음과 같다. 1923년 간토(關東) 대지진 이후, 갑자기 '대중'이란 이러한
개념이 일본사회에 등장했다. 본래 좌익인사들만이 즐겨 사용하던 이 '대중'이란
말이 처음 일반인들에게 유행되기 시작하면서, 한때는 '대중문예', '대중소설',
'대중흥업(大衆興業)', '대중일(大衆日)', '대중주택(大衆住宅)' 등의 명사들이 범람
하기도 했다. 더욱이 『국왕(國王)』의 출현이 더욱 더 이러한 현상을 조장했다.
1930년대 일본에서 진행된 문예대중화논쟁에서 사용된 대중이 담고 있고 있는
의미는, 소위 말하는 '서민(庶民)'과 거의 같다고 할 수 있다. 陳培豐, 「大衆的爭
奪：『送報伕』・『國王』・『水滸傳』」, 楊逵文學國際學術硏討會, 國家台灣文學館主辦, 靜
宜大學台灣文學系承辦(2004年 6月 19/20日), 5~7쪽 참조.
35) 林克夫, 「淸算過去的誤謬－確立大衆化的根本問題」, 『台灣文藝』 2. 1(1934年 12月 18
日), 18~19쪽.

시하는 근본적 착오를 저지른 격이 된다. 따라서 그는 예룽종의 대중
문예론과 그가 진부하다고 비판하는 '구소설'이 실상은 하등의 차이가
없다고 생각했다.

예룽종이 '대중문예'를 제창하게 된 것은, 일본대중문예의 유행 경
험을 차감하는 가운데 통속문예의 독서를 통해, '우교어락(寓敎於樂)'(즐
거움 속에 가르침이 있다는 뜻-옮긴이)의 국민독서운동을 널리 추진하고자
함이었다. 또한, 그가『남음(南音)』창간사에서 밝힌 것처럼 "어떻게 해
야 비로소 사상과 문예를 보편화시키고", "어떻게 해야 비로소 다수의
사람들로 하여금 사상과 문예의 생산품을 받아들이게 할 수 있는가?"
라고 하는 두 가지 이념을 구체화하기 위함이었다. 다시 말해, 그의 주
장에도 분명 어느 정도의 현실적 고려가 있었던 것이다. 그러나 그의
주장은 결코 계급주의자의 인정과 동의를 받을 수 없었다. 그에 대한
린커푸의 비판을 차치하고서라도, 당시 타이완의 문화상황에 비추어
예룽종의 주장에는, 사실상 본토의 구소설을 말살하고 일본대중문예의
경험을 전유하고자 하는 문제가 내포되어 있었다. 따라서 그의 대중문
예론은 자신도 모르게 처음부터 자신은 버리고 남을 쫓는 판단착오
속에 빠져버리게 된 것이다.36)

그렇다면, 상대적으로 계급적 관점을 강조하는 대중문예론은 과연

---

36) 당시 통속문예의 발전 상황에 대해 본다면,『369소보』나 이후의『풍월보』에 등
장하는 한문통속소설은 모두 여전히 중국 구소설의 글쓰기 전통에서 발전되고
개량된 것이었다. 그러나 일본어로 대중문예를 창작하는 자들의 경우에는, 대부
분 일본대중문학의 영향을 받았다. 바꾸어 말해, 한문으로 창작된 통속소설과 일
본어 창작된 대중문예가 공통으로 1930~40년대 타이완의 통속문예 시장을 구
성하고 있었지만, 피차 그 문예상의 계보에 있어서는 전혀 달랐던 것이다. 예룽
종이 제기한 전유 방안은, 한문 통속문예의 발전에 있어서는 아직 발생하지 않
은 상태였다. 타이완의 (일본어) 대중문학의 발전과 관련해서는 논의의 범주가
다르기 때문에, 본 논문에서는 다루지 않았다.

성립할 수 있는 것인가? 이에 관해서는, 커푸, 위원(毓文, 廖漢臣), 양쿠이 (楊逵), 황스후이(黃石輝) 등의 견해가 가장 대표적이라 할 수 있다. 향토 화문논전에서, 커푸와 위원은 모두 중국백화문파에 속해 있어서 타이 완화문파의 대장격인 황스후이와는 대척점에 서 있었다. 일본어로 창 작을 하는 양쿠이의 경우에는 당시까지만 해도 미처 논쟁에 참여할 기회가 없었다. 이상에서 언급한 네 명은 이른바 문학어에 대한 관점 과 방법에 있어서 각기 다른 견해를 가지고 있었다. 그러나 제4계급의 수요에 부합하는 프로문예를 창조한다는 점에서는 모두 일치했다.

위원은 "현실에도 맞지 않고 생동감도 없는 구문(舊文)의 경우, 문화 운동의 촉진이란 면에서는 어느 정도 효용성이 있을지 모르겠지만 '대 중화 문제'에 있어서는 도저히 함께 할 수 없는 것이며" "타이완의 문 화를 촉진하고 민중의 문예 사상을 제고하고자 할 경우에는" 반드시 '제4계급'을 위한 교육이 상당한 정도로 고려되어야 한다고 생각했 다.[37] 커푸의 경우에는, 대중형제들의 '지식기근(知識饑饉)'과 '문맹증(文盲 症)' 등 이른바 '시대병(時代病)'을 치료하기 위해서는 "반드시 대중의 비 위에 들어맞는 즉, 취미와 능히 소화할 수 있는 문자를 선택함으로서 대중의 독서욕을 조장하고" "가장 보편적인 형식으로 사회를 묘사함 으로써 무산자에게 쉽게 사회정세를 이해할 수 있도록 해야 한다"고 주장했다. 그리고 그것을 위한 그의 구체적 건의는, 바로 "골동품 같은 구문학을 배제하고 현대적인 중국백화문을 사용"하는 것이었다.[38] 그 러나 중국백화문은 당시 '귀족언어'라는 비난이 따를 정도로 오히려 보급에 있어서는 상당히 곤란한 문제를 가지고 있었기 때문에 사실상,

---

37) 毓文(廖漢臣), 「祝『南音』發刊並將來」, 『南音』 1. 2(1932年 2月 1日), 2쪽.
38) 克夫(林克夫), 「祝『南音』的産生並將來的希望」, 『南音』 1. 2(1932年 2月 1日), 2~3쪽.

그들이 주장하는 "쉽게 소화할 수 있는 문자", "가장 보편적인 형식" 등의 요구에는 부합할 수가 없었다. 따라서 중국백화문파의 문예대중화에 관한 주장 가운데 가장 커다란 파탄은, 문학어(중국백화문)와 제4계급 문예주장(프로문학) 간의 상호 분열에 있었다. 반면, 일본어로 창작을 진행하는 양쿠이의 경우에도, 일본어 보급률이 불과 22.7%에 불과했던 1932년 당시의 타이완 정황으로 볼 때, 마찬가지로 문학어와 문예주장 간의 분열이라는 문제와 직면해 있었다.

그렇다면, 어문(語文)상에 있어서 타이완어(台語)를 중심으로 한 '언문일치'를 주장하고, 대상이란 측면에서도 역시 "광대한 노고군중(勞苦群衆)"을 분명히 강조하는 향토화문파논자 가령, 황스후이의 경우[39]에는 상술한 각종 약점들을 피할 수 있는 주장을 하고 있는가? 타이완화문 역시 중국과의 소통 및 언어문자화 등의 방면에서 문제가 있다는 지적이 제기되었을 때, 이에 대한 그의 대답은 아주 간단했다. 자신들 즉, 타이완화문파가 주로 관심을 가지고 있는 대상은 '문맹 대중'이지 '식자 대중'이 아니기 때문에, 어음주의(語音主義)를 통한 언문일치에 있어 타이완화문이 가장 유리할 수 있다는 것이다. 그러나 이 점을 십분 인정한다 할지라도, 현실적으로 그들은 또 다른 문제에 직면해야 했다. 그것은 바로 "일군의 문맹들"을 위해 "일종의 새로운 공통의 문자"를 창조해야 한다는 것이다. 한마디로 그들 역시 위와 같은 이중적 어려움에 처해 있었던 것이다.

이렇게 볼 때, 이러한 방법상의 논의에 있어 신문학 진영이 종종 교착상태에 빠진다거나 때로는 공통된 인식에 도달하지 못하게 되는 것

---

39) 黃石輝, 「怎樣不提倡鄕土文學」, 原刊『伍人報』9 11號(1930年 8月 16日～9月 1日). 현재 원간(原刊)은 볼 수 없기 때문에 본 논문에서는, 中島利郎, 『1930年 代台灣鄕土文學論戰資料彙編』(高雄：春暉, 2003年 3月), 1～6쪽을 참조했다.

은 어찌 보면 극히 당연한 일일지도 모르겠다.

상술한 바와 같이, 신문학 영역 속에서의 대중문예나 문예대중화론은 현실적 문화상황과 분명히 일정한 거리를 두고 있는 게 사실이다. 그렇다면, 1930년대 타이완의 문화상황은 과연 어떠했는가? 주지하다시피, 동화주의의 추동에 따라 일본어교육이 공학교(公學校)[40] 교육의 중점이 된 것은 사실이지만, 황민화운동이 적극적으로 추동되기 이전인 30년대 초반까지만 해도, 일본어는 식민지 공통어의 단계에까지는 이르지 못했다. 그러나 식민지 본토언어 역시 정책적으로 억압과 압제 속에서 빠르게 사라지고 있는 상황에 처해 있었던 것 역시 부인할 수 없는 사실이었다. 서당(書房)은 공권력의 억압으로 몰락 지경에 있었고, 공학교의 한문 교학(敎學) 역시 날로 위축되고 감소됨으로써, 한문교육의 수준도 비례해서 저하되고 있었던 것이다. 더욱이 그것도 현재 사용되는 이른바 시문(時文)(당시 통용되던 문체-옮긴이)이 아니라 아예 고문에 국한되어 있었기 때문에 타이완 중하층 민중들은 더 더욱 문맹과 실어증(失語症) 상태에서 헤어 나올 수 없었다. 따라서 당시 타이완 여론을 보면, "타이완 고유문화와 한문 간에는 연쇄적 관계가 있다.", "공학교에서 한문을 폐지하는 것은 타이완인에게는 하나의 커다란 고통이다."와 같은 경구(警句)와 항의를 종종 볼 수 있다. 1920년대 후반부터 타이완 각지에서 점차적으로 한문부흥운동이 일어나기 시작한 것도 바로 이러한 민족문제 및 사회문화적 문제에 대한 심각성에 인식이 도달한 결과라 할 수 있다.

1927년 『타이완민보』의 사설에서도, 공학교와 서당만으로는 타이완

---

40) 일제 강점기 타이완 자제들을 위한 초급보통교육기관. 후에 타이완에 거주하는 일본인 자제들을 위한 초등교육기관인 소학교(小學校)와 더불어 국민학교(國民學校)로 통폐합되었다.(옮긴이)

인의 한문학습에 대한 수요를 만족시킬 수 없음을 지적하고 있다. "현재의 공학교 교육은 여전히 '시대착오'적 구(舊)정신을 목표로써 고수하고 있기 때문에, 일본 내지어(內地語)에만 특별한 관심을 쏟고 한문은 경시하고 있다.", "타이완인의 일상에 관한 기사, 통신수단인 척독(尺牘), 상업부기 등등은 모두 한문을 도구로 하고 있기 때문에, 한문을 모르는 자는 그가 아무리 일본 내지어를 잘한다 하더라도 타이완인 사회에서는 솔직히 통용되지 않는다.", "타이완인은 공학교가 만족할 만큼 한문을 가르쳐줄 수 없기 때문에, 부득이 자제들을 구식의 타이완 서당으로 보내 공부를 시킨다." 그러나 구식 서당의 교수법이라고 하는 것은 그저 형식적 강해(講解)와 강제적 배송(背誦)에 지나지 않고, 교재도 옛 고적으로부터 뽑은 것이었다. 또한 중국의 신식 교과서의 경우에는, 서방의 훈장들이 알 리 만무할뿐더러 당국의 금지조치까지 받았다. 이와 관련해 『민보』의 한 관계자는 이렇게 말했다. "구식 서당은 그야말로 한문학자의 양성기관이지", "일상생활에서 필수적인 한문 전습소(傳習所)는 아니었다."[41] 더욱이 서당은 문언(文言) 능력의 양성을 위주로 하고 있어서, 당시 타이완 사회의 백화 한문의 수요를 만족시킬 수도 없었다. 따라서 중국 백화문교재를 구해서 독학하는 길밖에 달리 방도가 없었다. 그리하여 결국 1920년대 중반부터 한문서국(漢文書局)[42] 이 속속 출현하게 되고 이를 통해, 중국으로부터 한문도서를 수입하기 시작했던 것이다.

이처럼 한학의 전승이 관방교육과 민간교육의 길을 통해 해결될 수 없을 경우, 중국백화문교재로 한문의 부흥을 제창하는 것은 20년대 신

---

41) 「公學校的漢文敎授和舊式的台灣書房」, 『台灣民報』 147(1927年 3月 6日), 3쪽.
42) 일제강점기 한문서국은 통상 일본어 도서판매를 겸하고 있었다. 따라서 엄격히 말하면, 한문을 지향하는 서국이라 할 수 있다.

지식인의 전형적인 방법이었다. 그러나 전통 문학자들은 이와는 다른 차원의 사고를 하고 있었다. 그들이 기대하는 것은 일종의 한문문예운 동이었다. 왕원옌(王文顔)의 연구에 따르면, 1919년 <타이완교육령(台灣敎育令)>이 공포되면서, 서당은 생존 불가능할 정도로 급격히 감소되었고, 이에 전통지식계층은 시사(詩社)를 한학/한문을 유지하는 대체 방안으로 생각하고 대대적으로 시사를 결성하기에 이르렀다. 쉬쥔야(許俊雅)는 「일제강점기타이완시사통계표(日據時期台灣詩社統計表)」에서 다음과 같이 주장했다. 1921년에서 1937년까지는, 타이완 전체에서 시사의 수가 가장 큰 폭으로 증가한 시기로 총 159개의 시사가 새로 결성되었다. 이는 타이완 전체에서 그 소재지나 설립 연대를 분명히 알 수 있는 총 225개의 시사 가운데 삼분의 이 이상을 차지하는 수치로, 타이완 시사 건립의 '최절정기'였음을 보여주는 것이다. 더불어 이는 당시의 동화정책과 학교교육 그리고 본토사회의 요구와 밀접한 관련을 갖는 것이다.43) 그러나 현재의 연구는 한시를 제외한 한문문예의 또 다른 중요한 측면, 즉 통속문학에 대해서는 대부분 눈을 감고 있는 게 현실이다. 실제로 1920년대의 문화상황이나 한문문예의 발전을 이해하고자 한다면, 1921년에서 1937년까지의 시사 난립의 현상을 1930~40년대 한문통속문예 잡지의 출현과 함께 사고해야 마땅하다. 한문통속문예 잡지의 출현, 시사의 대거 등장, 한문도서의 수입, 한문서국의 출현 등은 모두 한문교육, 한문생산, 한문전승이 식민정권의 정치적 압력과 방해를 받게 되면서 본토지식인들이 타이완문화의 주체성을 수호하고,

---

43) 이와 관련된 논의는 黃美娥, 「日治時代台灣詩社林立的社會考察」, 『台灣風物』 47.
3(1997年 9月), 51~52쪽 참조. 이외에도 王文顔, 『台灣詩社之硏究』(政治大學中文所
碩士論文,1979年) ; 許俊雅, 『台灣寫實詩作之抗日精神硏究』(台北 : 國立編譯館, 1997年
4月) 참조.

본토의 문화교육, 문화운동 및 문화소비에 있어서의 각종 요구와 수요를 만족시키기 위해 출현한 일종의 자력구제의 방편이었다.

한문통속문예가 식민지 문화계 속에서 담당했던 문화적 역할에 대한 정리가 끝나고 나면, 다음으로 생각해 봐야 할 것은, 1930년대 이전 실제로 역사현장에 존재했던 식자대중과 비교적 근접한 문예는 과연 무엇이었던가 하는 문제일 것이다.

여기서 향토문학과 타이완화문의 제창자였던 황스후이의 「어찌하여 향토문학을 제창하지 않는가?(怎樣不提倡鄕土文學)」란 글에 대해, 다시 뒤집어 생각해 보기로 하겠다. 아마도 이러한 역방향의 사고를 진행하다 보면, 이 글이 작가의 글쓰기 의도와는 달리 의도하지 않은 또 다른 문화경관을 보여주고 있다는 사실을 알 수 있게 될 것이다. 이 글에선 주로 두 가지 점에서 구문학을 비판하고 있다. 하나는 구문학자들이 광대한 대중을 무시하였다는 점이고, 다른 하나는 일반인들이 『평공안』, 『스공안』, 『칠검십삼협(七劍十三俠)』 등의 백화소설에 대해 말하고 들을 수는 있지만 정작 읽을 수는 없는 이른바 언문불일치의 현상을 초래했다는 점이다. 또한 이밖에, 이 글에서는 백화 신문학에 대해서도 군중과 괴리되었다는 점을 지적하고 있다. "근래 나온 신소설, 신시 또한 전적으로 학식을 가진 사람들만을 위주로 할 따름이다. 따라서 그 가운데 진정으로 대중화된 작품을 찾기란 매우 힘들다. 오히려 그런 면에선 구소설만도 못하다."[44] 황스후이는 이렇듯 신문학자와 전통문인들을 동등한 거리에서 비판함으로써, 하나의 중요한 정보를 우리에게 제공해 주고 있다. 그것은 바로 '구소설'이야말로, 황스후이의 향토문학에 대한 이상적인 청사진을 제외하면 사실상, 당시 역사현장에 존재

---

44) 黃石輝, 「怎樣不提倡鄕土文學」, 『伍人報』 9~11(1930年 8月 16日~9月 1日), 3쪽.

하는 거의 유일한 "진정으로 대중화된 작품"이라는 사실이다.

이상의 황스후이, 양쿠이, 린커푸, 위원 등 신문학 영역의 대중문예론은 비록 대중에 대한 정의와 대중문예를 추동하는 전략이란 차원에서는 그 논조가 각기 달랐지만, 교육과 계몽 혹은 개조를 목적으로 오로지 대상(대중개조)에만 모든 초점을 부여하는 사유방식에 있어서는 일치하고 있다. 그러나 그들이 과도하게 제4계급에만 주목한 나머지 오히려 최대다수를 차지하는 식자대중(제3계급 식자대중)은 의도와는 달리 무시되고 말았다. 물론 그들 가운데 몇몇(가령, 예롱종)은 제3계급에 주목했지만, 이 또한 구소설에 대한 고정관념을 버릴 수 없었기에, 기존의 본토 대중문예의 문화적 잠재력에 대해서는 정시할 수 없었다.

『369소보』의 내용으로부터 볼 때, 소보문인들은 '주의'나 '좌우'의 문제에 대해 논쟁을 벌이지도 않았고,[45] 향토문학을 거부하지도 않았다.[46] 또한 문학적 '신'과 '구'에 대해서도 그다지 많은 고민을 하지 않았다. 소보문인은 전통문인을 핵심인물로 했지만, 그 중에는 노년, 중년, 청년 세대가 모두 포함되어 있었다.[47] 다시 말해, 소보는 한문문예

---

45) 가령, 변태위인(變態偉人, 王開運)의 경우에는 타이완 청년들이 "항상 마르크스나 엥겔스를 입에 올리며" 사회적으로 "좌(左)로써 우(右)를 배제하고, 신(新)으로 구(舊)를 헐뜯는" 상황에 대해 매우 옳지 않다고 생각했다. 變態偉人, 「幸盦隨筆」, 『三六九小報』200號(1932年 7月 19日). 왕카이원(王開運)은 당시 『小報』의 이사 겸 편집인이었고, 동시에 핵심필진 중의 한 명이었다.

46) 구웬(古圓, 蕭永東)의 경우에는, 황스후이의 향토문학론을 공개적으로 찬성했다. 심지어는 태만화문으로 창작을 시도하기도 했다. 古圓, 「消夏歪詩話」, 『三六九小報』102號(1931年 8月 19日) 참조. 이외에도 렌야탕(連雅堂) 역시 「아언(雅言)」이란 글에서, 향토문학에 찬성입장을 표시했다. 『三六九小報』新年 增刊號(1932年 1月 3日) 참조.

47) 소보문인 가운데에는 1870년대에 출생하고 과거에 급제한 바 있는 이른바 노년 세대(가령, 趙雲石), 1896년경에 출생한 이른바 타이완 할양세대 그리고 그들보다도 더 젊은 이른바 청년세대를 모두 포함하고 있었다. 그 중 일부 참여자들은 현대 통속소설 창작을 위주로 했다는 점에서, 더 이상 전통문인이라고 할 수 없는 이들도 있었다.

의 보존과 발전을 최고의 원칙으로 하고, 그 성격과 종류 면에서 다양하고 다원적인 하나의 문예기지였다고 할 수 있다. 문언, 고전백화, 중국백화문, 타이완식 중국백화문, 타이완화문 등으로 쓴 각양각색의 한시, 단문(短文), 논설, 고증, 고전소설 혹은 현대소설 등이 자유롭게 지면을 채우고 있었으며, 그 한문능력에 있어서도 우열의 차이가 있었고 언어풍격에서도 서로 달랐다. 또한 통속성 위주의 한문문예가 하나로 정합되거나 혹은 다원적으로 발전하는 새로운 국면을 보여주기도 했다. 『소보』는 창간 당시 '대중적 기호'를 표방하기는 했지만, 정작 지면에는 대중문예나 문예대중화와 관련한 논의는 없었다. 그러나 『소보』의 전통문인들이 신문학자들이 제기한 시대적 의제에 대해 관심이 없다거나 냉담했다고는 할 수 없다. 그렇다고 옛 것만을 숭상한다거나 그것에 얽매여 광대한 군중과 괴리되어 "낡고 진부한 골동품 같은" 세계[48]에 갇히기를 감수하고자 하는 것도 아니었다. 오히려 그들의 타이완문화 문제에 대한 사고 속에는 자기 나름의 형식과 방안이 있었다. 문예와 대중의 관계에 대한 사고와 대중 설정 문제에 있어서도 그들 나름의 주장과 근거를 가지고 있었다. 『소보』의 핵심인물이 가장 관심을 가지고 있었던 것은 한학의 존속과 한자 보존의 문제였다. 왜냐하면 그들의 판단으로는, 당시 타이완에서 가장 심각한 문화문제로서 이보다 더 중요한 것은 없다고 생각했기 때문이다.

한학의 존속과 한자의 보존이란 문제는 『소보』의 문인들이 이 잡지

---

48) 황스후이는 일찍이 다음과 같이 말한 바 있다. "현재 타이완 문학계에는 일군의 고전주의적 골동품 같은 이들이 있다. 이들은 그저 고인(古人)만을 찾고 있고, 그저 그들 고인들과만 함께 하려고 한다. 그들의 작품은 한사코 골동품학자(학식을 갖춘 사람)만을 대상으로, 단지 자신들의 '박고(博古)'만을 과시하거나 자신들의 뱃속에 가득 차 있는 고인들의 '조박(糟粕)'만을 자랑하는데 힘을 쏟을 뿐, 광대한 군중은 무시하고 깔보고 있다." 黃石輝, 앞의 글, 3쪽.

의 종지를 두고 논의하는 수많은 관련 논술 속에서 이루 헤아릴 수 없을 만큼 끊임없이 제기되었다. 『소보』의 오피니언 리더 중의 하나였던 롄야탕(連雅堂)은 일찍이 다음과 같은 의견을 피력한 바가 있다. "무릇 한 민족이 생존하기 위해서는 필히 나름의 독립적인 문화를 가지고 있어야 한다. 언어, 문자, 예술, 풍속 등이 바로 그러한 문화적 요소에 해당한다. 고로 문화가 있어야 만이 민족의 정신이 소멸치 않게 된다."[49] '류루(劉魯)'라는 필명을 사용한 이도 이와 유사한 견해를 내놓았다.

369소보는 어하(魚蝦)나 금수(禽獸)의 맛이 아니다. 그것은 오곡과 물의 맛이다. 물론 인간은 자신의 생명만을 보전하는데 급급해 하지는 않는다. 그러나 만일 자신의 생명을 보전코자 한다면, 오곡과 물을 포기해서는 절대 안 된다. 물론 인간은 민□(民□)의 특성을 유지하는 데에만 그치는 것은 아니다. 그러나 만일 그 특성을 유지하고자 한다면 한문을 버리고는 결코 될 수 없다. 캉난하이(康南海)는 일찍이, 한문이 우리 민□의 정신적 명맥임을 설파한 바 있다. 한문이 망하면 곧 □□도 그에 따라 망할 수 있다.[50]

글 중의 □□는 앞뒤 문맥으로부터 볼 때, '민족'이 맞을 것이다. 따라서 위의 인용문은 소보문인들이 한문문예의 생산을 일본 동화주의 문화침략 하에서, 민족의 문화주체를 수호하려는 하나의 중요한 책략으로 보고 있음을 반영하는 것이라 할 수 있다.

소보문인들이 한학의 유실(流失) 문제에 대해 비상한 관심을 가지고 있다는 것은 신문 지상에서도 수시로 보인다. "중학당(中學堂) 출신자는 교제와 왕래에 있어 여전히 척독(尺牘)을 쓰는데 어려워한다.", "훗날 문

---

49) 連雅堂(連横), 「雅言」, 『三六九小報』 新年 增刊號(1932年 1月 3日), 1쪽.
50) 劉魯, 「祝三六九報重刊」, 『三六九小報』 322(1934年 3月 13日), 2쪽.

자의 혼돈을 어떻게 바로잡을 것인가?"[51] 등이 바로 그것인데, 이는
소보의 존속이 곧 한학의 명운과 직결되어 있다는 생각이다. 예를 들
어, 필명이 '다이펑(黛峯)'인 자는 이렇게 말하고 있다. "그러나 옛날에
는 과장(科場) 출신자 가령, 거인(擧人), 공생(貢生), 늠생(廩生), 수재(秀才) 등
은 모두들 석학(碩學)이고 굉유(宏儒)였다. 그러나 그 가운데 오늘에 이르
기까지 건재한 자는 손으로 꼽을 만큼 드문 것 같다. 이런 식으로 가
다보면, 이십 년 후에는 아마도 모두들 선적(仙籍)에 들고 말 것이다. 설
령, 내가 이렇게 우긴다고 해서 누가 감히 나서서 아니라 할 수 있겠
는가? 생각이 여기에 미치니, 참으로 사문(斯文)(유학의 도의나 문화-옮긴
이)과 문자(文字)를 위해 통곡을 하고 싶을 지경이다. 그나마 요행히 후
학을 훈도(薰陶)하여 의발(衣鉢)[52]을 받을 진전자(眞專者)(학문의 진수(眞髓)를
전수받는 자-옮긴이)들이 많이 생겨난다면, 종래에는 필시 명맥은 부지
할 수 있을 것이고 문풍(文風)을 실추(失墜)하는 비극에는 이르지 않게
될 것이다."[53] 결국, 나날이 석학과 홍유(鴻儒)가 줄어들고 있는 이 마당
에, 어떻게 해서든 후학을 훈도하여 문화전승을 이룩하고자 하는 것이
바로 소보문인들이 그토록 잡지를 창간하고자 했던 이유인 것이다.

후반기에 들어서면, 소보문인들은 한자의 보존을 한학 유지의 관건
으로 생각하게 된다. '샤오쵸우(小丑)'란 필명의 소유자는, 타이완 사회
가 한문교육이 날로 쇠잔해져가는 현실에 직면해 한문교육 폐지라는
당국의 시책에 맞서 적극적으로 반대 행동에 나서지 못하고 지나치게
소극적이라고 비판했다. 그의 견해는 이렇다.

51) 蕉麓, 「祝三六九小報二週年」, 『三六九小報』 217(1932年 9月 16日), 2쪽.
52) 불교에서 가사(袈裟)와 바리때를 아울러 일컫는 말로, 스승으로부터 전수한 교법
   (教法)이나 불교의 깊은 뜻을 의미한다.(옮긴이)
53) 黛峯, 「雞窓小話」, 『三六九小報』 222(1932年 10月 3日), 4쪽.

사실 공학교에서 한문 시간을 늘린다고 해서 국어(일본어 - 옮긴이)교
육과 기타 과정의 교습에 지장을 주는 것 말고, 과연 실제로 얼마나 많은
효과가 있겠는가? 감히 단언컨대, 부형(父兄) 된 자들이 졸업한 자신의 자
제들에게 한학의 필요성을 깊이 인식하도록 그 연구를 독려하고, 그 부
형 자신들 또한 스스로 이를 준칙으로 삼음으로써 부모 자식 간에 서로
토론하고 연구한다면, 설령 공학교에서 한문을 폐지한다 하더라도 한학
의 전도(前途)에는 아무런 지장이 없을 것이다. 그럼에도 불구하고 그리
하지 않으면, 아무리 모든 공학교에 한문과목을 개설한다 하더라도 일단
졸업을 하고 나서 바로 자유롭게 한문을 운용할 수 있는 자가 과연 얼마
나 되겠는가?[54]

필명이 '옌후(煙虎)'인 자 역시 "한학이 부진한 데에는 한학자들이 자
신의 책임을 다하지 못한 탓이 크다. 아마도 오늘의 한학자들은 대부
분 그저 때만 기다리는 것을 능사로 하고 있는 모양이다. 정신을 진작
시켜 후진을 제대로 이끌어 줄 수도 그렇다고 조직적인 연구도 할 수
도 없다는 것은 이미 말한바 그대로이다."[55]

상술한 것처럼, '사문의 유지', '한자의 보존' 등과 관련한 소보문인
들의 논술을 보게 되면, 그들의 마음속에 내가 아니고서는 안 된다는
굉장한 사명감이 숨어있다는 것을 알 수 있다. 여러 차례 '공학교 한
문교육 무용론'을 언급한 것 외에도, 한학자들에게 '독립적인 문화'를
보존하고 '민족의 생존'을 유지하기 위해 자립자강(自立自强)할 것과, 조
직적인 연구를 통해 후진들을 올바른 길로 인도할 것을 요구하고 있
다. 앞서 언급한 필명이 '다이펑'인 자의 경우에도, 시사를 창립하고
통속문예 잡지를 발행하는 목적은 하나같이 "한학을 진흥함으로써 사

---

54) 小丑, 「靜室小言」, 『三六九小報』 340(1934年 5月 13日), 4쪽.
55) 煙虎, 「喫煙室」, 『三六九小報』 459(1935年 6月 29日), 4쪽.

문의 명맥을 유지하고", "후인들이 독서에 대해 흥미를 갖도록 유
도"56)하는데 있다는 점을 명백히 밝히고 있다.

한마디로, 소보문인들은 한학을 낡은 골동품이나 유물 혹은 폐학(廢
學) 정도로 여기지는 않았다. 다만, 그럼에도 불구하고 한학이 이 지경
에 이르게 된 것은 모두 시대가 그렇기 때문에 어쩔 수 없었다고 생각
하고 있었던 것이다. '줴이시엔(贅仙)'이란 필명의 소유자는 다음과 견
해를 피력하기도 했다. "무릇 오늘날 한학을 폐지하자고 하는 이들은
그것이 신이 아니라 구라 여기기 때문이다. ……그러나 어찌 알겠는
가? 천년만년이 지나 그 폐물(廢物)이 정작 물(物)이 될지."57) 또 그는 일
찍이 『소보』가 각종 운영이나 편집업무 그리고 창작에 심혈을 기울이
는 것은 모두가 "한문의 유지"를 위한 것이라고 말한 적도 있다. 여하
튼 그들은 "오로지 글쓰기에 전념"하기만 하면 필연코 "훗날 그 전형
(典型)을 잃지 않고, 끝내 문헌을 보존할 수 있다. 예로부터 후생가외라
하지 않았던가? 계속해서 정진하면 369소보의 문인들은 필시 그 업적
을 이어갈 수 있을 것이다. 하물며 투기나 하고 필부(匹夫)들에게 이자
나 놓는다면, 어찌 동년(同年, 같은 해에 과거에 급제한 사람 - 옮긴이)이라 할
수 있겠는가?"58)라고 믿었던 것 같다. 이것으로 보아 『소보』 발행의
주요 목표 중의 하나는 한문의 보존이었지, 단순히 상업적 이익을 위
한 것은 결코 아니었음을 알 수 있다.

『소보』는 겉으로는 해학, 심심풀이, 오락 등의 형태를 띠고 있었지
만, 그 이면에는 이구생신(以舊生新, 옛 것으로 새로운 것을 일으킨다. - 옮긴이),
폐이불폐(廢而不廢, 쇠퇴하는 것을 쇠퇴하지 않게 하다. - 옮긴이), 이소박대(以小

56) 黛峯, 앞의 글, 4쪽.
57) 贅仙, 「開心文苑」, 『三六九小報』 127(1931年 11月 13日), 2쪽.
58) 許子文, 「祝三六九小報第二回紀念日」, 『三六九小報』 216(1932年 9月 13日), 2쪽.

搏大(작은 것을 크게 하다.-옮긴이), '이무용위유용'(以無用爲有用, 쓸모없는 것을 쓸모 있는 것으로 만드는 무용지용(無用之用)-옮긴이), '시대착오, 입장불착오' (時代錯誤, 立場不錯誤, 시대에는 맞지 않더라도 옳은 것은 지켜야 한다.-옮긴이) 의 의도가 숨어 있었다. 이밖에, 소보문인은 '대중의 흥미'에 대해 사고할 때는, "어떻게 한학/한문/타이완문화주체를 유지 발전시킬 것인가"라는 입장에 서서, 어떻게 하면 통속물에 대한 독서운동을 통해 제3계급 식자계층을 확대해 갈 수 있을 것인가를 고민했지, "어떻게 타이완 문화 대중을 계몽/개조/창조할 것인가"의 입장에서, 제4계급 문맹대중의 개조문제를 고민한 것은 아니었다. 따라서 그들은 한문통속문예의 추동 및 그 목표에 있어 일정한 선택과 자각을 가지고 있었다. 한마디로, 소보문인은 일종의 실천하되 의론하지 않는 방식으로 그들의 대중문예 실천을 진행했다고 볼 수 있다.

천팡밍(陳芳明)은 『남음(南音)』 작가들에 대한 연구에서, 다음과 같은 주장을 한 바 있다. "식민체제 통치 하에서, 타이완 작가들은 자본주의가 가지고 들어온 '현대성'을 받아들이지 않을 수 없었고 동시에 타이완 문화전통을 어떻게 수호하는가 하는 '본토성'의 문제를 돌아보지 않을 수 없었다. 이러한 이중의 도전은 식민지 지식인이라면 누구나 생각해야만 할 문제였다."[59] 20세기 전반부는 타이완문화가 현대화를 추구하는 동시에 동화정책에 저항하던 시기였다. 이러한 과정 속에서, 신문학의 장은 지나치게 대상의 현대적 개조문제에만 관심을 기울였고, 그에 반해 전통문학 장의 경우에는 한문문화주체의 수호 문제에 중점을 두었다. 식민 저항적 문화운동 속에서 과연 현대적 본토 군중이 중요한 것인가 아니면 본토문화의 주체가 중요한 것인가? 분명한

---

59) 陳芳明, 『殖民地摩登 : 現代性與台灣史觀』(台北 : 麥田, 2004年), 73쪽.

것은 군중주의나 문화주의는 결코 누가 낮고 누가 못한 문제가 아니라는 사실이다. 다시 말해, 전자가 후자보다 낫다는 등의 문제가 아니라 '식민지 현대주체' 건설에 있어서의 양 날개인 것이다.

상술한 내용을 종합해 볼 때, 『369소보』의 통속문예 전략의 기조는, 한문통속문학의 전승을 통해 식민주의 혹은 신문학과의 차이를 강조하는 것이지 그것들의 전유나 전화가 아니었다.[60] 만일 한학을 유지·옹호하려고 하는 전통문인들의 문화적 성과를 타이완 문화주체의 수호라는 차원에서 평가한다면, 그들이 타이완문화를 보존하는데 그치지 않고 이러한 주체를 지속적으로 갱신하고 있다는 사실을 발견할 수 있을 것이다. 식민지 동화라는 문화침략 및 신문학운동으로 인해 도입된 새로운 의식·새로운 예술 등의 도전에 직면해서, 부성의 전통 문예권역에서는 상기한 것처럼 일종의 『369소보』식의 현대적 전화가 나타났다. 이러한 현상은 소보문인들의 소속 문화자본에 대한 동원과 전환을 보여주는 것이며, 이는 분명히 당시 문화상황에 대한 그들의 구체화된 견식과 판단을 보여주는 것이기도 했다. 기본적으로, 이는 한문통속문예 잡지라는 형식을 통해 식민 저항적 성격을 갖는 일종의 타이완 한문문화주의[61]라 할 수 있을 것이다.

---

60) 필자의 조사에 따르면, 『369소보』에 실린 각양각색의 글과 작품의 경우에는 중국문화와 중국문학의 영향 및 타이완 본토의 한문문화와 문예전승의 영향이 일본문화와 일본문학의 영향보다 훨씬 컸다. 소보에는 일본문학 혹은 일본을 제재로 한 것과 관련한 글이나 작품이 극히 제한적이었다. 또한 소보는 중국의 통속문예자원을 바탕으로 일본의 현대문화 혹은 현대 통속문예를 흡수하고 소개하고 전화시키는 경향도 그다지 많지 않았다. 따라서 『369소보』는 일본주의(日本主義)나 일본문화에 그다지 크게 영향을 받았다고는 할 수 없다. 그러나 『풍월보』,『남방』의 경우에는 그 영향이 상당히 심각했다. 후자에 관해서는 졸고「從官製到民製：自我同文主義與興亞文學(Taiwan1937~1945)」, 第一屆國際靑年學者漢學會議：現代文學的歷史迷魅, 美國哥倫比亞大學東亞系·國立暨南國際大學中文系·歷史系合辦(2003年 11月) 참조.

3. 『369소보』, 〈난기도서부(蘭記圖書部)〉 그리고 타이완통속문예 장의 발족

한문통속잡지의 이러한 '구(舊)이면서 신(新)'인 위치는, 소보문인들에게 있어서는 매우 익숙하고 유리한 문화위치이다. 동시에 그것은 당시한문문예시장 및 한문독서시장에 부합하고 심지어 도서판매를 유인하고 독서/창작의 새로운 흐름을 창조해 내는 위치이기도 하다. 1930년대 타이완의 한문독자는 과연 어디에 있고 또 그들은 무엇을 읽고, 그들의 독서 수요는 무엇인가 등등의 문제는 소보문인들이 새로운 모습으로 다시 문단에 개입하고자 할 때, 반드시 고려하고 평가해야 하는 문제였다. 그리고 당시 그들의 이러한 독서시장에 대한 판단과 개입은역으로, 독서시장의 변동을 가져오기도 했다. 여기서는 『369소보』와긴밀한 합작관계를 갖고 있는 〈난기도서부〉와 그것의 경영방침의 변화를 통해, 『소보』와 〈난기도서부〉의 연동이 어떻게 공통적으로 본토통속문예 장의 발족을 자극했는지에 대해 설명하기로 하겠다.

『소보』는 경제적인 문제로 세 차례 정간을 경험한 적이 있다. 그러나 그때마다 독자들의 성원과 지지로, 얼마 후 다시 복간되는 과정을반복했다. 소보문인들은 이 잡지의 안정적 발행이 당시로서는 매우 드문 일이었기 때문에, 이에 대해 상당한 자부심을 가지고 있었다. 심지어는 "소보는 닷새만 내고 없어질 신문이 아니다."[62]라는 말이 나돌정도로, 그것의 성공은 결코 우연한 일이 아니었다. 다음의 두 언급은, 『소보』 동인들이 당시 한문문예시장에 대해 일정한 평가를 내리고 있

---

61) 이것은 필자의 용어로써, 한문의 보존을 중심으로 하고 본토 한문문화의 전승을 최고의 종지로 하는 일종의 문화적 입장을 의미한다.
62) 蕉麓, 앞의 글.

음을 보여주는 대목이다. 1932년 4월 『타이완민보』상에, 'KS생'이란 이름으로 누군가 『소보』에 대해 비판을 제기했고, 이에 대해 바로 다음 달 'KA생'이란 필명의 소보 동인이 다음과 같은 반응을 나타냈다.

무릇, 현재 우리 타이완의 잡지와 신문은 우후죽순처럼 계속해서 생겨나고 있다. 그 중에는 찬란한 빛을 발하며 크게 성공한 것도 적지 않지만, 애석하게도 대부분은 덧없이 사라지고 말았다. 아예 흔적도 없이 사라지거나, 사상이 과격하다는 이유로 눈 깜짝할 사이에 금지되는 액운을 당하게 된 것이다. 무릇 이러할진대, 아무리 하늘을 찌를 듯한 의기를 품고 있으면 뭐하겠는가. 중요한 것은, 과연 어떻게 그 실질을 담보해낼 수 있을 것인가, 그것이 문제이다.[63]

이외에도 1933년 초, 황더스(黃得時)가 『타이완신민보』를 통해, 1932년 타이완 문예계를 돌아보는 가운데 『시보』를 '시대착오'적 산물이라고 비판한데 대해, 신주(新竹) 출신의 '완구성(頑固生)'이란 자가 즉각 이를 신랄하게 반박하는 글을 『소보』에 실었다. 내용은 아래와 같다.

요즘 시보를 지키겠다고 하는 이들로부터 자주 듣는 말은, 시보야말로 도내(島內)에서 한학을 연구하는 사람들의 사기를 드높이는 유일한 길이라는 것이다. 물론 남음(南音)과 유사한 간행물이 다시 만들어진다고 해서, 반드시 재차 정간되리라는 보장은 없다. 그러나 그것이 무엇이든지 간에 일단 정간이 되고 나면, 그 내용이 아무리 참신하고 풍부하다 하더라도 사회에 무슨 효력을 끼칠 수 있겠는가? 시보를 시대착오적이라고 하는데 내가 보기에 시보가 시대착오적이라고 한다면, 그건 다름 아닌 '무용(無用)을 유용(有用)으로 만드는' 장생불로의 비결 때문일 것이다. 고로, 시보의 시(詩)를 두고 시대착오적이라고 해서는 절대 안 될 것이다.[64]

---

63) KA生, 「讀民報文藝時評書後」, 『三六九小報』 182(1932年 5月 19日), 4쪽.

결국, '완구성'은 '입장착오(立場錯誤)'란 관점으로 황더스의 '시대착
오'라는 비판에 반격을 가했던 것이다.[65]

1930년 10월에 창간되어 1940년대까지 줄곧 발행되었던 『시보』는,
물론 한시가 주이기는 했지만 그 외에 소량의 잡문도 아울러 실었다.
『시보』와 『369소보』의 창간에는 겨우 수일의 시차만 있을 뿐, 양자 모
두 전통문인이 만든 한문간행물이란 점에서는 매한가지였다. 『시보』
는 주로 시사(詩社)의 한시 작품들을 실었고, 그 중에서도 특히 격발음
(擊鉢吟)[66]이 대종을 이루고 있었다. 이 점에서는, 『소보』와 약간의 성격
적 차이를 보이고 있다. 그러나 상술한 두 편의 인용문에서, 소보문인
과 『시보』의 문인은 약속이나 한 듯이 똑같이, 사회문화적 현실을 고
려하지 않은 채 행동함으로써, 걸핏하면 잡지마저 발행금지를 당해 정
작 이루고자 하는 자신의 이념은 실현하지 못하고 오히려 공론만 난
무하는 지경에 빠지고 마는 신문학진영을 풍자하고 있다. 특히, 전통
문인들은 1932년 초 발간된 한문 신문학잡지 『남음(南音)』을 예로 들어,
'잡지와 신문'을 통해 그것을 은근히 비꼰다거나 아니면 아예 직접적
으로 이름까지 거명하며 비판함으로써, 역으로 『소보』의 문학적 위치
야말로 문화적 사명을 짊어지고 있고 독서시장의 요구에 부합하는 정
확성을 지니고 있음을 밝히고 있다. 이로부터 볼 때, 구문학자들의 문

---

64) 頑固生(新竹), 「黃得時的一九三二年 台灣文藝撿討的檢討」, 『三六九小報』258(1933年 2
   月 3日)/259(1933年 2月 6日). 표제(標題) 중의 '撿'은 '檢'의 오기이다.
65) 현존하는 1932년 4월의 『타이완민보』는 단지 2일과 9일 두 기(期)만이 존재할
   뿐이고, 현존 『타이완신민보』 중에도 황더스의 글이 남아 있지 않기 때문에, 두
   개의 글을 비교해서 고찰할 수는 없었다. 다만, 그에 대해 반응을 보인 이들의
   기술 속에서, 대강의 내용을 이해할 수 있을 뿐이다.
66) 주로 타이완에서 유행했던 전통 한시로, 본래 단오절에 굴원(屈原)을 기리기 위
   해 거행된 시회(詩會)에서 차례대로 시를 짓는 일종의 시작(詩作) 놀이에서 비롯
   된 것이다.(옮긴이)

예운동에 대한 견해와 방법은 신문학자들과는 근본적으로 달랐음을 알 수 있다. '완구성'이 표방한 『시보』의 '무용지용(無用之用)'의 장생 비결이 곧 『369소보』의 장생 비결이 아니었을까? 이를 통해 유추해 보건대, 한문문화주체를 보존하고 한문문예시장의 각종 다양한 요구를 제공하는 것은, 바로 전통문인들이 자신의 문화적 지위가 동요되는 위기를 해결하고 동시에 간행물이 이른바 '3호 잡지'로 전락하는 것을 피할 수 있는 일거양득의 비방이었던 것이다.

콩칭동(孔慶東)은 중국 현대통속문학을 연구하면서, 다음과 같이 주장한 바 있다. "현대통속소설이 신문학소설과 차이가 있다면, 그것은 바로 사상과 예술 두 가지 방면에서 모두 전위성을 잃어버렸다는 점이다. ……그러나 이런 차이는 절대적인 것이 아니다. 현대통속소설은 갈수록 신문학소설과 똑같은 미학적 준칙을 따라 움직이고 있다. 다만 약간 지체되어 있을 뿐이다. ……따라서 양자 사이에는 항시 일정한 과도적 지대가 출현한다."[67] 일제강점기 타이완 통속소설의 발전상황 역시도 이와 아주 흡사하다. 1920년대 신문학운동이 발흥하기 이전의 타이완 통속문학은 문언문으로 쓴 고전통속소설을 위주로 하고 있었다. 그러나 1930년에서 1935년 사이 『369소보』가 발행되는 기간 동안에는, 고전과 현대[68] 두 가지 형식이 동시에 출현했다. 물론 수량 면에서는, 고전이 여전히 압도적 다수를 차지하고 있었지만, 현대통속소설 역시 날로 증가일로에 있었던 것만큼은 분명한 사실이다. 물론, 『소보』

---

67) 孔慶東, 『超越雅俗─抗戰時期的通俗小說』(北京 : 北京大學出版社, 1998), 19~25쪽 참조.
68) 『소보』 상의 현대통속문학은 중국 백화문, 타이완 백화문, 백화문과 타이완화문이 한데 섞여 있는 혼종어 창작 등 세 가지 언어형식이 주를 이루고 있어, 문자의 제어능력에 있어 우열의 차이가 있다. 그러나 그 가운데 상당히 아름답고 유려한 작품이 적지 않았는데, 이는 단지 수사능력에서만이 아니라 중국어 구사력에 있어서도 동 시기 신문학소설에 결코 뒤지지 않을 정도였다.

상의 현대통속소설은 대개 심미적 풍격이란 면에서, 세속과의 소통, 간단명료함과 평이함, 심심풀이 오락용[69] 등 통속문학적 특징을 그대로 구비하고 있었지만 그럼에도 불구하고 소수의 걸출한 작품들은 이미 그 작품성이란 측면에서, 타이완 신문학소설 가운데에 있는 한문소설들과 커다란 차이를 보이지 않았다. 오히려 반대로, 타이완 신문학소설 가운데에 일부는 도저히 엄숙문학이라 정의하기 힘든 작품들도 있었다. 이렇듯 엄숙/통속, 순문학/통속문학 사이에는 점차 구분하기 힘든 과도적인 지대가 나타나고 있었던 것이다. 이를 달리 말하면, 전통문예의 현대적 전화, 한문문예의 종류와 내용의 확대, 독자 확보 등의 방면에서 지니고 있던 『369소보』의 자각은, 당시 신문학계의 대중문예, 문예대중화논쟁 등과 거의 같은 맥락에서 이루어지고 있음을 반증하는 것이라 할 수 있겠다. 그러나 이것이 전통문학자가 신구문학논전 속에서 신문학으로부터 일부 새로운 심미의식을 지닌 문화자본을 전유했다는 것을 의미하는 것은 결코 아니다. 오히려 그보다는 그들이 상대로부터 영감과 자극을 받아 본토문예가 보다 더 빠른 속도로 시대의 변천에 따라 끊임없이 변화발전하고 갱신할 수 있도록 했다고 하는 편이 나을 것이다.

　『369소보』의 발간이 독서시장에 끼친 영향은, 전통문예의 갱신이 문화영토의 개별 장들로 전도되는 일종의 문화 지진이었다는 점을 보다 더 잘 설명해 주고 있다. 『소보』의 통속문학시장에 대한 개입이 한문도서 판매의 선구적 업자라 할 수 있는 <난기도서부>의 경영방침에 영향을 끼쳐 한문 독서시장에 일대 새로운 변수로 등장하게 된 것이 바로 그 좋은 예이다.

69) 이는 통속문학을 정의하는 몇 개의 기본적인 기준이다. 孔慶東, 앞의 책, 20쪽 참조.

1930년대 타이완 한문도서시장은 과연 어떠한 양태를 보이고 있었는가? 이에 관해서는 현존 문헌에서 얻을 수 있는 정보가 그다지 많지 않은 관계로, 30년대 한문독서시장에 대한 연구는 그야말로 캄캄한 대륙을 헤매는 것과도 같았다. 당시 한문독서시장의 실태 및 그것이 중국어와 일본어 공통으로 구성된 전체 독서시장에서 차지했던 분량에 대해서는 단순히 수량적 측면에서 접근하게 되면 이해가 불가능하다. 문헌들 속에 잔존해 있는 서국(書局)의 광고 특히, 당시 본토 서국들의 광고 게재 1순위였던 『타이완민보』, 『타이완신민보』[70]는 현재 이러한 문제를 이해하는 마지막 단서가 되고 있다. 『369소보』가 발행된 5년의 기간 동안 <난기도서부>의 서적(書籍) 광고는, 지면에서 가장 빈번하고 현저하게 등장하는 광고 중의 하나였다. 커차오원이 아직도 생존해 있는 <난기>의 경영자를 방문 취재한 바에 따르면, 다음과 같은 사실들을 확인할 수 있다. <난기도서부>는 자이(嘉義) 출신의 황마오셩(黃茂盛, 1901~1978)에 의해 설립되었고, 그 전신은 '한적유통회(漢籍流通會)'(1924)였다. 또한 이 회(會)는 순전히 개인 출자에 의해 수천 권의 한문서적을 구매했고, 이를 회우(會友)들에게 제공 유통했다. 1926년에 드디어 <난기도서부>를 설립하고, 전쟁 전야에 정식으로 <난기서국>으로 개칭했다.[71] 그들의 주요 업무는 중국대륙의 도서를 수입 판매하는 것이었

---

70) 『타이완민보』의 발행시기는 1923년 4월 15일(창간호)에서부터 1930년 3월 22일 (315호)까지이다. 『타이완신민보』의 발행기간은 주간(週刊)인 경우, 1930년 3월 29일(306호)에서부터 1932년 4월 9일(410호)까지이다. 일간(日刊)의 경우에는, 1940년대 이전 분량 중에서는 일본의 나카지마 도시로(中島利郎) 교수가 <국립문화자산보존연구센터(國立文化資産保存硏究中心)>에 기증한, 1933년 5월에서부터 11월까지의 분량만이 현존하고 있다. 그러나 그 중에서도 일부는 빠져있다. 이 글의 서점/서적 광고 조사와 관련해서는, 징이대학(靜宜大學) 중문과대학원(中文所)에 재학 중인 차이페이쥔(蔡佩均)의 도움을 받아 이루어졌다. 이 자리를 빌려 다시 한번 감사를 드리고 싶다.

71) 아직 정식으로 개칭되기 이전에도, 이미 광고에서는 <난기서국>이란 명칭을 사

고, 그 다음으로는 각종 서적을 직접 인쇄하여 판매하는 것이었다.[72] 이밖에 『소보』 상에 광고를 게재한 서국으로는, <난기> 외에도 '화한 서국십지(和漢書局什誌)'를 표방한 <숭문당(崇文堂)>이 있었다. 그러나 <숭 문당>이 채용한 광고의 대부분은 주소, 계좌번호, 전화번호 등을 간 단하게 열거한 서점 광고 일색이었고, 목록 형식의 서적 광고는 없었 다. 따라서 그 서점의 역사 및 서적 판매의 경향 등에 대해서는 파악 하기가 쉽지 않다. 그에 비해, 설립 이래 줄곧 광고를 중시했던 <난 기>는 상시적으로 대폭적인 도서목록이나 판매 경향 등을 비교적 상 세하고 분명하게 광고에 게재했다.

<난기도서부>는 설립되자마자, 곧바로 『타이완민보』에 광고를 게 재했다. 그 중에 1926년 6월[73]과 8월[74] 두 차례에 실린 광고가 가장 대표적이다. 그 내용을 귀납해 보면, 대체적으로 다음과 같다. (1) 쑨원 (孫文)의 전기(傳記), 저작(著作), 강연집(講演集), 기타 상관 연구 등 (2) 중국

용하고 있었다.

72) <난기서국>의 연혁에 있어서는 커차오원(柯喬文)이 자신의 논문에서 밝힌 것과 그 자신이 가족 방문취재를 통해 부록에 남긴 기록이 서로 다르다. 가족들에 따 르면, 설립된 시기는 1916년이다. 이에 대해서는, 「黃陳瑞珠女史訪問稿」, 「『三六九 小報』古典小說硏究」附錄의 258～260쪽을 참고하기 바란다. 필자가 조사한 바에 따르면, 『타이완민보』에 게재된 <난기>의 최초 광고는 1926년 6월 6일에 나타 난다. 따라서 필자는 일단 커차오원이 논문의 본문에서 밝힌 견해를 따르고자 한다. 이에 대한 자세한 조사 및 연구는 후일을 기약하도록 하겠다.

73) (廣告) 嘉義西門蘭記圖書部 <新書發售>, 『台灣民報』108號(1926年 6月 6日), 5쪽. 광고 내용은 다음과 같다. 『孫逸仙傳記』, 『孫中山先生演說集』, 『孫文建國方畧』, 『孫 中山先生遺像』, 『中華歷代偉人肖像』, 『中外名人演說錄』, 『胡適文存』, 『獨秀文存』, 『初 級小學國文敎科書』, 『初級小學常識敎科書』등.

74) (廣告) <大減價兩月>, 『台灣民報』119號(1926年 8月 22日), 10쪽. 광고 내용은 다 음과 같다. 『孫逸仙傳記』, 『孫中山演說』, 『孫文評論集』, 『過日本言論』, 『建國方畧』, 『中外 名人演說』, 『東方文庫』, 『辭源』, 『中國一統志』, 『資治通鑑』, 『歷代名臣言行錄』, 『初級 小學國文敎科書』, 『初級常識敎科書』, 『高級自然科敎科書』, 『孔子新義』, 『興學救國』, 『樹棠 文集』, 『文明結婚禮節』, 『益世小說』, 『壽世寶庫』, 『王中書勸孝歌』, 『靑年 必讀』, 『呂 祖戒淫文』, 『三世因果』, 『二帝救劫經』, 『格言聯璧』.

역사, 명신언행록(名臣言行錄), 명인연설(名人演說) (3) 소학교과서(小學敎科書) (4) 신문학 관련 도서 및 문고(文庫) (5) 청년독본(靑年 讀本), 생활신지(生活新知) (6) 전통적인 권효서(勸孝書) 및 계음(戒淫)에 관한 서적, 기타 인과고사(因果故事) 및 익세소설(益世小說) 등 (7) 공구서(工具書) 및 기타. 이상에서 우리는 1926년에서 1930년 사이에 중복 게재된 두 차례 광고를 통해, 이 서국의 판매 경영 방침의 중요 지표가 무엇인지를 유추해볼 수가 있다.

<난기도서부>는 『369소보』가 창간되자, 여기에도 제3기부터 정간이 될 때까지 줄곧 서국 혹은 도서에 관한 광고를 장기간 실었다. 1930년 10월말 발행한 제16기에 이르러서는 이보다 한발 더 나아가, 그동안 『타이완민보』에는 한 번도 싣지 않았던 구체적인 판매경영 방침까지 실었다. "저희는 중화(中華) 전국의 각 대형 서국에서 출판한 고금의 서적들을 총망라해 판매하고 있습니다. 위로는 경사자집(經史子集), 아래로는 시문필기(詩文筆記)를 비롯한 자전사원(字典辭源, 사전류─옮긴이), 서보법첩(書譜法帖, 서예 이론서 및 명필의 서첩(書帖)─옮긴이), 선서불경(善書佛經), 복역성상(卜易星相, 점성술─옮긴이), 의학용서(醫學用書), 농공상(農工商) 관련 참고서, 신소설, 구소설 등에 이르기까지 모두 완비해 놓고 있습니다. 뿐만 아니라 미국의 도화서(圖畵書)까지 갖추고 있는 등 그 종류가 헤아릴 수 없이 많습니다. 특히, 상세한 목록을 구비하여 증정하고 있사오니, 구매를 원하신다면 청구 서한을 보내주시기 바랍니다. 서한을 받는 즉시 바로 보내드리겠습니다."75) 이 광고에 실린 서적 가운데에는 기술(奇術)에 관한 것이 제일 많았고 나머지는 한문독본(漢文讀本), 육아용서(育兒用書), 한문학습서 그리고 시집(詩集) 등이었다.76)

---

75) (廣告) 嘉義蘭記圖書部 <新書摘要>, 『三六九小報』 16號(1930年 10月 29日).

<난기도서부>가 1930년에서 1935년까지 5년 동안, 『369소보』에 게재한 도서광고를 종합해 보면, 다음의 것들이 비교적 중요한 비중을 차지하고 있음을 알 수 있다. (1) 통속문학(문언소설, 백화소설, 현대통속소설, 번역소설 등) (2) 영화소설(電影小說)(『화소홍련사(火燒紅蓮寺)』등) (3) 연환도서(連環圖書)(『삼국지(三國志)』 24책, 『화소홍련사』 30책, 『황강여협(荒江女俠)』 24책 등) (4) 의학상식(醫學常識)(『가정의학상식』, 『타이완한약학(台灣漢藥學)』, 『환산고단배제법(丸散膏丹配製法)』, 『실험우생학(實驗優生學)』, 『민중의약상식(民衆醫藥常識)』, 『만병자료보고(萬病自療寶庫)』, 『수세전서(壽世全書)』 등) (5) 서산용서(寫算用書)(『서산대전집(寫算大全集)』), 『서신고문(寫信顧問)』, 사원(辭源), 자전(字典) 등 (6) 일용백과전서(日用百科全書) (7) 공예(工藝), 제조(製造), 농축(農畜) 등(『화학공예기제조신법(化學工藝器製造新法)』, 『중서제조총서(中西製造叢書)』, 『축양총서(畜養叢書)』, 『최신종식총서권설(最新種植叢書拳術)』등) (8) 치부술(致富術), 기술(奇術)(『실험치부술(實驗致富術)』, 『업외생리법(業外生利法)』, 『소자본주집법(小資本籌集法)』, 『일용만사비결(日用萬事秘訣)』, 『변박대전(辯駁大全)』, 『상해비밀대관(上海秘密大觀)』, 『세계마환기술전서(世界魔幻奇術全書)』 등)

이상을 종합해 보면, 비교적 중요하다 할 수 있는 앞 3항은 모두가 통속문학과 관련된 것이고, 일상 실용서적 또한 다른 서국들의 광고에서는 찾아보기 힘든 것이다. 결국 <난기도서부>가 『타이완민보』에 게재한 광고와 『소보』에 게재한 도서광고를 비교 검토해 보면, 1920년대와 1930년대 <난기도서부>의 도서 판매 경영 방침에 상당한 차이와 변화가 있음을 발견할 수 있다. 즉, 1920년대 후반 『타이완민보』 상에

---

76) 기술(奇術) 부문에는 『神傳護身術』, 『催眠術全書』, 『驚人相術奇書』, 『奇術全書』, 『實驗致富術』등이 포함되어 있다. 이밖에 기타 내용을 보면, 초학필독(初學必讀)으로는 『繪圖漢文讀本』, 중학(中學) 수준의 책으로는 『高級漢文讀本』, 『育兒寶鑑』, 『詩鐘合刊』, 일역본으로는 『支那語』, 사교 방면의 책으로는 『會話』, 시집으로는 『蓮心桂影集』 등이 있었다. 주 61)과 동일.

는 중국의 새로운 동향, 중국역사, 쑨원의 사상, 초등교육, 새로운 현대정보 등을 이해하고 알 수 있는 도서에 관한 광고가 주로 실린데 반해, 1930년대 <난기도서부>의 판매경영 방침 및 광고의 중점은 갈수록 비엄숙화, 비엘리트화, 비전문화된 오락, 일용, 통속 노선으로 모아지고 있다는 점에서 분명히 달랐다. 다시 말해, <난기도서부>는 점차 중국 통속물의 수입과 판매를 자신만의 브랜드 가치로 특화시키고 있었던 것이다.

그렇다면, 공교롭게도 『369소보』가 창립되면서 <난기도서부>에 이와 같은 변화가 나타났다는 것은 무엇을 의미하는 것인가? 만일 문화계몽도서를 통속일용도서로 조정하는 <난기도서부>의 이러한 변화를 당시의 다른 서국들과 비교해 본다면, 이것은 일종의 특이한 사례이고 보편적이지 않은 현상이라는 것을 알 수 있다.

1920년에서 1930년대 전기, 한문도서를 주요하고 핵심적인 판매항목으로 했던 서국들에 대해, 지금에 와서 정확하게 조사해서 밝히는 것은 매우 어려운 일이다. 그렇지만 신문이나 잡지의 광고를 뒤적거려보면, 1927년에서 1930년대 초기, <문화서국>, <아당서국(雅堂書局)>, <중앙서국>, <난기도서부>, <숭문당> 등 5대 서점이, 신문이나 잡지상에 빈번히 서점 광고나 서적 광고를 싣고 있음을 확인할 수 있다. 이는 어찌 보면, 이들이 당시 한문독서시장에서 일류의 한문도서 판매거점으로서 명성이 자자했다는 사실을 증명해주는 것이라 할 수 있다. 1930년대로 들어서면서, 5대 한문도서 판매 거점은 <아당서국>이 문을 닫은 것을 제외하고는, 나머지 <문화서국>, <중앙서국>, <난기도서부>, <숭문당> 등 네 곳은 여전히 영업을 계속하고 있었고, 여전히 문예계와 밀접한 관계를 갖고 있는 한문도서잡지의 위탁판매소와 판매대리점의 역할을 하고 있었다.

당시 광고를 보게 되면, 이 가운데 특히 <문화서국>이 도서수입에 있어 사실상의 주도권과 가장 많은 영향력을 행사하고 있음을 알 수 있다. 1930년 11월 『타이완신민보』에 실린 「문화서국 창업 6주년 기념 대 염가판매」란 광고를 보면, 자전(字典), 정치경제, 사회과학, 역사류, 철학류, 심리학류, 문집(文集), 여성과 성(性), 신소설류, 문학류 등 그들이 확보하고 있는 각종 서적들이 실로 방대하다는 것을 알 수 있다. 이는 바꾸어 말해, 당시 <문화서국>이 자신들이 지닌 다양한 종류의 서적과 체계적인 조직 등을 통해, 1920년대 이후 중서(中西) 관련 한문 전문도서 판매에 있어 선구적 지위를 확보하고 있었음을 방증해주는 것이라 할 것이다. 그러나 <문화서국>은 이러한 중서 관련 전문도서 및 인문도서(人文圖書)의 판매에 중점을 둔 나머지 기타 일용잡서(日用雜書)에 관해서는 되도록 적게 다루는 방침을 채택했다. 이 점에 있어서는, 나머지 다른 네 서점들의 방침과 대동소이하다 할 것이다. 결국, 1930년 이전 <문화서국> 등 각 서점의 도서광고를 종합해 보면, 하나의 공통점을 발견할 수가 있다. 그것은 바로 각종 서적, 신문, 잡지 가운데 여전히 경사자집(經史子集), 패관야사(稗官野史) 등 전통 경전이나 가정, 여성, 소설, 이언(俚諺) 등과 관련한 통속물이 적지 않게 포함되어 있었지만, 그럼에도 불구하고 무엇보다 주류를 차지하고 있었던 것은, 신지식보급, 백화문확대, 대중계몽, 계급의제, 식민지의제, 자본주의비판 등과 관련된 전문도서였다는 사실이다. 결과적으로, 이상의 서국들은 중국의 서적, 잡지, 신문, 교과서, 공구서, 지도, 초상화 등의 수입과 판매를 통해, 당시 중국 도서시장이 담지하고 있던 최신의 외국 현대 지식, 문예, 어문 그리고 세계정세 및 사회, 문화와 관련된 각종 의제 등 격변하는 새로운 사회 정세 속에서 타이완이 그토록 간절히 원했지만, 그동안 심각할 정도로 부족했던 중요 정보들을 소개하고 전파하는 역할을 맡았던 것이다. 따라서 이러한 서국들의 존재는 당시 타이완 본토 지식계에 있어서는 이루 헤아릴 수 없는 막대한 영향과 너무나도 중요한 의미를 갖는 것이었다.

주로 한문서적을 전문적으로 판매하는 이러한 서국들이 이처럼 선명한 계몽적 성향을 갖게 된 것은 무슨 이유에서일까? 이는 이러한 서국들이 창설될 당시인 1920년대의 시대적 배경과 관련이 있으며, 창립자나 경영자의 동기 내지 이념과도 연관되어 있다. 타이완총독부는 통치 초기에 이미 『타이완출판규칙』(부령(府令) 제19호(1900)), 『타이완신문지조례』(율령(律令) 제3호(1900)), 『타이완신문지령』(율령 제2호(1917)) 등 출판 및 신문지 관련 법규들을 새로 제정했고, 중국어·일본어 출판물 및 수출품에 대해서도 따로 규범을 제정해 규제를 강화했다. 이런 상황 하에서는, 그것이 설사 일본어서적이라 할지라도 판매 금지되는 상황이 비일비재했다.[77] 한문서적에 있어서도 식민통치당국은 항시 상술한 법규에 의거해 위험한 사상의 수입을 취체(取締)하고, 풍속을 문란케 하는 불온서적을 금지한다는 명목 하에 수입을 금지했다. 1925년 7월 『타이완민보』는 「중국의 서적 및 신문잡지 수입에 관한 타이완 세관의 무리한 간섭(對於輸入中國書報的台灣海關的無理干涉)」이란 사설에서, 이 문제에

---

77) 상술한 법규 외에도, 설령 총독부의 검열을 통과했다 하더라도 지방경찰은 치안을 이유로 <타이완보안규칙(台灣保安規則)>(1900), <타이완위경례(台灣違警例)>(1918), 지안유지법(治安維持法)(1925), 치안경찰법(治安警察法)(1926), <사상법호호관찰법(思想犯保護觀察法)>(1936) 등의 각종 치안법규를 통해 재차 검열을 진행했다. 이로써 치안을 위반할 우려가 있는 언어나 문자 혹은 도서에 대해 취체(取締)를 감행했다. 河原功, 「解說『台灣出版警察報』」(台灣總督府警務局保安課『台灣出版警察報』에 수록),(東京 : 不二, 2001年 2月 復刻出版), 5~24쪽 참조.

대해 비판을 제기한 바도 있었다.[78]

1920년대는 바로 타이완 신문화운동 및 신문학운동이 속속 전개됨
으로써 대량의 지식과 정보를 필요로 하던 시기였다. 본토의 서국들이
이 시기에 연이어 출현하게 된 것도 바로 이러한 역사적 배경을 가지
고 있었던 것이다. 광고에 근거해 당시의 상황을 추측해 보건대, 타이
완에서 한문서적을 전문으로 하는 본토서점이 설립되는 최초의 절정
기는 1926년에서 1931년 사이이다. 1925년 중앙구락부가 <중앙서국>
설립에 대한 기획을 결정하고, 1926년 <난기도서부>가 정식으로 성립
되기 이전까지만 해도, 타이완에는 정식으로 중국도서의 수입과 판매
에 종사하는 본토서국은 존재하지 않았다. 1923년 황청총, 황차오친(黃
朝琴) 등은 중국백화문을 제안하는 자신들의 그 유명한 글들 속에서,
뜻있는 연구자들이라면 "얼마 안 되는 몇 푼의 돈이나마 상하이 상무
서국(商務書局) 인서관(印書館)에 보내 교과서를 사볼 것"[79]을 권장하고 있
다. 또한 1924년 <난기도서부> 역시도 한적유통회 회원들 간에 '공향
(共享)'하는 방식으로, 중국도서자원을 '분향(分享)'했다.[80] 따라서 1928년
을 대략적 경계로 해서, 1926년에서 1928년 이전에 출현한 서점 즉,
<난기도서부>(1926), <문화서국>(1926), <중앙서국>(1927. 1), <아당서국>
(1927), <숭문당>(1927)[81] 등은 한문도서 판매의 일류 거점들로서, 계몽

---

78) 「對於輸入中國書報的台灣海關的無理干涉」, 『台灣民報』(1925年 7月 1日).
79) 黃呈聰, 「論普及白話文的新使命」과 黃朝琴, 「漢文改革論」, 『台灣』 4年 2號(1923年 2月
   1日) 참조. 위의 인용문은 황차오친(黃朝琴)의 글에서 인용.
80) 『타이완시회(台灣詩薈)』에, 이 모임에 관한 광고가 실려 있다. 내용은 다음과 같
   다. "여름에 더위를 이기는 방법으로는 독서가 제일입니다. 만일 독서를 위해 본
   회(會)에 가입코자 하신다면, 제군들은 연회비 6각(角)만 내시면 됩니다. 그리하
   면 서적 및 잡지 수백 종을 유람(瀏覽)하실 수 있습니다." 連橫, 『台灣詩薈』下 20
   號(1925年 8月), (台北 : 成文, 1977年 11月, 復刻版), 512쪽 참조.
81) 정확한 창립 일자는 밝혀지지 않고 있다. 그러나 『타이완민보』상에 최초로 광고
   가 출현한 것은, 1927년 9월 4일이다.

도서와 인문학 관련 전문서적 및 잡지의 경영방침에 있어, 이러한 1920년대 독서시장의 수요에 상당히 부합할 수 있었던 것이다.

1928년에서 1931년 사이에는 이류 내지 삼류의 전문 한문서국들이 속속 설립되면서 한문도서시장이 꽤 활기를 띠었지만 한편으로는, 동일 업종 간에 극렬한 경쟁의 단계로 진입하게 되었다. 따라서 각 서국들 역시도 점차 판매방침을 특화하는 브랜드화 현상이 나타나기 시작했다. 상기한 다섯 개 서국을 예로 들면, <문화서국>은 통상적으로 도쿄신민회(東京新民會), 타이완신민보출판사, 타이완지방자치연맹 등 기관단체나 문화인들의 출판물을 대리 판매함으로써, 신문화운동 및 정치사회운동과 연결되어 있었고, <중앙서국>의 경우에는 남음잡지사, 타이완문예연맹 등과 밀접한 관계를 유지함으로써, 신문학단체의 맹우(盟友)가 되어 주었다.[82] 이상의 두 서국은 공히, 신문화 및 신문예의 전파 그리고 대중의 계몽과 현대지식의 제공이란 차원에서 유사한 성격을 지니고 있었다. 반면, <아당서국>과 <홍한서국(興漢書局)>은 구학(舊學)의 명망가들을 중심으로 창설되어, 현대전문도서 외에도 경사자집, 전통 전적(典籍) 등을 주로 취급함으로써, 일반 소비자 외에도 전통문인들과 같은 객원(客源)들도 마땅히 확보하고 있었다. 이상 두 부류의 서국들과 비교해, <난기도서부>는 문화협회나 타이완문예연맹 등과 같은 문화단체의 배경도 없었고, 문화이념이 유사하거나 지역적 관계가 긴밀한 독자들의 지지도 없었다. 뿐만 아니라, 구학 명망가들에 의한 서국 경영이나 전적 판매 등의 브랜드 우세도 없었다. 이러한 상황 하에

---

82) 중앙서국의 실제 경영자는 장싱젠(張星建)으로, 두 단체와는 긴밀한 관계를 유지했다. 그래서인지 『남음』과 『타이완문예』 지면에서, 이 서점의 광고를 찾기란 어렵지 않다. 그 중에서도 특히, 『타이완문예』에 실린 광고가 훨씬 많았다. 광고 게재는 이 잡지가 정간될 때까지 계속되었다.

서, 그동안 본토 한문도서 판매의 선구적 지위를 차지해 왔던 <난기도
서부>가, 1928년 이후 날로 격렬해져가는 한문도서시장의 치열한 경
쟁 속에서 살아남을 수 있었던 것은 과연 무엇 때문이었을까?

사실, 이는 <난기도서부>가 처한 난제인 동시에 1930년 이후 본토
서국들이 공통으로 직면하게 된 곤경이기도 했다. 1929년, 전세계적
경제대공황은 일본 국내 뿐 아니라 그 소속 식민지 경제에도 심대한
영향을 끼쳤다. 또한 이러한 충격은 도서시장에도 그대로 반영되었다.
현존하는『타이완신민보』의 주간 및 일간 상의 도서광고를 일별하면,
1930년 이후 본토 각 서국들이 이 신문에 게재한 광고들의 경우, 공히
편폭의 간소화와 빈도수의 감축이라는 공통된 현상을 보이고 있음을
알 수 있다. 심지어 1926년 이후 줄곧 본토 서국들의 서점 및 서적 광
고를 주로 대행함으로써, 상대적으로 일본 서국의 광고는 드물었던 이
신문의 경우, 현존하는 1933년 5월에서 11월까지의 지면을 보면, 오히
려 본토 서국의 광고는 완전히 빠져 있고 대신에 그 광고 지면을 채우
고 있는 것은, 취향도 다양하고 종류도 많은 일본어 전문도서나 통속
물을 염가로 판매한다는 대량의 일본 서국들 광고였다. 이는 본토 서
국이 1930년대 들어 동종 업종 간의 경쟁이 날로 격화되는 상황에 처
하게 되었고 동시에 1932년 이후 일본의 특가 도서가 <제국도서회(帝國
圖書會)>의 덤핑 판매를 통해 대거 타이완 시장을 공략함으로써, 독서
시장의 구조가 급격하게 변화하는 새로운 국면을 맞이하게 되었음을
보여주는 것이라 할 수 있다.[83)]

도서시장이 갈수록 복잡다변해지고 경쟁 또한 날로 치열해져가는

---

83) <제국도서회>가 식민지에서 덤핑으로 서적을 판매한 정황에 대해서는, 河原功,
『台灣新文學運動的展開－與日本文學的接點』(台北：全華科技, 2004年), 242~245쪽 참조.

상황 속에서, 20년대 각 서국들이 판매하는 전문 계몽출판물로는 더
이상 30년대 독서대중의 다원화된 요구와 구미를 만족시킬 수 없게
되었다. 마땅한 상대도 없이 홀로 싸우는 격으로, 아직 특정 문화 장과
연결되지 않은 전통 서국들의 경영방식 또한 날로 치열해져가는 경쟁
에 제대로 대응할 수 없었다. 이 당시 <문화서국>은 중국 전문 인문
도서의 수입과 본토의 중요한 문화 신서(新書)의 대리판매 등의 방식으
로 탁월한 브랜드 가치를 지속적으로 공고화할 수 있었고, 또한 안정
적인 경영을 통해 한문 서국의 선구적 지위를 계속해서 유지해나갈
수 있었다. 그러나 기타 서국들의 경우에는 점차 이러한 우월적 지위
를 상실해 갔다. 예를 들어, <문화서국>과 판매 방침에서는 유사하지
만 경영규모 면에서는 약간 작은 <중앙서국>의 경우, 1930년 이후 서
적 광고량이 격감함에 따라 오히려 레코드나 유성기 광고에 역점을
두는 경향이 나타나는데, 이는 이 서국이 의식적으로 다른 사유방식을
통해 경영상의 돌파를 시도했음을 반증해 주는 것이라 할 수 있다. 그
리고 줄곧 광고를 통해 비교적 성공적으로 브랜드 이미지를 구축해
왔던 타이난의 <숭문당>은 비록 서점 광고는 지속적으로 실었지만,
이 역시 지역시장을 유지하기 위한 것에 지나지 않았고, <문화서국>
처럼 시장 전체의 경략이라는 본토 지식계의 기백과 구상을 보여주지
는 못했다.

<난기도서부> 역시 <문화서국>의 경영방식과 비교하면 여전히 손
색을 면치 못했다. 그러나 <난기도서부>는 구조조정을 통해, 새로운 돌
파구를 마련해 보겠다는 생각이 상당히 강했다. 광고를 보게 되면, 『369
소보』가 창간되면서 <난기도서부>에는 다음과 같은 변화가 있었음을
알 수 있다. 첫째, 광고와 판매에 있어 중점은 문화계몽도서로부터 통

속일용도서로의 전환에 있었다. 둘째, 『소보』를 주요 광고진지로 간주하고, 도서판매의 세목들을 빈번하게 등재했다.[84] 셋째, 점차 <문화서국>의 경영방식의 영향에서 벗어나 독자적인 브랜드 이미지 구축을 시도했다.[85] 분명한 사실은, <난기도서부>의 경영자들은 경영방침을 전환하겠다는 자각을 하고 있었다는 것이다. 전환의 동기는 갈수록 경쟁이 치열해지는 한문도서시장의 상황에 맞추기 위한 것이었다. 그리고 그 전환의 성과가 바로 <난기도서부>가 오늘날까지 타이완에서 지속적으로 운영되고 있는 얼마 안 되는 전통 있는 서국이라는 것이다.[86] 이는 당시 경영자가 독서시장의 수요에 대해 정확한 통찰력을 가지고 제대로 판단했다는 것을 의미한다.

앞서 말한 바와 같이, <난기도서부>의 경영판매 전략에 있어서의 조정은 『369소보』의 창간과 거의 그 궤를 같이 하고 있다. 쌍방은 의도적으로 서점과 문예잡지의 결맹이란 형식을 통해 통속영역 속에서 각자의 경영 및 발전의 새로운 공간을 찾고자 했던 것이다. <난기도서부>는 구조조정을 통해, 만청(晚淸)에서 민국(民國) 이후에 이르는 통속

───────

84) 이 당시 <난기>가 다른 잡지에 실은 광고량 및 그 규모는 『소보』의 그것에는 훨씬 못 미친다. 가령, 현존하는 『타이완신민보』상에 게재한 광고는 단 2회 뿐이었고, 『남음』에는 광고가 전혀 없었으며, 『타이완문예』에 실린 광고 역시도 서점 광고가 주였지 서적 광고는 극히 적었다.

85) 『삼륙구소보』와 『타이완신민보』의 주간 및 일간 중에 현존하는 호수(號數)의 서적 광고를 비교해 보면 다음과 같은 사실을 알 수 있다. 첫째, 문화서국이 주로 광고하는 계몽적 성격의 전문도서와 <난기>의 통속, 일용, 오락 도서 사이에는 상당한 차이가 있었다. 둘째, 중요도서의 대리판매에 있어서도 차이가 있었다. 가령, 謝春木의 『若き台灣女性の叫び』, 葉榮鐘의 『中國新文學槪觀』, 王白淵의 『蕀の道』, 『蔣渭水全集』, 臺灣地方自治聯盟出版部가 펴낸 『立憲政治小論』 등의 책은 모두 문화서국이 대리판매한 것이다. 숭문당과 중앙서국도 간혹 대리판매를 했지만, <난기>의 경우에는 대리판매에 일절 참여하지 않았다.

86) <난기>는 지금도 여전히 지속적으로 운영되고 있다. 현재의 이름은 <난기출판사(蘭記出版社)>이다. 柯喬文, 『『三六九小報』古典小說硏究』(南華大學文學硏究所碩士論文, 2003年), 258쪽 참조.

소설들을 중국으로부터 적극적으로 수입했다. 예를 들어, 『이십년목도
지괴현상(二十年 目睹之怪現象)』, 『관장현형기(官場現形記)』, 『얼해화(孽海花)』, 『품
화보감(品花寶鑑)』, 『제소인연(啼笑姻緣)』, 『한궁춘색(漢宮春色)』, 『지분지옥(脂
粉地獄)』, 『인간지옥(人間地獄)』, 『불야성(不夜城)』, 『해상미궁(海上迷宮)』, 구밍
다오(顧明道)의 『황강여협(荒江女俠)』, 장거농(張箇濃)의 『사대검협(四大劍俠)』,
장츄충(張秋蟲)의 『신산해경(新山海經)』, 레이주성(淚珠生)의 『인면수심(人面獸
心)』 등 그 수는 이루 헤아릴 수 없이 많다.[87] 또한 소보문인들은 우젠
런(吳趼人), 비이홍(畢倚虹), 톈쉬워셩(天虛我生), 티에차오(鐵樵), 톈사오성(天笑
生), 청잔루(程瞻廬), 우즈(吳質), 추이스(崔駟) 등의 중국 통속문학작가들에
대해서도 익히 잘 알고 있었다.[88] 또한, 『소보』는 고정적으로 잡지 한
면을 통속소설의 창작공간으로 제공함으로써, 결국 5년의 기간 동안
고전 및 현대 통속소설이 지속적으로 창작될 수 있도록 지원했다. 그
러나 이러한 소설들은 대개가 자유로이 투고된 것이고,[89] 작가들도 대
부분 익명을 사용했기 때문에, 소수의 『소보』 성원들을 제외하고는 대
부분 조사가 불가능했다. 더군다나 이러한 소설들은 주로 중국이나 혹
은 불특정한 지역을 배경으로 설정하는 것이 대부분이었고, 제재나 문
자의 풍격, 소설의 유형[90]면에서도 중국 통속소설을 모방하는 현상이
두드러졌다. 또한 현대 통속소설 방면에서는 제재, 풍격 그리고 문자

---

87) 『369소보』 105호, 228호, 291호, 449호에 실린 <난기도서부> 광고 참조. 이와
　　유사한 광고가 빈번하게 실렸다.
88) 絮廬, 「小說家之壽命」, 『三六九小報』 442號(1935年 5月 3日), 4쪽 참조.
89) 植歷(蔡培楚), 「芳圃閒話」, 『三六九小報』 72號(1931年 5月 9日), 4쪽 참조.
90) 여기서 말하는 소설의 유형이란, 어떤 문예의 유형을 가리키는 것이 아니라 편
　　집자가 모든 소설의 표제 앞에 부치는 일종의 미제(尾題)를 의미하는 것이다. 가
　　령, 社會短篇, 諷世小說, 警世小說, 寫情小說, 滑稽小說, 神怪小說, 紀實小說, 獵奇小說,
　　寄託小說, 哀情小說, 節義小說, 浪漫小說, 翻譯小說, 家庭小說, 砭俗小說, 問題小說, 憶
　　述小說 따위들이다.

적 습성에 따라 판단해 볼 때, 적지 않은 작가들이 청년세대에 속해 있었다. 심지어 개중에는 여성 수필가도 포함되어 있었다. 이는『소보』가 한문 독서의 즐거움을 주는 것 외에도 젊은 세대의 한문 작가들에게 문필(文筆)을 연마하는 아지트를 제공해 주었다는 것을 의미하는 동시에 현대통속소설의 수량이 날로 증가하게 되면서『소보』의 독서/창작 집단이 젊은 세대로 지속적으로 확대 발전해 나가는 경향을 보여주고 있다는 것을 말해주는 것이라 할 수 있다.

이렇듯『소보』가 일정한 독자의 지지와 환영을 받으며 안정적으로 발행되고 나아가 신세대 한문독자들을 지속적으로 개발 양성해 나가는 것에서 볼 때, '통속서국 <난기도서부> vs 통속잡지『369소보』'의 합작은, 결국 <난기도서부>가 점차 그 나름의 한문 통속서국의 선구자라는 옥좌를 차지하게 되고, 소보문인의 경우에는 타이완 미증유의 최초의 통속잡지를 성공적으로 창간 발행하게 되는 결과를 낳았다고 볼 수 있다. 또한 쌍방은 자신이 장악하고 있는 문화자본에 대한 전화와 결합을 통해 자신들이 처한 위기를 아주 순리적으로 돌파할 수 있었고, 상호 윈―윈(Win―win) 할 수 있는 계기를 마련할 수 있었다. 나아가, 열독→방작(仿作)→창작→열독의 순환 기제를 통해 더욱 성공적으로 타이완통속문예 장의 발족을 자극할 수 있었다.

천페이펑(陳培豐)의 연구에 따르면, 1930년대 초반 타이완이 일본 문예계의 영향을 받게 되면서, 신문학자들 또한 일본 통속문예잡지 세력과 그것이 독자들에게 끼친 영향에 대해 관심을 기울이지 않을 수 없게 되었다고 한다. 가령, 좌익문예운동가인 양쿠이는 우익자산계급 속지(『국왕(國王)』)와의 대중 확보경쟁을 위한 쟁탈전 속에서, 그 간의 강경한 사회주의적 매체 전략에서 벗어나 보다 유연한 자세로 접근해야

만이 새롭게 등장하는 독자대중을 교화할 수 있는 주도권을 쟁취할 수 있다는 사실을 분명하게 인식했다. 이를 위해, 양쿠이는 대중에 대한 자신의 사변적 위치를 이동하여, 그가 관심을 갖는 대중을 무산계급에서 일반 독자로 확대시켰다. 심지어 자산계급매체의 경영방식을 차용해 독자를 확보하고자 했다. 또한 이후『삼국지』를 번역하고『수호전』을 선전하는 등등의 노력을 하기도 했다.91) 이 글은 천페이펑이 제시해 준 일본대중문예세력 외에도 상기한 논의를 통해, 한문통속문학의 영향력 또한 확장일로에 있었고 특히, 1930년대는 통속문예가 타이완문단에서 점차 그 영향력을 형성해 가고 있던 시기라는 사실을 확인할 수 있었다.

1935년에는『풍월』이 창간되었고, 1937년 한문란(漢文欄)이 폐지되면서, 신문학 한문소설은 침체되고 한문 작가들은 대부분 붓을 놓았다. 그러나『풍월보』의 한문통속작가들은 오히려 창작열이 식지 않았다. 또한, 1936년 2월 싱난신문사(興南新聞社)에서 출판한 백화통속소설『사랑스런 원수(可愛的仇人)』는 그 판매량이 거의 1만 권에 달함으로써 독서시장의 기록을 새로 쓰기도 했다. 이러한 예들은 모두 통속문예가 신문학에 비해 적응력과 생명력이란 면에서 훨씬 더 강했다는 사실을 보여주는 것이다. 물론, 통속문학의 흥기는 신문학에 대한 식민 정치력의 엄격한 규제와 통속문학에 대한 관용 내지 반조작(反操作)과 관련되어 있다. 그러나 우리는 또한 다음과 같은 문화적 사실 즉, 통속문학장은 사실상 신문학 장이 구비하지 못한 한문이라는 중요한 문화자본을 장악하고 있었고, 바로 이러한 역사 저층에 잠재되어 있는 문화자본이 한문통속문예에 보다 많은 강인함을 부여해주었다는 점을 결코

---

91) 陳培豐, 앞의 글, 30쪽 참조.

간과해서는 안 될 것이다.

나오며

그동안 학계 내에서는 신문학 발전만을 중시하던 단선적 역사관에 매몰된 나머지 전통문학, 통속문예, 『369소보』, 한문 지향의 서국 그리고 이들 상호간의 연계성 등에 관한 논의가 매우 부족했던 게 사실이다. 1930년 초 신구문학계의 대립은 피상적인 이론 논쟁의 측면에서 볼 때, 논쟁이 가장 치열했던 1924년에서 1926년 혹은 논쟁이 지속적이고 안정적으로 진행되었던 1927년부터 1931년에 비한다면, 상대적으로 이미 상당한 정도 진정 국면을 유지하고 있었다 할 수 있다. 그러나 이것이 피차 상호간의 경쟁관계가 더 이상 존재하지 않게 되었다는 것을 의미하는 것은 아니다. 오히려 문예이념, 창작실천, 독자확보라는 측면에서 볼 때, 쌍방 간에는 여전히 모종의 대립과 변증의 관계가 존재하고 있었다.

『369소보』의 탄생은 부성을 중심으로 한 전통문인들이 새로운 형태의 간행물로 전환하고 이를 통해, 다시금 문단에 개입하고자 하는 최초의 실험이었다. 그러나 그것이 비교적 안정적으로 발행될 수 있었던 것은, 결코 통속문예에 대한 정치적 간섭이 상대적으로 적었기 때문은 아니었다. 이 글에서는, 당시 신구문학자들의 문예주장, 타이완 통속문예의 독서/창작 개황, 한문독서시장 등의 측면에서, 1930년대의 문예시장과 독서시장이 여전히 한문문예를 중심으로 하고 있으며, 그 가운데에는 대량의 통속문예가 포함되어 있다는 것을 추측해 보고 나아가

이를 통해, 창간 당시부터 『소보』가 편집방향에 있어서는 독서시장의 실태를 추수하는 방법을 채택했고, 소보문인들은 자신들이 보유한 문화자원과 기본 독자에 대해 매우 정확하게 파악하고 있었다는 것을 설명하고자 했다. 이를 통해 다음과 같은 사실을 확인할 수 있었다. 우선, 그들의 한문독자대중의 독서 취향에 대한 이해와 통속문예에 대한 위치 선택 사이에는 일종의 대응관계가 존재하고 있었다. 따라서 한문 통속문예 잡지는 전통문인들이 기존의 문화자본을 전화하고 동원함으로써, 당시 타이완 문화상황과 문예시장의 수요에 부합하기 위해 채택한 하나의 위치이자 일종의 전략이었다.

또한, 1930년에 창간된 『369소보』는 신문학 잡지와 거대신문의 문예란 등이 중심이 된 주류 문화계의 '문화/문학/교육/군중'이라는 하나의 상징권력담론에 대해, 겉으로는 가타부타 의견표명을 명확히 하지 않는 상황 하에서, 완전 긍정도 아니고 완전 부정도 아닌 어찌 보면 매우 애매모호한 태도를 취하고 있었다. 이러한 태도는 그들 자신의 용어와 표현으로 간단하게 말한다면, 바로 '유희'였다. 그러나 보다 더 면밀하게 들여다보면, '유희'란 오히려 그들의 매우 복잡한 매체 경영 전략의 일종에 다름 아니라는 것을 알 수 있다. 왜냐하면, 그들의 독자 개발에 대한 방식 그리고 그들의 한문문화자본에 대한 동원, 문화주체에 대한 정의 나아가 문예 현대화에 대한 그들의 공헌 등의 원리는 모두 그들 스스로는 '소'라 칭하지만 오히려 '대'를 이루고자 하는 특이한 문화 자태 속에 내재되어 있기 때문이다. 『369소보』는 당시의 문화상황을 정확하게 평가하고 있었고 한문, 통속문예, 한문도서 등등의 자본을 성공적으로 정합하고 있었기 때문에 오랜 기간 그 명맥을 유지할 수 있었던 것이다.

한문통속문예의 독서/창작 장의 탄생은 식민지 동화정책과 신구문학의 상호 자극 및 경쟁 하에서 형성된 산물이라 할 수 있다. 경쟁이 날로 치열해져가는 문학의 창작/소비 시장 속에서, 소보문인들은 한문통속문예 잡지의 발행을 통해 스스로의 발전 공간을 찾았고, 한문도서의 중개판매에 있어 선구자격인 <난기도서부>가 통속도서와 일용도서로 자신의 브랜드를 확립할 수 있도록 지원했다. 결국 잡지, 서국, 독서, 창작, 평론 간의 연동을 통해서, 본토 문화계의 분산된 통속문화 자원은 점차 정합되게 되었고, 중국 지역의 문예자원과 연계되어 독서시장에는 본토의 통속적인 독서/창작의 장이 출현하게 되었다. 더불어 이를 통해, 타이완 통속문학 장의 탄생을 촉진할 수 있었고, 동시에 식민저항의 또 다른 본토 문화세력을 형성할 수 있었다.

(原題) 通俗作爲一種位置 : 『三六九小報』與1930年 代台灣的讀書市場

사변(事變)과 번역(翻譯)
그리고 식민지 베스트셀러소설
『사랑스런 원수(可愛的仇人)』 일본어번역과 동아시아담론의 변화

들어가며

1934년 상하이(上海) 세인트존스대학을 졸업한 쉬쿤취엔(徐坤泉, 1907∼
1954)은, 『타이완신민보(臺灣新民報)』 해외특파원으로 근무하게 되면서 일
본, 남양(南洋) 등 여러 곳을 돌아다닐 기회가 있었다. 1935년 봄, 필리
핀에서 타이베이(台北) 본사 인쇄국으로 돌아온 그는 잠시 학예부기자
로 일하다가 얼마 후, 편집인 자리에까지 올랐다. 그가 '아Q동생(阿Q之
弟)'이란 필명으로, 해외에 체류하던 시절의 경험담을 소설로 발표하기
시작한 것도 바로 이때부터이다. 『사랑스런 원수(可愛的仇人)』는 『타이완
신민보』에 6개월간 연재되다가, 1936년 2월 타이완신민보사에서 상·
하 두 권의 책으로 출판되었다. 이 책은 1937년 루거우차오사변(蘆溝橋事
變)이 일어나기 전까지 두 차례나 더 재판되었다.[1] 1937년 4월까지 『타

---

[1] 필자는 지금까지 『사랑스런 원수(可愛的仇人)』의 초판본을 찾을 수 없었다. 현재까
  지 알려진 바로는, 타이완대학 도서관에 소장된 『사랑스런 원수』 제2판(台北 : 臺

이완신민보』석간(夕刊)의 한문학예란(漢文學藝欄)에 연재되던『암초(暗礁)』
또한 '『사랑스런 원수』의 전편(前篇)'을 표방하며 단행본으로 출간되었
다.2) 아울러 또 다른 자매작품이라 할 수 있는『영육의 길(靈肉之道)』역
시도 1937년 6월에 잇달아 출판되었다.

이렇듯 '아Q동생'의 소설들이 연이어 출판되었다는 것은, 본토작가
의 단행본소설이 많지 않던 당시로서는 매우 이례적인 일이라 할 수
있다. 더구나 신문에 연재되다가 단행본으로 출판된『사랑스런 원수』
는 물론이고, 타이완신민보사에서 잇달아 출간된 그 전편이나 자매작
품까지도 상당기간 독자들의 사랑을 받았다. 또한 이 작품들은 전후(戰
後)에도 다른 출판사 판본이나 수정판을 통해 꾸준히 독서시장을 노크
했고 그때마다 상당한 인기를 끌었다. 현재로서는『타이완신민보』의
출토상황에 한계가 있어, 이 작품들이 신문지상에 연재될 당시의 내용
이나 삽화, 작품에 대한 반향 등에 대해서는 정확히 알 수 없다. 그러
나 작품의 서문이나 동시대 작가들의 회상에 따르면,『사랑스런 원수』
를 필두로 한 이 세 편의 신문연재소설이 일제강점기 가장 환영을 받
은 한문3)백화통속소설임은 분명하다.

灣新民報社, 1936年 3月 26日)이 타이완의 모든 공공수장기관에 소장된 것 가운데
현존하는 최초의 판본이라 할 수 있다. 그리고 원판을 그대로 복각(復刻)한『사랑
스런 원수』상·하 2책(台北 : 前衛, 1998年 8月)은 일부 구체자(舊體字)를 오늘날의
금체(今體)로 바꾼 것 말고는 내용상으로 완전히 동일하다. 따라서 필자는 이를 연
구의 저본으로 삼고자 한다.

2) 阿Q之弟,「自敍」,『暗礁』(台北 : 臺灣新民報社, 1937年 4月 20日, 初版), 卷頭 참조. 필
자가 비교대조한 바에 따르면, 현재 비교적 쉽게 구할 수 있는 高雄文師出版社,
1988年 2月版은 전전(戰前)과 전후(戰後)의 중국어(中文) 용어가 일부 바뀐 것을 제
외하고는, 내용상으로 거의 변동이 없다.

3) 한문(漢文)은 중국어(中文)의 의미이다. 일제시기 타이완에서는 '중국어(中文)'란 용
어는 거의 사용되지 않았다. 대신에 '일본어(和文)'에 대응되는 말로 '한문(漢文)'이
란 용어가 자주 사용되었다.

『타이완신민보』가 1932년 일간(日刊)으로 정식 발행되기 시작하면서, 연재소설도 꾸준히 신문에 실렸다. 그런데 당시 연재소설은 대중독자를 상대로 하는 통속화현상이 두드러졌다. 1937년 4월 신문과 잡지의 한문란(漢文欄)이 폐지되기 전까지, 쉬쿤취엔 작품의 성공은 신문 부간(副刊, 신문의 문예면―옮긴이)이 인기를 끄는 계기가 되었고 나아가, 신문 구독의 활성화에도 유리한 환경을 조성해 주었다. 또한 사변 전에 출판된 그의 일련의 단행본소설은 한문백화장편소설 발전의 절정을 상징하는 것이기도 했다. 『사랑스런 원수』는 1938년 8월 1일, 타이완의 일본어작가 장원환(張文環)에 의해 일본어로 번역되어, 타이완대성영화공사(臺灣大成映畫公司)에서 출판되었다. 그런데 한문판과 일본어판 사이에는 중일사변(루거우차오사변)의 발발과 연이은 전면전의 시작 등 역사적으로 중대한 사건이 가로막고 있어서인지, 원작과 번역본 간에 일부 차이가 드러나고 있다. 그렇다면, 과연 일본어판은 어떻게 첨삭되고 수정되었을까? 또 이러한 차이가 발생한 데에는 어떠한 배경과 원인이 개입되어 있는 것일까? 원작과 번역본은 각기 어떠한 동아시아적 시야와 시대적 담론을 담고 있는 것일까?

이러한 문제에 대한 정리는, 무엇보다 사변을 전후한 타이완의 언론 출판척도의 변화와 한문독자와 일본어독자 간에 존재하는 열독(閱讀)에 대한 서로 다른 기대치를 이해하는데 도움을 줄 것이다. 나아가 이러한 독자 및 독자반응에 있어 드러나는 차이는, 우리에게 한문판 원작이 인기를 끌게 된 사회·심리적 요소와 그 배경에 대해 재고할 여지를 줄 것이다. 또한 이를 통해, 수정을 거쳐 달라진 두 판본 사이에 존재하는 각기 다른 정치적 입장과 시대적 조망의 문제를 보다 명확히 할 수 있는 계기가 마련될 것이라 믿는다. 끝으로, 원작에서는 상하이

사변, 푸젠사변(福建事變), 루거우차오사변 등 일련의 중대한 역사적 사건을 거치는 동안, 계층, 언어, 문화, 교양 등에 있어 각기 다른 배경을 가진 타이완 청장년들이 해외에 살면서 느끼는 갖가지 심로역정이 표출되고 있는데, 이에 대한 고찰을 통해 우리는 식민지 베스트셀러소설 속에 숨어 있는 타이완인의 어떤 욕망 같은 것을 발견할 수 있을 것이다. 다시 말해, 그것은 이른바 국족(國族)[4]/민족/식민주의라는 역사적 변환기가 만들어낸 복잡한 연결망 속에서, 타이완인들이 갖게 된 생존에 대한 갈망과 그 형상이라 할 수 있다.

1. 중일사변과 맞닥뜨린 베스트셀러소설
─한문통속소설 『사랑스런 원수』의 일본어번역

『사랑스런 원수』는 봉건혼인제도 때문에 끝내 이루어질 수 없었던 한 쌍의 남녀가 온갖 역경과 실의에도 불구하고, 각기 자신의 꿈과 희망을 이루기 위해 열심히 삶을 개척해가는 이야기이다. 가령, 소설 속에서 남자주인공 '즈중(志中)'은 전 세계 방방곡곡을 돌아다니며 사업에 매진하고, 여자주인공 '츄친(秋琴)'은 모진 고생을 감내하면서도 자식들을 훌륭하게 키워낸다. 소설은 남녀주인공이 각기 아내와 남편을 잃게 되는 과정을 시작으로, 그들의 자녀들이 각자 행복한 삶을 영위하는 것을 바라보며 세상을 떠나게 되는 과정까지를 다루고 있다. 남자주인

---

4) 일반적으로 타이완문학계에서, 국족(國族)은 정치적 통일성, 지역적 일체성을 갖춘 공동체 즉, 필수적으로 국가라는 실체를 상정해야 하는 집단이고, 민족(民族)은 반드시 국가적 실체를 담보하지 않아도 되는 집단으로 각각 구분하고 있다. 그런 의미에서, 국족은 국민(國民)과 통하는 말이라 할 수 있겠다.(옮긴이)

공 '즈중'은 세계 각지를 돌아다니며 다양한 체험을 하게 되고, 결국은
사업에서 큰 성공을 거두게 된다. 또한 평소 마음이 따뜻하고 정이 깊
었던 그는 아내를 잃은 뒤에는, 역시 남편을 잃고 혼자 몸으로 가난한
삶을 영위하고 있던 '츄찬'의 가족들을 오래도록 남몰래 도와준다. 또
한 그들의 자녀들 또한 우연한 기회에 서로 가까워지게 되고, 급기야
는 평생의 반려자로 발전하게 된다. 그들은 평생토록 절조(節操)라고 하
는 도통(道統)의 척도를 뛰어넘지 못한 채 죽을 때까지 서로의 속내를
감추고 살아야 했지만, 결국 자식 대에 이르러 그 사랑의 결실을 맺게
된 것이다. 이『사랑스런 원수』는 일제강점기 타이완에서 가장 많이
팔린 한문백화통속소설이다. 뿐만 아니라 이것은 전전과 전후를 통틀
어서도 타이완문학사상 보기 드물게 오랫동안 팔린 스테디셀러이기도
하다. 그렇다면, "60년대 치옹야오(瓊瑤)가 등장하기 전까지, 타이완에서
가장 인기 있는 소설"이란 평가를 받았던 이 소설[5]의 실제 판매정황
은 어떠했을까?

　노마 노부유키(野間信幸)의 조사에 따르면, 이 소설은 1936년 2월 26일
초판이 발행된 이후 곧바로 3월 26일, 4월 28일에 2판, 3판이 연이어
나왔고, 1938년 8월 1일에는 다시 일본어판으로 출판되었다고 한다. 다
시 말해, 2년 반이라는 짧은 시간 동안 타이완독서시장에서 10,000부
이상 팔리는 전에 없는 높은 판매율을 기록했다는 것이 그의 지적이
다.[6]　장량저(張良澤)의 「쉬쿤취엔(아Q동생)작품목록(徐坤泉(阿Q之弟)作品目錄)」

5) 吳舜鈞,「徐坤泉硏究」(台中：東海大學歷史學硏究所碩士論文, 1994年 7月), 142쪽. 이는
　　장헝하오(張恆豪)의 견해에 근거한 것이다.
6) 野間信幸,「關於張文環翻譯的『可愛的仇人』」, 陳萬益編,『張文環全集』(豊原：台中縣立文
　　化中心, 2002年 3月), 72쪽 참조. 본래는『關西大學中國文學硏究會紀要』17號(1996年
　　3月), 153~170쪽과 張文薰,「『可愛的仇人』と張文環」,『天理台灣學會年報』 第12號
　　(2003年 6月), 63쪽에 실려 있다. 노마 노부유키에 따르면, 이것은 원판(原版) 제3

〈그림 1〉『사랑스런 원수』(전위출판사, 1998년 8월) 책표지

에 따르면, 현재 타이완 공공수장기관에서는 볼 수 없는 1939년 10월판, 1942년 6월판 등의 판본이 전쟁 시기에 더 발행되었다고 한다.7) 이밖에 전후에도 가오슝(高雄) 『경방서국(慶芳書局)』, 타이베이 『문수출판사(文帥出版社)』, 타이베이 『인생출판사(人生出版社)』에서 1954년, 1956년, 1988년, 1996년에 잇달아 수정판을 내놓았다. 다시 말해, 1988년 시모무라 사쿠지로(下村作次郎)와 황잉저(黃英哲) 등이, 일제시기 단행본으로 출간된 대표적인 백화대중소설들을 10권의 책으로 묶어 『타이완대중문학』이라는 제목으로 전위출판사(前衛出版社)에서 총서로 발간하기 전에, 이미 『사랑스런 원수』는 12차례나 출판되었던 것이다.(위의 그림은 최신 판본인 1998년 8월 전위판 책표지이다.) 현재까지 알려진 일제시기 다섯 차례의 한문출판과 한 차례 일본어출판만으로도 거의 2만 권 혹은 그 이상의 책이 간행되었을 것으로 추측할 수 있다. 『암초』와 『영육의 길』은 비록 그에 비견될 수는 없지만,

---

쇄에 해당한다.
7) 張良澤, 「徐坤泉(阿Q之弟)作品目錄」, 『台灣學術研究會誌』 2期(東京 : 台灣學術研究會, 1987年 11月), 125~142쪽. 이 목록에 수록된 1936년 1월 24일판은 '1936년 2월 24일판'의 오기이다.

이 작품들 또한 여러 차례 중복 출판되었고 1980년대까지 스테디셀러
로 남아있었다.[8]

공공수장기관 및 학자들의 견해를 종합해 볼 때, 『사랑스런 원수』의
판본은 다음 표와 같다.

	어문 판본	출판지역 출판사	출판시기	소장상황
1	중문 제1판	타이베이 타이완신민보사	1936.2.26	1. 공공도서관에서는 미 발견.
2	중문 제2판	타이베이 타이완신민보사	1936.3.26	1. 타이완대학도서관 소장.(1권) 2. 제첨(題簽)과 서문(序文)이 완벽.
3	중문 제3판	타이베이 타이완신민보사	1936.4.28	1. 공공도서관에서는 미 발견. 2. 野間信幸, 「關於張文環翻譯的『可愛的仇 人』」에 근거.
4	일문 초판	타이베이 타이완대성영화공사	1938.8.1	1. <吳三連史料基金會> 소장. 2. 河原功 監修, 『日本植民地文學精選集』 (東京 : ゆ まに書房), 影印本(2001年9 月)에 수록.(1권) 3. 한문판의 제첨과 서문은 미 수록. 4. 許炎亭 序/張文環 譯序 새로 추가.
5	중문 판본불명	타이베이 타이완신민보사	1939.10.25	1. 張良澤, 「徐坤泉(阿Q之弟)作品目錄」에 근거. 2. 공공도서관에서는 미 발견
6	중문 판본불명	자이(嘉義) 옥진서점(玉珍書店)	1942.6.15	1. 張良澤의 기록에 근거. 2. 공공도서관에서는 미 발견.
7	중문 초판	가오슝 경방서국	1954.7.10	1. 국가도서관 소장(상 · 하 2권) 2. 羅秀惠 題字/曹秋圖 序/作者 自序만 수 록.
8	중문 수정판	가오슝 경방서국	1956.6.1	1. 張良澤의 기록에 근거.(상 · 하 2권) 2. 공공도서관에서는 미 발견.

8) 張良澤, 「徐坤泉(阿Q之弟)作品目錄」에 의하면, 『암초』는 1937년 4월판과 1954년 8
월판이 있고, 『영육의 길』은 1937년 6월판, 1954년 10월판, 1959년 1월판이 있다
고 한다. 그러나 필자는 공공수장기관 검색과 개인 소장을 통해, 『영육의 길』
1942년 9월판과 1943년 12월판 그리고 『암초』 1988년 2월판을 더 발견할 수 있
었다. 이로보아, 이 시리즈소설의 출판차수는 아마도 기존연구자들이 알고 있는
바를 넘어설 것이라 추측된다.

	어문 판본	출판지역 출판사	출판시기	소장상황
9	중문 수정판 재판	가오슝 경방서국	1954.8.15 (1956.8.15 의 오기)	1. 국가도서관타이완분관 소장.(상·하 2 권) 2. 필자가 고서점에서 구득.(1권) 3. 두 판본 공히 羅秀惠 題字/曹秋圃 序/作 者 自序 만 수록.
10	중문 수정판	가오슝 경방서국	1959.11	1. 張良澤의 기록에 근거.(상·하 2권) 2. 공공도서관에서는 미 발견.
11	중문 초판	타이베이 문수출판사	1988.2.1	1. 교통대학(交通大學)도서관 소장.(1권) 2. 내용은 타이완신민보사 1936년 3월판 과 동일. (책표지의 표제 : 臺灣鄉土文 學系列) 3. 羅秀惠 題字/曹秋圃 序/自序/畵者的話 수록.
12	중문 초본	가오슝 인생서국	1996.1	1. 국가도서관타이완분관 소장.(1권) 2. 서명은 『사랑스런 원수』 3. 羅秀惠 題字/曹秋圃 序/自序 수록.
13	중문 중간본 (重刊本)	타이베이 전위출판사	1998.1	1. 구체자(舊體字)를 금체(今體)로 수정. 2. 내용은 타이완신민보사 1936년 3월판 과 동일. (상·하 2권) 3. 제첨/曹秋圃 序는 없고, 나머지는 모두 있음.

한문통속잡지 『풍월보(風月報)』(1937.7~1941.6)가 미인투표(美人投票) 활동
을 벌이며 화류계 명기(名妓)들을 한껏 추켜올리던 기간 중에 최고 판
매량이 6천 권이었고,9) 일본어 대중종합잡지 『타이완예술(台灣藝術)』(1940
~1945)이 전장(戰場)의 위문잡지 역할을 맡으면서 적게는 15,000부에서
많게는 40,000부까지 판매량이 급등했던10) 사실과 비교해 볼 때, 『사

9) 吳漫沙, 「沈痛的回憶」, 『台灣文藝』 革新號 第24期(1982年 10月), 298~299쪽 ; 楊永彬,
  「從『風月』到『南方』—論析一份戰爭期的中文文藝雜誌」, 河源功 監修, 『風月·風月報·
  南方·南方詩集 : 總目錄·專論·著者索引』(台北 : 南天, 2001年 6月), 69~70쪽 각각
  참조.
10) 가와하라 이사오(河原功)는 잡지 『타이완예술』 「편집후기」에 기재된 바에 근거
  해, 다음과 같이 말했다. "이 잡지는 창간 당시 발행부수가 1,500부에 지나지 않
  았지만, 대중적 의제설정, 각종 좌담회기록, 대담과 방문기… 등의 기획이 성공

랑스런 원수』는 특별한 잡지의제설정이나 판매네트워크 같은 유리한
조건도 구비하지 못했다. 즉, 풍류나 오락적 성격도 제대로 갖추지 못
했고, 해외에 나가 있는 군인들의 구독과 같은 특수한 판매루트도 없
었다. 그럼에도 불구하고, 그저 일개 작가의 장편소설이 독자들 사이에
입소문을 타며 널리 유행했다는 것은 가히 놀라운 일이 아닐 수 없다.

원작『사랑스런 원수』의 삽화를 그렸던 지룽성(雞籠生)의 말에 따르
면,『사랑스런 원수』는 연재 당시 "독자들은 한 편 한 편 연재될 때마
다 저마다 서로 먼저 읽으려고 야단"이었고, 결국 독자들의 이런 거듭
된 성화에 힘입어 단행본으로 발행된 것이라고 한다.[11] 1938년 일본어
판이 출판되었을 때, 장원환은 역자서문에서 이렇게 말한 바 있다. "한
문판 제3판이 곧 나올 것이라 한다. 이는 타이완문학서 출판에 있어
여간해서는 보기 힘든 훌륭한 성취가 아닐 수 없다."[12] 쉬옌팅(許炎亭)
역시 서문에서 이렇게 말하고 있다. "타이완신민보에 연재되어 독자들
로부터 열렬한 환영을 받게 되자, 심지어 신문사 주관자(主管者)들조차
의외라는 반응을 보였다."[13] 1954년 쉬쿤취엔이 세상을 떠났을 때, 30
년대에 한문소설 창작으로 이름을 떨쳤고 양쿠이(楊逵)를 대신해 잡지

적으로 독자들을 끌어들임에 따라 발행부수도 끊임없이 증가했다. 1942년 3월에
는 6,000부까지 증가했고, 12월호에서 결국 10,000부를 돌파했다. 그리고 1943
년 2월호에서는 드디어 15,000부를 넘어섰다" 또, 그는 이렇게 말하고 있다. "편
집자 쟝샤오메이(江肖梅) 본인의 회고록『질헌묵적(質軒墨滴)』에 따르면, 그 수치
는 더욱 늘어나 창간 당시 4,000부에서 그 열배가 넘는 40,000부에 달했다." 河
原功,「雜誌『台灣藝術』と江肖梅」, 台灣文學論集刊行委員會,『台灣文學研究の現在』(東
京 : 綠陰書房, 1999年 3月), 141~146쪽 ; 吳漫沙,『韮菜花』(台北 : 前衛, 1998年 8
月), 100쪽 참조.
11)『可愛的仇人』(台北 : 臺灣新民報社, 1936年 3月 26日, 第2版), 6~7쪽 참조.
12) 張文環,「譯者序」, 阿Q之弟(著)/張文環(譯),『可愛的仇人』(東京 : ゆまに書房影印, 1938年 臺
灣大成映畵公司 版本, 2001年 9月), 1쪽.
13) 許炎亭,「序」,『可愛的仇人』(東京 : ゆまに書房影印本, 2001年 9月), 2쪽.

『타이완신문학(臺灣新文學)』의 편집을 담당하기도 했던 왕스랑(王詩琅, 1908 ~1984)은 출간 당시를 이렇게 회상했다. "아주 짧은 시간에 가가호호 입소문을 타며 널리 읽혔다. 심지어 인력거부나 여관의 여급까지도 이 작품들을 즐겨 읽었다."14) 1940년대에 일본어작가로 등단했던 예스타 오(葉石濤, 1925~2008)의 경우에는, 198, 90년대 상당한 영향력을 발휘했던 자신의 평론집 속에서, 쉬쿤취엔이 "일제강점기 국문(國文)으로 창작한 작가"임을 특별히 강조하며, 다음과 같이 말한 바 있다. "그는 타이완의 장헌쉐이(張恨水)15)이다. 그의 작품은 대부분 통속소설이기는 하지만, 그 안에 잠재된 강렬한 향토적 색채야말로 그의 작품의 특징이다."16)

그렇다면, 『사랑스런 원수』는 왜 이토록 독자들의 사랑을 받을 수 있었던 것인가? 이에 대해, 역자인 장원환은 다음과 같이 말하고 있다. "이야기의 중심인물인 '츄친'과 '즈중'의 사랑 다시 말해, 정신적 사랑에 그칠 뿐 도저히 이루어질 수 없었던 그 깊은 사랑과 순수함이, 바로 이 책이 사람들의 흥미를 자아내는 본질이다. 이외에도 타이완의 봉건적 면모를 아주 교묘하게 부각한 것 역시, 본 역자가 아무 생각 없이 번역에만 몰두할 수 있었던 원인이다."17) 쉬엔팅 역시 봉건적 누습에 억눌려 있던 본도인(本島人)18)의 플라토닉 사랑이 감동을 주었다는

---

14) 一剛(王詩琅), 「徐坤泉先生去世」, 『臺北文物』 3卷 2期(1954年 8月), 136쪽.
15) 장헌쉐이(張恨水)는 중국현대문학사에 있어 통속소설의 대가로 불리는 작가이다. 특히, 그는 중국전통의 장회소설(章回小說) 기법을 창작에 적용한 것으로 유명하다.(옮긴이)
16) 葉石濤, 『臺灣鄕土作家論集』(台北 : 遠景, 1981年 2月) 32쪽.
17) 張文環, 「譯者序」, 2쪽. 1938년 7월 20일에 썼다.
18) 본도인(本島人)은 타이완의 민남인(閩南人)과 객가인(客家人) 즉, 타이완에 거주하는 한족(漢族)을 통칭하던 말이다. 이는 본래 일본식민당국이 호적조사를 하는 가운데, 타이완에 거주하는 일본 내지인(內地人)과 타이완 원주민 즉, 번인(藩人) 등과 구별하기 위해 쓴 말인데, 1945년 이후에는 '타이완인'을 통칭하는 말로 쓰이고 있다.(옮긴이)

점에서 이견이 없었다. 그는 다음과 같이 말했다. "이 작품이 사람들을
매료시킨 지점은 어디인가? 물론 독자들은 저마다 다르기 때문에 느끼
는 감동도 각양각색이다. 하지만 내가 보건대, 대중적 필치로 본도인
의 내면적 삶을 진솔하게 그려내었다는 점과 이미 무너져 내린 동양
의 부녀지도(婦女之道)를 부활시키고자 했던 작가의 의도 그리고 이야기
속의 주인공 '큐챤'과 '즈즁'의 사랑이 끝내 영원한 환상에 머무르고
말았다는 점 다시 말해, 육체적 사랑으로까지는 발전되지 못한 채 플
라토닉 사랑에 그쳤다는 것에 있다고 본다. 이는 바꿔 말하면, 순화된
열정과 신성하면서도 진솔한 사랑을 제대로 포착했기 때문에 일반대
중들의 사랑을 받을 수 있었다는 말이다."[19]

쉬쿤취엔과는 동료이자 친한 벗이기도 했던 쉬옌팅(1909~미상)은,
1933년 타이베이제국대학(臺北帝國大學)을 졸업하고 타이완신민보사에 취
직해 타이난(台南) 지국장을 역임했다. 나중에는 타이베이본사로 돌아와
정치부에서 근무했다.[20] 장원환(1909~1978)은 1938년 쉬쿤취엔과 같은
가오슝 출신의 동향인인 『가오슝신보(高雄新報)』 편집인 류지에(劉捷)의
소개로 이 책의 번역을 맡게 되었다. 그가 나중에 새로이 창설된 대성
영화공사에 들어가게 된 것도 바로 이런 인연 때문이었다. 대성영화공
사는 타이완 귀국 후, 그가 가진 첫 번째 직장이었다. 이상의 두 사람
은 쉬쿤취엔과 연배도 비슷했고, 일에서나 평소 생활 속에서 자주 만

---

19) 許炎亭,「序」, 2쪽. 1938년 7월 8일에 썼다.
20) 쉬옌팅(許炎亭)은 타이베이고등학교를 졸업하고 나서, 아주 특출한 타이완 영재
라는 찬사를 받으며 타이베이제국대학(臺北帝國大學) 정학과(政學科)에 입학했다.
1935년 타이완신민보사를 사직하고, 구전푸(辜振甫)가 이끄는 대화행(大和行)에서
비서로 일했다. 또 나중에는 대유차행(大裕茶行) 사장이 되었다. 1942년에는 타이
완을 떠나 홍콩의 실업계(實業界)에 뛰어들었다. 『臺灣人士鑑』(台北 : 興南新聞社,
1943年 3月), 95쪽 참조.

나는 사이였다. 따라서 소설내용의 특징이나 판매실적, 독자들의 반응
에 대해 비교적 소상히 알고 있었다. 이 소설의 인기원인에 대한 해석
을 담고 있는 현존하는 최초의 문헌이라 할 수 있는 이 두 편의 글은,
그동안 연구자들에 의해 자주 인용되고 소개되었다.[21] 그렇게 되면서
이들의 견해 역시 학계의 거의 공통된 인식으로 자리 잡았다.

그러나 냉정히 말해, 이것은 단지 역자와 일본어판 추천자의 관점일
뿐이다. 많은 연구자들은, 1938년 8월에 출간된 일본어판의 내용이 한
문원작과 일치하지 않고 서사의 기조에도 일부 차이가 있으며 출판
이후 독자들의 반응 역시 같지 않다는 사실을 애써 무시하고 있다. 이
에 필자는 묻지 않을 수 없다. 이 소설이 베스트셀러가 되는 데에 있
어 과연 다른 중요한 요인은 없었던가? 특히, 한문판만이 유독 베스트
셀러가 된 것은 무엇 때문인가? 이 점에 대해, 필자는 일찍이 한문판
과 일본어판의 비교연구를 진행한 바 있는 노마 노부유키, 장원쉰(張文
薰) 두 사람의 연구를 고찰의 출발점으로 삼고자 한다.

노마 노부유키는 소설의 장절(章節) 구조, 역자의 번역방식, 제6장의
개역(改譯) 과정 등 세 가지 측면에서, 이 소설의 번역 후 발생한 변화
에 대해 고찰하고 있다. 그는 먼저, 쉬쿤취엔이 관용적으로 사용하던
분회(分回) 방식을 장원환이 채택하지 않았다는 사실을 지적한다. 즉,
한문판은 원래 160회로 나뉘어져 있었는데, 장원환이 내용을 일부 축
소한 후 여섯 개의 장으로 재편집했다는 것이다. 구체적으로 보면, 제1
장에서 제5장까지는 기본적으로 발췌번역 방식을 채택하고 있다. 그러

---

21) 野間信幸, 「關於張文環翻譯的『可愛的仇人』」, 70~77쪽 ; 徐意裁, 「現代文明的交混性
　　格 : 徐坤泉及其小說研究」(成功大學台灣文學研究所碩士論文, 2005年 7月), 61쪽, 黃英
　　哲・下村作次郎, 「台灣大衆文學緒論」(台灣大衆文學系列, 總10卷, 각 권의 머리말에
　　수록), 11~12쪽 등이 그 예이다.

나 일부 난삽하고 두서가 없는 절이나 현실비판적인 부분을 들어내거나 축소함으로써, 이야기의 구성이 남녀주인공 위주로 집중하게 했다는 점 외에는 대체로 원작에 충실한 편이다. 그러나 제6장의 경우에는 대폭적인 수정을 가했다. 가장 크게 차이가 나는 부분은 다음과 같다. 첫째, '핑얼(萍兒)'이 한때 사랑했던 무희(舞姫) '기미코(君子)'의 출신배경과 '기미코'가 마지막에 삼각관계 속에서 스스로 물러난 경위에 대해 수정을 가했다. 둘째, '핑얼'과 '기미코' 두 사람이 아타미(熱海)에서 만나 하코네(箱根)로 놀러가 밀회를 즐기는 장면을 삭제했다. 셋째, '리루(麗茹)'가 애인이 변심한 것을 알고 자살을 기도했다가 요행히 목사에게 구조되어 목숨을 구하는 종교적 장면을, '핑얼'이 후회하며 '리루'를 구하러 달려가는 로맨틱한 장면으로 바꾸었다. 넷째, '핑얼'과 '기미코'가 도쿄역에서 결별하는 '잊을 수 없는 이별' 장면, 뒤이어 '즈중'이 장렬히 생을 마감하고 '기미코'는 아이를 낳다가 죽는 장면 그리고 그들의 자식들이 각기 결혼해서 두 쌍의 신혼부부가 해외에서 밀월을 보내는 장면 등 총 5회를 모두 삭제했다.[22]

이렇듯 장원환이 자신의 역서에서, 2세들이 느끼는 청춘의 고뇌와 그들의 인생개척을 다룬 마지막 5회분을 삭제한 것에 대해, 노마 노부유키는 다음과 같은 평가를 내리고 있다. 즉, 원작에서 2세들의 이야기를 끌어들임으로써 자칫 지지부진해질 수도 있었던 결말 부분을 말끔히 해소한 것은, 이야기의 초점을 부모세대에 집중하도록 군더더기를 제거한 것이며, 이는 역자인 장원환이 삭제와 수정을 통해, 일부 중요한 원칙들을 귀납한 결과라는 것이다. 또한 그는 장원환이 앞의 다섯 개 장에 등장하는 인물들의 사상적 배경을 모호하게 하거나 아예

---

22) 野間信幸, 「關於張文環翻譯的『可愛的仇人』」, 78~85쪽.

삭제해버렸다는 점을 발견했다. 가령, 타이완문화협회, 아시아민족대
동맹, 중일친선, 푸젠독립(福建獨立) 등에 관한 내용을 삭제했고, 제6장에
서 "원작자의 반전(反戰)에 대한 의지, 독실한 기독교적 성향, 본도(本島)
타이완의 경찰과 내지(內地) 일본의 경찰 비교, 유학생 분석 등에 대한
견해 내지 의견들을" 삭제했다는 것이다. 이는 다시 말해, 당시의 여론
이나 시론과 관련되어 있는 부분이나 일본과 타이완의 사회적 상황을
비판적으로 묘사한 부분, 종교적 독실함 혹은 정치적으로 다분히 논쟁
의 소지가 될 만한 부분들은 모두 삭제하거나 수정했음을 의미한다.
결국 그가 보기에, 장원환은 어떻게 하면 소설의 기조와 구성을 다치
지 않으면서도 동시에 통치당국의 간섭을 회피할 수 있을지에 대한
고민 속에서 번역과 수정을 진행했고, 그 과정 속에서 부득이 원작의
일부 중요한 지점들을 희생시킬 수밖에 없었다는 것이다. 결과적으로
이러한 현상에 대해, 노마 노부유키는 원작과 번역본이 사변을 전후해
출판되는 과정 속에서, 양자의 정치 · 경제 · 사회적 환경과 출판 상황
에는 차이가 있다는 사실에 주의해야 한다는 점을 강조했다. 즉, "원작
은 쇼와(昭和) 11년에 출간되었고 번역본은 쇼와 13년에 출간되었다. 이
2년여의 시간 속에서 한문란은 폐지되었고, 곧바로 황민화운동이 정식
으로 발동되기 시작했다. 장원환의 번역과정은 필시 이러한 배경과 전
혀 무관할 수는 없었을 것이다. 원래 작품 여기저기에는 원작자가 의
도한 바대로, 한(漢)민족의식의 발현이나 황민화사상에 저촉되는 것들
이 적지 않게 드러나 있다. 만일 이것들을 전부 일본어로 번역해 내었
다면, 아마도 출판되기는커녕 '작품 본연의 생명'마저도 담보하기 어
려웠을 것이다."[23] 이러한 시각에서 노마 노부유키는, "표현의 자유가

---

23) 野間信幸, 「關於張文環翻譯的『可愛的仇人』」, 84~85쪽.

극도로 제한되어 있던 시대에 어떻게 하면 원작의 주제를 고수해낼 것인가라는 난제"에 직면한 장원환은 이를 지혜롭게 해결하기 위해 상당한 노력을 기울였다고 변호하고 있다.

노마 노부유키의 연구를 토대로, 장원쉰은 10년간의 도쿄생활을 마치고 타이완으로 갓 돌아온 현실주의 작가 장원환의 문학관과 창작이 그의 통속소설 번역에 어떠한 영향을 미쳤는가를 고찰했다. 그녀는 고찰을 통해, 다음과 같은 사실을 발견했다. 첫째, 서사구조의 합리화라는 차원에서, 장원환은 연재소설이 새롭게 배치되어 단행본으로 모아져 나왔을 때 나타나게 되는 긴장감과 서스펜스를 유지하기 위해, 지나치게 자주 등장하는 '야행인(夜行人)'이란 인물을 삭제했고, 나아가 자신의 개인적 유학경험에 의거해 '펑얼'의 유학 장면과 도쿄에서의 생활을 구체화하는데 상당한 노력을 경주했다. 둘째, 장원환은 이른바 '신여성'의 형상을 부각하는 차원에서, 낡은 도덕을 고수하다 끝내는 병으로 실의에 빠지고 마는 '츄친'의 형상을 일부 조정함으로써, 그녀를 한문독자의 눈 속에 "비참하고 가련한" 여성으로 보이게 했다. 이는 장원환 자신의 소설 속에 자주 등장하는 타이완여성의 나약하면서도 강인한 모습을 번역과정 속에 추가한 것이라 볼 수 있다. 셋째, 장원환 본인이 제도(帝都)에 살고 있는 각양각색의 멋지고 아름다운 여성들로부터 받았던 인상과 계시를 통해, 원작에서는 평범하고 행복한 결혼생활을 꿈꾸며 '펑얼'을 사랑에 빠뜨리게 하는 실패한 일본자본가의 딸 '기미코'를, 식민지와 내지를 전전하다 츠키지(築地)에 있는 소극장에서 산전수전 다 겪은 무희로 일하는 조선인여성으로 수정했다. 넷째, 장원환은 이런 수정을 통해, 줄곧 앞만 보며 자중자애 하던 '펑얼'을, 어린 시절부터 가깝게 지내왔던 '리루'를 배신하고 '기미코'의 현대적 지성미에 빠지는 인물로 바꾸어 내었다. 다섯째, 장원환은 '핑얼'을 이렇다 할 교육도 받지 못한 무지한 접대부의 유혹에 빠뜨리기도 하는데, 이는 매우 풍부한 상상력과 동시에 상당한 설득력을 갖추고 있는 부분이라 할 수 있다. 결국, 장원쉰이 내린 결론은, 장원환의 개역과정이 소설의 일부 구성에 보다 풍부한 현실감과 합리성을 부여해 주었고, 소설 전체가 현대적인 면모를 갖추도록 해주었다는 것이다.[24)

노마 노부유키가 주목한 사변 전후의 환경변화가 작품의 번역에 끼친 제약과, 장원쉰이 지적한 역자의 문학적 소양 및 일본경험이 수정과 가필에 끼친 영향은 모두 중요한 발견이 아닐 수 없다. 그러나 필자는 이외에도 일본어번역본의 변모에는 영화제작이라는 측면도 함께 고려되어야 한다고 생각한다. 역자서문에 따르면, 제6장의 구성과 장면에 대한 수정은 쉬쿤취엔이 장원환의 의견을 참작하고 나서 수정을 허락했기 때문에 가능했다고 한다. 바꿔 말해, 장원환이 이 작품을 번역한 주요 목적은 영화제작을 준비하기 위해서였던 것이다. 물론, 영화는 일본어로 된 영화였을 것이다. 실제로 영화제작이 이루어졌는지에 대해서는 불명확하다. 대부분의 연구자들은 끝내 영화로 제작되지는 못했다고 판단하고 있다.[25) 그럼에도 불구하고 문헌기록에 따르면, 장원환, 쉬쿤취엔 등은 영화기획을 위해 상당한 시간과 공을 들였다고 되어 있다. 1938년 2월 쉬쿤취엔은 『풍월보』에서 마련한 독자와의 대화에서, 처음으로 『사랑스런 원수』와 『영육의 길』을 영화로 제작할 준비를 하고 있다고 밝힌 바 있다. 그는 다음과 같이 말했다. "사변 전에 이미 대성영화주식회사를 만들었고" "내지에 있는 기존의 큰 회사와

---

24) 張文薰, 「『可愛的仇人』と張文環」, 63~69쪽.
25) 徐意裁, 「現代文明的交混性格：徐坤泉及其小說研究」, 3쪽.

합작을 하기로 결정했습니다. 타이완 역사상 공전절후(호前絶後)의 작품을 만들기 전까지는 절대로 중단하지 않을 생각입니다. 현재 비밀리에 진행 중에 있습니다."26) 『사랑스런 원수』의 일본어번역본의 판권 페이지에는 발행처가 타이완대성영화공사, 발행인은 천쉐이텐(陳水田), 발매소는 타이완신민보사 판매부로 되어 있다. 천쉐이텐은 다다오청(大稻埕) 닛신마치(日新町)에서 일본식품 대리점을 하다가, 1936년 평라이거(蓬萊閣)라는 타이완 요릿집을 운영하기도 했던 타이베이의 유지이다. 그는 1937년에 『풍월보』 감찰위원을 맡는 등, 이 회사 책임자 중의 한 명이었다.27) 쉬쿤춰엔 역시 한때 이 회사의 사장을 역임했다. 이밖에 대주주로는 시에훠루(謝火爐) 등이 있었다.

뤼수상(呂訴上)의 『타이완영화연극사(臺灣電影戲劇史)』에도, 1938년 4월 11일, "일본 도호(東寶)의 희극배우 다카세 미노루(高勢實乘) 일행이 타이완에 와서 대성영화공사의 영접을 받고, 타이베이의 평라이거에서 접대를 받았다."라는 기록이 단체사진과 함께 실려 있다.28) 오늘날 도쿄 다카라즈카극장(寶塚劇場)이 바로 '도호주식회사'의 전신29)으로, 1932년 8월에 설립되었다. 사장은 고바야시 이치죠(小林一三)였다. 이 회사는 1936년 1월부터 이듬해 12월 사이에 일본영화극장, 도요코영화극장(東橫映畵劇場), 데이코쿠극장(帝國劇場) 등의 주식회사를 집중적으로 사들였다. 위의 일행이 타이완을 방문했을 당시는 사세가 날로 확장되어, 한창 해외시장개척을 노리던 시기였다. 또한 이때는 조선영화업계의 일

---

26) 阿Q之弟,「答斗六一讀者」,『風月報』 58期(1938年 2月 15日), 21쪽.
27) 천쉐이텐(1895년생)이 경영하던 오성상사(五星商社)는 우유, 통조림, 폭죽, 미소(味噲) 등 당시 유행하던 일본상품을 판매했다.『臺灣人士鑑』, 262쪽 참조.
28) 당시 양측에서 모인 30명의 인원이 타이베이 평라이거에서 기념사진을 찍었다. 呂訴上,『臺灣電影戲劇史』(台北 : 銀華出版部, 1961年 9月), 13쪽 참조.
29) 1943년 도호영화주식회사를 합병한 후 도호주식회사로 이름을 바꾸었다.

본수출에 자극을 받아, 타이완본토영화업계 및 타이완 내 일본·타이완 합작영화업계 역시 영화수출을 위해 모든 노력을 경주하고 있던 시기이기도 했다.[30] 이런 상황을 종합해 볼 때, 사변 전부터 시작된 이러한 타이완 내부의 영화제작기획은 사변이 일어난 후에도 중단되지 않고 계속되었으며, 한 발 더 나아가 타이완인들만을 대상으로 한 것이 아니라 오히려 광대한 일본 내지시장을 겨냥하고 있었음을 알 수 있다. 1938년 2월의 번역 역시 이렇듯 타이완·일본의 공동영화제작을 목표로 진행되었던 것이고 그에 따라, 도호 측에서도 4월에 사람들을 타이완에 파견해 교섭을 시도했던 것이다. 1940년 5월까지만 해도 장원환은 문예잡지 등에 여전히 이 회사의 '회계부장 겸 문예부장'으로 소개되고 있었다.[31] 이는 그때까지도 여전히 이 회사가 운영되고 있었다는 것을 말해준다. 그러나 그가 이렇듯 여러 직책을 두루 겸직하고 있었던 것도 그렇고 영화제작도 차일피일 지체되면서 결국 그 후로는 아무런 소식도 전해지지 않았다는 점에서 볼 때, 이 계획은 필시 어떤 심각한 곤경에 처하게 되었으리라는 추측을 해 볼 수 있다.

일본의 유명 영화사와 합작하기 위해서는, 타이완독자들의 사랑을 받는 원작의 본질과 대중들의 기호 및 성향을 지속적으로 파악해야 했다. 이외에도 타이완과 일본의 소설독자 및 영화관객의 반향도 고려해 타이완, 일본과 관련된 이야기들을 합리적이고 사실적으로 드러내어 관객들의 정서에 친근하게 접근하는 것도 필요했다. 아울러 소설이나 영화에 대한 검열기준에도 부합되어야 함은 당연한 일이었다. 결과적으로 장원환, 쉬옌팅이 말한 바와 같이, 진이(金沂)나 우만사(吳漫沙)의

---

30) 呂訴上, 『臺灣電影戲劇史』, 7~16쪽 참조.
31) 「文芸ゴシップ」, 『臺灣藝術』 3(1940年 5月), 82쪽.

작품에서도 그려졌던 타이완 봉건가정과 낡은 구습이라는 굴레 속에서의 순수, 절제, 인간미를 보여주는 유토피아적 러브스토리는 원작이 발표되었을 당시에도 꾸준히 환영받았던 부분이다. 바로 그렇기 때문에 번역본에서도 이 부분은 긍정적으로 받아들여졌던 것이고, 그래서 계속해서 유지되고 집중적으로 이야기되었던 것이다. 또한 영화의 일본 내지 진출 역시도 이러한 장점을 계속 유지한다는 전제 하에서 고려된 것이고, 도쿄와 관련된 세밀한 장면에 가필을 하고, 중일전쟁 발발과 부합하지 않는 사회질서나 정치사상 부분을 일부 조정했던 것 역시도 바로 이런 맥락에서 기인한 것이다. 가령, 사회질서와 관련해서, 원작에서의 격정적인 사랑 장면은 모두 삭제되었다. 예를 들어 '아궈(阿國)'와 '훼이잉(慧英)'이 가오슝에 있는 셔우산신사(壽山神社)에서 키스하는 장면이나, '핑얼'과 일본여성 '기미코'가 아타미에서 질펀하게 밀회를 즐기는 장면, 타이완문화협회에 투신한 이웃집 여인이 이른바 신사조(新思潮)에 미혹되어 동료 남성과 동거하다가 끝내 버림을 받고 후회하는 장면 등이다. 정치사상과 관련해서는, 타이완과 일본의 독자들이 일본과 타이완에 대해 부정적인 인상을 갖게 할 우려가 있는 부분을 모두 삭제했다. 예를 들어, 도쿄 시내에 만연되어 있던 전쟁 전야의 암울한 분위기나 군국주의에 대한 교육이나 선전, '천국혁명(天國革命)' 등 종교적 신명(神明)과 정치적 인물의 투쟁과 같은 황당하고 몽상적인 장면, 샤먼(廈門)에서 타이완인들이 온갖 악행을 저질러 타이완인이나 샤먼영사관에 대해 나쁜 인상을 갖게 하는 장면 등이다.

삽화의 경우에도, 일본어판은 '타이완 미술계의 3대 유망주'로 칭찬이 자자했고, 일본에서도 비교적 지명도가 높았던 화가 린위산(林玉山)이 맡았다. 아래에서 예시한 두 개의 삽화에서 보다시피, 만화가 출신

의 지룽성은 여러 물감을 배합해 선과 윤곽을 강조함으로써 모던한
이국적 정조를 전달하는데 중점을 두었다면, 린위산은 주로 채묵(彩墨)
의 기법을 사용해 채도, 음영, 배경의 분위기, 몸동작 등을 중점적으로
표현함으로써, 필치와 풍격에 있어 보다 유연하고 생동적이며 사실적
이었다. 주제와 경물을 표현하는데 있어서도, 지룽성의 그림에 등장하
는 배, 갈매기, 램프, 서양식 건축물, 분수, 외국산 양주병, 양복, 양장,
서양식 화장, 도쿄의 무도장, 교회병원, 성당에서의 결혼식 등 서양적
분위기가 물씬 풍기는 장면이나 사물들은, 린위산의 붓끝에서는 대부
분 타이완 풍격의 일상생활 모습으로 대체되어 있다. 이외에도 총독
부, 치파오를 입은 여인, 바나나, 꽃무늬가 그려진 전통 이불, 일본경
찰의 방문조사, 일본식 벌초와 성묘 등을 소재로 택함으로써, 본토의
색채와 식민지사회로서의 타이완 이미지를 강하게 부각시켰다. 이렇듯
일본어번역본은, 삽화나 내용면에서 민감한 의제에 대한 삭제, 일본과
타이완의 사회현상에 대한 안정적이고 사실적인 묘사를 통해, 독자들
의 요구에 부응할 수 있도록 수정을 가했던 것이다.

〈그림 2〉 한문판『사랑스런 원수』, 지룽성(雞籠生)이 그린 삽화

〈그림 3〉 일본어판『사랑스런 원수』, 린위산(林玉山)이 그린 삽화

이상을 종합하면, 본토의 이야기를 제재로 한 일본어영화를 제작하고 나아가 일본에 진출해서 일본이나 동아시아의 광범한 일본어권 독자와 관객을 확보하기 위해, 원작자와 역자는 공동으로 작품의 구성을 일본 내지의 독자와 타이완의 일본어계층을 핵심으로 하는 독자 및 관객의 눈높이에 맞추고자 했음을 알 수 있다. 그리고 이러한 목표를 구체화하는 과정 속에서, 역자는 '빼기(減法)'와 '리얼리티'를 위주로 하는 수정방법을 채용했다. 널리 사랑을 받는 베스트셀러소설을 개역한 식민지 애정통속극을 영화의 특장으로 삼고, 내용면에서는 시국과 관련된 현안을 다루지 않으며, 윤리적 척도 역시 보수적 관점에 맞춘 이러한 수정 전략 하에서, 원작에서 보였던 중일사변 이전 양국의 긴장관계, 일본/중국/타이완 민족의 다각적인 경쟁과 충돌, 일부 남녀인물들이 세속에 물들어 도덕적 기준을 무시하고 함부로 자유연애를 구가하는 행위, 함부로 국경을 넘나들며 법률을 위반하는 행위, 남녀 간의 격정적이고 낭만적인 장면 등은 모두 도덕적이고 법률에 위반됨이 없는 그야말로 정치적으로 명확한 척도 내의 범위로 한정되고 축소되었다.

상술한 바와 같이, 중일관계의 변화, 역자의 창작적 특징과 일본경험, 영화제작으로 인한 관객의 변화 그리고 오늘날 사실상 규명할 수 없게 된 타이완총독부 당국의 번역본, 영화 시나리오와 영화필름 등에 대한 검열기준이라는 무형의 압력 등 여러 요인이 번역의 변용을 가져왔다고 할 수 있다. 그러나 시대환경, 영화제작, 개인적 이유 등을 종합해 볼 때, 무엇보다도 사변이 초래한 일본/중국/타이완의 환경과 국가와 민족 간의 관계변화가 일정한 제약으로 작용함으로써, 역자의 번역이 이성적이고 도덕적이고 탈낭만적인 경향을 띠게 되었다고 보는 것이 보다 타당할 것이다. 결국, 최종 완성품으로서의 번역본이 탄생하게 된 것은, 검열기관이 최종적으로 제시한 기준을 충실히 따르는 가운데 여기서 한 발 더 나아가, 사전에 번역집단(역자, 원작자, 영화기획자)이 사변 후의 시국상황이나 일본과 타이완의 시장 및 검열기준을 미리 감지하고 자기검열을 선행한 결과이다. 따라서 만일 낡은 구습의 굴레 속에서 도덕을 확고히 엄수하는 식민지 중장년세대의 결혼과 사랑, 윤리를 다룬 이야기가 원작을 베스트셀러로 만들고 일본영화업계에 진출하는 계기를 마련해주었다고 한다면, 반대로 개역을 통한 합리성과 리얼리티의 증가는 일본어번역본을 지나치게 정형화된 이야기로 만들어버림으로써, 사람들로 하여금 어째서 이것이 매력일까 하는 의구심을 갖게 만들었다고 할 수 있다. 그런 까닭에, 일본어판이 새로운 시국이 허용하는 범위 내에서 그리고 식민지 영화의 일본수출이라는 유행 속에서, 번역을 통해 독자를 한문독자가 아닌 일본어독자로 설정할 때, 이미 원작이 가지고 있는 긍정성과 연속성이란 장점은 제한을 받게 되었다고 보는 편이 나을 것이다. 따라서 그것이 계승한 것은, 그저 장원환, 쉬엔팅 두 사람이 서문에서 말했던 그것들 다시 말해, 한문

판 독자들의 호평 속에서 가장 쉽고 가장 보편적으로 받아들여진 사
랑이야기에 지나지 않았다.

노마 노부유키가 말한 바와 같이, 일본어번역과정 속에서는 어쩔 수
없이 원작의 몇몇 중요한 측면들은 희생될 수밖에 없었다. 그러나 타
이완의 일본어독서시장 나아가 일본 독서시장 진출을 목표로 한 이
갑작스러운 기획은, 극히 뛰어난 번역자가 아니면 도저히 뛰어넘을 수
없는 수많은 블랙홀과 마주칠 수밖에 없었다. 이 블랙홀은 향토언어가
갖는 고유한 운치, 한문통속소설에 대한 기대 그리고 서로 다른 교육
과 언어적 특성을 지닌 타이완인들이 동아시아 격변기 속에서 또 타
이완 안팎에서, 생존과 발전에 대해 품고 있는 각종 동기와 갈망을 모
두 포괄하고 있다. 이러한 야심이 한문에서 일본어로, 대중소설에서
대중영화로 비약하는 노력을 적극적으로 의도했던 것이고 결국에는,
이것이 기존 한문판 독자를 잃어버리게 한 것은 물론이고, 새로이 설
정한 일본판 예비독자마저 성공적으로 개발할 수 없게 한 원인이다.
이 점에 대해서는 일본어판이 더 이상 재판을 찍지 못했던데 반해, 한
문판은 오히려 1939년 10월판(발행처 : 台北, 臺灣新民報), 1942년 6월판(발행
처 : 嘉義, 玉珍書店)이 연이어 출판된 데에서도 알 수 있다. 한마디로, 역
자가 가능한 한 원작에 충실하려고 하는 자세로 세련되고 주밀한 조
정을 진행했음에도 불구하고, 시국의 민감성, 검열, 일본에 진출하고자
하는 상업적 고려 등이 상호 복잡하게 얽혀있던 탓으로, 애초 한문판
이 지니고 있던 흥미진진하고 독자들의 이목을 끌었던 뮤즈(muse)는 더
이상 향기를 발산치 못하고 스러지고 말았던 것이다.

2. 무시되어버린 한문판의 단서 – 푸젠(閩)/타이완/남양의 지연(地緣)과 타이완인의 생존 공간 그리고 해외개척 소설

이상으로, 한문판과 일본어판의 차이점을 통해 『사랑스런 원수』의 원작취지, 번역본의 삭제 및 수정, 예상독자의 변화, 독자반응의 차이 등 네 가지 관련성을 정리해 보았다. 다음으로 여기서는 독자들의 사랑을 독차지했던 이 베스트셀러소설의 매력 즉, 일본어번역본에 의해 배제되었던 원초적 매력은 과연 어디에서 연유한 것인지에 대해 고찰해보고자 한다. 장원환이 단순한 언어적 번역을 넘어 도저히 번역할 수 없었던 시대적 담론 다시 말해, 해외에서의 삶과 개척에 대한 욕망을 건드리고 있는 이 담론은, 타이완인의 어떠한 시대적 인식과 지연(地緣)적 질서 그리고 어떠한 생존에 대한 고려를 담고 있는 것일까? 이 문제에 대해, 필자는 오랫동안 무시되어져 왔던 또 다른 단서들을 통해 살펴보고자 한다. 이러한 단서들은 한문판의 편집과 관련된 문자나 글들 속에서 얻어진 것들이다. 당시 일본어판에서는 전면 삭제되었고, 전후부터 지금까지 쏟아져 나왔던 각종 중문판본에도 완벽하게 수록된 적이 없었던 추천사들로 다시 돌아가, 작가가 어떻게 서문, 제첨(題簽), 삽화 등을 통해 작품의 취지를 부각시키고자 했는지를 살펴본다면, 쉬쿤취엔이 자신의 창작에 대해 어떻게 정의하고 있고 또 어떠한 기대를 가지고 있었는지를 어느 정도 이해할 수 있을 것이다.

일본어판 『사랑스런 원수』는 한문판에 수록된 제첨과 추천사를 모두 없애고, 새로 쓴 쉬옌팅의 서(序)와 장원환의 역서(譯序)만을 실었다. 심지어 원작자의 서문조차도 번역해 소개하지 않았다. 이 때문에 독자들로서는 원작자의 목소리를 들을 길이 없었다. 원래의 한문판 자서(自

序)를 보면, 독자를 대하는 원작자의 진솔한 태도를 엿볼 수 있다. 그는 진심에서 우러나는 진솔한 목소리로, 독자들에게 자신이 생각하고 있는 타이완의 복잡한 문학적 환경과 독자집단 그리고 대중소설을 창작하는 과정 속에서의 습작경험 등을 전달해주고 있다. 그는 다음과 같이 말하고 있다.

타이완과 같은 이러한 환경 속에서, 이른바 '대중화'된 소설이라고 인정될 수 있는 작품을 쓰기란 정말이지 어렵고도 힘겨운 일이 아닐 수 없다. 노년의 어르신들은 고문(古文)을 선호하고, 중년의 어른들은 어체(語體)를 선호하며, 젊은 청년들은 백화(白話)를 좋아하니 말이다. 기왕지사, '향토문학'이란 걸 쓰기로 한 이상에는, 때로는 타이완의 향토적 사투리를 구사하여 묘사해야 할 때도 있었다. 그러다보니 이 『사랑스런 원수』는 문(文)도 아니고 어(語)도 아니고 그렇다고 백(白)도 아닌 자구들로 이루어져 있다. 그런데 여기에는 내 나름의 의도한 목적이 있다. 그것은 바로 독자 여러분들에게 널리 읽혀지기 위함이었다. 따라서 작품 속에는 많은 속자(俗字)와 속구(俗句)들이 있을 줄로 안다. 독자 제위에게 희망컨대, 너른 양해와 많은 질정을 부탁하는 바이다.[32]

그는 뒤이어 출판된 『암초』의 「자서」에서도, 소설 속에 사투리와 속어, 속구 등을 많이 사용했는데, 이는 "진정한 향토적 색채를 구하기 위함"[33]이었다고 밝히고 있다. 분명한 것은, 쉬쿤춰엔은 이 한 편의 대중소설을 성공적으로 써내기 위해 한문문예독서시장의 다양한 독자층을 상당부분 의식하고 고려했다는 사실이다. 그는 연령, 문화적 교양, 문체적 기호 등에 있어 다양한 분포를 지닌 독자들을 모두 고려한 상

---

32) 阿Q之弟, 「自序」, 『可愛的仇人』(1936年 3月 26日, 第2版), 4쪽.
33) 「自叙」, 『暗礁』(臺灣新民報社, 1937年 4月 20日, 初版), 권두(卷頭)에는 쪽 번호가 표시되어 있지 않다.

태에서, 한시/현대시/백화문/향토사투리 등을 적절하게 끼워 넣음으로써 어체의 다양성과 향토적 풍격을 살리는데 꽤나 신경을 썼다.

『사랑스런 원수』는 신문에 연재될 당시, 매회 삽화가 배치되었다. 이는 타이완 남단 가오슝에서 친히 지룽(基隆)까지 올라가 생면부지의 지룽성에게 부탁해 얻어낸 성과이다. 지룽성은 '아Q동생'보다 훨씬 먼저 타이완독자들에게 알려진 인물이었다. 지룽성(본명은 천빙황 陳炳煌, 1903~2000)은 타이완 지룽 출신이다. 그의 부친은 일찍이 광산업과 무역업에 종사했고, 호황이었을 때는 화남(華南) 및 남양 일대까지 사업영역을 확장하기도 했다. 그는 1916년 푸저우(福州)에 있는 학령영화서원(鶴齡英華書院)에 들어갔다가, 후에 홍콩에 있는 발췌서원(拔萃書院)으로 전학했다. 그러나 학업이 채 끝나기도 전에, 그는 부친을 따라 안난(安南, 지금의 베트남 지역-옮긴이), 싱가포르, 자바, 보르네오, 수마트라 등지를 전전했다. 1924년 상하이 세인트존스대학 고등 경제학부에 입학했지만, 1925년 5·30사건이 터지면서 광화대학(光華大學)으로 옮겼다. 1929년 졸업 후 곧바로 미국을 유학을 떠나, 1930년 뉴욕대학에서 경제학 학사를 취득했다. 학위를 받고 귀향할 때는 특별히, 유럽과 상하이를 거쳐 지룽으로 돌아왔다. 당시 타이완인들로서는, 세계일주란 사실 꿈을 꿀 수도 없는 일이었다. 그런데 이 시기에 지룽성은 이미 세계의 명승지를 돌아다닌 자신의 경험담을 『타이완신민보』에 연재하면서 독자들의 주목을 받기 시작한 것이다. 1935년 2월 쉬쿤취엔의 소설이 처음으로 부간(副刊)에 실렸을 때, 지룽성의 기행소품문은 이미 『해외견문록』이란 제목으로 원명출판사(元明出版社)에서 출판되었다.[34] 이 책이 출

---

34) 陳偉智(著), 星名宏修(譯), 「患つたのは時代の病-雞籠生とその周邊」, 松浦恆雄・垂水千惠・廖炳惠・黃英哲(編), 『越境するテクスト : 東アジア文化・文學の新しい試み』(東京 : 硏文出版, 2008年 8月), 162-194쪽 참조. 鄧慧恩, 「鬆動的本土, 魅惑的外

판되었을 때, 지롱성은 타이완 최초의 세계기행문이라 할 수 있는『환
구유기(環球遊記)』35)를 썼던 린센탕(林獻堂)에게 서문을 부탁했고, 이 타이
완 최고의 명망가이자 민족운동가로부터 대단한 절찬을 이끌어냈다.
또한 그는 같은 해에『지롱성만화집(雞籠生漫畵集)』을 냄으로써, 타이완
최초로 만화책을 출판한 만화가로도 알려져 있다. 얼마 후에는 다시『백
화점(百貨店)』이란 책을 출판했는데, 이때에는 타이완신민보사가 홍보와
마케팅을 전담했다. 이외에도 그는 상하이에 있을 때, 상당기간『타이
완신민보』상하이특파원을 지냈고, 심지어 1937년에는 상하이지국장
까지 역임하기도 했다. 그의 상하이특파원 생활은, 1940년대 이 신문
이『싱난신문(興南新聞)』으로 이름이 바뀌기 전까지 계속되었다.36)

　한문판 서문 중의 하나인「화가의 말(畵家的話)」에서 그는 다음과 같
이 말했다. "쉬(徐)군은 나이는 비록 어리지만 경험이 풍부하고 학문적
깊이가 있다. 그는 수년 동안 자신이 겪었던 경험과 느꼈던 감상을 이
소설 속에 모두 담고 있다. 나는 여러 번 거듭해서 이 책을 읽었지만,
백번을 보아도 물리지 않는다는 느낌을 받았다. 이에 나는 대중독자
여러분들께 이 책을 소개하는 바이다."37) 홍콩, 상하이, 뉴욕 등 국제
적 대도시에서 생활하며 서양식 교육을 받고 세계일주도 했던 지롱성
이었기에, 그의 세계기행문 소품이나 미국식 만화, 식민지/반(半)식민지

　　來：關於雞籠生『海外見聞錄』的旅行書寫」, 跨領域對談：全球化下的台灣文學與文化研究
　　國際學術研討會, 成功大學台灣文學系主辦(2007年 10月 26~28日).
35)『환구유기』는 린센탕이 1927년 5월 15일부터 이듬해 11월 8일까지 장장 1년여
　　의 기간에 걸쳐, 자신의 두 아들인 판롱(攀龍), 여우롱(猶龍)과 함께 영국, 프랑스,
　　이탈리아, 독일, 덴마크, 네덜란드, 벨기에, 스페인, 스위스, 미국 등을 여행한 것
　　에 대한 기행문이다. 이 글은『타이완신민보』제171호에 연재되기 시작해서
　　1931년 10월 제384호까지 총 152회가 실렸다.
36) 陳偉智(著), 星名宏修(譯),「患つたのは時代の病－雞籠生とその周邊」, 190~191쪽.
37) 葉渚沂,「畵者的話」,『可愛的仇人』(1936年 3月 26日, 第2版), 1~2쪽.

도시에 대한 스케치 속에는, 화려하고 눈부신 서양식 생활이 묻어있고 작품 곳곳에는 최고의 엘리트계층만이 누릴 수 있는 일종의 서양식 모더니즘이 드러나 있다. 이러한 모더니즘은 일본을 통해 타이완에 들어온 모더니즘과는 다른 것이다. 즉, 그의 모더니즘은 식민체제 하에서, 다양한 경로를 통해 제국에서 식민지로 전파된 그리고 위에서 아래로 보급된 중하층 시민의 모더니즘문화와는 다른 것이었다. 그것은 동서양의 다원적 문화의 충돌과 타이완인의 주체 이동에 대한 자기선택 속에서 탄생한 것이라 볼 수 있다. 그것은 국경을 넘어 해외로 나간 타이완 유학생이나 엘리트계층이 중국, 남양, 서방세계 혹은 동방의 식민지/조계지 등을 돌아다니며, 다양한 차원에서 선택하고 습득하고 영향 받았던 일종의 복잡하게 뒤섞여 있는 외래의 생활, 문화, 유행이다. 지롱성은 이러한 엘리트 모더니즘문화를 상징하는 인물이자 그러한 성향을 가지고 있는 삽화가로서, 자신의 해외경험과 사회관찰을 바탕으로, 현신설법(現身說法, 자기의 경험을 바탕으로 설명하는 것을 말한다.─옮긴이)을 보여주고 있는 쉬쿤취엔의 소설에 찬사를 보냈던 것이다. 이 소설은 해외진출을 갈망하고 서양의 모더니즘을 동경하는 독자에게는 분명 형언키 어려운 매력이 있었을 것이다.

1936년『사랑스런 원수』단행본 출판을 준비하면서, 쉬쿤취엔은 만화가이면서 당대의 우상이자 무역업계 저명인사이기도 했던 지롱성에게 열 폭의 삽화를 그려줄 것을 다시 한번 부탁했다. 평소 명인들의 제첨 수집을 취미로 갖고 있던 지롱성도, 이렇듯 작가가 제첨을 부탁하러 다니는 것을 적극 도와주었다. 그 결과, 한문판 단행본에는 차오츄푸(曹秋圃), 쉬쿤취엔, 예주이(葉渚沂), 딩송칭(丁誦淸), 지롱성 등 다섯 편의 서문이 실렸다. 이외에도 타이완의 유명한 서예가 차오츄푸가 책

표지에 직접 친필로 써 준 표제, 린셴탕(林獻堂), 뤄슈훼이(羅秀惠, 청나라
擧人), 사전빙(薩鎭冰) 장군이 속표지에 써 준 제자(題字) 등이 보인다. 이
를 순서대로 목차 뒤에 실었는데, 그 차례를 보면 다음과 같다. 우선,
관웬(灌園, 林獻堂의 號 – 옮긴이)의 '동녕조요경(東寗照妖鏡)'이 제일 처음이고,
그 다음이 사전빙이 쓴 '주후차여(酒後茶餘)'이다. 그 다음으로는, 부성(府
城)의 10대 서예가 중의 한 명인 뤄슈훼이가 용비봉무(龍飛鳳舞)한 필치
로 써 내려간 다음과 같은 글귀가 차지했다. '안타까운 환경, 사랑의
신령, 세상인심(可憐的環境, 愛情的神靈, 社會人情心理)'. 이상은 모두 소설 내
용에 대한 찬사의 글이다.

　그러나 차오츄푸가 소해(小楷, 작은 해서체 – 옮긴이)로 직접 쓴 한 쪽에
걸친 서문을 비롯한 여러 명인들의 제첨과 서문은, 1954년 경방서국에
서 출판한 전후(戰後) 수정판부터 부분적으로 삭제되기 시작했다. 특히,
린셴탕과 사전빙의 제자(題字), 딩송칭, 예주이의 서문은 이후 다른 출
판사에서 간행한 판본에서는 한 번도 수록되지 않았다.[38] 이러한 상황
은 현재 연구자들이 가장 많이 인용하는 전위출판사 판본에서 일부
개선되었지만, 차오츄푸의 서문과 모든 제첨문자는 여전히 수록되고
있지 않다. 이러한 이유 때문에, 오늘날의 독자들로서는 제첨문자와
서문의 완정한 면모를 접할 길이 없는 것이다. 그러나 당시 독자들에

---

38) 삭제된 이유에 대해서는 정확히 밝혀진 바 없다. 그러나 예주이(葉渚沂)는 일찍이
　　국민당과 공산당이 대치하던 4,50년대에, 이른바 '양항기의(兩航起義)'에 참여한
　　전력이 있었다. 참고로, '양항기의'는 1949년 11월 9일, 국민당을 따라 홍콩으로
　　철수했던 중국 양대 항공사 중항(中航)과 앙항(央航)의 승무원 4,000여명이 12대
　　의 여객기를 끌고 해방군 대열에 투항했던 사건이다. 또 사전빙(薩鎭冰)은 한때
　　복건사변(福建事變, 약칭, 閩變)의 열렬한 지지자였다. 그리고 린셴탕(林獻堂)은 전
　　후 국민당에 반대해 일본으로 망명한 인물이었다. 따라서 이들 모두 정치적으로
　　는 국민당이 기피하는 자들이었다. 그런 점에서, 이들의 글이나 작품을 싣는다는
　　것은 정치적으로 매우 민감한 사안이라고 할 수 있다.

〈그림 4〉林獻堂題字

〈그림 5〉薩鎭冰題字

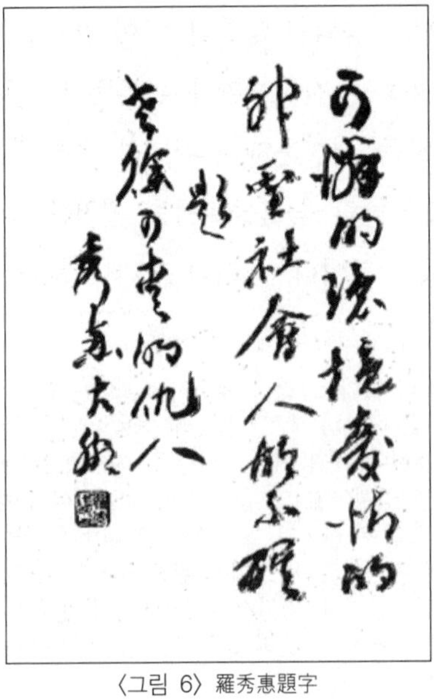

〈그림 6〉羅秀惠題字

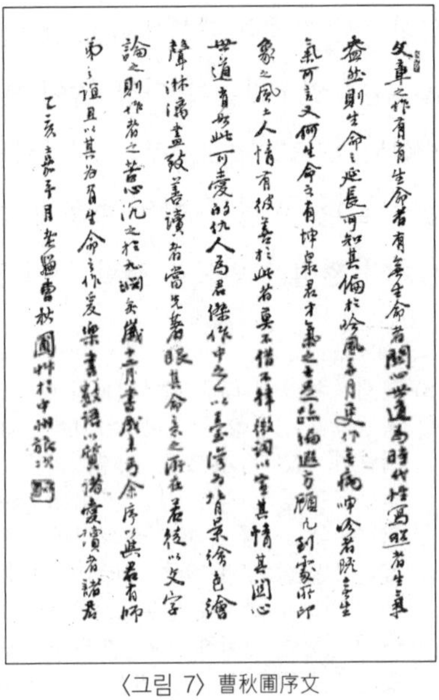

〈그림 7〉曹秋圃序文

게 있어서는, 이러한 편집 작업과정 속에서의 추천사나 제첨문자 등은 매우 의미 있고 공감할 수 있는 메시지를 담고 있는 것이었다. 이에 대해, 간략히 소개해보도록 하겠다.

차오츄푸는 자신의 서문에서, "애독자 여러분"을 대상으로 먼저 이 소설이 가진 생명력을 강조하고, 이어서 작가의 '세상에 대한 관심(關心 世道)'의 방식을 설명했다. 그리고 마지막으로, 이 소설의 가치와 노력 을 높이 평가하면서 모두들 읽어볼 것을 권장했다. "세상에 대한 관심 은 시대를 그려내는 자에게는 생기와 힘을 주는 생명의 연장이다. 음 풍농월(吟風弄月)에 빠져 있거나 무병신음(無病呻吟)하는 자에게는 생기가 있을 리 만무한데 하물며 생명이 있겠는가? 쉬쿤춰엔군은 한마디로 재 기가 넘치는 사람이다. 그의 족적이 안 찍힌 데가 없을 만큼 그는 도 처를 돌아다녔다. 그리고 그때마다 풍토와 민심에 남다른 관심을 보였 고, 그것을 작품으로 옮겼다. 그의 세상에 대한 관심은 바로 이러했다. 『사랑스런 원수』는 그러한 군(君)의 걸작 중의 걸작이다. 타이완을 배 경으로 한 이 소설은 그야말로 생동감이 넘친다. 훌륭한 독자라면 그 의 뜻이 어디에 있는지를 먼저 볼 것이다. 그러나 훗날 이를 글로써 논한다면, 작가의 고심과 노력은 그야말로 그 즉시 물거품이 되고 말 것이다."39)

이밖에 딩송칭, 예주이가 쓴 서문의 경우에는 마치 약속이나 한 듯 똑같이, 작가가 장편소설 속에서 표현해 낸 언어구사능력과 자유분방 하고 변화무쌍한 이야기 구성 그리고 감동적이고 눈물겨우면서도 사 회적 교화의 가치를 지닌 러브스토리에 대해 칭찬하고 있다. 지룽성에 의해 '애독자'라 불린 딩송칭의 구체적 신분에 대해서는 알려져 있지

---

39) 曹秋圃, 「序」, 『可愛的仇人』(1936年 3月 26日, 第2版), 卷 頭.

않다. 딩송칭의 서문은 '중국신소설'이 단편의 단계를 넘어 장편으로
발전하는 가운데 심리묘사를 중시하게 되었다는 이야기를 하면서, 언
어적 표현과 독자 흡인이란 차원에서, 이 장편소설이 보여준 능력에
찬사를 표했다. 그녀는 다음과 같이 말했다.『사랑스런 원수는』 "사랑
을 제재로 하고 타이완을 배경으로 한 소설이다. 작가는 세상의 세태
와 인심의 깊은 곳으로 파고들어가 그 은밀하고 어두운 부분까지 드
러내고 있다. 그의 붓끝은 날카롭고 신랄하며, 묘사는 섬세하고 세밀
하며 막힘이 없다. 그의 소설은 그야말로 인생의 조요경(照妖鏡)[40]과 같
다. 언어는 유려하고 유창해서, 마치 구름과 물이 흘러가는 것처럼 자
연스럽다. 독자들의 감성을 끌어들이고 독자들의 공감을 불러일으키는
것은 바로 이렇기 때문이다." 따라서 "신소설의 정수라 할 수 있다. 타
이완의 중등학교 이상에서 문예수업을 하는데 가장 적합한 참고도서
라 할 수 있겠다." 또한 "타이완에 대한 나의 느낌을 만족시켜주었기
때문에 기꺼이 '대중들에게 소개'하는 것이다."[41] 이상의 내용으로부
터 추측해 보건대, 타이완사회에 관심과 호기심을 가지고 있는 이 사
람은, 필시 일본어교육을 위주로 하는 타이완의 환경에 대한 이해가
부족한 중국대륙 인사임에 틀림없다.

　자신을 쉬쿤취엔의 벗이라고 소개한 예주이는 샤먼(厦門)의 이름난
기자였다. 한학과 서학의 소양을 두루 겸비한 그는, 당시 미국식민통
치 하에 있던 필리핀의 초청으로 「신민일보사(新閩日報社)」에서 일하기
도 했다. 「신민일보사」는 1925년 푸젠이 자연재해를 당했을 때, 필리
핀 화상(華商)이자 <남양민교구향회(南洋閩僑救鄉會)>의 발기인이었던 리

---

40) 마귀에게 비추어 정체를 나타나게 한다는 요술 거울.(옮긴이)
41) 丁誦淸, 「序一」, 『可愛的仇人』(1936年 3月 26日, 第2版), 卷 頭題簽.

칭취엔(李淸泉)이 마닐라에서 설립한 신문사였다. 설립목적은 푸젠성(閩)을 지원하고, 부패한 푸젠성 관료 및 군벌들의 전횡을 폭로 고발하며 동시에 '새로운 푸젠 건설'의 이상과 청사진을 선전하는데 있었다. 리칭취엔은 치안이 항상 불안하고 토비의 창궐이 그치지 않는 푸젠의 미래와 운명은 오로지 해외 화인(華人)들의 손에 달려있다고 생각했다. 『신민일보(新聞日報)』는 당시 필리핀의 유일한 기독교신문으로, 필리핀의 다른 중요한 화문(華文) 신문과 마찬가지로 중국의 국내정세에 상당한 관심을 기울였다. 다른 신문들과 차이가 있다면, 그것은 이 신문이 매일 정오에 발행되는 이른바 오보(午報)였다는 점이다. 이 신문은 상업정보를 대량으로 싣는 외에, 별도로 선교칼럼, 만화연재, 소설연재 등을 마련해 지면을 생동감 있고 참신하게 구성함으로써 상당한 인기를 끌었다. 중일전쟁이 발발한 후에는, 항일운동을 보도하고 화교들의 항일모금을 독려하는 등 여론형성에 상당한 영향력을 발휘했던 대표적인 '애국신문' 중의 하나였다. 그러나 이 신문은 1941년 12월 태평양전쟁이 발발하고 29일 마닐라가 일본에 함락되면서 정간되었다.[42] 예주이는 이 신문사에서 발행한 또 다른 종합잡지 『민중주간(民衆週刊)』의 주편을 담당하기도 했다. 이 잡지는 나름의 고유한 색깔을 가지고 있던 잡지로서 특히, 젊은 작가들의 사랑을 받았다. 그도 그럴 것이 이 잡지는 1930년대 필리핀 화문문학의 중요한 요람 중의 하나였다.

예주이의 서문은, 이 소설을 소설 창작이라는 관점에서 "성공일로를 걷는 '선봉대'"라 추켜세웠다. 그는 작가가 '일상의 경험'과 '시대적 배경'에 의거해 창작한 "이 소설은 일반 독자들에게 있어 한 편의 감동

---

42) 趙振祥·陳華嶽·候培水 等 著, 『菲律賓華文史稿』(北京 : 世界知識, 2006年 6月), 82~83쪽, 87~88쪽 참조 ; 潘亞暾, 『菲華文學評論集』(香港 : 儒商出版社, 2004年 6月) 참조.

적인 삶(현 사회단계 하에서의 삶)에 대한 스케치이며, 현 사회(현 경제기초
하에서의 사회)에 대한 그림자"라고 생각했다. 그는 또 특별히 이 소설의
낭만성과 감화력을 강조하며, 소설에 등장하는 한 쌍의 모범적인 연인
들이 인생의 온갖 파란과 곡절 속에서 표현해 낸 굳은 절개와 쓰라린
아픔이 독자들에게 공명을 불러일으켰다는 점을 인정했다. 그는 다음
과 같이 말하고 있다.

> 『사랑스런 원수』란 제목 그 자체는 이미 사람들에게 무한한 상상을 불
> 러일으키며, 동시에 깊은 인상을 심어주었다. 남자주인공은 '즈중'이라
> 하고 여자주인공은 '츄찬'이라 하는데, 이 두 사람은 평소 뜨겁게 사랑하
> 는 아주 모범적인 연인이었지만, 봉건적 억압과 사회적 핍박으로 인해
> 끝내 '부부로 맺어지지'는 못한다. 세상에 이보다 더 슬프고 안타까운 일
> 이 또 있으랴! 하지만 그들은 엇갈린 인연으로 연인에서 원수가 되었지
> 만, 마음속에 새겨진 그림자는 한순간도 사라진 적이 없었다. 결국 그들
> 은 각자 사람다운 삶을 살지 못하는 가운데에서도 서로 지난날의 정경을
> 추억하고 그때의 사랑을 그리워하며 마음 아파한다. 마치 쏟아지는 빗소
> 리 속에서 사랑의 위대함과 큐피드의 장난을 떠올리는 듯하다.[43]

이상 두 편의 중국대륙 인사가 남긴 서문을 보면, 그것이 중국백화
소설의 발전사 속에서 이해를 한 것이든 아니면 타이완에 대한 개인
적 호기심과 상상을 투영한 것이든 그것도 아니면, 화인사회라면 어디
든 가지고 있는 봉건혼인에 대한 작가의 비판에 공감한 것이든지 간
에 그들이 공통적으로 인정하고 있는 것은, 바로 이 장편백화소설이
독자에게 가져다준 열독의 쾌감과 만족감이다. 그리고 차오츄푸와 예
주이가 주목한 것은, 타이완을 배경으로 세태와 인심을 반영하고, 시

---

43) 葉渚沂, 「序」, 『可愛的仇人』(1936年 3月 26日, 第2版), 1~2쪽.

대를 형상화하고, 사회를 그려내고 나아가 소설을 통해 '세상에 대한
관심'을 드러내는 작가만의 고유한 특징이었다.

1920년대 초에 시작된 타이완신문학은 10여년의 발전을 거쳤지만,
소설 부문에서는 여전히 단편작품에 국한되어 있었다. 그러던 중 1932
년 『타이완신민보』가 일간으로 발행되면서, 통속작품과 연재소설이
신문독자를 유인하는 하나의 전략으로 등장하기 시작했다. 그 뒤로 일
본어장편소설 「거스를 수 없는 운명(爭へぬ運命)」(1932)[44]을 시작으로, 라
이칭(賴慶)의 「미인국(美人局)」(1933), 린웨펑(林越峰)의 「최후의 함성(最後的喊
聲)」(1933) 등 비교적 편폭이 긴 한문통속소설이 속속 출현하게 되었다.
그러나 이 역시 중편 수준에 머물렀을 뿐이다. 『타이완신민보』에 잇달
아 연재된 『사랑스런 원수』와 그 전편인 『암초』는 유려한 백화문에
독자들에게 익숙한 한시와 타이완방언을 끼워 넣는 방법을 통해 그리
고 작가의 자유로운 문장 배치 등을 통해, 온갖 우여곡절이 담긴 이야
기들을 매우 생동감 있게 펼쳐내고 있다. 그것이 불러일으킨 독자의
정서, 향토적 공명 그리고 읽고 난 후의 신선한 감동은 당시의 독자들
에게 한 번도 체험해보지 못한 독서의 매력을 가져다주었다. 등장인물
이나 사건내용에만 지나치게 치중하거나 반봉건·반식민이라는 관념
이 선행되어 있는 혹은 타이완화문(台灣話文)을 대량으로 실험한 신문학
단편소설들과 비교해 볼 때, 쉬쿤취엔이 그려내는 주인공들은 대부분
해외모험을 감행하고 자수성가한 인물들이며, 지난날의 잘못은 되돌아
보지 않고 오로지 사회개혁의 이상을 위해 매진하는 타이완중산계급

---

44) 린훼이쿤(林輝焜, 1902~1959), 딴쉐이(淡水) 출신. 교토제국대학 경제학부를 졸
업했고 타이완으로 돌아와서는 『타이완신민보』에 이 소설을 7개월에 걸쳐 170
회까지 연재했다. 이 소설은 1933년 4월에 타이완신민보사에서 출판되었다. 문
학사상 타이완 최초의 일본어소설 단행본이라 불렸다.

이다. 뿐만 아니라, 그들의 틈바구니에 낀 채, 해외로 망명해 삶을 도
모하는 몰락한 서민들도 그 안에 있다. 이렇듯 쉬쿤취엔은 국경을 넘
나드는 새로운 타이완인 형상을 만들어 내었을 뿐 아니라, 억압과 항
쟁 속에서 삶을 도모하고 국가와 민족의 틈바구니 속에서 발전을 꿈
꾸는 식민지 인민의 분투과정을 그려내었다.

한마디로 말해, 장편한문백화소설은 타이완본토 독서시장의 새로운
산물이었다. 타이완문학사상 최초이자 가장 대표적인 본토 장편한문백
화소설이라 할 수 있는 '아Q동생'의 시리즈 소설은 문예시장의 신흥
상품이라 할만 했다. 『암초』와 『사랑스런 원수』의 경우, 가오슝 셔우
산(壽山), 시즈완(西子灣), 링야랴오(岑雅寮, 지금의 岑雅區) 등을 무대로 한 향
토소설의 색채가 매우 짙은 소설이다. 그러나 동시에 소설의 인물들은
가오슝, 지룽, 샤먼, 푸저우, 산터우, 상하이, 일본의 모지(門司), 요코하
마, 도쿄 그리고 남양과 미국 등지를 쉴 사이 없이 돌아다닌다. 이는
타이완독자들의 지연적 상상을 불러일으키고 생존의 시야를 넓혀주는
계기가 되었다. 즉, 타이완을 중심으로 한 화중, 화남, 남양 등 '남지-
남양'이라 불리기도 하는 타이완의 주변사회와 '일본-타이완-상하
이-푸젠-남양' 등 제국체제 속에서 남북으로 인접해 있는 공간으로
시야를 돌리게 해 주었던 것이다. 앞 세대 남성의 용맹한 개척정신과
여성의 정숙하고 자애롭고 지혜로운 모습 그리고 그 다음 세대 자식
들이 서로 힘을 합쳐 나가는 모습과 성공을 위해 고군분투하는 모습
등을 묘사한 새로운 이야기 형식을 통해 쉬쿤취엔이 강조하고 싶었던
것은, 발전의 기회가 부족한 식민지사회 환경 속에서도 침체와 타락에
서 벗어나 용감히 해외개척에 나서고자 하는 타이완남성의 욕망 그리
고 봉건, 금전, 학력, 결혼 등의 굴레를 벗어나고자 하는 타이완여성에

대한 공명이었다.

상술한 내용을 종합해 볼 때, 낡은 구습, 사랑, 신문체(新文體), 해외여행, 사회풍속심리 등 그 어느 각도에서든지 간에, 소설 원작자나 서문저자, 삽화가 심지어 표제나 제첨을 한 자들까지 모두 '독자대중'을 상대로 발화하고 그들에게 추천하고 있다는 점에서, 일치된 입장을 견지하고 있음을 알 수 있다. 이러한 고도의 일치성은, 어쩌면 이미 작가의 기획과 설계를 어느 정도 거쳤을 수도 있다. 예를 들면, 장편백화소설은 호소력과 포만감으로 가득한 일종의 신흥 문체로서 독자들에게 어떤 도전적인 느낌을 가져다주었다. 이러한 느낌은 30년대에 이미 이러한 열독경험이 적지 않았던 중국대륙독자들의 경우에는 한문창작출판환경이 날로 열악해지는 타이완의 독자들만큼 그렇게 강하지는 않았을 것이다. 따라서 이러한 현상은 대륙의 두 독자가 지적하다시피, 특별히 두드러지지는 않았다. 이밖에 『사랑스런 원수』 속표지에 등장하는 문화계 명사, 사회명망가, 해외작가의 경우에는, 한학적 소양과 서학의 지식을 두루 겸비했거나 중국어/영어, 한문/일본어 능력을 갖추고 있는 혹은 일찍이 외국여행 및 해외에서의 유학·구직·기업경영 등의 경험을 통해 과국(跨國)·과계(跨界)·과문화(跨文化)적 시야를 가지고 있는 사람들이었다. 따라서 일본과 중국, 타이완과 중국, 타이완과 일본, 중국과 남양, 일본과 남양 등 동아시아사회 내부 및 서로 간에 존재하는 다각적인 경쟁관계에 대해 잘 알고 있었고, 세계정세에 대해서도 어느 정도는 파악하고 있었다. 그들의 가장 뚜렷한 공통점은 바로 지연적 관계에서 드러난다. 상술한 타이완의 인사들 대부분은 푸젠 경험을 가지고 있었고, 중국 인사들의 경우에는 대다수가 푸젠 사람들이었고, 남양화교들과도 좋은 관계를 유지하고 있었다.

가령, 지룽성, 쉬쿤취엔 등은 샤먼에서 공부한 경험을 가지고 있었다. 또 전자는 일찍이 부친을 따라 남양을 여행한 바 있고, 후자는 필리핀에서 신문업계 관련 일을 한 적이 있었다. 게다가 지룽성은 아내가 푸젠 사람이기도 했다. 이밖에 뤼슈훼이는 샤먼에서 『샤먼일보(廈門日報)』45)를 창간했고, 타이베이 출신 차오츄푸(1895~1993)는 홍콩에 체류한 적이 있었다. 특히, 그는 샤먼에 있는 타이완공회관(台灣公會館) 등지에서 서예전시회를 개최한 적도 있었다. 그는 1935년부터 샤먼미전(廈門美專)의 초청으로 서예 강사를 하다가, 1938년 5월 샤먼이 일본군에 점령당한 뒤, 더 이상 학교운영이 힘들어지게 되면서 타이완으로 돌아왔다. 그는 서문 말미에 "중저우(中州)를 여행하면서"라고 적고 있는데, 이는 그가 샤먼에 처음 도착해 강의할 무렵을 말한다.46) 푸저우 정계의 유명인사인 사전빙(1859~1952)의 경우에는, 청말 자강운동(自强運動) 속에서 해외유학생으로 선발된 첫 번째 신식엘리트이다. 1876년 그는 '푸저우 선정학당(船政學堂)' 출신으로는 처음으로 해외유학생에 선발되었다. 이듬해에는 영국 그리니치해군학교에 들어갔고, 귀국 후에는 독군(督軍)으로 갑오전쟁, 신해혁명 등 수많은 중요 전투에 참전했다. 1920년에는 북양정부 국무총리서리, 1922년 푸젠성 성장(省長), 1926년 사임 후에는 사회공익과 자선사업에 투신했다. 1933년 11월, '1·28사변'에서 송호항전(松滬抗戰)의 주력을 맡았던 '19로군(19路軍)'의 장교가 '민변(閩變)'을 일으켰을 때, 그는 핵심적 지지자이자 찬조자 역할을 맡았다. 그는 또 한때 '푸젠독립'을 목표로 푸젠에서 성립된 '중화공화국인민혁명정부 푸젠성인민정부' 주석을 역임하기도 했는데, 이는 푸젠 성장과

---

45) 吳毓琪, 『南社硏究』(臺南 : 臺南市立文化中心, 1999年 6月), 163쪽.
46) 林振莖, 「一衣帶水□桑梓情深－寫記廈門美專(1923~1938)的起落兼論與台灣的關係」, 『臺灣美術』77期(2009年 7月), 28~39쪽 참조.

맞먹는 지위였다.47) 민변은 불과 두 달 만에 국민정부에 의해 진압되었지만 이 사건을 통해, 우리는 그의 반대교공(反對攪共), 반장항일(反蔣抗日)의 정치적 경향을 알 수 있다. 이밖에, 사전빙은 남양화교들과 밀접한 관계를 유지하고 있었다. 1937년 푸젠성 정부의 요청으로, 남양을 시찰하고 교포를 위문하는 동시에 항일모금운동을 벌였다. 1938년 베트남을 거쳐 귀국하게 되지만, 이후에도 그는 지속적으로 모금운동에 앞장섰다. 필리핀은 남양화교사회 항일모금의 핵심지역이었다. '민변'이 발생했을 당시, 필리핀 화교사회와 화교언론계에서는 반장항일을 지지하고 무저항정책에 반대했다. 더불어 친(親)국민당 입장을 견지하는 신문사와 대립각을 세우기도 했다. 이미 앞에서 언급한 바 있는『신민일보』의 창간인 리칭취엔을 중심으로 각 단체의 집회를 개최해, 난징정부(南京政府)가 비행기로 취엔저우(泉州) 등지를 폭격한 것에 대해 규탄하고, <화교애국단> 명의로 이제 갓 성립된 푸젠인민혁명정부에 축하 메시지를 보냈다. 또 모금을 통해, '19로군'을 지지하기도 했다. 리칭취엔은 각계 단체로 조직된 <필리핀화교원조항적회(菲律賓華僑援助抗敵會)>를 설립하고, 1938년에서 1940년까지 1,000여만 필리핀 페소를 모금하여 조국의 항일지원금으로 보내는 등 남양화교 가운데에서는 으뜸이었다.48)

작가를 비롯해 서문저자, 삽화가 그리고 제첨을 한 자들은 하나같이 대중독자의 중요성을 서로 공유했고, 동시에 '타이완-푸젠-남양'으로 이어지는 지역을 초월한 새로운 삶의 무대를 부각시켰다. 한문판 편집에 참여한 사람들의 참여배경을 분석한 결과, 다음과 같은 사실을

---

47) 張玉法,『中國現代史』(台北 : 台灣東華, 2001年 10月), 361, 366~367쪽.
48) 趙振祥等著,『菲律賓華文史稿』, 12, 64쪽.

알 수 있었다. 타이완인이 쓴 이 『사랑스런 원수』라는 소설에서, 작가
는 특별히 세계를 일주한 지롱성에게 삽화를 그려줄 것을 부탁했다.
또한 삼강오호(三江五湖)를 여행하며, 각기 다른 해외경험을 가지고 있는
타이완의 명사와 푸젠의 유명한 기자이자 화교신문의 편집인 혹은 대
륙지역의 여성독자에게까지 서문을 써줄 것을 요청했다. 심지어는 제
첨을 한 자들 중에는, <타이완지방자치연맹>의 정신적 지주인 린셴탕
과 '민변사건'의 핵심 주모자였던 사전빙까지 포함되어 있었다. 쉬쿤
취엔의 입장과 동기 그리고 그와 사전빙, 예주이 등이 어떠한 실질적
교류나 입장의 차이가 있었는지에 대해서는 앞으로 고찰해야 할 과제
이지만, 이러한 서문과 제첨은 적어도 그가 푸젠의 반(反)장제스 정치
집단이나 필리핀 화교단체와 깊은 관계를 맺고 있다는 것을 보여준다.
쉬쿤취엔은 자서(自序)에서, 무엇보다 먼저 독자들에게 이 소설에 대한
사랑과 조언을 아끼지 말 것을 호소했다. 그러면서 그는 자식을 멀리
떠나보내거나 출가시키는 것에 비유해, "세계의 모든 사람들에게 가르
침을 부탁"한다고 했다. 그런데 글 속에는 '세계'와 '이동'이란 개념이
여러 차례 나온다. 상술한 글들의 맥락을 분석해보면, 쉬쿤취엔은 타
이완대중독자를 목표로 한 것 외에도, 의도적으로 필리핀이나 푸젠에
서 대중적으로 영향력이 있거나 문예계에서 저명한 인사들을 통해, 푸
젠과 남양화교사회 독자들까지 확보하고자 했다는 사실을 알 수 있다.
그는 해외경험, 해외를 바라보는 눈을 중시했다. 이는 당시 다른 중문
작가들에게서는 거의 찾아볼 수 없는 일이었다. 그러나 이러한 특수한
창작적 관심과 태도는 거의 주목을 받지 못했다.

　예주이의 서문 말미를 보면, 뜻이 아주 모호한 단락이 있는데 주의
해서 읽어볼 대목이다. "세상에는 '즈중', '츄친'처럼 치정에 빠진 남녀

들이 너무도 많다. 그들의 인생 역정으로부터, 이 사회의 끔찍함과 인간의 죄악을 엿볼 수 있다. 우리는 이를 통해 깨닫지 않으면 안 된다. '위험을 무릅쓴 무모한 도전 외에, 우리에게 남아있는 것은 오로지 반란뿐'이라는 것을. 그렇지 않으면 우리는 영원히 시대의 희생양이 되고 말 것이며, 생을 초월한 희망은 더 이상 갖지 못할 것이다."[49] 위험을 무릅쓴 무도한 도전 외에 우리에게 남아있는 것은 오로지 반란뿐이다! 여기서 말하는 '반란'이란 말은, 원작에서는 모두 여성들이 봉건적이고 금전적인 결혼의 속박에서 벗어날 것을 요구하는 경우에 사용되었다. 이때 작가의 의도는 매우 분명하다. 그렇지만 일본어판에서는 이 말이 전혀 번역되지 않았다. 사실 '위험을 무릅쓰고'란 말은 원작에서는 몇 번 나오지 않는다. 하지만 서문의 저자는, 이것을 작품의 2대 주제 중의 하나라고 생각했던 것이다. 그렇다면 여기서 말하는 '위험을 무릅쓴 무모한 도전'이란 과연 무엇을 의미하는 것일까?

3. 번역과 변이(變異) - '남지(南支)·남양'개척 스토리에 서 '일본·조선·타이완'의 러브스토리로

모든 작품은 그 나름대로 예상하는 독자가 있기 마련이다. 미적 기호와 예술적 소비취향이 비슷하고, 작품 읽기를 통해 공통된 열정과 유사한 집단의식을 표출하는 독자들이 바로 그 소설의 독자층을 형성하게 되는 것이다. 처음부터 대중소설 창작을 목표로 글쓰기를 진행했던 쉬쿤취엔은, 다양하고 생동적인 언어를 통해 작가와 대중독자 사이

---

49) 葉渚沂, 「序」, 17쪽.

의 거리를 좁혀 나갔다. 사실, 이 거리라고 하는 것이야말로 그가 독자들의 감정을 견인하고 그들의 가치관을 형성시키는데 상당한 영향력을 발휘했다. 또한 그것은 독자들의 격려와 그들과의 끊임없는 피드백을 가능케 해줌으로써, 그가 『영육의 길』, 『신맹모(新孟母)』 등의 유사한 주제를 가진 소설을 잇달아 창작할 수 있게끔 해주었다. 또 그것은 주제의식이나 풍격이 근사한 동시기 다른 작가들에게도 상당한 영향을 미쳤다.

『사랑스런 원수』의 인기는 단지 판매실적으로만 나타난 것은 아니다. 차이페이쥔(蔡佩均)의 지적에 따르면, 『사랑스런 원수』는 뒤이어 등장한 당시 다른 소설가들의 소설에도 인용될 정도로 통속문학의 고전으로 떠받들어졌다고 한다.50) 가령, 진이(金沂)의 「어느 날 밤(有一夜)」(1938.8)의 경우, 재주와 미색을 겸비했지만 운명이 기구했던 여성접대부와 게이샤를 형상화하기 위해 그녀들을 한문을 좋아하고 쉬쿤취엔의 소설을 즐겨 읽는 것으로 설정함으로써, 그녀들의 애처롭고 가련하면서도 순종적이고 선량한 마음을 부각시키고자 했다. 이 소설에는 다음과 같은 장면이 있다. "그녀들은 이미 깨닫고 있었다. 그리고 아주 오래전부터 이러한 고해(苦海) 속에서 하루빨리 벗어나 사회에서 인정받는 현모양처가 되기를 갈망했다. 그러나 지금 그녀들은 가부장적인 집안의 굴레와 혹사 그리고 생활전선의 압박으로 자신의 모든 것을 포기하고 이렇듯 접대부로 살 수밖에 없었다. 그녀들은 한문에 관심이 많았고 한문소설 읽는 것을 좋아했다. 그녀들이 읽은 소설로는 『사랑스런 원수』와 『영육의 길』이 있다. 그녀들은 이것들을 읽을 때마다

---

50) 蔡佩均, 「想像大衆讀者 : 『風月報』, 『南方』中的白話小說與大衆文化建構」(靜宜大學中文系碩士論文, 2006年 7月), 53쪽 참조.

'츄친(秋琴)'과 '우메코(梅子)'의 운명에 남몰래 눈물을 흘리며 한숨을 지었다."[51] 이밖에도 타이완신민보사에 연재되었다가, 후에 단행본으로 출판된 우만사(吳漫沙)의 장편소설 『부추꽃(韮菜花)』(1939.3)에도, 주인공 '훼이친(慧琴)'이 『사랑스런 원수』를 읽고, '츄친'이 의사인 '쟝(莊)선생' 에게 모욕을 당하는 대목에서 동정어린 눈물을 흘리고, 이를 여성 친구들에게 말하며 다음과 같이 탄식하는 장면이 나온다. "우리 여성들은 하나같이 팔자가 기구해. 그렇지 않니? 『사랑스런 원수』에 나오는 '츄친'의 삶을 봐. 팔자가 얼마나 비참하고 눈물겹니? 정말 눈물을 안 흘리려도 안 흘릴 수가 없어! 아! 우리 부모들은 왜 우리를 여자로 낳았을까?"[52] 한문판이 이른 시간에 재판을 찍고, 영화사까지 나서 호감을 보이고 게다가 일본어로 번역되어 나왔다는 것을 볼 때, 『사랑스런 원수』는 대중소설을 쓰겠다는 작가의 최초 목적을 성공적으로 달성했다고 할 수 있다. 여기서 필자가 관심을 갖는 지점은, 이 베스트셀러소설이 어떠한 정보를 전달하고 어떠한 상상의 공간을 제공했으며, 주로 어떤 독자층에게 호소력과 매력을 갖게 했는가 하는 것이다.

주지하다시피, 『사랑스런 원수』와 그 전편이라 할 수 있는 『암초』는 구사회의 결혼제도를 비판적으로 그려냄으로써, 여성독자들에게 특히 인기가 있었던 게 사실이다. 아마 지금까지도 대부분의 사람들은 그러한 생각을 갖고 있을 것이다. 그러나 이 소설들의 특징은 단지 그것에 그치지는 않는다. 이 작품들은 극히 남성적인 입장에서 끊임없이 청장년세대 남성독자들을 계도하고 그들에게 호소하는 소설들이라 할

---

51) 金沂(본명은 미상), 「有一夜」, 『風月報』 69期(1938年 8月 1日), 7쪽에서 인용.
52) 下村作次郎・黃英哲 總策劃, 吳漫沙, 『韮菜花』(台北 : 前衛, 1998年 8月), 100~101쪽에서 인용. 인용문은 그다지 매끄럽지 않은데, 이는 당시 백화소설에서 자주 보이는 현상이었다. 필자는 원문에 따라 인용했다.

수 있다. 소설에서는 "우리에게 있어 할아버지의 유산은 미래의 화근이다." "지금은 가난하지만 옛날 증조부 때는 부자였다고 말하지 말라. 사내대장부가 어찌 출신이 미천함을 탓하겠는가." "남의 위에 서려면 온갖 고통을 참아내야 한다." "어찌 왕후장상의 씨가 따로 있으랴. 사내대장부라면 마땅히 스스로 강해져야 한다." "집안이 가난하고 부모가 연로하면, 녹을 가리지 않고 벼슬길에 나가는 법이다." 등의 말들이 자주 나온다. 이는 사내대장부라면 뜻을 굳건히 해야 하고, 나아가고 물러날 때를 분명히 해야 한다는 타이완의 속담이다. 작가의 이러한 남성적 관점은, '즈중'이 갖고 있는 금전관, 학문관, 애정/결혼관, 사업관, 자녀관 등의 서사 축을 따라 펼쳐지고 있고, 남성들이 해외개척 속에서 경험하게 되는 고락, 시비, 득실, 성패 등과 관련된 묘사 속에서 여실히 드러나고 있다. 그러나 이러한 '남성들의 삶의 개척 문제'에 대한 작가의 탐구는 사실상, 타이완의 여성해방, 신도덕의 건립, 현대적 '신맹모'의 전범 만들기 등에 대한 작가적 관심의 다른 표현이라 할 수 있다. 한마디로, 이 두 개의 의제는 소설 속에서 상호보완적 기제로 작용하고 있는 것이다.

쉬쿤취엔의 눈에 비친 봉건적 가족제도와 남존여비 등의 구사상, 자본주의 하의 황금만능주의와 도덕적 혼란, 여성담론 속의 도덕적 위기 그리고 중산층의 부업자승(父業子承)과 보수적이고 안일한 가정교육 등은 모두 타이완 청춘남녀의 인생발전을 가로막는 것이었다. 따라서 소설에서는, 타이완의 구식결혼의 폐단, 사회기풍의 타락, 유흥산업의 범람, 남녀평등, 새로운 결혼윤리의 건립, 직장에서의 민족적 차별대우, 해외개척의 함정과 계기 등의 측면을 통해, 남녀를 불문한 모든 청장년세대의 사회적 삶의 문제를 하나하나 세밀하게 그려내고 있다. 결국, 쉬쿤취엔은 해외에서의 자신의 유학, 업무경험, 견문 등을 근거로 '여성해방 및 도덕중건 담론'과 일체양면의 성격을 띤 '남성해외개척 담론'을 독창적으로 만들어내고 있는 것이다.

쉬쿤취엔 식의 청년담론은 결혼적령기에 있는 남녀를 대상으로, 다음과 같은 점을 고취하고 있다. 즉, 여성들에게는 "한번 실족하면 천고의 한이 된다."라는 격렬한 표현까지 써가며, 부권(父權)에 대한 맹종을 거부할 것과 구식결혼에 용감히 "저항"하고 새로운 현모양처의 도덕을 건립할 것을 주문하고 있다. 또한 타이완남성들에게는 해외경험을 통해 터득한 동아시아 정세변화에 대한 자기인식을 바탕으로, 비상시국 하에서 타이완인이 가져야 하는 나름의 생존전략과 발전계기를 모색할 것을 요구하고 있다. 평후(澎湖)라는 섬 출신의 작가답게, 쉬쿤취엔의 붓끝에서 그려지는 인물들은 하나같이 해외경험이 풍부하다. 쉬쿤취엔은 이를 통해, 타이완인의 다양한 해외생활을 보여주고자 했던 것이다. 『암초』에서, '즈중'은 도쿄유학 시절에 1929년을 전후한 세계경제대공황을 경험하게 된다. 이로 인해, 그는 경제적으로 더 이상 버틸 수 없어 날개 부러진 새처럼 고향 타이완으로 돌아온다. 한창 꿈같은 신혼생활을 보내던 즈음, 그는 현명한 아내의 권유로 상하이로 두번째 유학을 떠나게 된다. 그런데 불행히도 그는 거기에서 다시 1931년에 일어난 송후(松滬)전투라고도 불리는 상하이사변을 겪게 된다. 고립무원의 어려운 지경에 처해 있던 그는 다행히 일본경찰의 도움으로 중국사복경찰의 감시망을 피해 간신히 상하이를 떠날 수 있었다. 이 사변을 통해, 그는 자신의 신분이 일본국적자임을 실제로 체험하게 되었다. 동시에 그는 국제경제와 동아시아 군사정세로 인해, 자신의 인생에 있어 도저히 거스를 수 없는 운명적 '암초'를 만나게 되었음을

〈그림 8〉『암초』의 책표지

직감했다. 국제적 시야의 확보는 과거 '학문의 길'을 통해 입신출세하리라던 자신의 인생관이 변화하게 되는 계기를 마련해주었다. 타이완으로 돌아온 후, 그는 의연하고도 결연한 자세로 <남해상행(南海商行)>을 건립하고 이를 계기로 민월(閩越, 지금의 복건성과 광동성-옮긴이), 남양, 타이완 등 남방지역을 중심으로 한 장삿길에 나서게 된다. 다시 말해, '금전의 길'로 들어서게 된 것이다. 『암초』의 책표지는 해저에 널려 있는 해골들을 무시한 채, 태평양에서 대륙 쪽으로 대거 몰려오는 물고기들의 그림으로 되어 있다. 이는 물론 린위산이 그린 것이다. 그런데 이 그림은 소설이 전달하고자 하는 해외개척이란 주제를 아주 생동감 있고 동태적으로 보여주고 있다. 또한, 해골이 묻혀 있는 곳을 거침없이 지나 북진했다가 서진하고 종국에는 남쪽으로 향하는 물고기들의 모습을 통해, 타이완을 중심으로 동서남북을 종횡하며 무역을 경략하는 주인공의 분투와 열의를 형상화하고 있다.

소설의 말미로 가면, 해외에서 반평생을 지낸 '즈중'이 해난사고로 형님을 잃고 실의에 빠져 있다가, 결국에는 다시 힘을 내 해상무역을 개척하는 내용이 나온다. 형님의 장례식에는 수많은 관리와 지역유지들이 다녀가고 상하이, 홍콩, 일본, 남양 등 외국에서 수백 통의 조전

이 날아든다. 마치 한 시대를 풍미한 거대기업의 총수처럼 말이다. 소설에서 '즈중'은 대대로 바다를 무대로 생계를 꾸려가는 가오슝 집안 출신으로 설정되어 있다. 그 주변 인물들 역시 대부분 해외로 나갔던 경험을 가지고 있다. 가령, '즈중'의 형은 자신의 배를 타고 바다로 나갔다가 큰 파도를 만나 생사가 묘연해졌고, 그의 누나는 멀리 남양으로 시집을 가지만, 경제적으로 여유가 있어 때마다 친정을 돕는다. '츄친'의 남동생 '톈춘(天春)'은 일찍이 일본으로 유학을 갔고, 그녀의 제부는 타이베이에서 기녀를 만나 사랑에 빠지는 바람에 아내를 버리고 가산을 전부 정리해 샤먼(廈門), 샨터우(汕頭) 등지를 전전하며 호랑방탕하게 살아간다. '즈중'과 '츄친'이 함께 활동하는 시사(詩社)의 동호인인 '윈진(雲錦)'의 남편 '마쥔잉(馬駿英)'은 제1차 세계대전 이후, 주식에 손을 댔다가 주식이 휴지가 되어버리는 바람에 가산을 모두 탕진하게 되고 절망 끝에 일본으로 건너가 정착하지만, 말년에 다시 타이완으로 돌아와 여생을 마친다. 이른바 낙엽귀근(落葉歸根)인 셈이다. '즈중'의 외아들 '핑얼', '츄친'의 둘째딸 '리루'와 어린 아들 '아셩(阿生)'은 차례로 일본 유학을 떠난다. 훗날, '츄친'의 장남 '아궈(阿國)'의 아내가 되는 '훼이잉(慧英)'은 원래 계모의 강권으로 억지로 시집을 갈 뻔 했는데, 그 결혼 상대자였던 사촌오빠 '푸싱(福興)' 역시 일본유학생이었다. 그렇지만 그는 공부는 늘 뒷전이었고, 그렇다고 이렇다 할 기술도 없어 그저 하루종일 빈둥거리며 소일하는 인물이었다. 그리고 '훼이잉'의 생모는 일본무희였는데, 부친이 일본유학시절에 만나 서로 사랑해서 '훼이잉'을 낳았다. 그런데 부친은 공부를 마친 후에는 연인은 버려둔 채, 어린 딸만 데리고 타이완으로 돌아갔다. 그 바람에 일본에 홀로 남겨진 생모는 나이 들어서까지도 국제무역항이었던 고베를 전전하며 무희생활을 계속한다.

《可愛的仇人》主要人物關係圖

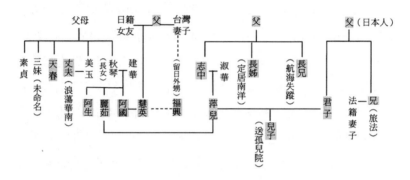

附註:姓名標示黑影者,爲小說中具有海外經驗之人物。

『암초』와『사랑스런 원수』의 배경이 되는 무대는 부패하고 타락한 사회와 온갖 질곡으로 점철된 가정이란 굴레가 아니다. 그것은 오히려 무한한 가능성으로 충만한 미지의 세계 즉, 머나먼 해외라는 공간이다. 작가는 남성들에게 해외로 진출해 그 속에서 새로운 삶을 개척하라고 당부한다. 또한 여성들에게는 전통적인 구도덕과 '모던걸(modern girl)' 풍조 사이에서 새로운 인생관을 건립하기를 권유한다. 「이상한 편지 한통」이란 장절 속에서, '야행인'이 '츄친'에게 보내는 첫 번째 편지에는 다음과 같이 되어 있다. "타이완이란 사회는, 청춘남녀는 갈수록 타락해가고, 도처에 도둑과 창녀로 들끓는 그야말로 구제불능의 사회입니다." "당신의 청춘은 돈으로 오염되고 있습니다." "당신의 일생은 가정이란 굴레로 침해당하고 있습니다." "가정과 사회란 당신을 좀먹을 뿐입니다. 그러니 결코 돌아볼 필요가 없습니다." "과거는 죽었습니다. 오로지 미래만이 있을 뿐입니다." 쉬쿤취엔이 남녀를 통틀어 모든 젊은이들에게 제시하고자 했던 것은 바로 다음과 같은 것이다. 즉, '타이완-남지·남양', '타이완-일본·조선'이라고 하는 정치적 귀속감과 사회적 발전에 있어 서로 다른 두 개의 지연적 네트워크가 상호 중첩되는 속에서 형성되는 타이완인의 해외생존공간이다. 또한 담론이 펼쳐지는 시간적 종축(縱軸)은, 경제대공황, 상하이사변, 푸젠사변 등 변화무쌍하게 돌아가는 일련의 국제정세와 중일 간의 충돌이 격화되고 확대되는 동아시아 역사변환기이다. 이렇듯 급변하는 시공간 속에서, 쉬쿤취엔의 소설들에 등장하는 인물들은 해외로 나가 유학, 장사, 구직, 여행, 망명 혹은 정처 없이 떠돌다가 범죄에 연루되는 타이완인들이다. 이들은 때로는 북방사회 다시 말해, 일본을 절대 권력의 중심으로 하는 북방질서를 적극적으로 받아들임으로써, '제국-식민지' 담론이 법제화된 극히 안정적이고 엄격한 계층사회 질서 속에서 사회적 상승을 위해 몸부림치기도 하고, 때로는 남지·남양 사회 속에 뛰어들어 권력분쟁이 심하고 항시 불안정한 남방의 정세를 틈타, 타이완인이라는 특수한 신분을 이용해 '식민지 타이완-중국(조계 포함)-남양' 주변을 오가며 국가/민족/법률의 틈바구니 속에서 모험을 감행함으로써, 다양한 방향과 각종 방식을 통해 생존을 구하고 발전의 계기를 찾기도 한다. 이렇듯, 쉬쿤취엔의 가족·결혼·사랑의 이야기는 단순히 결혼자유를 외치는 계몽소설이나 통속연애소설의 차원을 넘어, 동아시아 사회 속에서 생존해가며 느끼는 현실감이나 해외개척에 대한 상상 혹은 역사변환기의 시대정신 등을 담고 있다. 그리고 이를 통해, 소설은 각기 다른 성별과 계층에 속해 있고, 서로 다른 인생경험을 가지고 있는 타이완 청춘남녀 독자들을 끌어들이고 있는 것이다.

'아Q동생'의 소설이 갖는 특징 가운데 학계에서 가장 무시되었던 지점은, 예주이의 의미심장한 견해를 이용해 말한다면, 바로 해외개척 욕망으로 가득한 남성들의 "무모한 도전"이라 할 수 있다. 앞에서 언급한 민변과 항일모금운동을 통해 추측해 보건대, 사전빙과 필리핀화교의 영수인 리칭취엔, 『신민일보』 편집인인 예주이 등은 평소에도 교류가 있었던 것 같다. 또한 제첨과 서문에 근거해 보면, 쉬쿤취엔 역시 사전빙이나 예주이 등과 내왕이 있었던 것으로 보인다. 그러나 쉬쿤취엔이 민변 관련인물들과 친분이 있었다고 해서, 그가 그들의 '반장항일'과 같은 입장을 취하고 있었다는 것은 아니다. 역사적으로 '푸젠사변(福建事變)'이라고도 불리는 '민변'은 국공(國共) 양당의 민서(閩西) 지역에서의 교전, 일본의 화남지역에 대한 경제적 침략과 군사적 야심, 민월(閩越) 지역 지방군벌 간의 파벌다툼, 화교의 애향(愛鄕)운동과 정치적 개입 등등이 뒤섞여 각종 복잡다단한 이해관계의 충돌과 세력다툼을 빚어낸 사건이다. 개인적인 사랑의 포기, 자아희생, 자식세대의 행복 창조 등을 주축으로 한 『사랑스런 원수』에서, 유독 정치적 사건과 연루된 인물은 '츄친'의 남동생 '톈춘'이다. 그리고 이 작품에서 유독 '푸젠독립(福建獨立)'이란 말을 사용할 때는, 상당히 짙은 정치적 색채를 드러내고 있다. '톈춘'은 소설 속에서 부차적인 인물에 불과하지만, 타이완인이 샤먼에서 저지른 각종 악행을 그린 「구사일생(虎口餘生)」이란 절과 「톈춘, 누나를 위해 울다(天春哭姊)」란 절에서는, 오히려 식민지 타이완인들이 일본국적을 이용해 조상의 땅에서 온갖 부정한 짓을 저지르는 것에 대해 적나라하게 드러내고 있다. '톈춘'은 일찍이 일본으로 유학을 가게 되지만, 부모의 남아선호와 과도한 편애로 말미암아 패거리를 지어 온갖 악행을 일삼고, 가산을 물 쓰듯 허비하다가 결국에는 경찰의 체포를 피해 휘샤오도(火燒島)로 갔다가 거기에서 샤먼으로 망명하는 인물이다. 그는 처음엔 화남 등지의 중국인들로부터 '타이완 미친 개'로 불릴 정도로 악명을 떨쳤던 악당이었다. 그러나 나중엔 180도 돌변하여 '푸젠독립'을 위해 타이완, 푸젠, 광동을 오가며 타이완의 일본군부와 비밀리에 접촉을 갖는 스파이로 소설 곳곳에 등장하며 소설의 가장 민감한 이야기들을 끌어낸다.

'텐춘'에게는 일본낭인과 같은 비밀임무가 있었는데, 이에 대해 번역본에서는 매우 간결한 단락으로 축약되어 있다.[53] 아마도 이는 상당히 민감한 부분이 적지 않아 삭제된 것으로 보이는데, 삭제되기 전 원문의 내용을 여기에서 인용해보기로 하겠다.

츄친의 남동생 텐춘이 중국에서 돌아왔다. 그는 여태껏 장가도 가지 않은 채 유랑생활을 계속하고 있다. 그의 많은 친구들이 돈까지 내놓으며 그에게 사업을 해보라 했지만, 그는 그들의 호의마저도 받아들이려 하지 않았다. 그의 뜻은 오로지 관직에 있었다. 최근 들어, 그는 광동, 푸젠 사이를 부지런히 오가며 푸젠 독립을 위해 일하고 있었다. 그의 노력이 어느 정도 성과가 있었는지, 모(某) 군부에서 그에게 비밀리에 일을 맡겼는데, 이 일로 그는 수시로 푸젠, 광동의 요인들과 접촉하며 국제간의 군사정보를 캐내고 다닌다는 말이 들렸다. 겉으로 보기에, 그는 그야말로 자포자기를 한 폐인 같아보였지만, 실상 그의 가슴 깊숙이 자리 잡고 있

53) 일본어번역본 내용은 다음과 같이 축약되어 있다. "텐춘은 일화친선의 미래를 생각하면 두 민족이 서로 협력할 필요가 있다고 생각했다. 그래서 그는 베이징 말과 광뚱 말을 배워 출세하기 전까지는 결코 타이완으로 돌아오지 않으리라 결심했다. 만일 일본과 중국이 친선할 수 없다면 태평양의 안녕은 결코 기대할 수 없을 것이다. 이 어찌 황인종의 불행이 아니겠는가? 타이완인들은 각자 일화친선의 사명을 짊어져야 한다. 그래서 그는 언제 어디서든 일화친선을 선전하고 다녔다. 그러나 이것은 그 혼자만의 힘으로는 아무리 노력해도 이루어낼 수 없는 일이다. 맞은 편에 있는 타이완인 한 명 한 명이 자신의 사리사욕을 버리고 그 속에 투신할 때만이 가능한 것이다." 『可愛的仇人』(東京 : ゆまに書房影印本), 344쪽 참조.

는 무서운 음모는 언제라도 사람을 사지로 끌어들일 수 있다는 사실을 알 만한 사람은 다 알고 있었다. 그는 항상 고대 제(齊)나라 재상 관중(管仲)을 들먹거리며 이렇게 말하곤 했다. "큰일을 도모하는 자는 사소한 일에 구애되지 않으며, 작은 수치를 두려워하는 자는 이름을 떨칠 수 없는 법이야." 그는 근래 들어 베이징 말, 광동 말도 아주 유창하게 했고, 주량도 부쩍 늘었다. 그는 술자리에서 항시 이렇게 말하곤 했다. "일화(日華)친선의 기초는 양국 국민의 상호협력 위에서 건설되어야 하는 거야. 괜히 쓸데없이 외교적 언사만 장황하게 늘어놓는 것만으로는 절대 신뢰가 쌓이지 않아. 만약 일본과 중국이 친선을 도모하지 않으면 태평양 지역은 결코 평안한 날이 없을 거야. 그것뿐이 아니야. 그렇게 되면 이는 동방의 황인종에게는 커다란 불행이 아닐 수 없어. 타이완 사람 한 명 한 명이 일화친선의 사명을 짊어지고 언제 어디서나 '양심친선(良心親善)'을 선전해야 해.……" 톈춘은 지난 날, 자신이 샤먼에서 저질렀던 온갖 악행들에 대해 줄곧 후회하고 있었다. 그는 정말로 과거의 잘못에 대해 참회했다. 아니, 참회를 넘어 그는 푸젠독립운동을 벌이고 있다. 그의 이상은 푸젠성을 중국의 모범성(模範省)으로 만들고, 안시스바오(安溪十寶)(광산)를 개척하는 것이었다. 그는 이렇게 말했다. "중국인이 만일 정말로 참된 자력갱생의 길을 걸어 조상들이 남겨놓은 유산을 제대로 개척할 수만 있다면, 고향을 등지고 이국타향에서 외인들의 천대를 받을 이유가 어디에 있어? 먹을 것과 쓸 것이 넘쳐나면 외국인들도 우리 발밑에 무릎을 꿇을 거야. 또 먹는 문제 때문에 짚신이 다 닳도록 헤매고 다닐 필요도 없어. 우리는 그저 편안하게 살면서 즐겁게 일할 수 있는 거야. 타이완 사람들은 대부분 푸젠 사람들이야. 그러니까 푸젠 광산이라면 당연히 우리 타이완 사람들도 얼마든지 채굴할 권리가 있는 거야. 왜냐하면 우리 조상들은 그들의 조상과 똑같은 전통을 물려받았기 때문이야. 권리와 의무를 논한다면, 푸젠성의 흥망성쇠는 정말로 뼈에 사무치는 우리들의 고통과 연관되어 있어. 건너편에 살고 있는 타이완 사람들은 한때의 미혹에 빠져 남에게 이용당했어. 이는 스스로 바위를 옮겨 길을 막은 격이야. '콩 볶는데 콩깍지가 타누나. 콩은 가마 속에서 울고 있네. 본디 한 뿌리에서 태어났거늘, 어찌하여 이리도 급하게 서로 볶아댈까?' 바다 저 건너편에 살고 있는 타이완 사람들이 만일 하루라도 빨리 잘못을 뉘우치고 새 출발하지 못한다면, 이는 스스로 목숨을 끊는 것과 진배없어. ……"

그는 이번에 모종의 군사 보고 때문에 다시 타이완으로 돌아왔다.(…후략…)54)

위의 인용문에서 보다시피, 『사랑스런 원수』에서 의미하는 '푸젠독립'이란, 단순히 푸젠성을 국민정부(國民政府) 지배에서 분리시키자는 개념이다. 그런 점에서, 일견 "새로운 푸젠을 건설하자"는 리칭취엔의 주장이나 "장제스(蔣介石)를 타도하고 독립을 쟁취하자"는 사전빙의 주장과 유사한 목표를 가지고 있다 할 수 있다. 그러나 쉬쿤취엔은 이 '톈춘'이라는 인물을, 처음에는 온갖 악행을 저지르고 다니다가 나중에는 지난날의 잘못을 후회하고 개과천선하는 이른바, 성장형 인간으로 다룸으로써, 독자들로 하여금 작가가 '일화친선'의 작업에 참여하는 타이완인의 입장을 옹호하는 듯한 인상을 갖게 했다. 이밖에 소설의 다른 부분에서도, '즈중'이나 '아궈' 등의 인물을 통해, 서로 다른 계층과 세대를 대변하고 서로 다른 교양을 지닌 타이완남성들이 강조하는 '타이완인의 푸젠에 대한 책임론과 권리론', '아시아민족대동맹의 먼로주의', '일화친선'55) 등의 개념이 '적극적인 항일' 등의 개념과 완전히 정반대라는 점을 보여주고 있다. '일화친선'론은 만주사변 이후, 일본제국주의 선전전 속에서 점차 논란의 중심으로 부각되기 시작한 '동아공영' 담론과 상호 연결되어 있다. 쉬쿤취엔이 작품 속에서 드러내고 있

---

54) 『可愛的仇人』(1936年 3月 26日, 第2版), 251~252쪽에서 인용.
55) 『可愛的仇人』前衛版, 57~58쪽, 197~199쪽, 274쪽, 296~297쪽, 217~418쪽 참조.

는 정치의식과 그의 붓끝에서 그려지는 인물들이 강조하는 입장은 모
두 동아공동체론 하에서, 타이완인이 부여받은 '아시아민족의 일원',
'일본국민'의 일원 등의 개념을 잘 보여주고 있다. 그것은 중국인으로
서의 정체성도 아니고, 화교들의 원향의식(原鄕意識)과도 다른 것이다.

 소설에서의 '민변'이나 '타이완국적자(台灣籍民)'와 관련된 묘사, 제첨
에서 드러나는 작가의 인적네트워크 등을 통해 알 수 있는 것은, 국민
당의 공산당토벌이 본격화되고, 국공 양당의 충돌이 중국 지방정치의
분열을 야기하고, 반장항일(反莊抗日)의 물결이 날로 거세짐에 따라 화
남, 남양 등지에서 타이완인이 경제적·정치적으로 개입할 수 있는 공
간과 여지가 날로 확대되기 시작했다는 점이다. 그러나 여기서 주목해
야 할 점은, 쉬쿤취엔이 소설인물들의 입을 통해 '타이완인의 푸젠에
대한 책임론과 권리론', '아시아민족주의대동맹의 먼로주의', '일화친
선' 등을 강조하고 있지만, 당시 그의 관점은 결코 관방의 관점을 그
대로 복제하고 있지는 않다는 것이다. 오히려 그는 작품을 통해, 해외
경험이 풍부한 타이완인의 생각과 시선을 훨씬 더 많이 보여주고 있
다. 가령, 사신(士紳) 계급이라 할 수 있는 '즈중'이 "타이완의 자치연맹
회(自治聯盟會)에 투신할 것을 결정하고 사회적 일에 참여하기 시작하고,
나아가 아시아민족대동맹의 먼로주의를 외치며 사회공헌을 위해 힘쓰
기 시작했다."56)는 부분에서, 동아동맹론(東亞同盟論)이나 우익민족운동
단체인 <타이완지방자치연맹>을 중심으로 타이완사회에 공헌하겠다
는 주인공의 목표가 잘 드러나고 있다. 이밖에, '공학교보호자회의(公學
校保護者會議)'에서, '즈중'은 사신이라는 자신의 신분적 입장에서, 다음
과 같이 의견을 제시하고 있다. "한문은 동방민족문화의 발원이 되는

---

56) 『可愛的仇人』, 前衛版, 58쪽.

문자입니다. 다시 말해, 오천여 년의 동방민족문화는 모두 한문으로
유지되어 온 것입니다. 그런데 어찌 물을 마시면서 그 물이 어디에서
왔는지를 고민하지 않을 수 있겠습니까? 일본에서도 일류 학자라면 한
문에 정통하지 않은 사람이 없습니다. 따라서 한문은 동방문화를 세계
속에서 발양시킬 수 있는 매우 중요한 문자라 할 것입니다." 표면적으
로는 동방문화와 동방민족을 대의명분으로 내세우고 있지만 실인즉,
당국에게 한문과목을 폐지하지 말 것을 요구하는 이러한 전략적 발언
역시 위와 동일한 논리에서 나온 것이다.

　소설에는, '훼이잉'의 부친이 그녀의 생모를 버리고, '핑얼'이 삼각
관계 속에서 '기미코'를 버리는 대목이 나온다. 두 세대에 걸쳐 식민지
남성이 약속이나 한 듯, 일본여인을 버리는 것이다. 당시 상황으로 보
면, 이러한 설정이 자칫 작가의 신중하지 못한 태도로 비칠 수도 있는
대목이지만 또 한편으로는, 이러한 작품상의 안배가 작가 자신이 내용
구성과 인물묘사에서 일본민족과 타이완민족 간의 권력적 위계질서가
갖는 민감성을 특별히 고려하고 있지 않다는 것을 반증하는 지점이라
고도 할 수 있다. 「이향에 대한 소회(異鄕之感)」라는 부분에, '아궈'가 직
장 내에서 타이완인을 "청국놈(淸國奴)"이라 멸시하는 내지인을 일화친
선과 내대친선(內台親善)을 해치는 "나쁜 놈"이라 욕하는 대목이 나온다.
이 대목 역시, 쉬쿤취엔이 생각하는 친선이란 관점에는 타이완 중심성
이 자리하고 있고, 그것은 일본의 우월성을 강조하는 '동아공영', 신동
아 건설' 등의 관방담론과 전혀 다르다는 점을 보여주는 것이라 할 수
있다.

　바꿔 말해, 소설인물의 결혼과 사랑, 공부, 취업, 망명 등의 행위 속
에는 주로 타이완의 사회현실과 타이완인의 삶의 욕구, 개인의 우연적

욕망 등이 내재되어 있는 것이다. 즉, 쉬쿤취엔이 가장 관심을 갖고 있는 지점은, 다양한 유형의 중상층 타이완남성들이 동아시아정세의 변화와 타이완 안에서의 치열한 생존경쟁이라는 현실 속에서, 어떻게 일본, 중국, 동남아시아, 남양 등을 전전하며 자신들의 새로운 인생을 찾아나가고, 그들의 해외경험이나 학문탐구 혹은 창업과정을 통해 타이완의 청년들에게 어떠한 계시를 주는가에 있었다. 여기에서 우리는 작가가 어떠한 경우에도 '사내대장부는 뜻을 굳건히 세우고 고향을 떠나해외로 나가야 한다.'는 관념을 적극적으로 전달하고자 했음을 알 수 있다. 작가 쉬쿤취엔이 주목했던 지점은 결코 동아공영이 아니었다. 오히려 그는 중산층에게 해외정세의 변화에 관심을 기울이고, 우물 안개구리 같은 단선적 시야와 보수적이고 안일한 가족과 교양의 한계를 극복하기를 호소하고 있다. 또한 젊은이들에게는 봉건적인 가정과 보수적인 사회에서 벗어나 적극적으로 자기 인생을 개척할 것을 고취하고 있다. 그리고 마지막으로 이미 결혼한 남성과 여성들에게는 해외로 눈을 돌릴 것과, 부부간의 살뜰한 정이나 도색적이고 향락적인 생활에 얽매여 창조성을 잃지 말 것을 당부하고 있다.

1930년대에 들어서면서 중일간의 군사적 충돌은 갈수록 극렬해지고 격화되었다. 이러한 시대적 변화와 맞물려, 일부 타이완인들 사이에는 일본과 중국의 현실정치 및 일화친선담론의 영향으로 조국의식과 동아시아적 상상력이 약화되는 현상이 나타나기 시작했다.『암초』와『사랑스런 원수』의 주목할 만한 독창성은, 바로 이러한 약화 현상이 나타나게 된 사회적 심리와 현실적 배경을 추호의 망설임도 없이 그대로 폭로했다는데 있다. 이는 쉬쿤취엔이 상하이사변과 푸젠사변이라는 역사적 변환기를 배경으로 소설을 창작한 일제시기 타이완 유일의 작가였기에 가능한 일이었다. 『암초』의 「상하이사건(上海事件)」과 『사랑스런 원수』의 「텐춘, 누이를 위해 울다」에서 보다시피, 연이어 발생한 군사적 충돌과 정치적 대립은 지역적으로 타이완인의 해외활동 밀집지역과 중첩되어 있다. 따라서 그것이 해외에 있는 타이완인들에게 가져다준 충격은 남달랐다. 중일 간의 군사적 충돌을 비롯해 국제적으로 온갖 갈등이 표출되는 혼란의 현장 속에서, 타이완인들이 유일하게 보호를 요청할 수 있는 곳은 일본뿐이었다. 이러한 엄연한 현실 속에서, 타이완인들은 자신이 '중국인'이 아니라 '일본국민'이라는 사실을 몸소 체험하게 된다. 중일 양국의 긴장관계와 중국 내부의 모순과 대립 속에서, 타이완인들은 민족과 원향(原郷)이라는 장점을 이용해 자신들이 개입할 수 있는 공간을 발견했다. 더불어 정세의 변화는 해외개척에 대한 그들의 욕망과 상상을 끊임없이 부추기고 있었다. 복잡하고 다각적인 정치관계 속에서 등장한 이러한 계기들은 함정과 위기로 가득했지만 한편으로는, 타이완의 봉건적 혼인제도와 민족적 차별대우라는 속박과 굴레로부터 벗어날 수 있는 기회를 제공했다는 점에서 여전히 희망과 용기를 가져다주는 것이라 할 수 있다. 소설에서, 처음엔 법률 언저리를 빙빙 돌며 온갖 악행을 저지르다가 나중에는 국가세력 주변을 얼쩡거리면서 일화친선을 자임하고 나서는 다시 말해, 폐인에서 지사(志士)로 변신하는 '텐춘'이야말로, 이러한 사회심리 변화를 대변하는 아주 극단적인 예라고 할 수 있다. 특히, 민족주의 입장에서 그것의 시비를 논하지 않는다고 한다면, 동아시아정세의 변동과 일화친선담론이 표방하는 타이완인의 새로운 역할 즉, 중일관계 언저리를 누비며 아시아 민족의 일원으로서의 역할과 그 안에 잠재된 타이완의 해외개척공간이 바로 그에게 변화의 동력을 제공했을 것이다.

해외개척에 대한 쉬쿤취엔의 긍정적 논조는 그의 세 번째 소설『영육의 길』에서도 계속된다. 그런데『사랑스런 원수』의 번역본에서 삭제되고 수정된 부분이 원작과의 사이에 뛰어넘을 수 없는 장벽을 만들어냈다면,『영육의 길』은 문체상에서 또 다른 장벽을 만들어내고 있다.『풍월보』에서 마련한 독자와의 대화에서, 쉬쿤취엔은 이 두 소설을 영화로 제작하기로 했다든지 혹은 개편해서 하나로 합병할 것이라든지 명확하게 밝힌 적이 없다.『영육의 길』은 1937년 6월 타이완신민보사에서 초판이 발행된 이후, 1942년 9월에는 그보다 규모도 작고 한문서적의 출판과 판매를 위주로 했던 자이(嘉義)의 옥진서국(玉珍書局)에서 다시 출판되었다. 이듬해 12월에는 재판까지 찍었다. 이것으로 보아 독자들로부터도 어느 정도 환영을 받았음을 알 수 있다. 그러나 결국『사랑스런 원수』만이 번역되었다는 것은, 단순히 자금문제 때문이 아니라 내용상에 있어서도 문제가 있었기 때문일 것이다. 아무튼『영육의 길』은 비교적 일찍 버려지는 운명에 처하고 말았다. 1943년 12월 출판된 전쟁 시기 판본57)을 원판을 복각(復刻)한 전위출판사 판본과 비교해 보면, 내용적으로 정치나 시국 관련 의제가 비교적 적었던『영육의 길』은 3회를 삭제한 것 외에는『사랑스런 원수』처럼 여기저기 수정한 흔적을 거의 찾아볼 수 없다. 다만, 앞뒤의 절을 합치거나 재배치하는 과정을 거치기 전에 이미 '음도지모(淫盜之媒)', '유한천고(遺恨千古)', '홍등녹주(紅燈綠酒)' 등 간부(姦夫)와 음부(淫婦)의 추악함이나 타이완 다방들의 음탕한 풍속 혹은 '비상시국'에 걸맞지 않는 애정표현 등을 묘사한 장절(章節)은 처음부터 삭제되었다.『영육의 길』이 재판될 때, 출판

---

57)『靈肉之道』(嘉義 : 玉珍書店, 1943年 12月, 再版) 참조. 현재 타이완대학 도서관에 수장되어 있다.

사가 바뀌고 장절이 삭제되었다거나, 『사랑스런 원수』가 일본어로 번역될 때 많은 부분이 수정되고 삭제되었다는 것을 볼 때, 한문통속소설의 재판과 일본어번역은 중일사변 이후 한층 강화된 출판검열의 영향을 받게 되었다는 것을 알 수 있다.

한발 더 나아가 『영육의 길』내용과 『사랑스런 원수』가 일본어로 번역되면서 삭제되고 수정된 부분을 함께 살펴보면, 영국의 식민지 싱가포르를 주인공의 주요 활동무대로 하고 있는 『영육의 길』이 서구적 생활에 대한 묘사나 서구적 가치관에 대한 숭배, 기독교신앙, 서양 선교사들의 봉사정신, 영국 여행 및 유학 등의 대목들을 보다 더 잘 표현해내고 있음을 알 수 있다. 아마도 이 소설이 번역되지 못한 이유가 바로 여기에 있을 것이다. 『사랑스런 원수』가 일본어로 번역될 당시에도, 이와 유사한 대목들은 모두 삭제되었다. 예를 들어 원작에는, '기미코'의 아버지가 남양으로 사업을 확장하지만 화교들의 배일(排日) 풍조로 회사가 도산하고, 프랑스에서 고학하던 오빠는 프랑스 여인과 결혼한 후 소식이 끊어지고, 그러는 동안 여종업원에서 여급으로, 다시 무희로 전락하는 '기미코'의 비극적 삶이 시작된다는 장면이 나오는데 모두 삭제되었다. 또, 자살을 기도한 '리루'를 구하러 산을 넘고 물을 건너 달려온 영국인 목사가 성모병원에서 그녀를 치료하는 장면이나, '펑얼' 부부가 일본에서 '기미코'의 남겨진 아이를 찾지만 너무도 아프고 시린 마음에 밀월을 즐길 마음도 없게 되자, 곧바로 요코하마에서 배를 타고 미국으로 건너가는 장면 역시 삭제되었다. 사실, 이렇듯 삭제된 장면들은 원작에서 중요하게 다루어진 부분은 아니다. 그러나 일본에 대한 나쁜 인상이나 영미사회와 그 문화에 대한 숭배와 동경 등을 보여주는 부분이라 할 수 있다.

『사랑스런 원수』의 원작은, 타이완인 아버지와 아들 두 세대가 각기 다른 성장환경과 인생역정에도 불구하고, 공히 해외로 나가 인생의 활로를 개척하려 한다는 공통점을 가지고 있음을 아주 의도적으로 표현하고 있다. 한문판 독자들은 '즈중'과 '츄친'이 지난날을 추억하는 장면을 통해, 푸젠, 상하이, 도쿄, 남양을 기본공간으로 하는 아버지세대의 분투를 엿볼 수 있고, 한발 더 나아가 그들이 키워낸 2세들이 타이완에서 일본, 싱가포르 심지어 아시아사회에서 아득히 멀게만 느껴졌던 영미세계로까지 자신의 이동 폭을 넓히고 있다는 점을 확인할 수 있다. 이러한 서사는 전편인 『암초』에서, 거듭된 실패에도 불구하고 도쿄에서 다시 상하이로 유학을 떠나고 결국에는 학업마저 포기한 채 사업전선에 뛰어드는 '즈중'의 기업가적 면모나, 뒤이어 나온 자매작품 『영육의 길』에서 실연의 아픔을 딛고 멀리 외국으로 떠나 그곳에서 성공하는 '존'과 '우메코' 등의 성공적인 모습 등을 함께 놓고 보게 되면 더욱 명확해진다.

쉬쿤취엔은 해외로 나가 자기 삶의 발전을 꾀하는 타이완인의 형상에 대한 고찰과 동경을 자신의 세권의 단행본 소설 속에 명확하게 투영시켰다. 그의 동아시아적 시야 속에서, 타이완을 중심으로 남북으로 뻗은 지역과 각국의 항구도시는 비록 각기 다른 문화적 특성과 자원의 유리함을 표출하지만, 동시에 이곳들은 타이완인의 생존, 발전 그리고 기쁨 및 슬픔과 관련된 사회공간이기도 하다. 이러한 사회구도 속에서, 도쿄와 상하이는 타이완인이 교육을 받고 상급학교를 진학할 수 있도록 해주는 교육도시이고, 남지와 남양은 경상(經商), 투기(投機), 망명, 유랑 그리고 출세의 지역이다. 이러한 해외개척과 세대성장의 서사를 통해, 작가는 영미국가가 세계체제상에서 차지하는 위치나 동

방의 식민지 속에서 차지하는 위상 등 모든 면에서 볼 때, 일본보다는
우월하고 강성하며 현대성을 갖추고 있다는 점을 의식적이든 무의식
적이든지 간에 강조하고 있다. 아버지세대 남성인물들이 창조하는 모
험과 개척, 해외에서의 구사일생 등과 관련된 대목, 그리고 소설의 제
일 마지막 5회분에서 총명한 자식세대가 역시 국경을 넘어 세계로의
진출을 시도한다는 구성 등에서, 구미사회에 대한 선망 내지 '접점'이
생겨나기 시작하고 있는 것이다. 『사랑스런 원수』는 그 시리즈 소설
가운데 유일하게 번역된 작품이다. 그런데 그 번역본은 영화제작을 염
두에 두고 이루어진 탓인지, 1세대의 사랑만을 지나치게 강조한 나머
지 세대성장과 관련된 부분은 삭제되고 수정되었다. 그 결과, 이야기의
맥락이 제대로 드러나 있다고 볼 수 없다. 따라서 일본어독자들은 작
가의 본래 의도와 해외개척에 대한 관심을 체험할 수 없었던 것이다.

　향토적 어휘의 삽입, 연애소설장르의 채택, 해외경관과 해외사회를
보고난 후의 소회 등을 통해, 『사랑스런 원수』는 용어와 내용면에서
독특한 언어와 형식 그리고 다문화적 분위기를 연출했다. 원작을 비롯
해 그것의 전편 및 자매작품들이 만들어내는 작품세계는 작가의 사회
비판과 해외개척 이념을 잘 구현하고 있다. 이것이 바로 쉬쿤춰엔이
남들과는 다른 자신만의 작품세계를 구성할 수 있게 한 요인이다. 일
본통치 하에 있는 타이완의 남성과 여성들이 봉건적 유서(遺緖)가 잔존
한 가정생활 속에서 겪게 되는 공통의 처지와 감정, 삶에 대한 유사한
시선과 희망 그리고 타이완 안팎에 펼쳐진 타이완, 서양, 일본, 중국이
상호 중첩되는 과정 속에서 보이는 모습 즉, 향토가 곧 국제적이 되고
촌스러움이 곧 유행이 되는 다양한 풍경 등은 줄곧 쉬쿤춰엔 소설만
의 독특한 특징으로 자리 잡았다. 그는 타이완인이 해외에서 겪는 삶,

모험, 유학, 결혼, 사랑, 여행, 유랑, 망명, 자기 도피 등의 경험들을, 주
인공의 뼈에 사무친 청춘에 대한 추억과 진부하면서도 불가항력적인
결혼 실패와 조화롭게 연결시켰다. 또한 해외에서의 웅비, 동아시아를
편력하며 개척하는 모험담 그리고 질식할 것 같은 봉건적 굴레 속에
서의 비극적 결혼, 아쉬움과 그리움 속에서 도저히 잊히지 않는 꿈속
의 연인 등을 극히 향토적인 문체형식과 현지방언으로 구성된 서술구
조 속에 편입시켰다.

〈그림 9〉 한문판 삽화(雞籠生 그림)　　　〈그림 10〉 일본어판 삽화(林玉山 그림)

　쉬쿤취엔의 작품에서는 향토적이고 토속적인 분위기가 물씬 풍긴다.
반면에, 보다 넓은 세계를 동경하고 지향하는 사내대장부의 면모를 강
조하면서도 동시에 해외생활의 부정적이고 어두운 측면을 끊임없이
고발하는 등, 작품 속에는 극히 복잡한 심리와 시선이 존재하고 있다.

그러나 타이완(여기서는 여성은 제외되고 남성만이 포함된다) 현지 독자들의
감정구조와 수용방식에 부합하는 이러한 이야기 구술방식은, 이성과
현실을 추구하는 번역본 속에서는 이해될 수도 전달될 수도 없었다.
위의 그림에서 보는 바와 같이, 한문판에서는 남자 주인공이 늠름하고
호방한 협객처럼 그려지고 있다. 그는 아내가 세상을 떠난 후 결코 짧
지 않은 여생을 홀로 '수절'하면서도 한편으로는, 복면을 한 '야행인'
신분으로, 기구한 운명에 처한 과거의 연인을 남몰래 돕는 것으로 그
녀에 대한 애틋한 정을 표현한다. 반면, 일본어판에서는 중복된 부분
에 대한 역자의 임의 삭제, 하루 종일 수심에 가득 차 있는 여자주인
공의 성격에 대한 지나친 강조 그리고 사실성이 강하게 배어 있는 린
위산의 삽화 등으로 인해, 원작 속에서는 상당히 중시되었던 '협객'이
나 '사랑' 등의 요소는 약화되고 말았다. 사실, 무협소설이나 애정소설
등이 지닌 문체나 서사패턴은 전통적인 중국통속소설을 좋아하는 타
이완 한문독자들에게는 매우 익숙한 형식이다. 따라서 그것들은 이러
한 책읽기를 통해 오랫동안 축적되어온 소설의 예술적 특징과 심미적
가치에 대한 타이완독자들의 이해와 기대를 풍부히 담고 있다 할 수
있다. 결국 『사랑스런 원수』가 널리 사랑을 받게 된 것은, 쉬쿤취엔이
이러한 전통적 서사 분위기를 띤 장편 백화 문체를 통해 구문체(舊文體)
의 서사패턴과 기대지평(expectation horizon)에 물들어 있던 독자들에게 공
명을 불러일으킨 것과 밀접한 관련이 있다 할 것이다.

타이완의 중견 일본어작가인 룽잉종(龍瑛宗)은 일본어판을 읽고 나서,
그 유려한 번역에 감탄을 금치 못하며, "현재 타이완에서 이보다 더
훌륭한 번역을 요구하는 것은 무리이다."라고 말한 바 있다. 그는 다음
과 같이 생각했다.

『사랑스런 원수』는 참으로 기묘한 소설이다. 이 소설은 일찍이 타이완 신민보에 연재된 적이 있다. 물론 대중소설이다. 하지만 그럼에도 불구하고 이 소설은 독자에게 아부하는 기색이 전혀 없고, 통상 대중소설의 생명이라고 여겨지는 이야기 구조도 전혀 고려하지 않고 있다. 마치 작가의 진실성, 동정심, 정의감 등이 하나의 열정으로 타올라 이 작품을 진술한 작품으로 만들어낸 것처럼 보인다. 독자들은 작가의 진솔한 호흡을 느낄 수 있을 것이고 그의 가식 없는 열정에 감동을 받을 것이다.

또 한 가지가 있다. 이 작품은, 처음에는 아주 사실적인 묘사에 치중하다가, 중간 정도부터는 낭만주의로 전이되고, 결국에는 동양적 해피엔딩으로 끝을 맺는다. 이는 사람들에게 즐거움을 선사하려는 작가의 성정에서 비롯된 것이다.[58]

위의 인용문을 통해, 우리는 다음과 같은 사실을 확인할 수 있다. 당시 한문을 잘 몰라 원작을 읽어본 적이 없었던 롱잉종은, 번역본과 원작을 완전히 동일한 것으로 착각했다. 또한 그렇기 때문에, 이 대중연재소설이 이처럼 통속물의 티를 전혀 내지 않는 스토리 구성과 열정적이면서도 과장되지 않은 작가의 글쓰기를 통해, 독자들에게 놀라움과 경이로움을 가져다준 것이라 생각했다. 이 저명한 순문학 작가의 일본어판 독후감에는, 해외개척과 관련된 어떠한 부분도 언급되어 있지 않다. 그에게 가장 인상 깊었던 것은 "들리는 말로는 작가의 처녀작이라고 하고" 또 그렇기 때문에 아직은 소설적으로 완성도가 높다

---

58) 龍瑛宗, 『可愛的仇人』, 林志潔·葉笛·陳千武(譯), 陳萬益(編), 『龍瑛宗全集(中文券)』第5冊 評論集(台南 : 國家臺灣文學館, 2006年 11月), 177~178쪽. 원문은 『타이완신민보』에 실려 있다. 그러나 현재는 롱잉종의 신문스크랩에만 남아 있다. 작가는 8월 14일에 썼다고 부기해 놓았다. 그러나 연도는 미상이다. 『롱잉종전집(龍瑛宗全集)』에는 1945년으로 되어 있으나, 이는 잘못된 것이다. 오히려 필자의 생각으로는 1938년으로 추정된다.

고는 할 수 없지만, 사실성과 감정표현에 있어 매우 뛰어나다는 점이
었다. 결국, 롱잉종은 다음과 같은 판단을 내리고 있는 것이다. 즉, 개
역을 거친『사랑스런 원수』는, 사실적 장면의 강화, 여성의 자주성 강
조, 낭만적이고 희극적인 장면의 부각, 세련된 번역 등의 요소를 통해,
소설의 구조 및 구상화 그리고 지성적 함의와 현대적 감각 등의 측면
에서 원작이 갖고 있는 약점과 결점을 제거했고, 순문학작가조차도 감
동을 받지 않을 수 없을 만큼의 면모를 드러내주었다. 당시에는 롱잉
종처럼 번역본과 원작의 세계에 일정한 거리가 존재함을 모른 채, 단
순히 인구에 회자되는 이 한문소설에 대해 독해하고 상상하는 독자들
이 적지 않았을 것이다. 그러나 분명한 점은, 원작과 번역본 사이에는
독자들이 알지 못하는 시대적 간극이 은폐되어 있었다는 사실이다. 이
는 오늘날의 우리들에게, 동아시아 신질서 개념이 성행하던 당시에,
한문과 일본어라는 각기 다른 언어적 배경과 문화자본을 가지고 있던
타이완인의 동아시아적 시야와 해외동경에 있어서의 차이를 엿볼 수
있게 해준다.

　『사랑스런 원수』의 번역과정 속에서 나타나는 일부 내용들의 삭제
나 수정 혹은 가필이나 장회(章回) 형식의 현대화 등은, 무엇보다 검열
을 피하기 위한 하나의 방편이었다. 그러나 한편으론, 이를 통해 서사
구조의 집중화, 스토리나 장면의 구체화 등과 같은 현대소설의 장점을
구비할 수 있게 된 것도 사실이었다. 그렇지만 민감한 시국상황과 일
본영화사와의 합작이라는 현실적 필요성 때문에, 작품의 내용이 주로
일본과 타이완의 관계에만 집중되었고, 그 바람에 바다 건너 이국타향
에서 분투노력하는 화인(華人)의 정신적 전통과 연결시킴으로써 타이완
청년들도 해외로 진출하여 세계를 바라보는 시야를 넓힐 수 있기를

희망했던 작가의 본래 의도는 축소되고 제한되고 삭제되었다. 또한 원작의 개역은 영미세계에 대한 작가의 끊임없는 동경을 말살한 것에 그치지 않았다. 단일작품의 번역은 원작과 그 자매작품들 사이를 연결해주는 공통의 맥락까지 차단해버리고 말았다. 이로 인해, 소설은 해외의 여러 다양한 나라나 지역으로 나가 형형색색의 꿈을 꾸는 타이완인의 개방적 태도를 다루는 것에서, 타이완과 일본 즉, 식민지와 제국의 관련성만을 강조하는 것으로 축소되고 제한되었다. 그리고 결국 자식세대에 이르러 타이완으로 돌아온다는 극히 폐쇄적인 결말로 끝을 맺게 만들었다. 이러한 서술방식은 소설 원작이 본래 펼쳐보이고자 했던 세계의 그림이나 젊은이들이게 타이완을 떠나 세계로 진출할 것을 권장하는 작가의 취지와 크게 다른 것이라 할 수 있다.

장원환은 자신이 타이완에 돌아왔을 당시의 경험을 배경으로 한 소설 「대지의 향기(土地的香味)」에서, 한껏 꿈에 부풀어 있던 사람들을 다음과 같이 그려내고 있다.

하지만 우리 회사로 말할 것 같으면, 단순히 토지매매를 목적으로 하는 세간의 다른 보통 회사와는 그 성격이 달라. 직접 생강을 심어 생강즙 맥주를 만들 거야. 그게 여의치 않으면 그것을 분말로 만들어 만주 등지로 수출할 거야. 또 여관 경영이나 별장 임대업도 할 거야. 그 뿐만이 아냐. 극장을 세우고 극단도 만들 거야. 고바야시 이치죠(小林一三)처럼 말이야. 그러면 타이완의 지식인들이라면 모두들 우리의 사업을 반길 거야. 또 타이완은 남방의 전초기지야. 이게 만일 성공을 거둔다면, 우린 남방으로 가서 백만 원짜리 신문사를 경영할 거야. 사업을 남방까지 확장해서, 대동아공영권을 앞장서 선도하는 언론기관으로서의 역할과 임무를 다 하는 거지.[59]

---

59) 張文環, 「土の匂ひ」, 『臺灣新報』(1944年 7月 1日) ; 陳萬益編, 『張文環全集』 卷3(豊

연합군의 폭격이 날로 심해지고 그에 따라 타이완의 전시통제도 최고조에 달하던 1944년 7월에 이처럼 조금은 과장되고 조금은 희화화된 내용의 소설을 썼다는 것은 어쩌면 작가의 진짜 생각이 아닐 수도 있다. 또 이것을 1938년 당시 대성영화공사의 기획 및 목표와 완전히 동일시할 수도 없다. 그러나 이를 통해, 우리는 영화라는 신흥 사업에 투자하기 위해 모여든 베스트셀러작가, 요식업계의 대부, 영화계 인사, 번역가, 『풍월보』 주간 등 당대의 타이완 인사들이 어떠한 꿈과 이상을 가지고 있었는지를 엿볼 수 있다. 대성영화공사의 핵심 참여자들은, 제국을 북에서 남으로 종횡하며 열대농산물/농산가공품의 북방수출이나 관광숙박업에서 생긴 이윤을 토대로, 영화, 음식, 대중오락 그리고 베스트셀러소설을 테마로 한 극장을 지어, 도호(東寶) 같은 국제적 엔터테인먼트 기업을 만드는 것을 꿈꾸고 있었다. 그리고 이를 통해, 새로운 제국의 공간 속에서 타이완인의 문화적 네트워크와 사회여론에 대한 영향력을 행사하고자 했던 것이다.

물론, 이것은 실현되기 어려운 허황된 꿈에 지나지 않는다. 그러나 우리는 이를 통해, 『사랑스런 원수』가 어떠한 번역과정을 거쳐 본래의 타이완−중국−남지·남양의 '동서주향(東西走向)'의 해외개척 이야기에서 일본·조선·타이완의 '남북주향(南北走向)'의 가족·사랑 이야기로 전환되었는지에 대한 단서를 찾을 수 있다. 상하이사변, 푸젠사변(閩變), 루거우차오사변에 이르기까지의 수년 동안은, 타이완 사람들이 '타이완−일본'이라는 식민관계를 넘어 '타이완−조국(조상의 땅)'이라는 생존현실에 대해 심각하게 고민하기 시작하던 시기이다. '만주사변'이 가져온 국족분열의 양상은, '루거우차오사변' 이후 중국의 윤함구(淪陷

원 : 台中縣立文化中心, 2002年 3月), 135쪽.

區)가 급속히 확대됨에 따라 더욱 심화되었다. 이와 더불어 타이완인의 민족정체성과 생존에 대한 고민 역시 보다 복잡한 단계로 접어들었다. 『사랑스런 원수』 일본어번역본이 일본어독자들 사이에서 인기를 얻는 데 실패했던 이유 중의 하나는, 이렇듯 서로 다른 교육적 배경과 언어적 배경을 가지고 있음으로 해서, 삶에 대한 상상과 동아시아를 바라보는 시각에 있어서도 차이가 드러나고 있고 점진적인 변화가 발생하고 있다는 사실을 제대로 포착하지 못했기 때문이다.

나오며

이상의 논의를 종합해 볼 때, 『사랑스런 원수』는 1935년 봄 신문에 연재되기 시작하면서부터 1938년 가을 일본어판이 출판되기까지, 그 내용과 구성에 있어 일부 약화되고 느슨해진 부분이 있기는 했지만, 그럼에도 불구하고 공통적으로 지향하는 바가 있었다. 즉, 타이완 청장년세대 남성들의 시국에 대한 관심, 타이완·일본·화남(華南) 사회에 대한 관찰, 남양과 서방세계에 대한 동경 그리고 마지막으로 자의든 타의든 혹은 성공이든 실패든 개의치 않고, 세대에 걸쳐 멀리 해외로 나가 온갖 역경을 견디며 자신의 삶을 개척해나가는 발자취와 심로역정이 바로 그것이다. 중심 줄기에서 곁가지로 밀려난 이러한 장면들과 이로 인해 모호해진 작가의 목소리는 자못 음미해볼 만하다. 타이완 한문독서시장에서 줄곧 무시되어져 왔던 이 베스트셀러소설은 타이완남성들의 해외개척과 관련된 수많은 이국적 장면과 곡절어린 운명 그리고 타이완인의 생존공간에 대한 분투와 상상을 매우 생동적

으로 묘사하고 있다. 그러나 사변을 전후로 한 총체적인 사회변동, 일
본과 타이완의 합작영화 기획, 번역자의 리얼리즘소설에 대한 소양,
번역의 과정 등을 거치게 되면서, 소설이 가지고 있던 그러한 장점은
점차 약화되었다. 아울러 남성들의 해외활동과 사화관찰이 소설의 중
심에서 멀어지게 되면서, 일본, 중국, 남양을 오가던 이 해외개척 서사
는 역으로 타이완이라는 공간으로의 회귀를 지향하는 쪽으로 축소되
었고, 온순하고 순종적인 가정윤리와 러브스토리만을 강조하는 소설로
자리매김 되었다. 그러나 다시 한문판으로 돌아와 보면, 이와는 다른
면모를 발견할 수 있다. 즉, 『사랑스런 원수』는 결코 '본도인의 내면적
삶'이나 '타이완의 봉건적 측면'에 대한 묘사만을 유일한 목표로 삼고
있는 것은 아니라는 점이다. 이 소설이 매력적인 것은, 작가가 자유결
혼과 예교도덕 사이에서 모종의 절충점을 찾아나가고자 하는 한문독
자들의 심리를 예리하게 파악하고 있었고, 나아가 해외개척 부분을 무
시하지 않는 가운데 장편소설이라는 긴 편폭 안에서 문체상의 다변화
를 꾀함으로써, 독자들에게 독서에 대한 새로운 시각과 만족감을 가져
다주었다는 점이다. 그렇다면, 『사랑스런 원수』를 공전의 베스트셀러
소설로 이끌었던 독자들은 과연 어떠한 집단인가? 일본어판이 재판(再
版)을 찍었다는 기록이 없는 것으로 볼 때, 이 소설을 베스트셀러로 만
든 것은 바로 한문독자였음은 의심할 여지가 없다.

이를 통해, 우리는 중일사변 이후 타이완의 정치·경제·사회적 환
경의 총체적이고 전면적인 변화가 불과 얼마 안 되는 그 짧은 기간 사
이에 이 소설로 하여금 그 구성과 내용을 부분적으로나마 수정하고
삭제하지 않으면 안 되는 상황으로 이끌었다는 사실을 알 수 있다. 결
국, 번역자는 자신의 재능과 필력으로 타이완본토 통속소설의 정취가

물씬 풍기는 이 베스트셀러 작품을 바꾸어나가기 시작했다. 즉, 일본어판은 장절이 병합되고 일부 내용이 수정, 삭제, 축소되었다. 특히, 결론부분은 대폭 할애되었다. 그러나 번역하는 과정 속에서, 역자는 검열이나 현대소설의 편집방식, 일본·타이완 영화관객의 수용도 등을 두루 감안한 탓에 오히려 결과는 예상했던 것과는 달리 그리 좋지 못했다. 물론 번역자와 원작자 공동의 논의를 거친 끝에 진행된 이러한 노력들이, 장회체적 성격을 띠고 있고 신구(新舊)의 분위기가 뒤섞여 있는 이 한문통속소설을 구조적으로 신식의 장법(章法)을 채택한 세련되고 리얼리즘 소설의 특징을 띤 일본어 대중소설로 재탄생시킨 것은 틀림없다. 그러나 현실감과 이성적 분위기의 강화를 통해, 소설에 순문학적 성격과 현대적 요소를 가미하기는 했지만 오히려 당시 일본작가의 대중소설처럼 작가가 처음에 설정했던 타이완 안팎의 일본어독자층의 관심을 이끌어내지는 못했다.

『사랑스런 원수』가 번역 출판된 것은 공교롭게도 사변을 전후한 시기였다. 처음에는 꽤나 많은 찬사를 받기도 했던 이 번역 작품은 언어의 장벽은 뛰어넘었을지는 몰라도 과거 한문판이 누렸던 인기와 열풍에는 이르지 못했다. 엄밀히 말해, 이 소설은 베스트셀러이기는 했지만 여러 면에서 민감하고 난해한 부분이 적지 않아 번역하기에는 쉽지 않은 소설이었다. 아니, 어쩌면 처음부터 번역하기에 적합하지 않은 소설이었을지도 모르겠다. 이 소설의 번역과 출판의 과정은 각기 다른 문화적 교양과 정치·경제·사회적 배경을 지닌 한문독자와 일본어독자 사이에 존재하는 독서기호와 기대시각의 차이를 그대로 보여주는 것이었다. 『사랑스런 원수』는 뛰어난 일본어작가의 수정을 거쳐 번역되어 나왔지만, 더 이상 베스트셀러가 되지도 못했고 그렇다고 또 다른 독자층을 확보하지도 못했다. 이는 독자의 열독(閱讀)과 기대가 결코 단순한 정태적 행위나 순수한 상상에서 비롯되는 것이 아니라 그들에게 익숙한 문체전통, 서술어휘, 독서습관 그리고 당시 처한 사회적 상황, 전환기 동아시아세계에 대한 자기인식 내지 대변혁의 시대에 처한 자신의 생존과 희망에 대한 현실적 고려 등등과 관련되어 있음을 보여주는 것이라 할 수 있다.

(原題) 事變, 翻譯, 殖民地暢銷小說 : 『可愛的仇人』日譯及其東亞話語變異

제2부 **타이완 일본어작가**

타이완문학의 주변전투

월경(越境)적 좌익문학운동 속에서의 재일작가

들어가며

1930년대 타이완 반식민운동의 주력은, 과격한 정치사회운동에서 온건한 문학·문화항쟁으로 점차 그 중심이 옮겨갔다. 그러나 이러한 반식민의 형태전환 과정 속에서, 정치운동가와 문학운동가가 중첩되는 경우는 그리 많지 않았다. 이는 아마도 사회주의운동이 한창 고양되던 1920년대 후반까지만 해도, 문예운동이 가진 정치적 잠재력이 충분히 주목받지 못했고, 문학의제 또한 항시 정치의제에 종속되어 상대적으로 부각되지 못했기 때문일 것이다. 이와 더불어 1930년대 들어서는, 좌익정치운동가에 대한 수차례 대규모 검거선풍을 겪게 되면서, 이들의 대부분은 망명을 하거나 투옥되었고, 개중에는 진영을 영원히 이탈하거나 아예 운동을 포기하는 이들까지 생겨났다. 그렇지만 이들 가운데 이전부터 문예적 의제에 관심을 갖고 있는 자는 극히 제한적이었기 때문에, 정치사회운동으로부터 문예영역으로 방향을 전환하여 항쟁을 지속했던 자들은 결코 많지 않았다. 결국, 사회운동의 기수들은 정치적 압제에 못 이겨 대부분 영락의 길을 걷게 되었고, 이들을 대신해 등장한 자들은 이들과는 다른 일단의 문예신예들이었다.[1]

상기한 바와 같이, 반식민의 형태전환 과정은 구성인자들을 완전히 갈아치우는 이른바, 물갈이방식으로 이루어졌다. 따라서 1933년 일본 공산당 내에서, 사노 마나부(佐野學), 나베야마 사다치카(鍋山貞親) 등이 주도했던 전향의 풍조[2]는, 공산당원(혹은 사회주의운동가) 출신의 문예가들이 다수를 차지했던 당시 일본문예계에 커다란 충격을 준 것과는 달리, 타이완문학계에는 그처럼 광범위하고 심각한 동요를 일으키지는 않았다. 또한 일본작가들이 옥중에서 장기간 겪어야 했던 반복되는 심문과 고문 그리고 '사상개조'를 거쳐 결국 <전향성명서>에 서명을 하기까지의 과정과 유사한 체험을 실제로 겪은 타이완작가도 그리 많지 않았다. 그래서인지 '전향'을 제재로 한 작품은, 한때 좌익운동에 참여했던 소수의 작가들에게서만 드물게 보일 뿐이었다. 예를 들어, 왕스랑(王詩琅)의 「몰락(沒落)」과 「네거리(十字街頭)」, 장원환(張文環)의 「아버지의

---

1) 도쿄에서의 해외 반식민운동의 전환과정을 보게 되면, 20년대 후반 린뚜이(林兌), 수신(蘇新), 천라이왕(陳來旺), 린텐진(林添進), 허휘옌(何火炎), 우신(吳新) 등의 타이완공산주의자나 좌익운동가들은 당시 문화/문학 의제에 그다지 주목하지 않았다. 반면, 30년대 문화/문학 운동의 주요 기수였던 장원환(張文環), 우쿤황(吳坤煌) 등은 일찍이 사회주의운동에 잠시 참여한 적이 있기는 했지만, 당시 사회주의운동이 이미 쇠퇴의 길로 접어들고 있었기 때문에 사실상, 그들의 참여는 매우 제한적일 수밖에 없었다.

2) 1933년 6월, 일본정부로부터 무기징역을 선고받았던 일본공산당 중앙지도부 간부 사노 마나부(佐野學)와 나베야마 사다치카(鍋山貞親)는 검찰관의 회유로 이른바 <반당성명서(叛黨聲明書)>를 발표했다. 여기서, 이들은 황실이 '민족통일의 핵심'임을 인정하고, 공산당이 제기했던 천황타도의 구호를 비판했다. <반당성명서>에서는, 일본제국주의가 조선과 중국을 침략한 것을 지지하고, 그것을 '역사적 진보'라 일컫고 있다. 이 성명이 발표된 후, 체포되었던 많은 프로작가들 또한 사노와 나베야마의 영향으로, 잇달아 '전향' 성명을 발표하기에 이르니, 바야흐로 전향의 시대라 할 만 했다. 劉柏青 編, 『日本無産階級文藝運動簡史(1921~1934)』(長春, 時代文藝出版社, 1985年 10月, 1版 1刷) 참조.

요구(父の要求)」 등이 그것이다. 다시 말해, 일찍이 좌익정치운동을 추종
했고, 한때나마 그에 동참한 적이 있던 소수의 작가를 제외하면, 30년
대 대다수 식민지 문예신예들에게 있어 '전향'이란, 선택의 시련에 들
게 하는 폭풍이라기보다는 그다지 갈등할 필요가 없는 일종의 기성적
현실에 지나지 않을 뿐이었다. 때문에 이들은 특별히 '전향' 문제에 천
착한다거나, 그것을 수용하느냐 거부하느냐의 문제로 마음의 갈등을
겪지는 않았다. 오히려 그보다는, 어떻게 하면 보다 더 다양한 문예운
동을 통해 반식민운동을 계승하고 문화항쟁의 이상을 실현할 것인가,
나아가 이러한 전제 하에서, 기존 문단을 어떻게 계속 유지하고 확장
시킬 것인가에 더 관심이 있었다.[3] 한편, 당시 붕괴일로에 있던 일본
좌익문화운동은 동아시아의 좌익문화인들과 연합하여 최후의 생존을
도모해야 할 절박한 필요성이 있었다. 이런 상황 속에서, 당시 도쿄에
서 유학하고 있던 타이완의 젊은 청년들은 언어적 편이성과 식민지
문화인이라는 신분을 바탕으로, 자연스럽게 일본좌익문화계와 일본에
서 유학/망명하고 있던 중국좌익청년문화인들 사이에서 통역이나 소
개 혹은 각종 협력자의 역할을 맡게 되었다. 이 과정 속에서, 문예창작
이나 기타 여러 활동을 통해 축적된 각종 인맥과 시야, 지도이념 및
지적자산 등은 그들이 타이완문단의 출로를 모색하고, 식민지 문화항
쟁의 이상적 그림을 그리는데 아주 효과적인 자원이 되어주었다.

　1934년 말에서 1936년 가을 무렵까지 도쿄에 체류하고 있던 문예청
년들은, 「타이완문예연맹(台灣文藝聯盟)」(이하, 「문련(文聯)」으로 간칭) 도쿄지
부(東京支部)를 무대로 일본, 중국, 타이완의 문학단체 및 좌익작가들과

---

3) 당시, 타이완 안팎의 문예잡지들은 주로 타이완문학의 나아갈 길이나 표현수단으
　　로서의 언어문제 혹은 문학의 내용과 형식 등의 의제에 치중했다. 이는 어찌 보
　　면, 일종의 특징이면서 하나의 경향이라고 할 수 있겠다.

교류하고 결합하는 등, 이른바 월경(越境)적 활동을 활발히 벌여나가기 시작했다. 이는 타이완문학사에선 매우 보기 드문 경우에 해당한다. 물론, 이런 상호교류가 어떤 공통의 조직이나 고정적인 활동을 통해 광범위하게 전개되었다거나 빈번하게 이루어진 것은 아니었다. 엄밀히 말하면, 각국의 일본유학생들이 사적으로 관계를 갖는 느슨한 형태의 교류네트워크에 불과했다. 그러나 이러한 문학네트워크 속에서도, 일본에 있는 문학엘리트 간의 월경적 문학운동 및 사유의 공유가 제일 활발했다고 할 수 있다. 타이완 내 좌익적 정치사회운동의 불꽃이 거의 사그라질 무렵인 이 시기에, 오히려 흩어진 불씨들을 끝까지 포기하지 않고 여타 지역의 좌익적 주변역량들을 국제적으로 규합하고자 했던 이들의 의지는 결국, 또 하나의 문화항쟁의 자원을 만들어낼 수 있었다. 1930년대 전반, 일본좌익문화계 안에서 근근이 명맥을 유지하고 있던 일본, 중국, 조선, 타이완, 만주의 좌익문화 및 연극운동의 교류네트워크를 하나의 플랫폼으로 하여, 군국주의 대두로 날로 곤란을 겪고 있던 타이완 문학계는 해외동맹의 기회를 획득하게 되었다. 이를 빌어, 재일타이완작가들은 일본좌익문화운동인사들과 교류를 진행하는 것 외에도 한발 더 나아가, 중국 좌익문화인 및 조선인 심지어 만주국 작가들과도 접촉을 했다. 여기에는 문예활동상에서의 교류나 작품원고의 상호 게재뿐만 아니라, 궈모뤄(郭沫若) 등 재일중국작가들의 이념적 지도도 포함되어 있었다. 이 역사의 한 페이지 속에서 특히, 우리의 눈길을 끌고 마음을 설레게 하는 것은, 이러한 상호교류 활동 자체가 아니라 그 이면에 감추어진 이상을 견지하고 그것을 힘들여 이행하고자 하는 그들의 가치관과 행동양식, 그리고 그 가운데 드러나는 그들의 야심과 원대한 포부였다.

타이완문학사에서는 좀처럼 보기 힘든, 동아시아 각국 좌익문예인
사들 간의 해외동맹에 대해서는, 기타오카 마사코(北岡正子)가 중국의 좌
익시인 레이스위(雷石楡)를 중심으로 한 연구에서 약간 언급한 것 외에
는 지금까지 연구한 이가 드물다.[4] 따라서 필자는, 타이완과 일본 두
지역을 조사하여 얻은 단편적인 문헌들을 기초로, 우쿤황(吳坤煌), 장원
환 등 비교적 활발한 활동을 펼친 인물들을 주요 관찰대상으로 삼아
논하고자 한다. 그 목적은, 「문련」 도쿄지부, 「좌련(左聯)」(중국 「좌익작가
연맹(左翼作家聯盟)」의 약칭-옮긴이) 도쿄지맹(東京支盟), 일본의 좌익시단 및
극단 그리고 타이완문단 간에, 지역을 초월해 좌익적 성격을 띤 문학
적 교류네트워크가 어떻게 점차적으로 형성되었고, 이 교류네트워크
속에서의 타이완작가들의 활동 상황 및 이러한 현상이 타이완문학사
에서 갖는 의미가 무엇인지를 밝히고자 하는 데에 있다.

1. 중국 「좌익작가연맹(左翼作家聯盟)」 도쿄지맹(東京支盟)

1934년 당시, 침체상황에 빠져 있던 「타이완예술연구회(台灣藝術研究會)」
(1932년 성립)는 우쿤황, 장원환 등의 주도 하에 「타이완문예연맹」과 통
합하게 되면서, 다시금 활력을 되찾게 되었다. 타이완문단 또한 도쿄
에 있는 엘리트 유학생들의 합류로, 문화연합진영의 능력을 더욱 더

---

4) 필자가 1999년 일본에서 관련 자료를 조사할 때, 여러 차례 아이치대학(愛知大學)
  황잉저(黃英哲) 교수의 지도와 도움을 받았다. 이 자리를 빌려 심심한 사의를 표
  하는 바이다. 기타오카 마사코(北岡正子)의 관련 논문으로는, 「『日文研究』という
  雜誌(下) : 左聯東京支部文藝運動の暗喩」, 『中國-社會と文化』, 第5號(東大中國學會, 1990
  年 6月), 「雷石楡『沙漠の歌』 : 中國詩人日本語詩集」, 『日本中國學會報』 第49集(日本中
  國學會, 1997年 10月) 등이 있다.

효과적으로 발휘할 수 있었다. 「타이완예술연구회」와 「타이완문예연맹」이 통합되어 새롭게 탄생한 「문련」도쿄지부가 지향하는 바는, 단순히 타이완의 문예운동을 지원하고 지지하는 데에 그치지 않았다. 그들의 더 큰 야심은 도쿄에 체류하고 있다는 이점을 최대한 활용해, 이미 희망을 잃어버린 타이완 내 운동이 새로운 출구를 마련할 수 있는 길을 모색하는데 있었다. 그래서 그들은 재일동포나 타이완에 대해 비교적 동정적 태도를 견지하고 있던 일본 인사들에게 모금을 부탁하는 일 외에도, 일본 내 좌익성향의 동인지(同人誌)와 재일중국유학생 혹은 재일조선인들과의 연계 및 합작을 적극적으로·추진했다. 특히, 이 방면에 가장 깊숙이 개입해 적극적으로 활약한 이가 바로 우쿤황과 장원환이었다.

1935년 5월, 「중국좌익작가연맹」도쿄지맹5)(이하, 「좌련」도쿄지맹으로 간칭)의 기관지 『잡문(雜文)』6) 창간호가 발행되었다. 그런데 창간호 목차에 따르면, 분명 장원환의 「타이완문단의 창작문제(台灣文壇之創作問題)」란 평론이 수록된 것으로 되어 있는데, 아무리 살펴봐도 해당 글은 볼수 없었다. 심지어 각 호의 잡지들을 모두 살펴보았지만, 그 어디에도 장원환이란 서명이 붙은 글은 찾을 수 없었다.7) 한마디로, 이 평론은

---

5) 도쿄지맹은 '도쿄지부' 혹은 '도쿄 좌련'으로 불리기도 했다. 그런데 린환핑(林煥平)에 따르면, 당시 그들 내부에서는 줄곧 스스로를 '도쿄지맹'이라 불렀다고 한다. 그러나 당시 도쿄에서는 일반적으로 '좌련'으로 약칭되어 불렸다. 이들은 주로 「극련(劇聯)」, 「학련(學聯)」, 「사련(社聯)」 등의 조직과 연계를 맺고 있었다.

6) 린환핑의 회고에 따르면, 『잡문(雜文)』은 제2기(1935년 6월)가 출판된 후로 줄곧 도쿄경시청의 주목을 받다가, 급기야 제3기 출판 후 곧바로 출판 금지되었다고 한다. 이에 당시 일본에 있던 궈모뤄(郭沫若)의 건의로 이름을 '질문(質文)'으로 바꾸었다고 한다. 린환핑의 「상하이로부터 도쿄까지 : 「중국좌익작가연맹」 활동에 대한 갖가지 기억들(從上海到東京 : 中國左翼作家聯盟活動雜憶)」은 중국사회과학원 문학연구소가 펴낸 『左聯回憶錄(下)』(北京 : 中國社會科學出版, 1982年 5月)에 실려 있다.

7) 이 글의 표제는 1935년 5월 『잡문』 창간호 목록에 실려 있다. 장원환과 좌련 도

제목만 있고 실제 글은 없는 것이었다.

그렇다면, 장원환은 왜『잡문』에 투고하게 되었고, 무슨 이유로「좌련」도쿄지맹과 관계를 맺게 된 것일까? 이런 의문을 가지고 도쿄지맹에서 발간한 다른 출판물들을 이리저리 뒤적이다가 뜻밖에도 우쿤황이라는 이름을 발견할 수 있었다.「지금의 타이완시단(現在的台灣詩壇)」[8] 이란 제목의 글이, 도쿄지맹의 시간(詩刊)인『시가(詩歌)』제2호에 당당히 실려 있는 것이었다. 이 잡지들을 모두 살펴본 결과, 당시「좌련」도쿄지맹 출판물에 등장하는 타이완작가로는 장과 우, 이 두 사람이 유일했다. 특히, 우쿤황의 경우에는 도쿄지맹에서 비교적 활발한 활동을 펼쳤고, 왕래도 빈번하고 밀접했던 것으로 보인다. 이런 의미에서 그는 당시 월경적 교류 상황을 연구하는데 있어, 매우 중요한 단서를 제공해줄 수 있는 인물이라 할 수 있다. 여기서는 우선, 중국과 일본의 단체 가운데 타이완 작가와의 상호교류가 비교적 많았던「좌련」도쿄지맹을 시작으로 논의를 진전시켜 나가보기로 하겠다.

「좌련」도쿄지맹은 과연 어떠한 단체였는가? 본시「중국좌익작가연맹」은 1930년 3월 상하이에서 창립되었다. 그리고 이 상하이「좌련」의 지지 하에, 채 열 명도 되지 않는 중국 유학생들을 중심으로 1931년 봄부터 5월을 전후해「좌련」도쿄지맹이 성립된 것이다. 예이췬(葉以群)과 런쥔(任鈞)을 주축으로 만들어진 이 지맹에는 특히, 시 부문에서 시에빙잉(謝冰瑩), 멍스쥔(孟式鈞), 러우스이(樓適夷), 후펑(胡風), 니에간누(聶紺弩)

쿄지맹 인사들 간의 왕래 문제에 대해서는, 천완이(陳萬益) 교수의 가르침을 받았고 아울러, 우쿤황, 레이스위, 장원환 등의 지맹 활동에 관한 진귀한 자료들은 아이치대학 황잉저 교수로부터 얻을 수 있었다. 이 자리를 빌려 다시 한번 감사를 드린다.

8) 吳坤煌,「現在的台灣詩壇(上・下)」,『詩歌』(詩歌社), 1卷 2號(1935年 8月 3日), 1卷 4期(1935年 10月 10日).

등이 가담하고 있었다. 지맹의 구성원들은, 「일본무산계급작가동맹 (NAPF)」, 「일본무산계급과학연구회」, 「중국문제연구회」 등의 좌익단체나 아키타 우자쿠(秋田雨雀), 고바야시 다키치(小林多喜二), 도쿠나가 스나오(德永直), 나카노 시게하루(中野重治), 무라야마 도모요시(村山知義), 모리야마 아키라(森山啓), 우에노 다케오(上野壯夫), 구보카와 이네코(窪川稻子) 등 좌익작가 및 연극인들과 접촉을 유지하고 있었다. 그러나 지맹이 성립된 지 불과 몇 달 되지 않은 1931년 9월부터 구성원들이 잇달아 귀국하게 됨으로써, 활동은 자연히 중지되었다. 학계에서는 일반적으로 이 시기의 지맹을 전기(前期) 「좌련」 도쿄지맹이라 부른다.9)

1933년 정체일로에 있던 지맹에 새로운 전기가 마련된 것은, 9월에 중국 「좌련」의 조직부장 겸 공산당서기(黨團書記) 저우양(周揚)의 지시로, 린환핑(林煥平)10)이 도쿄지맹의 재건 사명을 띠고 도쿄에 도착하고부터

---

9) 예이췬(葉以群, 본명 葉元燦, 필명 華蒂, 1911년생)은 1929년 호세이대학(法政大學) 경제학부를 다녔다. 그러나 그의 주된 관심은, 일본의 좌익문예이론 및 작품들을 읽고 번역하는 데 있었다. 당시 그는 진보적인 일본학우의 소개를 통해, 「일본무산계급과학연구회」와 「중국문제좌담회」에 참여할 수 있었고, 「일본무산계급작가동맹」과도 긴밀한 연락을 취하고 있었다. 또한, 그는 아키타 우쟈쿠(秋田雨雀), 고바야시 다키지(小林多喜二), 도쿠나가 스나오, 나카노 시게하루, 무라야마 도모요시, 모리야마 아키라, 우에노 다케오, 구보카와 이네코 등의 작가, 시인, 연극인들과 두루 접촉하며, 이들에 관한 방문기와 소품 등을 써서 상하이 『문예신문(文藝新聞)』과 『문학도보(文學導報)』 등에 발표하기도 했다.

10) 린환핑(林煥平, 1911~?)은 광동성(廣東省) 타이산현(台山縣) 출신으로, 1931년 9월 지난대학(暨南大學)에 입학했다. 그러나 훗날 중국공산당에 입당해 학생지도부의 일원이 되었다는 이유로, 학교 측으로부터 강제 제적당했다. 그가 중국좌익작가연맹에 가입한 것은 1930년 6월이었다. 1933년 9월 일본으로 유학을 간 그는 철도전문학교에 들어갔지만, 전공 외에도 문예이론 및 철학연구에 관심을 갖고 공부에 매진했다. 또한 그는 좌련 도쿄지부 서기를 역임하는 동시에 기관지 『동류(東流)』의 주편 겸 『잡문(雜文)』의 편집위원을 맡았다. 1934년에서 1936년 사이에는, 상하이 『신보・자유담(申報・自由談)』과 『태백(太白)』 등의 진보적 잡지에 다수의 논문을 발표하기도 했다. 또한 상하이 신조(新潮)출판사에서 『소련교육대관(蘇聯敎育大觀)』을 번역하여 출판하기도 했다. 1937년 5월 「반일작가(反日作家)」란 죄명으로, 일본정부 당국에 의해 강제 추방되었다. 1938년에서 1942

였다. 그는 먼저 전기 지맹의 구성원들 가운데 아직 귀국하지 않은 멍스쵠과 연락을 취했다. 그리고 전기 지맹뿐만 아니라 궈모뤄와도 밀접한 왕래를 가졌던 에구치 칸(江口渙, 1887~1975, 소설가 겸 평론가)[11]을 특별히 방문해, 조직과 발전의 문제에 관해 조언을 구했다. 린환핑은 당시 자신의 방문 상황을 다음과 같이 회고하고 있다.

　　에구치는 먼저, 당시 일본의 상황에 대해 이야기했다. 그의 말에 따르면 이렇다. 자본주의 경제대공황에서 아직 회복되지 못한 일본군벌은 대외적으로 중국침략정책에 박차를 가하고 있고 이를 통해, 공황에서 벗어날 수 있는 출구를 찾으려는 헛된 야망에 사로잡혀 있다. 또, 대내적으로는 파쇼통치를 보다 강고히 하고 있다. 그래서 일본공산당과 좌익문화계에 대한 탄압이 갈수록 극렬해지고 있고, 급기야 1928년 '3·15' 대 검거 선풍 이후로는, 일본공산당도 거의 궤멸 직전에 이르게 되었다. 지금은 좌익문화단체들이 활동하기 극히 어려운 상황이라, 자신들도 활동방식을 바꾸기로 했다. 그들은 동인지를 내는 형식으로, 매 잡지마다 일정 사람들을 규합하는데, 조직의 형식은 약간 느슨하지만 그래도 구심점은 갖추

───────────
년에는, 홍콩에 있는 광동국민대학(廣東國民大學) 교수로 있었고, 향국중국청년신문공작자협회(香國中國靑年 新聞工作者協會) 상무이사(常務理事)를 지냈다. 후에 중국 내지로 들어가서는, 광시대학(廣西大學), 구이린사범학원(桂林師範學院), 시난상전(西南商專) 등에서 교수로 있었다. 1947년 다시 홍콩으로 건너간 그는『문회보(文匯報)』논설위원을 역임했고, 지인들과 난팡학원(南方學院)을 설립해 원장을 지냈고, 중국문협(中國文協) 홍콩분회 이사를 역임했다. 그 후, 광시대학, 광시사범학원 교수 겸 중문과 주임 등을 맡기도 했다. 저서로는 시집『새로운 태양(新的太陽)』, 문예론집『항전문예평론집(抗戰文藝評論集)』등이 있다. 姚辛 編著,『左聯詞典』, 156~157쪽 ; 謝榮滾 主編,『陳君葆日記(下)』(香港 : 商務印書館, 1999年 4月), 890쪽 참조.
11) 에쿠치 칸(江口渙)은 1920년 일본 사회주의동맹에 참여였고, 1927년 무산계급문예동맹을 조직했으며, 1929년 일본무산자예술연맹에 가입했다. 1933년 이후 여러 차례 투옥되었다. 1933년 단편소설『人生入口處』를 발표해 전향 문예에 반대했다. 2차 대전 기간 동안에는, 산림에 은거하며 아동문학과 고전문학을 연구했다. 呂元明 主編,『日本文學詞典』(上海 : 上海辭書出版社, 1994年 11月), 391쪽 참조.

고 있다. 지금 상황에서 일본의 파쇼적 억압에 대항하기 위해서는 이 길 뿐이다. 현재 어느 정도 규모를 갖춘 잡지로는, 『문화집단(文化集團)』, 『일본시가(日本詩歌)』, 『유물론연구(唯物論硏究)』 등이 있다. 이상이 그가 말한 내용의 대강이다. 이에 나 또한 「중국좌익작가연맹」의 상황에 대해 그에게 소개하고, 향후, 우리가 도쿄에서 활동하는데 일본좌익작가들의 많은 관심과 지원을 부탁한다는 말을 전했다. 그는 흔쾌히 그리 하겠다고 대답했다.[12]

당시 일본 정세는 공산주의나 사회주의운동을 전개하는데 있어 매우 불리했다. 이 때문에 에구치 칸은 린환핑 등에게 좌익문화단체의 새로운 전략을 본받아, 산발적인 동인지 형태로 조직을 발전시키고 활동할 것을 제안했다.

1933년 12월 「좌련」 도쿄지맹이 재 건립되었다. 이때, 에구치 칸의 조언은 조직과 활동에 결정적인 영향을 끼쳤다. 동인지 형태로 동지들을 광범위하게 규합하고자 하는 목적을 구체화하고 동시에 혹여 일이 잘못되어 전체가 붕괴되는 위험을 피하기 위해, 지맹은 1934년 8월에서 1936년 11월에 이르는 기간 동안, 『동류(東流)』, 『시가(詩歌)』, 『잡문』(후에, 『질문(質文)』으로 개명)[13] 등 세 개의 동인지를 발행했다. 각 잡지의 발행 시기가 중첩되고 참가하는 동인 역시 일부 중첩되는 부분이 없지 않지만, 그렇다고 완전히 동일한 것은 아니었다. 도쿄지맹의 아지트이자 주요 활동거점은 간다쿠(神田區) 청년회(靑年會)였는데, 이 또한 타이완 출신들의 해외운동의 핵심적 요지였다. 조직운용에 있어 산발적

---

12) 林煥平, 『從上海到東京：中國左翼作家聯盟活動雜憶』, 683쪽.
13) 3개의 간행물이 발행된 시기는 다음과 같다. 『동류(東流)』(1934年 8月~1936年 7月), 『시가(詩歌)』(1935年 5月~10월 경), 『잡문(雜文)』(제1호부터 제4호에서 2권 2호까지는 『잡문』, 이후부터는 『질문(質文)』으로 개명)(1935年 5月 15日~1936年 11月 10日).

형태를 유지하는 정책을 채택한 것 외에, 활동에 있어서도 주로 소모
임 방식을 취했다. 차이베이화(蔡北華)는 당시의 활동상황에 대해 다음
과 같이 회고한 바 있다.

일본 파쇼통치 하에서, 「좌련」은 주로 '전업(專業)'과 '취미'로 구분해
서, 두세 명씩 짝을 이루어 소모임을 구성하는 방식을 채택할 수밖에 없
었다. 그리고 공개적인 활동은 주로 일주일 혹은 이주일에 한번 정도 거
행하는 예술계좌담회를 통해 이루어졌다. 좌담회 장소는 대부분 간다쿠
와 신주쿠(新宿區)의 카페였다. 각자 5전 가량을 추렴하면 식사도 하고 서
너 시간 정도 좌담회를 가질 수 있었다. 좌담회는 매번 의제를 설정해서
이루어졌는데, 가령 '사회주의와 현실주의' 같은 것들이었다. (…중략…)
또한 이 자리에서는 조국의 각지에서 온 동지들이 모여, 나름대로 자신
의 좌익문화 활동에 참여한 정황 등을 간략하게 보고하는 시간도 가졌다.
이러한 방식을 거치는 동안, 어느새 동지들은 단결하고 조직되었다.[14]

예술계좌담회에선 희극좌담회, 시가좌담회, 미술좌담회, 음악좌담회,
시낭송 등이 이루어졌다. 특히, 그 중에 『시가사(詩歌社)』에서 거행한 시
가좌담회는 2주에 한 번 꼴로 열렸는데, 주로 시의 이론과 창작에 대
해 토론하고 동인들의 작품을 서로 품평하는 시간을 가졌다. 이런 활
동 외에도 각종 습작전람회나 희극공연 등이 열리기도 했다. 당시 지
맹의 정식 성원은 대략 사오십 명 정도였는데, 예술좌담회에 참여하는
사람들은 이보다 많은 칠팔십 명 선이었다. 활동의 빈도수나 그 유형
의 다양성, 참여인원의 수로 볼 때, 지맹의 활동은 상당히 활발했던 것
으로 보인다.

베이핑(北平, 지금의 베이징(北京)-옮긴이) 중국대학(中國大學) 출신의 린린

---

14)　蔡北華, 「回憶東京左聯活動」, 中國社會科學院文學研究所, 『左聯回憶錄(下)』, 698~699쪽.

(林林)은, 『시가』와 『잡문』 두 동인지에 동시에 참여할 정도로 지맹의
열성분자였다.15) 그는 지맹 활동에 대해 언급하면서, 지맹이 명확한
활동방침을 가지고 있지 않음을 지적했다. 그는 이렇게 말했다. "당시
「좌련」 도쿄지맹의 구성원은 모두 스무 살을 갓 넘은 젊은이들이라
문학적 소양도 천박했고, 외국어 수준도 낮았다. 그들에게는 오직 진
보와 문학혁명에 대한 열정밖에 없었다. 그리고 루쉰(魯迅)과 궈모뤄를
존경하며, 그들의 지지와 격려에 힘입어 중국과 일본 당국이 용납하지
않는 많은 문학 활동들을 감행했다."16) 린린은 또한 자신들이 자부심
을 가질만한 활동으로, 다음의 작업들을 열거했다. 마르크스와 엥겔스
의 문예논문을 번역한 것, 문학유산을 받아들이는 문제에 대해 토론한

---

15) 린린(林林, 1910~?)은 본명이 린양산(林仰山)이고 푸젠성(福建省) 자오안현(詔安
縣) 출신이다. 본시 중국에서 정치경제를 공부하다가, 1933년 일본 도쿄 와세다
대학 경제학과에 입학했다. 후에, 자산계급경제학에 대한 흥미를 잃고 문학으로
전공을 바꾸었다. 1934년 여름, 시인 푸펑(蒲風)과 천신런(陳辛人)의 소개로, 중국
좌익작가연맹 도쿄 분맹(分盟)에 가입했다. 1935년 츄둥핑(丘東平)과 함께 도쿄
좌련 간사회 간사를 맡았다. 도쿄 좌련이 영도하는 『잡문(雜文)』(후에 『질문(質文)』
으로 개명), 『동류(東流)』, 『시가(詩歌)』 등의 잡지와 상하이의 『광명(光明)』, 『문
학총보(文學叢報)』상에 시가와 시론을 발표했다. 중국의 노동자, 농민, 홍군(紅軍)
을 그리고 있는 시 「염(鹽)」은 일본어로 번역되어 일본 잡지 『시정신(詩精神)』에
실리기도 했다. 또한 『유동신문(留東新聞)』 부간(副刊)의 편집을 맡기도 했다.
1936년 6월, 중국문예가협회에 가입해 문예계항일민족통일전선을 옹호했다. 같
은 해 7월, 요코하마에서 궈머뤄가 주최한 국방문학좌담회(國防文學座談會)에 참
가했고 얼마 후, 일본 사복경찰의 감시망을 피해 상하이로 돌아갔다. 같은 해 11
월, 『질문』 2권 2호에 린린의 「시의 국방론(詩的國防論)」이 발표되었는데 여기서
그는, 시인은 반드시 "사회적 사명"을 짊어져야 하고, 시는 응당 "현실을 변혁하
고 삶을 제고할 수 있는 예술적 역량을 가지고 있어야 하고" 바이런, 하이네를
배워 "국방시"를 창작해야 한다고 호소했다. 姚辛 編著, 『左聯詞典』(北京 : 光明日
報出版社, 1994年 12月), 155~156쪽 참조. 이밖에 린린에 대해, 린환핑은 다음과
같이 말한 바 있다. 그는 "원래 베이핑(北平) 중국대학(中國大學) 학생으로, 베이
핑 「좌련」에서 활동하다, 외부환경의 압박으로 일본으로 건너갔다." 中國社會科
學院文學硏究所, 『左聯回憶錄(下)』, 685쪽 참조.
16) 林林, 「"左聯"東京支盟及其三個刊物」, 中國社會科學院文學硏究所, 『左聯回憶錄(下)』, 712~
713쪽.

것, 그리고 로망 롤랑, 앙드레 지드, 소련 혁명시인 마야코프스키 등의
작품을 소개한 것, 세계문학과 일본문학의 동향을 소개한 것 등등. 그
리고 또 하나는 타이완 문예청년들과 교류 및 합작을 진행한 것이었
는데, 이에 대해 그는 다음과 같이 말하고 있다.

> 우리는 조국과 분리된 타이완 문예청년들과의 합작이란 차원에서, 장
> 원환의 「타이완문단의 창작문제」(『잡문』 제1기), 우쿤황의 「지금의 타이
> 완시단」(『시가』 제4기)을 실었다. 뿐만 아니라 타이완의 친구들은 좋은
> 작품들을 일본어로 번역해 일본 문학잡지에 싣기도 했다. 당시의 이른바
> '만주국' 유학생들에 대해서도, 우리는 차별하거나 무시하지 않고 단결의
> 자세를 취했다.[17]

린환핑이 지맹을 재건한 이후, 지맹은 주로 그와 린웨이량(林爲梁) 두
사람과 저우양 사이의 단일 연락창구를 통해, 중국공산당과 중국 「좌
련」(마찬가지로 공산당 지휘 하에서 활동)의 지시를 받았다. 또한 지맹에서
간행하는 세 개의 잡지 같은 경우에는, 재정적 측면이나 원고에 있어
서 루쉰과 궈모뤄의 도움을 많이 받았다. 루쉰은 중국에서 여러 차례
원고를 송고해 성원을 보내주었고, 당시 일본에 머무르고 있던 궈모뤄
는 원고를 보내주는 것만 아니라; 지맹 구성원들의 방문을 받으면 항
시 그들에게 아낌없는 조언을 해주었다. 또한 그는 지맹과 관련된 활
동에도 적극적으로 참석하는 등 여러모로 지원을 아끼지 않았다. 도쿄
지맹 서기(書記) 린환핑은 당시 자신들과 '궈라오(郭老)'(궈모뤄를 가리킴-
옮긴이)의 연락방식을 아래와 같이 설명하고 있다.

---

17) 앞의 주와 동일.

귀모뤄는 도쿄 인근의 치바현(千葉縣)에 살았는데, 항시 일본헌병의 감시를 받고 있었다. 선생은 일본에서의 당신의 처지를 '감옥'에 비유했다. 혹여 선생의 안전에 해가 되지 않을까 싶어 우리는 함부로 그를 찾아갈 수도 없었다. 우리가 그와 연락하는 방식은 웨이멍커(魏猛克)를 통해서였다. 멍커 자신도 이렇게 말한 적이 있다. "난 워낙 자유방임으로 멋대로 살아놔서 별로 주의를 끌지 않을 걸세." 당시 우리가 최우선으로 고려한 것은 언제나 선생의 안전이었다. 선생께서도 이런 저간의 상황을 모두 알고 있었지만, 항시 확신을 가지고 열정적으로 우리를 지지해 주셨다.[18]

이밖에 『귀모뤄연보(郭沫若年譜)』에 따르면, 1935년 5월 지맹 및 『잡문사(雜文社)』 구성원인 웨이멍커, 천신런(陳辛人), 멍스췐 등이 귀모뤄의 집을 방문했는데, 이 자리에서 귀모뤄는 「좌련」 도쿄지맹에 참가하는 것을 물론, 『잡문』에 글을 발표하는 것에 동의했다 한다. 이렇게 본다면, 귀모뤄 본인 역시도 지맹의 핵심멤버라 할 수 있을 것이다.

이후에도 『동류』, 『잡문』, 『질문』 등에선 귀모뤄의 글을 자주 볼 수 있다. 또한, 지맹의 성원인 천즈꾸(陳子鵠), 런바이거(任白戈), 린린, 푸펑(蒲風), 장샹산(張香山) 등은 귀모뤄를 직접 방문하거나 혹은 별도의 장소에서 자주 접촉을 갖기도 했다. 지맹의 일원이었던 니에얼(聶耳)이 익사했을 때에는, 귀모뤄 손수 「니에얼을 애도하며(悼聶耳)」란 시를 지어 고인의 영전에 바치기도 했다. 1935년 『동류』에는 귀모뤄가 「중화기독교청년회」에서 연설한 「중일문화의 교류(中日文化之交涉)」란 원고가 게재되어 있고, 1936년에는 『질문』 편집위원회에 참여해 동인들과 「국방문학(國防文學)」 문제에 관해 토론을 벌이기도 했다. 또, 같은 해 6월에는 런바이거 등 진보적인 재일중국청년들이 주최한 <고리키 추도회>에 직접

---

18) 林煥平, 『從上海到東京：中國左翼作家聯盟活動雜憶』, 691쪽.

참가하기도 했고, 이어 11월에는 <루쉰 추모대회>에 참가했다. 이상에서 보다시피, 궈모뤄와 지맹 구성원들 간에는 매우 밀접한 교류와 왕래가 있었음을 알 수 있다. 1937년 귀국을 앞둔 5월, 궈모뤄는 「좌련」 도쿄지맹 구성원들이 마련한 한 모임에 참석했는데, 마침 큰 병을 앓고 난 린환핑을 보고 그에게 각별한 관심을 보이며, 친히 맥을 짚어보고 체온까지 재주며 항시 건강에 유의할 것을 당부하자, 이를 본 다른 성원들이 그의 이런 다정다감한 태도에 크게 감동을 받았다고 한다.[19]

1933년에서 1936년에 이르는 기간 동안, 도쿄 지역에 거주하는 중국인유학생과 교민들의 수는 대략 만 이천 명에 달했다. 그 가운데 연구나 유학을 위해 혹은 중국정부의 좌익세력에 대한 탄압을 피해 일본에 온 진보적 문화계 인사 및 학생은 대략 500여명으로 추산된다.[20] 1930년대 도쿄는 중국의 진보적인 좌익인사들의 은신처이자 새로운 기회를 엿보는 도약의 마당이었다. 중국 내 좌익문화운동이 갈수록 탄압을 받게 되면서, 「좌련」 도쿄지맹은 중국 내 좌익운동 창구의 하나로서 점차 중요한 의미를 갖게 되었다.[21] 지맹의 활발한 활동은 루거우차오사건(盧溝橋事件)이 발발할 때까지 줄곧 지속되었다. 그러나 1937년 5월 하순, 핵심멤버인 린환핑, 린웨이량, 런바이거, 웨이멍커, 웨이진(魏晉), 장샹산, 린린 등이 잇달아 일본 정부로부터 반일작가라는 명목으로 추방되면서, 지맹은 심대한 타격을 입게 되었다.[22] 이후 전국

---

19) 『郭沫若年譜』 1935년에서 1937년까지의 기록 참조. 『郭沫若年 譜』(天津人民出版社, 1982年 5月).
20) 이상의 수치는 앞서 인용한 바 있는 차이베이화(蔡北華)의 회고를 참조할 것.
21) 루쉰은 상하이에서 궈모뤄가 『질문』에 발표한 문장을 읽고는 매우 기뻐했다고 한다. 그러면서 그는, 국내 반동 통치자의 파쇼적 억압으로 좌익작가들의 작품은 발표하기 힘든 상황이었는데, 궈모뤄 선생이 글을 발표했다는 것은 매우 중요한 의미를 갖는다고 말했다 한다. 『郭沫若年 譜』, 249~250쪽 참조.
22) 林煥平, 앞의 책, 693쪽.

에서 일제히 일어난 항일운동에 부응하기 위해, 중국 「좌련」의 해산과 함께 지맹도 마침내 쉼표를 찍게 되었다.

지맹에서 발행하는 세 개 간행물의 구성원을 살펴보면 다음과 같다. 『동류』의 편집위원은 전기에는 린환핑, 후기에는 천다런, 웨이진, 장샹산 등이었다. 그리고 주요 구성원으로는 린환핑, 린웨이량, 천즈꾸, 뤄젠빙(駱劍冰), 천페이친(陳斐琴), 마이수이(麥穗), 레이스위, 위홍모(兪鴻模), 어우양판하이(歐陽凡海), 천이옌(陳一言), 두쉔(杜宣), 쟝완루(蔣婉如), 류즈원(劉子文) 등이 있었다. 『시가』의 편집위원은 레이스위, 웨이진, 린린, 린디(林蒂) 등이었고, 기타 구성원으로는 푸펑, 천즈꾸, 펑페이(澎湃), 천즈츄(陳紫秋), 차이렁펑(蔡冷楓) 등이 있었다. 『잡문』은 루쉰이 제창한 잡문 정신에 의거해 창간된 것으로, 주로 소품(小品)과 이론을 전문적으로 실었다. 루쉰 또한 익명으로 원고를 보내 간접적으로 성원을 보내기도 했다. 이 잡지의 편집인 겸 발행인은 레이스위, 웨이진 등이었고 두쉔이 편집을 맡았다. 그리고 기타 참여자로 린린, 웨이멍커(『일팔예사(一八藝社)』의 동인으로 루쉰의 가르침을 받은 신인), 천신런, 멍스줜, 린환핑, 런바이거, 싱퉁화(刑桐華), 장샹산 등이 있었다.[23)]

이렇게 볼 때, 잡지의 동인이 반드시 지맹의 성원으로 제한되는 것은 아님을 알 수 있다. 그러나 중국인을 위주로 한 지맹의 구성원 가운데 타이완인의 참여는 보이지 않는다. 당시 참여자의 회고에도, 타이완인은 동인 명단에 없었다.[24)] 따라서 우쿤황과 장원환은 필시 지맹의 성원은 아니었을 것이며, 더욱이 잡지의 동인도 아니었을 것으로

23) 도쿄지맹 활동 및 세 개 간행물의 내용 그리고 지맹 구성원과 일본작가와의 교류 상황에 관해서는 일찍이 기타오카(北岡) 교수가 매우 자세하게 연구한 바 있다. 北岡正子,「『日文硏究』という雜誌(下) : 左聯東京支部文藝運動の暗喩」, 217~266쪽 참조.
24) 張文環,「敎育と娛樂」,『台灣日日新報』(1937年 11月 30日/12月 4日).

추측된다. 그러나 참여자의 회고와 지면활동, 발표기록 등으로부터 볼
때, 우쿤황이 지맹 구성원이나 동인은 아니었다 할지라도 매우 중요한
외부 관계자였을 것으로 짐작이 된다. 또한 장원환과 지맹 성원들 간
의 관계는 비교적 소원한 편이었지만, 그 역시 우쿤황을 제외하면 타
이완 작가 중에 비교적 지맹의 구성원들과 관계를 많이 가졌던 인물
이었음은 분명한 사실이다.

2. 우쿤황, 장원환 그리고 재일중국청년 간의 연극 교류

우쿤황, 장원환과 「좌련」 도쿄지맹 구성원 간에 왕래가 있었던 계기
는 무엇일까? 통상, 전후(戰後) 타이완의 반공·반사회주의적인 정세의
제약 때문에, 그들 스스로 자신이 당시 지맹과 교류했다고 공개적으로
밝히기는 현실적으로 힘들었을 것이다. 그럼에도 불구하고 그들이 도
쿄라는 장소적 이점과 특히, 연극 활동을 통해 재일중국인유학생들과
비교적 밀접한 관계를 유지하고 있었다는 일부 희미한 단서들이 포착
되고 있다. 아래에서는 순서에 따라 이 두 사람과 재경중국청년들('경
(京)'은 도쿄를 말한다.-옮긴이) 과의 접촉과 교류 정황에 관해 살펴보기로
하겠다.

1) 장원환과 재일중국학생

장원환이 초기에 발표한 수필 「교육과 오락(教育と娛樂)」(1937년)은
1934년 경, 그가 도쿄 유학생단체를 통해 중국 유학생들과 접촉했음을

보여준다. 그는 여기에서 다음과 같이 적고 있다.

　　삼사 년 전의 가을이지 싶다. 당시 도쿄유학생들로 조직된 한 외교단
체 주최로, 도쿄 호치강당(報知講堂)에서 <유학생간친회>가 열렸는데, 이
곳에 중국인유학생들도 초대되었다. 마침 내 친구 중의 하나가 주최 측
간부의 일원이라, 난 별 공도 들이지 않고 중국유학생들을 만날 수 있었
고 그들을 통해 시야를 넓힐 기회를 가졌다. 친구들이 아주 열심히 활동
하는 것을 보고 부럽기도 했고 대단해 보이기도 했다. 그리고 내 기억에,
모임에서는 연극 분야의 어느 유명 인사를 초빙해 연설을 듣는 자리도
마련했던 것 같다.[25]

　도쿄에서 장원환은 여러 기회를 통해, 아주 자연스레 중국인유학생
들과 접촉할 수 있었다. 당시 장원환은 중국유학생에 대해 매우 호기
심을 느끼고 있었던 것 같다. 뿐만 아니라 몇몇 중국인학생들과는 개
인적으로 왕래도 하고 있었던 것으로 보인다. 그는 자신의 글에서도,
베이핑대학에서 일본문학을 연구하러 온 중국인유학생 부부와 왕래하
고 있었음을 밝힌 바가 있다. 글에 따르면, 그 부부는 그에게 일본 전
통무용과 희곡 예술을 감상하는 방법에 대해 문의한 적이 있고, 그들
과 함께 아사쿠사(淺草) 곡예장에 가서 일본민요와 상성(相聲), 로코쿠(浪
曲), 무용 등을 직접 관람하기도 했고, 또 가부키(歌舞伎)를 관람하고 난
소감에 대해 서로 서신을 통해 의견을 교환하기도 했다.
　그 자신이 공개적으로 밝힌 유학생 친교 활동이나 베이핑대학 출신
의 부부 외에도, 그는 수웨이슝(蘇維熊)의 형 수웨이린(蘇維霖) 등과의 교
류를 통해, 중국 인사들과 접촉했을 가능성도 있는 것 같다. 원래 수웨

---

25) 張文環, 「敎育と娛樂」, 앞의 글. 전후문맥으로 판단해 보건대, 인용문 중의 '친구'
　　는 중국인유학생이 아닐 것이다. 필자가 추측컨대, 우쿤황일 가능성이 높다.

이린은 1946년 가족을 데리고 타이완으로 돌아가기 전까지의 2년의 일본유학 기간을 제외하면, 거의 23년에 달하는 긴 시간을 중국에서 보낸 사람이었다. 전후, 그는 자신의 심경에 대해 이렇게 말한 적이 있다. 젊었을 때는 도쿄에 가서 유학도 했지만, "민족의식 때문에 일본에서 유학하는 것이 결코 행복하지 않았다. 세이소쿠(正則) 보습학교에서 보충학습을 받을 때부터 '이건 아니다'라는 생각이 점점 내 머릿속을 괴롭혔다. 그래서 결국 난 조국으로 돌아가 공부하겠노라 결정했다." 1921년 그는 상하이 영어 보습학교와 난징(南京) 지난대학(暨南大學)에 차례로 입학했고, 1922년에는 베이징대학 예과(豫科)와 철학과에 진학했다. 1928년 졸업 후에는, 상하이 지난대학 부속중학과 허베이성립제4사범(河北省立第四師範), 국립 베이핑대학 부속중학 등에서 교편을 잡았다. 그는 베이핑에 머무르는 동안, 그곳에 체류하고 있던 타이완인 홍옌츄(洪炎秋), 장워쥔(張我軍), 롄전동(連震東) 등과도 자주 모여, 함께 목욕탕에 가거나 밥을 먹기도 하고 연극을 같이 보러 다니기도 했다. 1935년 봄에는 도쿄제국대학 대학원에 입학해 심리학을 공부했고, 1937년 5월경에는 다시 베이핑으로 돌아갔다. 또 항일전쟁이 발발한 후에는 정보번역 임무를 맡아 국군을 따라 충칭(重慶), 구이린(桂林) 등지를 전전하기도 했다.26)

자신의 개인사에 대해 꽤 많은 회고 기록을 남겼던 수웨이린이지만, 유독 도쿄에서의 일에 대해서는 별반 언급을 하지 않았다. 그래서 도쿄에서의 그의 활동이나 교우관계에 대해서는 알 수 있는 게 많지 않다. 그러나 당시 도쿄에 있었던 장원환의 사촌동생 장원한(張鈗漢)의 말

---

26) 蘇薌雨(維霖), 「祖國卄五年 回憶錄」, 『傳記文學』 27卷 1, 2期와 『新竹市志』 卷 7 · 人物志(新竹市政府, 1997년 12월) 참조.

에 따르면, 수웨이린이 도쿄에 왔던 1935년에는 그의 동생인 수웨이슝도 타이완으로 돌아가지 않고 일본에 있었는데, 이때 그들 형제는 장원환과 아주 친밀하게 지냈다고 한다. 수웨이린은 오랫동안 중국에 유학했기 때문에 중국 출신의 지인들이 많았다. 그래서 도쿄에 있을 때에도 주로 재일중국인 학자나 학생들과 왕래를 했는데, 아마도 이때 장원환도 그를 통해 중국 인사들과 알고 지낼 수 있었을 것이다. 일설에 따르면, 그가 친밀하게 지낸 중국유학생들 가운데에는 훗날 중국공산당 요직에 오른 이들도 있었다고 한다.27) 앞서 말한 바와 같이, 수웨이린은 일본에 머물기 전, 베이핑대학 부속중학에서 교편을 잡은 적이 있었다. 그런데 장원환이 글에서 언급했던 베이핑대학 부부가 혹시 수웨이린과 관련이 있는 것은 아닐까 하는 막연한 추측도 든다. 이밖에, 류지에(劉捷)는 1936년 가을, 자신과 장원환이 <인민전선사건>의 여파로 체포되어 도쿄 혼고(本鄕)의 모토후지(本富士) 경찰서에 구류되었는데, 이때 수웨이린도 함께 화를 당했음을 알게 되었다고 말한 적이 있다.28) 이 같은 투옥의 경험이 바로 수웨이린이 도쿄에서의 지난 일을 잘 언급하지 않는 이유 중의 하나가 아닐까? 수웨이린이 체포된 원인은 자세히 알 수 없다. 그러나 류지에의 말에 따르면, 그가 감옥에 갇혀 있었던 것은 단 며칠이었다고 한다. 장원환과 우쿤황, 류지에 등이 체포된 상황에 비하면, 사실 수웨이린의 사안은 그다지 심각하지 않은 것으로 보이다. 그러나 아무튼 그가 체포된 것은, 아마도 중일 (좌익) 인사와 자주 접촉한 것과 관계가 있을 것으로 추측된다.

---

27) 1999년 3월 13과 28일, 양일간에 걸친 필자와의 인터뷰 중에 장원한(張銑漢)이 말한 것이다. 그러나 그는 이름까지는 기억하지 못했다.

28) 劉捷, 「我的懺悔錄」, 『農牧旬刊』(台北, 1994年), 52~53쪽.

2) 우쿤황과 일본좌익연극계 및 재일중국학생연극단체

장원환이 자신의 중국친구들과의 교류에 대해 기록한 문헌은 많지 않지만, 우쿤황의 경우에는 비교적 많은 단서가 남아 있다. 그럼, 우쿤황과 「좌련」 도쿄지맹 인사와의 관계는 어떠했나? 이들은 주로 연극 활동과 시를 통해 교류했는데, 여기서는 우선 연극 활동부터 언급해보기로 하겠다.

1931년 초부터 1932년 「동호회(同好會)」 검거사건 발발 전까지, 우쿤황은 린뚜이(林兌)와 알게 되면서, 위기에 처한 도쿄 타이완인 좌익운동에 적극적으로 가담하게 되었다. 그러나 검거사건이 일단락되고 동호회도 그 형태를 달리해 재건되면서, 그 역시 운동청년에서 점차 문학청년으로 탈바꿈해 갔다. 조직재건에 착수하면서, 그는 동시에 연극과 문예에도 조금씩 흥미를 갖기 시작한 것이다. 그래서 이때부터 그는 장원환, 수웨이슝, 우용푸(巫永福) 등과 「타이완예술연구회」를 창립하고 『포르모사(福爾摩沙)』를 발간하는데 온 힘을 기울이는 한편, 생계를 위해 「츠키지극장(築地劇場)」을 출입했다.

1924년 오사나이 카오루(小山內薰, 1881~1928, 연극인 겸 소설가)에 의해 도쿄 츠키지 니초메(二丁目)에 세워진 「츠키지소극장」은 일본의 새로운 형태의 실험극과 좌파 연극의 요람이었다. 이 극단은 신극(新劇)을 위주로 서방의 공연예술을 받아들이는 데 치중함으로써, 비교적 비상업적이고 실험적인 성격의 연극을 주로 공연했다. 따라서 초기에는 주로 유럽의 연극들을 공연했지만, 1926년 이후에는 중국의 연극도 공연하기 시작했다. 그러나 극단은 1929년에 이르러 두 그룹으로 분열되게 된다. 비교적 급진적 성향의 인물이었던 히지카타(土方)가 별도로 「신츠키지극단(新築地劇團)」을 만들어 독립하게 되고, 기존의 극단은 「극단츠키지소극장」(이하, 츠키지소극장으로 간칭)으로 이름을 바꾸었던 것이다. 그러나 이들은 이후에도 여전히 합작관계를 유지했고, 나아가 「좌익극장(左翼劇場)」과 함께 「신흥극단협의회(新興劇團協議會)」를 조직하기도 했다. 또한, 1930년에는 「일본무산계급연극동맹」에 참여해 함께 신극운동을 전개하기도 했다. 1933년 이후 당국의 탄압이 날로 심해지자, 히지카타는 홀연 프랑스와 소련으로 떠났고, 「신츠키지극단」은 1940년 주요 성원들이 체포되면서 해체되었다. 대신에 당국의 지시로 「국민신극장(國民新劇場)」으로 개칭되었는데, 결국 1945년 전화 속에서 붕괴되고 말았다.

도쿄에 체류하고 있던 문예청년들에게 「츠키지극장」은 결코 낯선 곳이 아니었다. 1932년에서 1935년까지 메이지대학에서 공부했던 우용푸 또한 늘 교수를 따라서 「츠키지극장」을 출입하며 수업을 하거나 연극을 감상했다.[29] 우쿤황은 1932년 「동호회」 사건으로 체포되어 학업을 중단한 후, 경제적인 문제로 약 2년간 「츠키지극장」에서 임시단원으로 활동하기도 했다. 이로 인해 정식으로 공연할 기회도 가질 수 있었다. 류지에도 우쿤황의 소개로 영화 일을 하게 되었는데, "제작 때 임시 배우가 되어 부수입도 올릴 수 있었고, 한편으로는 영화예술 관계자와도 접촉할 수 있었다. 모두가 열정에 넘쳐 있었고, 즐거움에 피곤함도 잊었다."[30] 1933년 2월 15일, 도쿄 좌익극단은 「국제혁명연극동

---

29) 巫永福, 「思想起」, 『巫永福全集』 第6輯(台北 : 傳神福晉文化事業有限公司, 1996年 5月), 28쪽 참조. 우용푸(巫永福)는 당시에 교내 연극연구회에 참여했고 실제 공연에도 참가했다. 그러나 우쿤황, 우용푸 모두 자신들의 회고 속에서 '築地小劇場'이라 했는데, 이것이 '新築地劇團'을 가리키는 것인지 아니면 '築地小劇場'을 가리키는 것인지는 확실하지 않다.

30) 劉捷(著)/林曙光(編譯), 『台灣文化的展望』(高雄 : 春暉出版社, 1994年), 9~10쪽. 원본은 1936년 출판될 당시 금지 당했고, 1994년 중국어판이 출판되면서 저자가 보충설명을 덧붙였다.

맹」(통상, 「몰트(モルト)」로 약칭)의 지시로 「츠키지소극장」에서 '국제혁명
연극동맹의 날' 기념극회를 열고, 25, 26일 양일간 '극동민족의 밤'을
열기로 결정했다. 우쿤황은 조선인 김파종(金波宗, 金波宇의 오기-옮긴이)
이 이끄는 좌익극단인 「삼일극장(三一劇場)」의 후원으로, 「츠키지소극장」
에서 「출초지(出草智)」, 「도저수(搗杵手)」, 「무사지월(霧社之月)」 등 타이완
무용과 민요 공연에 참가했다. 이 공연의 성공으로 말미암아 「타이완
예술 연구회」도 민족예술연구기관으로서의 기초를 공고히 다질 수 있
게 되었다.[31]

우쿤황은 『포르모사』 창간호의 표지를 직접 제작하기도 했고, 1호
와 2호에는 여성의 투쟁을 고무하는 수필과 타이완 향토문학과 관련
된 뛰어난 논문을 게재하기도 했다. 그러나 각계 인사들이 망라된 「츠
키지극장」은 그에게는 분명 『포르모사』보다 훨씬 매력적인 곳이었다.
때문에 그는 「타이완예술연구회」의 고향 동호인들과 한때 소원하게
지내기도 했다. 이 부분에 대해서는 그의 절친한 친구 장원환조차도
이해할 수 없었던지, "타이완인은 모래처럼 흩어질 뿐, 언덕을 이루지
못한다."라고 하며 우쿤황, 스쉐시(施學習)의 탈퇴에 실망감을 표하기도
했다.[32] 전후, 우쿤황은 자신과 중국인유학생들과의 연원에 대해 말하
며, 이것이 바로 당시 자신이 『포르모사』를 탈퇴할 수밖에 없었던 원
인 중의 하나라고 밝힌 바 있다.

나는 『포르모사』 3호가 발간되기 전에 그들을 떠났다. 원환(文環)과 비
교적 소원하게 된 연유에 대해 간단히 말하면, 첫째는 생각이나 행동방

---

31) 台灣總督府警務局, 『台灣總督府警察沿革誌(三)』(台北, 南天書局, 1995年 6月, 2刷), 67
   쪽 참조.
32) 「編輯後記」, 『フォルモサ』 第3號(1934年 6月), 48쪽.

식에 있어 여러모로 달랐기 때문이고, 둘째는 내가 일본 신극운동에 참여하게 되면서 도쿄「츠키지극장」에서 훈련을 받아야 했기 때문이다. 그리고 마지막으로, 당시 문예연구를 위해 일본으로 건너온 대다수 중국대륙의 연극인이나 문학가, 유학생들이 하나같이 내게 그들의 교량이 되어줄 것을 원했기 때문이다. 그들은 내게 일본어를 가르쳐줄 것을 부탁했고, 통역도 부탁했다. 이러다보니, 난 더 이상 그러한 비(非)대중적 잡지에 참여할 여유가 없게 되었다.[33]

동호회를 재건하는 과정에서, 우쿤황이 장원환과 마찬가지로 온건노선을 견지했기 때문에 동호회는 성공적으로「타이완예술연구회」로 발전할 수 있었다. 그러나 그의 사회주의적 신념은 여전히 변함이 없었고, 이는 그가 말하고 행동하는 과정 속에서 줄기차게 드러났다. 우쿤황이 '운동'에서 '문예'로 선회를 하는 과정은, 그전까지 사회주의운동에 소극적이었거나 아예 참여한 적이 없던 대다수 동인들에 비하면, 매우 독특한 경우에 속한다고 할 수 있다. 아마도 이러한 사상적 배경과 성향이 그로 하여금 점점 『포르모사』의 온건노선에 만족할 수 없도록 했을 것이다. 그러나 1934년 6월(혹은 그 이전)에 탈퇴해 1935년 2월「문련」도쿄지부에서 마련한 제1회 '간담회' 때에 다시 돌아왔으니, 탈퇴한 시간이 그리 긴 것은 아니었다. 그가 탈퇴할 당시에는「좌련」도쿄지맹 책임자였던 린환핑이 도쿄에 오게 되고(1933년 9월), 그를 중심으로 중국인청년들이 잇달아 결집하던 시기였다. 따라서 우쿤황도 자연스럽게 중국의 좌익청년들과 어울려 그들의 연극과 문예 활동에 참여하게 되었다. 아마도 그가 그동안의 온건노선에서 일정 정도 방향을 선회하게 된 것은, 바로 이들과의 교류 속에서 자신의 사상과 입장에

---

33) 吳坤煌,「懷念文環兄」,『台灣文藝』81期(1983年 3月), 76~77쪽.

더 잘 맞는 무대를 찾아냈기 때문일 것이다.

재일중국청년들과의 연극 교류에 있어서, 우쿤황은 자신이 직접 「홍수(洪水)」, 「뇌우(雷雨)」, 「오규교(五奎橋)」 등의 연출에 참여한 적이 있다고 밝힌 바 있다.[34] 기타오카 마사코의 연구에 따르면, 위에서 언급한 작품은 모두 도쿄에 있는 중국유학생 연극단체가 1935년에서 1936년 사이에 공연했던 대표작들이었다. 예를 들어, 차오위(曹禺)의 「뇌우」(1935년 4월, 5월)나 홍선(洪深)의 「오규교」(1935년 10월) 등은 「중화동학신극공연회(中華同學新劇公演會)」가 공연한 대표작들이었다.[35] 「중화동학신극공연회」는 「중화희극좌담회(中華戲劇座談會)」, 「중화국제희극협진회(中華國際戲劇協進會)」와 더불어 당시 도쿄에 있던 3대 중국유학생 연극단체 중의 하나였다. 후에 이 세 단체는 연합해 「중화유일희극협회(中華留日戲劇協會)」를 만들었는데, 약칭해서 「극련(劇聯)」이라 한다. 우쿤황이 연출에 참여했다고 한 톈한(田漢)의 「홍수」(1936년 5월) 역시 이 「중화유일희극협회」의 역작이었다.

「극련」과 당시 「좌련」이라 불렸던 「좌련」 도쿄지맹, 그리고 기타 도쿄에 있는 중국좌익단체 가령, 「사회과학좌익연맹(社會科學左翼聯盟)」(사련(社聯)), 「세계어좌익연맹(世界語左翼聯盟)」(어련(語聯)), 「중국유일학생회(中國留日學生會)」(학련(學聯)) 등은 상호 긴밀한 연락체계를 갖추고 있었고, 「좌련」 도쿄지맹의 일부 구성원들이 「극련」이나 「사련」, 「학련」, 「어련」 등의 조직에도 참여하고 있었다.[36] 앞서 우쿤황이 직접 참여했다고 한 연극공연은 대부분 여러 명이 함께 공동 연출한 작품들로, 도쿄에 있

---

34) 謝霜天, 「再出發的詩人－訪吳坤煌老先生」, 『中央月 刊』 第14卷 第7期(1982年 5月), 90쪽.
35) 北岡正子, 「『日文硏究』という 雜誌(下)：左聯東京支部文藝運動の暗喩」, 264~265쪽. 이 연극들은 당시에 모두 히도츠바시강당(一橋講堂)에서 공연되었다.
36) 蔡北華, 「回憶東京左聯活動」, 700~701쪽.

는 중국연극단체들이 제작을 담당했고, 「좌련」도쿄지맹의 일부 성원들도 이에 참여하기도 했다. 가령, 도쿄에서 큰 흥행을 거둔 「뇌우」 공연 때에는 우쿤황 이외에도 지맹의 멤버이자, 『시가』의 동인이며 「중화희극좌담회」의 일원이었던 두쉔 역시 연출에 참여했다. 궈모뤄는 일본의 중국희극단체의 사실상의 지도자 겸 지지자로서, 「뇌우」공연 때에는 직접 공연장을 방문해 격려도 했고, 공연을 마친 후에는 지맹의 『동류』에 연극 관람평과 격려의 말을 올리기도 했다. 또한 궈모뤄는 1937년 7월 차오위의 「일출(日出)」이 공연되었을 때에는, 아키타 우자쿠와 함께 극본과 배우의 연기에 대해 찬탄을 아끼지 않기도 했다.[37]

「극련」의 연극 활동이 가장 활발했던 시기는 1935년에서 1936년 사이였다. 「극련」은 궈모뤄의 애정과 관심이 깃든 지도뿐만 아니라, 일본의 「신협극단(新協劇團)」과 「신츠키지극단」 등 좌익인사들의 도움도 받았다.[38] 그럼, 이 「신협극단」은 과연 어떠한 단체였던가? 「신협극단」은 「츠키지소극장」과 더불어 1930년대 재일중국 혹은 재일타이완 청년들의 연극 활동을 이야기할 때, 절대 빠져서는 안 되는 중요한 단체이다. 「신협극단」과 「신츠키지극단」은 당시까지만 해도 상당히 유명한 좌익극단들이었고, 서로 간에도 활발한 교류를 진행했다. 「신협극단」은 1934년 무라야마 도모요시(村山知義)의 제안으로 성립되었고, 1940년 당국의 명령에 의해 강제 해산되었다. 6년의 기간 동안, 이 극단은 '신극단의 대단결'을 실현하는 것을 목적으로 많은 좌익 극작가와 배우들을 결집했다. 주요 구성원으로는, 구보 사카에(久保榮), 후지모리 세이키치(藤森成吉), 아키타 우자쿠, 히사이타 에이지로(久板榮二郎) 등이 있

---

37) 『郭沫若年 譜』, 255, 278쪽 참조.
38) 北岡正子, 「『日文硏究』という雜誌(下) : 左聯東京支部文藝運動の暗喩」, 255쪽.

었는데, 그 대부분이 좌익문예운동에 참여한 경력이 있는 사람들이었다. 「뇌우」 공연 때는, 「신협극단」 사무장인 아키타 우자쿠가 주요 일원인 후지모리 세이키치(1892~1977, 좌익소설가 겸 극작가)와 함께 직접 현장에 나와 격려를 하기도 했다.39)

일본에 있는 중국극단을 지지했던 일본인 인사 가운데 아키타 후자쿠는 중국 연극학도들에게 있어서는 가장 중요한 고문이자 지지자라 할 수 있다. 1927년에서 1928년까지 초청을 받아 소련을 방문한 적도 있었던 아키타는 일본으로 돌아와서는 더 이상 창작활동은 하지 않았다. 대신에 1930년대 그의 가장 중요한 업무 중의 하나는 바로 「신협극단」 사무장 직을 제대로 수행하는 것이었다. 이외에도 그는 「국제문화연구소(國際文化硏究所)」 소장 및 「일본세계어동맹(日本世界語同盟)」의 위원장을 겸임하고 있었다. 또한 린환펑, 차이베이화 등의 말에 따르면, 아키타는 「극련」과 「어련」에도 참여하는 등, 재일중국인청년들의 각종 활동에도 적극적으로 지원을 아끼지 않았다고 한다.

우쿤황은 아키타 우자쿠와 같은 일본극단의 유명 인사들과 매우 일찍부터 알고 지낸 걸로 되어 있는데, 아마도 이는 그가 「츠키지극장」에 있을 때부터였을 것이다. 기타오카에 의하면, 우쿤황은 무라야마 도모요시, 아키타 후자쿠, 마루야마 사다오(丸山定夫)의 지도를 받은 적이 있다고 한다.40) 이들은 모두 「신츠키지극단」과 「신협극단」에 속한 사람들이었다. 1935년 이후, 우쿤황은 도쿄에 있는 중국연극단체 활동에 참여했을 뿐 아니라, 일본좌익극단에서도 활발한 활동을 펼쳤다. 「신

---

39) 앞에서 언급한 차이베이화, 린환펑의 회고 참조. 그 외, 1928년 일본 「무산자예술연맹(無産者藝術聯盟)」 초대 주석이 된 후지모리 세이키치(藤森成吉)는 1930년 일본 「무산계급작가동맹」(NAPF)의 대표 자격으로 소련에 가 「국제혁명작가동맹」 제2차 국제회의에 참석했다.

40) 北岡正子, 「『日文硏究』という雜誌(下) : 左聯東京支部文藝運動の暗喩」, 261쪽.

협극단」은 성립되자마자, 곧바로 무라야마 도모요시가 시마자키 도손
(島崎藤村)의 소설을 각색한 「여명 전(黎明前)」과 히사이타 에이지로의 「동
북풍(東北風)」 그리고 괴테의 「파우스트」를 차례로 무대에 올렸다. 우쿤
황은 「파우스트」와 「여명 전」의 공연에 참여했다.[41] 또한 그는 1932,
33년 무렵부터 도쿄 지역의 좌익극단에 참여했던 인연으로, 일본좌익
극단 및 재일조선인연극단체 그리고 재일중국연극단체들과 접촉을 하
기 시작했다. 그리고 1935년 이후에는 개인적으로 연극 활동의 최전성
기를 맞이하게 된다. 이 시기 그는, 일본 「츠키지소극장」, 「신협극단」,
「중국유일희극협회」 등의 단체들이 제작한 공연에도 참가했다. 「문련」
도쿄지부를 보더라도, 우쿤황 만큼 연극 활동에 깊이 관여하고 참여한
이는 없었다. 1936년 『타이완문예(台灣文藝)』가 분열의 위기에 처해 다방
면으로 발전 방향을 모색하고 있을 때, 그는 류지에를 도쿄로 파견해
"지부 회원에 협조하고, 지부 소속 연극연구회를 설립"하도록 했다고
한다.[42] 만약 이것이 사실이라면, 「문련」으로 하여금 이처럼 지역을
초월한 야심을 갖게 하고, 그에 많은 기대를 걸게 했던 것은 필시 우
쿤황의 활약과 관계가 있지 않나 생각된다.

우쿤황은 이렇듯 1932, 33년 이후, 「츠키지소극장」에서 일을 하며
일본극단의 인사들과 접촉하게 되었고, 아울러 점차 중국에서 온 연극
인, 학생, 문예청년들과도 알게 되었다. 아마도 이때부터 1933, 34년경
까지 「좌련」 도쿄지맹의 성원들과 알게 되는 기회와 인연의 기초를
다지게 되었던 것 같다. 실제로 1934년 이후, 그가 「좌련」 도쿄지맹 구
성원과 왕래하고 교류했다는 흔적은 각종 문헌에 보인다.(이에 대해서는

---

41) 謝霜天, 「再出發的詩人－訪吳坤煌老先生」, 91쪽.
42) 상동. 그 외 류지에(劉捷)의 회고기록을 참조했는데, 이 일은 아마도 류지에 등이
해외에서 『타이완정보(台灣情報)』를 발행하고자 한 것과 관련이 있을 것이다.

뒤에 기술하기로 하겠다.) 또한, 그가 연극 활동 외에 시 분야에서도 일본 좌익시단 및 재일중국작가들과 교류했다는 기록은, 시 간행물 곳곳에서 발견할 수 있다.

3. 우쿤황, 『시정신(詩精神)』·『시인(詩人)』집단, 「좌련」 도쿄지맹 간의 시(詩) 교류

이상에서 말한 바와 같이, 도쿄에 체류하는 중국과 타이완 젊은이들 사이의 연극 교류는 일본좌익극단 내에 존재했던 월경적 교류의 토대 위에서 성립된 것이었다. 이러한 연극계의 상황과 마찬가지로, 중국과 타이완 청년들 사이의 시 교류 또한 일본좌익시단 내에 조성되어 있던 기존의 환경적 토대 위에서 이루어졌다. 다른 점이 있다면, 연극 교류는 현장공연이라는 예술장르상의 제약으로 타이완에 깊은 영향을 미칠 수 없었지만, 문학 교류는 출판물을 통해, 멀리 떨어진 남국(南國 : 타이완-옮긴이) 문단에까지 비교적 직접적으로 파문을 일으킬 수 있었다는 것이다. 『포르모사』 계열의 작가들은 일본에 함께 있던 지인들과 각고의 노력을 기울이는 것과 동시에 멀리 고향의 문단과도 지속적으로 연락을 취하고 있었다. 뿐만 아니라, 이들은 자신의 흥미와 인연에 따라 극단이나 문단 심지어 악단(樂壇)에 이르기까지 각기 다른 영역에서 일본의 문화인이나 일본에 있던 중국 인사들과 상시적인 유대관계를 도모하고 있었다. 가령, 소설 방면에서 장원환은 일본좌익작가들과 지속적으로 교류를 가졌고,[43] 우쿤황은 시 분야에서 가장 활발

---

43) 柳書琴, 「荊棘的道路 : 旅日青年 的文學活動與文化抗爭」(淸華大學中國文學系博士論文, 2001

한 활동을 벌였다. 여기에서는 「문련」 도쿄지부와 「좌련」 도쿄지맹의 구체적 교류 상황을 논하기에 앞서, 우쿤황을 예로 들어 재일타이완 문예청년과 일본좌익문단 그리고 재일중국작가들 간의 관련성에 대해 이야기해보고자 한다.

1) 우쿤황과 일본좌익시단 그리고 재일중국학생시인단체

앞서 말한 바와 같이, 우쿤황은 연극 활동을 통해 지속적으로 중국과 일본의 연극계 인사들과 접촉을 가졌다. 그러나 이외에도 그는 시 교류를 통해, 중일 좌익문단과 관계를 맺어나가고 있었다. 그가 비교적 이른 시기부터 좌익 연극계와 교류를 가진 것은 주지의 사실이지만, 좌익시단과 어떻게 관계를 맺게 되었는지에 대해서는 자세히 밝혀진 바 없다. 그러나 이 역시, 좌익 연극계 인사와의 왕래가 인연이 되었을 듯싶다. 가령, 아키타 후자쿠, 후지모리 세이키치 등은 공히 문학과 연극 양 방면에 모두 관여하고 있었고, 나가노 시게하루는 시인이자 소설가였다.

이들 외에도 특히 주목해야 할 인물은 왕바이웬(王白淵)이다. 1920년대 후반부터 점차 좌경적 성향으로 기울고 있었던 왕바이웬은 드디어 1930년대 들어서는 그의 시작(詩作)에 있어 가히 압권이라 할 수 있는 「가시밭길(蕀の道)」과 1933년 이후 『포르모사』에 발표한 여러 편의 시들을 통해, 이미 좌익시인으로서의 성숙한 면모를 보여주고 있었다. 현재 학계에 알려진 바는 극히 제한적이지만, 그가 일본을 떠나기 전부터 이미 상당히 성숙한 창작 능력을 갖추고 있었고, 모리오카 후미오키(盛

岡文士)나 미야자키 겐지(宮崎賢治, 1896~1933, 시인이자 동화작가)와도 지면으로나마 간접적인 접촉이 있었을 것으로 추정되고 있다. 이렇게 볼 때, 그가 중국으로 가기 전 이미 일본 시단이나 시인들과 접촉하고 있었을 가능성은 매우 높다. 상하이로 갔던 초기, 왕바이웬은 『포르모사』에 원고를 송고하기도 했지만, 『타이완문예』가 발간된 이후로는 더 이상 '왕바이웬'이란 이름으로 글을 발표하지는 않았다.

그렇다면, 왕바이웬은 중국으로 간 뒤에도 타이완이나 일본의 작가들과 지속적으로 연락을 취하고 있었을까? 그리고 일본시단과도 계속해서 접촉을 가졌을까? 이러한 의문들은 왕바이웬의 개인적 문학 활동과 그의 『포르모사』 동인들에 대한 영향력을 고찰할 때, 반드시 거치게 되는 일종의 관문이라 할 수 있다. 일단, 약간의 단서들로부터 그가 중국에 간 후로도 여전히 편지 형태로나마 타이완의 잡지나 일본의 좌익문예잡지들과 지속적으로 연락을 취하고 있었음을 알 수 있다. 가령, 『타이완문예』 창간호에 실린 「문예동호인 성명 열람표」를 보게 되면, '왕바이웬, 상하이'라고 분명히 기재되어 있고, 1935년 8월의 「본연맹 정식 가맹자 성명」의 '중국'란에도 그의 이름이 적혀있다. 게다가 장선치에(張深切)의 경우에는 1935년 5월 발행된 『타이완문예』에서, 「문련」은 왕바이웬이 설립한 「상하이 지부」의 도움을 받아야 한다고까지 말한 바 있다.[44] 이를 통해, 왕바이웬은 상당히 일찍부터 「문련」에 가입하고 있었을 뿐 아니라 줄곧 연락도 취하고 있었음을 알 수 있다. 이밖에 일본 프로 시간(詩刊)인 『시인(詩人)』(『시정신(詩精神)』의 후신)의 1935년 12월 「전국시인주소록」, '중국·만주국 동인' 란에 타이완인으로서는 유일하게 왕바이웬의 이름이 들어가 있다.[45] '중국·만주국 동

---

44) 張深切, 「『台灣文藝』的使命」, 『台灣文藝』 第2卷 第5號(1935年 5月 5日), 19쪽.

인' 란에 기입된 나머지 다섯 명은 모두 일본 인사였다. 당시 그의 연락처는 '상하이 중화민국 우정총국 사서함'으로 되어있었다. 그의 주소가 상세하지 않기로는 『타이완문예』나 『시인』 모두 매한가지였는데, 이는 아마도 당시 그가 신분노출을 꺼렸을 가능성이 있기 때문일 것이다. 이건 그가 정보 임무의 성격을 띤 『화련통신사(華聯通信社)』에 들어간 것과도 연관이 있을 것으로 추정된다. 아무튼 왕바이웬은 표면적으로는 홀연 문단을 떠난 듯 보이지만, 실은 타이완이나 일본의 문예동호인들과 여전히 연락을 취하고 있었고, 나아가 가명으로나마 글을 발표했을 가능성 또한 배제할 수 없다.[46]

한편, 우쿤황은 학생운동 여파로 일본으로 가게 되었고, 일본에 도착한 후에는 사회운동에 참여하기도 했다. 이러한 그의 경력은 일본에 유학하고 있던 다른 동료들에 비해, 상대적으로 좌익적 색채를 더욱 짙게 해주는 대목이다. 그는 린뚜이와 더불어 아주 일찍부터 왕바이웬과 알고 지낸 것으로 보이는데, 그가 발표한 몇몇 평론을 보게 되면, 그가 『포르모사』 인사들 가운데 왕바이웬의 사회주의 사상과 정신을 가장 잘 계승하고 있음을 알 수 있다. 심지어 왕바이웬이 그의 시 창

---

45) 「全國詩人住所錄」, 『詩人』 第3卷 第1號(1936年 1月), 164쪽. 이 명부에서, 타이완 부분에는 아키모토 데이죠우(秋元貞造), 황진푸(黃金富), 뤼허뤄(呂赫若), 니시카와 미츠루(西川滿), 고토우 다이지(後藤大治) 등 5명이 들어가 있다. 뤼허뤄도 당시 일본시단에서 상당히 주목하고 있었음을 알 수 있다.

46) 필자의 조사에 의하면, 현재 확인할 수 있는 왕바이웬의 필명 및 가명은 다음과 같다. 전시 때에는 '왕보웬(王博遠)', '시얼동주런(洗耳洞主人)'이었고, 전후에는 '왕시선(王溪森)' 등이었다. 그 외 1933년 시에춘무(謝春木)가 『화련통신사(華聯通訊社)』를 이끌고 있을 때는 '시에난광(謝南光)'으로 이름을 바꾸었다. 1936년 라이구이푸(賴貴富)와 왕바이웬 등은 상하이에서 항일선전에 종사하고 있었는데, 그들은 반전, 반일 원고를 일본어로 번역한 다음, 대개는 이름을 바꾸어 일본 좌파간행물에 송고했다. 이는 모두 왕바이웬이 다른 이름으로 일본, 타이완 나아가 중국 시단과 접촉을 지속했을 가능성이 있음을 보여주는 것이다. 이에 대해서는 보다 깊은 연구가 필요하다.

작의 씨앗을 싹트게 한 일종의 계몽자가 아닌가 할 정도이다.

1933년 우쿤황이 동료들과 『포르모사』를 창간할 당시에는, 주로 수필과 평론을 발표했지, 시나 소설은 전혀 발표하지 않았다. 그러나 1934년 이후, 그는 「츠키지소극장」에 출입하면서도 한편으로는 왕바이웬의 시를 번역해 창간되지 얼마 되지 않은 프로 시간 『시정신』에 소개하기도 했고, 같은 잡지에 자신의 첫 번째 시라 할 수 있는 「오추(烏秋)」를 발표하기도 했다. 우쿤황의 타이완 밖에서의 시 창작 활동에 관해 이미 알려진 바로는 대체로 아래 표와 같다.

	편명	작가 및 역자	게 재 지	발 표 시 기
번역시	上海雜詠	王白淵(作) 吳坤煌(譯)	(台)『フォルモサ』 2호 (日)『詩精神』 1권3호	1933.12.30 1934.6.1
번역시	行路難	王白淵(作) 吳坤煌(譯)	『フォルモサ』 창간호 『詩精神』 1권5호	1933.7.15 1934.6.1
시	烏秋	吳坤煌(作)	『詩精神』 1권5호	1934.6.1
평론	現在的台灣詩壇 (中文)	吳坤煌	(中)『詩歌』 1권2호 1권4호	1935.8 1935.10
역시	鹽	林林(作) 吳坤煌(譯)	미상 『詩精神』 2권8호	1935.9.1
평론	台灣詩壇の現狀 (日文)	吳坤煌	(日)『詩人』 3권4호	1936.4.1 註 : 앞에서 열거한 「現在的台灣詩壇」.

*註 :『시정신(詩精神)』과 『시인(詩人)』은 동일계열의 일본 프로 시간(詩刊)이고, 『시가(詩歌)』는 「좌련」 도쿄지맹의 시간이다.

위의 표에서 알 수 있는 바와 같이, 우쿤황의 시 창작이 시작되는 시기는 1934년이었고, 그 시심(詩心)의 맹아가 싹트는 데에는 앞서 말한 바와 같이, 왕바이웬과 재일중국시인들의 영향에서 비롯되었다고 보는 것이 타당할 것이다. 또한 그는 당시 중국과 일본의 시단과도 끊임없이 교류를 시도했는데, 린린이 "타이완의 한 친구는 비교적 좋은 작품을 일본어로 번역해 일본 문학잡지사에 송고했다"고 했을 때, 그 "타이완 친구"가 바로 우쿤황이었다.

전후, 우쿤황은 『신생보(新生報)』「교(橋)」부간(副刊)이 개최한 <타이완 신문학 어떻게 건립할 것인가?>라는 모임에서, 자신의 중일 인사와의 교류에 대해 언급한 적이 있다. 모임에서 우쿤황은 도쿄에서의 타이완 문예운동이 타이완문학사에서 이룩한 성취와 첫 단체인 「타이완예술 연구회」가 당시 해외문예운동에서 갖는 중요성에 대해 특별히 지적했다. 그러나 그는 자신이 좌익인사로 불리거나 「좌련」 도쿄지맹의 일원으로 간주되는 것을 의식적으로 피하려는 듯, 좌익문화 인사들이 겪은 탄압에 대해서는 간단히 한 마디 정도 언급하는 것으로 지나갔다. 단지 진보적 문인들의 상호교류라는 말로써, 좌익문화 인사들의 당시 야심을 비교적 무겁지 않은 표현으로 설명했다.

우리는 옛날 도쿄에 있을 때, 「타이완문예연구회」(「타이완예술연구회」를 지칭하는 듯함)를 조직해 3기의 잡지를 출간한 적이 있습니다. 이 토대 위에서, 우리는 적지 않은 일을 했습니다. 일본당국으로부터 심한 탄압을 받았지만, 그나마 다행히도 일부 일본 진보문인들의 많은 조력과 지원으로, 우리는 그들과 매우 우호적으로 협력할 수 있었습니다. 후에, 저는 혐의를 받아 구속되었고, 개중에는 중국으로 몸을 피한 사람도 있었습니다. 이는 타이완문예운동사에서 매우 중요한 한 페이지를 장식했다고 할 수 있습니다. 도쿄에서의 활동 가운데 특별히 거론할만한 가치가 있다고 생각하는 것은, 고우키(剛木) 선생 등과의 합작입니다. 그 때 중국 대륙에서 온 린환핑 선생과 시인인 푸펑 등은 모두 우리 단체에 가입했습니다. 그들은 우리와 생각이 매우 비슷했습니다. 그도 그럴 것이 그들 또한 핍박을 받았기 때문입니다. 그래서 우리 모두는 동병상련의 감정을 느꼈습니다.[47]

우쿤황의 회고에서도 알 수 있는 바와 같이, 당시 「문련」 도쿄지부
와 일본의 진보문인 및 「좌련」 도쿄지맹의 린환핑, 『시가』의 주요 구
성원인 푸펑 등 간에는 필시 왕래가 있었던 것으로 보인다. 뿐만 아니
라 고우키 선생[48], 린환핑, 푸펑 등은 「문련」 도쿄지부의 일부 활동을
지원하고 직접 참여하기도 했던 것 같다.

30년대 중반의 일본좌익시단은 일본좌익시인을 위시한 제 민족 좌
익시인들의 공동 활동의 플랫폼이었다. 식민지 출신의 청년작가 우쿤
황 역시 그 안에서 자신의 창작활동과 문학네트워크를 발전시켰다. 더
불어 이런 자산들을 타이완 내부로 피드백시키고 재일중국좌익작가들
의 타이완문단에 대한 관심과 교류를 촉진시켰다.

지금까지의 조사에서, 지부 구성원과 고우키 선생, 린환핑, 푸펑 등
사이의 교류에 대한 구체적인 사적이 발견되지는 않았으나, 우쿤황과
지맹의 또 다른 열성분자 레이스위의 교류는 이를 방증할만한 단서를
제공해주고 있다. 특히, 『시정신』과 『타이완문예』 잡지상에서 더욱 그
렇다.

2) 도쿄좌익시단 속의 우쿤황과 레이스위

도쿄좌익시단을 매개로 한 우쿤황과 레이스위의 교류는 1934년에
시작되었다. 1934~35년 사이에, 우쿤황은 『시정신』의 각종 활동에 적

---

47) 吳坤煌, 「希望大家能打破這目前文藝界的沈寂」, 『新生報』(1946年 4月 7日).
48) 고우키(剛木) 선생에 관한 단서는 너무 적어 조사하기 어려웠다. 짐작컨대, 좌익
시인이었던 오카모토 쥰(岡本潤, 1901~1978)이 아닌가 싶다. 오카모토는 1920년
「일본사회주의동맹」에 참여했고, 잡지 『열풍(熱風)』에 현실을 비판하는 시를 발
표했다. 1923년 츠보이 시게하루(壺井繁治) 등과 『홍과 흑(紅與黑)』을 창간해, 시
개혁을 주장하기도 했다. 그는 1933년 출판된 시집에서는 강권과 독재에 강력히
반대하는 등 무정부주의자의 격정을 드러내기도 했다.

극적으로 참여했다. 대표적인 것이, 일본좌익시인인 「엔지 데루타케(遠地輝武) 출판기념회」(1934년 10월 3일), 일본좌익시인 작품집 「『1934년 시집(一九三四年 詩集)』출판기념회」(1934년 11월 13일) 그리고 레이스위의 일본어 시집 「『사막의 노래(沙漠の歌)』간행기념회」(1935년 4월 7일) 등이었다. 주로 일본작가의 출판기념회를 위주로 한 이러한 『시정신』의 모임에는, 타이완 「문련」 도쿄지부 출신의 우쿤황 외에도 또 한 사람의 특별한 참여자가 있었다. 그는 바로 중국 「좌련」 도쿄지맹의 레이스위이다. 이들 둘은 일본작가와의 교류에 상당한 공을 들였고, 그 속에서 조국의 청년들과 타이완의 청년들은 돈독한 우의를 다질 수 있었다. 당시 타이완, 중국, 일본의 좌익문학가들 사이의 교류 활동에서, 이들 둘은 신분상 주변적 위치에 있었음에도 불구하고 일정한 대표성을 지니고 있었다 할 수 있다.

『시정신』은 「『1934년 시집』 출판기념회」와 레이스위의 「『사막의 노래』 간행기념회」에 관해 간략히 기술하고 있다. 그에 따르면, 에구치 칸의 기조연설로 시작된 「『1934년 시집』 출판기념회」에는 도합 36명이 참석했는데, 여기에는 『시정신』의 동인은 물론 다수의 유명 시인들이 포함되어 있었다.[49] 또한 활동 상황에 대해서도 간략히 기록되어 있는데, 그 가운데 이런 언급이 있다. "또한 레이스위, 우쿤황, 주용서(朱永涉) 등 중국과 식민지 제군들의 기세는 이 자리를 더욱 빛나게 했다."[50] 「『사막의 노래』 간행기념회」는 엔지 데루타케의 연설로 시작해

---

49) 예를 들어, 나가노 시게하루(中野重治), 구보카와 츠루다로(窪川鶴次郎), 기타가와 후유히코(北川冬彦), 히지카타 사다이치(土方定一), 우에무라 아키라(植村諦), 혼죠 아야오(本庄陸男), 모리야마 케이(森山啓), 고토 이쿠코(後藤郁子), 아라이 도오루(新井徹), 오구마 히데쿠마(小熊秀熊), 다카하시 신기치(高橋新吉) 등이었다. 이 단체는 이듬해 계속해서 『1935年 詩集』(前奏社, 1936년 1月)을 펴냈는데, 레이스위(雷石楡)의 시 「故れ」 또한 이 가운데 수록되어 있다.

서 기타가와 후유히코(北川冬彦)의 연설로 끝을 맺었다. 기념회에 참석한
사람으로는, 『시정신』의 동인인 우에무라 아키라(植村諦), 고토 이쿠코(後
藤郁子) 외에 「좌련」 도쿄지맹 출신의 시인인 린린, 천즈꾸, 웨이진, 푸
펑, 린환핑 그리고 만주국의 뤄퉈성(駱駝生)과 타이완의 우쿤황 등이 있
었다. 이렇게 볼 때, 주로 일본 좌익작가 중심의 시집출판기념회장임
에도 불구하고, 레이스위, 우쿤황 등 중국과 타이완 문예인사의 참여
와 표현 역시 상당한 주목을 받았음을 알 수 있다. 비교적 상세히 기
록된 이상의 출판기념회 외에도, 타이완작가들은 각종 출판기념회나 『시
정신』의 동년기념회(同年紀念會), 친목회 등의 모임에도 자주 얼굴을 내
밀었다. 가령, 시인, 소설가, 평론가, 화가, 노동자 등 약 80여명이 함께
참가한 「『오구마 히데쿠마시집(小熊秀熊詩集)』・『뒤집힌 설매(飜ふ橇)』 출
판기념회」(1935.7.1)에는, 중국인, 타이완인, 조선인들 다수가 참여했다는
기록이 있다.[51] 레이스위도 그 중의 하나였는데, 우쿤황도 참여하지
않았을까 싶다.

우쿤황이나 레이스위는 당시 모두 『시정신』의 동인이었다. 일본작
가들 중심의 이 동인 집단에서, 그들은 거의 유일한 타이완인 혹은 중
국인이었을 가능성이 높다. 그런 의미에서, 이들의 위치는 매우 특별
하고 독특한 것이었다. 특히, 우쿤황은 「좌련」 도쿄지맹의 중국인작가
들보다 훨씬 더 일본좌익문단과의 접촉이 잦았던 것으로 보인다. 그는
레이스위보다 일찍 잡지에 작품을 발표했고, 이후에도 일본어로 중국
작가들의 작품을 번역해 싣기도 했다. 그에 비해, 레이스위는 일본좌
익시단과의 접촉이 다소 늦기는 했지만, 기타오카 마사코의 연구에 따

---

50) 이것은 「『1934년 시집』출판기념회」에 관해 『시정신』에 기록되어 있는 활동 상
   황이다.
51) 北岡正子, 「雷石楡『沙漠の歌』: 中國詩人日本語詩集」, 222쪽.

르면, 이후『시정신』동인들과 상당히 내밀한 교류관계를 가졌다고 한다. 특히, 레이스위는 아라이 도오루(新井徹), 고토 이쿠코, 엔지 데루타케, 오구마 히데쿠마 등과 매우 친했고, 이들의 저작 출판기념회나『시정신』친목회 등의 각종 모임에 거의 빠지지 않고 참여했다. 이 모임들은 대부분 간담회 형식의 좌담회였는데, 회비는 50전이었고, 동인들 외에 다른 좌익작가나 평론가를 초청해서 강연을 듣기도 했다. 레이스위 자신의 회고에 따르면, 당시 초청자로는 아키타 우자쿠, 나가노 시게하루, 구보카와 츠루다로(窪川鶴次郞), 오카모토 준(岡本潤), 마키 구스오(槇木楠郞), 후지모리 세이키치, 도쿠나가 스나오, 모리야마 케이(森山啓), 에구치 칸 등이 있었다고 한다.[52] 이들 일본 문사들은 대개 서로 친구 사이로 재일중국 문예인사들과도 자주 접촉을 가졌다. 예를 들어, 아키타와 에구치는 절친한 친구 사이로, 이전에 지맹에 있던 후펑(胡風) 등과 자주 왕래했고, 궈모뭐와도 친하게 지냈다.[53] 아키타, 후지모리 역시 지맹의『질문』에 투고한 적이 있다.

우쿤황과 레이스위 두 사람은 좌익시인 엔지 데루타케의 출판기념회에서 서로 알게 되었는데, 이 또한 간담회 형식의 모임이었다.[54] 이후, 레이스위와 우쿤황은 깊은 연을 맺게 되었다고 한다. 레이스위는 이에 대해 이렇게 말한 적이 있다. "나는 우쿤황을 알게 되면서『타이완문예』와도 각별한 연을 맺을 수 있었다."[55] 레이스위는 또한 만년에 자신과『타이완문예』의 문학적 인연에 대해 다음과 같이 말하기도 했다.

---

52) 北岡正子,「雷石楡『沙漠の歌』：中國詩人日本語詩集」, 221~222쪽.
53) 鷲巢益美 等(譯), 胡風,『胡風回想錄』(東京：論創社, 1997年 2月).
54) 이는 遠地輝武의『近代日本詩の史的展望』및『石川啄木の研究』의 출판기념회이다.
55) 雷石楡,「我所切望的詩歌」,『台灣文藝』2卷 6號(1935年 6月), 123~126쪽.

「좌련」 도쿄지맹에 참여하면서 동시에 일본 좌익 시간(詩刊)인 『시정신』에도 참여했는데, 이 동인 안에선 내가 유일한 중국인이었다. 이렇게 나는 중국 시가(詩歌) 진영에선 애국·반침략 투쟁에 나섰고, 일본 시 진영에선 국제주의 반파쇼 투쟁에 참가했다. 또한 이 두 방면에서의 활동을 통해, 난 타이완의 진보적인 청년들의 문예활동(우쿤황 등이 편집한 잡지 『타이완문예』 등)에 대해서도 성원을 보냈다. 이렇듯, 난 중일문화교류와 양국 인민의 우의를 다지는데 온 힘을 기울였다.[56]

레이스위는 「좌련」 도쿄지맹 출신의 문학가 가운데 가장 주도적인 역할을 한 인물이지만, 중일 좌익시인단체의 활동에도 매우 적극적으로 참여했다. 우쿤황의 소개에 의하면, 이 중국 시인 레이스위는 타이완작가와도 깊은 연을 맺고 있었고, 우쿤황 자신도 그의 영향을 많이 받았다고 했다.

우쿤황은 레이스위가 『타이완문예』 집단과 교류하는데 교량 역할을 했고, 지맹의 또 다른 핵심멤버인 웨이진에게는 원고를 투고할 것을 부탁하기도 했다. 레이스위의 시집 『사막의 노래』가 출판되고 얼마 후, 웨이진은 시집 가운데 「시인들에게―조국에 대한 감상 1(給某詩人們―祖國的感想之一)」을 중국어로 번역했고, 연이어 「최근 중국문단의 대중어(最近中國文壇上的大衆語)」라는 글을 발표했다. 두 글은 『타이완문예』 2권 6호와 2권 7호에 각각 실렸다.[57] 웨이진은 글머리에 이렇게 적고 있다. "우(吳)군의 따뜻한 배려로 나는 꿈을 꾸는 듯 『타이완문예』를 읽었다." 이렇듯 우쿤황은 『타이완문예』를 무대로 중국과 타이완의 작가

---

56) 雷石楡, 「我在"左聯"時期的活動」, 中國左翼作家聯盟成立大會會址記念館·上海魯迅記念館編, 『左聯記念集1930～1990』(上海：百家出版社, 1990年 2月), 243쪽.

57) 雷石楡(作)/魏晉(譯), 「給某詩人們(祖國的感想之一)」, 『台灣文藝』 2卷 6號(1935年 6月), 131쪽 ; 魏晉, 「最近中國文壇上的大衆語」, 『台灣文藝』 2卷 7號(1935年 7月 1月), 193～194쪽.

교류에 심혈을 기울였는데, 웨이진의 이 말은 그 일면을 엿볼 수 있게
하는 대목이다.

이처럼 중국청년 레이스워, 웨이진 등은 「문련」 도쿄지부에 매우 열
성적으로 참여했고, 이에 호응해 타이완의 청년들 또한 그들의 좌담회
나 기타 활동 등에 참여했다. 가령, 장원환은 「타이완문단의 창작문제」
를 『잡문』에 발표했고, 우쿤황은 「지금의 타이완시단」을 『시가』에 실
었다. 특히, 타이완작가들은 이 두 개의 간행물이 창간된 초기에, 소설
과 시 방면에서 의도적으로 타이완문단의 상황에 대해 소개하는 글을
주로 게재했는데, 이는 상호 간의 교류의 적극성을 볼 수 있는 부분이
다. 당시의 상황으로 추측해 볼 때, 장원환이 『잡문』에 실은 제목만
있고 글이 없는 이 원고는, 우쿤황이 중간에서 소개한 것일 가능성이
매우 높다. 아무튼 이러한 흔적은 중국과 타이완 젊은이들 간의 월경
적 교류에 대한 하나의 증거라 할 수 있다.

재일작가들의 노력으로 중국과 타이완 문학자들 간의 교류는 날로
확대되었고, 일본좌익시단과 중국·타이완 시인 간의 상호교류 및 활
동도 점차 증가되었다. 특히, 1935년 초 레이스워가 『시정신』에 「중국
시단의 근황(中國詩壇の近況)」을 발표한 이후, 중일 시인 간의 교류는 이
전보다 훨씬 빈번해졌다. 가령, 1936년 9월 『시인』은 레이스워의 시를
포함한 『중국청년시집(中國靑年 詩集)』을 펴냈고, 아울러 중국청년들의
시 작품을 공개모집하기도 했다. 이 기획은 다음 호가 발행될 때까지
계속되었다. 타이완과 일본의 교류 상황의 경우에도, 우쿤황은 『시가』에
「지금의 타이완시단」을 발표한 후, 동일 원고를 일본어로 번역해 『시
인』에도 게재했다.(앞의 표 참고) 이 역시 타이완시단을 일본에 소개한다
는 측면에서, 그의 노력을 읽을 수 있는 대목이라 할 수 있다. 이렇듯

날로 활발해지는 월경적 교류 속에서, 1936년『문학안내(文學案內)』4월
호에서는 <조선 및 타이완 문학의 미래 I (朝鮮、台灣文學的將來 I)」라는
특집으로, 양쿠이(楊逵)의 작품을 실었고, 다음 호(2권 5호)에는 「타이완
시초(台灣詩抄)」라는 항목을 만들어, 예동르(葉冬日)의 「오추(烏秋)」, 양치동
(楊啓東)의 「새벽시장(朝の市場)」이란 두 편의 시를 전재했다.58) 아마도 이
두 편의 시가 일본잡지에 전재될 수 있었던 데에는, 누구보다도 양쿠
이의 공이 컸을 것으로 사료된다. 그렇지만 이 역시 선구적으로 교류
의 길을 닦아 놓았던 우쿤황의 노력이 없었다면, 아마도 불가능했을
것이다.59)

　우쿤황이 처음『시정신』과 관계를 맺기 시작한 것은, 타이완의 시
작품을 일본어로 번역 소개하면서부터였다. 하지만 그는 여기에 그치
지 않고, 1934년 처음으로 자신이 창작한 시를 이 잡지에 직접 발표하
기도 했다. 이때부터 그는 본격적으로 시를 창작하게 되는데,『타이완

---

58) 두 편의 시가 처음 발표된 원래 게재지 및 이후 전재(轉載)한 상황은 다음과 같다.

작가	편명	기존 게재지	시기	전재 상황
楊啓東	朝の市場	『台灣文藝』2권2호	1935.2.1	『文學案內』2권5호, 1936년　5월
冬日	烏秋	『台灣文藝』2권3호	1935.3.5	상동

59) 필자의 조사에 의하면, 우쿤황과 일본시단의 교류는 주로『시정신』과『시인』에
　집중되어 있었다. 그에 반해, 양쿠이(楊逵)는『문학안내(文學案內)』와『문학평론
　(文學評論)』등과 비교적 교류가 빈번했던 것으로 보인다. 이런 점에서 유추해볼
　때, 이 두 편의 시가『문학안내』에 전재될 수 있었던 것도 양쿠이의 추천에 의해
　이루어졌을 가능성이 높다. 양쿠이와 일본좌익문단의 교류에 이용되었던 통로와
　방식은 본문에서 언급한 바 있는 우쿤황 등과는 다르다. 이에 대해서는 편폭의
　제한으로 더 이상 논하지는 않겠다. 다만, 이와 관련된 연구로는 다음과 같은 것
　들이 있다. 참조하기 바란다. 垂水千惠, 「台灣新文學中的日本普羅文學理論受容: 從
　藝術大衆化到社會主義」, 正典的生成: 台灣文學國際研究會, 中研院文哲所(2004年　7月
　15~16日) ; 垂水千惠, 「爲了臺灣普羅大衆文學的確立－楊逵的一個嘗試」, 柳書琴・邱貴
　芬 主編, 『後殖民的東亞在地化思考 : 臺灣文學場域』(台南市 : 國家台灣文學館籌備處, 2006年
　4月)에 수록.

문예』에 발표한 것만 해도, 1934년 12월에서 1936년 8월 사이에 총 일곱 차례나 되었다. 또한 그는 『시정신』 외에, 「좌련」 도쿄지맹에서 간행하는 『시인』에도 타이완의 시단을 소개하는 글들을 게재했다. 이밖에, 1935년 9월에는 『타이완신민보(台灣新民報)』에 타이완시단을 비판하는 글을 실어 큰 논란을 불러일으킨 적도 있었다.(이에 대해서는 뒤에서 기술하기로 하겠다.)

우쿤황은 결국 1937년 봄, 일본 당국에 의해 체포되어 10개월간의 수형생활을 하게 되었고, 석방되자마자 곧바로 타이완으로 추방되었다. 타이완으로 돌아온 그는 당시 『풍월보(風月報)』에서 일하고 있던 장원환을 통해, 일자리를 구하고자 했지만 실패하고 얼마 후, 다시 중국으로 건너갔다. 이번의 중국행은 순전히 개인의 생계를 위해서였다. 그가 중국으로 간 이후의 행적에 대해서는 현재까지 자세히 알려진 바가 없다. 특히, 전후에는 동료문인들로부터 문학을 버리고 상업에 종사한다는 오해 아닌 오해를 받게 되었고 결국에는, 점차 문학의 길에서 멀어져갔다.[60] 이렇게 볼 때, 사실상 그의 창작에 있어 최고의 절정기는 1934년에서 1936년까지라고 할 수 있을 것이다. 결론적으로, 이 기간 동안 그는 시 창작뿐만 아니라 일본좌익시인 및 재일중국시인들과도 실질적인 교류를 진행함으로써, 타이완, 중국, 일본의 좌익성향 작가들의 교류 및 연대에 분명히 하나의 단초를 마련했다 할 수 있을 것이다.

---

60) 吳坤煌,「懷念文環兄」, 謝霜天,「再出發的詩人－訪吳坤煌老先生」 등 참조.

4. 「문련」 도쿄지부와 「중국좌익작가연맹」(좌련) 도쿄지 맹 간의 교류

앞에서도 언급한 바와 같이, 「문련」 도쿄지부와 「좌련」 도쿄지맹은 우쿤황과 레이스위의 활발하고 빈번한 교류를 토대로, 타이완문단과 재일중국좌익문학가 그리고 도쿄좌익시단 간의 다방면에 걸친 교류네 트워크를 구축할 수 있었다. 우와 레이 두 사람은 도쿄지부라는 접촉 무대와 작품투고라는 교류방법을 통해, 재경중국좌익작가와 그들에게 생소한 타이완문단의 여간해서는 갖기 어려운 접촉을 시작했다. 1935 년 『타이완문예』에 중국좌익청년작가들의 원고들이 속속 등장한 것이 그 예라 할 수 있다. 사실, 중국과 타이완의 신문학교류가 점차 줄어드 는 추세였던 당시로서는, 이러한 적지 않은 중국청년좌익작가들의 원 고는 더 없는 힘이 되어주었다.

1) 레이스위, 웨이진 등과 『타이완문예』

우쿤황이 『타이완문예』 창간호를 레이스위에게 소개한 것이 계기가 되었던지, 1935년 2월 레이스위가 「문련」 도쿄지부의 첫 번째 간담회 에 모습을 드러냈다. 간담회에서 그는 타이완 동호인들에게 중국문예 계 상황에 대해 소개했다. 당시 일본어가 그다지 유창하지 않았던 레 이스위는 라이밍홍(賴明弘)의 통역으로, 다음과 같이 자신의 감상을 밝 혔다.

저는 얼마 전 『타이완문예』를 볼 기회가 있었습니다. 하지만 아직 다 읽지는 못했습니다. 우선, 전 여러분의 노력에 경의를 표하고 싶습니다.

이 문예지는 이전의 잡지와는 달리 새로운 의식을 보여주고 있습니다. 더욱이 그 입장이 단지 타이완에만 국한되지 않고 중국과 협력하며 전진해갈 것을 요구하고 있다는 점에서 저는 경탄했습니다. 그 덕택인지 중국과 타이완 양자 사이에는 벌써부터 상당한 협력을 바탕으로 관계를 발전시켜 나가고 있다고 생각합니다.[61]

레이스위는 『타이완문예』 창간호의 내용에 대해서는 그다지 흥미를 느끼지 못했던 것 같다. 그러나 이 잡지의 입장과 주장, 야심에 대해서만큼은 올바로 이해하고 있는 듯 보인다. 뿐만 아니라 『타이완문예』의 "입장이 타이완에 국한되지 않고", "중국과 협력하며 전진해간다."는 기본방향에 대해서도 상당히 긍정적인 평가를 내리고 있는 것을 볼 수 있다. 사실, 『포르모사』 시기부터 "입장을 타이완에 국한시키지 않는"다는 것은, 당시 도쿄에 체류하고 있던 타이완 문예청년들의 공통된 인식이었고, "중국과 협력하며 전진해간다"는 부분은 「문련」 도쿄지부의 야심찬 기획 중의 하나였다. 더불어 반제, 반전, 반침략의 이념은 중국좌익작가 레이스위와 타이완의 반일작가를 하나로 묶어주는 주요 기반이었다.

예상하다시피, 레이스위와 타이완작가들과의 교류는 주로 『타이완문예』를 중심으로 전개되었다. 1935년 4월부터 『타이완문예』는 잇달아 레이스위의 작품을 싣기 시작했다. 발표된 작품은 시 4편, 시평 2편, 서신 1편, 소설 1편이었다. 이로 보아, 레이스위는 「문련」 도쿄지부와 상당히 밀접한 관계를 유지하고 있었다. 특히, 『타이완문예』를 통해 타이완작가들을 알게 되었고, 그들에게 깊은 관심을 보이고 있었음을 알 수 있다.

---

61) 「台灣文聯東京支部第一回茶話會」, 『台灣文藝』 2卷 4號(1935年 4月 1日), 27쪽.

『타이완문예』 2권 6호(1935년 6월)에는, 레이스위의 「시인들에게-조국에 대한 감상 1」이 게재된 것 외에도 동 잡지 2권 4호(레이스위의 첫 번째 글도 여기에 실려 있다)에 발표된 시들에 대한 그의 시평도 실려 있다. 「내가 간절히 바라는 시-4월호에 발표된 시에 대한 비평 (我所切望的詩歌-批評四月號的詩)」이 바로 그것인데, 여기에서 그는 우쿤황의 시 「천자이쿠이 군을 애도하며(悼陳在葵君)」를 예찬한 것 외에는 양셔우위(楊守愚), 우쿤청(吳坤成), 우용푸, 윙떠우(翁鬧), 양화(楊華), 즈징(子敬), 관딩런(管頂人) 등의 시에 대해서는 평가가 반반이거나 대부분 부정적인 평가를 내리고 있다. 그 이유는, 『타이완문예』에 발표된 시들은 온통 "비관, 슬픔, 사랑에 취해있거나 신변잡기 같은 잡다한 읊조림"뿐이라고 생각했기 때문이다. 더불어, 그는 타이완 시인들에게는 사회주의 인생관과 유물변증법적 사고방식이 결여되어 있다고 에둘러 비판하기도 했다.

　　타이완 작가들이여! 시인들이여! 그대들의 머리 위를 짓누르고 있는 가혹한 현실적 굴레와 그 굴레 속에서 신음하고 있는 대중들의 삶, 그리고 세계적 모순이 갈수록 첨예화되고 있는 현 단계의 갖가지 양상들이 떼려야 뗄 수 없는 불가분리의 관계를 맺고서 그대들의 몸을 서서히 옭아매고 있는 것이 그대들의 눈엔 진정 보이지 않는단 말인가? 그럼에도 불구하고 명색이 시인이라고 하는 그대들은 어찌해서 무수한 현실적 제재의 울타리 뒤로 몸을 숨기고 시대와는 하등의 관계도 없는 신음의 가락만을 흥얼거리고 있는가?[62]

레이스위의 이 말은 결국 타이완시인들에게 민중들의 삶과 사회적

---

62) 雷石楡, 「我所切望的詩歌-批評四月 號的詩」. 이 글은 중국어로 쓰였다.

현상들을 과감하게 표현하고, 시대적 현실을 대담하게 폭로하는 작품을 창작할 것을 호소하는 것이라 볼 수 있다. 다시 말해, 설령 예술적 표현에 있어 작가 나름대로 각기 특장을 지니고 있다 하더라도 세계관만큼은 하나로 통일되어 있어야지 비로소 역사적이고 현실적인 가치를 지닌 작품을 창작할 수 있다는 것이다.

　레이스위가 『타이완문예』에 게재한 이 글은, 전적으로 자신의 좌익적 문학이념에 기초해 타이완시단을 비평한 것이다. 결국 이 글은 곧바로 우쿤황의 화답을 이끌어냈다. 8월, 우쿤황이 『시가』에 「지금의 타이완시단」이란 글을 발표했던 것이다. 그의 글은 레이스위의 비평에 대한 얼마간의 반박의 성격을 띠고 있었다. 그는 타이완에는 단지 무병신음의 시인들만 있는 것이 아니라 오히려 역사의 진보를 응시하며, 현실적 굴레에서 신음하고 있는 민중들의 삶 속으로 깊이 들어가 사회모순을 통해 타이완의 현실을 파악하고자 하는 시인들이 적지 않다는 것을 지적하며, 그 예로 왕바이웬과 자신을 들었다. 특히, 그는 왕바이웬에 대해 각별한 존경을 표했다. 그러나 그 역시 타이완시단이 전체적으로 볼 때, 분명 현실의 진흙탕 속에서 몸을 빼지 못하는 나약하고 못난 행태에서 벗어나지 못하고 있음을 인정했다. 그래서 그는 탄식과 신음은 이제 그만두고 보다 적극적으로 세계의 보편적 모순을 통해 현실을 파악하고 표현해야 한다는 것을 강조했다. 또한 그는 한 발 더 나아가 9월에는, 『타이완신민보』 문예란에 타이완의 시 평단에 대해서도 비판을 가함으로써, 타이완문단에 적지 않은 논란을 불러일으켰다.63) 아마도 이 모두가 레이스위가 타이완시단에 보였던 관심과

---

63) 吳坤煌, 「現在的台灣詩壇」. 필자는 우쿤황이 『타이완신민보』에 발표한 비평을 아직 보지 못했다. 여기에서 인용한 것은, 그가 「지금의 타이완시단」에서 언급한 것이다. 글에는 이렇게 되어 있다. "9월 『신민보(新民報)』 문예란에 우쿤황이 던

비판에서 촉발된 것이라 볼 수 있을 것이다.

아무튼 이것은 우쿤황, 레이스위, 웨이진 등의 지면을 통한 상호교류를 확인할 수 있는 대목이라 할 수 있다. 또한 우쿤황의 회고에 따르면, 이들 외에도 린환핑, 푸펑 등과의 합작과 교류도 있었음을 확인할 수 있다. 그러나 이외에도 「타이완문예연맹」(「문련」)과 「좌련」 도쿄지맹 사이에는 또 다른 상호 활동이 있었다. 예를 들면, 『타이완문예』는 창간된 지 얼마 되지 않아 루쉰, 고리키, 톨스토이 등과 관련된 연구나 작품의 중국어 번역을 잇달아 실었다. 마쓰다 와타루(增田涉)가 쓰고 완티에(頑鐵)가 번역한 「루쉰전(魯迅傳)」(4기에 걸쳐 연재되었다)이라든지, 이시엔(宜閑)이 번역한 고리키의 「독수리의 노래(鷹之歌)」, 장루웨이(張露薇) 번역의 「배 위에서(在輪船上)」 그리고 춘웨이(春薇)가 번역한 톨스토이의 「아이의 지혜(小孩子的智慧)」 등이 그것이다. 그러나 이것들 전부가 타이완 청년들 손에서 나왔다고는 볼 수 없다. 오히려 그 내원을 따져 보면, 좌익문학을 소개하고 교류하는데 있어 지대한 공헌을 했던 도쿄지맹의 중국인 청년들을 떠올리지 않을 수 없다.

2) 문련 상임위원 라이밍홍(賴明弘)의 궈모뤄 방문

1934년 9월 상순 경, 「타이완문예연맹」 발기인이자 상임위원 중의 한 명인 라이밍홍이 문련의 해외확장이란 임무를 띠고 도쿄에 왔다.[64]

진 거대한 폭탄은 시 평단을 일시에 흔들어 놓았다. 일부 자기 주관이 없는 시인들은 반성과 재출발을 제기하며, 한번쯤 생각해 볼만한 문제라고 했다."

64) 『신고신보(新高新報)』 442, 467호의 <편집여묵(編輯餘墨)>에는 다음과 같은 기사가 실렸다. "본보의 한문부(漢文部) 편집 주임 라이밍홍씨는 근자에 건강이 좋이 않아 자리에서 물러나 내지로 건너가 정양을 하기로 했다. 이에 본보의 제 동인들은 안타까움을 금치 못했다." "본보 한문부 편집이었던 라이밍홍 군은 작년 9월 초순부터 큰 뜻을 품고 도쿄에 갔다. 도쿄에서 문예를 연구하고, 이에 그 소

본래의 목적은 정체에 빠져 있는 「타이완예술연구회」의 활동을 촉진
하고 타이완 안팎의 문학/문화 방면의 교류와 합작을 추진하는 것이었
다. 그러나 당시 「문련」 상임위원이었던 라이밍홍은 이 기간 중에,
1928년 일본으로 망명한 뒤로 재일중국 좌익청년들의 지도자로 추앙
되었던 궈모뤄 선생을 방문하게 된다. 『타이완문예』 2권 2호(1935년 2월)
의 관련기록에 근거해 유추해보면, 라이밍홍은 1933년 5월 이미 한차
례 궈모뤄를 방문한 적이 있던 재일타이완학생 차이송린(蔡嵩林)[65]의 소
개를 통해, 1935년 11월 19일 궈모뤄에게 먼저 서신을 띄웠고, 11월21
일 방문을 허락한다는 답신을 받고 드디어 12월 2일 "흥분된 마음"으
로 그를 찾아가게 되었던 것이다[66] 이번 방문이 있은 뒤로, 『타이완문
예』는 궈모뤄의 원고를 받을 수 있었다. 물론, 잡지상에서 궈모뤄와
관련된 정보나 보도는 별로 없다. 하지만, '지도자'를 방문해 지도를
받고 싶다는 『타이완문예』 집단의 속내와 바람은 은연중에 표현되고
있다.

　　그럼, 라이밍홍은 왜 궈모뤄를 방문했던 것일까? 그는 궈모뤄에게

　　득이 적지 않았다. 이번에 다시 돌아와 본보 편집부에서 활약하고 있다." 『新高新
　　報』 442號(1934年 9月 15日), 13쪽 참조. 라이밍홍에 관한 최신 연구로는 張雅惠,
　　「賴明弘及其作品研究」(國立台灣師範大學台灣文化及語言文學研究所碩士論文, 2007年 6
　　月)이 있다.
65) 차이송린(蔡嵩林)의 생졸년에 대해서는 아직까지 알려진 바가 없다. 1933년 당시
　　에는 일본에 머무르고 있었지만, 타이완 내에 있는 「타이완문예협회」 성원들과
　　는 지속적인 연락을 취하고 있었다고 한다. 또한 『선발부대(先發部隊)』 및 『제일
　　선(第一線)』에 「궈모뤄선생방문기(郭沫若先生的訪問記)」 및 시 「창가 앞에서(窗前)」
　　를 발표하기도 했다. 이것으로 보아, 그는 일본에서 이과(理科)를 공부하고 있었
　　지만, 중국 당대문예에 대해서도 남다른 관심을 가지고 있었던 청년으로 보인다.
66) 賴明弘, 「郭沫若先生的信」, 「訪問郭沫若先生」, 『台灣文藝』 2卷 2號(1935年 2月), 98~
　　100쪽, 106~112쪽 참조. 안타깝게도 『궈모뤄연보(郭沫若年 譜)』 및 『궈모뤄서신
　　집(郭沫若書信集)』에는 이와 관련된 기록이 없어, 궈모뤄 자신의 생각에 대해서는
　　자세히 알 수 없었다.

보낸 서신에서, 「타이완문예연맹」의 성립과 그 취지에 대해 설명하고 「문련」 인사들이 궈모뤄 선생의 조언과 충고를 갈망하고 있다는 뜻을 간곡하게 표했다.

　　위에서 말한 바와 같이, 저희들은 오직 우수한 지도자가 없는 것에 통감할 따름입니다. 저희 위원들은 식견이 깊지 못하고 경험도 천박해 앞으로 선배 제공(諸公)들의 지도와 편달을 갈망하고 있습니다. 특히, 평소 저희들이 존경해 마지않는 선생님께 삼가 바라오니, 타이완신문학의 처녀지를 개척할 방법과 출로를 가르쳐 주셔서, 동일민족의 문학이 뻗어나가고 역사적 책무를 다 할 수 있도록 해 주시길 바랍니다. 그렇다면 저희들 임무의 한 가지는 완성을 고할 수 있을 것입니다.[67]

　위 서신에 따르면, 「문련」 상임위원 라이밍훙이 궈모뤄를 찾아간 것은, 중국좌익작가의 지도와 조언을 얻어 "동일민족의 문학"을 발전시켜 그 "역사적 책무"를 다할 수 있도록 하기 위해서였다. '역사적 사명'이나 '역사적 책무' 같은 말은 당시 좌익인사들이 즐겨 쓰는 일종의 관용어였다. 라이밍훙이 말한 「문련」의 역사적 책무와 우쿤황이 말한 '도쿄지부의 역사적 사명'은 모두 문학 활동을 통해, 타이완의 해방과 조국의 광복 나아가 사회주의 세계를 건립하는 것을 의미하는 것이다. 당시 상황으로 볼 때, '동일민족 문학'의 발전과 이를 위한 연계에 있어 비교적 안전하고 편리한 방법은, 비교적 자유로운 도쿄에 체류하고 있다는 상대적 이점을 살려, 도쿄에 있는 중국작가와 우선적으로 교류하는 것뿐이었다. 「문련」 도쿄지부는 확실히 이런 방향에서 많은 노력을 기울였다.

---

67) 賴明弘, 「郭沫若先生的信」, 『台灣文藝』 2卷 2號(1935年 2月), 99쪽. 『궈모뤄연보(郭沫若年譜)』에도 이 일에 대한 기록이 있다.

그러나 라이밍훙이 지면에 발표한 귀모뤄의 회신과 그의 방문 기록
으로부터 보면, 귀모뤄는 타이완작가들에게 광범위하게 신구문학가들
과 연락을 취할 것과 보다 "적극적이고 대담하게" 문학 활동을 전개할
것을 권고한 것 외에는 특별히 「문련」 인사들에게 어떤 구체적인 지
시를 내린다거나 하지는 않았던 것으로 보인다. 하지만 '적극적이고
대담하게'라는 말 속에 이미 귀모뤄의 바람이 다 들어있다고 할 수 있
다. 「좌련」 도쿄지맹의 간행물과 비교해 볼 때, 당시 타이완의 고압적
인 상황 하에 처해있던 『타이완문예』는 확실히 약간은 보수적이고 의
기소침해 있었다. 때문에 지면상에 모든 일을 기록하기란 분명 한계가
있었을 것이다. 오히려 「문련」 인사나 도쿄지부 구성원들의 중일 좌익
문학가와의 교류 상황으로부터 유추해 볼 때, 귀모뤄는 사적으로는 그
들에게 지시를 내리기도 했고, 그들에게 미친 영향도 우리가 생각하는
것 이상이었던 것으로 보인다. 앞에서 기술했다시피, 우쿤황, 장원환
등과 지맹 성원들 간의 교류는 중국과 타이완 청년들 간의 교류의 깊
이를 짐작케 해 준다. 또한 이외에도 타이완 청년들은 귀모뤄와도 잦
은 접촉을 가졌던 것이 분명하다. 귀모뤄와 일본 좌파지식인 마쓰다
와타루의 『타이완문예』에서의 짤막한 대화가 바로 좋은 예라 할 수
있다. 1935년 정월 초하루, 귀모뤄는 『타이완문예』에 한 통의 글을 보
내왔다. 내용인즉슨, 마쓰다 와타루가 가이조사(改造社)에서 출판한 『루
쉰전』 중에, 로망 롤랑이 루쉰에게 보낸 서신을 창조사(創造社)가[68] 압
수했다고 하는 부분이 나오는데, 이는 잘못된 것이니 사실을 바로잡아
달라는 것이었다. 『타이완문예』는 곧바로 2월호에 「『루쉰전』의 오류
(魯迅傳中的誤謬)」[69]라는 제목으로 귀모뤄의 이 글을 실었고, 즉시 그것을

---

68) 1921년 귀모뤄 등이 만든 문학단체.(옮긴이)

마쓰다 와타루에게 보냈다. 마쓰다 와타루는 그 글을 읽고 바로 다음 호인 3월호에 「『루쉰전』에 관한 해명(『魯迅傳』について言分)」70)이란 글을 발표해, 궈모뤄에게 사과의 뜻을 분명히 했다. 그리고 글 말미에는, 『타이완문예』의 건승을 바란다는 말도 잊지 않았다. 궈모뤄는 사실 타이완문단과는 전혀 관련이 없는 이 반박문을 중국간행물도 아닌 바로『타이완문예』에 발표함으로써, 결과적으로 『타이완문예』의 지면을 통해, 중일 좌익문학 인사들이 대화하는 진풍경을 낳게 했고, 아울러 『타이완문예』와 중국연구 방면에서 중요한 학자인 마쓰다 와타루와의 접촉을 가능케 해주었다. 어쩌면 이 역시 『타이완문예』에 대한 궈모뤄의 특별한 배려가 아닐까?

도쿄에 가서 합작과 교류를 추진했던 라이밍훙이 타이완으로 돌아온 것은 1935년 3월이었다. 그런데 이 지도적 인물의 귀환 이후, 『타이완문예』는 급속하게 이에 대한 반응을 쏟아내기 시작했다. 혹시 라이밍훙이 개인적으로 어떤 흥분할만한 소식을 가지고 돌아온 것은 아니었을까? 그가 타이완으로 돌아온 다음 달『타이완문예』 4월호에는, 곧바로 「문련」 도쿄지부 제1회 간담회에 관한 기록과 「좌련」 도쿄지맹 일원인 레이스위의 시 「흔들리는 대지(顚へる大地)」가 실렸다. 이는 옛『포르모사』동인이 「문련」 도쿄지부라는 새 단체의 명의로『타이완문예』에 처음으로 그 모습을 드러낸 것이기도 했고, 「좌련」 도쿄지맹 성원이 처음으로 『타이완문예』에 공개적으로 참여한 것이기도 하다는 점에서, 특별한 의미를 지니는 것이라 할 수 있다.

5월호에도 격려의 마음을 담은 글들이 실려 있는 것을 곳곳에서 볼

69) 郭沫若, 「魯迅傳中的誤謬」(中文),『台灣文藝』2卷 2號(1935年 2月), 87~88쪽.
70) 增田涉, 「『魯迅傳』について言分」,『台灣文藝』2卷 3號(1935年 3月), 42~44쪽.

수 있다. 라이밍훙은 모리츠구 이사오(森次勳)가 일본 『문예(文藝)』에 발
표한 바 있던 「중국 문단의 근황(中國文壇的近況)」을 번역해 실었다. 그런
데 번역문 서두에, 그는 특별히 다음과 같이 적고 있다. "중국문학은
타이완문학의 모체일 뿐 아니라 서로 끊을 수 없는 인연을 가지고 있
다. 중국문학의 정수를 섭취하고 소화하는 것은 우리들의 공통된 욕구
이다. 그러나 안타깝게도 최근 우리는 여러 정세 때문에 중국문학을
너무나도 멀리해 왔다."71) 이밖에도 라이밍훙은 역시 같은 호에 실린
「우리들의 현재 임무(我們目前的任務)」란 글을 통해, 대중 속으로 깊이 들
어가 대중을 사랑하고 대중의 마음의 소리를 반영해야하는 문예운동
의 중요성을 재삼 반복해서 강조하고, 아울러 「문련」 성원들에게는
"독자에게 다가가고, 대중과 악수하자.(親近讀者, 和大衆握手)", "개성을 초
월해서 제휴하고 전진하자.(超越個性, 提攜前進)", "「문련」을 지지하고 타이
완문학을 옹호하자(支持文聯, 擁護台文)"라는 3대 임무를 당부했다. 또한,
그는 한층 격앙된 어조로 "중일과의 경쟁", "세계문학과 어깨를 나란
히"라는 목표를 강조하기도 했다.

정신문화가 가장 낙후된 우리 타이완에서 『타이완문예』는 획기적인
성과를 이룩했고, 미증유의 기록을 세웠다. 그러나 그렇다고 해서 위세를
떨 정도는 아직 아니다. 지금의 수준은 여전히 저급하다 할 수 있다. 더
욱이 중국문학이나 일본문학과 경쟁하고 나아가 세계문학과 어깨를 나란
히 할 수 있으려면, 길은 아직도 요원한 게 사실이다. 따라서 그렇게 되
기 위해서는 분투에 분투를 거듭하고 노력에 노력을 더하며, 있는 힘을
다해, 죽을힘을 다해 노력하는 길 뿐이다.72)

---

71) 森次勳(著)/ 賴明弘(譯), 「中國文壇的近況」, 『台灣文藝』 2卷 5號(1935年 5月 5日),
    22~24쪽.
72) 賴明弘, 「我們目前的任務」, 『台灣文藝』 2卷 5號(1935年 5月 5日), 65쪽.

이상에서, 라이밍홍은 타이완 문예가들에게 「문련」의 지도를 받아들일 것, 대중을 중시할 것, 한마음으로 단결할 것이라는 이른바 '3대 임무'에 대해 호소하는 것과 동시에 타이완 문예가들로선 쉽지 않은 과중한 임무 하나를 별도로 부여하고 있는 듯 보인다. 그것은 바로 중일작가들과의 합작이다.

같은 호에 실린 장선치에의 「『타이완문예』의 사명(『台灣文藝』的使命)」 역시, 군중 속으로 깊이 들어갈 것과, 중일 작가들과의 교류 그리고 보다 적극적이고 대담하게 문예활동을 전개할 것 등을 표명하고 있다. 아마도 이는 당시 「문련」 핵심멤버들의 공통된 희망이었던 것 같다. 장선치에는 다음과 같이 말했다.

> 『타이완문예』는 출간된 이래, 여러 동지들의 힘을 얻어 호를 더할수록 내용이 충실해져가고 있다. 자이(嘉義) 지부의 분투와 도쿄지부의 노력 그리고 타이완 지부의 조직 활동 등, 우리의 활동은 시시각각 확대되어 가고 있다. 또 최근에는 상하이에 지부 하나를 더 조직할 것을 결정했고, 이를 위해 왕바이웬, 장칭장(張慶璋), 장팡저우(張芳洲) 등 제 동지들을 중심으로 활발한 활동을 전개하고 있다. 타이난(台南)에선 이미 지부조직 작업에 착수했으며, 샤먼(廈門) 쪽에서도 몇몇 동지들이 본부에 서신을 보내와 지부 설립 허가를 요청한 바 있다. 이제 우리들의 활동은 문필운동의 차원을 넘어 점차적으로 실천운동으로 나아가고 있다.[73]

타이완↔도쿄↔상하이! 「문련」의 상임위원이자 『타이완문예』 편집인의 중임을 맡고 있는 장선치에 역시 이렇게 의욕에 찬 타이완 문예운동의 청사진을 그려내고 있었던 것이다. 다시 말해, 일찍이 좌익사상의 세례를 받은 이 문학 기수의 마음속에도 지역을 초월한 활동을

---

73) 張深切, 「『台灣文藝』的使命」(1935年 5月 5日), 19쪽.

통해, 타이완문학운동을 '문필운동'에서 '실천운동'으로 발전시키고자
하는 목표가 있었던 것이다. 아마도 이는 그의 이상인 동시에 『타이완
문예』의 사명이었을 것이다.

  2권 7기(7월호)부터 『타이완문예』에는 라잉밍홍이 새롭게 편집위원으
로 참여했다. 그래서인지, 이번 7월호엔 특별히 라이밍홍과 함께 궈모
뤄 선생을 방문했던 차이송린의 글이 발표되었다. 중국현대문단의 동
향을 소개하는 「중국문학의 근황(中國文學的近況)」이 바로 그것이다. 편집
인 장선치에는 「편집후기」에서 다음과 같이 말하고 있다. "우리들의
기관지는 지금 중대한 자극을 통해 분투·약진하기 시작했다. 보수에
서 확대로, 소극에서 적극으로, 부연(敷衍)에서 전투로 나가고 있는 중
이다."[74] 여기서 말하는 중대한 자극이란 다름 아닌 지역을 초월한 교
류의 전개일 것이다. 장선치에의 말은, 바로 이러한 자극을 받아 『타
이완문예』는 지금 의욕으로 가득 차 있음을 강조하는 것이라 할 수
있다.

  도쿄지부 성원들은 『타이완문예』를 레이스위나 웨이진 등 재일중국
작가들은 물론이고, 일본 좌익문사들에게도 소개하고 그들에게 투고를
부탁했던 것 같다. 그래서 지면에 도쿄 문사들로부터 온 글들이 보인
다. 예를 들면, 구노 도요히코(久野豊彦)의 「도쿄문학을 경멸하라(東京文學
を輕蔑し給へ)」, 오키타 노부유키(沖田順之)의 「방화의 빈곤(邦畫の貧困)」, 우
에무라 아키라의 시 「고엔쟈역 앞을 지나며(高圓寺驛前通り)」 등이다.[75]
우에무라 아키라는 일찍이 우쿤황과 함께 『1934년 시집』 출판기념회
및 『사막의 노래』 간행기념회 등에 참석한 적이 있다. 그의 시는 『타

---

74) 張深切, 「編輯後記」, 『台灣文藝』 2卷 7號(1935年 7月 1日).
75) 우에무라 아키라(植村諦)의 글은 3권 6호에 실렸고, 다른 두 편은 3권 4·5 합병
    호에 실렸다.

이완문예』에 우쿤황의 시와 나란히 실렸는데, 이 역시 우쿤황이 중간
에 소개했을 가능성이 크다. 구노 도요히코(1896~1971, 소설가 겸 평론가)[76]
의 「도쿄문학을 경멸하라」(1936. 4)는 매우 흥미로운 글이다. 구노는 이
글에서 상업주의와 퇴폐주의, 허무주의에 빠져있는 도쿄문단을 대대적
으로 비판하며, 타이완작가들에게 도쿄문단을 동경하거나 맹목적으로
추종하지 말 것을 호소하고 있다. 그는 오히려 타이완작가들은 용감하
게 새로운 사회 상황을 묘사해야 한다고 하면서, 펄 벅의『대지』처럼
중국의 토지와 농민에서 제재를 취한 진실한 작품이야말로 실로 본받
을 가치가 있다고 말했다.

　1936년경에 도쿄 문사가 타이완작가들에게 도쿄문단을 버리고 타이
완문학의 주체성을 확립할 것을 호소했다는 것은 매우 보기 드문 현
상이다. 그러나 이러한 생각이 나오기까지에는 재일타이완 청년들의
오랜 기간의 단련과 모색과 노력의 결과에 그 공을 돌리지 않을 수 없
다. 선진적인 도쿄를 갈망해서 왔고, 그래서 제도(帝都)를 헤매고 다니
고는 있지만 그렇다고 해서, 타이완 문예청년들에게 있어 일본문학가
를 모방하고 흉내 내는 것이 그들의 유일한 목적이었던 적은 한 번도
없었다. 신감각파니, 좌익문학이니 하는 온갖 유파가 백화점식으로 화
려하게 전시되어 있는 도쿄문단이었지만, 그것이 어느 유파든 상관없
이 대부분의 재일타이완작가들의 눈은 언제나 남국의 향토를 주시하
고 있었다. 그들이 그토록 사랑하는, 그렇지만 그들을 너무나도 아프
게 하는 '향토(鄕土)', 그리고 약자들에게 그토록 부러움의 대상이었던

76) 구노 도요히코(久野豊彦)는『포도원(葡萄園)』,『근대생활(近代生活)』등의 잡지에
　　참여했고, 단편소설집으로『제2의 레닌(第二個列寧)』, 평론집으로『신예술과 다다
　　이즘(新藝術與達達主義)』등이 있다. 1932년 장편소설『인생특급(人生特急)』이 출
　　판금지처분을 당한 후, 그의 관심은 경제학으로 옮겨갔다. 呂元明 主編,『日本文學
　　詞典』, 421쪽 참조.

현대적 담론이나 사회주의이론이 선사해준 새로운 꿈과 이상이 바로 재일타이완청년들의 마음과 시선을 온통 사로잡고 있었다. 다시 말해, 그들에게 있어 타이완, 중국, 일본의 좌익문인들이 연합해서 건립한 탈식민, 탈종족의 새로운 국가는, 바로 자신들처럼 조국을 상실했거나 혹은 자신이 속한 사회에서 소외된 약자들이 마음속에 그리는 꿈이자 이상의 하나였다. 타이완작가들에게 있어 도쿄문단이란 한낱 약간의 자유로운 상상의 공간과 비교적 많은 정보와 지식 그리고 어느 정도는 우월해 보이는 전업 조건을 제공해주는 곳에 지나지 않을 뿐이었다.

타이완, 중국, 일본의 좌익문학가와 문화인의 지역을 초월한 교류는 1935년 11월 창간된 『타이완신문학(台灣新文學)』의 중점사업 중의 하나이기도 했다. 타이완 좌익의 기수이자 이 잡지의 발행인인 양쿠이는 『타이완문예』의 월경적 교류의 토대 위에서, 일본의 좌익문사들과 활발한 교류와 합작을 진행했다. 그러나 반면에, 재일중국작가들과 접촉하는 데 있어서는 「문련」보다는 상당히 부진했다. 또한 월경적 교류의 측면에서, 「문련」 도쿄지부는 상대적으로 각종 활동을 활발하게 추진했던 「좌련」 도쿄지맹에 비하면, 아직 미성숙한 단계를 면치 못한 것도 사실이다. 그러나 중국이 만여 명에 달하는 재일학생과 교민, 게다가 최소한 500명은 넘는 진보적 인사를 가지고 있었던데 비한다면, 고작 십여 명으로 조직된 「문련」 도쿄지부가 상호교류에 있어 이 정도의 수확을 올릴 수 있었다는 것은 실로 놀라운 일이 아닐 수 없다.

우쿤황이 말했다시피, 「문련」 지도부가 지역을 초월한 교류에 있어 이룩해 낸 성과는 타이완문학사에 있어 전무후무한 것이었다.

나오며

『포르모사』는 3기를 끝으로 더 이상 버티지 못하고 「타이완문예연맹」과 합류할 것을 결정했다. 이후, 지부가 설립되면서 외지에 체류하고 있는 문학가와 타이완문단 사이에는 비교적 밀접한 관계가 형성되기 시작했다. 「문련」의 지부에 대한 기대 역시 이러한 재일타이완문학자들에게 새로운 자극을 가져다주었다. 일찍이 『포르모사』를 탈퇴한 바 있던 우쿤황 역시 그동안 소원했던 장원환 등과 다시 힘을 합쳐 「문련」 도쿄지부를 중심으로 많은 활동을 펼쳐나갔다. 지부는 도쿄라는 지리적 이점을 살려 중국, 조선, 만주국 출신의 재일문학가들과 왕래할 수 있었고, 일본의 좌익문학 단체와도 교류할 수 있었다.

우쿤황, 장원환 등 지부에 속한 작가들은 본시 문학을 통해 반식민 운동을 계승하고자 한 사람들이었다. 그들이 도쿄에 있는 각종 반제(反帝)단체에 가입했던 것도 바로 그 때문이다. 물론 그들의 활동에는 분명 한계가 있기는 했지만, 그래도 일본이나 중국의 좌익단체들 속에서 그들의 자취를 찾기란 어렵지 않다. 이들 재일청년들에게 있어서 궁극적 관심은 역시 타이완이었다. 따라서 반제운동 속에서 그들은 독립된 중심 주체였고, 통일전선 속에서는 여타 다른 민족들과 동등한 입장에서 협력했다. 그러나 또 다른 측면에서는, 중국과 일본의 민족을 운동의 주체로 하는 국제진영에 종속됨으로써, 전선의 주변적 객체가 될 수밖에 없었다. 이렇듯 중심이면서 주변인 문학운동과 문화항쟁의 형태 그리고 당시 타이완 작가들과 중국, 일본, 심지어 조선, 만주국 등의 문학가들과의 왕래는 타이완문학사에 있어 매우 특별한 한 페이지라 할 수 있다.

일본 좌익문화계에는 일찍이 상당한 정도의 규모를 갖춘 지역을 넘나드는 활동이 있었다. 특히, 일본의 좌익극단과 좌익문단을 중심으로 한 월경 활동에는 중국, 타이완, 조선 심지어 국제 좌익단체까지 포괄하는 일본 내 각국 인사들이 참여했다. 타이완의 문예청년과 중국의 연극 혹은 문학 인사들 간의 교류와 접촉은 바로 이러한 토대 위에서 이루어진 것이다. 억압받는 민족을 하나로 연합해 사회주의 혹은 사회주의 국제문화를 건립하는 것은 사회주의혁명의 전략인 동시에 사회주의 문화운동의 이상이다. 자신들의 미약한 힘만으로는 타이완의 식민지 현실을 타개할 수 없었던 재일타이완청년들 역시 일본 좌익진영의 힘을 빌려 중국 및 기타 민족혁명세력과 폭넓은 연대를 통해 국제연합전선을 형성하는 것이 타이완 해방을 위한 첩경이라고 생각했다. 우쿤황도 「츠키지극장」을 통해 일본, 중국, 조선의 좌익인사들과 접촉하게 되면서, 점차 이러한 방향으로 운동을 전개시켜 나갔다. 그러나 이 때문에 그가 보기에 충분히 대중화되어 있지도 않고 급진적이지도 않은 『포르모사』 집단과 한때 소원해지기도 했지만, 「문련」 도쿄지부가 성립되면서 내걸었던 문예대단결이란 모토는 그로 하여금 다시 한 번 고향의 문학단체에 대한 열정을 타오르게 했고 결과적으로, 같은 처지에 있는 고향의 동지들을 그러한 이상을 추구하는 쪽으로 이끌어 가도록 했다.

사실, 『포르모사』의 작가 전체가 좌익작가였던 것은 아니다. 그러나 그들의 민족적 처지나 사유방식, 대항책략 등은 아주 자연스럽게 그들을 좌익이념 속으로 끌어들였다. 이는 의심할 여지가 없는 분명한 사실이다. 하지만 그렇다고 해서 「민족예술연구기관」이나 이른바 '순(純)문예' 노선을 표방했던 『포르모사』가 재일중국 문예청년들이 가지고 있는 만큼의 뚜렷한 문학적 지향을 가지고 있었던 것은 아니었다. 적어도 그 단계에서는 그랬다. 그러나 「문련」 도쿄지부 단계에 이르게 되면, 각 방면의 좌익세력들과 활발하게 연계를 추진하게 되고, 또 이를 통해 권력의 중심과 대항하려는 야심이 뚜렷하게 노정되기 시작한다. 1937년 사변(중일전쟁 - 옮긴이)을 전후해서, 그들의 대부분은 타이완으로 돌아오게 되지만, 그들 앞에는 또 다른 억압적 시공간이 기다리고 있었다. 아니, 오히려 그것은 그들로서는 한 번도 경험해보지 못한 가장 엄혹한 현실이었다. 특히, 반공과 반사회주의를 지상의 과제로 여기고 있었던 전후 타이완 사회는 그들의 지난날을 결코 용납하지 않았다. 그러나 분명한 것은, 사마귀가 앞발을 들어 수레를 막듯, 거대한 시대의 수레바퀴를 맨몸으로 막아 세우고자 했던 문화엘리트로서의 그들의 비장한 포부는 엄연히 존재했고, 좌익의 가는 물줄기나마 면면히 이어져 지금까지도 타이완 지식인의 정신과 영혼 속에 잠류하고 있다는 사실이다.

(原題) 台灣文學的邊緣戰鬥：跨域左翼文學運動中的旅日作家

「외지(外地)」의 몰락

제1차 대동아문학자대회의 타이완대표들

들어가며

제2차 고노에(近衛) 내각이 들어선 이후, 일본정부는 정보기능을 일원화할 목적으로 1940년 12월 「내각정보부(內閣情報部)」를 「정보국(情報局)」으로 확대·개편했다. 그리고 1942년 5월에는 바로 이 정보국 주도 하에, 문학통제의 단일조직이라 할 수 있는 「일본문학보국회(日本文學報國會)」(간칭, 「문보회(文報會)」)가 성립되었다. "국책을 선전 보급함으로써 국책의 실시에 협조한다."라는 취지로, 1942년부터 매년 개최된 <대동아문학자대회>는 바로 이 「문보회」가 직접 추진하고 주체적으로 참여한 대표적인 사업 중의 하나이다. <대동아문학자대회>는 1942년 11월에는 제1차대회, 1943년 8월에는 결전회의(決戰會議), 1944년 11월에는 난징대회(南京大會)라는 이름으로 각각 거행되었다.

미영(美英) 제국주의의 격멸과 대동아성전(大東亞聖戰)의 완수를 궁극의 목적으로 하여 개최된 <대동아문학자대회>에는, '중화민국'1), '만주국', 몽골, 남양제국(南洋諸國) 그리고 당시 '외지(外地)'라 불렸던 일본식민지 타이완과 조선의 대표들이 각기 의사원(議事員)의 자격으로 초청되어 일본작가들과 자리를 함께 했다. 공교롭게도 이 세 차례 회의는 일본제국의 패색이 날로 짙어가던 시기에 열렸다. 그래서인지는 몰라도 남방 각국의 대표들은 대부분 참석하지 않았고, 참석했다 하더라도 개인의 자발적 의사에 따라 참석한 자는 극히 드물었다. 그러나 결과적으로 일본을 제외한 다른 민족들에게 있어서 대동아문학자대회 참석은 부역행위의 죄증(罪證)이나 문학적 오점으로 두고두고 인식되고 있는 게 일반적이다. 특히, 해방 이후 적어도 1990년대까지는, 당시 회의에 참석했던 각국의 대표들을 한간(漢奸)이나 부역자 혹은 친일파 등으로 비판해온 것이 사실이고, 또 그 정도 여하에 따라 실제로 정죄(定罪)를 당하기도 했다. 반면, 대회를 실제로 주관한 일본의 인사들이나 문학자들의 경우에는 이와는 반대로 제삼자나 국외자처럼 인식되고 있다. 대회를 통해 '대동아문학자'란 이름을 부여받은 각국의 대표들은 사실, 당시까지만 해도 참석을 거부할 만한 권력이나 힘이 없었다. 그렇다고 해방 이후, 공정한 재판을 받았다거나 정당한 방법으로 청산된 것도 아니었다. 오자키 호츠키(尾崎秀樹)의 말처럼, 이러한 현상이야말로 일본이 동아시아 각 민족들에게 남겨놓은 씻을 수 없는 죄일 것이다.

　타이완도 대동아문학자대회에 두 차례나 초청을 받아 대표를 파견했다. 이와 관련된 연구를 간략히 살펴보기로 하자. 이데 이사무(井手勇)의 경우, 타이완대표들이 타이완으로 돌아온 이후에 벌였던 순회강연이나, 타이완 주재 일본인작가들이 『문예타이완(文藝臺灣)』을 주요진지

---

1) 이 글에서 말하는 '중화민국'이란 1940년 3월부터 1945년 8월까지 존속했던 왕자오밍(汪兆銘)정권을 가리킨다. 공식명칭은 「중화민국국민정부(中華民國國民政府)」이며, 일본의 지원으로 난징(南京)에 수립되었기 때문에 '중화민국 남경정부'라 불리기도 한다. 장제스(蔣介石)가 이끄는 국민정부는 이를 「왕자오밍 괴뢰정부(汪僞政府)」라 폄하해 부르기도 한다.

로 하여 전개한 문학봉공활동 그리고 두 차례의 대회 이후, 타이완 관방(官方)의 문예통제가 심화되는 현상에 대해 정리했다. 왕훼이전(王惠珍)의 경우에는, 롱잉종(龍瑛宗)의 전전과 전후의 창작, 발언, 회고들을 상호대비 고찰하는 가운데, 제1차대회의 실제 정황 및 타이완대표의 선발과 참석이 갖는 의미 그리고 타이완 귀환 이후, 롱잉종의 문학 활동과 '내대융합문학(內臺融合文學)' 하에서의 타이완인작가와 일본인작가들의 의견개진 등을 통해, 진심을 토로하지 못하고 마음에 없는 소리만을 지껄여대야 하는 타이완인작가의 착잡한 심리와 그들이 그러한 번민 속에서 끝내 펼칠 수 없었던 문예이상에 대해 고찰했다. 이 두 편의 논문 모두 참고할만한 가치가 충분히 있다고 생각된다.[2]

대동아문학자대회에 참석한 타이완작가들이 전후에 어김없이 비판을 받았고, 심지어 생활상의 위기나 정신적 트라우마로 고생했다는 사실은 중언할 필요가 없을 것이다. 그러나 대동아문학자대회 참가자에 대한 실제적인 논쟁보다도 오히려 '황민문학(皇民文學)'이 전후 타이완의 민족주의적 친일파 청산과 맞물려, 보다 더 관심의 대상이 되어온 것이 현실이다. 이러한 현상은 대동아문학자대회 참가자들의 언행이, 오늘날 타이완사회의 이해와 동정을 획득했다기보다는 타이완대표들이 회의의 핵심 주체가 전혀 아니었다는 사실의 반증이라고 할 수 있다. 사실, 당시 대일본제국 세력의 관할 하에서, 식민지(타이완, 조선)/독립국(만주국)/윤함구(淪陷區) 친일정권(왕자오밍 정권) 등 각기 다른 정체(政體)를 유지하고 있던 각 지역은, 파견인원수, 발언기회, 언론공간 등의 측면에서 동일하지도 않았고 균등하지도 않았다. 이러한 차이들은 자연스

2) 井手勇, 『決戰時期臺灣的日人作家與皇民文學』(臺南：臺南市圖書館, 2001年 12月), 95~104, 114~125쪽 ; 王惠珍, 「第一回大東亞文學者大會的虛與實 : 以龍瑛宗的文藝活動爲例」, 『臺灣學誌』 1(2010年 4月), 33~60쪽 참조.

럽게 전후 각국의 평가입장과 청산태도에도 영향을 주었다. 이와 같은 기본적인 사실을 똑바로 정시할 수 있을 때만이 비로소 당시 각국 대표들이 처한 상황을 이해할 수 있을 것이며, 동시에 일률적이고 일방적인 정죄가 아니라 각자의 지역사적 입장에 기초해, 이에 대한 초국적 공동조사를 전개할 수 있을 것이다.

소위 관방이라 할 수 있는 타이완총독부는 대동아문학자대회에 대한 끊임없는 지도와 참여를 독려했다. 이데 이사무가 지적한 바와 같이, 타이완대표들은 회의석상에서의 발언 및 타이완 귀환 이후에 발표한 감상문 그리고 대회의 정신을 타이완에 구현하기 위해 열린 대동아문예순회강연과 타이완문학결전회의 등 일련의 활동과 이에 대한 언론보도를 통해 문예계의 초점이 되었다. 물론, 1942년 10월부터 이듬해 연말까지의 기간에 등장한 이러한 일련의 언론보도나 글 또는 각종 활동들이, 그것이 미치는 공간이나 그것에 간접적으로 연루된 참여자 그리고 문단의 발전 등에 끼친 영향은 당시로서는 결코 크다고 할 수 없었다. 그렇지만 직접 타이완대표로 참석했던 당사자인 작가들의 경우에는, 대동아문학자대회가 신체동원, 사상교육, 후속창작 등 그들의 개인적이고 내밀한 측면에 끼친 영향력이나 파급력은 전에 없을 정도로 매우 심각한 것이었다.

그러나 지금까지의 연구에서 거론되지 않은 부분이 하나 있다. 그것은 문예통제를 추진하고자 하는 관방이 의도적으로 분위기를 조성하고 그에 따라 타이완에서 주목을 받게 된 이 대동아문학자대회에서, 정작 타이완대표들은 사실상 자리를 채워주는 역할에 불과했다는 점이다. 회의기간 동안 타이완대표나 타이완과 관련된 의제는 만주국이나 중국의 그것에 비해 거의 주목을 받지 못했다. 그럼에도 불구하고 타이완문예가협회는 대표들이 타이완으로 돌아온 후에, 오히려 더 대회의 의미를 대대적으로 부각시키고자 애썼다. 네 명의 대표들은 명령에 따라 전국을 돌면서, 관방에서 주최하는 순회강연과 좌담회에 쫓아다녀야 했고, 총독부 정보부 기관지인 『신건설(新建設)』뿐만 아니라 『타이완문학(臺灣文學)』, 『문예타이완』, 『타이완예술(臺灣藝術)』 등 민간잡지까지도 특집기획의 형식으로 대회참여 경험과 감상을 앞 다투어 게재해야 했다. 그러나 내지인 일본과 외지인 타이완 간에는 그 반향에 있어 현격한 차이가 있었음은 말할 나위가 없다. 결국 타이완에게 있어 대동아문학자대회는 한낱 '외이내장(外弛內張)'(실제로 대단하지 않은 일을 대단한 것으로 과도하게 선전하는 것─옮긴이)에 지나지 않는 회의였던 것이다.

이러한 현상과 관련해, 우리는 대동아문학자대회가 타이완대표들에게 그럴 듯한 허명만을 부여했다거나, 타이완당국이 별것 아닌 일을 침소봉대해 과도하게 선전하고 있다는 점을 결코 간과할 수 없다. 왜냐하면, 타이완대표들이 회의기간 중에 시선을 집중했던 대상이나, 그 타자와 자신의 비교를 통한 성찰 그리고 외지대표로서 느끼는 미미한 존재감과 갖가지 체험을 통해 형성된 외지대표 특유의 심리상태 등은 "외지는 이번 회의에서 결코 중심이 되지 못한다."는 '외이(外弛)' 현상과 "타이완 관방이 타이완을 더 이상 외지라는 특수지역이 아니라 당당히 일본의 한 성원임을 공언하는 것을 통해, 문예통제를 강화"하려는 '내장(內張)' 현상, 이 양자의 연결을 부추기는 것이기 때문이다. 이에 대해서는 실제적으로 증명이 되고 있다. 대회에 참여하는 기간 동안, 타이완대표들은 외지라는 지위의 변화에 대해 절감했고, 이러한 절감에서 비롯된 사명감과 절박감을 갖게 되었다. 결국 이러한 절박감과 사명감은 향후 식민지문단의 발전에 상당한 영향력을 발휘했고, 심지어는 총독부의 문학통제조치와 타이완문예운동 간의 사활을 건 투쟁을 가속화시키는 결과를 낳기도 했던 것이다.

이러한 차이가 발생하게 된 역사적 배경과 심층적 의미는 과연 무엇인가? 이 글은 동 시기 타이완, 일본, 만주 등의 문헌을 참조해, 역사활동의 주체로서 개인의 신체경험과 심리상태를 집중적으로 고찰하게 될 것이다. 즉, 제1차대회(이하 간칭, 대회) 타이완대표들이 대회에 참여하며 겪었던 실제 경험을 중심으로, 출발 전의 좌담, 정식회의에서의 발언, 비공식적인 장소에서의 인적교류, 대회 관련 신문기사, 타이완 귀환 이후 발표한 감상문, 작가 말년의 회고담 등을 대조 고찰함으로써, 이미 널리 알려져 있는 타이완대표들의 대회석상에서의 공식 발언 뒤에 숨겨져 그동안 주목을 받지 못했던 그들의 기대와 시선, 느낌 그리고 잡다한 기사들을 발굴, 검토할 것이다. 지난 반세기 동안, 오자키 호츠키로부터 요시노 다카오(吉野孝雄)에 이르는 각기 다른 세대의 일본 학자들은, 대회주최 측 기관지인『일본학예신문(日本學藝新聞)』과『문학보국(文學報國)』그리고『아사히신문(朝日新聞)』등 내지 신문의 보도를 기초로, 일본본토에서 동아시아를 바라보는 시각에 대해 상당한 연구를 진행해왔다. 그러나 필자는 이와는 별도로, 이른바 비주류 성격의 문헌들을 중심으로, 타이완대표들이 거꾸로 동아시아지역의 입장에서 어떻게 일본을 바라보고 있는지를 검토함으로써, 대회가 어떠한 계기로 일본대표와 동아시아 각국 대표들이 상호 만날 수 있는 장소를 마련하게 되었는지를 설명하고자 한다. 또한 타이완대표들이 이 만남의 장소를 통해, 자신들이 이 대회에서 전혀 주목받지 못하는 존재임을 어떻게 통찰하게 되는지를 고찰하고자 한다. 외지대표들의 이러한 깨달음에 주목해야 할 이유는 다음과 같다. 첫째, 그것은 일본적 입장에서 외부를 바라보던 제국적 관점의 답습에서 벗어나는 길이기 때문이다. 또한 대회의 공식발언 이면에 가려져 잘 들리지 않았던 외지대표로서의 미약한 목소리에 대한 발굴을 통해, 거꾸로 동아시아지역의 입장에서 제국을 바라보고 이를 통해, 그들이 어떻게 대동아공영권 체제 하에서 '외지'라는 지위의 변화와 '내외일여(內外一如)' 담론의 모순을 깨닫게 되는지를 이해할 수 있는 길이기도 하기 때문이다. 둘째, 그것은 타이완에 거주하는 일본인작가들과 타이완인작가들로 이루어진 타이완대표들이, 대동아체제 하에서 타이완문학의 출로를 찾기 위해 나름대로 분투노력하지만, 결국에는 양자 간에 상반된 주장과 행동으로 분화되는 양상을 여실히 보여주고 있기 때문이다.

물론, 타이완대표의 사례는 대동아문학자대회에 참여한 각 대표들의 여러 유형 가운데 하나이다. 아래에서는 타이완대표의 선발·파견 작업 및 출발 전의 사전준비부터, 대표들이 타이완으로 돌아와 선도활동에 참여하기까지를 되짚어봄으로써, 사상 초유로 식민지 작가대오가 일본 내지에서 열리는 국제회의에 참석하게 되는 과정과 체험을 개괄하기로 하겠다. 구체적인 논의의 중점은 다음과 같다. 첫째, 출발 전까지도 대회목표에 대해 구체적으로 파악하고 있지 못했던 타이완대표들이, 어떻게 옛날부터 뿌리깊이 박혀있던 '지방작가'라는 자기인식에서 벗어나 새롭게 요구받은 '일본의 한 구성분자'라는 역할을 위해 고민하고 적응해 나가는지를 살펴보기로 하겠다. 둘째, 각국 혹은 각 민족의 대표들이 한자리에 모이게 됨으로써, 대회는 대동아공영권의 축소판을 연상케 했다. 여러 나라의 대표들이 한자리에 모인, 그래서 대동아의 축소판을 연상케 하는 회의장에서, 타이완대표들의 눈은 과연 무엇을 포착했을까? 아울러 비공식적인 장소에서의 만남과 교류를 통해, 타이완대표들은 과연 무엇을 느꼈을까? 이것이 바로 두 번째로 살펴볼 대목이다. 셋째, 외지대표라는 종속적 지위가 무엇을 만들어내었는지를 고찰할 것이다. 다시 말해, 타이완대표들이 절감했던 대동아공영권 체제 하에서의 외지작가라는 차등적 지위에 대한 인식이, 어떻게 그들의 이후 문학 활동을 좌우했고, 향후 타이완문단에 어떤 영향을 미쳤을까? 이것이 마지막으로 고찰할 내용이다.

1. 참석의 의미―특수지역에서 벗어나 일본의 한 구성분자가 되기까지

대동아문학자대회는 지금까지도 여전히 각국이 절실하게 극복하고자 하는 부정적 유산임에 틀림없다. 그러나 같은 일본세력권 내에 있기는 했지만 한 번도 자리를 함께 한 적이 없었던 당시의 중국, 만주국, 조선, 타이완의 작가들에게는 오히려 이 대회가 공동으로 힘을 모으고, 서로를 상호 관찰할 수 있는 좀처럼 오기 힘든 소중한 기회이기도 했다. 또한 줄곧 '제국―피지배자'라는 방사성 네트워크 하에서, '일본―타이완', '일본―조선', '일본―만주국', '일본―중국 윤함구' 등의 수직적 관계로만 가로막혀 있던 각지의 작가들이, 이로 인해 지역과 지역이 수평적으로 소통할 수 있는 기회를 마련할 수 있게 된 것도 사실이다. 당시 각국의 대표들은 몇 개의 소그룹을 형성해 차례로 도쿄에 도착했다. 제국의 전황이 실로 급박한 시기에, 바다를 건너 일본에 온 타이완대표들의 입장은 「문보회」의 그것과 완전히 같은 것은 아니었다. 오히려 서로 간에는 민족, 입장 혹은 문학이념의 차이로 인

해 조성된 불일치가 존재하고 있었다. 한마디로 이들은 동상이몽(同床異
夢)'의 사람들이라고 할 수 있을 것이다. 여기에서는 타이완 관방이 이
번 대회에 부여한 정치적 의미, 대회 직전의 홍보와 선전 그리고 좌담
회 등을 통해, 대회의 취지가 미처 '파악'되지 못한 상태에서의 인식과
기대에 관해 논의하기로 하겠다.

제1차대회 주비위원회는 1942년 7월부터 주비작업에 착수했다. 전반
적으로 볼 때, 대동아문학자대회는 각국 대표들이 처음으로 머리를 맞
대고 서로의 다양한 시선을 상호 교차하는 장소이다. 타이완의 경우에
도, 타이완/일본이라는 민족구성과 본토문학/외지문학이라는 문예입장
의 차원에서, 상호 경쟁적 위치에 있던『문예타이완』과『타이완문학』
이라는 양대 문예진영 그리고 민(閩)과 커자(客家)라는 족군(族群, Ethnic
Group) 간 감정적 응어리가 존재하는 타이완 작가들이, 잠시나마 서로
간의 증오심을 내려놓고 처음으로 손을 맞잡고 동아시아 차원의 국제
회의에 참석한 기록이라 할 수 있다.[3] 선발파견 작업을 전담한 것은
문단의 단일한 통제기구라 할 수 있는 타이완문예가협회(1941년 2월 성
립)였다. 타이완문예가협회는 부(府)의 정보부, 군(軍)의 보도부, 황민봉공
회(皇民奉公會)의 문화부(1942년 7월 성립) 등 관방 측 부처의 적극적인 지원
과 지시 하에, 치밀하고 세심하게 작업을 진행했다.

대략 8월경, 문예가협회 회장인 야노 호진(矢野峰人)은 타이완작가들
이 대회에 초청받았다는 소식이 아직 소문 단계에 그치고 있던 시기
에, 이를 바로 공개담화를 통해 발표하려고 했다. 물론 이 일은 그의

---

3) 池田敏雄,「『文芸臺湾』のほろ苦さ-龍瑛宗氏のことなど」,『臺湾近現代史研究』 3,
   (東京 : 臺湾近現代史研究會, 1981年 1月), 90~102쪽 ; 龍瑛宗,「憶起蒼茫往事『午前的
   懸崖』二三事」,『文訊』 30(1987年 6月), 陳萬益主編,『龍瑛宗全集・中文卷』 第七冊(臺
   南 : 國家臺灣文學館, 2006年 11月), 161~163쪽에 수록.

갑작스러운 병으로 인해 취소되었지만, 그 발언내용은 11월말 협회에서 발행하는 『타이완문예통신(臺灣文藝通信)』에 실렸다. 그 내용을 보면, 그가 타이완이 초청받았다는 사실에 얼마나 기뻐하고 있는지 또, 협회 창립 당시 그가 제기했던 "문예를 통해 우리의 목소리를 대안(對岸)과 남방 각국에 전달하겠다."는 취지가 실현될 수 있다는 기대감에 얼마나 부풀어 있었는지를 알 수 있다. 동시에 그는 이에 대해 다음과 같이 중요한 의미를 부여하고 있다.

첫째, 그동안 걸핏하면 그림자 취급을 당하며, 줄곧 무시를 받아왔던 본도(本島)의 문예가 처음으로 자신의 존재의미에 대해 공인을 받게되었다.

둘째, 중앙은 문예의 건전한 발전을 장려하는 일 외에도 더욱 더 적극적이고 지속적인 활동을 기대하고 있다.

셋째, 본래 지방성에 국한되어 존재해 왔던 본도의 문학이 이제 중앙의 승인을 받게 되었기에 일본성(日本性) 문학이 될 수 있고, 나아가 이웃나라와의 접촉도 훨씬 활발해질 것이다.

그는 "정말 기쁘고 축하할 만한 일"이라는 말로 이 소식을 전하며, 다음과 같이 말하고 있다. "이것은 진정 타이완문예사에 있어 미증유의 일이다. 심지어 타이완의 문화사에 있어서도 그 전례가 없는 일이라 할 수 있다."4)

각국 대표의 선발 및 파견은 고심에 고심을 거듭해야 하는 상당히 힘든 일이었다. 만주국의 경우에는, 만주문예가협회와 정부 홍보처가 맡았고, 타이완의 인선 작업 역시 당국의 심사를 거쳐야 했다. 왕훼이

---

4) 矢野峰人, 「臺灣文學の黎明」, 原刊 『文藝臺灣』 5 : 3(1942年 12月). 中島利郎・河原功・下村作次郎編, 『日本統治期臺灣文學文藝評論集』 第四冊(東京：綠蔭書房, 2001年 4月), 310쪽에 수록되어 있다.

전의 연구에 따르면, 하마다 하야오(濱田準雄), 니시카와 미즈루(西川滿), 룽잉종(龍瑛宗), 장원환(張文環) 등 네 명의 대표는, 총독부의 언론통제기관인 정보과에서 타이베이제국대학(臺北帝國大學) 교수들의 자문을 구해 선출했다고 한다. 대회는 총 8일 간의 일정으로 11월 3일 도쿄에서 개막되었고, 11월 10일 오사카에서 폐막되었다. 여기에는 회의, 강연, 참관 등이 모두 포함된 일정이었다. 배로 가는데 가장 오랜 시간이 걸리는 타이완의 대표들은 10월 22일 지룽(基隆)항을 출발했다. 당시에는 항로가 연합군에 의해 위협을 받고 있었기 때문에, 우선(郵船)은 미국 잠수함의 공격을 피하기 위해 우회노선을 택했다. 심지어 밤중에는 가라츠(唐津)항에 정박해 잠시 대기하기도 했다.[5] 대표단은 천신만고 끝에 26일 시모노세키(下關)에 상륙했고, 27일 도쿄에 도착할 수 있었다. 그렇지만 도착한 순서로 따지면 가장 먼저였다. 도착 당일, 「문보회」 사업과 과장, 「문보회」 기관지인 『일본학예신문』의 편집장, 『문예타이완』 도쿄 지사(支社) 그리고 각 신문사 기자들의 환영을 받았다.[6] 타이완대표단은 11월 1일부터 전체 대표들과 합류해 공동 행동에 들어갔다. 도쿄에서 개최된 정식대회와 도쿄와 오사카에서 열린 강연회 그리고 각종 좌담회의 참석 및 언론인터뷰 참여 외에도, 대회주최 측은 이바라키(茨城), 나라(奈良), 이세(伊勢), 교토 등지를 참관할 수 있도록 일정을 짰고, 각지의 지방정부기관과 정상명류(政商名流)들이 마련한 연회에도 참석할 수 있도록 조치했다. 11월 13일에는, 명확한 이유는 밝혀지지 않았지만 잠시 더 일본에 체류하게 된 하마다 하야오를 제외한 나머지

---

5) 王惠珍, 「第一回大東亞文學者大會の虛與實：以龍瑛宗的文藝活動爲例」, 37쪽 ; 龍瑛宗, 「『文芸臺湾』と『臺湾文芸』」, 『臺湾近現代史研究』3(1981年 1月), 86〜89쪽 참조.
6) 尾崎秀樹, 『近代文學の傷痕 −旧植民地文學論』에서 언급한 26일은, 실지로는 시모노세키에 도착한 날이다.

세 사람은 모두 함께 타이완으로 돌아왔다. 타이베이에 도착한 것은 19일이었다. 왕복일정을 모두 합하면 근 한 달에 가까운 시간이었다. 하마다 하야오는 「대회에 대한 짤막한 일기(大會略日記)」에서, 도쿄에 도착해서 일본을 떠나기 전까지, 타이완대표들의 18일 간의 주요행적을 밝히고 있다.(필자가 부록에서 작성한 <표 3>을 참조하기 바란다.)

　「문보회」가 정식으로 대외선전을 시작한 것은 9월부터였다. 9월 1일, 『일본학예신문』은 이 대회를 '국제적 성격'을 띤 '세계문학사'적인 의미가 있는 거대행사라고 대대적으로 보도했다. 당시에는 명단이 아직 확정되기 전이었기 때문에, 초청을 받은 모든 사람들은 잠정적으로 '후보자'라 칭해졌다. 그런데 이 대목에서 궁금한 점은, 타이완 측에선 룽잉종, 장원환, 니시카와 미츠루만 있었지, 하마다 하야오의 이름은 없었다는 사실이다.[7] 9월 3일에는 타이완 최대 신문인 『타이완일일신보(臺灣日日新報)』가 내지와 거의 비슷한 시기에 이 소식을 전했다. 이는 타이완에선 최초의 보도였다. 이 보도에 따르면, 조선과 타이완은 대표가 각각 5명씩이고, 이들이 대회의 '접대역'을 맡을 것이라고 되어 있었다. 또 그 밑으로 각국을 비롯한 조선과 타이완의 후보 대표의 성명이 나와 있었는데, 타이완 측은 룽잉종, 장원환만 나와 있고, 니시카와 미츠루와 하마다 하야오 두 사람의 이름은 없었다. 이러한 보도방식에 대해서는 곰곰이 생각해볼 필요가 있다.[8] 10월 19일에는 주비과정을 비롯해 남방 각국 대표들의 불참 소식, 각국 대표의 예정 인원수, 타이완과 조선의 대표들이 접대역을 맡게 되었다는 소식 그리고 대회

---

7) 「大東亞文藝復興, 藝術と信愛の大交歡, "大東亞文學者會議"今秋開催」, 『日本學藝新聞』 138號(1942年 9月 1日, 第1版).

8) 「大東亞の文藝復興へ, 十一月 上旬大東亞文學會議開く」, 「臺灣代表候補に龍, 張兩氏, 抱負と決意を交々語る」 모두 1942년 9월 3일, 第3版에 실렸다.

에서 논의될 의제 등이 종합적으로 보도되었다. 특히, "펜을 통해 일본, 만주국, 중국의 유대를 실현하자"는 표제를 붙임으로써 '대동아의 문예부흥'이라는 대회목표를 부각시켰다.[9]

순수 타이완자본으로 만들어졌고, 세칭 '타이완의 혀'라고 불리는『싱난신문(興南新聞)』은『타이완일일신보』의 최초 보도보다 대략 40여일 늦게 첫 보도를 내보냈다. 보도를 내게 된 이유는, 10월 14일에 타이완대표들이 신문사를 직접 방문했기 때문이다. 그러나 이 신문은 대화내용만 아주 간략하게 싣고, 그 밑에 네 사람이 나란히 앉아 웃는 표정으로 찍은 사진 한 장만 붙였을 뿐이었다. 타이완의 매체들이 처음으로 확정된 대표자명단을 일제히 보도한 것은 10월 15일이었다. 그런데 이들 보도에 따르면, 최종 확정 인원수가 예전에 내지와 타이완 매체에서 보도했던 다섯 명에서 한 사람이 줄어 있는 것을 볼 수 있다. 이를 통해, 타이완대표의 선발파견 과정이 얼마나 곡절을 겪었는지를 가늠해 볼 수 있을 것이다. 여기서는 대표들의 담화를 간략하게 요점만 싣고 있는『싱난신문』의 보도를 인용해보기로 하자. "최근 내지에서는 타이완문학에 대한 관심이 점차 증가하고 있다. 앞으로 타이완문학은 '일본문학 속의 타이완문학' 그리고 한발 더 나아가 '대동아공영권의 타이완문학'으로 거듭나게 될 것이다. 이번 대회에서는 '대동아문예부흥'이 구체적으로 어떻게 진행될 것인지를 논의하게 될 것이며, 이를 통해 그 방향이 명확하게 제시될 것이다."[10] 10월 19일의 두 번째 보도는 같은 날『타이완일일신보』보도와 대체로 유사했다. 이는 두 신문이 내지의 주최 측이나 통신사가 제공한 동일한 소식을 그대로 싣

9)「大東亞文學者大會, 日滿華の靷帶を筆で實現」,『臺灣日日新報』(1942年 10月 19日, 第3版).
10)「大東亞文學會議, 臺灣から四氏が出席」,『臺灣日日新報』(1942年 10月 15日, 第2版).

고 있다는 것을 보여주는 것이다. 다만 『싱난신문』의 보도가 이전과
다른 점이 있다면, 대회의 주최자와 협찬, 회의기간, 대회목적, 남방대
표의 갑작스러운 불참, 대강의 활동내용 등에 대해 비교적 길게 소개
하고 있고, 『일본학예신문』 10월 1일자에 게재된 내용을 바탕으로,
"펜으로 일본, 만주국, 중국의 유대를 실현하자"는 논술내용을 소상하
게 싣고 있다는 것이다. "대회를 통해 우리 국체(國體)의 존엄과 황국(皇
國) 문화의 진수를 널리 알리고, 대동아전쟁을 수행하는 과정에서, 우
리나라 국민은 물심양면에서 전혀 흔들림 없는 확고부동한 실력을 갖
추고 있음을 세상에 알릴 것이다. 또한 전쟁완수를 목적으로 일본, 만
주, 중국이 서로 손을 잡고 용감하게 전진할 수 있는 유대를 강화해
나가고 펜을 통해 상호 연대하는 회의가 되도록 할 것이다."11) 10월 25
일의 세 번째 보도에는 만주, 중국 대표들의 최종 확정 명단과, 11월 1
일 도쿄에 집합해서 12일 교토에서 해산하기까지의 구체적인 일정이
상세하게 실려 있다.12) 또한 이 보도에는 타이완과 조선의 대표 인원
이 기존 보도에서의 10명에서 9명으로 줄어 있었다. 이는 타이완대표
가 한 명 감소한 것인데, 그 구체적인 이유에 대해서는 역시 설명하지
않고 있다.

위에서 보는 바와 같이, 『타이완일일신보』와 『싱난신문』은 대회 시
작 전에 이미 총 5편의 보도를 통해 대회를 선전하고 있다. 대회가 시
작된 후에도 『타이완일일신보』는 11월 4일부터 7일까지, 대회개황에
대해 연일 소개하고 있다. 7일자에는, 대표들이 가스미가우라항공대(霞
浦航空隊)와 츠치우라항공대(土浦航空隊)를 참관한 상황까지 보도하고 있

---

11) 「大東亞文學者大會, 來月 三日から東京で開催」, 『臺灣日日新報』(1942年 10月 19日, 第2版).
12) 「大東亞文學者大會, 日程と參加代表發表」, 『臺灣日日新報』(1942年 10月 25日, 第2版).

다. 또, 25일에는 타이완대표들의 귀환 후 감상과 성과에 대해 보도했고, 12월 1일에는 문예가협회가 머지않아 개최하게 될 '대동아문예강연회'에 대해 미리 예고까지 하고 있다.[13] 『싱난신문』도 도쿄회의의 폐막, 대표들의 타이완 귀환, 타이완 순회강연 개시 일에 대해 후속보도를 하고 있다. 서로 다른 집단에 속한 작가들이 관방의 문예활동을 집체적으로 선전하는 방법은 이전에는 거의 없던 일이었다. 종이의 제한과 신문 자체(字體)의 전면축소가 행해지던 당시에, 사회면에 간혹 사진까지 첨부되어 게재된 이 16편의 보도를 통해 대회준비상황, 개최실황, 각국 대표의 발언, 참관활동, 타이완 귀환 이후의 소회나 강연활동 등을 하나하나 소상히 타이완 내에 전파했다는 사실은, 당시 타이완에서 이 대회가 얼마나 중시되었는지를 반영하는 것이라 할 수 있다.

'문학자들이 한데 모이는 자리', '대동아의 문예부흥', '예술과 신애(信愛)의 대교환(大交歡)', '일본, 만주, 중국의 연대', '국제적 의미' 등의 신문표제나 보도용어 속에서 타이완대표들은 어떠한 인식과 기대를 가지고 있었을까? 이 문제를 논의하기 전에, 먼저 타이완대표들의 내부적 차이를 이해할 필요가 있다. 전술한 바와 같이, 네 명의 대표들은 공히 타이완 문단의 양대 진영에서 창작능력을 갖추고 있는 것으로 공인된 작가들이었다. 그러나 니시카와 미츠루, 하마다 하야오, 룽잉종이 『문예타이완』에 속해 있는 반면, 타이완작가들의 최대 진지라 할 수 있는 『타이완문학』에서는 편집인인 장원환만이 선발되었다. 따라서 대표인선에서 타이완과 일본의 비율은 같지만, 일본인이 주도하는

---

13) 『臺灣日日新報』의 관련보도는 다음과 같다. 「大空の饗宴に暫し呆然 大東亞文人一行きのふ霞ヶ浦航空隊を見學」(1942年 11月 7日, 第3版) ; 「"收穫をペンで具現" 文學者大會臺灣代表歸る」(1942年 11月 25日, 第4版) ; 「大東亞文藝演講會 あす公會堂に開催」(1942年 12月 1日, 第3版).

문예진영이 여전히 우위에 있음을 알 수 있다.

이 네 명의 대표는 대회에 대한 각자의 기대와 그 차이를, 명단이 발표되고 난 이후의 인터뷰와 출발 전에 전체가 모여 가졌던 공개좌담회를 통해 좁혀나갔다. 9월 3일, 『타이완일일신보』는 '타이완대표 후보 롱잉종과 장원환, 상호 대화를 통해 포부와 결의를 다지다'라는 표제 하에, 롱잉종과 장원환 두 사람의 인터뷰 내용을 싣고 있다. 두 사람은 먼저 약속이나 한 듯이, 갑작스럽게 후보가 되었다는 소식은 들어서 알았지만 아직 직접적으로 통보는 받지 못했기 때문에, 회의내용과 후보확정 여부에 대해서 더 이상 얘기하기 곤란하다는 취지의 발언을 했다. 그러나 한편으로는, 기쁘고 긴장되며, 책임이 막중함을 느끼지만 그 중임을 제대로 완수할 수 있을지 모르겠다는 발언도 덧붙였다. 계속해서, 롱잉종은 대회에 대해 '대동아 각 민족 문화인'들이 함께 모이는 자리이고, 박물관, 대학, 신문사, 인쇄소 참관이나 와카(和歌)나 하이쿠(俳句)를 소개받는 일정도 있어 기대를 가지고 있다고 말했다. 장원환의 경우에는, 타이완문화의 일익을 담당하고 있는 타이완문학이 봉공(奉公)을 하는 것은 극히 당연한 것이며, 이런 점에서 과거 타이완문화를 돌이켜보면 너무나도 부족함을 느낀다고 말했다. 또 근 50년을 거치는 동안, 타이완문화는 이제야 그 태동기를 거쳐 꽃을 피우고 열매를 맺게 되었는데, 이 중차대한 시기에 그것을 수호하기 위해서는 더욱 더 노력을 배가해야 할 것이라고 말했다.[14)]

출발 전에 타이완대표들이 했던 인터뷰 내용은 내지에 도착해서 발언시간과 발언 수위에 제한을 받으며 했던 발언에 비하면, 대회에 대

---

14) 「臺灣代表候補に龍、張兩氏、抱負と決意を交々語る」, 『臺灣日日新報』(1942年 9月 3日, 第3版).

한 그들의 기대를 여실히 보여주는 것이라 볼 수 있다. 즉, 상술한 발언들은 타이완인작가들이 '문학봉공'이라는 대전제와 대회의 진행과정에 대해 이미 대강은 알고 있음을 보여준다. 그러나 자신이 왜 선발되었고, 회의진행의 구체적 상황이 어떤지에 대해서는 여전히 잘 모르고 있었던 것 같다. 두 사람은 간단하게 겉치레 말 몇 마디를 하고 나서는, 바로 각자의 관심으로 발언의 중점을 옮긴다. 즉, 롱잉종은 문학교류, 문화탐방, 문화학습에 주안점을 두고 있고, 장원환은 타이완의 문화발전이라는 일관된 관심 위에서 발언을 하고 있는 것이다. 전체적으로 볼 때, 두 사람의 주요한 관심과 기대는 문학과 문화 영역의 교류와 발전이었던 것이다.

계속해서 네 명의 대표들이 좌담회에서 발언한 정황들을 살펴보기로 하자. 대중독자를 주요대상으로 하는 『타이완예술(臺灣藝術)』 잡지사는, 대표들이 출발하기 전에 특별히 <타이완대표작가문예좌담회>를 개최했다.[15] 당일 사회를 맡은 기자는 "대동아전쟁 하에서 타이완의 위치는 갈수록 중시되고 있습니다. 후방에서 문장으로 보국(報國)해야만 하는 문예가의 사명 역시도 갈수록 가중되고 있습니다." 등의 말로 회의를 시작했다. 그러나 네 명의 작가는, 대회와 타이완문예가의 사명에 대해서는 간단히 언급하는 것으로 지나가고, 대부분은 문단의 후속세대 양성, 타이완문단과 내지문단의 비교, 그리고 개인적으로 좋아하는 작가, 작품 등에 화제를 집중했다. 군이나 관에서 나온 사람들이 전혀 참석하지 않은 상황에서, 현장의 분위기는 매우 편안했고, 간혹 작가들의 유머나 솔직한 말들이 터져 나오기도 했다. 각자가 좋아하는

---

15) 「臺灣代表的作家の文藝を語る座談會」, 原刊 『臺灣藝術』 3 : 11(1942年11月). 『日本統治期臺灣文學・文藝評論集』, 第四冊, 269~272쪽.

작가나 작품을 얘기할 때는 앞 다투어 발언을 했고, 일본문학에서부터 서양문학에 이르기까지 이야기는 끊이지 않고 계속되었다. 열띤 토론 속에서, 니시카와 미츠루는 광범위한 자료나 증거 등을 인용해 자신의 의견을 논증했고, 장원환은 독서의 즐거움을 알려주었으며, 평소에는 말이 없던 롱잉종 조차도 분위기에 편승해 많은 말을 했다. 이러한 상황을 두고 보고 있던 하마다 하야오는, 몇 번의 노력 끝에 간신히 초점을 타이완문화의 혁신, 문학자대회 등의 의제로 끌어올 수 있었다. 그러나 간신히 화제가 본론으로 진입해서, 사회를 맡은 기자가 "일본문학의 남진(南進)에 대해 말씀 좀 해주세요."라고 요구했지만, 니시키와 같은 경우에는 이에 대해 일본문학의 남진에는 우선 일본어의 남진이 선행되어야 하는 것이기 때문에 지금 논의하는 것은 시기상조라며 더 이상 언급하려 들지 않았다. 그리고 얼마 있다가 다시 문학자대회에 대한 논의는 이미 가닥이 잡혔으니 이제 그만 산회를 하자고 제의했다. 그 결과, 이번 타이완대표 작가의 좌담은 문예를 주제로 하는 여느 좌담회와 거의 다를 바가 없게 되었다.

물론 작가들이 문예에 대해 터놓고 열띤 토론을 벌이기는 했지만, 문예에 대한 각자의 입장이나 대회에 대한 기대는 서로 달랐기 때문에, 오고 가는 말투 속에는 간혹 뼈가 숨어 있기도 했다. 니시카와는 좌담회 서두에서, "대동아건설의 역사에서 또 계몽과 문화의 생산에서 문학자의 임무는 매우 중대"하다고 간략하게 언급하더니, 마지막에는 "일본문학의 남진은 미래의 문제"라는 점을 지적했다. 그러나 전반적으로 볼 때, 작가적 경력은 일천하지만 황민봉공회(皇民奉公會) 문화부가 성립되면서부터 줄곧 촉탁을 맡아보고 있던 하마다 하야오가 타이완 거주 일본인작가들의 정신적 지주라 할 수 있는 니시카와를 압도하며 발언의 주도권을 쥐어나갔다. 이번 좌담회에서, 그는 관방문화 개조의 추진을 자신의 책무로 생각하고, 여러 차례 '지도자'로서의 자신의 모습을 보여주려고 애썼다. 좌담회 말미에 나온 하마다의 강하면서도 집약적인 발언은 현장의 정치적 분위기를 보다 농후하게 만들었다. 니시카와는 기본적으로 하마다의 논조를 지지했지만, 그렇듯 정치화된 조급한 태도에 대해서는 백 퍼센트 동의한 것 같지는 않다. 그러나 두 사람이 야유와 반박의 방식으로 지적한 잘못들은, 출발하기 전 타이완인작가들에게 모종의 압력과 경계로 다가왔을 것이다.

하마다와 나머지 세 사람의 발언을 비교해 보면, 장원환과 롱잉종은 대회의 정치적 의도에 대한 인식에 한계가 있었고, 머지않아 도래할 문학자들의 성대한 모임에 한껏 기대가 부풀어 있던 니시카와 역시도 '문학남진(文學南進)'이란 의제에는 별다른 흥미를 느끼지 못하고 있음을 알 수 있다. 따라서 타이완인작가와 일본인작가의 차이 특히, 그들과 관방이 갖는 기대의 불일치를 고찰하는 데에는, 정책방향에 대한 분명한 인식을 가지고 있던 하마다의 발언이 주요한 참고가 될 것이다.

하마다의 발언 속에는 자신이 겨냥하는 상대와 분명한 의도가 내포되어 있었다. 가령, 니시카와에 대해서는 매우 정중한 태도를 보였지만, 타이완인작가에 대해서는 언제나 논박을 가했던 것이다. 그의 발언은 다음의 몇 가지로 귀납할 수 있다. 첫째, 내지의 중앙문예정책이나 보도반(報導班) 작가들의 종군 등과 같은 현상을 지적하는 가운데, "성전 수행이라는 국책 위에서 문학이 짊어지고 있는 책임은 막중하다"는 중요성을 강조했다. 둘째, 황민봉공회의 문화운동을 간략히 소개하면서, "문화운동은 바로 문화혁신운동"으로, 문화를 혁신하는 동시에 "작가에게 새 출발을 요구"해야 한다고 적시했다. 또한 그는 좌담회에 참석한 타이완인작가들의 발언을 살피는 와중에, 그 각각의 허점이나 약점들을 여지없이 지적하고 있다. 그런데 하마다와 타이완인작가들 간의 대화에서, 소통이 제대로 이루어지고 있지 않음을 보여주는 두 개의 대목이 있다.

첫째, 롱잉종은 다음과 같이 말했다. "문예가의 임무로 말하자면, 부단히 작품을 창작하는 동시에 계몽운동에 진력하는 것이 매우 중요합니다." 이에 대해 하마다는 이렇게 반박한다. "문학의 이상적인 모습은 옛날의 그 어떤 것이 아니라 새로운 것을 요구하고 있습니다. 기존의 문예관이나 문예론은 오늘에 와서 동요하고 있고, 그래서 고민하고 있는 것입니다. 그러한 고민 속에서 새로운 이상을 열심히 찾아내야 합니다. 그저 좋은 작품들을 쓰고 싶다는 것은 너무도 당연한 것이지만 어려운 일은 아닙니다." 계속해서 니시카와도 대회의 취지가 두 사람의 추상적인 대화를 구체화시켜줄 것이라고 하면서, 다음과 같이 말하고 있다. "이번 대동아문학자대회는 도쿄에서 열리기로 되어 있는데, 동아시아의 문예부흥에 대해 토론하게 될 것입니다. 향후의 문학방법이 어떻게 될 것인지, 이에 대해 이번 대동아문학자대회에 참석하는 모든 사람들은 한 자리에 모여 진지하게 연구하고 토론해야 할 것입니다. 그래서 바로 '대동아문학의 확립'이라는 이러한 목적 때문에 회의가 열리는 것이 아니겠습니까?"

둘째, 장원환은 다음과 같이 말했다. "옛날엔 소위 일본문단이라 하면, 바로 중앙을 가리켰습니다. 다시 말해, 도쿄에만 집중되어 있었던 것이지요. 그런 의미에서 대동아문학자대회의 개최는 일본문단의 확대를 의미하는 것이라 볼 수 있겠습니다. (…중략…) 나는 이를 계기로 일본문단이 중앙에 국한되지 않고 동아시아 전체로 확대되어야 한다는 인식을 가져야만 한다고 생각합니다. 또 앞으로 그렇게 될 것이라 믿습니다." 하마다는 이에 대해 곧바로 다른 의견을 제출했다. "타이완문학의 입장에서 본다면, 타이완문학은 분명 대대적인 비약을 이룩했습니다. 그러나 이것은 단지 지방문학의 관점에서 바라본 것이 아니라 대동아문학이라는 범위 속에서의 타이완문학을 말합니다. 새롭게 일어나는 남방문학의 일환으로서, 타이완문학의 지위는 자연히 명확해질 것입니다."16) 그러나 타이완으로 돌아온 이후에도 장원환의 이러한 관점은 전혀 변하지 않았다. "도쿄가 당연히 중심이라는 말은 맞습니다. 그러나 이제 '일본 전체가 중심이다'로 그 관념을 바꾸어야 합니다. 단지 도쿄에 있는 지도층만이 지도층은 아닌 것입니다. 일본 전체의 모든 국민들이 지도층이 되어야 합니다."17)

하마다의 발언 속에서는, 그가 한편으로는 중앙문단을 우러러보면서도 다른 한편으로는 타이완작가를 검시(檢視)하고 있다는 특징이 엿보인다. 그의 시선은 개인의 문예적 입장을 반영할 뿐만 아니라 동시에 황민봉공회가 대회를 기화로 타이완문학을 통제하려는 의도가 있음을 반영하고 있다. 그렇다면, 그가 인지하고 있는 타이완문학의 방향과 작가의 임무는 과연 무엇일까? 하마다는 다분히 룽잉종을 염두에 두고, 타이완인작가들이 여전히 개인의 창작을 제일의 목표로 보고 있다는 점에 대해, 분명하게 불만을 표출하고 있다. 그가 보기에, 그것은 케케묵은 규범에 사로잡혀 있는 극히 자기중심적인 태도로, 새로운 시대적 요구와 문예표준에 대해서는 자각하지 못하고 있는 것에 다름 아니었다. 장원환에 대해서는, 그의 발언 속에 등장하는 '대동아문학'

---

16) 「臺灣代表的作家の文藝を語る座談會」, 272쪽.
17) 張文環, 「內地より歸りて」, 『臺灣文學』, 3 : 1(1943年1月), 71쪽.

의식이 명확하지 못하고 애매하다고 비판한다. 또한 "일본문단의 동아
시아 전체로의 확대"라는 말에는 이를 통해, 일본세력 하에 있는 타이
완문학을 포함한 동아시아 각지의 지방문학이 발전되는 다원적 지방
주의 경향이 숨어 있다고 비판한다. 따라서 하마다는, 향후 타이완문
학은 더 이상 '지방문학'적 시각에서 사고해서는 안 되며, 필히 '대동
아문학'이란 범주 하에서 고려되어야 함을 강조한다. 또한 그것은 남
방문학의 일환이어야 하며, 일본어, 일본영화와 더불어 동남아나 남양
으로 '남진'할 것을 주장한다. 이런 점에서 그 차이는 뚜렷하다고 할
수 있다.

하마다는 '대동아문학'이라는 이 새로운 이념의 지도적 지위를 명확
히 내건 상태에서, 1인 창작을 중심으로 하는 타이완인작가들의 개인
주의적 사유와 대정익찬운동(大政翼贊運動) 이후, 타이완인작가들이 관방
의 통제정책을 회피할 목적으로 이용하는 '지방문학'이라는 논조에 반
박을 가하고 있는 것이다. '외지문학의 미래 발전과 사명'을 강조하는
그의 집체주의 관점은 문예가협회회장과 통하는 부분이 있다. 타이완
문학이 이미 '지방성의 존재'에서 '일본성의 문학'으로 바뀌었다고 믿
는 야노 호진은, 일찍이 타이완대표들에게 이번 대회의 임무에 대해
다음과 같이 지시를 내린 바 있다.

  타이완대표는 이번 대회에서 단지 한 지방의 대표만이 아니다. 또 타이완
은 더 이상 '외지'라는 단어에 갇혀 있는 특수지역이 아니다. 머지않아 일본
대표의 일원으로 외국대표를 상대하게 될 것이다. 이것은 타이완문예계가
생각지 못한 크나큰 광영으로, 축하할만한 일이다. 그러나 이와 동시에
이런 영예와 기대를 저버리지 않기 위해서는, 타이완의 문예가들 역시
가일층의 책임을 지어야 할 것이다. 만일 타이완의 문예가들이 **일본문예**

계 대표의 일원으로서 자격이 없다고 판단된다면, 오늘의 영예는 내일의 씻을 수 없는 치욕이 될 것이다. 따라서 본도문예가의 한 사람으로서, 어찌 깊이 자각하고 노력하지 않을 수 있겠는가?[18]

'황민봉공회 촉탁'인 하마다와 '타이완문예가협회회장'인 야노 호진의 관점을 나란히 놓고 보면, 지방문학론을 부정하고 외지의 지위를 끌어올려 일본의 일원이 되는 것이, 초청받은 사실에 대한 타이완 관방의 자기평가임을 알 수 있다. 동시에 이는 그들이 대회참여를 통해 추구하고자 하는 목표이기도 했다. 관방에서는 대동아공영권건설에 따라 타이완문학의 제국 속의 위치도 '일본의 외지문학'에서 '일본문학의 한 부분'으로 승격될 것이라 생각했던 것이다. 또한 외지문학의 지위상승은 다른 말로 하면, 외지의 정치적 지위상승에 대한 반영이라고 생각했던 것이다.

제1차대회에서, 당시 외지라고 불렸던 타이완과 조선의 대표들 중에는, 실제로 그 지역 문단에서 활약하면서 식민정부와도 관계가 양호한 일본인작가나 지식인들이 끼어 있었다. 또한 그 비율도 절반이거나 절반에 가까웠고, 이들 대부분이 이번 방문에서 리더 혹은 주도적인 역할을 담당했다. 좌담회에서의 짧지만 민감한 논쟁 속에서, 우리는 대동아와 대회에 대한 몇 가지 상상을 해볼 수 있다. 문학 본위의 사고에만 매몰되어 있는 롱잉종의 경우에는, 여간해서는 다시 찾아오지 않을 작가 간의 교류를 통해, 개인 창작에서의 완성도를 높이고자 했을 것이다. 따라서 그가 방점을 찍고 있는 부분은 '문학자의 대회'라는 측면이었을 것이다. 신문 인터뷰나 잡지 좌담회에서 정치적 발언을 하는 것에 대해, 그는 줄곧 신중했지만, 일본문화와 중앙문단에 대해서는

18) 矢野峰人, 「臺灣文學の黎明」, 310쪽. 강조－필자.

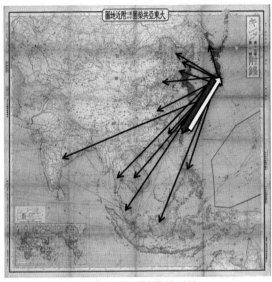

〈그림 1〉 제국/롱잉종의 시선

▌양방향 굵은 화살표 :
　　롱잉종의 시선
▌검은색 가는 화살표 :
　　제국의 대동아문학 시선

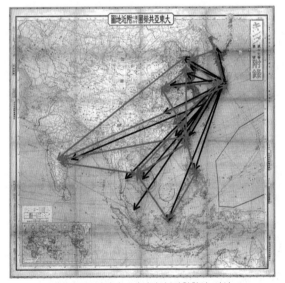

〈그림 2〉 하마다·니시카와/장원환의 시선

▌회색 가는 화살표 :
　　장원환의 시선
▌검은색 가는 화살표 :
　　하마다 하야오, 니시카와
　　미츠루의 시선
　　(제국의 대동아문학 시선
　　과 동일)

언제나 앙망하는 태도를 보였다. 그의 '대동아' 시야에서는, '주변→중
심', '타이완→제도(帝都)'라는 단선적 관계가 바로 핵심적 고리였던 것
이다. 장원환의 경우에는, 동아시아 각국/각 민족 간의 복선적이고 다
각적인 관계에 주목했다. 이른바 그물망의 관계로 '대동아' 각 민족과
정치체제를 바라보았던 그는, "앞으로 타이완문학은 일본문학 속의 타
이완문학일 뿐만 아니라, 대동아공영권의 타이완문학이 되어야 한다."
는 관방의 기대와는 다른 생각을 가지고 있는 것 같다. 그는 동아시아
의 다각적인 관계가, 일본문학과 중앙문단을 단일한 중심으로 하는 문
단의 환경을 바꿀 수 있을 것이라 기대했다. 또 그것이 타이완문학 발
전에도 도움이 된다고 생각했다. 반면, 하마다나 니시카와의 경우에는,
동아시아네트워크 속에서, 일본이 차지하는 절대적이고 중심적인 지위
는 모호하거나 대체될 수 있는 것이 결코 아니었다. 즉, 이러한 전제
하에서, 그들은 제국의 통치에 대해 '팔굉일우(八紘一宇)'라는 방사성 네
트워크의 시야를 가지고는 있었지만, 역시 주요 관심은 '내지−남방'
이라는 종적 관계 하에서, '일본−타이완−남방'이라는 맥락을 발전시
키는 것이었다. 또한 그들은 이것을 너무나도 중시했기 때문에, 일본
과 조선, 만주, 중국 등 다른 지역과의 관련성이나, 타이완과 조선, 만
주, 중국 등 기타 지역의 횡적 관련성은 그들의 시야에 들어올 수 없
었다.

  이상으로 인원의 선발, 매체의 선전, 좌담회의 발언 등을 종합해 볼
때, 관방이 각기 다른 입장을 가진 문예세력에 대해 충분히 심사숙고
를 한 끝에, 타이완대표를 구성했음을 알 수 있다. 이렇듯 엄격한 심사
과정을 통한 인선작업과 그 내부의 권력관계 속에는 편차가 존재하고
있었다. 타이완인작가들은 시종 정보 파악이 늦었고, 언제나 비평과

지도를 받는 위치에 있었다. 타이완인작가와 타이완 주재 일본인작가들 사이에는 '대동아공영권' 내의 각국/각 민족의 새로운 관계 위에서 건립된 '대동아문학'이란 과연 무엇인지 그리고 이번 대회가 타이완문학에 어떤 영향을 끼치게 될 것인지에 대해 분명한 견해차이가 존재했다. 대회에 초청을 받았다는 사실에 한껏 고무된 타이완 관방의 문예기관과 타이완 거주 일본인작가들은, 대동아공영권 하에서의 외지 지위의 상승에 대해 극히 낙관적인 기대를 품고 있었고, 타이완인작가들은 그저 피동적으로 그에 호응할 수밖에 없었다. '대동아'를 향한 이번 여정에서, 외지의 대표들은 제국에 대해 일종의 '거꾸로 보기'를 진행했다. 그렇다면, 대회를 통해 육체적·정신적으로 특별한 체험을 겪고 나서, '동상이몽'의 그들은 또 어떠한 관점과 결과를 얻었을까?

2. 서로 만나지 못하는 타이완·만주·중화(中華)의 대표들

타이완대표들이 출발을 앞두고 했던 발언들 속엔, 대회를 바라보는 그들의 첫 시선이 투영되어 있다. 여기서는 일본에 도착한 이후, 타이완대표들의 비언어적 시선을 중심으로, 각국/각 민족/각 지역 간의 회합이 어떻게 '대동아'를 가시적인 공간으로 보이게 했는지를 고찰하도록 하겠다. 그리고 이러한 공간 안에서, 타이완대표와 기타 대표들 간의 교류가 어떻게 그들과 만주국·중국 대표들이 줄곧 '서로 만나지 못하게 되는' 상황에 빠지게 했는지를 보여줄 것이다. 아울러 줄곧 일본인작가와 조선인작가들을 주시하고 있던 타이완대표들이 그들을 바라보는 시선 속에서, 과연 무엇을 보아냈는지 또, 회의와 참관활동을

통해 타이완대표들이 어떻게 대회의 '겉'과 '속'의 차이를 깨닫게 되었
는지에 대해 논의할 것이다.

　『일본학예신문』은 당시 '남방기지인 타이완의 대표들 상경(上京)'이
란 타이틀로, 최초로 도착한 타이완대표들 각각을 인터뷰하며, 그들의
생각을 보도한 바 있다. 이에 따르면, 장원환은 다음과 같이 말하고 있
다. "현재 대동아는 하나의 낙원으로 건설되어야 하고, 이 낙원 안에는
각양각색의 꽃들이 피어 있어야 합니다. 다만, 벚꽃이 그 중심이 되어
야 만이 비로소 백화제방의 아름다움이 드러나게 될 것입니다." 하마
다는 이렇게 말하고 있다. "현재 타이완의 문학운동은 끊임없이 대인
(大人)을 배워나가는 단계에 있습니다. 따라서 이곳에 와서 열심히 갈고
닦고 배울 수 있다는 점에서 아주 잘 된 일입니다. 이번 대회는 젊은
이들에게 반드시 좋은 자극이 될 것입니다." 또 니시카와는 이렇게 말
하고 있다. "나는 타이완의 중요성을 절감합니다. 이번 여행 중에, 우
리 네 사람은 줄곧 이 문제에 대해 토론했습니다. 앞으로도 이러한 방
향에서 노력을 기울일 것입니다." 롱잉종은 다음과 같이 말했다. "이러
한 시대에, 이처럼 차분하면서도 활발한 논의가 이루어지는 회의에 참
석할 수 있어서 대단히 기쁩니다. 과거 타이완은 문화교류라는 측면에
너무 소홀했습니다. 앞으로 많은 도움 부탁드리겠습니다."[19]

　일관되게 타이완의 중요성을 부각시키며, 나름의 자부심을 드러내
고자 했던 니시카와 미츠루를 제외하고, 나머지 세 사람은 모두 겸허
하고 낮은 자세로, 이번 대회에 대한 기대를 표명하고 있다. 하마다의
관점은 타이완문학을 어린 아이에 비유하며, 이번 기회를 통해 열심히
연마해야 한다고 생각한다는 점에서 출발 전의 좌담회와 거의 차이가

───────────

19) 「臺灣の代表上京」, 『日本學藝新聞』 142號(1942年 11月 1日, 第1版).

없었다. 어떻게든 좋은 작품을 쓰기 위해 혼신의 힘을 다하고자 하는 롱잉종과 대회를 통해 문학의 다원적 중심을 확보하는 계기를 마련하고자 하는 장원환의 경우에는, 발언의 수위를 조절해 일본문화의 독존성(獨尊性)과 지도적 지위를 존중했다. 그럼에도 불구하고, 장원환의 '벚꽃 중심론'에서, 출발 전에도 제기했고 대회 이후에도 제기했지만 정작 이 자리에서는 본격적으로 거론하지 않았던 '문학의 다원적 중심' 개념을 발견하기란 그리 어렵지 않다. 적군의 잠수함이 항로를 위협하고 있는 이때에, 롱잉종이 그토록 놀랐던 것 역시 '이러한 시대'와 '이와 같은 회의' 사이의 대비에서 비롯된 것으로 보인다. 장원환도 이와 유사한 비유를 한 바 있다. "첫날밤에 나는 깊은 인상을 받았다. 가기 전에 누군가 도쿄의 사람들은 너무나 차분하다고 말한 것을 들은 적이 있기는 하지만, 내가 가서 직접 눈으로 보니, 과연 그렇다는 것을 느꼈다. 타이완보다 훨씬 많은 사람들이 살고 있는 이 대도시에서, 사람들이 다들 시골사람들처럼 긴장한다면, 정작 시골사람들은 아예 놀라 자빠질 것이다."[20] 조선대표 유진오 또한 제2차대회에 참석했을 당시, 이런 말을 했다는 기록이 있다. "그날 저녁 무렵, 유난히 낮고 무거우면서도 무언가 장중한 느낌의 공습경보 사이렌이 울렸을 때를 나는 잊지 못한다. 그날 우리는 시내에서 연회를 벌이고 있었다. 연회가 열린 장소는 창문을 모두 단단히 걸어 잠그고, 조금의 틈도 허락지 않는 방공 커튼을 내린 채였다. 그러나 연회는 아주 화기애애한 분위기 속에서 치러졌다."[21] 회의장 안팎의 대비는 '이러한 시대에 이러한 회의가 열릴 수 있었고', '도쿄 사람들은 아주 냉정하고 차분했고', '유난

---

20) 張文環, 「內地より歸りて」, 71쪽.
21) 尾崎秀樹(著)/陸平舟(譯), 『舊殖民地文學的硏究』(臺北 : 人間, 2004年 11月), 38쪽.

히 낮고 무거우면서도 장중한' 느낌 등 다분히 전쟁분위기를 연상케
하는 일반적인 수사들로 포장되어 있다. 그러나 솔직한 속내를 드러내
지 않으면서도 주변 환경을 예의주시하는 대표들의 시선과 마음에선
여전히 충격과 공포가 가시지 않고 있었다.

타이완대표들이 일본에 갓 도착했을 당시 인터뷰에서 했던 발언들
은, 타이완문학의 역할에 고심하고 있던 니시키와 미츠루나 '아직 성
년이 되지 못한' 타이완문학을 걱정하고 있던 하마다 하야오나 개인적
신념과 겉치레로 하는 사교적 멘트 사이에서 발언의 수위를 조절해야
했던 타이완작가들이나 모두 타이완문학의 발전이나 문화교류에 방점
을 찍고 있다는 점에서는 일치했다. 그러나 이러한 상황은 막상 회의
장에서 발언하는 단계에 들어가게 되면, 일부 변화가 엿보인다. 회의
장에서, 롱잉종의 '황군에게 사의를 표한다.' 니시카와 미츠루의 '일본
어 보급', 하마다 하야오의 '차기 대회는 타이완에서 열자', 장원환의
'종군작가에 대한 감사' 등의 발언들은 모두 전적으로 일본을 염두에
두고 한 것들이다. 하마다가 차기 대회를 타이완에서 열자고 하면서,
이를 통해 타이완문화의 성숙을 가속화하기를 바란다는 속내를 슬쩍
비치고 지나간 것을 제외하고, 다른 대표들은 하나같이 지역성의 문제
에 대해서는 전혀 거론하지 않았다. 심지어 '식민지'라는 용어조차 전
혀 사용하지 않았다.[22] 가기 전에는 타이완문학의 연속성과 개척에 관
심을 갖고 있었고, 문학자들 간의 공론과 교류에 상당한 기대를 품고
있었던 네 사람이었지만, 이들은 출발 전에 가졌던 타이완 중심의 사
유를 잇달아 수정해 일본 본위의 발언들을 쏟아내었던 것이다. 대회기
간 내내, 이들이 문학이나 문화 문제에 대해 자신의 의견을 피력할 기

---

22) 「大東亞文學者大會速記抄」, 『臺灣文學』, 3 : 1, 318~321쪽.

회가 전혀 없었다는 것은 분명한 사실이다.

실제 대회에서 맡고 있는 임무도 많지 않았고 존재감도 거의 없었던 상황 하에서, 타이완대표들은 일본어를 할 줄 모르는 화중(華中)의 대표를 제외하면, 줄곧 방관자적 입장에 있었던 가장 미미한 존재들이었다. 글을 통해 발견할 수 있었던 다음의 얼마 안 되는 장면들은, 그들이 대회와 각국 대표에게 던지는 시선이 어떠한 것이었는지를 엿볼 수 있게 한다. 11월 4일 하마다가 쓴 「대회에 대한 짤막한 일기」에는, 회의장인 '대동아회관'에 대한 다음과 같은 기록이 있다. "회의장은 원탁회의 방식으로 꾸며져 있었고, 77명의 의원(議員)23)들이 앉을 수 있는 사각형의 좌석이 배열되어 있었다. 그 뒤로는 136명의 참의(參議)가 앉을 수 있는 자리가 에둘러 마련되어 있었다. 정중앙의 의장석 뒤로는 내빈석이 있었고, 그 맞은편 오른쪽으로는 신문기자석이 있었다." 이밖에 현장에는, 수천 명의 일본문학자들이 청중으로 와 있었다. "(우리 자리는) 의장 옆 자리에 나란히 배열되어 있었는데, 사각형 테이블 가장 오른쪽 구석이었다. 조선 측 다섯 명은 우리 반대쪽인 가장 왼쪽에 자리하고 있었다. 조선과 타이완의 중간에는 가타오카 뎃페이(片岡鐵兵), 나가무라 무라오(中村武羅夫), 구메 마사오(久米正雄), 고가 사부로(甲賀三郎), 가메이 가츠이치(龜井勝一) 등이 앉아 있었다. 다시 말해, 이 열 전체가 바로 일본 대표인 것이다."24) 즉, 회의장은 안쪽 좌석에 각국 의원들, 바깥쪽 좌석에 일본 참의원들이 각각 앉고, 또 국가별로 집단을 이루어 앉아서, 동아시아작가들이 공동으로 논의를 하는 형식으로 구성되어 있었다.

---

23) 이것은 잘못된 것으로, 78명이 맞다.
24) 「大會略日記」, 26쪽.

일본작가 사네토 게이슈(實藤惠秀) 역시 정면 앞쪽의 일본 국기를 중심으로 만주국 국기와 중화민국 국기가 좌우로 걸려 있는 회의장 모습에 대해, 다음과 같이 기록하고 있다. "단상에는 한 쌍의 황금병풍이 있었고, 연단은 남색의 아름다운 국화로 꾸며져 있었다. 정면 오른쪽으로는 정보국 차장, 육해군 보도부장 등 정부 측 내빈이 자리하고 있었는데, 그들은 하나같이 황국(黃菊) 휘장을 달고 있었다. 왼쪽으로는 홍국(紅菊) 휘장을 달고 있는 각국 대표들과 백국(白菊) 휘장을 달고 있는 일본 측 대표들이 앉아 있었다. 유일하게 한 사람만이 중국복장을 입고 있었는데, 그가 바로 만면에 발그스름하게 홍조를 띠고 있는 첸다오순(錢稻孫) 선생이다."[25] 사네토의 기술에 따르면, 타이완작가들이 앉아 있는 자리는 '회(回)'자형 의석 가운데, 상대적으로 중요하지 않은 한쪽 구석에 위치해 있음을 유추해 볼 수 있다. 일본작가의 눈에는, 뭔가 이견이 있어 보이는 중국지식인은 들어와 있었지만, 식민지작가들은 그들의 시선에 쉽게 들어오지 않고 있었던 것이다.

회의장에서, 각국 대표들은 서로를 분명하게 볼 수 있었다. 또한 대회실황은 일본 내지 및 외지 신문의 기사나 일본방송협회(JOAK)의 녹화방송을 통해 볼 수 있었다. 또 다큐멘터리 영화로 제작되어, 만주, 화북(華北), 화중 등 각 지역에서 상영되었다. 뿐만 아니라, 해외 각국으로도 방송되었다.[26] 하마다가 기록한 이 회의장 공간은, 바로 '대동아' 권력과 위계질서를 상징하는 공간이라 할 수 있다. 타이완대표들은 각국의 작가들과 자리를 함께 하는 이 회의기간 동안 무엇을 보았을까? 또 각지 대표들과의 상호교류는 어떠했을까?

---

25) 『舊殖民地文學的研究』, 32쪽.
26) 「大東亞文學者大會要綱」, 『日本學藝新聞』 142號, 第2版.

우선, 타이완대표의 리더 격인 하마다 하야오의 생각을 소개해보기로 하자. 하마다가 가장 먼저 언급한 것은, 시마자키 도손(島崎藤村)이 개막식 말미에 모두를 일으켜 세워, '천황폐하만세'를 부르게 했을 때 받았던 감동이다. "도손이 양 어깨를 높이 들어 올리자, 옷소매 밖으로 드러난 양 팔꿈치가 하얀 바탕의 국기 앞에서 백색 광휘를 뿜내고 있었다. 정말 아름다워 보였다." 병 때문에 수척해진 몸으로 출석한 도손의 그 모습은, 많은 사람들의 뇌리 속에 잊을 수 없는 기억으로 남아있다. 그러나 그 똑같은 장면이 만주를 떠돌아 다녔던 이른바 전향 작가인 야마다 세이자부로(山田淸三郎)의 눈에는, 해학적이면서도 그 안에 비극적 면모를 갖춘 모습으로 비쳐졌다. 이번 대회에 만주국대표의 리더를 맡고 있었던 그는, 심지어 '반자이(萬歲)'를 '만자이(漫才)'(두 사람이 익살스럽게 주고받는 일종의 일본 만담)로 들었다고도 했다. 문단의 원로를 내세워 정치구호를 외치게 한 것에 대해, 그는 차마 눈뜨고 볼 수 없는 황당함과 비애를 느꼈던 것이다.27)

시마자키 외에도 하마다는 청소년문학에 힘을 기울이고 있는 오가미 히로오(拜鬪夫)에 대해서도 공감을 표하고 있다.

> 회의 첫날, 그는 자리에서 일어나 다음과 같은 발언을 했다.
> "우리의 임무는 청소년들에게 건강하고 용맹하고 명랑활달한 문학을 제시해줌으로써, 영미(英美)의 모략적인 사상에 물들어 있는 후대를 지켜내고 교육시키는데 매진하는 것입니다."
> 문학이 청소년 교육에 있어 짊어지고 있는 사명을 간파한 그는 만장의 박수를 받았다.
> 이제 나도 타이완의 청년들을 생각한다.

---

27) 山田淸三郎, 『轉向記・嵐の時代』, 128쪽.

씩씩한 타이완청년들은 지원병을 최고의 명예로 알고, 일본의 규율과 질서를 동경하고 있다. 일본어에 대한 이해도 타이완말보다 훨씬 높고, 누구보다도 타이완의 누습을 혁파하고 싶어 하는 청년들의 존재를 나는 강하게 인식하고 있고 동시에 새삼 놀라움을 느낀다.

타이완의 문학은 과연 이러한 청년들을 대상으로 한 적이 있었던가? 어떻게 그들이 국어를 더욱 정확하고 더욱 아름답게 구사할 수 있도록 할 것인가를 생각해 본 적이 있었던가? 그들의 마음의 소리를 이해하려고 노력해본 적이 있었던가? 그들이 자신의 이상에 대해 희망을 품을 수 있도록 길을 제시해준 적이 있었던가? 고루하고 무지한 환경과 싸우고 있는 그들을 타이완의 문학은 격려하고 북돋운 적이 있었던가?

마침내 나는 타이완문학이 이번 대회의 기회를 통해, 새로운 어떠한 사명을 가져야 함을 깨닫게 되었다.[28]

오가미 히로오는 하얼빈 특무요원 가가와 시게노부(香川重信)를 수행해서 그들의 통역을 맡는다는 명목으로 왔지만, 사실은 그들의 감시하에서 대회에 참석하고 있었다. 따라서 마음에 없는 소리를 쏟아내야 했던 오가미 히로오와 그 내막을 잘 모르는 하마다의 깨달음 속에서 빚어진 이 묘한 상황은 오해에서 비롯된 상상이라고 할 수 있다. 그러나 어쨌든 그것은, 이번 대회 이후 개인의 문학적 사명에 대한 인식과 선택이란 면에서 하마다에게 영향을 준 것은 사실이다.

계속해서, 이번에는 니시키와 미츠루의 생각을 짚어보기로 하겠다. 그 역시 차창 밖으로 스쳐 지나가는 후지산을 바라보며 "후지산이야 말로 일본민족의 상징이라는 생각이 든다."고 연신 탄성을 쏟아냈던 오가미 히로오에 주목했다. 또 그는 화중대표 류위성(柳雨生)이 일본의 아름다운 풍경에 대해 늘어놓았던 장황한 찬사에도 주목했다. 이 두

---

28) 濱田隼雄, 「大會の印象」, 『文藝臺灣』 5 : 3(1942年 12月), 17~21쪽.

명의 외국대표가 일본풍경에 대해 찬사를 보낸 것을 빌어, 니시카와는
회의에서 논의한 '동양문학은 직관(直觀)의 문학'이라는 개념29)을 당당
히 논하고 있다. 그러나 모든 대표들 가운데에서 니시카와의 시선을
가장 사로잡은 것은 조선인작가들이었다. '일어보급'에 대한 발언을
할 때, 그는 회의장에서 가야마 미츠로(이광수)와 유진오가 유창한 일본
어로 표현하는 강렬한 일본정신에 대해, 다음과 같이 언급하고 있다.
"나는 어제 조선의 가야마 미츠로가 한 연설을 듣고 매우 감동했던 사
람 중의 하나다. 가야마 씨의 그 강한 신념 역시, 바로 그가 국어에 정
통했기 때문에 그러한 경지에 도달할 수 있었다고 생각한다. 조선의
유진오 역시 마찬가지로 조선의 국어보급에 대해 담화를 발표했다. 그
러나 우리 타이완의 국어보급률도 최근 들어서는 놀라울만한 성장을
이룩했다."30) 조선작가의 일본어능력과 일본정신, 이 양자 간의 상관
성을 예로 들어, 그는 대회에서 타이완의 일어운동의 추진상황과 중일
사변 이후의 급속한 진전 상황에 대해 소개했다. "지난날 오랜 세월을
거치면서도 쉽게 달성할 수 없었던 목표가 지나사변 이후에 급속한
발전을 보였다. 특히, 대동아전쟁 이후에 놀라울만한 진전을 이룩했다.
단지 국어의 보급뿐만이 아니다. 국민으로서 '대동아전쟁의 목적을 완
수하겠다.'는 자각 역시도 국어의 보급에 비례해 높여나갈 것이다. 지
원병, 군부(軍夫), 가오샤의용대(高砂義勇隊)31) 등, 그 예는 헤아릴 수 없이
많다."

---

29) 西川滿,「讓文學也普及到鄰組 : 自大東亞文學者大會歸來」, 原刊『新建設』2 : 1(1943年
    1月). 黃英哲主編, 『日治時期臺灣文藝評論集』 第四冊(臺南 : 國家臺灣文學館籌備處,
    2006年 10月), 17~18쪽에서 재인용.
30) 無署名,「大東亞文學者大會速記抄」,『臺灣文學』3 : 1(1943年1月), 64쪽.
31) 가오샤의용대는 제2차 대전 말기, 일본이 남양의 열대우림지역 작전에 투입하기
    위해 타이완원주민을 중심으로 만든 조직이다.(옮긴이)

니시카와는 조선인작가가 회의 중에 했던 구체적 표현을 통해, 외지의 일본화 진전 상황을 비교 소개하고, 타이완으로 돌아온 이후에도 여전히 '조선 사람들'이 그에게 주었던 감동을 매우 열정적으로 언급하고 있다.

대회를 통해 얻은 수확은 이루 헤아릴 수 없이 많다. 그 가운데 특히, 나는 조선 사람들에 대해 실로 강렬한 인상을 받았다. 그들의 수양의 깊이, 철학적 사유 그리고 아름답고 정확하며, 아주 유창한 일본어 능력은 저절로 고개를 숙이도록 만든다. 오사카 역으로 배웅을 나왔을 때, 그들은 특별히 플랫폼까지 내려와 우리와 굳은 악수를 하며 이별을 고했다. 우리는 말로는 다시 만날 날을 기약한다고 했지만, 차마 헤어지지 못한 채 잡은 손을 놓지 못하고 있었다. 나는 문학 작업에 있어 진정한 지기(知己)를 얻은 느낌이었다. 그들과 이야기를 나누던 이 며칠을 난 평생토록 잊지 못할 것이다.

대표들이 각자 자신의 고향으로 돌아간 후에도, 니시카와와 유진오는 서신 왕래를 했다.

어제 나는 조선의 유진오로부터 편지를 받았다. 편지에는 이런 내용이 있었다. "올해 들어 드디어 국어를 문학용어로 사용하기 시작했습니다. 지금은 용어를 바꾸고 있는 중입니다." 등등. 가야마 미츠로(이광수)나 유진오 모두 과거에는 조선어로 창작을 한 사람들이다. 그러나 여기서 주목할 점은, 설령 그들이 조선어로 창작을 한다 하더라도 여전히 이처럼 아름답고 정확하고 유창한 국어로 말하고 쓸 수 있는 능력을 충분히 갖추고 있다는 것이다. 이러한 우수한 조선인들이 '대동아문학자대회'라는 기회를 통해 국어문학에 매진하게 될 때, 그들의 성과는 진정 기대할만한 것이 될 것이다.[32]

니시카와는 일본화에 노력하는 조선인작가들을 대번에 문학의 지기로 생각했다. 반면, 조선대표들 중에 자신처럼 외지 일본인작가였던 가라시마 다케시(辛島驍, 경성제국대학 교수)나 데라다 에이(寺田瑛) 등에 대해서는 전혀 언급하지 않고 있다. 그러나 분명한 사실은, 니시카와나 하마다가 중화민국, 만주국, 조선의 대표 가운데 일부 이민족작가들에 대해 긍정적인 시선을 던지고는 있지만, 그들을 바라보는 시선은 일본작가에 대한 존경과는 다른 것이라는 점이다. 만주, 중국, 백러시아의 작가들이나 조선인작가들 앞에서, 타이완 주재 일본인작가들은 자신들이 '일본을 대표'한다는 자부심과 '일본인'이라는 우월감을 여실히 드러내었다.

여기에서 필자가 지적하고 싶은 것은, 타이완으로 돌아온 이후 격정적인 문장으로 재현한 그 잊을 수 없는 갖가지 만남은, 아마도 현장의 상황과는 달랐을 것이라는 점이다. 첫째, 타이완대표들은 미리 일본에 도착하는 바람에, 시모노세키에서 도쿄로 가는 열차 안에서 각국 대표들과 평등한 위치에서 만날 수 있는 기회를 놓쳤다. 둘째, 회의장에서 외지대표들은 일본대표에 포함되어 좌석 양측에 앉았다. 이러한 안배는 대표들 간의 교류를 가로막는 결과를 낳았다. 셋째, 「대회에 대한 짧막한 일기」와 야마다 세이자부로의 기억을 대조하면, 회의장의 단절 외에, 숙박하는 데에도 마찬가지였음을 알 수 있다. 타이완대표는 각국 대표들과 함께 다이코쿠(帝國)호텔에 묵지 않고, 조선대표 및 주최측 인원들과 함께 다이이치(第一)호텔에 묵었다. 일본대표와 외국대표들이 각기 다른 곳에 묵었기 때문에, 매일 집합하는 방식에도 외지대표

32) 이상 두 개의 인용문은 西川滿, 「文學者大會から歸って」, 『臺灣文學』 3 : 1(1943年 1月), 66~68쪽에서 발췌.

는 일본대표를 따라 외국 대표가 투숙한 호텔로 함께 가서 영접한다
는 의미가 내포되어 있었다.

열이틀 간의 단체 활동 중에, 대표들 모두 자유 일정이 없었고 개인
시간도 극히 제한되어 있었다. 즉, 대회는 이러한 집체활동을 일종의
'연성(鍊成)'으로 보고 있었던 것이다. 일본대표와 외국대표가 서로 격
절되어 있는 상황 하에서, 타이완대표는 만주국이나 중국의 대표들과
가까워질 수 있는 기회가 부족했다. 교류가 가능했던 공개적인 모임에
도, 일부 극소수 그것도 타이완 거주 일본인작가들이 우선적으로 참여
했다. 가령, 11월 7일 만주신문사(滿洲新聞社)가 개최한 좌담회에는, 하마
다 혼자 대표로 참석하는 바람에 타이완인작가들은 만주국작가들과
깊게 사귈 수 있는 기회를 놓쳐버렸다. 결국, 타이완대표들은 단지 회
의 이외의 일부 비공식적인 만남을 통해서만이 다른 지역 대표들과
자연스러운 교류를 가질 수밖에 없었다. 그러나 그 대상도 대부분 일
본대표나 조선대표들이었다. 다음 두 가지 예를 들어보기로 하자.

첫째, 정식 회의기간에 타이완대표는 매일같이 일본이나 조선의 대
표들과 함께 아침을 먹고, 그런 연후에 함께 다이코쿠호텔까지 도보로
가서 각국의 학자들과 회합했다. 따라서 "함께 묵었던 도가와(戶川) 씨
나 조선대표들과 함께 아침을 먹고, 8시까지 다이코쿠호텔에 집결해서
야스쿠니신사(靖國神社)에 참배하러 갔다." "어제처럼 걸어서 구로몬(黑門)
앞 나미키미치(並木道)에 있는 다이코쿠호텔까지 가서 메이지신궁(明治神
宮)을 참배한 후에, 개막식에 참석했다." "조선대표와 함께 회의장까지
걸어가면서 내내 환담을 나누었다." 등등의 비공식적 장소에서의 교류
가 나타나게 된 것이다. 「대회에 대한 짧막한 일기」에서 포착한 단락
은, 아주 짧은 서술에 불과하지만 그럼에도 불구하고, 타이완대표와

문보회 장관, 조선대표들이 짧은 만남 속에서 즐거운 우정을 쌓고 있었음을 알 수 있다.

둘째, 11월 6일부터 13일까지 모든 대표들은 간토(關東), 간사이(關西) 등지로 참관 활동을 떠났다. 6일, 각국 대표들은 도쿄를 출발해 이바라키현으로 가서, 가스미가우라항공대와 츠치우라항공대를 참관했고, 7일과 8일에는 도쿄 시내를 관광했다. 9일에는 도쿄에서 이세(伊勢)를 거쳐 오사카로 가서 강연을 했고, 그 다음에는 나라와 교토를 관광했다. 그리고 13일, 교토를 출발해 오사카를 거쳐 일본을 떠났던 것이다. 이 기간 중에 탑승한 교통수단의 이동시간도 적지 않았고, 주최 측이 음식물 배급 등 일상적 편의를 제공하는 데에도 불편함이 있던 시대였지만, 모든 대표들은 이 모든 것을 감수했다. 오히려 "열차 객실을 전세 내었고, 버스도 전원이 무료로 이용했다. 여관도 가장 좋은 방에 묵었고, 특별 요리도 맛보았다."[33]고 표현한 이도 있었다. 즉, 기나긴 이동시간과 열악한 환경이, 오히려 각국 대표들에게는 마음 편하게 만날 수 있는 기회를 제공한 셈이 된 것이다.

「대회에 대한 짤막한 일기」에는, 이와 관련된 두 개의 대목이 있다. 첫째, 11월 6일 각국 대표들은 츠치우라 해군항공대에 가서 소년항공병들이 훈련하는 모습을 지켜보았다. "기쿠치 칸(菊池寬), 우노 고지(宇野浩二) 등을 비롯한 재경(在京) 작가들 다수가 동행했다. 귀로에 도메이통신사(同盟通迅社) 기자가 시 한 수를 지어달라고 부탁해, 니시카와 미츠루가 시를 써 주었다." 둘째, 11월 9일 "만주국대표 5명, 중국대표 15명, 타이완·조선대표 9명" 그리고 문보회 장관, 정보국 장관, 일본 내지작가, 신문잡지사 문화인 등이 함께 간사이로 가는 도중에 "차 내에

---

33) 巖谷大四, 『非常時期日本文壇史』(東京 : 中央公論社, 1958年 9月), 31쪽.

서 환담했다." 이것은 「대회에 대한 짤막한 일기」 중에 '환담'이라는
말이 두 번째로 등장한 것이다. 객실이라는 비공식적 장소에서, 각국
대표들과 일본작가를 포함한 총 42명이 동행[34]하는 가운데, 상호 간에
격의 없는 대화를 나누고, 문예에 대해 토론하고 심지어 즉석에서 시
를 짓기까지 하는 상황 속에서, 타이완대표들이 얼마나 즐거움을 느꼈
는지는 이 '차 내 환담'이라는 짧은 몇 마디 말 속에 여지없이 드러나
고 있다. 12일 저녁 무렵, 오사카 강연을 마치고 숙소가 있는 나라로
오는 도중에, 하마다는 피곤함을 무릅쓰고 "시인인 다케나카 이쿠(竹中
郁), 오노 쥬자부로(小野十三郎) 등과 동석했다."라고 일기에 적고 있는데
이를 통해, 이러한 장면들 특히, 일본작가와의 만남이 그에게 주는 의
미를 알 수 있다.

대회를 마치고 타이완으로 돌아온 이후, 「도의문화(道義文化)의 우위
(優位)」, 「신문화의 수립」 등, 극히 추상적인 구호로 점철되어 있던 글
을 통해, 대회 참석에 대한 감상을 발표했던 롱잉종은, 전에는 한 번도
공개적인 장소에서 작가들과 함께 하며 즐거운 시간을 보냈다는 것에
대해 언급한 적이 없었다. 이에 대해 왕훼이전은, 사실상 문학자와 문
학자 간의 교류는, 롱잉종에게 있어서는 아주 소중한 경험이었으며,
만년에 이르기까지 그는 여전히 그때를 잊지 못하고 여러 차례 언급
한 적이 있다고 말한 바 있다. "쇼와 19년,[35] 그때가 생각나요 가스미
가우라로 가는 열차 안에서, 나는 우노(宇野)와 마주 앉았어요 또 기쿠
치 칸과 우노 치요(宇野千代) 같은 유명 작가도 같이 있었어요 우노는
내가 타이완에서 왔다는 말을 듣자마자, 바로 타이완의 상황에 대해

---

34) 「大空の饗宴に暫し呆然 大東亞文人一行きのふ霞ヶ浦航空隊を見學」, 『臺灣日日新報』
　　(1942年 11月 7日, 第3版).
35) 이는 롱잉종의 오기이다. 쇼와 17년이 맞다.

꼬치꼬치 캐물었어요. 우노는 또 자신은 한 번도 타이완에 가본 적은
없지만, 타이완에 대해 글을 써서 발표한 적도 있었다고 했어요." "내
가 이렇게 유명한 일본작가들과 만날 수 있으리라고는 꿈에도 생각지
못했어요. 기쿠치 칸을 만났을 때, 그가 그러더군요. 내 글을 읽은 적
이 있다고. 또 구메 마사오를 만났을 때에는, 누군가 자신에게 나에 대
해 말해준 적이 있었다고 하더군요. 우노 고지는 나에게 이렇게 말했
어요. 자기는 타이완에 가본 적이 없지만, 타이완을 제재로 글을 쓴 적
이 있다고."[36] 이러한 기억들로부터 알 수 있는 것은, 룽잉종이 가장
관심을 두고 있었던 것은 일본작가이며, 그가 가장 고무된 것은, 일본
작가들이 자신의 작품에 관심을 가지고 있었다는 사실이다.

이동시간 외에도 대표들이 자연스럽게 교류할 수 있는 시간이 부여
된 것은 비공식적 장소에서였다. 11월 9일, 대표단은 9시에 도쿄 역을
출발해 나고야를 거쳐 나카가와(中川)에서 열차를 갈아타고 저녁 무렵,
우지야마다(宇治山田) 역에 도착하는 장거리 전차를 탔다. 그래서 대회주
최 측은, 일행이 여행에 지칠 것을 감안해, 전날 밤에 더는 추가 활동
에 대한 일정을 잡지 않았다. 그 덕분에 하마다는 「대회에 대한 짤막
한 일기」에 다음과 같은 기록을 남길 수 있었던 것이다. "도쿄에서의
마지막 날 밤, 나는 야마우치 요시오(山內義雄), 니시카와와 환담을 나누
었다." 특별히 할 일이 없던 그날 밤, 타이완대표들은 세 번째로 다른
작가와 '환담'할 여유가 생겼던 것이다. 이와 유사한 비공식 만남은 나
라에 묵을 때에도 있었다.

하마다 하야오는 「대회 인상(大會的印象)」에서, 다음과 같이 쓰고 있다.

---

36) 龍瑛宗, 「回顧日本文壇」, 『臺灣文藝』 84(1983年 9月 15日) ; 「我的足跡」, 『開南校友通
訊』(1984年 7月). 「第一回大東亞文學者大會的虛與實 : 以龍瑛宗的文藝活動爲例」, 39쪽
참조.

　　나라호텔에서 묵던 둘째 날 밤의 일이다. 나는 한기가 느껴져 술집으로 갔다. 그곳에서, 우연히 어젯밤에 만난 적이 있던 가와카미 데츠타로(河上徹太郎)와 마주쳤다. 그의 옆에는 이광수와 구사노 신페이(草野心平)가 있었다.

　　나는 아무 일도 없다는 듯이, 그 자리에 합석했다. 순간 분위기가 어젯밤과는 다르다는 것을 느꼈을 때, 구사노가 이광수에게 큰 소리로 말하는 것이 들렸다. 내용은 이광수에 대한 질책이었다. 이광수는 격한 감정에 눈물을 주룩 흘리고 있었다.

　　나는 난감해져 자리에서 일어나려고 했지만, 가와카미가 제지하는 바람에 어쩔 수 없이 자리에 앉아 아무 말도 하지 않고 듣고만 있었다.

　　구사노와 가와카미는 이광수에게 비판을 가하고 있었다. 나는 돌아가는 사정의 내막을 전혀 알 수 없었다. 그런데 가만히 들어보니, 이광수가 무의식중에 반도(半島) 작가로서의 자신의 고통을 토로했고, 그것 때문에 그들이 그를 질책하고 있는 것처럼 보였다. 그들이 이광수에게 한 말은, 그러한 고통을 말하는 건 아무런 도움도 되지 못하며, 소위 문학의 고통이란 그런 일이 아니다 등등이었다.[37]

　근 60년에 달하는 조선문학의 창시자라 할 수 있는 이광수와 두 명의 일본작가 간에 이루어진 '진솔한 만남'은 하마다에게는 감동이었다. 그는 "교훈을 얻었다."고 생각했다. 그는 니시카와로부터 '강렬한 일본정신'을 가졌다라고 상찬을 받은 가야마 미츠로가 회의장 밖에서는 완전히 다른 면모를 보이는 모습을 목도하게 된 것이다. 취중에 이광수는 자신이 타자로부터 가해지는 엄혹한 개조요구와 스스로 자아개조

---

37) 濱田隼雄, 「大會の印象」, 17~21쪽.

를 위해 부단히 채찍질해야 하는 이중의 고통 속에서 괴로워하고 있
다고 진심을 토로했다. 이렇듯 마음 깊이 내재화된 자아부정을 통해,
조선민족의 출로를 고민하는 그의 모습 역시 오랫동안 각종 일본중심
주의에 의해 억압되고 왜곡된 결과이리라. 그러나 이렇듯 고뇌하는 모
습은 정작 공개적인 장소에서는 내보일 수 없었던 것이다. 중화민국,
몽골, 만주국, 조선의 대표들이 부산에 도착해 여러 매체들의 방문을
받았을 때, 가라시마 다케시는 즉석에서 다음과 같이 말했다. "조선문
단의 원로이신 가야마 선생은 대회 석상에서, 조선문학인이 나아갈 길
에 대해 말씀하셨습니다. 우리는 선생의 말씀처럼, 천황폐하를 삼가
받들어 민중이 잘못된 길로 가지 않도록, 바로 선생이 말씀하신 그 대
도(大道) 위에서 상호 협력할 것을 다짐했습니다. 이는 재삼 강조해도
지나치지 않을 것입니다."[38] 오랫동안 조선반도의 대문 앞에 서 있던
이광수는 이렇듯 다른 대표들로부터 존경을 받았다. 각종 매체와 대중
들 앞에 등장한 그는 여전히 유쾌하고 강인한 모습이었다.

　만주국대표의 경우, 야마다 세이자부로 또한 다음과 같이 추억하고
있다. 나라에서 묵었던 둘째 날 저녁, 대회주최 측이 이후의 활동을 아
직 정하지 않았기 때문에 작가들은 삼삼오오 그룹을 지어 밖으로 나
갔다. 그는 홀로 텅 빈 호텔 로비에 앉아, 만주로 돌아가서 홍보처와
문예가협회에 보고할 자료를 준비하고 있었다. 그런데 한밤중에 갑자
기 대취해서 돌아온 만주국의 중국인작가 일행이 무의식중에 자신에
게 던지는 극히 경멸적인 시선에서, 그는 다시 한번 만주 출신 작가들
과의 강한 괴리감을 느꼈다.[39] 오카다 히데키(岡田英樹)는, 만주국대표들

---

38) 「文學者代表歸る、新しき構想と意欲」, 『朝日新聞』, 北鮮版(1942年 11月 15日, 第4版).
39) 山田淸三郎, 『轉向記・嵐の時代』, 130~131, 138쪽.

이 두 차례에 걸친 대동아문학자대회 현장에서, '천편일률'적인 발언들을 쏟아내는 것을 두고, 이러한 발언들은 강제성이 적은 다른 장소에서의 발언들과 차이가 있다는 점을 발견했다. 즉, 대회의 요구에 부응해서 토해낼 수밖에 없었던 '개성이라고는 전혀 찾아볼 수 없고' '극히 획일적인' '동어반복'의 발언들은, 일본이 만주국문학을 대동아문학자대회라는 국제무대에 올려놓았을 때, 만주국작가들이 어쩔 수 없이 해야 했던 일종의 연기라고 할 수 있었다.40) 만주국의 중국인작가들이 공개적인 장소에서 '탁월하고 합리적인' 발언들을 쏟아내었을 때, 리더인 야마다는 필시 안도의 한숨을 내쉴 수는 있었겠지만, 대회기간 내내 서로 간에 잠재해 있던 불신은, 결국 이렇듯 취중에 폭발하고 만 것이다. 부산에 도착했을 때에도, 야마다는 다른 대표들과는 달리 의기소침해 있었다. 그래서 매체들과의 인터뷰에서도 "아시아는 하나이고, 문학도 하나입니다."라는 극히 상투적인 말 외에는 별다른 언급을 하지 않았던 것이다. 그저 말미에, 대회기간 내내 성대한 환영 공세를 받은 탓에 약간 피곤하니, 되도록 환영행사는 간단히 해주었으면 좋겠다는 희망을 피력했을 뿐이었다.

사실, 타이완대표들도 대회기간 내내, 타이완 문제에 대한 관심을 떠나 일본 입장에서 발언하기를 요구받았고, 문학/문화의 본위를 벗어나 황군에 대해 감사하고, 일본어를 제창할 것을 강요당했다. 한마디로, 그들은 철저하게 대회주최 측이 짜놓은 각본에 따라 움직여야 하는 배우에 불과했다. 그러나 그들이 무의식중에 던지는 시선은 조금씩 언어라는 외피를 뚫고 대회의 '겉'과 '속'의 차이를 재현해내었다. 정

---

40) 岡田英樹(著)/靳叢林(譯), 「大東亞文學者大會和僞滿洲國代表」, 『僞滿洲國文學』(長春 : 吉林大學出版社, 2001年 2月), 193~205쪽.

계요인이나 각종 매체의 이목이 집중되는 도회지를 떠나 산성(山城)이
라 할 수 있는 나라에 오게 될 즈음에는, 빡빡했던 여정에도 잠시 여
유가 생기고 사람들도 어느 정도 홀가분해지면서 겉과 속이 다른 각
종 차이와 모순을 안고 있는 사람들의 참모습이 더욱 더 또렷하게 보
이기 시작했던 것이다. 그러나 하마다가, 조선인작가가 일본작가 앞에
서 자신의 고통과 어려움을 처절하게 호소하는 장면을 바라보는 대목
과 만주의 중국인작가들과 일본인 리더 사이에 뛰어넘을 수 없는 장
벽이 가로막고 있다는 사실 사이에는 본질적인 차이가 있다. 전자는
일시동인(一視同仁)을 갈망하나, 그것을 이룰 수 없는 고통이고, 후자는
차이를 숨기고 면종복배(面從腹背)할 수밖에 없는 것에 대한 분노이다.
즉, 여기에는 외지작가와 외국작가의 근본적 차이가 반영되어 있는 것
이다.

　마지막으로, 타이완인작가의 생각을 알아보기로 하자. 다른 지역 대
표들을 바라보는 룽잉종의 시선이 기록된 것은 다음 단락이 유일하다.
"대회석상에서, 구딩(古丁)을 비롯한 만주국의 인사나, 가야마 미츠로와
같은 조선인 인사들은 하나같이 다 굉장한 신념과 뛰어난 식견을 지
니고 있었다. 그에 비해, 나는 너무나도 일천해 부끄럽기 짝이 없었
다."41) 그는 스스로를 자신과 비슷한 이민족작가인 조선인작가나 만주
국작가와 비교하면서, 타이완 주재 일본인작가들이 갖고 있는 우월감
도 없고, 단지 갑작스러운 지시를 받고 졸렬한 발언에 그쳤던 자신에
대해 수치심을 느끼고 있다. 극히 짧은 내용이기는 하지만, 그는 여기
서 만주국의 중국인작가 구딩에 관심을 보이고 있다. 이 점은 우리가
주목해야 할 대목이다. 장원환은 이 회의기간 중에, 그 어떤 작가에 대

---

41) 龍瑛宗(著)/涂翠花(譯), 「豐碩的成果」, 原刊『臺灣藝術』4：1(1943年 1月), 21~22쪽.

한 느낌도 글로 남긴 적이 없다. 그의 「내지로부터 돌아와서(自內地歸來)」
는 그런 의미에서 좀 특별하다고 할 수 있다. 고소공포증이 있던 자신
이 다이이치호텔 6층에 투숙하면서 얼마나 신경이 날카로웠고, 심지어
환각 중세까지 보였다는 사실에 상당한 편폭을 할애한 이 글은, 사실
주제와는 완전히 동떨어진 글임에 틀림없다. 그러나 이 글 마지막 부
분에서, 그는 문학자대회라는 이름을 내걸기는 했지만 실상은 정치·
외교 장소에 불과했다는 점에 대한 자신의 실망감을 표출하고 있다.

> '대동아문학자대회'는 나 같은 시골촌뜨기에 있어서는, 일종의 연성회
> (鍊成會)에 다름 아니었다고 생각한다. 사실, 난 이번이 첫 번째 대회이고
> 해서 굉장한 성과를 거둘 수 있을 것이라고 생각하지 않았다. 그러나 다
> 른 지역이나 국외에서 온 대표들과 이번 기회를 통해, 평소 좋아하던 작
> 가나 서적을 예로 들어, 일종의 '친목모임(知己回)' 정도는 가질 수 있을
> 것이라 기대했다. 그리고 마지막으로 나는 이번 대회가 정치나 외교적
> 성격의 집회가 아니라, 대동아의 대가족회의가 될 수 있기를 바랐다.[42]

대회기간 중 각국 대표들은, 틈날 때마다 자신의 민족적 신분을 뛰
어넘어 서로 소그룹을 지어 대화를 나누는 등 활발한 교류활동을 벌
였다. 타이완인작가들과 기타 지역 대표들 간의 교류 상황에 대해 문
자로 기록된 것은 극히 제한적이다. 그러나 기록이 없다고 해서 만나
지 않았고, 교류하지 않은 것은 아니다. 다만, 공개적으로 기록하는 것
을 꺼렸거나 단순한 감상 정도로 표출하고 싶지 않았을 뿐이다. 니시
카와나 하마다의 사례를 통해서도, 장원환, 롱잉종 역시 이 기간 중에
보고 들은 것이 적지 않았음을 알 수 있다. 다음은 그 예증이다. 1943

---

42) 張文環, 「內地より歸りて」, 71쪽.

년 하마다와 니사카와가 촉발한 이른바 '개똥사실주의논쟁(糞寫實主義論戰)'은 다분히 장원환 등을 겨냥한 것이었다. 여기서 그들은 타이완인 작가의 현실주의문학이 프로문학의 유풍(遺風)을 띠고 있고, 시국의 동향을 무시한 '투기문학(投機文學)'이자 '개똥현실주의'라고 비난하고 있다.43) 논전기간 중에, 장원환은 『타이완문학』편집자로서, 다분히 그것에 대한 반박의 의미를 담고 있는 한 편의 글을 썼다. 여기서 그는 다음과 같이 밝히고 있다. 자신은 특수한 입장이 없으며 단지 '방침 없는 방침' 속에서 "『타이완문학』을 모두의 연구기구로 삼아, 타이완문학계의 기초공사를 진행"하고자 할 뿐이다.44) 구딩을 중심으로 하는 『명명(明明)』, 『예문지(藝文志)』 그룹은 일찍이 만주문단을 향해 '방향 없는 방향'이란 슬로건을 우렁차게 외친 적이 있다. 따라서 타이완에서 이와 아주 흡사하다고 할 수 있는 '방침 없는 방침'이란 말이 등장했다면, 그 상호 관련성과 의미심장함에 주목하지 않을 수 없다. 이를 통해 유추해볼 수 있는 것은, 회의기간 동안 롱잉종, 장원환 등도 아마 어느 정도는 구딩이나 기타 만주국, 화북·화중의 중국인작가들을 주시하고 있었거나, 그들로부터 어떤 시사를 받았을 것이라는 점이다. 구딩 외에도 그들은 타이완 출신이면서 화북대표로 참석해 회의에서 상당히 활발한 활동을 벌였던 장워쥔(張我軍)과도 분명 접촉이 있었을 것이고 여기서 더 나아가, 장워쥔을 통해 일부 화북의 대표들과도 접촉했을 것이다. 그러나 타이완인작가가 중국인작가와 관련된 기술을 했다는 기록은 아직 발견하지 못했다. 타이완인작가의 시선이 문자화된 것은 극히 적었고, 각국 대표의 기술 중에서도 그들의 모습을 찾기란 쉽

---

43) 柳書琴, 『荊棘之道 : 臺灣旅日青年 的文學活動與文化抗爭』(臺北 : 聯經, 2008年 12月), 456~468쪽.

44) 張文環, 「編輯者の立場から文學建設の基礎工事」, 『興南新聞』(1943年 9月 13日).

지 않다. 이러한 현상은 타이완대표의 미미한 존재감 그리고 그 미미
한 존재감 속에서도 더욱 미미한 존재였다는 사실을 재차 확인시켜주
는 것이다.

이상을 정리하면, 여기서는 타이완대표들의 문자화된 제한적 시선
을 통해, 당시 주류매체나 정식언론보도 속에서는 쉽게 발견할 수 없
는 인간적 접촉과 감정교류를 포착하고 이를 통해, 이러한 '아시아 문
예부흥의 획기적 제전'이자 '세기의 문학제전'45)이라고 하는 국제회의
속에서도, 문학자들이 '서로 만나지 못하는' 기이하고 황당한 현상을
지적하고자 했다. 이 논의를 통해 알 수 있는 것은, 회의장 안은 무수
한 '보기'와 '보이기'의 순간이 반복되고는 있지만, 문자화되고 전파되
고 문헌화되는 시선은 여전히 권력을 가진 자의 몫이었다. 권력은 던
져지는 시선이 많으면 많을수록 대량으로 보존되고 시시각각으로 전
파된다. 따라서 시선이 문자화되는 수량과 속도 역시 권력의 크기를
반영한다. 타이완대표 중에서 자신의 개인적 시선을 열정적으로 기록
해 나간 이들은 니시카와 하마다였다. 그리고 그들의 시선은 타이완
대표들의 시선으로 간주되어, 타이완으로 돌아온 이후에 즉시 대량으
로 전파되었다.46) 이를 통해 알 수 있는 것은, 회의기간 동안 가장 우
월한 참관자이자 동시에 대종(大宗)적 시선의 제작자이자 전파자는, 바
로 주최국 일본의 입장에서 정보를 쏟아내는 일본문학보국회이고, 그
다음은 일본, 만주국, 몽골의 대표들이며, 또 그 다음은 외지의 대표들
이다. 그리고 가장 마지막을 장식하는 것은 외지대표들 가운데 포함된

---

45) 「"收穫をペンで具現" 文學者大會臺灣代表歸る」, 『臺灣日日新報』(1942年 11月 25日,
　　第4版) ; 「世紀の文學祭典」, 『婦人畫報』(1943年 1月號, 1943年 1月), 13~16쪽 참조.
46) 가령, 『臺灣日日新報』에 게재된 신문기사 「"收穫をペンで具現" 文學者大會臺灣代
　　表歸る」의 내용은 西川滿, 「文學者大會から歸って」와 상당부분 중복되어 있다.
　　이것으로 보아, 신문기사 역시 니시카와 미츠루의 손을 거친 것으로 보인다.

본토작가들이다.

대동아문학자대회는 대표들에게 대동아전쟁에 대해 명확한 찬성 입장을 표명할 것을 요구했을 뿐만 아니라 그들이 제국이데올로기의 전파 매개 역할을 할 것을 주문했다. 따라서 대표들이 각지에서 제국권력의 중심을 상징하는 회의장에 집중했다가 다시 또 분산하는 이동과정과 그들이 외국의 '우방국민'과 외지의 '제국신민'이라는 각기 다른 신분으로 만나는 과정 속에서, 회의의 의미와 영향은 자연스럽게 재정의되고 재생산되었다. 각기 다른 경로를 통해 전화(戰火)의 공간을 뚫고 회의장으로 '집중-분산'하는 신체의 이동경험과 정체(政體)와 민족이 서로 다른 대표들이 동일한 공간에 집중할 때 형성되는 지리적 경관은, 회의장을 하나의 실체화된 '대동아' 장소로 만들어 주었을 뿐만 아니라 '대동아공영권' 내부의 국가, 민족, 지역의 권력구조를 실체화시켰다. '대동아'를 앞에 내건 이 대회는 '대동아' 공동체와 그 권력구조를 더욱 더 쉽게 감지하고 볼 수 있게 해 주었다. 권력은 문자화하는 것을 결정할 수 있지만, 보이지 않는 것을 결정할 수는 없다. 바다 건너 머나먼 길을 헤치고 도쿄에 집결해서 다시 또 간사이로 가는 이민족대표들은 그 여행 속에서 보고 듣고 느끼는 바가 없을 수 없다. 따라서 대표들의 그러한 단편적인 시선에서, 우리는 각 민족 대표들이 예정된 대회일정에서는 토로할 수 없었던 또 다른 종류의 체험과 이러한 체험들이 권력구조에 의해 비문자, 비언어의 세계로 가려진다는 사실을 엿볼 수 있다.

3. 대동아공영권 국제체제와 외지의 몰락

대회운영방식은 일본제국이라는 틀 속에서 차지하고 있는 각국의 지위를 반영하고 있다. 또한 해외에서 참가한 이민족의 경우에도, 외지대표인지 아니면 외국대표인지에 따라 그 지위에는 분명한 차이가 존재했다. 타이완대표들의 경우에 그들이 가장 심각하게 느낀 것은, 지위는 내지작가보다 못하고, 주체성은 외국대표보다도 떨어진다는 점이었다. 여기서는 외지대표의 종속적 지위가 어떻게 생겨났고, 대회가 조성한 '국제회의'라는 공간이 어떻게 당시의 대동아공영권 질서를 반영하게 되는지 그리고 대동아공영권 체제 하에서, 타이완대표들이 느꼈던 외지작가라는 차등적 지위에 대한 각성이, 향후 그들의 문학 활동에 어떤 영향을 끼쳤는지 등에 대해 논의하고자 한다.

대회준비위원회가 외지대표의 역할을 어떻게 규정했는지에 대한 기록은 『일본학예신문』에서는 찾을 수 없었다. 그러나 전술했다시피, 『타이완일일신보』와 『싱난신문』의 보도에서는, 타이완과 조선의 대표들이 '접대역'을 맡았다는 사실이 몇 차례 언급된 바 있다. 이외에도 각국 대표들이 일본을 출입하는 행적을 검토해보면, 타이완대표들의 임무가 주로 환송과 환영이었음을 알 수 있다.

제1차대회 당시, 해외에서 일본으로 온 대표들은 '단체로 입국했다가 단체로 출국하는' 방식을 택했고, 각기 몇 개의 그룹으로 나누어 일본에 도착했다. 타이완대표들은 다른 국가의 대표들보다 닷새 앞선 10월 27일에 제일 먼저 도쿄에 도착했다. 같은 날, 만주국의 백러시아 작가인 니콜라이 바이코프(Nicolai Baikov)와 그 가족들은 특무대원들과 함께 현지를 출발했다. 그들은 '만철(滿鐵)'과 '선철(鮮鐵)'이 공동으로 운영

하는, 하얼빈에서 부산까지 직통하는 열차 '히카리(光)'호를 타고 부산
에 도착했고, 거기에서 다시 우선(郵船)으로 갈아타고 일본에 도착했다.
이들이 두 번째로 도쿄에 도착한 그룹이었다. 이튿날인 28일에는, 구
딩 등 다섯 명이, 만주문예가협회를 비롯한 관련 기관들이 마련한 성
대한 환송회를 뒤로 한 채, 신징(新京, 지금의 長春 — 옮긴이)을 출발, 30일에
시모노세키에 도착했다. 대회주최 측은 이들이 도착하자마자 바로 숙
소에 들어가 쉴 수 있도록 배려했고, 이튿날에는 시내관광을 시켜주었
다. 첸다오순을 단장으로 한 화북대표 네 명은 29일 출발해 31일에 도
착했다. 이들은 시모노세키에 도착 즉시, 만주국, 중화민국, 몽골 등의
대표들과 합류해 당일 곧바로 도쿄로 갔다.[47] 일본 국유철도 당국은,
대표들을 위해 침대가 서로 잇대어있는 전용열차 칸을 마련해주었고,
식당 칸도 특별한 시간대에 식사를 제공함으로써, 일반승객들과 격리
되도록 조치했다. 물자가 부족한 시대였음에도, 점심과 저녁 식사에는
어김없이 맥주가 제공되기도 했다.[48] 11월 1일 오후, 만주국, 중화민국,
몽골의 대표단은 극진한 환대를 받으며 도쿄에 도착했다. 타이완대표
들은 주최 측 인사들과 함께 미리 기차역으로 나가 그들을 맞이했
다.[49] 대회가 끝나고 다음날인 11월 13일에는, 하마다 하야오가 대회

---

47) 당시 『朝日新聞』의 外地版 가운데, 「滿洲版」에는 만주국 대표의 대회참석 현황에
   대해 적지 않은 보도가 실렸다. 그러나 「朝鮮版」에는 단 한 건만 보도되었고, 「臺
   灣版」에는 아예 실리지 않았다. 이상의 정보는 모두 『朝日新聞』의 「北滿洲版」에
   실린 「大東亞新文化の創造へ 文學者大會滿華代表近く出發」, 「バイコフ翁も出發」
   (이상은 모두 1942년 10月 22日, 第4版)과 「滿洲國の文學者代表 山田氏ら五氏廿八
   日に新京發」(1942年 10月 24日, 第4版), 「大東亞の作家と語らん 滿洲文學者代表本社
   に寄する言葉」, 「旅裝を解いて語る藝談 滿洲國文學者四代表に聽く」(이상은 모두
   1942年 10月 31日, 第4版) 등을 참조했다.
48) 山田淸三郎, 『轉向記・嵐の時代』, 128쪽.
49) 『朝日新聞』「朝鮮版」에서는 조선 대표의 출발 및 도착, 집합 시간 등에 대한 보도
   를 발견하지 못했다. 이에 대해서는 훗날의 고증을 기대하는 바이다.

부주석인 가와카미 데츠타로와 함께 교토 역까지 나가, 떠나는 각국 대표들을 전송했다. 그리고 니시카와 미츠루를 비롯한 나머지 세 사람도 각국 대표들과 함께 오사카에 도착한 후, 기차역까지 나가 화중대표들을 먼저 보내고 나서, 타이완으로 돌아오는 배에 올랐다.[50] 만주국, 중화민국, 몽골, 조선의 대표들은 14일 오전 부산에 도착해서 꽃다발과 함께 조선현대극단원들의 열렬한 환영을 받았고, 라디오방송국과 인터뷰를 하기도 했다. 그런 다음, 대표들은 조선총독부 철도인 '선철'에서 제공하는 열차 '아카스키(曉)'호를 타고 경성(지금의 서울—옮긴이)을 거쳐 만주와 중국으로 돌아갔다.[51] 이상에서 언급한 대표들의 출입국 행적을 종합해보건대, 타이완대표들은 분명히 접대 역할을 맡고 있었음이 확인되고 있다.

사실, 당초 대회에 초청된 국가는 만주국, 중화민국, 프랑스령 인도차이나, 인도네시아, 버마(지금의 미얀마—옮긴이), 필리핀 등 6개국이었다. 이밖에 남양 각국의 대표들은 나중에 축전을 보내는 것으로 동참의 뜻을 전해왔다. 결국 이렇게 보면, 이른바 '대동아공영권'이라는 미명 하에 편입되어 있었던 지역은 모두가 일본이 내세운 괴뢰정권들이었던 셈이다. 그런데 대회가 이들 '국가'에 부여한 칭호와 분류방식을 살펴보면, 곰곰이 생각해볼만한 대목이 있다. 가령, 당시 형식적인 행정 관할 상으로는 분명 왕자오밍 정권 하에 있었지만, 그들이 통치할 수 있는 실제적인 권한은 없었던 '몽골자치방(蒙古自治邦)'이 참가국 대열에 포함된 것을 알 수 있었던 것은, 『일본학예신문』이 대회와 관련해 네 번째 보도를 한 11월 1일부터였다. 그런데 여기서, 문보회는 '방(邦)'이

---

50) 西川滿, 「文學者大會から歸って」, 『臺灣文學』 3 : 1, 66~69쪽.
51) 「文學者代表歸る, 新しき構想と意欲」, 『朝日新聞』 「北滿洲版」(1942年 11月 15日, 第4版).

나 '국(國)'이라는 칭호를 사용하지 않고, 대신에 민족 명칭인 '몽골'로 표시한 채, 다른 국가들과 병렬시키고 있다.[52] 사실, 그전까지 일반 언론매체들은 '일본, 만주국, 중화민국' 3개국에만 '국'이란 명칭을 사용해왔다. 그런데 이때부터 '일본, 만주국, 중화민국, 몽골'이란 용어를 사용하기 시작하면서 '4개국'이 참여한다는 인상을 심어주려 했던 것 같다. 그러나 정작 대회가 시작되면서부터는, "일본, 만주국, 중화민국의 문과대학에서 (일본의) 고전강좌를 증강하자"거나 "일본, 만주국, 중화민국 작가의 남방 파견" 등의 몇몇 제안에서 보다시피, 다시금 몽골의 존재를 무시하고 있다. 심지어 몽골 대표들 스스로도 국가를 칭하지 않았고, 그저 '몽골', '몽강(蒙疆)' 등의 애매한 표현으로만 일관했다.

그렇다면, 대회주최 측은 과연 이들 '국가'를 어떻게 간주했던 것인가? 이에 대해서는 「대동아문학자대회의 의미(大東亞文學者大會的意義)」라는 글이 하나의 예가 될 수 있을 것이다. 대회준비위원이었던 이치노에 츠토무(一戸務)가 쓴 이 글에서, 처음으로 "일본, 만주국, 중화민국, 몽골 4개국"이라는 말이 사용되고 있다. 그런데 정작 각국의 문학을 소개할 때는, "지나(支那) 문예"와 "대동아 각 민족에 대한 지도적 지위를 가지고 있는 일본문예"를 차례대로 서술하고 있는 반면, 몽골의 문학에 대해선 단 한 마디도 언급하지 않고 있다. 또한 만주문학을 소개할 때에도 타이완문학, 조선문학 등 이른바 '지방'과 동렬에서 언급함으로써, 은연중에 만주국을 '외지'로 간주하는 시각을 드러내고 있다.[53] 이렇듯 주최 측이 몽골대표를 별도로 분리시켜 의도적으로 부각시키고자 했던 행태나, 준비위원이 만주국, 타이완, 조선을 언급하면서

---

52) 1942年 11月 1日, 『日本學藝新聞』에 <大東亞文學者大會要綱>이 공포되었을 때, 몽골과 일본, 만주국, 중화민국은 동렬에 위치했다.

53) 一戸務, 「大東亞文學者大會の意義」, 『日本學藝新聞』 142號(1942年 11月 1日, 第1版).

자기도 모르게 노출시키고 말았던 인식상의 혼란은, 대회의 동원 범위가 사실상 '대동아'에서 '중국 윤함구'로 축소되었음을 의미하는 것이라 볼 수 있다. 아울러 아무리 다국적 기획을 추진하고자 애썼지만, 결국 그 주요 범위는 단지 일본, 중국 양국에 국한되었을 뿐임을 입증하는 것이라 할 수 있다.

여기서 우리가 주목해야 할 것은, 대회에 참가한 국가의 총수(總數)라고 하는 화려한 외피 뒤에 숨어 있는 대동아공영권 이데올로기 생산을 위한 대회의 운영원칙과 이러한 목표를 달성하기 위해서는 중국을 반드시 필요로 했다는 점이다. 1942년 1월 9일, 왕자오밍 정권은 미국과 영국에 선전포고를 했다. 일본의 의도는 이 친일괴뢰정권의 선전포고를 기화로, 중국침략전쟁을 영미제국주의 위협 하에 있는 중국을 해방시키는 '대동아전쟁'으로 선전하는 것이었다. 1942년 6월 미드웨이섬에서의 참패 이후에는, 중국이나 남태평양과 같이 전황이 급박한 지역에서 반(反)영미·친일 이데올로기를 대대적으로 선전하는 것이 더욱 절박한 필요성으로 다가왔다. 대동아문학자대회는 바로 이러한 임무를 떠맡기 위해 탄생한 회의였다. 따라서 대회는 각국의 문학가 집단을 소집해 영미에 대해 선전포고를 하고, 문학가의 국제적 단결과 대동아문학의 공동창작을 통해, '성전(聖戰)'에 협력하고 '성전'을 완수한다는 의도를 가지고 있었던 것이다.

대동아문학자대회는 대동아공영권 담론을 그 사상적 기초로 하고 있다. 대동아공영권 담론은 아시아 외부세력인 서방의 백인종에 대해서는, '동양 민족'이라는 지역적 개념을 끌어들임으로써 범민족적 관점을 강조하고, 이를 통해 그들에 대항하는 것이다. 반면, 아시아 내부의 국가들에 대해서는, 일본이 점령지 안에 새롭게 수립한 괴뢰정권들

로 하여금 국가적 논리를 민족적 논리보다 중시하도록 함으로써, 점령
지에 대한 통제를 강화하는 동시에 민족분열을 유도하고 획책하는 것
이다. 바꿔 말하면, 당시 일본이 당면한 문제는 "동아시아 제 민족을
규합 단결시켜, 아시아에서 서방제국주의 국가 및 그에 동조하는 적성
(敵性) 정권을 축출한다."는 논리를 기반으로, 어떻게 하면 만주국, 중화
민국, 몽골의 대표단에 포함된 중국작가들의 협조를 끌어내어, 광대한
중국지역을 대상으로 한 사상전과 문화전을 시작할 수 있는가 하는
것이었다. 일본의 독존적 지위를 인정하는 바탕 위에서 형성된 국제연
맹인 '팔굉일우'가 호소하는 대동아공영권 이데올로기는, 대동아문학
자대회에서 '국가'와 '국가' 간 합작형식의 중요성을 역설하는 것으로
여실히 반영되었다. 반면, 이로 인해 '식민지'는 이번 대회 내내 조연
역할에 머무를 수밖에 없었던 것이다.

　이러한 문제점은 각국 대표의 초청 작업이나 인원 획정 단계에서부
터 이미 드러나 있었다고 볼 수 있다. 먼저, 초청 작업의 경우를 살펴
보기로 하자. 만주국, 중화민국, 남방 각국의 대표들에게 보내는 초청
서한은 이미 9월에 발송되었다. 특히, 만주국과 중화민국 측에는 대회
후원사인 아사히신문사가 직접 초청장을 비행기로 배송하는 등 최고
의 예우를 다했다.[54] 반면, 타이완대표의 구체적인 명단이 신문지상에
발표된 시기를 통해 유추해보면, 타이완 측에 대한 초청 작업은 이보
다 훨씬 뒤인 10월 중순에 이르러서야 최종 확정되었다. 다시 말해, 외
지대표의 인원과 그 수는, 외국대표에 대한 초청 작업이 완료된 후에
비로소 전체 계획에 맞춰 조정되고 결정되었던 것이다. 또한 인원을

---

54) 「"東亞文藝復興の秋、滿・支へ招待狀發送」, 『日本學藝新聞』, 140號(1942年 10月 1
　　日, 第1版).

정하는 문제를 두고 양측이 주고받는 서신정황을 보게 되면, 대회의
초청명단이 여러 번 바뀌는 경우를 볼 수 있다. 최종 참석 현황에 대
해서는 <표 1>에 상세하게 나와 있다. 각국 대표 즉, 대회 의원은 총
78명이다. 이를 민족별로 보게 되면, 일본인(본토, 식민지, 외국 포함)이 55
명으로, 73%라는 압도적 다수를 차지하고, 「난징국민정부(南京國民政府)」
하의 중국인 11명(15%), 「만주국」 하의 중국인 4명(5%), 조선인 3명(4%),
타이완인 2명(3%)이었다. 일본인을 제외하면, 「난징국민정부」 하의 중
국인 대표의 비율이 가장 높았는데, 이는 세 차례 회의를 거치면서 점
차 증가해 다른 대표단의 수를 훨씬 뛰어넘게 된다. 이는 해당 대표단
이 바로 대회주최 측이 핵심적으로 동원하고자 했던 대상이었음을 말
해주는 것이라 볼 수 있다. 지역별로 보게 되면, 만주국과 타이완, 조
선의 대표가 수치상으로는 큰 차이를 보이지 않는다. 그러나 그 성격
에 있어서는 외국과 외지로 구분되기 때문에, 만주국 대표가 부여받은
역할과 지위는 외지대표들의 그것과는 비할 수 없을 정도로 상당한
것이었다.

외국대표와 외지대표 간의 차이는 세 차례 대회에 참석한 각국 대
표들의 수와 민족비율을 종합해 보면, 더욱 분명하게 알 수 있다. 여기
서는 <표 2>를 중심으로 살펴보도록 하겠다. 먼저 '국가대표'의 경우,
1차대회와 2차대회의 주최국인 일본과 3차대회의 주최국인 중국의 대
표가 압도적인 다수를 차지하고 있다. 그에 비하면, 만주국의 대표는
상대적으로 아주 적은 편이다. 그러나 그 만주국대표의 인원수도 일본
의 양대 식민지(조선과 타이완)나 몽골자치방과 비교하면 상당히 많았다
고 볼 수 있다. 두 차례 회의를 통해, 타이완대표의 인원수는 전혀 변
하지도 않았고, 증가한 적도 없다. 민족 간 비율을 보게 되면, 제2차대

회 때 조선인작가의 비율은 약간 상승했지만, 타이완의 경우에는 1차 대회 때와 마찬가지로 일본인과 타이완인이 절반씩을 고수하고 있었다. 몽골대표의 경우에는 2명이 늘었지만, 그 모두가 일본인이었다. 세 차례 회의를 전체적으로 종합해보면, 만주국대표는 대회 때마다 매번 초청을 받았고 대표단의 수도 타이완, 조선, 몽골보다 많았다. 물론 중국인작가의 비율도 상당히 높았음은 두말할 나위가 없다. 이것으로 보아, '국가'적 성격을 지닌 만주국의 대표는 그 지위에 있어 식민지대표보다 훨씬 우월했음을 알 수 있다.

대표단의 인원수나 그 민족비율 외에도, 만주국대표의 지위에 대해 당시 만주국문단은 양 '국가'의 특수한 관계에서 비롯된 우월감을 명확히 인지하고 있었다. 만주국대표들이 출발하기 전에, 『예문(藝文)』 잡지의 일본인작가들은 대동아공영권 안에서의 우월적 지위를 특별히 강조하면서, 이를 기반으로 대표들에게 다음과 같은 각성을 촉구했다. "우리 만주국은 역사적으로 대동아공영권 안에서 일본과의 관계가 매우 긴밀하고, 일본 다음으로 지도적 지위를 확보하고 있습니다. 따라서 만주국의 대표 문학가 여러분들에게 간절히 바라건대, 이러한 사명에 대해 충분한 자각이 있어야 할 것이고, 솔선해서 일본문학가들과 협력해 대회가 달성하고자 하는 목적을 위해 일로 매진해야 할 것입니다."[55] 대회가 소집되기 전, 『일본학예신문』에서 간행한 「만주문화잡감(滿洲文化雜感)」에서도, 만주국 및 그 문화의 중요성을 높이 평가하고 있다. 이 글에서는 향후 만주국의 성쇠야말로 일본을 중심으로 한 대동아공영권의 발전에 직접적인 영향을 끼치게 될 것인 바, 남방에서

---

55) 富田壽, 「文學近事」, 『藝文』 1 : 12(新京 : 藝文社, 1942年 11月), 59쪽. 呂元明 監修, 『藝文』(東京 : ゆまに書房, 2008年 1月), 復刻本 참조.

도 만주의 동태를 충분히 참작해야 한다고 지적하고 있다. 아울러 향후 모든 정치, 문화 방면에서는, 일본, 만주국, 지나(중화민국)로 결성된 이 삼각동맹을 반드시 고려하지 않으면 안 될 것이라 충고하고 있다.56) 이처럼 만주국의 특수한 지위가 공인되다시피 하면서, 세 차례 대회를 통해 만주 출신 작가의 비율이 일본계를 포함한 기타 민족의 작가들보다 훨씬 많아졌고, 그 역할도 점차 중요해졌다. 이는 주최 측이 만주국의 중국인작가들이, 대회에 참석한 중국대표들 및 대대적인 선전전에 끼칠 수 있는 영향력을 상당히 중시했음을 보여주는 것이라 할 수 있다.

'외국대표'이자 "신동아(新東亞)의 장남으로 탄생한 국가'57)로서, 기대를 한 몸에 받고 있던 만주국대표와 비교해, 타이완대표들의 선전전 속에서의 역할은 극히 제한적이었다. 접대역을 맡았다는 것 외에, 우리는 「대회에 대한 짤막한 일기」를 통해 타이완대표들의 대회 참여 상황에 대해 진일보한 이해를 할 수 있을 것이다.

첫째, 발언(제안), 지시요청, 협의에 관한 부분이다.

타이완대표들은 사전에, 주최 측인 문보회와 준비위원회를 예방하여, 자신들이 회의에서 제기하고자 하는 안건들에 대해 미리 지시를 구하거나 상호 협의를 했다. 타이완대표단은 도착하자마자, 하마다 하야오가 이틀간 고향 센다이(仙臺)로 가는 바람에 회의에 대한 사전준비는 니시카와 미츠루가 총괄했다. 도착 당일, 일행은 먼저 『타이완일일신보』 도쿄지사로 가서 지사의 성원들과 회담을 한 뒤, 곧바로 문보회를 찾아가 주최 측 장관을 예방했다. 그리고 저녁에는 『문예타이완』

---

56) 井上友一郎,「滿洲文化雜感」,『日本學藝新聞』142號(1942年 11月 1日, 第4版).

57)「共榮代表眞摯の叫び, 東亞文學者大會の盛觀」,『朝日新聞』北滿洲版(1942年 11月 11日, 第4版).

도쿄 동인(同人)들과 회식을 했다. 이튿날 오전, 정보국은 타이완대표를 대상으로 준비위원회를 소집했지만, 그 자리에는 니시카와 일인만이 대표로 참석할 것을 요구받았다. 오후에는 니시카와가 논의 결과를 듣고 롱잉종, 장원환이 투숙하고 있던 다이이치호텔로 가서, 타이완대표들이 대회에서 제안할 내용을 어떻게 입안할 것인지에 대해 상의했다. 10월 29일 오전에는 '일본, 중화민국, 만주국 간의 문예교류', '문학상 설립', '일본어 보급' 등을 포함한 7개항에 달하는 제안을 니시카와 주도 하에 정리한 후, 문보회 사무국에 특급우편으로 송달했다. 그로부터 10월 31일 저녁까지는, 신주쿠(新宿)에서 열린 <문예타이완도쿄대회(文藝臺灣東京大會)>를 제외하고는 대표들의 활동기록이 없는 것으로 보아, 필시 각자 자유 활동을 했던 것으로 보인다. 다시 말해, 준비위원회의 지도하에 제출안건을 완성하는 것이, 바로 타이완대표들이 미리 도착한 주요 목적이었던 것이다.

둘째, 발언이 임의로 대체되었던 것과 관련된 부분이다.

타이완대표들은 제기할 내용에 대해 사전에 지시를 받기는 했지만, 그렇다고 해서 정식회의에서의 발언이 예정된 것처럼 그대로 진행된 것은 아니었다. 우선, '일본, 중화민국, 만주국 간의 문예교류'란 항목의 경우, 주최 측이 일방적으로 변경을 요구했다. 또 회의 첫날 저녁에는, 도쿄 교리강당(共立講堂)에서 <대동아문학자강연회>가 열렸는데, 때마침 같은 시간에 가이조사(改造社)가 타이완대표 전원을 만찬에 초대하는 바람에, 네 명 모두 강연회에는 참석하지 못했다. 이에 대한 구체적 이유에 대해서는 알 수 없지만, 「대회에 대한 짤막한 일기」에서는, 이에 대해 특별히 다음과 같이 기록하고 있다. "대회 부주석인 가와카미 데츠타로는 명일 타이완대표가 제출할 예정인 '일본, 중화민국, 만주국

간의 문예교류'라는 안건에 대해 논의를 진행한 끝에, 니시카와 미츠루가 타이완 입장에서 '일본어 보급'을 제기하는 것으로 변경했다." 그리고 4일 오후에는 하마다와 니시카와 두 사람이 모여, 회의 둘째 날 별도 건의 시간에 '종군작가에게 감사의 글을 보낼 것'과 '다음 해 대회를 타이완에서 개최할 것' 등 두 가지 안건을 제출하기로 결정했지만, 정작 정식회의에서는 장원환, 하마다로 발표자가 바뀌었다.

셋째, 작가의 발언에 지시가 가해졌던 부분이다.

약간 더듬거리는 말투에 언변도 과히 뛰어나지 못했던 롱잉종은 만년에 이렇게 당시를 회고한 바 있다. "대회당일 아침, 누군가 날 찾아와 '타이완대표라는 신분으로 말씀을 해주셨으면 합니다. 여기 발언원고가 있습니다.'하며 원고 하나를 건네고 갔다. 그 사람이 누구였는지는 지금 잘 기억이 나지 않는다. 나는 그저 앵무새처럼 적힌 대로 읽어 내려가야 했다."[58] 이것이 바로 롱잉종이 대회에서 했던 처음이자 마지막 발언이었는데, 공교롭게도 그것은 대회 첫날 오전 순서로 이루어졌고, 타이완대표로서는 첫 번째 발언이기도 했다. 당시 그가 느꼈던 긴장감과 떨림이 과연 어떠했을 지에 대해서는 가히 짐작이 갈 것이다. 발언내용도 다른 국가의 대표들보다는 짧았고, 그 자신이 타이완으로 돌아와 했던 이야기와도 그 어조나 방향에 있어서 사뭇 달랐다.

양일간의 회의기간 동안, 타이완대표들은 다른 모든 참석자들과 마찬가지로 발언 횟수와 시간에 있어 제약을 받았다. 그러나 한편으로 타이완대표들은 나름대로 회의석상의 진행상황을 파악해서 스스로 조정을 하기도 했고, 주최 측이 연단 아래에서 건네는 회의 수정계획 쪽

---

58) 龍瑛宗, 「『文芸臺湾』と『臺湾文芸』」, 앞의 글.

지를 받기도 했다. 한마디로 말해, 타이완대표들은 발언하는데 있어 자주성이라고는 전혀 없었던 것이다. 고심을 거듭한 끝에, 주최 측의 지시를 받아 입안했던 제안들도 '일본어 보급' 문제 외에는 언급할 기회조차 없었다. 타이완대표들이 가장 중요한 안건으로 생각했던 '일본, 만주국, 중화민국 간의 문화교류'에 대한 제안 역시도 취소되었다. 오히려 '일본, 만주국, 중화민국 간의 문예교류'라는 의제는 둘째 날 토론에서 '외국대표'들이 가장 관심을 갖고 논의했던 문제였음에도 불구하고, 타이완대표들은 그 논의에 개입할 여지가 전혀 없었다. '일본, 만주국, 중화민국 간의 문화교류'가 '일본어 보급'으로 대체되었다는 것은, 외지대표는 '외지'의 정치적 역할과 사회문제에 부합하는 의제에 대해서만 언급하도록 하고자 했던 당국의 의도를 잘 보여주는 것이라 할 수 있다.

이상에서 알 수 있듯이, 안건에 대해 상부의 지침을 구하는 것이나, 상부기관을 예방하는 것 그리고 발언의 분배나 활동을 기록하는 등의 업무는 모두 타이완 거주 일본인작가가 도맡았고, 타이완인작가는 그저 피동적인 위치에 있었다. 그러나 모든 사무를 책임지고 교섭했던 하마다와 니시카와마저도 준비위원회와 만나는데 있어서는 항시 '자기사람' 혹은 '부하'로 간주되었다. 한마디로, 타이완대표단은 외빈이 아니라 '일본인'으로 취급되었던 것이다. 『일본학예신문』에서, '일본·타이완'으로 칭해졌던 이 외지의 대표단은 일본제국 내의 내지와 외지라는 구조 하에서, 발언을 제한받아야 하는 '지도를 받는 위치'에 불과했던 것이다. 이는 더 이상 중언할 필요가 없을 정도로 분명한 사실이다.

이처럼 타이완대표는 일본대표의 한 갈래에 지나지 않았기 때문에, 타이완대표와 타이완 의제는, 대회기간 내내 무시될 수밖에 없는 한낱

보조적 장치에 불과했다. 이러한 맥락에서, 외지대표의 종속적 역할은
안건을 입안하고 제출하는 과정에 참여하는 것 외에는 다른 것이 없
었다. 이러한 상황은 개막식, 강연회 그리고 회의가 끝난 후의 교류에
서도 마찬가지였다. 가령, 11월 3일 개막식에서 일본, 만주국, 중화민
국, 몽골 대표의 치사와 남양 각국의 축전은 차례로 무대에 등장했지
만, 유독 타이완과 조선의 대표만이 무대에 오르지 못했다. 또, 11월 4
일과 10일에 도쿄 교리강당과 오사카 중앙공회당에서 거행된 <대동아
강연회>에서도, 연사들은 모두 일본과 각국의 대표들이었다. 외지대표
들은 없었다. 회의가 끝나고 해산하기 전에, 대표들은 주최 측이 제작
한 '대회사진집'과 영어와 일본어로 출판된 『현대일본문학개설(現代日本
文學槪說)』, 『일본의 역사(日本の歷史)』등 일본문화연구서 6종을 선물로
받았다. 그러나 그것도 만주국, 몽골, 중화민국 대표들에게만 해당되는
것이었다.59) 주최 측이 향후 활동사항에 대해 상의할 때에도, 역시 외
지의 대표들은 참여하지 못했다. 준비위원이었던 하야시 후사오(林房雄)
는 우선적으로 처리해야 할 업무에 대해 다음과 같은 의견을 개진했
다. 첫째, 각국 대표들의 발언내용과 신문·잡지상의 관련 감상문을
모아 대회의사록으로 펴낸다. 단, 먼저 일본어로 출판하고 그 다음에
만주국판과 중국판을 만든다. 둘째, 문보회 안에 상설기구로 「대동아
부(大東亞部)」를 설치해, 대회의결사항을 처리하고 각국의 지속적인 협
력을 추진한다. 셋째, 대회결의사항을 구체적으로 실현하기 위해, 문학
대표를 난징(南京), 베이징(北京), 신징(新京)에 각각 파견하고, 이들을 문보
회 답례사절 겸 조직연락책으로 삼는다.60) 국가를 단위로 해서 기획될

---

59) 「大東亞文學者大會要綱」, 『日本學藝新聞』 142號(第2版)과 「圖書を贈る」, 『日本學藝新
　　聞』 144號(1942年 12月 1日, 第1版) 참조.
60) 林房雄, 「次に爲すべき事」, 『日本學藝新聞』 143號(1942年 11月 15日, 第2版).

수 있는 이러한 사항들은 의결을 거치자마자, 대부분 속전속결로 처리되고 구체화되었다. 하야시 후사오 자신도 대동아문학자대회 연락사무 촉탁 신분으로 중국에 파견되어 1년 간 체류했다. 그러나 그가 제시한 사항 어디에도 외지와 관련된 사항은 없었다.

일본은 타이완이나 조선에서, 만주국이나 중국 윤함구보다 더 장구한 통치역사를 가지고 있다. 그럼에도 불구하고, 대동아공영권이라는 국제체제를 표방하는 이번 회의에서, 식민지는 그 어디에도 설자리가 없었다. 대회의 모든 활동이나 조치는 처음부터 국가를 단위로 해서 기획된 것이기 때문에, 외지대표는 이틀간의 정식회의에서 각각 한차례 발언한 것을 제외하고는 더 이상 어떤 발언기회도 갖지 못했다. 이는 외국대표가 개막식이나 강연회 등에서 발언한 것과는 차이가 있는 것이었다. 또한, 대부분의 만찬 자리에도 전원이 초청받는 경우는 없었고, 대표로 한 사람만이 초대되어 참석했을 뿐이었다. <표 3>을 통해 알 수 있듯이, 외지대표는 본래 접대역을 하기로 되어 있었지만, 실제로 그들이 맡았던 접대 업무는 많지 않았고, 또 중요한 것도 아니었다. 그들의 업무 대부분은 일본대표 옆에서 인사를 하는 것 정도였다. 따라서 대회의 의사원이든 아니면 접대역이든지 간에, 그 어느 역할도 주체성이라고는 찾아볼 수 없었고, 그들이 활동할 수 있는 무대도 사실상 없었다고 볼 수 있다. 단지 대동아공영권에 포함된 여러 나라들 앞에서 일본의 우월적 지위를 확인시켜주는 장식품에 불과했을 뿐이다.

타이완대표단이 '외지대표'로서 느끼는 난처함과 그 특수성은, 일본이 대동아공영권 내부의 모순을 처리할 때, 민족관계보다 국가관계를 우선시하는 대목에서도 명료하게 드러난다. 어찌 보면 다분히 시중을 들어주고 서비스를 제공하는 것 같은 성격의 이 '접대역'이란 역할은,

발언기회나 의제의 중요성 등 모든 면에서 중국 대표나 만주국 대표에 비해, 조선과 타이완의 대표들이 왜 상대적으로 비중이 떨어지게 되었는지를 이해하는데 도움을 준다. 상술한 바와 같이, '접대역'이란 역할의 부여는 단순히 문학봉공이나 대회업무분담의 차원은 결코 아니었다. 그것은 당시 일본이 '식민지-제국 체제'에서 '대동아체제'로의 전환을 통해 융합과 확충을 시도하던 문제와 관련되어 있는 것이었다. 일본제국은 태평양전쟁의 발발과 중국·영국·미국으로의 전장 확대에 부응하기 위해, '식민지-제국 체제'를 '대동아공영권체제'로 확대할 필요성이 있었다. 대동아문학자대회는 이러한 체제 확충기의 산물이자 동시에 이러한 체제 확충에 참여를 독려하고 이를 구체화하기 위한 추동력의 일환이었다. 따라서 대동아문학자대회는 대동아공영권 내의 일본 괴뢰국가를 참여단위로 삼았던 것이며, 국가와 국가 간의 국제적 회의로 포장되었던 것이다. 결국 이러한 상황 속에서, 만주국이나 중국점령지역에 비해 훨씬 앞서 일본제국의 통치범위에 편입되었던 타이완이나 조선의 대표들은 의심의 여지없이 일본인으로 간주되었고, 타이완문학이나 조선문학 역시 일본문학의 한 갈래로 취급된 것이다. 오랫동안 '식민지특수성/내지연장주의', '차별대우/내외일체'가 대치하는 가운데 논쟁이 끊이지 않았던 일본제국과 그 식민지가, 마치 이 시점에 와서 차별과 구분이 일시에 없어지기라도 한 것처럼 말이다. 그렇다면, 이러한 현상은 도대체 무엇을 의미하는 것일까?

우선, 만주로 돌아간 이후에 야마다 세이자부로가 '대동아문학'에 대해 느꼈던 소회를 참고해보기로 하자. 그는 다음과 같이 지적했다. 현재 "만주국 국민은 이미 종적인 방면에 있어서 철저하게 건국정신을 견지해나가고 있다. 또한 횡적인 측면에서도 대동아는 하나라는 이

상을 달성하기 위해 거국적으로 매진하고 있다." 따라서 "만주문학은
필히 대동아문학의 가장 유력한 일익을 담당해야 한다. (…중략…) 그
것이 일본문학이든 중국문학이든 아니면 남방문학이든지 간에 상관없
이 이러한 의미에서 응당 대동아문학이 되어야 한다. 타이완문학과 조
선문학도 당연히 이와 같아야 함은 두말할 나위가 없다."61) "횡적인
측면에서의 거국적 매진"이 궁극적으로 어떠한 결과를 낳았는지에 대
해서는 잠시 논외로 치더라도, 사유패턴만을 가지고 보면, '국가와 국
가 간의 연계'를 추진하는 만주국작가들의 횡적 사고 안에는 '지배-
예속'이라는 종적 관계를 위주로 하는 식민지적 사고는 존재하지 않고
있다. 야마다의 머릿속에서, 대동아문학의 '기본단위'는 독립적인 정치
체제와 식민지 민족을 모두 포함하는 것이었다. 그러나 대동아문학자
대회는 일본문학 속에 식민지문학을 포함시킴으로써, 사실상 식민지문
학의 독립된 자격을 전혀 인정하고 있지 않았다.

  『일본학예신문』「대동아문학자대회호(大東亞文學者大會號)」에 실린 하
루야마 유키오(春山行夫)의 글도, 대동아공영권 국가체제로 인해 출현한
'내외일체'와 그것의 구체적 슬로건이라 할 수 있는 '일시동인'의 배후
에 숨어 있는 문제들을 이해하는데 도움이 된다. 하루야마는 다음과
같이 말하고 있다. "일본 문학계 안에 조선과 타이완이 포함된다면, 이
는 이들 지역의 문학이 이미 어느 정도 수준에 도달했음을 의미한다.
또한 이는 현대 일본문학이 이들 지역으로 확대해가지 않을 수 없음
을 의미하는 것이기도 하다. 대동아공영권의 모든 문학이 공통의 기점
에서 출발해, 한 단계 제고되지 않으면 안 된다는 미래의 목표에서도

---

61) 山田淸三郎(著)/爵靑(譯),「大東亞文學的主張」,『滿洲藝文通信』2:2(新京：滿洲藝文聯
  盟, 1943年 2月), 82~84쪽.

그렇고, 그동안 일본문학계가 거둔 성공적 발자취라는 측면에서 볼 때
에도, 대동아문학은 획기적으로 확대되었다고 볼 수 있다."62) 마지막
으로 그는 이러한 전제 하에서, 두 지역의 문학건설에 이바지한 외지
대표들에게 경의를 표하고 있다.

하루야마 유키오의 이 글은, 대회 개최에 앞서 외지작가들에게 환영
과 지지를 표한 유일한 글이다. 대체로 이러한 선의(善意) 하에서, 일본
대표들은 일본문학 확대론을 전제로 타이완이나 조선 문학의 발전상
황에 대해 긍정을 표했다. 그러나 실제로 그것은 식민지의 일본어문학
즉, 일본외지문학에 대한 긍정에 지나지 않는 것이었다. 결국, 그가 원
래 의도했던 것은 일본문학자들에겐 전혀 보이지 않았던 것이고, 심지
어 그들에겐 피식민자의 민족문학과 지방문화에 대한 사유 자체도 없
었던 것이다. 문학 분야에서 보여주는 이러한 '내지 중심론의 확대'와
'외지 주체성의 소실'이란 논리야말로 대동아공영권 국제체제가 가져
온 결과이다. 따라서 대동아공영권 국제체제 하에서, '식민지─제국'이
'식민지제국─대동아공영권'이라는 보다 큰 틀 안으로 편입될 때 형성
된 '내외일체'와 '일시동인'은 한낱 허상에 불과한 것이 되었다. 그것
은 식민지의 지위를 제고시키지도 못했고, 오히려 피식민자의 민족주
체성을 전례 없는 상실에 이르게 하고 말았다.

대회가 끝나자마자, 문보회는 내지에서의 각종 문학보국운동에 즉
각 나섰다. 또한 중국, 만주국 등지에 인원을 파견해, 각국 문예단체와
의 연락, 작품교환, 문학자 상호파견, 공동연구 활동 등을 벌여나갔다.
만주국에서도, 만주문예가협회가 적극적으로 문학보국활동을 기획해
나갔고, 작가들 또한 공동의 책임감을 갖고 전시동원 체제에 협력해야

---

62) 春山行夫,「大東亞文學者の力點」,『日本學藝新聞』142號(1942年 11月 1日, 第2版).

했다.[63] 대회가 불러일으킨 제국 범주 내에서의 이러한 문학보국운동의 열풍은 타이완 문단에서도 예외가 아니었다. 타이완문예가협회 중심으로 문단의 통제와 작가의 정신개조가 적극적으로 추진되었다. 타이완문예가협회회장인 야노 호진은, 대회참여가 타이완문단에 두 가지 큰 수확을 가져다주었다고 생각했다. 첫째, 타이완대표들은 자신과 타자의 비교를 통해, 자신을 돌아볼 수 있는 성찰의 기회를 갖게 되었고, 보다 나은 발전을 위해 자신을 채찍질할 수 있는 계기를 마련하게 되었다. 그리고 이것은 그동안 타이완문단에 잠재해 있던 일부 부정적인 양상을 개선하는데 도움을 줄 것이다. "내가 알기로는, 이번 대회에 참가했던 타이완대표들은, 각 지역에서 참석한 대표들의 원숙한 인격, 고매한 식견, 진솔하고 열정적인 태도 등을 직접 눈으로 보게 됨으로써, 보다 진지하게 자신을 성찰할 수 있게 되었고 보다 엄숙하게 자신을 비판할 수 있게 되었다. 이것이 바로 타이완문예가들이 본받아야할 귀중한 체험일 것이다." 둘째, 대회는 향후 타이완문학의 발전방향에 있어 명확한 길을 제시해주었다. 즉, "대동아문학정신이 어떤 것인지를 배울 수 있었다." 그는 다음과 같이 지적하고 있다. "이를 기화로, 타이완이 '외지'에서 벗어나 더 이상 특수한 존재로 간주되지 않게 된 것처럼, 타이완문학도 이를 계기로, 그동안의 우물 안 개구리에서 벗어나 일본문학의 당당한 일익이 될 수 있다는 자신감을 발휘할 수 있는 길로 나아가야 한다."

타이완문예가협회는 이번 대회에서 타이완대표들이 했던 발언과 그에 대한 반응을 아주 명확하게 파악하고 있었다. 야노 호진이 지적한

---

63) 山崎末治郎, 「本年 度藝文活動の覺書」, 上野市三郎, 「最近文學界雜感」, 2 : 2, 2~4쪽, 4~8쪽 참조.

자아반성과 자아비판은 다분히 롱잉종을 염두에 둔 것이었다. 이에 대
해 롱잉종은 다음과 같이 말한 바 있다. "마지막으로, 내 개인적인 심
정을 말하면 이렇다. 나는 마음속으로 정말 부끄러웠다. 왜냐하면, 사
람들 앞에서 내 자신의 짧은 식견과 천박한 지식이 그대로 드러났기
때문이다. 나는 내 자신이 타이완대표에 어울리지 않는다는 생각이 들
었다. 참으로 부끄럽기 그지없었다. 지금 내가 바라는 것은, 훌륭한 인
품과 학식을 겸비해 타이완과 타이완문화가 지닌 찬란한 남방문화의
진정한 가치를 널리 선양하는 것이다. 내가 이 자리에서 솔직히 고백
하는 것도 바로 이 때문이다."[64] 그는 자신이 대회에서 했던 발언들에
대해 상당한 불안감을 갖고 있었던 것으로 보인다. 회의기간 동안, 롱
잉종은 장원환과 깊은 이야기를 나누었다. 이 심도 있는 대화를 통해,
두 사람은 서로에게 있는 마음의 응어리를 어느 정도 풀 수 있었다.
또한 이 화해를 바탕으로, 롱잉종은 타이완으로 돌아온 이후, 『타이완
문학』에 투고를 하기도 했다. 장원환 역시도, 앞으로 타이완문학이 더
이상 타이완의 지방성, 특수성을 명분으로 동원 체제에 대한 협력을
회피할 수 없음을 충분히 예감하고 있었다. 그러나 그는 타이완으로
돌아온 이후에도 여전히 선도(先導) 활동 등에는 별다른 성의를 보이지
않았다. 그가 유독 관심을 가지고 있었던 것은, 타이완 남쪽과 북쪽의
작가들을 하나로 연결하고 그들의 가교 역할을 맡는 일이었다. 이는
자신만의 길을 묵묵히 걷고자 하는 타이완인작가의 결심을 보여주는
것이라 할 수 있다.

　니시카와와 하마다는 대회의 정신을 철저히 받들어, 적극적으로 문

---

64) 龍瑛宗(著)/涂翠花(譯), 「道義文化的優勢」, 『臺灣文學』 3 : 1(1943年 1月 31日), 『日治
時期臺灣文藝評論集』, 第四冊, 67~68쪽에서 재인용.

학봉공운동에 나섰다. 니시카와 미츠루는 다음과 같이 말한 바 있다. "만일 본도인이 이러한 낭독(朗讀)을 통해, 언어의 정령(精靈)이 축복을 내린 것과 같은 일본의 아름답고 정통(正統)한 국어를 배울 수 있다면, 타이완의 진정한 국어보급에 있어 아니, 일본정신의 함양에 있어 얼마나 큰 역할을 발휘할 수 있겠는가! 우리가 여행에 따른 피곤함을 무릅쓰고 이렇게 타이완 전역을 돌아다니며 강연을 하는 것도, 바로 이러한 멈추고 싶어도 도저히 멈출 수 없는 마음이 있기 때문이다."[65] 하마다는 다음과 같이 말한 바 있다. "만일 타이완의 문학이 현재의 상황을 반성하지 않고, 정도(正道)로 나아가지 않는다면, 타이완문학이란 이름은 대동아문학 속에서 제명되고 말 것이다." "그동안 줄곧 문을 꼭꼭 걸어 잠근 채, 전체 일본문학의 일환이라는 비판적 범주 밖에서 유유자적하고 있는 것이 지금의 타이완문학이다. 그러나 이러한 타이완문학도 이번 대회의 진정한 의미를 정확히 깨닫게 되면, 목표는 다시 명확해질 것이다."[66]

그렇다면, 타이완의 다른 일본인작가와 타이완인작가들은 이번 대회를 어떻게 보고 있었을까? 12월 2일, 타이베이에서 거행된 첫 번째 <대동아문예 강연회>의 모습을, 후지노 기쿠지(藤野菊治)는 다음과 같이 묘사했다. "청중들의 수가 너무 적었고, 그마저도 예상 밖의 사람들이었다. 이는 타이완 문학종사자들의 미간을 찌푸리게 했다."[67] 12월 14일, 문예가협회의 요구로 타이난(臺南) 강연회를 준비했던 우신롱(吳新榮) 역시, 그 날의 상황에 대해 다음과 같이 기록하고 있다. "공습경보가 발령되는 바람에 강연회는 중단되었다. 곧바로 스춘웬(四春園)으로 옮겨

---

65) 西川滿, 「自<文學者大會>歸來」, 64쪽.
66) 濱田隼雄, 「<大東亞文學者大會>の成果」, 『臺灣文學』 3 : 1, 63쪽.
67) 藤野菊治, 「この一年 」, 原刊 『臺灣文學』 3 : 1(1943年 1月 31日), 6~9쪽.

좌담회를 개최했다. 여기에는 왕비자오(王碧蕉), 왕덩산(王登山) 등이 자리
(佳里) 지역의 사람들을 데리고 참석했다. 좌담회는 마치 문학마케팅 행
사장 같았다. 중간에 장원환군이 불려 나왔다. (…중략…) 장(張)군은 자
신이 대동아문학자대회에 참가한 정황에 설명했다. 또 나에게는 대중
작가 시게 모토히로(繁本浩)씨가 나의 「망처기(亡妻記)」에 찬사를 보냈다
고 말해주었다."68) 뜻밖의 공습에, 이번 강연회는 완전히 엉망이 되었
다. 강연자들도 강연장 밖으로 몰려나와, 비슷한 입장을 갖고 있는 문
우(文友)들과 삼삼오오 모여 대회에 대해 이야기를 나누거나 공통적 관
심사인 본토문학에 대해 토론을 벌였다. 타이완인작가들의 이런 무성
의한 태도를 줄곧 눈여겨보고 있던 하마다는 다음과 같이 말했다. 여
기에는 그의 조바심과 초조감이 드러나 있다. "대회의 성과는 바로 문
학의 정도를 명확히 제시했다는데 있다." "만일 이 점을 이해하지도
못하고 대회과정을 자세히 연구하겠다는 새로운 결심과 자각도 없는
사람이 있다면, 이는 이미 타이완문학의 큰 적이라 할 수 있다. 그들이
아무리 문학에 대한 열정을 가지고 있다 하더라도, 또 아무리 많은 문
학적 경험이나 문학적 토대를 가지고 있다 하더라도, 그것은 전혀 언
급할 만한 가치가 없는 것이다."69) 이러한 경고성 발언이 있은 지 석
달도 안 돼, 하마다는 결국 대동아문학자라는 기치를 내걸고, 타이완
문단을 전면적 통제로 이끄는 이른바 '개똥현실주의논전'의 서막을 열
어젖혔다.

  이상의 논의를 종합해 보면, 대동아문학자대회란, 전쟁이 절정으로
치닫던 시대에 각국 대표들이 제도(帝都)에 모여 사상단련을 받고 다시

---

68) 吳新榮(著)/張良澤(編), 『吳新榮日記全集』 6(臺南 : 國家臺灣文學館, 2008年 6月), 1942
    年 12月 11日, 358쪽 ; 12月 14日, 360쪽.
69) 濱田隼雄, 「<大東亞文學者大會>の成果」, 63쪽.

흩어지는 과정이라 할 수 있다. 각국 대표들의 눈은 바로 여기에서 상호 교차하고 서로를 주시했다. 타이완대표들도 바로 여기에서, '대동아 공영권' 권력관계에 놓인 자아와 타자에 대해 시선을 집중했다. 또한, 대회의 운영방식은 대동아공영권 체제의 특징을 반영하고 있다. 즉, 이러한 체제는 외지를 일본이 되지 않을 수 없게 했고, 그래서 다시 자신의 최종적 위치를 상실할 수밖에 없는 임계점에 직면하게 했다. 허장성세로 점철된 규격화되고 공식화된 언론 외에도, 타이완대표들의 일기나 무의식중에 던지는 시선 그리고 진심이 담겨있지 않은 형식적인 발언이나 부분적인 기억들은 우리에게 다음의 사실들을 알려준다. 즉, 타이완 내에서 대단한 일로 포장되었고, 이를 빌미로 문예통제를 강화하는데 중요한 영향을 끼치게 된 이번 대회를 통해 타이완대표들이 체험한 것은, 오히려 제국이란 구조 하에서 진퇴유곡에 빠져버린 외지의 곤경이었다. 대동아공영권 국제체제 하에서, 타이완 작가들은 '외지'와 '외지문학'이란 애매하고 난처한 위치에 자신이 놓여 있다는 것을 처음으로 깨닫게 된 것이다. 따라서 이는, 타이완대표들이 대회 석상에서 각국 대표들을 관찰하고, 그들과 비공식적인 장소에서 교류하는 가운데 깨달았던 '대동아공영권'이란 국제적 구조와 권력관계에 대한 인식이, 대회의 추상적인 이념보다 각 대표들이 자신들의 지역으로 돌아간 후에 벌였던 문예적 행위에 얼마나 큰 영향을 끼쳤는지를 이해하는 데에도 도움이 된다. 사실, 대회에 참석했던 각 대표들이 내지와 외지 사이에서 겪어야 했던 '외이내장'의 현상이야말로, 대동아 공영권 국제체제가 외지란 지위에 충격을 가함으로써, 식민지 지위와 식민지 담론을 애매하게 만들어버린 구체적 실례에 다름 아니다.

나오며

1942년 이후 태평양전쟁의 전황이 점차 역전되기 시작하면서, 일본은 더 이상 돌이킬 수 없는 나락의 국면으로 빠져 들어갔다. 그러나 중국, 미국, 영국을 상대로 한 전쟁에서 어려움을 겪을수록, 일본의 '대동아' 개념의 운용과 선전은 더욱 강화되어 나갔다. 그것이 이러한 곤경을 극복할 수 있는 길이라 믿었기 때문이다. 따라서 일본과 주변 아시아민족 간의 관계는 계속해서 미화되었고, 침략전쟁은 '서구제국주의 하에 있는 아시아식민지를 해방시킨다.'는 미명 하에 새롭게 포장되었다. 대동아문학자대회란 바로 이러한 대동아 이데올로기의 생산과 전쟁협력에 대한 선전이 고도로 중시되던 배경 하에서 기획되었다. 즉, 일본은 사상 최초로 야마토(大和) 민족 외의 다른 대동아 각 민족의 문학가와 지식인을 소집해 '아시아는 하나'라는 동일한 정체성을 확인코자 했던 것이다. 그리고 그들이 그러한 정신에 따라 자신의 국가 및 지역으로 돌아가, 사상전과 문화전에 협력할 수 있기를 바랐던 것이다.

타이완에서 일본까지는 배로 대략 닷새 정도가 걸렸다. 또, 도쿄에서 오사카까지 가는 동안에는 수많은 모임들이 기다리고 있었다. 그리고 타이완인작가와 일본인작가들이 함께 뒤섞여 공동으로 타이완대표로 나섰다는 것은, 분명 타이완문단에서는 일찍이 없었던 구성이었다. 뿐만 아니라, 그들이 서로를 대면한 것 역시 타이완이나 일본 문화사에 있어 전에 없는 특수한 상황이었다. 그러나 타이완대표들은 대회에 대한 정치적 인식이 서로 다른 가운데 함께 제도를 향해 떠났다. 그럼에도 불구하고, 그들 중에 다수는 이 공전절후의 대규모 문학가 모임을 통해, 문학적 교류나 지방문학 개척에 대한 기대와 희망이 이루어

질 수 있기를 바랐다. 그러나 이러한 기대를 안고 떠났던 타이완대표
들은 발언준비, 개막식, 정식회의 그리고 각지 탐방 등 총 13일의 단체
활동 기간 속에서, 점차 '외지대표'라는 자신들의 독특한 위치와 처지
를 깨닫게 되었다. 즉, 외지작가의 대동아문학자대회 참석 경험은 그
들에게 외지대표는 대회에서 중시를 받지 못하는 존재라는 것을 각인
시켜준 것이다. 대동아공영권 국제체제를 반영하는 대회 속에서 외지
대표는 설자리가 전혀 없었다. 그리고 대회가 끝난 후에는, 외지문학
역시 당국의 지시 하에, 그것을 최초로 제창했던 타이완 거주 일본인
작가뿐만 아니라 나중에 그 이름을 이용했던 타이완인작가들에 의해
용도폐기 되었다. 대동아문학자대회는 이 두 가지 측면에서, 대동아공
영권 체제 하에서의 식민지 지위의 변화와 이른바 '외지'라는 정치적
담론의 몰락을 반영하고 있다.

대동아문학자대회는 문화건설이라는 미명 하에, 대동아공영권에 편
입되어 있는 각 국가, 각 민족의 문화전과 사상전을 추동하고자 시도
했던 하나의 기제라 할 수 있다. 물론, 그것의 핵심적인 목표가 식민지
에 있었던 것은 아니었다. 심지어 대회는 식민지작가들로부터 '문학마
케팅 대회'라고 조롱당하기까지 했다. 그렇지만 분명한 사실은, 타이완
대표들이 대회에 참여하는 동안 받았던 지침과 자극은 오히려 타이완
귀환 이후에 더욱 더 폭넓은 반향과 영향을 불러일으켰다는 점이다.
총체적으로 볼 때, 제1차 대동아문학자대회의 개최로 인해, 전시 타이
완문학의 통제방침은 점차 추상적인 '지방문화 건설'에서 '대동아문학
건설'이라는 완전히 새로운 단계로 진입하게 되었다. 대동아문학자대
회는 대정익찬운동시기의 이른바 신체제문화운동의 약점을 보강해주
었고, 전시 식민지 문예통제정책과 문학가의 봉공운동을 '문학보국',

'대동아공영권건설'이라는 또 다른 정점으로 명확하게 끌어올리는 계
기가 되어주었다. 식민지문단에서는 이러한 추세에 상응해, 그것이 일
본인작가의 '외지문학'이든 타이완 작가의 '타이완문학'이든지 간에
모두 '대동아문학'이라는 새로운 원칙 하에서, 명칭, 제재, 풍격, 이데
올로기, 문예담론 및 작가의 태도에 대한 전면적인 개조를 단행했다.

일본제국의 '식민지 제국체제'가 '대동아 제국체제'로 전환되는 과
정에서, 외지의 지위와 외지문학의 방향 역시도 이에 영향을 받지 않
을 수 없었다. 만일 '1941년 12월 8일'에 발발한 진주만 사건이, '대정
익찬운동' 이후 한동안 '지방문화'·'지방문학' 건설이라는 큰 깃발 뒤
에 숨어 겨우 명맥을 유지하고 있던 타이완 문예계로 하여금, 단숨에
자신이 가진 모든 패를 상대방에게 내보여야 하는 곤경에 처하도록
했다면, '대동아문학자대회'는 바로 이 '지방문학'으로 하여금 당국의
지도를 받아들이도록 함으로써, 타이완문학이 발전할 수 있는 공간에
치명적 타격을 가한 결정적인 사건이라 할 수 있다. 바로 이러한 이유
때문에, 제1차대회가 타이완문단의 향후 진로에 끼친 영향은 결코 가
벼이 볼 수 없는 일이다. 또한, 이 대회가 타이완문단에 미친 제반 영
향은 그것이 무엇이든지 간에, 그 근저에는 각 대표들이 대회에 참여
한 경험을 통해 체득한 외지 지위에 대한 체험적 인식이 깔려 있었다.

┃부록

〈표 1〉 제1회 대동아문학자대회에 참석한 국가/지역/민족 별 대표명단

	국가	인원수	대표명단 (대회의원)[70]
참석	중화민국 (왕자오밍정부/ 친일정권) 총12명	화북·화중 12명	재중국일본인(단장) : 구사노 신페이(草野心平) 　　　　〈왕자오밍국민정부 선전부고문〉 중국인 : (화북) 첸다오순(錢稻孫), 선치우(沈啓無), 장워쥔(張我軍), 　　　여우빙인(尤炳圻)[71] (화중) 저우화런(周化人), 쉬시칭(許錫慶), 딩위린(丁雨林), 　　　판쉬쥐(潘序祖), 류위성(柳雨生), 저우위잉(周毓英), 　　　공츠핑(龔持平)
	몽골 총3명	3명	재몽골일본인 : 고이케 슈요(小池秋羊) 　　　　〈몽강(蒙疆) 문예간담회 간사장〉 몽골/한족(漢族) : 허정화(和正華)〈차난(察南)정부 직원〉 　　　공푸리푸(恭佈札布)〈몽강신문사 사원〉
	만주국 (괴뢰정권) 총6명	6명	재만주일본인(단장) : 야마다 세이자부로(山田淸三郎) 　　　　〈만주문예가협회 위원장〉 재만주백러시아인 : 니콜라이 바이코프(Nicolai Baikov) 만주계(한족/만주족) : 구딩(古丁), 쥐에칭(爵靑), 고마츠(小 　　　松), 우잉(吳瑛)
	일본 내지 일본 외지 (식민지) 총57명	내지 48명	도가와 사고오(戶川貞雄)〈사회〉, 기쿠치 칸(菊池寬)〈의 장〉, 가와카미 데츠타로(河上徹太郎)〈부의장〉, 다카무 라 고타로(高村光太郎), 무샤노고지 사네아츠(武者小路實 篤), 요코미츠 리이치(橫光利一), 하야시 후사오(林房雄), 아라이 이타루(新居格), 야스다 요주로(保田與重郎), 가타 오카 뎃페이(片田鐵兵), 기시다 구니오(岸田國士), 요시카 와 에이지(吉川英治), 구메 마사오(久米正雄), 하루야마 유키오(春山行夫), 고바야시 히데오(小林秀雄), 아사노 아 키라(淺野晃), 호소다 다미키(細田民樹) 등
		조선 5명	조선인 : 가야마 미츠로(香山光郎, 이광수), 요시무라 고 도(芳村香道, 박영희), 유진오
		타이완 4명	재타이완일본인 : 하마다 하야오(濱田隼雄), 니시카와 미 츠루 (西川滿) 타이완인 : 룽잉종(龍瑛宗), 장원환(張文環)
불참			필리핀, 프랑스령 인도차이나, 인도네시아

---

70) 대회 현장에는 각 지역별 대표들로 이루어진 '대회의원(大會議員)' 78명 외에도 일본작가들로 이루어진 '대회참여원(大會參與員) 136명이 전원 참석해 있었다. 또한 1,500명 정도의 문학자들이 일반인 자격으로 자리를 같이 했다.

71) 『日本學藝新聞』 142號의 '尤炳圻'과 '潘序租'는 각각 '尤炳圻'과 '潘序祖'의 오기이

〈표 2〉3차에 걸친 대동아문학자대회 각국／각지／각 민족 대표자 인원 통계

국가		제1차 의원	제2차 의원	제3차 의원
중화민국 (왕자오밍정부)	화북 화중	총인원 : 12명 재중국일본인(1명) 중국인작가(11명)	총인원 : 18명 재중국일본인(1명) 중국인작가(17명)	총인원 : 46명 화북중국인(21명) 화중중국인(25명)
몽골		총인원 : 3명 재몽골일본인(1명) 몽골족/한족(漢族)(2명)	총인원 : 5명 재몽골일본인(3명) 몽골족/한족(2명)	불참
만주국		총인원 : 6명 재만주일본인(1명) 재만주백러시아인(1명) 만주계(4명)	총인원 : 5명 재만주일본인(2명) 만주계(3명)	총인원 : 8명 재만주일본인(2명) 만주계(6명)
일본	내지	일본인작가 : 48명	일본인작가 : 89명	일본인작가 : 14명 (조선인 1명 포함)
	조선	총인원 : 5명 재조선일본인(3명) 조선인(2명)	총인원 : 5명 재조선일본인(1명) 조선인(4명)	총인원 : 3명
	타이완	총인원 : 4명 재타이완일본인(2명) 타이완인(2명)	총인원 : 4명 재타이완일본인(2명) 타이완인(2명)	불참

〈표 3〉제1차 대동아문학자대회 타이완대표 활동 일정

일정	개요	오전	오후	야간
10/22 (목)	타이완대표 출발	▶ 여정 : 지룽항(基隆港)－시모노세키(下關) ● 미국 잠수함의 공격을 피하기 위해 우회항로로 선택. ● 한밤중에 가라츠항(唐津港)에 잠시 정박하기도 함.(龍瑛宗)		
10/27 (화)	도쿄 도착 ● 대회주최 측 및 도쿄 주재 단체의 대표들이 영접을 나옴.	▶ 26일 일본도착. ▶ 27일 도쿄도착. ※ 각 지역 대표 가운데 타이완대표가 제일 먼저 도착. ● 일본문학보국회(日本文學報國會) 사업과장(事業課長)인 후쿠자와 마고사부	▶ 긴자(銀座)에 있는 『타이완일일신보(臺灣日日新報)』 도쿄지사에 집결. ● 스즈키(鈴木) 지사장을 비롯한 지사 직원들과 면담. ▶ 면담을 마치고, 나가타쵸(永田町)에 있는 일본문학보국	▶ 하마다 하야오(濱田隼雄)는 『문예타이완』 도쿄지사의 기타하라 마사요시(北原政吉), 스가와라(菅原), 히노하라(日野原) 등 3인과 함께 식사. 장원 환도 동석.

다. 이밖에도 日本文學報 國會編,『文藝年 鑑』(東京 : 桃蹊書房, 1943年 8月)에도 '龍瑛宗'을 '龍英宗'으로 잘못 표기하고 있다.

		(福澤孫三), 구사카와 스에오(草川季雄), 『일본학예신문(日本學藝新聞)』편집장 다카하시 츠구오(高橋亞夫), 신문기자, 『문예타이완(文藝臺灣)』도쿄지사 직원 등의 환영을 받음. ▶ 장원환(張文環), 롱잉종(龍瑛宗)은 다이이치(第一)호텔에 투숙했고, 니시카와 미츠루(西川滿)는 메지로(目白)에 따로 숙박. 하마다(濱田)는 별도의 숙소를 정하지 않음.	회에 가서 사업부장 도가와 사고오(戶川貞雄), 기획과장 후쿠다 기요토(福田淸人), 심사부장(審査部長) 가와카미 데츠타로(河上徹太郞) 등과 인사를 나눔.	▶ 하마다 하야오는 당일 밤 7시에 고향 센다이(仙臺)에 갔다가 29일 도쿄로 돌아옴.
10/28 (수)	안건 제출 및 상부에 건의할 내용에 관해 논의	▶ 오전 10시, 정보국(情報局)에서 준비위원회 소집. ● 대표로 니시카와 미츠루 참석. ● 제5부 제3과의 이노우에(井上)과장과 인사를 나눔.	▶ 오후에 타이완대표들은 다이이치호텔에서 이번 대회에 제출할 의견에 대해 논의(하마다는 불참)	
10/29 (목)	제안내용에 대한 초안 작성 및 제출	▶ 타이완대표의 제안 내용(총 7개항) ● '일본, 중화민국, 만주국 간의 문예교류 요망' ● '문학상 설립' ● '일어보급' 등 ● 니시카와 미츠루가 초안을 최종 정리한 후, 특급우편으로	▶ 하마다 하야오, 도쿄 귀경. 도착시간 불명. ▶ 장원환, 롱잉종의 당일 일정 불명.	

		문보회(文報會) 사무국에 송달.	
10/30 (금)	불명	▶「大會略日記」에 는 당일 활동에 대한 기록이 없음.	
10/31 (토)	개인 활동		▶ 저녁에 『문예타 이완』 도쿄지사 주최로 신주쿠(新 宿)에서 <문예타 이완도쿄대회(文 藝臺灣東京大 會)>가 열림. ● 지사의 직원인 기타하라, 히노 하라, 이바(伊 庭), 미야자키 (宮崎), 도다(戶 田), 마스다(增 田) 외에도 書物 展望社, 大阪屋 號, 海洋文化社 등 출판사 및 서점 관계자들 다수 참석.
11/01 (일)	각 지역 대표 영접 및 전체 환영회	▶ 오후 4시 도쿄역 집 결. ● 4시 45분, 역에 도 착한 중화민국, 만 주국, 몽골, 조선 대표들과 합류 후 에 곧바로 궁성요 배를 위해 출발. ▶ 각국 대표들은 궁성 요배를 위해 니주바 시(二重橋)에서 두 대의 차량에 분승하 기에 앞서, 미리 영 접을 나온 일본문학 보국회 사무국장 구 메 마사오(久米正 雄) 등에게 정중히 예를 갖춰 인사를 함. 그런 후에 차량	▶ 전체 대표들이 모인 만찬이 다 이코쿠호텔에서 열림. ▶ 니시카와, 하마 다는 이날 밤부 터 다이코쿠호텔 로 숙소를 옮김.

			을 타고 메이지신궁(明治神宮)으로 출발.(山田淸三郞) ▶ 만주국, 중화민국, 몽골의 대표들은 다이코쿠(帝國)호텔에 투숙.(『日本學藝新聞』)	
11/02 (월)	회의에 앞서 신사(神社) 참배	▶ 타이완대표들은 함께 투숙하고 있던 도카와(戶川)씨 및 조선대표들과 함께 아침식사. ▶ 8시, 야스쿠니신사(靖國神社) 참배를 위해 다이코쿠호텔에 집합. ▶ 10시에 시나노마치(信濃町) 역에서 기다리고 있던 보국회 회원을 따라 메이지신궁 외원(外苑)에 들어가 국민연성대회(國民鍊成大會) 참관. ▶ 일본천황 행차 알현.	▶ 점심은 경기장에서 도시락으로(『日本學藝新聞』) ▶ 천황의 행차와 마주침. ▶ 도쿄일일(東京日日), 요미우리(讀賣), 아사히(朝日) 등 3개의 신문사를 차례로 방문.	▶ 아사히신문사 주최로 열린 연회에 장원환이 대표로 참석. ▶ 니시카와, 하마다, 롱잉종 3인은 나카야마 쇼자부로(中山省三郞)와 긴자(銀座)에서 면담.
11/03 (화)	도쿄회의 회의장 대동아회관(大東亞會館)	▶ 개막식:帝國劇場 ▶ 전일과 마찬가지로 구로몬(黑門) 앞에서 도보로 나미키미치(並木道)를 지나 다이코쿠호텔로 감. ▶ 메이지신궁 참배후, 개막식 참석.	▶ 일본문학보국회에서 마련한 오찬회에 참석. 장소는 대동아회관. ▶ 다이코쿠극장(帝國劇場)에서 <水の江瀧子> 관람.	▶ 정보국장이 마련한 만찬회가 대동아회관에서 열림. ● 니시키와 미츠루가 대표로 참석.
11/04 (수)		○정식 회의(첫날) ▶ 조선대표들과 함께 회의장까지 도보로 가면서 환담을 나눔. ▶ 회의장은 원탁회	▶ 오후 회의주제 : <대동아정신의 강화, 보급> ● 나가요 요시로(長與善郞), 쥐에칭(爵靑), 저우화련(周化	▶ 가이조사(改造社)에서 마련한 만찬이 7시에 사가노노(嵯峨野)에서 열림. ● 타이완대표 전원

의 방식으로 구성되었고, 타이완대표들은 의장(議長) 옆으로 나란히 착석. 타이완대표들의 좌석은 장방형 탁자의 가장 오른쪽에 위치. 조선대표 5인의 자리는 동렬의 가장 왼쪽에 위치. 조선과 타이완의 중간에는 일본 내지(內地) 작가들이 착석. 즉, 이 열(列)은 모두 일본대표들로 구성되어 있었음. ▶ 10시에 회의 시작. ▶ 오전 회의주제 : <대동아정신의 수립> • 무샤노고지 사네아츠(武者小路實篤), 류위성(柳雨生), 구딩(古丁), 사이토 류(齊藤瀏), 첸다오순(錢稻孫), 가야마 미츠로(香山光郎, 이광수), 니콜라이 바이코프(Nikolai Baikov), 룽잉종(龍瑛宗), 가메이 가츠이치로(龜井勝一郎) 등이 발표. ▶ 회의 시작 시각인 10시부터 방송국에서 대회를 녹화하여 방송. • 방송은 주로 해외	人), 요시다 도쿠타로(藤田德太郎), 공푸리푸(恭佈札布, 몽골인), 요코미츠 리이치(橫光利一), 유진오(兪鎭午), 우잉(吳瑛), 요시야 노부코(吉屋信子), 여우빙인(尤炳圻) 등이 발표 • 요시우에 쇼스케(吉植庄亮)의 제안으로 기타하라 하쿠슈(北原白秋)를 애도하기 위한 묵념 진행. ▶ 니시카와, 하마다는 익일 임시 동의(動議) 때 제출할 다음의 두 가지 안건에 대해 상의. • '종군작가에게 감사의 글 보낼 것.' • '내년도 대회는 타이완에서 개최할 것.' ▶ 방송국에서 대회를 녹화방영.	이 연회에 참석. • 이 만찬자리에서 대회 부주석인 가와카미 데츠타로(河上徹太郎)가 다음날 타이완대표단이 제출하기로 예정된 '일본, 만주국, 중화민국 간의 문화교류(日滿華文化交流)'에 대해 논의할 것을 제안. • 결국, 니시카와 미츠루가 타이완의 입장에서 '일본어문제'를 제기하기는 것으로 수정. ▶ <대토론회>가 저녁 6시부터 10시까지 교리강당(共立講堂)에서 개최.(『日本學藝新聞』)

		를 대상으로 함. (『日本學藝新聞』)		
11/05 (목)		○ 정식회의(둘째 날) ▶ 10시부터 12시까지 ▶ 국민정부선전부 (國民政府宣傳部) 에서 보낸 축전 (祝典) 도착. ▶ 오전 회의 주 제 : <문학을 통 한 사상문화 융 합방법> ● 안건 제출이 상 당히 많음. ● 니시카와 미츠 루가 공영권(共 榮圈) 내 일본 어보급 문제에 관한 안건 제출. ● 나머지는 생략. ● 회의에서는 '대회 를 해마다 개최' 하는 문제에 대해 논의를 진행. ● 저우위잉(周毓 英), 야마다 세 이자부로(山田淸 三郎), 하마다 하 야오 등이 발언. ▶ 오전 회의일정 마침.	▶ 오찬은 대동아회관 구내식당에서 해결 (『日本學藝新聞』) ▶ 오후 회의 주제 : <문학을 통해 대동 아전쟁을 완수할 방 책> ● 가타오카 뎃페이 (片岡鐵兵), 고마츠 (小松), 요시무라 고도(芳村香道, 박 영희), 쉬시칭(許錫 慶), 가라시마 다 케시(辛島驍), 요시 카와 에이지(吉川 英治)l 류위성(柳雨 生) 등이 발언. ● 장원환은 '종군작 가에서 감사의 글 을 보낼 것'을 제 안. ● 사무국장인 구메 마사오(久米正雄) 는 토론을 종결하 면서, 타이완 측에 서 내년 회의를 타 이완에서 주최할 생각으로 이미 기 획과 예산을 준비 하고 있는 것에 대 해 감사를 표시. ● 동시에 회의를 통해 다음 사항을 의결. 1. 연락위원 7인을 지정(하마다 세이 자부로, 쉬에칭, 가 라시카 다케시, 니 시카와 미츠루 등) 하고, 이밖에 별실 (別室)에서 따로 논 의를 하여 미국, 충 칭(重慶), 추축국(樞	▶ 쇼치쿠(松竹)의 초청으로 가부키 (歌舞伎) <菊五 郎の鏡獅子> 공 연 관람. ▶ 대동아성(大東亞 省)에서 마련한 연회가 '녹풍장 (綠風莊)'에서 열 림. ● 룽잉종이 대표 로 참석. ▶ 도쿄일일신문사 에서 만찬 초대. (『日本學藝新聞』)

			軸國) 등에 방송할 방송초안을 작성할 기초위원 선발. 2. 대회선언 기초할 7인을 선발.(모두 일본 내지 작가) 3. 방송초안 기초위원 명단 발표(쉬에 칭, 니시카와 미츠루 등 12명) • 자유토론 • 요코미츠 리이치 (横光利一朗)가 대회결의문 낭독. • 참석자 전원이 기립하여 천황폐하에 대한 만세삼창과 대동아만세를 한번 외치는 것으로 회의는 폐막.	
11/06 (금)	참관·견학 (도쿄~이바라키)	▶7시에 우에노(上野)를 출발하여 가스미가우라해군항공대(霞浦海軍航空隊)에 가서 전투비행훈련 등 참관(1시간 반) • 점심에는 항공대 장병들과 구내식당에서 오찬.	▶츠치우라해군항공대(土浦海軍航空隊)로 가서 소년항공병들의 훈련을 참관. ▶당일은 기쿠치 칸 (菊池寬), 우노 고지 (宇野浩二)를 비롯한 도쿄 작가 다수와 동행. ▶귀로에 도메이통신사(同盟通訊社) 기자의 부탁으로 니시카와 미츠루가 시(詩) 한 수를 지어줌.	▶좌담회 주최 측에서 만찬에 초대. • 주최(朝日, 東日, 西日本, 中部日本 등 新聞社) (『日本學藝新聞』)
11/07 (토)		▶도쿄제국대학 문리과대학 방문. ▶점심에는 도쿄시 측에서 마련한 오찬에 참석.	▶도쿄시 측에서 마련한 오찬 참석. ▶고단샤(講談社), 도우호(東寶) 영화촬영장을 참관. • 롱잉종, 장원환 참가	▶좌담회 주최측에서 만찬 초대 • 주최(婦人畫報, 滿洲新聞, 興亞同盟, 新聞 등 雜誌社) (『日本學藝新聞』) ▶만주신문사(滿洲新聞社)에서 개

날짜				
				최한 좌담회에는 하마다가 대표로 참석. ▶ 시인동호(詩人同好)가 京花亭에서 마련한 연회에는 니시카와가 대표로 참석.
11/08 (일)		▶ 오전에 다이코쿠 호텔에 집결한 후, 문부성(文部省) 미술전람회와 제실박물관(帝室博物館) 등을 참관.	▶ 점심에는 東日新聞社에서 마련한 환영연에 참석, 오찬. ▶ 노게키(能劇) 관람. ▶ 히비야(日比谷) 법조회관(法曹會館)에서 열린 <대동아전쟁과 도쿄 거주 타이완 학생의 동향에 관한 좌담회>에 장원환, 롱잉종이 사회자로 참석. ● 이 자리에서 학생사무소 주사(主事), 가오샤랴오(高砂寮, 일본의 타이완 유학생 기숙사) 주사 등 타이완학생 대표들과 면담. ● 문보회 사업부장 도가와 사고오(戶川貞雄), 정보과 도쿄특파원 사토 도시유키(佐藤敏行) 등 관방의 대표들 동석.(『臺灣時報』, 1942년 12월호)	▶ 저녁식사는 개별적으로 함. ● 저녁식사 후 '휴식'(『日本學藝新聞』) ▶ 도쿄에서의 마지막 밤. ▶ 니시카와, 하마다는 야마우치 요시오(山內義雄)와 환담.
11/09 (월)	간사이(關西)로 출발. 이세(伊勢)에 투숙.	▶ 오전 9시에 도쿄를 출발, 나고야(名古屋), 나카가와(中川)에서 두 차례 환승 끝에 오후 4시 40분 우지야마다(宇治	▶ 점심은 도시락으로. ▶ 저녁 무렵 이세(伊勢)에 도착. 이세외궁(伊勢外宮)을 참배.	▶ 후루이치(古市) 다이안여관(大安旅館)에 투숙. ● 후루이치 시장이 마련한 연회에 참석.

		山田) 역에 도착. (『日本學藝新聞』) ▶ 만주국대표 5명, 중화민국대표 15 명, 타이완·조 선대표 9명, 문 보회, 정보국장, 일본내지작가, 신문잡지사의 문 화 관련 인사 등 이 함께 간사이 로 이동. 차 내에 서 환담.		
11/10 (화)	이세(伊勢) 관광. 오사카(大阪) 강연.	▶ 이세내궁(伊勢內 宮)을 참배. ● 아침 6시에 출발. 6시 30분 참배. ● 7시에 여관으로 돌아와 아침식사. ● 9시 10분 오사 카행 전차를 타 고 11시 반에 도착.(『日本學藝 新聞』) ▶ 전차를 타고 오 사카로 출발. ▶ 오사카부(大阪府) 와 오사카시(大坂 市)가 신오사카 (新大坂)호텔에서 공동으로 마련한 오찬에 참석.	▶ 오후에 오사카 중앙 공회당(中央公會堂) 으로 이동. (「大會略 日記」에는 '共立講 堂'이라고 되어 있 는데 이는 오기임.) ▶ 문보회와 아사이신 문사가 주최한 <대 동아강연회>에 참가. ● 오자키 호츠키(尾 崎秀樹)의 기록에 따르면, 이날 강연 자는 이노우에 시 로(井上司朗), 요시 카와 에이지(吉川 英治), 저우화런(周 化人), 장워쥔(張我 軍), 우잉(吳瑛), 공 푸리푸(恭佈札布), 다니자키 준이치 로(谷崎潤一郎) 등. ▶ 폐막식 장소(오사카 중앙공 회당) ● 강연회와 폐막식 은 오후 1시부터 3 시 반까지 진행. ● 5시 반에 나라(奈 良)행 열차에 탑승. ● 6시 15분 나라 도 착. (『日本學藝新聞』)	나라(奈良)호텔에 투숙.

			▶ 버스를 타고 오사카 시 내 관광. ▶ 전차를 타고 나라로 출발. ● 시인(詩人) 다케나 카 이쿠(竹中郁), 오노 쥬자부로(小野十三郎)와 동승.	
11/11 (수)	나라(奈良) 관광.	▶ 오전에 버스로 가시하라신궁(橿原神宮)에 가서 참배한 후, 호류지(法隆寺) 참관.	▶ 나라온천호텔에서 나라현(奈良縣)과 나라시(奈良市)가 공동으로 마련한 오찬회에 참석. ▶ 오후에는 개인 활동. ▶ 도다이지(東大寺), 가스가타이샤(春日神社) 등 참관.(『日本學藝新聞』)	▶ 나라호텔에 투숙. ▶ 저녁 휴식 (『日本學藝新聞』)
11/12 (목)	교토(京都) 관광.	▶ 전차로 나라에서 교토로 이동. ▶ 교토고쇼(京都御所)를 참관.	▶ 미야고(都)호텔에서 점심을 먹은 후, 두 팀으로 나누어 관광. ▶ 하마다 등은 아라시야마(嵐山)를 여행하며, 라쿠호쿠(洛北), 라쿠세이(洛西)의 가을경치 완상.	▶ 미야고호텔에 투숙. ▶ 나라의 부시상공회의소(府市商工會議所)가 마련한 연회 참석. ● 연회가 끝난 후, 가장 인상이 깊었던 룸에서 박수와 함께 해산. ● 이때, 구사노 신페이(草野心平)가 감동한 나머지 소리높여 만세를 외치자, 모두들 이에 화답. ▶ 요도노 류조(淀野隆三)가 마련한 연회에 참석하기 위해 기온(祇園)에 있는 '기치카(吉花)'로 감.
11/13 (금)	오사카로 출발.	▶ 모든 해외대표들은 교토를 출발, 시모노세키로		

		감.(『日本學藝新聞』) ▶ 하마다 하야오는 교토역에서 가와카미 데츠타로(河上徹太郎)와 함께 서하(西下) 하는 일행들을 배웅. ▶ 장원환, 롱잉종, 니시카와 미츠루 등 3인은 오사카까지 동행. ▶ 하마다는 잠시 일본에 더 체류하였으나, 원인은 미상.		
11/14 (토)	부산→경성→만주→中華	▶ 만주국, 중화민국, 몽골, 조선의 대표들은 14일 새벽 부산에 도착. ● 조선현대극 배우들의 꽃다발과 환영을 받음. ▶ 대표들은 곧바로 조선철도회사가 제공하는 열차 '아카스키(曉)'호를 타고 경성을 거쳐 만주와 중국으로 돌아감.(『朝日新聞』北滿洲版)		
11/19 (목)	타이완 도착	▶ 장원환, 롱잉종, 니시카와 미츠루, 타이완 도착. ▶ 익일, 『싱난신문(興南新聞)』은 타이완대표들의 타이완 귀환을 보도 ▶ 하마다가 타이완에 돌아온 시기는 미상.		

1. <표 3>은 주로 타이완대표들이 기록한 「大東亞文學者大會略日記」, (『文藝臺灣』 5 : 3號, 1942年 12月, 26-29쪽)를 중심으로 작성했지만, 동시에 아래의 자료들도 참고했다. 「大東亞

文學者大會要綱」/「バイコフ翁來朝」(『日本學藝新聞』 142號, 1942年 11月 1日, 第2・3版) ; 山田淸三郎, 『轉向記・嵐の時代』(東京 : 理論社, 1957年 9月), 125-138쪽 ; 龍瑛宗, 「『文芸臺 湾』と『臺湾文芸』」, 『臺湾近現代史研究』 3, 1981年 1月, 86-89쪽 ; 『朝日新聞』 北滿洲版, 1942年 10・11月 ; 『臺灣時報』, 1942年 12月 號.
2. 굵은 글씨로 된 부분은 별도로 출처를 부기했다. 그 외의 모든 출처는 「大會略日記」이다.

(原題)「外地」的沒落 : 臺灣代表們的第一次大東亞文學者大會

제3부 타이완문학과 「만주국」 문학

식민도시, 문예생산 그리고 지역반응

총력전(總力戰) 이전, 타이베이와 하얼빈의 도시서사(都市敍事)

들어가며

만주사변 이후, 일본의 우익세력과 군부(軍部)가 전면에 등장했다는 것은 총동원체제 시행을 위한 사전포석의 의미를 갖는다. 나아가 중일전쟁이 발발한 이듬해인 1938년에 <국가총동원법(國家總動員法)>이 반포되었다는 것은 이른바 '총력전' 체제가 정식으로 확립되었음을 의미한다. 타이완에서도 군부세력의 입김이 날로 강해지기 시작했다. 이로 인해, 타이완 인민들은 군사·경제적 측면에서뿐만 아니라 정신적인 면에서도 전시체제에 편입되지 않을 수 없었다. 더불어 이러한 전시체제와 맞물려 문화전(文化戰)의 중요성이 더욱 강조되었고, '제국─식민지' 차별구조도 일부 조정되었다. 1942년 이후에는 일본중앙정부가 이른바 '내지/외지의 일원화' 정책을 조직적으로 추진하게 되면서, 타이완은 '새로운 내지' 혹은 '준(準) 내지'라는 상징적 성격을 부여받았다. 이로부터 '일본화(日本化)'는 더 이상 개념적 차원에만 머무르지 않게 되었다. 오히려 그것은 전시법규(戰時法規)의 시행을 통해 보다 구체화된 발걸음을 가속화하게 되면서, 타이완 인민의 삶에 실질적인 영향력을 발휘하기 시작했다.[1] 총력전체제는 인적·물적 차원의 활발한 이동을 자극했고 제도와 법률의 변화를 가져왔다. 동시에 이것은 지역적 관계, 정경(政經)의 경계, 식민의 분계(分界) 그리고 민족정체성 등에 일대 혼란을 야기하기도 했다.

일찍이 타이베이와 하얼빈은 일본제국의 남진(南進)과 북진(北進)의 전초기지였다. 따라서 20세기 초 제국주의 정치경제 영역에서, 이 두 도시는 핵심 중의 핵심(nodes)이었다. 1894년 갑오전쟁 이후, 두 도시는 각기 다른 제국주의 점령 하에서 급격한 도시화 과정을 거쳤다. 이러한 도시화 과정은 1937년에 일어난 중일전면전 직전에 최고조에 달했다. 총동원체제로 전환될 무렵인 1930년대에 등장한 도시서사(都市敍事)는 이른바 근대성증후군을 글쓰기의 요체로 하는 식민도시서사였다. 구체적으로 말해, 이것은 20세기 초 식민주의를 매개로 전개된 전지구화 과정 및 그에 직면한 타이완과 중국동북지역의 이야기이다. 1937년 이후에 나타난 대도시 중심의 시각, 제국팽창에 따른 정경(政經) 재편, 지정학(geopolitics)적 변화, 국방교화(國防敎化) 등으로 인해, 그동안 두 도시의 문화계 안에서 강조되어 왔던 본토적이고 좌익적인 '향토문학/향토문화'의 개념은, 1940년대 '대정익찬운동'이 실시되면서 점차 일본제국의 동아시아 식민/준식민 체제 하에서의 '지방문학/지방문화' 개념으로 재편될 것을 요구받았다.[2] 필자가 생각하기에, 이러한 변화과정 속에서 작가들은 중일전쟁 이전 식민지/준식민지 '핵심도시'로서의 특성과 그

1) 黃唯玲, 「日治末期台灣戰時法體制之硏究 : 從戰時經濟統制邁向'準內地'」(臺灣大學法律學研究所碩士論文, 2008年 1月).
2) 吳密察(策劃)/石婉舜·柳書琴·許佩賢(等編), 『帝國裏的'地方文化' : 皇民化時期的台灣文化狀況』(台北 : 播種者, 2008年 12月), 1~48쪽.

것의 전지구화 과정을 날카롭게 꿰뚫어보고 있었다. 이러한 통찰이야 말로 작가들이 '제국-식민지/준식민지'라는 대립적 향토사유에서 벗어나 '지역체계-특수지방'이라는 타협(negotiation)적 지방사유로 전환하는데 있어 핵심 지렛대가 되었던 것이다. 바꿔 말해, 식민주의전지구화 현상에 대한 도시서사의 통찰은, 억압받는 향토주의에서 상대적으로 능동성을 가진 지방주의로 점차 전환되는 과정 속에서 결코 무시할 수 없는 추동력으로 작용했다고 볼 수 있다.

상대적으로 후발제국주의라고 할 수 있는 일본의 조숙하고 취약한 경제구조와 제국본위주의 압제 하에서 공급과 수요에 있어 쉽게 병목현상에 빠져버린 식민주의 경제체제는 온갖 폐해와 폐단으로 점철되어 있었다. 바로 이러한 누적된 폐단과 폐해가 불난 집에 부채질 하는 격으로, 1937년 이후 군사행동을 전개하는데 하나의 동기와 에너지로 작용했던 것이다. 총력전 시기에 시행된 통제경제, 국민정신총동원, 황민화운동 등은 머지않아 붕괴될 운명이었던 제국의 밑바닥에 잠시나마 임시버팀목을 대주는 정도에 불과했다. 본문에서 거론하게 될 소설작품들은, 총력전체제가 발동되기 전에 이미 제국의 아시아적 배치와 그에 따른 정치경제적 변화의 소용돌이에 휘말려 있던 식민지의 모습을 그리고 있다. 도시서사는 마치 화산이 폭발하기 전에 끊임없이 솟아오르는 연기기둥처럼, 제국 내부의 중층적 모순과 날로 높아져만 가는 위기의식을 여실히 드러내고 있다. 그런데 기존의 연구는 식민통치와 식민주의패권에 대한 비판을 요체로 하는 민족주의를 주요 분석틀로 설정함으로써, 문학 속에서 반영되는 식민도시의 문제를 간과했다. 반면, 이원대립적인 관점과 이데올로기화된 해석에서 벗어나기 위해 새롭게 제기된 근대성 분석틀은 반대로 도시 근대성을 지나치게 높게 평가하는 경향을 보였다.

식민도시는 제국주의 지방통치의 핵심중추이자, 지역체계의 핵심적인 연계고리이다. 따라서 이 글에서는 '핵심도시'라는 개념을 새롭게 제기하고자 한다. 그리고 그 대상으로 선택한 것이 바로 타이완과 하얼빈이다. 타이베이는 유구한 식민도시의 역사를 가진 일본 최초의 식민지 도읍 즉, '도도(島都, 타이완의 수도라는 개념―옮긴이)'이다. 한때 '동방의 파리'라고도 불렸던 하얼빈은 러시아 중동철도(中東鐵道)³⁾ 부속지역의 중추이자, 러시아와 일본의 권력교체를 상징하는 '만주국'의 대도시이다. 여기서는 1931년부터 1937년 사이 절정에 달했던 이 두 지역의 도시서사를 중심으로, 이러한 서사가 출현하게 된 배경을 고찰하고 나아가 이러한 글쓰기가 진보성을 상실한 농촌서사를 대신해 어떻게 또 다른 문화비판의 길을 열어 제치는지를 분석하고자 한다. 아울러 민족주의 분석틀로는 제국/식민지 경제구조, 문예생산, 지역반응 이 삼자의 관련성을 제대로 설명할 수 없음을 지적하고 동시에, 도시서사와 농촌서사의 상호텍스트성을 통해, 식민지 근대성이 결국 동아시아 언어 환경 속의 식민주의전지구화 현상의 일환에 다름 아님을 적시하고자 한다. 또한 이를 통해, '근대성 긍정론'의 부당성과 천박성을 규명하고자 한다.

---

3) 중동철로(中東鐵道)는 본래 제정러시아가 중국침략을 위해 건설한 것으로, '중국동청철로(中國東淸鐵路)'의 간칭이다.(옮긴이)

1. 권력의 재편과 공간의 재구성
-1935년의 하얼빈과 타이베이

타이베이와 하얼빈에게 있어 1935년은 격동의 한해였다. 타이베이가 시모노세키조약(馬關條約)으로 일본 최초의 식민지가 된 타이완의 수도가 된 것이 바로 이 해였고, 중아밀약(中俄密約)으로 러시아 중동철도 부속지역의 중추가 된 하얼빈이 다시 '만주국'의 북쪽 국경을 이루는 대도시로 성장한 것도 1935년이었다. 다시 말해 1935년을 기준으로 하면, 타이베이는 40년이 넘는 '식민'의 도시역사를 가지고 있는 것이고, 하얼빈은 40여 년의 '반(半)식민－준(準)식민'의 도시역사를 가지고 있는 셈이다. 같은 해 3월, 일본정부는 수십 년에 걸친 경략 끝에 결국 '만주국' 정부를 중간에 내세워 소련으로부터 북철(北鐵)을 탈취했다.[4] 이로써 일본정부는 그토록 갈망하던 중동철로 전 구간의 통제권을 획득하게 되었다. 이 일이 성사된 장소가 바로 하얼빈이다. 동년 10월에는 타이베이에서 <시정 40주년기념 타이완박람회(始政40週年 紀念臺灣博覽會)>가 열렸다. 타이완 유사 이래 가장 성대했던 이번 박람회에는 타이완뿐만 아니라 화남(華南), 남양 등 일본제국 전 지역의 기관 및 단체가 참여했고, 선전활동 역시 제국 전역에서 벌어졌다. 50일간 성대하게 치러진 박람회에는 타이완 전체 인구의 3분의 1인이 다녀감으로써, 타이완 역사상 최단기간 최다 인구이동이란 전무후무한 기록을 남겼다.[5] 그런데 공교롭게도 이 두 지역의 도시서사가 최고조에 달한 것도 바

---

[4] 1905년 <포츠머스조약>으로, 중동철로 가운데 창춘(長春)에서 뤼순(旅順)까지의 구간이 일본에 귀속되었다. 일본은 이 구간을 '남만철로(南滿鐵路, 南鐵)'라 부르고, 나머지 구간을 북철(北鐵)이라 불렀다.

[5] 呂紹理, 『展示臺灣 : 權力・空間與殖民統治的形象表述』(臺北 : 麥田, 2005年 10月), 269~270쪽.

로 이 1935년을 전후해서였다. 이는 무엇을 의미하는 것일까?

타이완과 중국동북지역의 식민경험과 통치체제에는 차이가 있다. 따라서 두 지역의 최대도시라고 할 수 있는 타이베이와 하얼빈이 1935년에 맞닥뜨렸던 사회적 상황과 역사적 과제 역시 상당부분 다를 수밖에 없었다. '반식민─준식민'이라는 이중의 단계를 경험한 하얼빈은, 현대사에 등장한 순간부터 제국주의 주도로 개발된 도시였다. 1896년 제정러시아가 중동철도 건설권을 획득하게 되면서부터 '중동철로 부속지역'의 개발은 이미 일반 조계 수준을 뛰어넘는 것이었다. 하얼빈은 건설단계부터 부속지역으로 선정되어 개발이 진행되었다. 모스크바에서 추진되던 유럽형 전원도시 개발계획을 그대로 본받아 6차선 방사성 도로가 건설되었고, 잇달아 난강(南岡), 다오리(道里), 다오와이(道外), 샹팡(香坊) 등 생활수준이 천양지차인 도시지역이 형성되었다. 19세기 말부터는 러시아 자본뿐만 아니라 유태인 자본까지 개발에 참여했고, 1907년부터는 미국이 제안한 '문호개방정책'에 따라, 각국 영사관 및 사업체가 속속 진주하기 시작했다. 제1차 세계대전이 발발하기 전에 이미 하얼빈에는 여러 개의 대형발전소가 있었고, 농림물산, 농축가공, 기초사업 중심의 농상공을 아우르는 국제무역항이 건설되어 있었다.[6] 1918년부터 1920년까지의 러시아내전으로 촉발된 백러시아인[7]의 이주 열풍은 하얼빈 내 러시아인 세력의 급격한 신장을 가져왔다. 제정러시아 통치기간까지만 해도 송화(松花) 강변의 작은 어촌마을에 불과했던 하얼빈은 1920년 중국정부가 부속지역의 주권을 회수할 시점에는 이

---

6) 蘇崇民, 『滿鐵史』(北京 : 中華書局, 1990年 12月), 31~43쪽.
7) 본래 백러시아인은 일종의 전쟁난민으로, 러시아혁명 당시 홍군(紅軍, 혹은 赤軍)에 대항했던 백군(白軍)과 그들 편에 섰던 사람들을 통칭하는 말이다. 이들은 백군이 패배하게 되면서 세계 각지로 흩어졌는데, 그 가운데 일부가 하얼빈으로 왔다. 여기서는 이들을 가리킨다.(옮긴이)

미 동북아시아의 대표적인 대도시로 탈바꿈해 있었다. 중동철로 북단
(간청, 북철)에 대한 백러시아 이민의 통제가 마침표를 찍게 된 것은
1924년이다. 이로써 그동안 소련정부의 손에 넘어가 있던 철도운영권
및 경제권은 중국정부의 개입으로 일부 축소되기는 했지만, 러시아세
력은 여전히 일정규모를 유지하고 있었다. 러시아세력이 비로소 심각
한 도전에 직면하게 된 것은 바로 '만주국'이 성립된 이후이다. 일본은
'대(大) 하얼빈도시계획'(1932~1934)을 적극적으로 추진하는 가운데, 하얼
빈의 일본화를 기도했다. 하지만 이것도 전쟁 때문에 전면적으로 실시
될 수는 없었다. 기반시설 및 교통망을 확충하는 것 말고는 도시공간
의 변화는 그다지 크지 않았던 것이다.

중동철도의 남선과 북선이 교차하는 지점에 위치한 하얼빈은, 약 24
년간 러시아 조차지로 있다가 1920년부터 1931년까지는 봉계군벌(奉系
軍閥)8)의 지배를 받았다. 그리고 이후에는 14년 넘게 '만주국' 통치를
경험했다. 그것이 조계도시의 성격을 가졌든 아니면 '독립국'의 준(準)
식민도시의 성격을 가졌든지 간에, 하얼빈은 줄곧 유럽, 미국, 일본,
러시아 등의 제국주의와 외국자본의 영향 하에서 개발되고 발전되었
다. 따라서 도시경관이나 인구구성 등 각 방면에서, 복수의 제국이 결
합되어 있고 다국적 자본이 상호 경쟁하는 반식민/준식민의 도시적 특
징을 보여주고 있다. 반면, 타이베이는 연속성을 갖춘 단일 제국의 통
치 하에서, 정치적으로는 점진적 동화를 통한 황민화 과정을 겪었고,
경제적으로는 쌀과 사탕수수 생산 중심에서 농업가공의 중심지로 형
태전환을 이루어나갔다. 도서지역인 타이완은 드넓은 땅에 사람은 적

8) 봉계군벌이란 군벌의 수장인 장주어린(張作霖)이 봉천(奉天) 출신이라 붙여진 이름
　이다.(옮긴이)

은 중국동북지역과는 사정이 사뭇 달랐다. 타이완 할양 당시에 이미 타이베이는 청나라 말기부터 개발되기 시작한 멍샤(艋舺), 다다오청(大稻埕) 그리고 성내(城內) 등 세 개의 시가지를 갖고 있었다. 또한 차, 사탕수수, 장뇌 등 고부가가치 상업 작물의 수출을 통해, 최상의 모범적인 도시로 도약하고 있었다. 특히, 청나라 타이완부(台灣府) 소재지가 있던 성내는 이전의 관아와 청사가 그대로 온존한 상태에서 일본당국이 새롭게 기획하는 공간까지 더해져 상당한 이점을 가지고 있었다. 따라서 일본이 타이완을 점령한 이후에는 줄곧 식민군정(殖民軍政), 상업무역, 문화교육의 중심이 되었다. 조밀한 인구와 유구한 역사를 지닌 타이베이는 어느 날 갑자기 근대도시계획에 따라 건설이 진행된 하얼빈과는 달랐던 것이다. 근대적 의미의 <타이완도시계획령(臺灣都市計劃令)>이 처음으로 제정된 1936년 이전에 이미 타이베이는 1900년 <성내시가지계획(城內市區計劃)>, 1905년 <타이베이전역시가지계획(台北全域市區計劃)>, 1932년의 <타이베이시가지확장계획(台北市區擴張計劃)> 등 세 차례 시가지 개발계획을 거치면서 점차 '도도(島都)'로서의 현대적 윤곽을 형성하고 있었다.9) 1910년 청대의 성벽이 철거되고, 전형적인 식민도시형 방사성 도로가 건설되면서 기존 세 개의 시가지는 하나로 연결되었다. 이로써 타이완 도시정비는 시대구분의 한 획을 긋게 되었다. 1920년대와 30년대에 걸쳐 점진적으로 확충된 상하수도 및 전력시스템, 성내와 주변 지역을 잇는 도로망 그리고 공영/민영의 버스 및 타이베이 간선철도 등 비교적 저렴한 대중교통 역시 상업발전과 공중오락을 위한 무대를 마련해주었다. 30년대 이후에는 타이베이 인구가 격증했다. 제일 많은

---

9) 黃蘭翔), 「台灣・日本・朝鮮・關東州都市計畫法令之比較硏究 : 1936年 <台灣都市計畫令>的特徵」, 『國立臺灣大學建築與城鄕硏究學報』, 第8期(1996年 6月), 87~97쪽.

수를 차지한 것은 타이완인, 그 다음은 일본인이었고 기타 외국인은 극히 적은 수를 차지했다. 이는 여러 민족들이 공존하는 가운데 팽팽한 긴장감을 형성하고 있던 하얼빈과는 다른 점이라 할 수 있다.

타이완에서 '도도'란 말이 널리 유행되기 시작하던 1930년 초, 국제도시 하얼빈은 도시화와 국제화란 측면에서 식민지 수도인 타이베이보다 한 수 위였다. 그러나 이 조숙한 도시가 1930년대 직면한 사회모순은 오히려 타이베이보다 훨씬 심각했다. 당시 하얼빈에는 그 형태나 규모 면에서 각기 다른 다양한 긴장관계가 형성되어 있었다. 그 중에서도 제국주의간의 경쟁, 민족 간의 모순, 외국자본의 침입 등이 특히 심각했다. 만주지역에 공통으로 존재했던 중일 간의 모순 말고도, 하얼빈 특유의 러일 간 철도경쟁과 다국적 자본의 확장은 도시 권력구조의 점진적 변화와 재편을 촉진했다. 하얼빈에 거주하는 러시아인의 흥망은 마치 손익계산서를 들여다보는 것처럼, 명확하고 직접적으로 동북지역 전체에서 차지하는 러시아세력의 성쇠를 그대로 보여주고 있다. 즉, 러일전쟁, 러시아혁명, 소련 집권, 만주국 건국 등 일련의 대격변을 거치면서 일본세력이 점차 전면에 부상하게 되었고, 그에 반비례해 러시아세력은 점차 그 힘을 잃어갔던 것이다. 어느새 중동철로 운영의 심장으로 발돋움한 하얼빈은 본시 러시아인이 만들고 키워낸 도시였다. 또한 러시아가 남으로 뤼순과 다롄(大連)까지 그 세력을 뻗쳤던 절정기에는, 제정러시아 남진정책의 최후방 근거지였다. 1905년에는 승승장구하는 일본에 맞서 패퇴를 거듭해야 하는 러시아세력의 최전방이기도 했다. 북철사업 역시 1924년 <봉아협정(奉俄協定)>10) 이후에

---

10) 1924년 9월 러시아가 중동철로와 관련해, 봉계군벌 장주어린(張作霖)과 맺은 협정을 말한다.(옮긴이)

는 상업적 범위로 제한되었다. 1932년에는 일본이 남북철도의 병합을 제안하는 데에까지 이르렀고 결국, 수년간의 담판을 거쳐 1935년 3월 양도매각협정을 체결했다. 오랫동안 동북아의 러시아세력을 상징했고 그 남진기지로서의 영광을 누렸던 하얼빈은 부침을 거듭한 끝에 결국 일본북방침략의 보배가 되고 만 것이다.

하얼빈은 1932년부터 두 차례에 걸쳐 대홍수를 겪었다. 또 1935년에는 중일 간의 치열했던 장성전투(長城戰鬪)[11]에 휘말리기도 했다. 뿐만 아니라 당시는 동북지역 중국인들의 항일배만운동(抗日排滿運動)이 열화와 같이 일어나던 때였다. 이러한 대 격변의 시기에, 하얼빈은 또 다시 러일 간의 세력교체라는 새로운 파란과 맞닥뜨리게 된 것이다. 권력재편에 따른 충돌과 외국자본의 착취는 '만주국' 중국인사회의 무거운 짐이자, 하얼빈 서사(敍事) 가운데 가장 첨예한 부분이었다. 타이완의 경우에는, '휘황찬란한 통치'를 만방에 과시한 타이완박람회가 단일식민정권의 통치에 어떠한 우려도 없음을 확인시켜주자, 타이완총독부는 여기서 한발 더 나아가 제국팽창방침에 호응해 남진의 의도를 명확히 드러내기 시작했다. 타이완총독부는 과학주의와 그것을 구체적으로 드러내주는 가시적인 박람회를 통해, 정치경제, 산업, 교육 등에 걸친 타이완에서의 통치경험을 화남 및 동남아시아로 진출하는데 하나의 본보기로 삼고자 했다. 또한 이를 통해, 일본 및 외국자본을 타이완으로 끌어들여 타이완산업이 남방자원을 이용해 가공업으로 전환할 수 있도록 하고 역으로, 타이완자본의 해외이동을 부추겨 화남과 동남아로 수출할 수 있도록 하는 하나의 사이클을 형성하고자 했다.[12] 블록경제와 군사

---

11) 1933년 초, 동북3성(東北三省)을 잠식한 일본이 산해관(山海關)을 넘어 열하(熱河)까지 공격해 들어오게 되면서 일어난 전투이다. 결국 동년 5월 말, 중국이 일본과 치욕적인 「당고협정(塘沽協定)」을 체결함으로써 전투는 마무리되었다.(옮긴이)

팽창의 결합이라는 총체적인 고려 속에서 나온 이런 구상이야말로 '총력전'과 '대동아공영권'의 사전포석을 까는 개념이라 할 수 있다.

이러한 개념은 지리적 공간에 기초한 박람회의 배치와 분류, 제국 내의 서로 다른 지역성과 식민지 역할에 대한 의도적 부각 그리고 그것에 붙인 레테르를 통해 구현되었다. 박람회장의 지역선택, 내외배치, 전시내용 등을 볼 때, 박람회는 지난 40년간의 타이베이 '식민도시건설'의 성과를 그대로 보여주는 것이었다. 동시에 그것은 식민지 문명화를 위한 제국의 '아낌없는 노력'과 서방국가들과 비교해 조금도 뒤처지지 않는 일본의 근대적인 통치능력을 만방에 과시하는 것이기도 했다. 1895년 이후, 타이베이 도시공간의 재구성은 공공위생, 정치경제의 발전, 문명의 전시, 종족/빈부의 분리뿐만 아니라 식민의 신성성까지 고려한 상태에서 이루어졌다. 그러나 박람회 기간 중에 보여준 도시공간의 활용, 기획, 설계 등은 국가적 시각의 연속이었지, 본토 주민의 관점은 아니었다. 또한 이것은 제국의 경제네트워크 안에서의 지역분업이란 관점에서 보면, 도시의 미래적 위상을 예시하는 것이기도 했다. 따라서 여기에는 타이베이라는 도시의 위상전환을 널리 알리는 동시에 제국경제의 전체적인 포석 속에서 타이완경제의 역할을 업그레이드해보겠다는 기대가 드러나 있다. 박람회장은 기존의 도심뿐만 아니라 최적이라고 생각되는 공간에 설치되었다. 또한 박람회를 계기로, 도로정비, 조림사업, 환경미화, 상가정비, 쇼윈도와 네온사인의 설치 등의 작업도 병행되었다. 물론 그 의도는 제한된 식민도시의 전시공간을 통해, 문명과 진보라는 타이완통치의 공적과 광활한 제국의 웅대한 그림을 펼쳐 보이는데 있었다.

---

12) 呂紹理, 앞의 책, 244쪽.

일본의 국내 상품을 적극 수입하고 제국 내 지역 간 상품유통을 추진하는 것 외에도, 남방사회의 지역감정을 재조직하고 타이완의 역할과 위상을 조정하는 것 역시 1935년 타이완박람회의 중요 목표였다. 타이베이를 화려하게 포장하고 타이완의 형상을 새롭게 빚어내고자 했던 것도 바로 그 이유에서였다. 한마디로 박람회를 통해 제국을 전시하고자 했던 것이다. 물론 타이틀은 타이완박람회였지만, 타이완과 남양의 특색을 그대로 보여주는 다다오청의 '남방관(南方館)'이 차지했던 면적은 총면적의 고작 3%에 불과했다. 따라서 지역감정의 재구축과 식민지 역할의 재조정은 단순히 타이베이 도시공간의 개발이나 재배치를 통해 이루어진 것이 결코 아니었다. 그것은 오히려 전시관 안의 전시설계와 관람동선안내 다시 말해, 제국의 '정경지도(政經地圖)' 안에서의 타이완의 지역적 역할의 현현을 통해 촉발되었다. 박람회는 마치 수많은 별들이 달을 에워싸는 것처럼 타이완을 중심에 놓고 그것을 부각시키는 방식을 택하지 않았다. 오히려 그것은 타이완과 제국 내 기타 지역 간의 위치와 특색을 상호대조할 수 있는 네트워크 관계에 초점을 맞추고 있었다. 즉, 공업기술국 일본, 가공지역 타이완/조선, 원료지 만주/남지나·남양으로 구성된 제국의 총체적인 구조를 통해, 제국 내 각 지역의 산업, 무역, 국방의 연쇄관계를 펼쳐 보이고자 했던 것이다. 더불어 이를 통해, 남진 태세 하에 있는 타이완의 산업을 업그레이드할 필요성과 잠재력을 일깨우고자 했다. 박람회 전시동선에 따라 형성된 '타이완과 제국의 각 영지(領地)' 간의 유비(類比)는, 관람자들로 하여금 제국 내 각 영지의 근대화 과정과 공적을 비교하고 정합할 수 있도록 했다. 또한 이를 통해 관람자들은 '기술과 자원이 제휴된 경제권을 바탕으로 동아시아 평화의 기초를 다진다.'는 개념을 내재화할 수 있었다.

이번 박람회는 새로운 과학기술지식을 즐비하게 선보이는 전시방식을 통해, 사람들의 신체경험을 중시하고 지역 간 역할분담을 강조하는 쪽으로 이루어졌다. 또한 박람회는 제국 중심의 표준화된 '전지(全知)적 시야'를 바탕으로, 식민지 대중에게 제국을 조감하고 황도(皇圖)를 찬양할 수 있는 기회를 제공했다. 이러한 기회는 여간해서는 경험할 수 없는 것이었다. 결국, 타이완 대중들은 흥미와 경탄으로 가득한 그러나 극히 허구적이고 가상적인 근대체험을 통해, 편협하기 짝이 없는 제국주의적 세계관을 주입받게 된 것이다. 바꿔 말해, 꿈에서나 실현될 것 같았던 제국순례의 경험과 타이완 근대화에 대한 회고와 전망 그리고 공간정치의 조작으로 가득한 지역교화정보 및 상업무역의 팽창전략을 통해, '식민동화', '대동아공영권', '산업의 변모', '남진 타이완' 등의 국책개념을 제국 내에 판매하는 것이라 볼 수 있다. 그러나 이렇듯 한 번의 기회로는 만끽할 수 없을 만큼 너무나도 화려하고 성대한 박람회와 연신 탄성을 자아내게 하는 도시의 신기함 뒤에 숨어 있는 것은, 여차하면 군사행동에 나설 것 같은 일촉즉발의 위기감과 산적한 정치개혁의 어려움이었다. 그리고 이제는 더 이상 미룰 수 없게 된 전쟁준비기간(1931.9~1937.7) 중의 식민지 역할의 재조정 문제 다시 말해, '남진기지화'를 위한 사전준비 문제였다. 이제 아시아를 재편하려는 제국의 기획은 만천하에 드러났지만, 대중들에게 이것은 여전히 관심 밖의 일이었다. 타이완 인민들을 타이베이에 데려와 제국순례에 참여하도록 한 일본 통치당국의 배려 뒤에는 식민지 역할의 재조정이라는 무서운 속내와 소리 없는 변혁의 움직임이 숨어있었다. 그러나 타이완작가들 중엔 타이완을 전지구화 실천에 동참시키겠다는 제국의 기획을 알아

챈 이들이 있었다. 그래서 결국 그들은 도도서사(島都敍事)를 통해 자신의 목소리를 내고자 했던 것이다.

2. 철도도시의 급변정세와 초국적 자본 ― 하얼빈

하얼빈은 철도시대가 도래하면서 탄생한 활력 넘치는 '근대도시'였다. 그러나 중국동북지역의 심장지대를 관통하는 이 현대적 설비의 대도시는 불행히도 조계지였다. 동시에 이곳은 세계자본의 벨트 컨베이어이자 대륙패권쟁탈의 도화선이었다. 1935년만 해도, 이곳은 러시아와 일본, 일본과 중국이 가장 첨예하게 대립했던 지역이다. 이러한 일촉즉발의 긴장관계는 철도문제만 없었다면 조성되지 않았을 것이다. 그러나 애석하게도 다툼은 항상 철도를 둘러싸고 연출되었다. 1937년 이전 '만주국' 통치시기에, 하얼빈을 주 무대로 하는 이른바 '북만주 작가군'은 이 '동방의 파리'를 종종 근대적 병체(病體)에 비유하곤 했다. 동북지역의 근대서사에서, 도시는 식민주의 비판이나 식민지근대성 성찰에 있어 필요한 장치였다. 도시문제를 소재로 병적인 글쓰기를 진행하는 것은 어느새 도시서사의 주류로 자리 잡았다. 또한 도시를 소재로 한 각종 풍속도[13]에서는 마치 약속이나 한 듯이, 식민철도도시 특유의 갈등과 모순을 사회문제의 복합체(complex)로 바라보았다.

1930년대 초, 하얼빈은 마치 조간대(潮間帶)처럼 각종 세력이 진퇴를 반복하는 혼란의 장소였다. 가령, 북철이 시대변화에 따라 제국주의

---

13) 원문에서는 이를 '우키요에(浮世繪)'로 표현했으나, 여기서는 '풍속도'로 의역했음을 알린다.(옮긴이)

세력이 교체되는 희비극의 무대였다면, 하얼빈은 '만주(滿洲)의 타자'를 들여다볼 수 있는 최고의 쇼윈도라 할 수 있다. 북만주작가군은 급박하고 복잡하게 변화하는 강대국의 패권다툼 속에 거하면서, 각양각색의 하얼빈 이야기들을 쏟아냈다. 그들은 자신들의 이야기 속에 때로는 은밀하게 때로는 공공연하게 또 때로는 부지불식간에, 복수의 '만주의 타자'가 야기한 폭풍전야의 위기감과 모순과 긴장으로 점철된 현실 그리고 그 복수의 타자들 사이에 벌어지는 미세한 상호작용을 아로새겨 놓았다. 수췬(舒群)의 「조국 없는 아이(沒有祖國的孩子)」는, 세력교체기에 강점, 이주, 망명 등의 방법으로 이 '비정상적인 국가'에 살게 된 이민족들을 관찰하는 만주작가들의 이전과는 확연히 다른 국제적이고 근대적인 다양한 정치관을 가장 잘 표현하고 있는 작품이다.

「조국 없는 아이」는 북철이 양도되기 전의 하얼빈 인근마을을 상상의 무대로 하고 있다. 이 작품은 소련의 '동철학교(東鐵學校)'를 중심으로 펼쳐지는 각종 인간관계 및 시국의 변화를 통해, 대도시 하얼빈 지역에 거주하는 다양한 민족들이 처한 각기 다른 운명들을 그려내었다. 소설의 내용은 만주사변 이후의 정세변화 및 사회불안과 맞물려 전개되는데, 여기에는 철도부속학교의 교기(校旗)가 여러 차례 등장한다. 교기는 때로는 러시아학교의 우월한 지위를 가리키기도 하고, 때로는 그 소속기관인 「중동철로관리국(中東鐵路管理局)」의 소유권 변화를 가리키기도 한다. 여기에서 북철 경영권의 단계적 변화는 일종의 잠재적 배경이면서 동시에 스토리의 시간적 흐름을 구분해주는 가늠자이자 이야기를 갈등의 클라이맥스로 끌어올리는 주요 동력이다. 각기 다른 운명에 처한 중국, 러시아, 조선의 소년들이 함께 만들어낸 소설 속 '조국'에 대한 은유나 각 소년들로 대표되는 각기 다른 형상은 하나같이 집체적이고 민족국가의 성격을 띠고 있다. 그들의 처지, 연령, 빈부 상에서의 차이는 민족국가의 실제정황을 그대로 보여주는 하나의 축소판이다. 또한 서로 간의 관계는 동북아 현실이나 향후 국제관계에 대한 은유이다. 소설에서의 일본, 러시아, 중국, 조선의 국가/민족 관계는 강자와 약자 간의 위계질서를 상징하고 있다. 그 중에서도 일본은 가장 강대한 '주요 타자'에 해당한다. 동시에 동북지역의 영토와 주권을 장악한 일본은 나머지 세 곳을 위협하는 '공동의 타자'이기도 하다. 그런데 이 소설에서는 '주요 타자에 대한 은유적 글쓰기'와 '중국 자신에 대한 무성의한 묘사'가 상호 상승작용을 일으키는 가운데, 이차적 타자로 하여금 주요 타자를 비판하게 하는 특수한 묘사전략을 채택하고 있다. 따라서 이러한 '대리적 서사' 속에서, 소련인과 조선인 등 이차적 타자의 운명에 대한 묘사와 이미지 구성은 주제의식을 전달하는 운반책의 역할을 맡고 있다. 이렇듯 다사다난했던 격동의 시기는 일부 만주족작가를 포함한 상당수의 중국인작가(당시 '만주문단'이라고 불렸던 '만주계열 작가')들로 하여금, 국제사회를 바라보는 거시적 시각에서, 동북아사회에 공동 거주하는 복수의 타자들의 현실을 재평가하도록 했다. '만주의 타자'라는 알레고리는 새로운 식민정권에 대한 배척과 비판을 전달한다. 또한 그것은 강대국 간의 경쟁이라는 틈바구니에 끼어, 민족국가에 대한 강한 열망과 국가라는 틀에서 벗어나 사회주의국제연맹의 가능성을 찾고자 하는 동북지역 인민들의 고민을 잘 보여주고 있다.[14]

물론, 정치경제 분야에서 벌어지는 세계적 경쟁과 각축에 민감하게

---

14) 柳書琴, 「'滿洲他者'中的新朝鮮人形象」, 『韓中言語文化研究』 21輯(서울 : 韓國現代中國研究會, 2009年 10月), 185~214쪽.

반응하는 것은 하얼빈이라는 국제도시의 특수성과 관련이 있다. 만일 하얼빈이 없었다면, 이러한 서사전략도 등장하지 않았을 것이다. 정치 영역뿐만 아니라 경제영역에서의 분석도 당시 하얼빈서사의 핵심 소재였다. 식민주의와 전지구화는 민족, 권력, 자본의 초국적 공간포석이다. 특히, 동북지역에서 이러한 포석을 가능케 한 것은 바로 철도이다. 따라서 철도는 소설 속에서도 항시 대표적인 랜드마크이자 도시의 상징으로 등장하곤 했다. 철도를 통해 식민도시의 이국정조와 사회모순을 형상화하고, 국제 거류민들의 빈번한 왕래와 초국적 자본의 경쟁 같은 복잡한 사회경관을 표현했다. 단순한 장면이나 배경으로 나오든 아니면 아주 디테일하게 묘사되던지 간에 이러한 철도에 대한 묘사는 종종 부유한 외국인거류지, 가혹한 공장노동, 궁색한 하층민의 생활 혹은 감옥에 있는 반체제인사 등의 묘사와 연동되어 등장한다. 물론 여기에는 식민주의와 민족주의에 대한 강한 비판과 날카로운 은유가 담겨 있다. 수췬 외에도, 탕징양(唐景陽), 루어펑(羅烽), 바이랑(白朗), 샤오쥔(蕭軍), 샤오훙(蕭紅), 천디(陳隄) 등 수많은 북만주작가들이 하얼빈을 묘사했다. 특별히 지연적 연고가 강해서인지, 하얼빈에 대한 이들의 관찰은 특히 날카로웠다. 그리고 그 안에는 수많은 애증이 교차하고 있다.

'만주국'의 경우, 건국 초기에는 하얼빈에 대한 장악력이 크게 떨어졌다. 그도 그럴 것이, 하얼빈은 지역적으로도 북쪽국경에 위치해 있는데다가 소련을 비롯한 여러 나라의 각축장이기도 했기 때문이다. 하얼빈에서 좌익문화세력이 활개를 칠 수 있었던 것도 바로 이 때문이었다. 1935년 이전까지만 해도 '만주문단'에서 비판적 목소리가 가장 높았던 그룹은 북만주작가들이라 할 수 있다. 1933년에서 1934년 사이에, 샤오쥔은 거듭해서 잘려나간 이 도시의 권력화된 도시공간과 계급

화된 민족관계를 처음으로 묘사한 작가이다. 자전적 색채를 띠고 있는
「심지(燭心)」는 철도, 공장, 청년실업을 소재로, 제국주의와 외래자본이
동북사회에 조성한 분열과 착취, 그리고 지식인사회의 발전공간에 대
한 압축을 감칠 맛나게 그렸다. 빈곤한 '다오와이'에서 부유한 '난강'
으로 올라간 주인공은 분노에 찬 눈으로 자신의 이상을 기탁한 하얼
빈이란 도시를 내려다본다. "언덕 위에는 하얼빈에서 만주, 모스크바,
블라디보스토크 방향으로 뻗어 있는 철길이 깔려 있다. 하지만 송화강
위를 가로지르는 그 철교를 지나야만 한다. 그 다리가 과거에 얼마나
많은 사람들의 생명과 피땀을 앗아갔는지 아무도 모를 것이다." "네가
만일 그 언덕 위에 잠시 머물러 있노라면, 하얼빈에는 서로 다른 두
개의 세상이 존재하고 있음을 알게 될 거야!" 샤오쥔의 눈에, 자신의
발밑으로 보이는 철도와 공장들은 마치 '거대하고 날카로운 검' 옆에
잔뜩 놓인 '작은 칼들'이 일거에 덤벼들어 난도질하는 것처럼 보였다.
또한 중국인의 피와 땀이 서려 있는 그 은빛 반짝이는 중동철도는 부
유한 지역과 가난한 지역을 갈라놓고 있고, '부유하고 우아한 외국인'
과 '과도한 노동과 실업에 허덕이며 이곳저곳을 전전하는 중국인' 사
이에 민족적 서열을 만들고 있다. 외국계 공장은 저임금의 노동자들을
집어삼키고 있고, 기계의 굉음은 '슬픈 장송곡'과도 같다. 여기저기서
들리는 식민의 소음과 잡음은 식민도시를 맴도는 주선율을 구성하고
있다.15) 근대적 설비와 산업에 있어 일정정도의 발전을 이룩한 이 도
시가 오히려 작가의 눈에는 '남은 칼과 도마이고, 자신은 어육이며'16)

---

15) 三郎·悄吟, 『跋涉』(哈爾濱 : 五日畫報印刷社, 1933年 10月), 13~46쪽. 원작은 1932
   년 12월에 쓰였다.
16) 이 구절은 남에게 모든 주도권을 빼앗긴 채, 자신은 그저 당하기만 하는 신세를
   표현한 것으로, 『史記·項羽本紀』에 나온다.(옮긴이)

'부자는 항상 부자이고, 가난한 사람은 갈수록 가난해지는' 한 폭의 계급사회 그림으로 비쳐졌던 것이다.

만주의 남북을 관통하는 중동철도는 중국, 러시아, 유럽, 조선의 철도와 연결되어 있다는 점에서, 제국주의 공간과 권력이 확장되는 통로(Channels)라 할 수 있다. 한편, 반식민/준식민 도시는 초국적 자본・기술・인원이 주입되는 핵심요지이고, 외국계 회사는 자원의 집산・생산・가공의 창고이다. 제국주의 경제는 현지사회의 빈곤화를 야기했고, 초국적 자본과 식민정치의 결합은 민족/계급/공간의 통제네트워크를 공고하게 해주었다. 이러한 의제들은 샤오쥔의 또 다른 소설에서 보다 세밀하게 관찰되고 있다. 「하등인(下等人)」의 주요 무대는 난강의 번화한 시내 한가운데 위치한, 미국자본가가 경영하는 라디에이터 제조공장이다. 철공노동자들은 매일같이 빈민가에서 쏟아져 나와 "자신들이 갖고 있는 '힘'을 모두 공장에 쏟아 붓는다." "큰 톱니바퀴가 작은 톱니바퀴를 맞물고 돌아가듯, 그 널찍하고 반짝거리는 컨베이어벨트는 밤낮으로 쉼 없이 사람들의 고혈을 짜내면서 처량하게 돌아가고 있다." "그러한 고혈"들이 주조해낸 제품들은 상등인의 세계로 보내진다. 공장 밖에 우뚝 솟아있는 빌딩이나 예배당, 번화가 등지에 살고 있는 신사, 아가씨, 부인 그리고 "돼지처럼 뒤룩뒤룩 살이 찐 러시아 노부인들"에게 제공되는 것이다. 노래와 춤이 울려 퍼지는 '상등인'의 빌딩 아래에서, 경찰들은 하루 온종일 먹을 것도 입을 것도 없는 거지들을 쫓아내기에 여념이 없다. 탄식과 절규가 뒤섞인 울부짖음 속에서, 철공노동자 '위스(于四)'는 "이런 철관(鐵管)의 이익을 누릴 수 있는 사람들은 과연 누구인지" 잘 알고 있다. 그러나 공장 안에서 행해지는 초과근무, 소년공문제, 돌연사, 기계에 사지가 끼거나 철 분진을 흡입하는 등의 뜻하지 않은 사고나 노동재해, 정치적 노동자에 대한 탄압 등은 "라디에이터가 있는 집에 살고 있는 사람들"로서는 한 번도 생각해 보지 않은, 그들과는 전혀 상관없는 일들이다. 그 어느 누구도 "이 평범한 파이프 하나에 그 같은 피어린 이야기가 숨어 있는지"[17] 모를 것이다.

「하등인」은 계급화(hierarchies)된 사회의 자본과 권력의 관계를 통찰했다. 구체적으로, 이 소설은 중국노동력→외국계 공장→상류층의 소비→미국자본이란 하나의 사이클을 보여준다. 또한 외국자본의 침략과 착취가 지배하는 경제체제가 어떻게 식민정치체제의 배려와 안배(경찰정치, 노동운동탄압, 사상검열)에 힘입어 더욱 견고해지고 고착화되는지를 밝혀주고 있다. 상품은 상층으로 집중되고, 자본은 밖으로 유출되는 과정 속에서, 전통사회의 영역은 파괴되고, 본토주민의 계급은 추락했다. 외국자본과 일본식민체제의 공생, '만주국' 중국경찰의 동포에 대한 멸시, 중국과 러시아 노동자들이 연합하는 국제주의적 움직임 등은 식민체제와 세계자본의 중층적인 합종연횡이 어떻게 민족국가의 주권, 국경, 경제체제, 윤리의 붕괴를 가져왔는지를 거듭해서 보여주고 있다. 「심지」에서의 네트워크화 된 자본의 배치와 「하등인」에서의 직선적 자본출입 현상은, 모두 철도, 공장, 도시공간으로 체현되는 식민통치와 초국적 자본이 어떻게 인간의 일상생활과 사회조직, 제도, 자본, 윤리 등을 '지역─세계'라는 축선을 따라 새롭게 규정하고 재조직하는지를 잘 일깨워주고 있다.

국가판도의 분열, 국제세력의 등급구분, 도시공간의 구획, 국족(國族) 윤리의 파열은, 하얼빈서사 속에서 거의 동의어로 작용하고 있다. 또,

---

17) 三郎・悄吟, 앞의 책, 117~140쪽. 원작은 1933년 8월에 쓰였다.

난강의 강철공장에서 나는 기계 돌아가는 소리, 굴뚝에서 나는 검은 연기, 머리에 수건을 두른 막노동꾼들은 하얼빈의 어둡고 암울한 도시의 그림자를 상징한다. 수잉(殊瑩, 陳隄) 역시 일찍이 난강에 있는 어느 공장을 무대로, 계급투쟁의 색채를 띠고 있는 이른바 복수소설(復讐小說)을 쓴 적이 있다. 이 소설에서, 자산계급과 노동대중은 이동과 폐쇄, 착취와 빈곤의 현격히 다른 두 개의 세계를 형성하고 있다.[18] 난강의 번화가 중심 끄트머리에 위치한 추린양행(秋林洋行) 부근을 경계로, 노동력을 파는 이들은 여러 다른 지역에서 쏟아져 나오고 쏟아져 들어간다. 매번 '지옥과 천당을 오가야 하는' 여정이기는 하지만, 그들은 오히려 가난하면 가난할수록, 일하면 일할수록 불행해져만 가는 '생지옥'으로 한걸음 한걸음씩 빠져 들어간다.

'다오와이-난강'의 도시공간은 '지옥-천당'이란 식민사회계급에 대한 은유이다. 루어펑의 「불구자(殘廢人)」에도 다음과 같은 대목이 나온다. "난 이 거리를 좋아한다. 고귀하고 어여쁜 아가씨에게 마음을 빼앗긴 어느 가난뱅이의 바보 같은 사랑처럼 말이다. 난 아무래도 상관없다. 난 내 자신이 그럴 자격이 있는지 없는지 애써 생각하지 않으련다. …… 난 우선 그 번화한 거리 동쪽 끄트머리에 작은 방 한 칸을 얻었다. 눈 깜짝할 사이에 삶이 변했다. ……눈앞이 해맑고 드높은 하늘로 확 바뀐 느낌이다. 세상이 온통 다른 세계로 변한 것 같다. 바람마저 그윽하다." 그러나 그는 공간은 뛰어넘을 수 있을지 몰라도 민족/자본/계급에 따른 신분의 장벽은 극복할 수 없다는 것을 조금씩 깨달아간다. "난 그야말로 길 잃은 아이처럼 이곳저곳에서 쏟아지는 질시

---

18) 殊瑩, 「棉袍」, 梁山丁編, 『燭心集』(瀋陽 : 春風文藝, 1989年 4月), 74~97쪽. 원작은 『北師校刊』 新年號(1935年 1月)에 발표되었다.

와 냉대에 시달려야 했다. 이 드넓은 시가지는 나를 아주 왜소한 존재
로 만들어버렸고, 길 양쪽에 가지런히 늘어서 있는 무성한 백양나무는
날 아주 더러운 놈처럼 보이게 했다." 결국, 그는 "아무래도 '지옥'으
로 다시 돌아가는 게 좋겠어! 나에게 있어 천당은 너무 어울리지 않
아!"[19]라고 선언하듯 말한다. 식민주의차별담론은 빈부가 분리된 도시
공간을 통해, 물질주의적이고 서방 중심적이며 식민종주국 중심적인
편협한 근대의식을 식민지인의 몸과 정신 그리고 골수 깊숙이 주입시
킴으로써, 본토주민들에게 착오나 혼동, 자기비하 같은 욕망의 상실과
인식의 혼란을 가져왔다. 바이랑의 소설 「바퀴 밑(輪下)」[20] 역시 하얼빈
시청이 '만주국의 하얼빈 도시계획'에 따라 송화강 홍수로 재난을 당
한 난강 저지대 난민촌을 강제 철거함으로써 촉발된 경찰과 주민 간
의 대규모 유혈충돌사건을 중심으로, 외래중심주의와 부조화의 성격을
띤 이지(離地, dis-place)적 도시에 대해 비판을 가하고 있다.

식민주의전지구화에 대한 북만주작가들의 관찰은 국가주권의 퇴화,
초국적 자본의 포진, 자원/노동력의 착취, 공간의 재구성 등으로 표현
되었다. 더불어 이들 작가는 파시즘의 억압과 외래지식패권 등의 문제
를 함께 지적했다. 루어펑의 「만주의 죄수들(滿洲的囚徒)」을 보면, 난강
의 교통요지라고 하는 다즈제(大直街)에 위치한 하얼빈대일본영사관감
옥에서 각국 좌익분자들에 대해 박해하는 장면이 나온다. 탕징양의 「구
류범-하얼빈에서(寄押犯-在哈爾濱)」에서는, 일본경찰서, 헌병대, 경찰청
특무과(特務課) 등에서 압송되어 온 정치범이나 사상범들이 하얼빈특구

19) 羅烽, 「殘廢人」, 『橫渡』(長沙 : 商務印書館, 1940年 8月), 97~98쪽. 원작은 『現實文學』
   1(1936年 7月)에 발표되었다.
20) 白朗, 「輪下」, 張毓茂(主編), 『東北現代文學大系・短篇小說卷 (上)』(瀋陽 : 瀋陽出版社,
   1996年 12月), 516~543쪽. 원작은 1936年 9月 『文學界』에 발표되었다.

법원구치소에서 재판도 제대로 거치지 않고 그 자리에서 처결되는 모습을 다루고 있다. 샤오훙(蕭紅)의 「손(手)」은 염색공장의 소녀가 도시에 있는 중학교에서 교장을 비롯해 여러 자산계습 여학생들의 질시와 배척을 받는 장면을 통해, 여성, 지식, 계급, 식민체제의 상호관계를 탐구하고 있다.[21)]

식민지 대도시는 전지구적 생산네트워크 상에서, 각종 권력, 자본, 종족, 종교, 생활형태 등이 확산(diffusion)되는 핵심요지이다. 그리고 철도, 국책회사, 다국적은행, 공장 등은 자본, 기술, 인력이 이동(movement)하는 중요경로(channels)이다. 하얼빈 도시서사 중에는, 국제대도시 하얼빈이 민족국가체제로부터 떨어져 나와 전지구적 경제네트워크에 결박되고 연결되면서 복수의 식민체제로부터 침입을 당하고 설상가상으로 이로 인해 유발되는 각종 곤경에 대해 관심을 기울였던 작품들이 꽤 존재했다. 그 원인을 따져보면, 대다수 북만주작가들이 제3인터내셔널(코민테른)이나 중국공산당을 지지하거나 직접 참여했고, 그들 대부분이 사회주의사상을 가지고 있었기 때문일 것이다. 그래서인지 그들은 자본의 문제에 특히 민감했다. 그러나 무엇보다도 그 원인은 그들 자신이 처한 식민도시 전지구화에 대한 직접적인 체험에서 비롯되었다. 도시서사에서 핵심도시로 표현되는 지역의 반응은 언제나 항일민족주의나 계급투쟁이란 범주에만 국한되어 독해되었고 그에 반해 전지구화 비판이란 내함은 줄곧 소홀히 다루어져온 게 사실이다. 사실, 북만주작가의 비판적 관점은 주로 세계체제 속의 제국/식민지 위계화 현상,

21) 羅烽, 「滿洲的囚徒」, 『羅烽文集(5) : 未了篇集』(瀋陽 : 春風文藝, 1994年 12月), 19~161쪽. 원작은 1934년 6월에 완성되었다. 唐景陽, 「寄押犯─在哈爾濱」, 『唐景陽小說選』(瀋陽 : 春風文藝, 1998年 3月), 86-91쪽. 원작은 1937년 1월에 완성되었다. 蕭紅, 「手」, 『東北現代文學大系·短篇小說卷 (中)』, 994~1010쪽. 원작은 『作家』 1 : 1(1936年 4月)에 실렸다.

주권의 파괴 및 국가기능의 퇴화에 집중되어 있었다. 그러나 그렇다고 해서 단지 식민지 민족모순(식민종주국/식민지)이나 본토사회 내부모순(자산계급/무산계급)에만 국한되어 있던 것은 아니었다.

3. 미당창고(米糖倉庫)에서 남진기지(南進基地)로 - 타이베이

제1차 세계대전 이후, 일본은 독일령 남양군도(南洋群島)의 위임 통치권을 획득했다. 이를 계기로 일본은 '남진'의 실질적 발전기에 진입할 수 있게 되었다. 그러나 일본의 남방경략은 상당기간 경제침략을 원칙으로 하고 있었다. 무력을 바탕으로 한 적극적인 경략은 '남방문제'가 국책에 포함된 1936년 8월이 되어서야 비로소 가능했다. 이는 1931년 매우 급진적인 방법으로 동북지역을 침략한 것과는 다르다. 남진과 북진의 시간적 차이와 상이한 패턴으로 인해, 타이베이와 하얼빈이 감당해야 했던 변화에 대한 압력과 사회적 충격에는 정도의 차이가 존재했고, 본토작가의 관찰과 비판에도 차이가 발생했다.

'남진기지화(南進基地化)'가 타이완에 끼친 영향이 정치적으로 가장 잘 표현된 것이 바로 황민화이다. 반면, 경제적인 면에서는 지역 간 경제적 분업, 초국적 식민자본의 포진, 제국의 경제통제방식, 타이완 중점산업의 조정 등과 관련이 있었다. 그러나 어쨌든 궁극적인 목표는 '남방공영권(南方共榮圈)'의 건설이라는 문제였다. 남방공영권과 동아시아공영권은 식민계획경제의 시행과 통제경제의 철저한 관리를 원칙으로 했다는 점에서 동일하다. 또 양자 모두 제국의 무력을 배경으로 아시아국제경제의 분업체계를 추구했다는 점에서도 유사한 점이 있다. 한마디로, 블록경제 형성에 있어 무력침략이 전제가 되고 있는 것이다. 정치군사적 수단과 전쟁으로 인해 급격하게 축적되기 시작한 자국의 자본을 동원해 일본경제체제의 체질변화를 시도하는 것은, 일본이 1930년대 경제위기를 극복하는 핵심전략이었다.22) 1937년 중일전쟁이 발발하면서 타이완산업은 변화되기 시작했다. 1931년부터 1937년 사이에 공업생산액이 비약적으로 성장한 '북진기지' 조선을 모델로, 농업경제와 원료가공을 기초로 하는 공업화가 강제적으로 시행되었다. 1940년 7월에 발표된 <기본국책요강(基本國策要綱)>에는 '대동아공영권' 구상이 처음으로 포함되었다. 이를 바탕으로, 타이완총독부는 타이완을 남방의 작전기지로 만들겠다는 기획 하에, 군수공업을 추진하기 시작했고 남방의 원료를 1차 가공해 일본으로 보내는 역할을 했다.

이렇듯 새로운 전략구도 속에서 타이완의 위상과 역할은 재조정되었다. 즉, 수십 년간 '미당창고(米糖倉庫)'로서의 역할을 부여받았던 타이완의 사회경제체제는 구조조정이라는 새로운 현실에 직면하게 된 것이다. 이러한 변화양상은 1930년대 전반기에 그 조짐이 일부 보이다가 후반기에 들어 보다 명확해졌다. 타이완과 남양을 잇는 관문이라 할 수 있는 가오슝(高雄)에 항구가 건설되면서, 가오슝에는 비철금속산업, 화학, 철강, 기계 등 군수산업이 덩달아 발전하기 시작했다.23) 30년대 중반 이후에는 군부, 총독부, 국책회사가 손잡고 타이완, 남지나, 남양의 산업적 분업과 생산의 순환을 추진했다. 1936년에는 남진정책을 구체화할 목적으로, 타이완을 중심으로 한 화남·남양 세력권을 구축했다. 여기에는 중일전쟁과 태평양전쟁으로 중국남방, 필리핀, 영국령 말

---

22) 林繼文, 『日本據台末期(1930~1945)戰爭動員體系之硏究』(臺北 : 稻鄕, 1996年 3月), 41~43쪽.

23) 蕭釆芳, 『1930年 代後期的高雄港與軍需工業』(中正大學歷史硏究所碩士論文, 2008年 7月).

레이시아, 북보르네오, 수마트라, 셀레베스, 순다열도 등지에까지 사업
적 손길이 깊숙이 미칠 수 있었던 「타이완척식주식회사(臺灣拓殖株式會社)」
와 그것이 경영하는 방대한 군수산업과 항운업이 큰 역할을 했다.[24]
원래 제국의 해외확장은 이른바 '선북후남(先北後南)'을 근간으로 했다.
이 때문에, 타이완은 1930년 이전까지만 해도 북방지역이 필요로 하는
미당경제가 중심이었다. 그러나 이렇게 형성된 '제국-식민지'의 남북
체계는 남진정책이 구체화되면서, 타이완과 남방 주변지역이 다각도로
상호 연동하는 지역패권다툼에 귀속되었다.

지역전략을 통해 식민지산업의 업그레이드를 강제하는 단절적 전환
이 미처 정책으로 구현되기도 전에, 일본은 이미 1930년대 초부터 전
쟁준비를 위한 산업적 조정과 배치를 서두르고 있었다. 또한 30년대
중반부터는 할양 이전의 타이완/중국의 관계망 그리고 1935년 이전의
타이완/일본의 연계망에서 벗어나 점차 타이완/남방권의 네트워크 속
에서, 타이완인의 지역감정과 지연네트워크를 구축하고자 했다. 한편,
타이완지식인들은 타이완박람회의 선전과 교화를 통해, 민족경제의 모
순과 블록경제의 압력 뒤에 숨겨진 그 심후한 제국주의 전지구화 위
협에 대해 훨씬 더 깊이 체감하게 되었다.

당시 타이베이 도시서사의 핵심적 기호는 '공간의 경이로움(space
surprise)'이었다. 그러나 이것은 결코 일반적인 도시화 현상의 결과가 아
니었다. 그렇다고 근대성에 대한 예찬은 더 더욱 아니었다. 전술했다
시피, 이에 대해서는 중일전쟁뿐만 아니라 제2차 세계대전이 일어나기
전, 제국주의 열강들이 채택했던 전략적 배치가 조성한 공간정치 및

---

24) 張靜宜, 『台灣拓殖株式會社與日本軍國主義』(成功大學歷史學系博士論文, 2003年 6月) ;
   蕭明禮, 『戰爭與海運－戰時南進政策下台灣拓殖株式會社的海運事業』(暨南國際大學歷史
   學系碩士論文, 2004年 6月).

경제포석 등과 연관 지어 생각해야만 한다. 총력전 이전의 정치경제적 조정은 남방의 지정학적 변화를 초래했고, 이러한 변화는 공간 및 정체성의 재구성을 가져왔다. 초대형 공공행사라 할 수 있는 타이완박람회는 민중의 대대적인 타이베이 이동을 부추겼다. 그것은 마치 '성지순례'와도 같은 도시관광의 열풍을 가져왔다. 이러한 현상은 타이완민중 일반에게 신체감각기관을 통해 식민도시의 이미지를 내면화하고 제국의 지리를 표준화하는 경험을 갖게 했다. 수도 타이베이에 와보았다는 것은, 그것이 설령 보잘 것 없는 공간 재구성의 체험이라 할지라도 무한한 확장성을 갖기 마련이다. 다시 말해, 당시 사람들의 사회의식 안에 상상력과 허구성으로 가득한 근대적 동경과 도시에 대한 동경 그리고 제국의 원대한 포부와 세계에 대한 이미지를 주입할 수 있었던 것이다. 이로 인해 형성된 이미지는 식민지적이면서 제국적이고 또 지역적이면서 전지구적인 것이다. 또한 여기에는 타이완인들이 세계를 인식하는 특정한 입장 및 평가 그리고 기대가 담겨 있다. 뿐만 아니라 여기에는 제국의 지역팽창에 대한 상상과 제국의 계층적 세계관에서 탈피하지 못한 채, 그것을 그대로 받아들이고 복제해야만 하는 타이완인의 숙명이 자리하고 있다. 이밖에도 이러한 현상이 가져온 두드러진 변화는, 타이완 인민들로 하여금 향토의식이나 민족국가 같은 기존의 공동체의식에서 점차 벗어나 경계를 특정할 수 없는 '남방공동체'나 '동아시아사회' 같은 모호한 상상을 하도록 했다는 점이다.

타이베이의 근대적 공공공간의 등장과 도시생활형태의 변화가 소설에 반영되기 시작한 것은 1930년대 초였다. 그러나 정작 타이베이서사가 절정에 달한 시기는 1934년에서 1936년 사이였다. 반복적으로 묘사되고 있는 물질적 환경과 인문적 경관은 근대적 공간 특유의 경이로움을 지속적으로 전달해줌으로써 사실상, 도시묘사의 공통적 배경과 부품이 되었다.[25] 도시에 대한 이런 집단적 인상이나 경이감은, 박람회 기간 중의 타이베이 경관에 대한 포장과 미화 그리고 공간정치의 조작과 절대적 관계에 있다. 1933년 10월 타이베이 문예청년을 중심으로 결성된 비판적 리얼리즘 성격의 '타이완문예협회' 작가들은 타이베이 도시서사의 핵심 그룹이었다. 이 집단은 전 단계 문학운동이 지나치게 봉건성에 대한 비판에 편중되었던 것에서 벗어나 대외적으로 시대의 다원적 경향을 구체적으로 파악하고 이를 바탕으로 '타이완신문학의 출로'를 모색해야 한다고 주장했다. 핵심성원인 주디엔런(朱點人), 왕스랑(王詩琅, 王錦江), 쉬충얼(徐瓊二), 궈추성(郭秋生, 芥舟) 등은 당시 문단의 주류였던 농촌 제재를 의식적으로 거부하고 대신에 도시현상에 대한 분석과 묘사를 '건설적이고 창조적인 문학'의 실천전략의 하나로 삼았다.

주디엔런의 소설 「가을편지(秋信)」는 박람회관람을 이야기의 배경으로 해서 타이완의 사회, 산업, 교육, 국민의식 등의 변화양상을 들여다보고 있다. 그는 식민지의 물적 토대 건설과 공간 재구성이 '역사화'됨을 깨닫는 바로 그 순간에 식민지인들이 겪었던 식민지근대성의 충격과 그에 따른 민족정체성·역사기억·신체감각기관의 중층적 상실감을 그렸다. 15년 만에 타이베이를 찾은 노수재(老秀才)의 눈에 처음 들어온 것은, 과거 청나라 때 지은 타이베이공회당이었다. '타이완산업의 약진'이란 슬로건 하에서, 타이베이의 모든 도시경관, 인문풍격, 사회기능, 집체기억 등은 일본제국의 시공간과 기능 안으로 편입되어 있었

---

25) 가령, 도시건축, 직선대로, 버스, 각종 차량, 네온사인 광고간판, 도시의 불빛, 모던 걸, 밤 문화, 백화점, 쇼윈도, 나이트클럽, 카페, 유성기, 영화, 유행가, 문학청년, 야간버스, 샐러리맨, 직업여성, 도시하층민 등등이다.

다. 기억 저 편에 숨어 있는 문화의 잔해들은 신흥의 공공공간과 그 공간에 전시된 신세계의 경관들과 조우하게 되면서, 삽시간에 산산조각이 나버렸다.26) 사실, 천팡밍(陳芳明)이 '근대화의 가면'27)이라 지칭했던 이 고도의 상징성을 갖춘 식민공간의 재구성이 가져다준 충격이야말로 강제적인 '식민주의 다문화(跨文化, cross culture)' 하에서의 굴곡진 지방역사이다.

쉬충얼의 산문 「도도의 근대적 풍경(島都の近代風景)」28)은 박람회 홍보를 위해 파견된 특파원의 보도를 통해 비관방의 관점을 전달해주고 있다. 버스를 타고 도시를 순례하는 가운데, 기자인 '나'가 제일 먼저 묘사한 것은 상하이 신감각파와 유사한 도시의 실루엣들이었다. '하이힐-립스틱-It-추파-주마등-네온사인-카페-유성기-남자-여자-두 사람, 세 사람, 한 무리의 사람들-완만한 발걸음, 날랜 발걸음-변화무쌍함, 시끄러운 소음. 그러나 뒤이어 등장하는 나이트클럽, 카페, 거리의 인파, 문학살롱 심지어 도시노동자의 모습을 통해, 그는 근대도시가 결코 근대가 아니라는 사실을 지적했다. 상류층이 소비와 향락에 빠져 있는 동안, 노동계급은 온갖 고통을 감내하며 사회밑바닥에서 힘겹게 살아가고 있다. "도도의 근대적 풍경 속에는 거대한 비장함이 서려 있다. 그래, 비장, 비장함이다! 그것도 거대하고 웅장한 비장함이다. 그것이 거대하게 서 있다." 그의 눈앞에 펼쳐진 화려한 불빛과 요란한 소리 그리고 갖가지 상품만으로는 침체되고 몰락한 타이완사회의 본질, 갈수록 심각해지는 시민생활의 곤경, 도처에서 일어나는

---

26) 朱點人, 「秋信」, 『朱點人・王詩琅合集』(臺北 : 前衛, 1991年 2月), 225~237쪽. 원작은 『臺灣新文學』 1 : 2(1936年 3月)에 실렸지만, 당국에 의해 삭제되었다.

27) 陳芳明, 『殖民地摩登 : 現代性與台灣史觀』(台北 : 麥田, 2004年 6月), 53~56쪽.

28) 徐瓊二, 「島都の近代風景」, 『第一線』(1935年 1月), 112~118쪽.

계급모순과 자본주의 퇴화현상을 가릴 수 없었던 것이다.

왕스랑(王詩琅)은 여기서 한 발 더 나아가 타이베이의 각종 암울한 모습들을 그려내었다. 「밤비(夜雨)」는 타이핑딩(太平町)을 무대로 한 소설이다. 이 작품에서 독자들의 시선을 잡아끈 것은 무엇보다도 화려한 불빛을 자랑하는 도시의 야경이다. "휘황찬란한 전등불빛은 점차 그 위용을 뽐내며 태양을 대신해 세상을 지배코자 했다." 타이베이는 30년대부터 점차 도시의 조명을 개선해나가기 시작했다. 공업화와 남진의 요충지이자 후방요새로 1934년 완공된 르웨탄(日月潭)수력발전소는 도시 타이베이에 풍부한 전력을 제공했다. 이른바 새로운 전력시대의 도래가 시작된 것이다. 박람회 개최로 인해 급증한 가로등과 조명등은 모던하고 화려한 도시공간을 더욱 돋보이게 했다. 그 결과, 1935년은 타이베이 역사에 있어 가장 밝고 화려한 해가 되었다. 이제 휘황한 시가지는 도시의 대표적 상징이자 민중의 집단기억을 형성하는 장소가 되었다. 그러나 작가들은 도리어 화려한 겉모습 이면에서 벌어지는 노동착취, 파업, 파업노동자에 대한 제재, 윤락녀로 전락하는 노동자의 딸 등 사회의 어두운 면에 주목했다. "양복차림의 청년, 장삼을 걸친 숙녀, 노동자, 신사, 자전거, 자동차, 인력거, 화물차…. 근대도시의 세포를 구성하는 이 모던한 풍경들은 침울하고 우울한 그에게는 한낱 마이동풍에 지나지 않았다." 노동자의 파업은 업주들이 이번 기회에 아예 일본 내지에서 대량의 '이주노동자'를 들여오는 바람에 참담한 패배를 맛보았다. 그러나 그 이면에는 "그가 느끼기에 뭔가 거대하면서도 밖으로 드러나지는 않는 책임자가 따로 있는 것 같았다."[29] 이주노동자의 관리와 대체, 노동시장에서의 민족경쟁에 대한 조장 등은 재벌이 본

---

29) 「夜雨」, 『第一線』 第1號(1935年 1月), 152~158쪽.

토의 노동쟁의를 탄압하는 중요수단이었다. 결국 이것은 탈경계화된 노동력시장에서 저임금의 악순환과 노동운동의 분열을 가져왔다.

노동운동이 와해된 데에는 복합적인 이유가 존재했다. 민족운동과 사회주의운동은 30년대 초, 몇 차례 대대적인 검거열풍을 거치면서 점차 쇠락해갔다. 아울러 1935년 11월에 치러진 타이완 최초의 지방선거를 통해 지방엘리트의 재편이 이루어지면서, 타이완 정치운동의 운명은 그야말로 경각에 달했다. 왕스랑의 소설 「몰락(沒落)」은 당시 타이베이사범학교에서 학생운동으로 퇴학을 당하자, 샤먼(厦門)으로 건너가 중학(中學)30)을 마치고 졸업 후에는, 다시 상하이대학에 입학했다가 타이완공산당에 참여하게 된 상하이 「타이완학생사회과학연구회」 회원들이 결국 전향하게 되는 과정을 다루고 있다. "만주사변을 전후해, 이 조그만 섬의 사회운동은 바람 앞에 등불처럼 일시에 사그라졌다. 개편과 동시에 지하로 숨어버린 타이완공산당도 태풍에 휩쓸려 깊은 바다 속으로 사라졌다. 그도 또한 검거의 소용돌이에 말려들고 말았다." 당시 상하이에서 국제사회주의운동과 연결되어 타이베이와 상하이를 오가던 그 의기양양했던 운동가들은 대부분 체포되지 않으면 부패와 타락으로 점철된 감옥 같은 침울한 사회 속에 스스로 갇히고 말았다. "좌익의 정통이라 하는 상하이대학파의 대표적인 투사들은 너나할 것 없이 이 홍등 밑에서 재회했다." 당시 한창 유행하던 모던한 옷차림의 그들은 카페나 베이터우온천(北投溫泉)31) 또 셔틀버스나 홍등가 등에 모여, 투옥되어 심문받고 있을 동지들을 말없이 걱정했다. 가슴에는 죄

---

30) 중국이나 타이완의 중학(中學)은 한국의 중학교와 고등학교를 합쳐놓은 것과 같다. 이를 구분하기 위해, 중학교는 '초중(初中)', 고등학교는 '고중(高中)'이라 칭하기도 한다.(옮긴이)

31) 일제강점기, 베이터우(北投)에 만들어진 일본풍의 온천.(옮긴이)

책갑을 한껏 안은 채 그렇게 진탕 취해 홍청거렸다.[32] 한편, 「갈림길(十字路)」은 총력전 이전의 마지막 화려함을 포착했다. 국방(國防)의 분위기가 날로 농후해져가던 무렵, "갑작스럽게 근대화의 길에 들어서게 된 이 신흥의 타이완인 시가지 다다오청에서, 지난 수년 동안 사람들의 눈길을 붙잡았던 것은 우뚝 솟은 마천루와 백주대낮처럼 시내를 밝혀주는 화려한 불빛들이었다. … 그들은 인파에 파묻혀 마치 빛의 물결과 전기의 바다 속에서 출렁이는 듯했다." '신정(新正)'을 며칠 앞둔 거리에는 온갖 화려한 상품들이 산을 이루고 있었고, 이바라(井原)백화점 쇼윈도 불빛 아래에서 한껏 뽐을 내고 있는 "일본제 중절모"는 "마치 아름다운 여인이 손을 흔들며 그를 유혹하는 듯했다."[33] 상류층의 소비를 목적으로 제공되는 제국의 상품은 본토의 월급쟁이들에겐 선망의 대상이었고, 좌익지식인들에겐 가치관과 신념에 심각한 도전이자 위기를 가져다주는 것이었다. 1931년 <금수출재금(金輸出再禁)> 정책이 실시되면서, 일본은 엔화의 평가절하라는 이점을 이용해 상품수출을 대폭 늘렸다. 여기에 <구역집단경제정책>까지 추가되면서 30년대 대(對)타이완 수출은 크게 증가했다.[34] 또 1933년 이후 일본자본이 대량으로 유입되면서, 군부와 혁신관료 그리고 신흥재벌들은 복합적인 경제집단을 결성해 본토산업에 대해 적대적 인수합병을 전개해나갔다. 남진정책이 유발한 초국적 경제활동이 점차 강화되는 속에서, '전향자'이건 일반시민이건 간에 너나할 것 없이 무역조류와 자본가치의 열차에 올라탔다. 자본주의적 욕망의 도시에는 사회운동의 입지전적 이력을 갖고 있는 고급 호스티스나 범람하는 제국상품 앞에서 정신을 차

---

32) 「沒落」, 『臺灣文藝』 2 : 8·9合併號(1935年 8月), 92~100쪽.

33) 「十字路」, 『臺灣新文學』 1 : 10(1936年 12月), 78~87쪽.

34) 林繼文, 『日本據臺末期(1930~1945) 戰爭動員體系之研究』, 42쪽.

리지 못하는 평범한 샐러리맨들까지 가세했다. 이렇듯 타이완 경제변
화의 갈림길은 바로 타이완의 사회적 가치와 지식인의 적응 및 전향
의 갈림길이었던 것이다.

타이완문화협회 성원을 빗대고 있는 라이밍훙(賴明弘)의 「마력(魔の力)」
은 타이완에서 학생운동을 하다가 퇴학당하기 직전에 일본에 유학을
갔다가 후에 학업을 포기하고 타이완민족운동에 투신하는 전형적인
운동권 학생을 통해, 1924년에서 1932년까지의 타이완 반대운동의 흥
기와 분열 그리고 궤멸에 이르기까지의 과정을 회고하고 있다. "당시
는 타이완의 사회운동가들이 그래도 합법적인 경로를 통해 매우 적극
적으로 두각을 나타내던 시기였다. 공회(工會, 노동조합)나 농민조직도 떳
떳하게 활동할 수 있었고, 정치색을 띤 합법적 문화운동단체들도 활발
한 활동을 펼칠 수 있었다. 또한 내지나 중국의 정세변화를 통해 시대
정신의 세례를 받은 젊은이들이 벌떼처럼 일어나 각 단체에 참여했던
것도 바로 이 시기였다."35) "8년 전은 바로 타이완이 가장 화려했던
시절이었다. 당시 T시 학생들의 동맹휴업은 일본 내지에 있던 린신산
(林信三)이 대학졸업을 1년 앞두고 급거 타이완으로 돌아와 문화단체에
투신했던 실제 상황과 분명 연결되어 있었다. 대학생 인재가 드물었던
당시에, 이러한 행동은 타이완 인민들에겐 믿기지 않을 만큼 놀라운
일이었다." 전심전력으로 운동에 참여했던 엘리트 '린신산'은 줄곧 급
진적인 최전선에서 활약했다. 1931년 타이완의 대대적인 검거열풍으로
치명적 타격을 받아 "타이완의 운동이 태풍이 휩쓸고 지나간 뒤의 고
요함처럼 사그라지게" 되면서, 린신산을 비롯한 많은 동지들도 대부분

---

35) 賴明弘, 「魔の力ー或ひは一時期」, 『臺灣新文學』 1 : 7(1936年 3月), 6~18쪽. 류꿰
    이즈(劉貴枝)의 번역문은 張雅惠, 「賴明弘及其作品研究」(台灣師範大學台灣文化及語言
    文學研究所碩士論文, 2007年 6月), 241-249쪽에 수록되어 있다.

체포되었다. '황웨메이(黃月美)'는 투옥된 지 석 달 만에 비교적 일찍 석방되었다. 그러나 동지들은 이미 뿔뿔이 흩어진 지 오래였고, 직장도 잡을 수 없었다. "그녀는 모든 걸 포기한 심정으로 샹쥬관(響酒館)의 문을 두드렸다. 그곳에서의 생활은 그녀로서는 일찍이 경험해보지 못했던 삶이었다. 그러나 그녀는 차츰 재즈, 술, 파운데이션, 립스틱 그리고 남자들의 싸구려 체취에 익숙해져가면서, 과거의 일들이나 지나온 길 따위는 점차 그녀의 머릿속에서 아련해져갔다." 린신산은 투옥된 이듬해 석방되었다. 비록 건강은 나빠졌지만 그래도 새로운 동지들을 경제적으로나마 돕는 일에 헌신했다. "그는 여전히 자신의 신념을 포기할 수 없다고 생각했다. 그러나 세상은 이미 완전히 바뀌어 있었다." 훗날, 그와 황웨메이 두 사람은 재회와 동시에 복잡한 불륜에 빠져들게 된다. 두 사람에게는 분명 계급이념이 잔존하고 있었지만 동시에 인도주의, 물질향락, 남녀애욕 속에서 흔들리고 있던 것도 사실이었다. 그래서 자신들의 방황을 청산하고 다시금 사회운동에 투신하는 것에 대해 분명한 결단을 내리지 못한 채 머뭇거릴 수밖에 없었다. 결국 그들을 무너뜨린 것은 정치적 압박이 아니라 전시준비사회에 만연되어 있던 말세적 분위기였다. 그리고 자본주의적 소비와 물질적 타성으로 가득한 총체적 사회변화가 이상과 신념 그리고 의지에 가져다준 질식과 부패였다.

그것이 좌익이든 우익이든 간에 식민지반대운동의 와해에는 보다 구조적인 경제요인이 작용했다. 1931년에서 1936년까지 타이완총독부는 경제공황에 따른 불경기를 이용해 기존의 미당경제에 대해 조절과 통제를 진행해나갔다. 미곡통제의 원칙은 일본산 쌀의 경쟁력을 강화해나가는 동시에 군수용 농작물의 확대를 방해하는 타이완의 미작을

억압하는데 있었다. 또한 제당업과 화학공업의 잠재력을 육성할 수 있
는 사탕수수 재배를 중심으로 공업화로의 전환을 꾀하고 동시에 상품
화를 목표로 소농경제 속에서 성장하고 있던 타이완 지주세력에 타격
을 가함으로써 정치사회운동 진영을 약화시키는데 그 목적이 있었다.
타이완의 미곡통제정책이 30년대 초의 금융제재수단에서 후기의 법령
제재수단으로 바뀌게 되면서, 미곡에 대한 독점은 점차 완성되어 나갔
다. 수출총량이 감소하고 대일 미곡수출가격이 하락하게 되면서, 타이
완의 지주와 농민은 점차 재정적 어려움에 처하게 되었다.[36] 이로 인
해 농민문제는 30년대 타이완문학의 핵심의제가 되었다. 왕스랑으로
추정되는 랑스셩(琅石生)의 소설 「어둠(闇)」[37]은 뜨내기처럼 타이베이를
떠도는 남부지방 출신의 실업자의 눈에 비친 다다오청의 실업자와 노
숙인의 모습을 통해, 타지 출신들의 참상과 도시의 빈부격차를 보여주
고 있다. 사실, 이것은 타이베이작가 외에도 다른 중남부 작가들의 주
요 의제였다. 가령, 천츄이잉(陳垂映)의 『난류와 한류(暖流寒流)』는 도쿄유
학생의 눈을 통해, 1931년에서 1932년 사이에 타이완 장화(彰化) 지역의
'토롱간(土壟間)'[38]이 일본재벌에 의해 '미곡산업조합'으로 대체되면서
쇠락하게 되는 과정을 그리고 있다.[39] 이 소설에서의 "타이완의 농촌
은 지금 붕괴와 쇠망의 직전에 있다."라는 절규는 양화(楊華)의 소설 「어
느 노동자의 죽음(一個勞働者的死)」에서도 그대로 메아리가 되어 울려 퍼

---

36) 林繼文, 앞의 책, 49~58쪽, 117쪽.
37) 「闇」, 『臺灣文藝』 2 : 2(1935년 2月), 56~63쪽. 이는 필자가 소설의 의제와 풍격
   에 근거해 추측한 것이다.
38) 타이완의 고리대금업을 겸한 정미업자를 말한다.(옮긴이)
39) 趙天儀・邱若山(主編), 陳垂映(著), 『暖流寒流』(豊原 : 臺中縣立文化中心, 1999年 11
   月), 49쪽. 원작은 1936년 7월 타이완문예연맹(臺灣文藝聯盟)이 출판하고 중앙서
   국(中央書局)이 발행했다.

지고 있다. 경제공황으로 더는 생계를 유지할 수 없던 어느 영세농은 몇 번의 우여곡절 끝에 간신히 도시의 철강공장에서 막일거리나마 찾게 된다. 그러나 이 역시 자본주의 착취라는 그물망에서 벗어날 수 없기란 마찬가지였다. 이처럼 빈농이 도시에 가서 비참하게 삶을 연명하는 이야기는 이루 헤아릴 수 없이 많다. 양셔우위(楊守愚) 역시 일찍이 "불경기가 날로 심각해지면서, 실직한 군인들은 홍수처럼 늘어만 가고, 타이완에서 굶주림과 배고픔에 울부짖는 사람들은 적어도 30만에서 50만은 족히 되리라!"40)라고 말한 적이 있다.

일본제국이 전쟁준비단계(1931.9~1937.7)에서 총력전단계(1937.7~1945.5)로의 전환을 통해 동아시아식민체제를 구축하는 과정에서, 식민도시는 새로운 역할을 부여받았고, 새로운 핵심지역으로 자리 잡았다. '만주국'의 수도 신징(新京, 長春)이 북만주도시의 핵심지역이었던 하얼빈의 위상을 흔들었던 것처럼, 타이베이도 남방확장이라는 구도 속에서 강제적 변화를 겪었다. 식민지작가들이 도시의 '빛'을 그린 것은 결국 도시의 '그림자'를 드러내기 위함이었다. 다시 말해, 도시서사를 통해 지정학적 변화와 정치경제적 변동에 따른 불안감을 표출했던 것이다. 작가들은 계획된 식민지 공간 속에 은폐되어 있는 정치·문화적 패권에 대한 통찰을 가지고 있었다. 따라서 도시의 샐러리맨, 룸펜 지식인, 하층계급, 농촌출신 노동자 등을 통해, 식민지 근대문명의 창백과 빈혈 그리고 본토의 도시와 농촌에 대한 초국적 식민자본의 전면공격을 가감 없이 드러내고자 했던 것이다. 남방공영체제의 핵심이자 기지로서의 타이완은 언뜻 보면 광활한 지역네트워크에 가입되어 있는 것처럼

---

40) 楊華, 「一個勞働者的死」, 『臺灣文藝』 2 : 2(1935年 2月), 136~142쪽 ; 楊守愚, 「瑞生」, 『臺灣新民報』(1930年 3月 29日/4月 5日).

보이지만, 실상은 또 다른 황민화정치와 통제경제라는 폐쇄적 공간에
갇혀있었다. 일본국책회사와 다국적기업의 침입, 식민통치의 요구에
따라 설정된 정치·법률적 체제 그리고 자본주의 상품의 향락적 가치
등은 본토사회가 가지고 있는 기존의 생산방식, 취락생태, 문화윤리
및 저항운동에 차마 헤아릴 수 없는 심각한 충격과 파괴를 야기했다.

4. 핵심도시와 지방담론

식민주의와 초국적 자본은 공간화라는 형식을 통해 구현되었다. 그
러나 이른바 핵심도시들은 서로 다른 층위에 놓인 탓에, 식민주의와
전지구화에 대한 체험과 인식에 있어서도 서로 다를 수밖에 없었다.
초국적 경제가 발달한 하얼빈에 몸담고 있는 북만주작가들은 식민체
제와 세계자본의 공모 그리고 공간구조와 정치경제세력의 상호 공고
화에 대해 보편적 통찰을 가지고 있었다. 그러나 타이완작가들의 경우
에는 그렇지 못했다. 타이베이는 국제화 규모에 있어서도 하얼빈에 미
치지 못했고 게다가 단일제국주의 통치하에 있었기 때문에, 다른 식민
세력과 외국자본에 대한 타이완작가들의 민감성은 자연히 떨어질 수
밖에 없었다. 또한 중층적인 제국주의 경쟁이 제공하는 활동공간과 비
판자원도 그들에게는 부족했다. 전반적으로 볼 때, 핵심도시에 대한
의식이 그 어느 때보다 강했던 1930년대에, 타이베이 도시서사에서 보
이는 국토의 분열, 민족 간의 계서구조, 도시이주민계층, 초국적 식민
자본에 대한 비판은 하얼빈작가의 그것보다 훨씬 뒤떨어졌다. 그러나
정치운동공간의 축소, 전략적 경제변화의 압력, 노동조건의 악화, 제국

상품의 덤핑공세, 반식민운동의 몰락, 농촌실업인구의 유입 등에 있어 서는 매우 깊고 치밀하게 그렸다.

식민강점 하에서 농업 중심의 주변사회라고 할 수 있는 동북지역과 타이완에서, 도시서사는 결코 현대문학의 주류가 아니었다. 오히려 전 통제도나 농촌의 곤경 등이 보다 더 관심을 받는 의제들이었다. 그런 데 어떻게 1930년대 초반에서 중반에 걸쳐, 하얼빈과 타이베이의 도시 서사가 그 질적인 면이나 양적인 면에서 공히 절정에 이를 수 있었던 것일까? 1935년 '시정40주년기념식'에서, 타이완출신의 '만주국' 외교 부장 시에제스(謝介石)가 대표의 자격으로 치사를 했다. 같은 해, 처음으 로 일본을 방문한 '만주국' 황제 푸이(溥儀)는 귀국 후에 '일본과 만주국 은 한마음 한뜻으로 단결·협력한다(日滿一德一心)'는 조칙을 내렸다. 도 시문학이 대거 등장하던 시기는 공교롭게도 만주사변, 만주국 건국, 북철양도(北鐵讓渡), 일만제휴(日滿提携) 등의 역사적으로 중대한 사건들로 인해, 1차 세계대전 이후 아시아를 둘러싼 열강들의 세력범위가 다시 쓰이기 시작한 시기와 일치한다.

만주사변에서 중일전쟁으로 이어지는 변환기는 하얼빈과 타이베이 가 고도로 발전한 시기였다. 그러나 동시에 두 도시가 전쟁준비단계의 투기적 경쟁에서 총력전단계의 통제경제로 이행하는 전환기이기도 했 다. 제국체제 속에서 핵심도시는 전환기의 격동에 가장 먼저 반응하는 최전방지대가 되었다. 전환기를 맞이한 두 지역에서, 도시는 단순히 이야기의 배경이 되거나 문예집단과 인쇄매체가 발달한 장소에 그치 지 않았다. 도시는 외래의 권력과 자본 그리고 사상이 주입되고 전파 되는 주요통로로서, 문예생산을 촉진하는 하나의 '동력(dynamics)'이기도 했다. 또한 도시는 무대이자 표현의 대상이었고 제재였다. 그리고 의

제서술과 형식표현에 중대한 영향을 끼치는 핵심요소이기도 했다. 한편, 이 시기에는 문자의 체계를 갖춘 비판적 지방주의담론이 드물기는 하지만 출현하기 시작했다. 따라서 순문학 영역이라 할 수 있는 도시서사 및 그 도시서사 형성과 관련된 농촌서사는 이러한 지방담론과 뒤섞여, 봉건농촌에 대한 비판과 통속적 도시서사 그리고 따라잡기 힘든 민족은유와 식민비평이란 역학구조를 만들어내었다.

하얼빈과 관련된 농촌서사 중에는 도시와 자본의 거대한 그림자가 숨어 있는 것도 있었다. 가령, 산딩(山丁)의 「산바람(山風)」은 외래자본이 대두(大豆)의 판매가를 임의로 조작함으로써, 본토의 양잔(糧殘)[41]에 막대한 손해를 입히게 되는 내용을 다루고 있다. 결과적으로 양잔의 주인은 타지를 떠돌고, 과계(夥計)[42]는 하루아침에 일자리를 잃는다. 이뿐만이 아니다. 농민은 토지를 잃었고, 장공(長工)[43]은 정처 없이 떠돌아다니는 신세가 되었다. 결국, 이 작품은 이러한 농촌몰락과정을 통해 외래자본의 횡포를 비판하고 있는 것이다. 소설에서, 「외국손님(외국매판) − 양방(洋幫, 寶隆洋行)[44]」이라는 외국상인집단과 「장공 − 당가(當家, 농가) − 동가(東家, 지주) − 전장(錢莊)[45]의 장궤(掌櫃, 지배인)와 외궤(外櫃, 영업직원) − 양잔의 주인과 과계」로 이어지는 지방의 생산판매사슬은 상층이 하층을 통제하고 지배하는 생산판매구조를 구성하고 있다. 다시 말해, 어떤 보이지 않는 검은손(외래자본)이 양잔의 검수(驗收), 전장의 대출, 동

---

41) 양곡도매상을 말한다.(옮긴이)
42) 점원을 가리킨다.(옮긴이)
43) 머슴을 말한다.(옮긴이)
44) 바오롱양행(寶隆洋行)은 영문으로 EAC 즉, East Asiatic Company를 가리킨다. 1897년 코펜하겐에 설립된 덴마크의 다국적 해운회사로, 1949년까지 중국시장을 무대로 활동했다.
45) 전장(錢莊)은 명나라 중엽 이후에 등장한 일종의 사설금융기관을 말한다.(옮긴이)

가의 토지대여, 농가의 대두상납, 장공의 농사재배 뒤에 숨어, 자금의
예금과 대출을 통해 원료와 시세를 조종했던 것이다. 가령, 지주는 땅
문서를 담보로, 농가는 연대보증을 통해 전장으로부터 돈을 빌렸다고
치자. 그런데 약정한 기일 안에 대두를 바치지 못했다면 시세에 따라
손실을 배상해야 한다. 만에 하나 수확기에 큰비라도 내려 시가가 오
르게 되면, 이를 기회로 양방은 우선 양잔을 통해 젖은 콩이 기준에
부합하지 못한다는 구실로 수매를 거부함으로써 시장의 민심을 혼란
시킨다. 그 다음에는 벌금을 요구하거나 땅문서 압류를 통해 압력을
가함으로써 투매를 유도한다. 그리고 마지막에는 그것도 모자라 악독
하게도 거기에서 다시 값을 후려쳐 형편없이 낮은 가격에 사들인다.
거의 사기나 진배없는 이런 갈취행태로 말미암아 양잔과 그 하부에
놓인 각종 업자들은 결국 파산지경에 내몰리게 되고, 본토의 경제체제
및 이와 연계된 촌락이나 가정 같은 공동체 역시 끝내 붕괴의 길로 접
어들게 되는 것이다.46) 소설은 외국계회사인 바오롱양행(寶隆洋行)을 대
상으로 하고 있지만, 사실 그 안에는 일본자본에 대한 은유와 비판이
들어있다. '만주국' 건국 훨씬 전부터 일본자본은 하얼빈의 두업(豆業)
을 마음대로 조종해왔다. 그 바람에 바오롱양행을 비롯한 외국자본의
항의를 받았고, 화상(華商)의 유방(油坊, 기름집)과 노동자들에게까지 막대
한 손해를 입혀 그 불만이 극에 달해 있었다.47)

---

46) 山丁, 「山風」, 『東北現代文學大系 · 短篇小說卷 (上)』, 247~254쪽. 원작은 1937년 『大同
報』 文藝版에 실렸다.

47) 1926年 일본회사인 스즈키상점(鈴木商店)은 남만철도(南滿鐵道)의 막후지지 속에
서, 1천만여 원의 자본으로 시장을 마음대로 조종했다. 또, 하얼빈의 화상(華商)
들이 운영하는 유방(기름집)까지 사들이는 바람에 30여 개의 유방이 문을 닫았
고 3,4천명의 실업자가 발생했다. 「日人壟斷哈埠豆業」, 『經濟界』(1926年 5月 24日,
第7版) 참조.

　미당경제를 목표로 하던 식민지 타이완사회가 남방공영권건설과 전
쟁동원에 따른 각종 요구에 새롭게 부응하기 위해서는 얼마나 많은
변화의 진통을 겪었을까? 1930년대 초・중반의 타이베이 도시서사와
동시기의 일부 농촌서사는 상호텍스트성을 지니고 있었다. 양자 공히
식민주의 지역포석이 야기한 압력과 압박을 반영하고 있다는 점에서
그렇다. 학자들의 지적에 따르면, 당시 몇몇 작품들에서는 이미 타이
베이 이외의 향촌지역을 다루는 가운데 경제와 사회가 점차적으로 해
체되는 현상을 잘 보여주고 있다.[48) 앞서 언급했던 '타이완문예협회'
작가들의 경우, 주로 도시에 관심을 가지면서도 동시에 도시현상과 향
촌문제의 불가분리성에 주목했다. 즉, 지주의 몰락, 농촌의 피폐, 무산
자가 되어버린 농민의 외부유출, 도시윤락녀로 전락해버린 시골여성,
다방/유흥업소의 발달, 일본상품의 범람, 식민지반대운동의 쇠락, 비판
적 지식인의 정신적 좌절, 샐러리맨의 권태와 퇴폐는 모두 긴밀하게
연관되어 있는 것이다. 주디엔런의 「안식일(安息之日)」은 바다 속 모래
알과도 같은 수많은 타이베이 실업자들을 다루고 있고, 궈추성(郭秋生)
의 「왕도향(王都鄕)」은 식민지근대화로 인해 노동기회와 최저생활보장
을 잃어버린 채, 기아선상에서 허덕이게 된 도시하층계급들이 "현대사
회는 더 이상 사람이 사는 사회가 아니야!"라고 외치며, "침해된 우리
의 생존권을 돌려 달라."고 요구하는 과정을 그리고 있다.[49) 또한 린웨
펑(林越峰)의 「도시에 간다(到城市去)」는 타이베이를 상하이에 비유하면서,
도시에 올라가 사는 농민들이 겪는 도회지의 풍상과 기아를 그려내고

---

48) 星名宏修(著)/莫素微(譯),「從一九三〇年 代之貧困描寫閱讀複數的現代性」,『臺灣文學學
　　報』 10(2007年 6月), 111~129쪽 참조.
49) 朱點人,「安息之日」,『臺灣文藝』 2：7(1935年 7月), 145~154쪽 ; 郭秋生,「王都鄕」,
　　『第一線』(1934年 10月), 128~140쪽.

있다. 소설에서, 목청껏 행진곡을 불러대는 군인들 마냥, 도시에 대한 동경과 도시에서의 대박을 꿈꾸며 올라온 파산한 농민들은 결국 더욱 더 거대한 근대적 생활고와 맞닥뜨리게 된다. 그래서 그들은 "도회지라! 그래, 이 얼마나 신비롭고 거대한 성인가!"라고 개탄해마지 않는다.[50]

제국의 원대한 계획은 점점 요원해갔지만, 순문학작가의 도시서사와 이와 연관된 농촌서사 속에서의 공간 확장은 오히려 식민지나 준식민지에게 희망을 가져다주지 못했다. 하얼빈이 단일제국주의의 지원으로 세워진 '만주국'에 편입되고, 타이완이 공업화와 남진기지화로 방향전환을 시도할 무렵, 이 두 지역의 작품들은 갈수록 단일화하고 폐쇄·축소되어가는 사회체제에 대해 조심스럽게 우려를 표하기 시작했다. 하얼빈의 경우, '만주국'은 동북삼성(東北三省)[51]에 대한 전면적 '준식민체제'의 시작이었다.「조국 없는 아이」,「바퀴 밑」은 의심과 공포, 원한과 증오의 눈빛으로 새로운 통치계급을 주시하고 있다. 천디의「새해 첫날밤(元旦之夜)」은 하얼빈의 새로운 주인인 일본인들이 새해를 경축하는 모습을 통해, 그들에 대한 배척과 질시를 표현하고 있다. "오늘은 1935년 새해 첫날밤인 만큼 누군들 취하지 않겠는가! 어디선가 흘러나오는 악기소리의 은은한 여음이 일본인 집들 앞에 심겨진 청송 위를 맴돌다 흩어지고, 다정한 불빛은 마당 한가득 들쑥날쑥한 소나무 그림자를 드리우고 있다. 서로들 팔짱을 낀 여염집 여인네들은 연신 재잘거리며 시끌벅적한 거리 위를 지나간다. … 마차들은 평소보다 곱절이나 빠르게 치달린다. 그 위에는 향락을 좇아 무도장으로 향

---

50) 林越峰,「到城市去」,『臺灣文藝』 創刊號(1934年 11月), 37~43쪽.
51) 여기서 삼성(三省)이란 랴오둥(遼東), 지린(吉林), 헤이룽장(黑龍江)을 가리킨다.(옮긴이)

하는 나리님들이나 귀공자들이 앉아 있다." 일본세력이 욱일승천하던 1935년, 의기양양하게 '정양제(正陽街)' 한가운데를 보란 듯이 내달리는 그들의 모습에는, 환락을 좇고 쇼핑을 즐기는 착취자의 기름진 낯빛과 환한 미소가 어려 있다. 눈에 거슬리는 이러한 정경들 또한 하얼빈의 식민색채를 더해주었다. 반면, 바로 그곳에서 그리 멀지 않은 구석진 골목의 모습은 이와 대비되는 장면들이다. 후미진 골목 안에 자리한 금방이라도 무너질 것 같은 허름한 집들은 새해가 바로 눈앞에 있음을 전혀 감지하지 못한 듯, 이상하리만치 적막하고 쓸쓸했다.[52]

타이완의 경우, 작가들은 식민도시가 기대고 있는 네트워크가 시대변화에 따라 바뀌고 있음을 직감했다. 제국체제 내 군정경제(軍政經濟)의 핵심이라는 타이베이의 특징이 갈수록 부각되는 것과 반비례해, 사회주의운동, 약소민족 간의 연대, 외래진보사조를 핵심으로 하는 월경적 연대네트워크는 조금씩 고사되어갔다. 「몰락」과 「갈림길」에는, 상하이 국제운동전선에서 좌절과 실패를 맛보고 돌아와 금전만능사회에 빌붙어 부침을 거듭하는 전향자가 등장한다. 「마력」에는, 자신의 미래와 청춘 그리고 재산까지 아낌없이 바쳤지만 결국에는 침체의 늪에 빠진 정치경제 환경 때문에 반대운동진영의 도망자가 되어버린 "타이완 최고의 이론가"가 등장한다. 이는 모두 타이베이가 한때 타이완/중국/일본의 좌익운동과 민족운동의 핵심이었다는 사실을 증명해준다. "정부의 간섭도 그다지 심하지 않고" 심지어 "여성까지 주방을 박차고 나와 운동에 참여"했을 정도로 희망에 차 있던 시기에, 동아시아 국제도시를 전전하는 지식인과 유학생을 통해 도시로 유입된 외래진보사상은

---

52) 陳隄, 『未名集』(哈爾濱 : 哈爾濱文學院, 1999年 2月), 41~51쪽. 글 말미에 1935년 설 다음날 탈고했다고 기록되어 있다.

식민지 저항운동의 중요자원이 되었다. 린신산은 일본과 중국의 정세를 논하며 이렇게 말한 바 있다. "나는 다른 사람들이 별로 보지 않는 『중앙공론(中央公論)』과 『개조(改造)』까지도 정기 구독했다. 그리고 오야마 이쿠오(大山郁夫), 야마카와 히토시(山川均), 사카이 도시히코(堺利彦) 등의 저작을 탐독하고 또 탐독했다."[53] 그는 동지들에게 이렇게 호소했다. "우리는 오로지 이 길을 향해 전진할 수 있을 뿐이다." 이 사회주의국제연대의 길이란 바로 「밤비」에서 타이완노동자를 착취하는 제국재벌들의 농단이나 「가을편지」에서 '산업체제의 변환'을 소리 높이 외치는 관방의 남진교화(南進教化)와는 완전히 반대되는 길이었다. 그러나 이 길은 갈수록 암담해져갔다.

두 지역의 작가들은 핵심도시의 개방적 특성을 공히 인지하고 있었다. 동시에 문화적이고 민족적이고 계급적인 핵심도시의 기능이 빠르게 유실되고 있음을 통찰하고 있었다. 그들의 도시서사는 바로 이 이 짧은 시기에 시작되었다. 핵심도시가 식민체제에서 상대적으로 개방적인 위치와 비판적 시야를 확보하고 있음을 발견했을 때는 이미 그 계기가 사라지기 시작할 때였다. 1937년 이후에 전개된 국방국가체제와 통제경제로 인해, 자유경제의 기능은 더 이상 설 자리가 없게 되었다. 아마도 순문학 영역이라 할 수 있는 도시서사가 퇴화현상을 보이기 시작한 것도 바로 이 때문일 것이다. 결과적으로 그것은 하얼빈에서의 비판역량의 퇴조와 타이베이에서의 작품 수량의 급감으로 나타났다.

1934년부터 1936년 사이에 북만주작가군의 주요성원들은 잇달아 관내(關內)[54]로 망명했다. 1936년 8월 하얼빈의 저명한 좌익작가 진젠샤오

---

53) 劉貴枝의 번역문은 張雅惠, 「賴明弘及其作品研究」, 242쪽에 수록되어 있다.
54) '관내(關內)'란 '산해관(山海關)의 안쪽' 다시 말해, 중원(中原)을 가리킨다. 동북삼성을 지칭하는 '관외(關外)'와 대비되어 사용된다.(옮긴이)

(金劍嘯)가 일본괴뢰당국에 의해 살해된 것을 필두로 하얼빈문단은 점차 쇠락과 황폐의 길로 접어들었다. 이제 하얼빈문단은 친일작가의 주도 하에, 만주괴뢰정권의 이데올로기에 호응하는 '독립의 색채'와 '감은(感 恩)의 정서'만이 횡행하는 장소가 되었다.55) 중일전쟁 이후, 만주의 도 시서사 대상은 '국도(國都)'인 신징으로 옮겨갔다. 그러나 과거 하얼빈 도시서사가 지닌 국제시야와 식민비판의 성격은 결여되어 있었다. 한 편, 이후 하얼빈 도시서사도 새로운 작가들로 채워졌다. 이들 신진작 가들은 외지인, 방랑자, 주변인 등으로 이루어진 도시의 난맥상과 근 대성에 대한 성찰을 통해, 난해하면서도 내적비판에 치중하는 글쓰기 를 진행했다. 이후, 문학 속에서 하얼빈은 곧잘 '만주국'의 주변도시로 그려졌다. 그러나 이것은 오히려 반체제적이고 우언적인 주변담론이 생산되는 계기가 되기도 했다. 한편 타이완의 경우, 1937년부터 한문 란(漢文欄)이 폐지되면서, 순문학 영역의 중문작가들은 발표공간을 상실 하게 되었다. 앞서 거명한 본토도시의 의제를 잘 다루던 타이베이작가 들의 몰락도 여기에서 비롯되었다. 이들의 뒤를 이어 타이베이에서 활 약한 이들은 대부분 향촌출신이었다. 그리고 이들은 대개가 도쿄유학 과 도쿄여행 경험을 가지고 있던 타이완 일본어작가들이었다. 타이완 향촌에 대한 그들의 관심과 표현력은 도시의 그것보다 훨씬 대단했다. 이제 타이베이는 더 이상 그들이 주목하는 대상이 아니었다. 그럼에도 불구하고, 1930년대 초·중반을 거치면서 타이베이서사가 지정학적 변 화와 각기 다른 의존체계를 주요의제로 삼은 것은 분명 일정한 성과 를 거두었다. 바꿔 말하면, 식민지의 정치경제적 피동성과 공간연결의

---

55) 구딩(古丁)은 일찍이 이런 현상에 대해 비판을 가한 바 있다. 史之子(古丁), 「閑話 文壇」, 『明明』 1 : 3(1937年 5月), 116~117쪽 ; 史之子, 「大作家隨話」, 『明明』 1 : 5(1937年 7月), 202~204쪽 참조.

능동성이 비로소 타이완작가의 현실적 시야의 한부분이 되기 시작한 것이다. 타이베이 도시서사 속에 등장하는 동아시아식민체제와 자본주의 전지구화에 대한 인식을 통해, 이미 급진성을 상실했던 농촌의제가 총력전 시기에 다시 되살아났다. 40년대에 절정에 달했던 타이완 농촌서사는 타이완을 일본제국의 한 지방으로 인정하는 정치현실 하에서, 대정익찬회의 지방문화 담론을 활용해 새로운 포스트콜로니얼담론과 본토역사해석을 제기했다.

나오며

20세기 초, 타이완과 동북지역이 경험한 식민과정과 전지구화는 불가분의 관계에 있었다. 그런 의미에서 이것은 식민주의에 의해 규정된 일종의 '식민주의전지구화' 과정이라 할 수 있다. 그렇다면, 근대화와 근대성을 특징으로 하는 식민/준식민의 도시서사는 식민주의전지구화 과정에 있는 동아시아의 언어환경 속에서 과연 어떠한 의미를 갖는 것인가? 하얼빈과 타이베이의 경우를 보면, 지역에 뿌리를 내리고자 하는 식민주의와 초국적 자본의 절박한 요구가 도시역사의 발전궤적을 심각하게 왜곡하고 있음을 알 수 있다. 도시화와 도시의 의제화는 도시를 문제적인 존재로 만들었다. 월경적 유동과 도회지의 만상(萬象) 그리고 대중의 정보 분별에 대한 요구는 작가에게 국제적 시야와 지역(local)에 대한 책임감을 갖도록 했다. 도시를 소재로 이야기를 구성하고, 식민지 수도로서의 성격과 형태를 그려내고, 도시의 근대성에 주목하게 되면서, '도시'는 작가의 응시대상이자 표현대상이 되었다. 더불어 그것은 본토문학 생산을 자극하는 동력으로 작용했다. 식민지는 전쟁준비단계를 거쳐 총력전 태세로 재편되는 과정에서 점차 제국이란 유기체의 한 '지방'으로 그 위상이 조정되었다. 그러나 식민/준식민의 도시서사는 오히려 급진성과 비평역량을 상실한 다분히 규격화·규범화된 농촌서사 밖에서 일종의 '특수지방'의 모습으로 새로운 문화비판의 길을 열어 제켰다. 한편, 조계도시이자 동북삼성정부의 북쪽 국경에 위치한 최대 국제도시였던 하얼빈은 이제 '독립국'의 두 번째 도시로 내려앉았다. 하얼빈작가들의 작품에서, 우리는 식민정권과 초국적 자본에 관련된 비판, 민족국가의 역할과 기능이 퇴화하는 것에 대한 우려 그리고 사회주의국제연맹에 대한 생각들을 읽어낼 수 있다. 또한 그 안에서 도시를 일종의 병체(病體)에 비유하는 식민지근대성비판도 볼 수 있다. 남북으로만 연결되어 있던 직선형에서 남방지역까지 아우르는 방사형으로 네트워크가 확장되면서, 타이베이작가들은 식민공간의 재구성이 초래한 역사·문화적 허탈감, 지역분업주의 하에서 변화요구를 강요받는 농업의 어려움, 식민자본이란 괴수의 난입과 그로 인해 진퇴유곡에 빠진 파업노동자, 농업이 농토와 분리됨으로 인해 야기된 유랑과 방랑 그리고 가치와 윤리의 전도 속에서 빚어지는 도시인들의 혼란과 착란 등을 꿰뚫어보았다.

제국체제는 서로 다른 유형을 지닌 식민지 간의 횡적 연계를 억압하고, 상하직속관계를 건립했다. 식민지진출의 창구라 할 수 있는 식민도시에서는 각국의 엘리트들이 쉼 없이 몰려들고 끊임없이 이동하기 마련이다. 바로 그들의 문화생산, 인쇄전파, 동아리활동 등을 통해 각 지역의 사회운동이나 문화정보의 횡적 교환은 비로소 가능해진다. 식민도시를 주요 활동무대로 하는 도시문예집단, 도시정경과 시민들의 삶의 이야기, 도시문화의 재현과 비판 그리고 시기에 따라 다양하게 변화하는 도시문예의 생산양태 등을 통해, 식민통치가 근대도시의 발전과 확대에 미치는 영향의 궤적을 파악할 수 있다. 그리고 이를 통해 식민주의와 식민지근대성이 어떻게 본토 엘리트의 점검과 비판을 받게 되는지도 알 수 있다. 물론, 도시사회 내부의 관찰과 국제시야에는 자신이 처한 계급에 따라 편차가 있을 수 있다. 또한 도시서사와 농촌서사 사이에도 주도권의 교체와 상호보완의 관계가 존재한다. 나아가 이들 둘은 공동으로 '비판적 지방주의'를 생산하기도 한다.

결국, 전지구화란 결코 일반적인 지역발전을 의미하지 않는다. 우리는 반드시 그 안에 내재된 제국주의와 식민주의의 심각한 개입에 주목해야 한다. 식민도시의 기획과 경영은 물질적 측면에서의 '근대화' 실험에는 적극적이지만, 시민의식과 공공영역으로 대표되는 '근대성' 정신의 성장에는 관심이 없다. 아니, 오히려 그것을 억압한다. 일종의 해독제로 삼으려던 근대성 분석틀이 식민지근대화에 대한 무시에서 긍정으로 넘어가는 과정에 일정한 역할을 한 것은 분명하지만, 그렇다고 그것만으로는 식민행위 속에 잠재한 전지구화 측면을 보아내기란 역부족이다. 오히려 전지구화 측면을 제대로 보아내지 못함으로써 이론해석에 있어 심각한 오류를 범하고 말았다. 식민지 정치경제구조에 대한 변증법적 고찰을 전제로, 텍스트 중심의 단순분석에서 벗어나기만 하면, '근대성 묘사'를 '근대성 사실'로 착각하거나 '식민지 근대화'를 '근대성'으로 오독하는 일은 피할 수 있을 것이다.

필자의 생각에, '만주국' 내 하얼빈과 창춘 두 지역의 도시서사의 흥망과 변화 그리고 그것이 상징하는 의미에 대해서도 검토할 필요가 있다. 그리고 타이완의 경우에는, 식민지 유학생 엘리트의 해외도시에 대한 관점과 타이완 통속작가들의 도시에 대한 시각 그리고 본토적이고 좌익적인 성향의 타이베이 리얼리즘작가들이 지닌 로컬에 대한 관점이 어떻게 전시(戰時) 본토 '지방문학' 담론의 자원이 되는지도 살펴볼 필요가 있다. 이는 필시 향후 중요한 연구과제가 될 것이다.

(原題) 殖民都市, 文藝生產與地方反應-「總力戰」前臺北與哈爾濱都市書寫的比較

저자 : 류수친(柳書琴)

타이완국립칭화대학(臺灣國立淸華大學) 중국문학과 박사.

일본요코하마국립대학, 국제일본문화연구센터 등에서 연구학자로 단기연수.

현재 칭화대학 타이완문학연구소(臺灣文學硏究所) 교수 겸 소장.

일제강점기 타이완문학과 식민지비교문학 전공. 주요 연구 분야는 식민주의와 문학생산의 관련성 분석.

국립칭화대학교원학술우수상(國立淸華大學敎師學術卓越獎, 2006), 행정원국가과학위원회우다여우선생
학술상(國科會吳大猷先生紀念獎, 2008), 칭화대학신진학자우수연구상(淸華大學新進人員硏究獎, 2008),
우용푸문학평론상(巫永福文學評論獎, 2010) 등 수상.

주요저서

개인저서로는 『荊棘之道 – 旅日靑年的文學活動與文化抗爭』(聯經出版社, 2009)이 있고, 공편으로 『後
殖民的東亞在地化思考』(國家臺灣文學館, 2006), 『臺灣文學與跨文化流動』(行政院文建會, 2007), 『帝
國裡的「地方文化」– 皇民化時期的臺灣文化狀況』(播種者出版社, 2009) 등이 있다.

역자 : 송승석

연세대학교 중어중문학과 박사.

현재 인천대학교 HK 중국관행연구사업단 연구교수.

전공분야는 일제강점기 타이완문학과 화교(華僑).

주요저서

박사논문으로 『일제말기 타이완 일본어문학연구』(2004)가 있고, 역서로는 『아버지를 찾습니다』(1999, 강),
『제국의 눈』(2003, 창비, 공역), 『식민주의, 저항에서 협력으로』(2006, 역락)가 있다. 주요 논문으로
는 「수탈과 저항의 신화 : 타이완 '황민문학' 연구에 대한 일고찰」(2003), 「'한국화교' 연구의 현황
과 미래」(2011), 「식민지타이완의 이중어상황과 일본어글쓰기」(2012) 등이 있다.

식민주의와 문화 총서 18

식민지문학의 생태계—이중어체제 하의 타이완문학

초판 인쇄 2012년 5월 4일
초판 발행 2012년 5월 14일
지은이 류수친(柳書琴)
역　자 송승석
펴낸이 이대현
디자인 이홍주
편　집 박선주
펴낸곳 도서출판 역락
　　　　서울 서초구 동광로 46길 6-6(반포4동 577-25) 문창빌딩 2층
　　　　전화 02-3409-2058(영업부), 2060(편집부)
　　　　팩시밀리 02-3409-2059
　　　　이메일 youkrack@hanmail.net
　　　　등록 1999년 4월 19일 제303-2002-000014호

　ISBN　978-89-5556-177-7　93830
　정　가　25,000원

＊잘못된 책은 구입처에서 교환해 드립니다.